蜉蝣天地話滄桑

九十自述

蜉蝣天地話滄桑

九十自述

資中筠 著

牛津大學出版社隸屬牛津大學，以環球出版為志業，
弘揚大學卓於研究、博於學術、篤於教育的優良傳統
Oxford 為牛津大學出版社於英國及特定國家的註冊商標

牛津大學出版社（中國）有限公司出版
香港九龍灣宏遠街 1 號一號九龍 39 樓

ISBN: 978-988-8635-32-0

10 9 8 7 6 5 4 3 2 1

牛津大學出版社在本出版物中善意提供的第三方網站連結僅供參考，
敝社不就網站內容承擔任何責任。

Published & Printed in Hong Kong

書　名　　蜉蝣天地話滄桑：九十自述
作　者　　資中筠
版　次　　2019 年第一版（平裝）
　　　　　2024 年修訂版（平裝）

謹以此書

獻給我父母在天之靈

目 錄

xiii　　自 序

I　底色

一　大時代中的小家庭

15　　母系家族
29　　對父親的記憶
34　　兩個妹妹

二　家教與薰陶

49　　最早的記憶
53　　民族氣節不是一句空話
56　　耳熏目染的影響
65　　開始學鋼琴
72　　我的精神故鄉
74　　勝利的狂歡與失望

三　發蒙的搖籃 —— 耀華學校

82　　校長與辦學理念
85　　師長剪影
89　　學業和同學
97　　在上海上兩年高小

四　少年不識愁滋味

103　　也曾年少輕狂
110　　輾轉京滬考大學
116　　燕京大學一年
120　　清華園歲月

温德（Robert Winter）

錢鍾書，楊絳

吳達元

休斯女士（Miss Hughs）

李克夫婦（Mr. & Mrs. Ricket）

雷海宗

李賦寧

136　音樂緣

139　末世景象

142　親歷北平圍城

五　從出世到入世

147　特殊的寒假

150　校園新景象

151　走進現實

155　「肅清帝國主義思想影響」和「抗美援朝」

159　「思想改造」初級階段

164　學業與畢業

II　修煉

六　螺絲釘是這樣磨成的

183　政務院文教委員會

185　「三反五反」運動與我的「脫胎換骨」

191　世界和平運動與中國保衛世界和平委員會

202　在「和大」的翻譯生涯

209　接待外賓

218　決裂與皈依

七　親歷從「牢不可破」到反目成仇

219　中蘇蜜月期

235　從裂痕初現到公開決裂

245　分歧要點與批判「三和一少」

250　後記：美國方面的反應

八　維也納三年

257　突如其來的調令
258　「反右」逃過一劫
260　新穎的領導和工作環境
267　在波蘭度假
270　國際同事
272　孤懸海外的多事之秋
278　終身大事
281　重返維也納

九　亞非團結運動和支援民族獨立鬥爭

285　亞洲團結運動
292　從亞洲團結到亞非團結
307　「支援民族獨立運動」

十　日本反對原子彈氫彈大會

317　日本反原子武器運動緣起
319　第六屆「八‧六大會」
324　第八屆「八‧六大會」

十一　「統一戰線」的盛衰與名人花絮

331　郭沫若
334　華羅庚
335　馬寅初等幾位老人
336　高僧能海法師
337　喻宜萱
339　彭子崗
339　羅隆基
341　廖承志
345　蕭三
346　冀朝鼎
352　吳學謙
353　楊朔

十二 鞠躬盡瘁，病而後已

357 在匱乏中初為人母
362 在健康透支中工作
372 大病一場
377 被批准入黨
381 逐漸恢復工作

III 轉折

十三 風暴中的一葉小舟

397 山雨欲來前的跡象
399 「緊跟」中的惶惑
406 軍代表接管，鬥爭升級
410 造反派開始挨整
412 扭曲的親情

十四 努力學習做農民

415 「幹校」初級班——京郊農場
417 舉家下放河南「五七幹校」
419 體驗農村的現實
424 各種農活的實踐
427 生活鍛煉
429 進一步自找苦吃，與老鄉同住
435 心中神像開始坍塌

十五 中美解凍中的命運轉折

439 初次安家和女兒的學業
441 轉入對外友協
442 尼克松訪華
447 與「大部」的新貴打交道
449 接待美國參眾兩院黨團領袖
451 訪問拉美三國
456 初訪北美

460 按口徑説話之痛苦

465 進一步祛魅

十六　外國友人剪影（一）

469 和大的長住外賓

475 兩位斯諾夫人

496 美中友協及左翼人士

十七　外國友人剪影（二）

501 老朋友和中國通

519 新相識

IV　回歸

十八　五十而志於學

559 因病得福

560 重溫坐圖書館之樂

563 國際學術交流之始

570 第一次赴美做訪問學者

577 第一部專著

580 有了獨門獨户的家

十九　進入社會科學界

583 處於思想前沿的社科院

586 美國研究所

590 創辦《美國研究》

593 李慎之軼事

600 涉及對台工作

604 社科院領導二三事

　　　胡繩

　　　趙復三

　　　胡喬木

609 半途而廢的所長

612　學科建設與人才培養
613　開展學術交流
623　理想與現實的矛盾

二十　學術訪問與學術著述

627　學術訪問
640　三訪日本
645　訪歐之行
647　在著述中學習

二十一　昨夜西風凋碧樹

657　在歐洲遙望祖國起風暴
668　如期回國
677　劫後殘局
681　一次不尋常的座談會
687　辭去所長職務

二十二　他鄉故知與新交

691　美國交遊花絮
702　他鄉遇故知

二十三　長長的尾聲

717　相伴度餘生
730　充實的空巢
734　自我啟蒙與推動啟蒙無盡期

739　**後　記**

自 序

開始起意寫一部回憶錄已經多年，期間受到許多朋友的慫恿和鼓勵，特別是自何兆武先生的《上學記》問世並得到廣泛的讀者和好評以來，一時間出版人和媒體紛紛上門，或約稿，或提出為我做類似的口述歷史。根據我的習慣，文思常是在寫作中汩汩流出，並有自己的遣詞造句的風格，還是想趁着還有精力時自己寫，而不是口述。但是隨時想寫的東西很多，加以近年來似乎越來越忙，往往身不由己，很難靜下心來集中精力寫過去的事，還由於自己的惰性，就拖了下來。幾年前，讀到齊邦媛先生的《巨流河》，作為同代人，感觸良多，又喚起多少幾乎遺忘的往事，這對我是一大激勵，覺得來日無多，非下決心完成不可了。2014年訪問台灣，有幸會晤齊邦媛先生並共晚餐，相見恨晚。對加緊回憶錄的寫作又是一次鞭策。現在終於大體完成。說「完成」，其實不確，越寫，想起的細節越多，後來的時間不少是花在斟酌詳略上。若要繼續寫下去，不知伊於胡底。

我本一介書生，寄蜉蝣於天地，渺滄海之一粟，沒有什麼值得傳世的事蹟。但是，我所經歷的時代卻是大起大落，常有驚天動地之事，個人命運也隨之沉浮。我常說我這一代人生於憂患，長於國難。其實何止我這一代，幾代中國人都是在內憂外患的動盪中成長、生活。我們的生年都可以以「事變」來標誌：我父母是二十世紀同齡人，生於1900年，就是「庚子之變」那一年。他們青少年時遇到皇朝覆滅、民國誕生的大變局，他們的教育始於私塾，成於五四新文化運動和西學東漸之時。我生於1930年，第二年就是「九·一八」事變，「我的家在松花江上」是我最早耳

熟能詳的歌之一。1937年盧溝橋事變，我正是小學二年級暑假，第二年就遭遇校長被日寇特務刺殺慘劇，終身難忘。我的兩個妹妹，一個生於抗戰前一年——1936年，一個生於後一年——1938年。抗戰八年，我在天津淪陷區讀完中學，親歷抗戰勝利的狂歡與隨之而來的失望。上大學時逢三年內戰，繼以政權易幟，國體變更。以後幾十年雖然沒有親歷戰爭，卻是政治運動不斷，仍免不了腥風血雨，連我的下一代也經歷了「史無前例」的浩劫和隨後的巨變。所以講家史和個人歷史總離不開時代背景，個人經歷和心路歷程也折射出那個時代的一個側面。我從大學畢業以後的工作大部分是在國際領域，在絕大部分中國人幾乎與外部世界隔絕的年代有難得的國外見聞和與國內外各色人物的接觸，從這個角度講，個人的特殊經歷也許可以收從一滴水看大海之效。

根據一生經歷，本書分為四大部分：一、底色形成的青少年階段，那也是我精神的故鄉，後來「回歸」，還有可歸之處；二、「思想改造」和馴服工具階段；三、進入學術界和思想轉折階段；四、回歸自我和退休以後長長的尾聲。本書對人與事採取白描式，盡量客觀敘述，不作臧否評論。特別對於人物，只談我所接觸的一段，更不是全面的評價。書中涉及許多名人、長輩，為方便計，大多直書其名，不糾結於稱謂。

回顧一生的境遇，平心而論，在近百年的國家多難，大局動盪中，我的境遇算是幸運的。抗日戰爭時期，由於我父親奉他供職的銀行總裁之命堅守淪陷區，我沒有像同輩人那樣在少年時經歷逃難、顛沛流離的生活，而在淪陷區生活的種種壓抑和掙扎，都由父母承受，我在她們庇護之下得以受到正常、完整的教育。1949年以後，「三反、五反」運動中我和家庭受到衝擊，比起後來的運動還是小巫見大巫。「反右」時期，正好我在國外，躲過一劫，實屬僥倖，因為以自己當時的狀態，如在國內絕對在劫難逃，以後的命運就難說了；大躍進，全民饑荒餓殍遍野

時，我雖難免食不果腹之苦，也僅止於因營養不良而浮腫。後來積勞成疾，又得到了當時較好的醫療條件的治療；「文革」中下放勞動，比起同代知識分子，衝擊還是較小的，尚未受皮肉之苦，而且由於一開始就被打入另冊，沒有機會因衝昏頭腦而犯大錯⋯⋯。一方面客觀的機遇比較幸運，主觀條件是擁有可用的一技之長，尚有螺絲釘的價值；另一方面可以說是由於自己相當長時期的蒙昧無知，隨波逐流，取得了相對的安全。2015年《共識網》選我為「共識人物」，我在會上發言提到林昭，我說林昭與我屬於差不多同齡人，教育背景也差不多，如果當年我有她的見地和膽識，就存在不到今天，所以，我活到今天，竟獲敢言之名，是於心有愧的。

實際上我退休以後從生活到思想都進入了一個新階段。西諺云：「人生自四十始」，我卻是自六十始，甚至更晚。本來既無案牘之勞形，又無「課題」之催逼，清心寡欲，足以頤養天年。有書有琴，怡然自得。但是總是有一種戚戚於懷，揮之不去的情結。在這個物欲橫流、戰火紛飛、殺戮手段日益升級，人性中「惡」的一面展示得淋漓盡致的世界上，人類將伊於胡底？陶醉在「崛起」的豪言壯語中的吾國吾民何處是精神的家園？身居陋室，俯仰今古，心事浩茫，對斯土斯民，乃至地球人類，難以釋懷，如鯁在喉，不得不發出聲音。卻不意引來了不少讀者和聽眾，不知不覺結識了各種年齡的新知，既有才識令我心儀的長者或同輩，也有好學多思的青年學子。特別是樂民先我而去之後，這些忘年交對我照顧有加，在精神上能夠相通，免我孑然一身的孤寂；而紛至沓來、應接不暇的各種稿約和活動的要求，使我生活充實而且感到還有存在的價值。我以衰朽之年，一介布衣，無權無勢又無錢，所以自動與我交往者，不論老少，都無功利的目的，而我若需要幫助，卻總不乏自願出力者可以指望，這是一般老年人難得的境遇，對此我應感謝命運的恩賜。當然，直言總要

犯忌，不愉快的、無理的干擾也時有發生。對此，我已經做到寵辱不驚，心胸坦蕩，外界的毀譽於我如浮雲。自認為已達到「從心所欲不逾矩」的境地，當然，這「矩」是我自己良心所劃定，而不是任何外力所強加的。

自己幾十年來的文字，既有變化也有一以貫之的不變。第一個不變是對人格獨立的珍惜和追求，還有對「真、善、美」的嚮往和「假、惡、醜」的厭惡。我從未「居廟堂之高」，卻也不算「處江湖之遠」，不論在哪個時代，自己處境如何，對民族前途總是本能地有一份責任感和憂思。在這個問題上自己的思想也有所發展，近年來無論回顧歷史還是展望未來，視角重點日益移向「人」，而不是抽象的「國」。由於中國近代與列強交往中常受欺壓，國人習慣地把個人的命運依附於「國家」的興衰。這在原則上似乎沒有問題。但是由於從來沒有真正實現「民治、民有、民享」，代表國家的政府不一定代表具體的百姓（我現在盡量避免用「人民」一詞，因為這個詞也與「國家」一樣，被濫用了），於是統治者太容易以「國家」的名義侵犯百姓的權益。今之媒體還常宣揚古代專制帝王開疆擴土的虛榮，而我卻經常想起「一將功成萬骨枯」，「可憐無定河邊骨，猶是春閨夢裏人」，以及《弔古戰場文》《兵車行》等等。中國自古以來的文人不缺悲天憫人的情懷，對「興，百姓苦；亡，百姓苦」是深有所感的。這類文字的薰陶也是形成我的「底色」的一部分。

書中有不少內容談我的音樂生活。我只是在中學六年中課餘學過鋼琴，由於從未想以此為業，每天練琴不超過一小時。離開學校後完全脫離鋼琴凡三十年。到改革開放後才又撿起。沒有想到越到老年，它在我生活中所佔份量越重，還發生了許多有趣的軼事。這部分比較詳細的內容已另有一本小書《有琴一張》問世，但為記錄完整起見，仍不憚重複，簡略包括在本書內。

如果這「回憶錄」有什麼特色的話，首先是作為特殊年代的

「知識分子」，回顧所來路，是一段否定之否定的痛苦的心路歷程，既是個人的特殊經歷，也有普遍性。今天的青年和外人總是很難理解那個年月的中國讀書人的表現和言行，更無法深入瞭解其內心深處的起伏、轉折和糾結。馮友蘭先生的東床蔡仲德君曾對馮先生做過精闢的概括，說他一生有三個時期：「實現自我、失落自我、回歸自我」。這一概括可以適用於幾乎所有經歷過那個年代的知識分子，只不過每個階段表現不同，失落和回歸的程度各異。這「三階段」對我本人也大體適用。所不同者，上一代學人在「失落」之前已經有所「實現」，奠定了自己的思想和學術體系，在著書育人方面已經做出了足以傳世的貢獻，後來回歸是從比較高的起點接著往前走；而余生也晚，尚未來得及形成自己的思想，連第一階段還沒有開始，就已經「迷失」了。後來回歸，主要是回歸本性，或者說回歸那「底色」，在有限的幼學基礎上努力惡補，學而思、思而學。以今天的認識回顧自己當年的迷失，絕不是輕鬆的事，有時相當痛苦，有時自己也不理解曾經有過的迷信和精神狀態。不過相對於有些始終執迷不悟者，我還有精神家園可以回歸，在一息尚存時越活越明白。如今呈現給讀者，不敢自詡有多少價值，至少都是出自肺腑，是真誠的。知我罪我，惟讀者自便。

「人生白髮故人稀」。我不知不覺已過米壽，許多親朋好友都一個個先我而去。「壽則辱」不一定是必然的規律，但我也不認為長壽就多福。我既對事關民族興衰的大局無法有絲毫影響，對自己的壽命長短也無能為力。只有一切聽天由命。值得慶幸的是我的餘生還有精神家園可以回歸，這是我的父母和青少年的師長所賜。此時此刻我最感到深深內疚的，是對我的父母。昊天罔極，謹以這部回憶錄獻給他們在天之靈。

資中筠 2018年10月識

底色

外祖父童米蓀遺言封面

外祖父像

外祖父遺言有關部分

一歲照

父母新婚後與母親家人合影：前排左二：母親童益君，後排左一：
父親資耀華

兒時與舅家合影，前中：母親，二排右一：作者

外祖母懷抱大妹資華筠

渭風小學畢業照，前第二排右一為作者

1942年全家

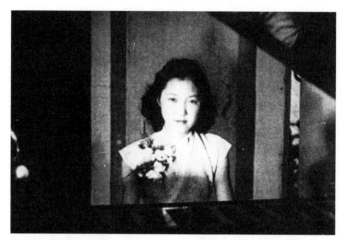

1947年鋼琴獨奏會

1947年獨奏會師生合影

1947年獨奏會後全家與老師家人

1948年劉金定音樂會後在鮮花叢中

1949年冬下乡

1949年全班下乡

1950年清華音樂聯誼會

1951年清華園（右一宗璞，右二作者）

THESIS

ON

OLD CHINESE FICTION IN THE
LIGHT OF THE CRAFT OF WESTERN FICTION

First of all, it must be made clear here that this article only deals with the old Chinese novel. Therefore whenever the word "novel" or "novelist" is mentioned, modern works and writers are not in question.

Part I

It is after the great movement of literary revolution and under the influence of Western literature that novel began to be taken seriously in Chinese literature. Before that, the position of novel in the official history of Chinese literature was next to naught. The very terminology of novel in Chinese, "hsiao shuo", means a trivial talk. A great book of literary criticism, Memoire of Art and Literature, (漢書藝文志) divided literary works into ten types and said that only nine of them were worth while to deal with, novel just didn't count. Some scholars who were interested in research works found that Chinese novel was often referred to as "peikuan hsiao shuo". "Peikuan" was the name of the lowest rank of Chinese official whose duty was to collect the armours and folk tales or mere gossips from tea houses, villages and lowly city streets where the common people lived, in order to help the king to know public opions. Some of the collected tales were very interesting and later on developed into the novel when rearranged by some writers. This explanation of the origin of the Chinese novel is very incomplete and doubtful; but at least it helps one to understand the attitude towards this important literary type in the long history of Chinese literature.

Perhaps it is due to this fact, that the Chinese has no novelist in spite of the rich production and brilliant works. If you like social satires, Ru Ling Wai Shi (儒林外史) and Marvellous Tales Ancient and Modern (今古奇觀) are more realistic, more subtle than Vanity

--1--

畢業論文封面和第一頁

民筠與華筠

華筠

1948年父母親與舅父母

上海銀行舊址

中國旅行社舊址

一

大時代中的小家庭

～～～

　　我的家庭在那個時代應該算是「新式」的中產階層。經濟生活、社會地位取決於父親，而家中起主導作用的是我母親。由於父親少年離家出走，與老家基本沒有來往，我自幼與母系家族關係密切，家中生活方式、風俗習慣都是隨母親的，從小來往的親戚也是以母系為主，母親對我本人養與教兼施，慈與嚴並行，影響最大。同時她的一生也是新舊時代交替中的中國婦女命運的一種典型，所以這裏先談我母親。

母系家族

孕育於世紀之交的杭嘉湖

　　關於母親的身世，少時聽她自己講過一些，有一些零星的記憶，但是沒有太放在心上，又經過了常年「思想改造」中扭曲的家庭觀念，許多事都已模糊。直到2014年應邀到湖州，訪問了當地專門建立的我舅舅童潤夫的紀念館，才意識到這是在清末民初得風氣之先的一個既典型又有特點的家庭，既有代表性，又有它不平凡之處，而且其影響所及，無形中百年之後我的身上還有痕跡。

　　外祖父童米孫，浙江湖州德清縣人。杭嘉湖一帶既是魚米之鄉，又是歷朝人文薈萃之地，外祖父曾從學於劉熙載、俞曲園等大家，做過地方官(好像是松江府台)，據說是由於膝蓋患風濕病，不能下跪面君，所以斷了晉升京官的路。也許正因為如此，

他留在當地更加瞭解社會的變遷，便於接受當時的先進思想。我聽母親說過，她五、六歲時，外婆要給她纏足，我舅舅(比她大四歲)大力反對，並得到外祖父的支持，得以倖免。這在清末即使比較開通的江南也是很少的(後來我見到不少比她晚生的知識婦女，包括老革命，都是經過纏足以後放足的「解放腳」)。還聽說，外祖父少年時曾被「長毛」(太平軍)抓去過，見他知書識字，沒有殺他，留下做了一段時期小文書，後來伺機逃回。在維新思潮澎湃時，外祖父曾對我舅舅說，我已經食君之祿，只能忠於清朝了，但是你們不一樣，可以完全按你們認為怎麼對國家好，就怎麼做。他1903年寫的一份遺囑居然保存下來，我在「童潤夫紀念館」看到，大為驚訝。那份遺囑簡述他自己的生平、志趣，最後有幾句話：「近時崇尚西學，汝輩生此時代，凡東西人之語言文字及格致算術、實業、法政之學亦不可不並習之，但常就其質性所近，專習一業以期有俾實用，不可務廣而荒，了無一得」。在1903年時，一個晚清的地方官已有此見解，特別提到要學習「法政」，更證明當時的中國士大夫中一部分人早已超越最初只見西方「船堅炮利」的見識。

這不是孤立的事例。從歷史背景看，郭嵩燾使歐是1876年，他於1879年回國撰寫的考察報告已經詳盡描述西方政治制度之優越，因此招謗獲罪。報告雖然被封殺，但這類議論和見解不可能止於他一人。更加功不可沒的是嚴復的譯著：《天演論》初版於1897年；亞當‧斯密的《原富》初版於1899年。1903年沈鈞儒考舉人的試卷中已經談到對「英儒」亞當‧斯密著作的體會。同年，嚴譯穆勒《群己權界論》(即《論自由》)出版。

1905年日俄戰爭結束，國人普遍認為日本的取勝就在於立憲的實施。受此刺激，立憲思潮席捲朝野。浙江省是最早掀起地方自治和立憲運動的，清廷也反應迅速，於1905年7月就決定派出五大臣出國考察政治。1906年9月，清廷頒佈上諭，宣佈預備立

憲。沈鈞儒當時已經中舉並在清政府「法部」任職，他於1905年被派往日本留學，就是上的法政學校。1907年，他參與領銜百人向都察院呈遞「民選議員請願書」，其中提出三權分立、司法獨立等建議。以在職官員而有此舉，也可見當時的潮流於一斑。

這是大時代的背景。我外公是否讀過嚴復的譯著，對上述活動知道多少，已不可考。可以肯定的是，他的思想見解處於時代的前沿，敏感地預見到了他的後代將生活在完全不同的中國，必須跟上潮流，而自己還不能跳出傳統道德的框架，所以才有對我舅舅說的那番話。

我的母親有幸生在這樣一個開明的家庭。更加幸運的是，她有一位特別開明、見識過人的好母親。

開明的外婆

外公於1911年逝世，正是辛亥革命前夕，留下外婆和五個未成年的子女。外婆是繼室，長子是外公前妻所生，已經成人。其餘一子三女是己出。舅舅童潤夫居長，我母親在三姐妹中居中。外公兩袖清風，除一所宅院外，沒有留下多少財產，所以他一去世就家道中落。算來外婆那時三十多歲，最大的兒子只有十五歲，幼女不到十歲。可以想見她擔負起這個家和養育子女的艱難。但是她對子女的教育顯示出非凡的眼光。首先她沒有要他們恪守「父母在不遠遊」的古訓，放我舅舅出去遊學，舅舅先到蘇州上工業專科學校學紡織專業，然後赴日留學，繼續專攻紡織業，半工半讀，艱苦奮鬥，於1921年學成歸國，畢其生在中國紡織界卓有成就。

外婆做的一件更不平凡的事，是讓三個女兒都上新學堂，接受當時的新式教育。從家庭經濟狀況來說，這是較重的負擔。她毅然決然把為每個女兒預留的「嫁妝費」，都拿出來做了學費。當時此舉雖非「驚世駭俗」，卻也極不尋常。親友多數都不理解，因為當時習俗，嫁妝對女兒以後在婆家的地位是至關重要

的。外婆卻說，有了知識就是最好的嫁妝。母親後來經常跟我們講到這件事，對她的母親的超常遠見銘感於懷。

走筆至此，聯想到百年以後的今天，忽然出現「女兒要富養」（嬌生慣養）之說，其潛台詞是將來無須自立，而要擇富而嫁，會過「高品位」的生活。各種找對象的電視節目中「准丈母娘」們理直氣壯地對着候選的小伙子說，沒有房子、車子休想娶我女兒！卻很少出現鼓勵女兒自己學本領奮鬥自立，找對象重人品學識的說法。這時光倒退豈止百年！

外婆去世時我七歲，還是留下不少記憶。舅舅在上海立業成家，就把她接來奉養。他們兄妹包括我舅媽都對她克盡孝道，我印象中她十分慈愛，在家中威望很高。對孫輩也不重男輕女。我幼時在舅家住的時間，她對我寵愛有加，似乎有點偏愛。在我們遷居天津之前，外婆五十九歲生日，舅舅家舉辦了一次盛大的祝壽活動，請了堂會，包括各種南方曲藝、「滑稽戲」、雜技等，難得一用的大堂是觀眾席，舞台就是前門內的天井。有些節目我至今還有印象，也是我最早的記憶之一。我舅舅一向低調，應酬很少。為外婆舉辦這樣大的祝壽聚會足以見他的孝心。

父母在天津安家之後，生活比較安定，決心把外婆接來小住。大約是1935年底來我家，住了將近一年。在這一年中父母都竭力承歡膝下，一反平時的習慣，常常請朋友陪她打牌，因為她喜歡京戲，還曾全家陪她到北平旅遊，看四大名旦的「義務戲」（那是一年一度的慈善演出，名角雲集，票房全作賑災款，是京劇界一大盛事），我第一次看京戲，並且一下子看到四大名旦，至今仍有模糊印象的是《天女散花》，光彩奪目，美不勝收。外婆對我寵愛備至，盛夏中每當我放學回家，她總是幫我擦汗、扇扇子，準備好甜甜的冷飲。但是不幸，次年冬天外婆忽然生病，竟至藥石無效，一病不起，在我家去世了。母親的傷心可想而知。特別是她才來天津一年多就去世，母親更覺得對上海的舅

舅、姨母交代不過去。從外婆生病起她就衣不解帶，侍奉湯藥，請遍了天津的中、西醫。外婆去世時我生平第一次也是唯一的一次見她那樣嚎啕大哭。整個人瘦得不成樣，是名副其實的「哀毀骨立」。喪事也按傳統的禮儀辦得非常隆重，家門外臨時搭起了白帳棚。父親雖然平時比較「新派」，卻也披麻戴孝守靈盡孝子禮。我印象最深的是每天晚上冷凍難挨，母親已經顧不得照顧我們。外婆的遺體在客廳停放了幾天。有一天我大着膽子偷偷掀開簾子張望，卻發現她面部已化妝如生，穿着像是京戲的戲裝，頭上還戴着珍珠冠，因此頭略略抬起。我竟然一點也不害怕，這一形象永遠定格在我記憶中。後來才知道，外婆雖然在很多方面很開明，而臨終卻不忘她曾經在前清受封，是「誥命夫人」，留下遺願，要穿「珠冠霞披」入殮。這套衣裳她大約不會隨身帶到天津來，怎麼弄來的，我至今不解。她的靈柩當然是要安葬在南方。父母在天津盡其所能隆重「開弔」、「大殮」之後，母親就扶柩去上海，由於抗戰已經開始，外婆靈柩在上海殯儀館停放了幾年，後來才入葬。

母親的事業

我的兩位姨母都上了女子師範學校，這好像是當時多數女青年的首選。母親卻於1913年以十三歲的低齡考入新成立的設在蘇州滸墅關的「江蘇省立女子蠶桑專科學校」，是年齡最小的學員。現在想來那一群女孩子的家長都能放心讓她們離家上寄宿學校，也說明當時社會風氣已相當開明。實際上從那時起，母親就已經心智相當成熟，有獨立、自立的精神。這所學校創辦人是史量才和冷御秋等社會公益之士，後來黃炎培也加入這一事業。那時在先進的仁人志士中興起「科學救國」、「實業救國」、「教育救國」的思潮，而且提倡女子教育。這間學校以今天的「學歷」來衡量，也許連「大專」都夠不上，但在當時卻是集這幾種宗旨於一身的新型學校，理念、教學內容和制度都很前沿，理論

與實踐相結合。專業是科學的新法養蠶，包括改良桑樹種植，然後在全國推廣。目標明確，為改良中國的絲業培養人才，加強與日本的競爭力。規模不大，設備卻很先進，已經有從德國進口的顯微鏡，夠一個班上課時每人都能用上。母親說她的眼睛就是整天看顯微鏡而視力減退的。這所學校的宗旨很符合母親的旨趣。她雖然自幼在家塾讀古詩文，但並不是文人才女型的，對風花雪月、填詞寫詩沒有興趣，思維方式重理性、重實幹、邏輯思維清晰，有極好的數學頭腦。她常愛講的軼事之一就是她考蠶桑學校之前算術只學到四則，她哥哥在陪她去蘇州的火車上突擊教會她開方，考試果然用上，就考取了。六年(或五年？)後畢業，又在上海上了一年英語專科學校，原來想考金陵大學農學院深造，還曾有留日的機會，但是由於不願增加並不寬裕的家庭負擔，覺得應該為外婆分憂，就步入社會工作了。這種克己為人是她一生的行事風格。

她所從事的工作一部分在絲業改良領域，例如試驗新法養蠶的製(蠶)種場；另一部分是辦學育人，最後的職業是鎮江女子職業學校蠶桑科主任，這個工作特別符合她實業救國和教育救國相結合的理想。她對教育情有獨鍾，處處誨人不倦，而且不拘一格。對於因材施教有一套獨特的理念和方法，充分相信各種不同的人都能通過教育向善，成為社會有用之材。我可以肯定，如果她有機會獻身教育事業，一定能成為傑出的教育家。1949年以後，號召「知識分子與工農相結合」，幹部下鄉等等，她曾私下對我說她早就這樣做了。因為她們在推廣新法養蠶時必須經常下鄉，挨家挨戶向農民講解、宣傳。江南多雨，在大雨滂沱中一腳泥、一腳水，淋成落湯雞是常有的事。而且她還善於同農民打交道，要說服他們採用科學方法也不是一件容易的事，經常碰釘子。但是實踐證明，用科學辦法到了季節不發生蠶瘟，確實產生豐收的效果，她就成為當地農村最受歡迎的人了，鄰村也來請

她，這是最大的滿足。這需要能吃苦耐勞，還不怕碰釘子，她自己說她從少女時代就不「嬌氣」，「臉皮厚」，許多女同學做不到，她不怕，遇到困難也從不哭。她還講過她「收服強盜婆」的事：有一定規模的製（蠶）種場，蠶都是養在一張張大扁籮中，一層層高高摞起，因此需要僱一部分身強力壯的工人搬動。有一名女工人高馬大，性格強悍，動不動就要掄棍子打人，大家都怕她。我母親負責這部分工作，有人告訴她此人的丈夫當過強盜蹲過監牢。母親卻發現她的優點，在此人身上實施她的「有教無類」。從關心、信任出發，發揮她的長處（她幹活效率特別高），再教她守規矩，最後她竟然被「改造」好，我母親把倉庫鑰匙都交給她保管，特別可靠。這也是她一樁得意之事。當然這些話她不敢在後來的政治學習會上講。按照階級鬥爭的邏輯，那「強盜婆」應該是有鬥爭精神的無產階級，竟被她「馴化」，這功、罪該如何算？但是母親那時先是一名未成年的學生，後來是自食其力的教職員，這「階級成份」又算什麼呢？

事業與婚姻艱難的選擇

母親與父親邂逅於西湖邊上，聽她講來也頗有傳奇色彩：大約在1920年左右，外婆帶着家人遊西湖，有我母親和大姨、大姨父。我父親剛好回國度假，一個人坐在湖邊吹簫。父親十七歲中學畢業，一半是逃避包辦婚姻，一半是為闖蕩世界，拂逆嚴父之命，從湖南耒陽的一個山坳裏毅然出走，一直到上海，考上官費留日，從此在日本讀了近十年書，從高等學校（略相當於大學預科）一直到京都帝國大學經濟部畢業。他離家去國後，唯一眷戀的母親不久去世，他實際上已經和家裏斷了來往，所以難免常有他鄉遊子的孤獨感。可能這種情緒被敏感的外婆注意到了，覺得這個年輕人一表人才，怪可憐的，就叫姨父去招呼一下，問問情況。姨夫過去一問，發現原來是留日同學，而且同在京都帝國

大學，只是不同系（姨父是學化工的），頓生親切感。就這樣，父親和外婆一行，包括我母親就認識了。外婆對他印象特別好。在那以後，姨父進一步正式把他介紹給母親，用今天的話說，就是「談對象」吧。從此他們二人走上了漫漫十年戀愛之路。這大概算是「有緣千里來相會」。

整個二十年代，也就是他們二十歲到三十歲的近十年中，母親是事業順利，蒸蒸日上，在經濟上也可以開始回報外婆，而父親還在日本讀書。那時社會上對於職業婦女已經可以接受，但是由於社會服務設施不發達，似乎家庭和事業還不能兩全，「雙職工」還是鳳毛麟角。所以許多事業有成的婦女都是獨身，著名的如林巧稚醫生、吳貽芳（金陵女大校長）等，還有許多不那麼出名的獨身婦女，多在教育界。母親在蠶桑學校的一位同學費達生（費孝通的姐姐），就長期保持獨身，獻身蠶桑事業。那時同學們都知道她成績優異，並且與校長感情不一般，但是為了事業，他們一直未論嫁娶，後來費達生繼任那所學校的校長。他們二人幾十年共同奮鬥，維持柏拉圖式的愛情。直到五十年代初，兩人都以在本界的突出貢獻成為全國人大代表和政協委員，在男方年已古稀，女方年逾半百時終成眷屬。母親講述這段佳話時，對她的老同學欽佩之餘，不勝感慨，心情是複雜的。

與她關係特別好的同學中還有一位趙瑞雲，後來是潘光旦夫人。她比母親大幾歲，在學校中一直像長姐那樣照顧母親，包括為她梳理那一頭亂髮。母親提到那一段生活時，總要提到「瑞雲姐」。趙瑞雲畢業後曾留校教過幾年書，後來還上了幾年大學，是潘先生致殘後才與他自由戀愛，毅然同他結婚的，從此一生相濡以沫。潘師母也是清華園內著名的賢妻良母，還燒得一手好菜，我1948年上清華時奉母命去拜見過她。她對我十分熱情照顧。曾請我去她家過端午節，她親手做的粽子大概是我吃過的粽子中最美

味的。那一代的知識女性這樣轉換成賢妻良母的當不在少數。

　　總之在那些年，母親一直在矛盾中猶豫。而父親則認定非童益君不娶，苦苦追求和等待了十年。在這十年中，他省吃儉用以便省下路費每年暑假回國，其餘時間就是靠魚雁相通。據母親說，他們通信很少情話綿綿，多數都是討論問題，各抒己見。知人論世、人生取向基本上相同，所以說他們的婚姻基礎是「以道義相許」。我記得在天津家中，每當隨母親到「箱子間」整理箱籠時，她常常打開一個塵封的小皮箱，裏面裝滿了一捆一捆的信，都用絲帶紮起，大約是按年代分的。她只打開箱子看一看，卻從未見她解開過這些信。我有一次趁她臨時出去，匆匆偷看過一封父親寫的信，現在只記得最後一句：「不知寂寞簾籠中尚有癡如我者否？」大概這就算「情話」了。這些信件如果保留到今天一定是極寶貴的史料，可以看到那個時代青年的思想風貌，甚至包括從文言轉白話過渡時期的文風。但是在「文革」中連同包括他們結婚照片在內的幾大冊老照片都灰飛煙滅，片紙無存。痛哉！惜哉！

　　我舅舅童潤夫在上海事業有成。根據中國的傳統，家族中有一個子弟比較成功，就成為大家庭的中心。舅舅雖然不算富人，但相對說來，經濟比較寬裕，似乎對所有家族成員都負有義務。從我記事起，他家就在上海新閘路傳福里的一所典型的石庫門房子中。外婆和母親未嫁時都住在他家。還常有遠近親戚短期或長期居住。我父親每次回國也住在他家。母親對婦女獨立的觀念比現在某些青年還「新」，但同時又受很深的傳統道德薰陶，恪守那個時代大家閨秀的行為規範，對男女交往絕對嚴肅，開放而不逾矩。令我父親頗為無奈的是每年回國總是同她的家人相聚較多，而母親為避嫌，很少同他單獨在一起。其實父親已經融入了那個大家庭，他的母親已經去世，與我外婆的關係形同母子，與大家庭的其他成員關係也很好，大家常在母親面前幫他說話。有

人説，你這樣拖下去，等他變了心，就再沒有這麼好的人了(那時日本女子特別喜歡嫁中國留學生，而且比較主動。不少留學生就娶了日本妻子)。母親瀟灑地説：如果他變心，那就更説明不值得我嫁了。

其實母親對父親是十分欣賞的，唯一的考慮是自己的事業。這樣拖了近十年，到1929年父親也已畢業回國，並且有了工作，母親終於為他的執著所感動，同意結婚了。不過她提出約法三章：第一不得做官；第二不干涉她花錢；第三，不以兒媳婦身份到湖南老家去，但父親老家卻必須來人主婚。這三條需要略加解釋：第一條，母親的理論是，官無論做得多大，總有上級，不管你喜歡不喜歡，都要敷衍。特別是如果父親入了官場，她就免不了要同那些俗不可耐的官太太應酬，這是她受不了的；第二，母親自己生活極為儉樸，既不打扮，也幾乎沒有什麼嗜好(如打麻將之類)，但平生有一好，就是好助人，這是她真正的樂趣所在。凡親友有急難，她都熱心相助，在親戚中以「大方」出名。特別是子侄輩中學習方面的需要，她毫不猶豫慷慨解囊。後來包括父親湖南老家的親戚也是由她主要聯繫和關注。直到晚年常年臥床時，還曾要我們替她買英漢大字典，因為有一個遠方親戚的後輩從外地來信説想學英語，字典太貴云。所以婚後她自己沒有了收入，怕父親「小器」，在用錢方面干涉她。第三條則説明她複雜的新舊混合的倫理觀。一方面，堅持建立小家庭，不願意當大家庭的兒媳婦，而另一方面，又很在乎「明媒正娶」，一定要資家有人正式承認。我感到潛意識的還有湖州人的文化優越感，湖南對他們説來似乎開化程度差一點，所以她不願去。這幾條，我父親毫無困難完全接受。他本來就厭惡官場，加以當時中國政局動盪，他決無從政之意。至於家計，我從懂事起就發現，他根本不聞不問，豐簡全由我母親一手打理，他樂得坐享其成。湖南老家他父母都已不在，他在他父親去世時已經聲明放棄一切繼承

權(這一點在後來土改時使他免於劃成地主成份,是當時沒想到的),所以不會要求母親回去。他的一位堂弟代表資家到上海來出席了婚禮。

近十年的「考驗」加上這幾個條件,表面上似乎母親拉足了架子,而父親對母親的要求只有一條,就是婚後辭去工作。就這一條,母親付出的是畢生事業的前程,多少條件也抵不過。家庭與事業,無論犧牲哪一頭,都是由女性承擔,本質上還是不平等的。據母親說,在婚後,設在上海的絲業改良委員會和鎮江的學校負責人都曾幾次來家裏敦請她出去工作,父親在他們遊說下也曾為之所動,但是這時她已懷孕(就是我),身體很不好。生我之後健康更壞,得了肺結核,連我都被寄養在她的一個要好的同學家,我稱她「寄娘」(即乾媽)。再後來,父親奉陳光甫之派赴美深造,母親一人帶我到瀏河農村親戚家繼續康復,更談不到出去工作了。從此成為全職家庭主婦。

從我有記憶開始,母親已是一心一意相夫教子(女)。她天生是不甘於無所作為的,既然放棄了社會職業,就把這個家也當作她的事業來做。我家是名副其實的男主外、女主內,家裏從倫理觀念、生活方式、禮儀習俗、乃至親友來往無不貫穿母親的思想風格。當然最主要的是對我們姐妹的教育。我是長女,大妹華筠比我小六歲,所以我在六歲以前是獨生女,又逢母親剛從社會走進家庭,精力才幹過剩,我就成為她教育思想的試驗田。我三歲開始在瀏河鄉下發蒙——認字、識數。她教算術有自己一套,以訓練邏輯思維為主,最簡單的加減法也要翻過來、掉過去,說出許多道理來。應該說,我的中文和數學最初的基礎都是她奠定的。

母親以她自己獨特的方式融新舊倫理道德於一身,或者說在新舊文化之間做了妥協。她的基本倫理觀還是孔孟之道,她和我舅舅都把「克己復禮,天下歸仁」作為最高境界,我舅舅在我小學畢業的紀念冊第一頁上就是題的這幾個字。還有曾子「吾日三

省吾身」的三個方面，特別是對人的忠、信她都是身體力行，並以此要求我們。她最不能容忍的是說謊，「君子坦蕩蕩，小人常戚戚」。我們姐妹做錯了事只要如實承認，就不大受罰，堅決執行「坦白從寬」原則。同時，她對古訓也有自己的批判選擇。她很得意的一件事就是兒時在「家館」中讀《論語》時就提過一個讓老師生氣的問題：讀到子曰「三年無改於父之道可謂孝矣」，她說此話不通，如果父親是強盜怎麼辦呢？她比較喜歡孟子，例如「獨樂(yue)樂(le)，與人樂樂，孰樂？曰：不若與人」，是她常引的。她最推崇的、也是對我影響最大的一句話是：「自反而縮，千萬人吾往矣」。這符合她的理性精神。她最提倡講道理，認為許多誤解、糾紛都來自沒有講清楚道理，以此常在親友中扮演排難解紛的角色。她對我教育雖嚴，但有一點與眾不同，就是允許辯論，如果不服，就把理由講出來，她再加以說服。不過在我的記憶中似乎這種辯論總是以她說服我告終。即使我心裏並不真的服氣，至少沒話可說。還有一副曾國藩的對聯是她的座右銘：「學求其於世有濟，事行乎此心所安」。在新思想方面，除了男女平等外，我覺得她很認同北伐的國民革命，經常哼唱一些那個時候的歌曲，內容反帝愛國居多，如「打倒列強，除軍閥」之類，記得有一首歌詞中有「印度人最可憐」，還有「男兒當自強」。她對我說，不但男兒，當然女兒也當自強，國家更當自強，只有自強才不被人欺侮。

對親人，她遵從的是「君子愛人以德，小人愛人以姑息」，她強調與父親是「以道義相許」，是敬重父親的人品、學問才決心同他結婚的；對孩子則絕對反對溺愛，經常以「紈綺子弟」為戒。在這些方面她與父親有許多共同處，但表現略有不同。例如痛恨趨炎附勢，父親是清高自守，潔身自好，而母親則天性熱情，急人之難。我們家來往的親友中很少達官貴人，卻有許多經濟條件較差，或暫時遇到困難的親友。

我父親雖然留日時間長，留美時間短，但是那時的愛國人士都不會親日，來往的朋友中美國留學生居多，其中有些家庭很「洋派」，太太們很時髦，母親與她們就不大合得來。她的衣着「家常」和「出客」分得很清，她皮膚白皙，得天獨厚，居家從不化妝，總是穿舊衣服。只有會客、出門訪客以及「應酬」時才視場合換衣裝，薄施脂粉。不同「級別」的場合也有不同的講究。最漂亮的衣服是「吃喜酒」穿(我們孩子也是一樣)，我總是不理解，人家結婚為什麼我們賀客要盛裝。那個時候所謂「上層」比較有文化有教養的家庭一般都是如此，相對說來，我家更簡樸一些。所以我每當看見電影中凡是出現所謂「上層」家庭的女眷家常都是綾羅綢緞、珠光寶氣，總覺得很可笑，因為實際上並非如此。這完全是出於不瞭解那個社會和生活的人的想像。

　　我們似乎不記得母親喜歡吃什麼菜，因為飯桌上，凡是別人不吃的，最後都歸她「打掃」。她在家裏真是達到「無我」的境地。父親在外面「應酬」很多，母親很少同他一起出去交際，只有逢年過節極少的幾次朋友聚會是一起參加的。當然母親有自己談得來的少數女友，經常走動。記得剛到天津時我還見過她的名片：「資童益君」，後來名片也不見了，對外就是「資太太」了。直到解放以後，父親單位安排到外地休假，條件比較優越，她都沒有同行過。更令我遺憾的是她對當年放棄事業的犧牲已經不感到遺憾，甚至認同了女子結婚是最終的歸宿的看法。記得對於《兒女英雄傳》，我為叱吒風雲的十三妹最後當了管柴米油鹽的兒媳而且是二女嫁一夫，感到忿忿不平，她卻認為何玉鳳找到了很好的歸宿。我為母親惋惜之餘，可能產生一種逆反心理，從中學起就決心不走她的老路，不論是否結婚，決不當「賢內助」，以至於對家務一竅不通，自己成家後也拒絕管理錢財和柴米油鹽，走到了另一極端。當然我所處的時代與她不同，生活方式也大不相同，「家事」沒有那麼複雜。我們姐妹三個都不做家

務，不會理家。實際上這何嘗不是母親既為父親也為我們無我地付出的結果！我常說她把父親慣壞了，從這個意義上，我們也被她慣壞了。

　　母親執著的教育觀還施於家裏的保姆。從兒時帶我的保姆到後來帶我女兒的保姆，她都一一掃盲，至少要她們能讀家信，會算加法，而且認真督促。有一個老保姆年紀大了，記不住，告饒說：「老太太你饒了我吧，我還是幹活去吧。」有一個成功的例子是從南方隨我家去天津的老保姆帶來的女兒。她來我家時已經十二、三歲，還沒有認字。我上一年級時，母親就用我的課本教她，讓她跟着我做功課。但是到初小四年以後，她就跟不上了。母親發現她學學校的課程有困難，但是學技能比較靈，就教她衛生和護理常識，並讓常來我家的一位護士教她打針。後來正好有一個機會介紹她到天津東亞製藥廠工作，她因為有一定常識基礎，比其他女工更容易熟練，而且因為在我家食宿，省去生活費，自己可以有些積蓄。1950年以後，她同她老母親一起回上海，進入一家醫院工作，同一名醫生結婚，又經過培訓，最後成為中級醫務工作者(那時缺人手，政策比較靈活)。她一直對我母親有較深的感情，直到她去世前還經常托人致問候，帶東西。

　　母親從本質上信奉中庸之道、改良主義，從青年時代就不參與政治活動。但是她有很強的正義感。四十年代末，我已到北京上大學，後來才知道，有好幾位表姐、表哥與地下黨有關，他們都曾利用我家躲避追捕，或轉送同學到解放區。對此，母親照例毫不推辭，大力協助，因為她認為他們都是「好青年」，人各有志。但是她並不鼓勵我參加學生運動。她有一種「理論」：工人罷工使老闆或政府有損失，可能對他們產生壓力；而學生主要任務就是學習，荒廢學業只有自己吃虧，「他們」並不在乎。

對父親的記憶

我對父親直接瞭解甚少，他在家裏寡言少語，下班回家就是看書、看報。我的記憶中，兒時他還同我玩耍，有時彈彈曼陀鈴，偶然給我買玩具，還帶我出去吃過冰淇淋。上學之後，學業都是母親管，他從不過問。待小妹民筠出生後，他在態度上明顯偏愛小妹，只有對她有笑容，逗她玩(當然。她比我小八歲，我上中學時她還是幼兒)，我在他面前只能規規矩矩，不敢大聲説話。但是他對我實際上還是很關心的，對我的升學等等都同我母親討論，盡量創造最好的條件，只是從不與我直接討論。不知為什麼，他好像形成通過我母親與我交流的習慣，即使直接對我提出要求，也總是説：「你姆媽要你⋯⋯」。所以關於他的點滴經歷、事蹟都是從我母親口中得來。直到後來讀了他的回憶錄《凡人小事八十年》，特別是在他去世之後，他的整個輪廓在我心目中才清晰起來，而且越來越發現他真的很了不起，做了許多非常人所能及的事，但是對他內心深處的想法，始終不甚了然，在他生前從未與我有過可以交流思想的談心，如今只能成為終天之恨。

父親出生於湖南耒陽的一個偏僻山坳，稱「資家坳」。到讀小學的年齡時剛好遇到廢科舉，興新學，縣裏辦了小學，招收學生，一切免費。小學畢業後到衡陽上中學，也是免費。十七歲中學畢業，他的父命最遠只能到長沙升學，同時家裏又給包辦婚事，要他回去完婚。他既為逃婚，又為闖蕩世界，就此不告而別，離家出走，順江到了上海。原想考清華學堂未果，結果考上官費留日，從此在日本留學近十年，期間回過國，但終其一生再未回過耒陽家鄉。他自述中説，他整個教育沒有花家裏一分錢，全部都是國家培養的。

那時中國留日學生很多，但不少人在那裏進行革命活動，中途輟學的也不少。父親從湖南的偏僻山坳漂洋過海跑到日本，

一個字日文不懂，卻立志非上兩家帝國大學(東京、京都)之一不可，根據日本學制，為上這兩家大學先得上指定的高等學校，他拿出湖南人特有的犟勁(母親語)，刻苦學習，竟然考上了著名的「一高」，從預科上起，畢業後考上了京都帝國大學經濟學部，堅持下來，直到畢業，1926年回到上海。這與他在婚姻上的執著有相同之處。最近據上海沈建中君查閱圖書館的歷史資料，發現他在日本期間就已在國內雜誌上發表過多篇文章，現在搜到的已有十幾篇，甚至連關於婦女問題的都有，不過多數是經濟方面的，其中有幾篇比較接近學術論文，至今有參考價值。這是我從來不知道的，他本人從未提及，甚至我母親也不見得知道。

根據他的自述，他在日本畢業告別師友中有一位京都大學教師內藤湖南——此人是造詣很深的著名漢學家、中國史學家，自稱熱愛中國、中華文化，但後來曾支持日本侵華，這是後話——內藤與我父親交談中流露對中國輕視之意，令他反感。但是內藤說，他研究中國，尤其喜歡湖南人，所以把自己的名字改為「湖南」。他還表示他在中國有一位湖南籍朋友，就是曾任國務總理的熊希齡，並主動寫一封介紹信給熊，交給我父親，說也許日後用得着。我父親起初不以為意，後來在求職過程中受挫，想起這封信來，果然憑此順利謁見熊希齡，而且接談以後熊對他印象很好，立即介紹他到一家銀行工作。不過不久他就發現這家銀行問題弊端甚多，及時離開了。

實際對父親有知遇之恩的是陳光甫。陳在銀行刊物上發現父親發表的有關銀行的文章，十分讚賞，通過雜誌找到他，交談之下，一拍即合，把他招入自己一手創辦的上海商業儲蓄銀行，從此決定了父親半生的命運。最初他在研究部工作。陳光甫認為他只有留日的學歷還不夠，又派他到美國著名的賓夕法尼亞大學沃頓商學院深造，同時告訴他只選有用的研究生課程，但不要讀碩士學位，因為為了學位會浪費時間在一些不實際的課程和活動

上。他遵囑學完課程後，到一家銀行實習，最後遊歷歐洲，特別是考察英國的銀行，與美國銀行制度做比較，這樣，他對現代金融業從理論到實踐有了比較完整的知識，打下了扎實、全面的基礎。

還有一項額外的收穫：他留美之時正是美國大蕭條後期，羅斯福「新政」實行之時，他有極為難得的機會就近觀察和體驗那個特殊時期的美國金融和經濟狀況，根據第一手材料，專門寫了調研報告。這也是我後來從他的回憶錄一筆帶過的敘述中得知的，至今沒有見到那篇報告。據沈建中君稱，他收集的資耀華著作目錄中有這個題目，但願以後能找到原文重新發表，不論其觀點如何，應是寶貴的史料。

父親真正創業、立業，奠定他在金融界的地位，是在天津期間，前後凡十五年。天津開埠較早，又有出海之便，在那個年代是僅次於上海的、最發達、最開放的城市。三十年代中期欣欣向榮。一方面洋人聚集，「八國聯軍」的國家除美國外在那裏都有租界，各有特色，而以英租界治理最好。另一方面，也是民族工商業蓬勃發展，取得驕人成績的地方。新興的現代金融業也很發達，代替老式的錢莊。銀行支持實業是題中之義。我父親就是在這一形勢下於1935年被派到天津開辦上海銀行分行，後來成為上海銀行整個華北地區業務的負責人。到天津時他三十五歲，正是意氣風發，準備大幹一場。但是好景不長，兩年後就爆發盧溝橋事變，從此進入艱難歲月。

盧溝橋事變後，許多民族工商業開始向內地搬遷。以父親的本意是絕不想留在淪陷區的。但是陳光甫命他留下，保存銀行在華北的家業，陳光甫對他有知遇之恩，他對陳忠心不二，就毅然擔當起這個艱巨任務，沒有推辭。在太平洋戰爭之前，日本侵略者的勢力不能進入租界，陳光甫的依據就是認為可以依託英、法租界開展業務。當然在華北淪陷的大局之下，日寇虎視眈眈，租

界的業務也不可能不受壓力和干擾。父親被推選為天津銀行公會會長，以這個身份團結同行，審時度勢，以各種曲折的手段與日本勢力鬥智，虎口奪利（中國資本之利）。到1941年珍珠港事變之後，英美與日本都成為交戰國，日本勢力明目張膽進入租界，環境就更加兇險。總之在天津淪陷期間，父親歷盡艱險，委曲求全。在精神上忍受了極大的痛苦，不但自己保全了名節，對銀行也不負所托。這些細節在他的回憶錄《凡人小事八十年》中都有敘述。我是在看了他的回憶錄後才忽然意識到那艱苦的八年，在難以想像的複雜環境中的奮鬥，恰恰表現了他過人的才智和擔當，這是我少不更事時不知道，也不理解的，直到經歷了人事滄桑，對大歷史有了更加深廣的瞭解，才體會到平時不苟言笑的父親有這樣的堅守和智慧。也能理解，為什麼他在家裏總是表現那麼嚴肅、沉默寡言，他實在笑不起來。後來實在壓力太大，他得了肺結核，家中氣氛更加壓抑，直到抗戰勝利他才痊癒。

我的記憶中有過兩個時期見到他有歡顏，在家、在親友中話也比較多，似乎又準備大幹一場。一個是抗戰勝利以後，那時舉國歡騰，自不待言。可惜時間很短，他去了一趟重慶回來，對國民政府徹底失望，又大病一場。另一次是1949年迎接新政權，他是由衷地擁護，積極建言獻策，又以為自己的知識、經驗可以為振興經濟有所貢獻。這個時間也不長，「三反」、「五反」後，他又陷入沉默。此是後話。

父親衷心擁護共產黨，這裏有中國知識分子的共性，也有他本人的特殊性。共性是指那句「中國人從此站立起來了」的名言，引無數英雄競折腰。我見過他的一篇自述中說到他在日本留學期間作為中國人受到的是公開的蔑視和欺負，在美國留學期間受到一種居高臨下的同情和憐憫，二者他都受不了。所以在年近半百時聽到新領袖發出那句話，立即熱淚盈眶，從此決心追隨共產黨。外人和當代青年對那一代中國知識分子後半生對種種苦

難、委屈、乃至殘酷、荒誕的承受力感到不可思議。要理解這一點當從這句話開始。那種對民族屈辱的感受，那種刻骨銘心的對國家富強的嚮往，怎一個「愛國」了得！

根據我自己的感受，他處世為人、性格作風與一般人心目中的「金融家」的形象大相徑庭。在他那一代即使不算很特別，也已經不算普遍，在今天的青年人看來可能就更難理解了。有人稱他為「布衣銀行家」。其實他本質上更多是學者。在進入銀行業之前，以及之後都有許多著述。他從事銀行業的實踐共十五年，以後幾十年真正做成的，就是主編中國貨幣史資料。他一貫輕錢財，對物質生活極少追求，是本性如此，而不是故作清高。當然，在天津的十五年中他躋身上層社會，家中除了太平洋戰爭之後那幾年生活物資緊缺外，一般還是維持中上的生活水平，我們姐妹能受到在當時條件下最良好的教育。但是以他的處境和能力，「發財」的機會大約也不少，他卻從不置私產。記得我七十年代陪外賓參觀上海的魯迅故居，發現魯迅的住房就與我家在天津的格局差不多，忽然產生一種不平感，因為我已經為「在優越的剝削階級生活中成長」做過無數檢討，而魯迅是無產階級的旗手，而且「吃進去的是草」！

對於父親的一生業績，我無力做出評論。他以九十六歲高齡全身而逝，比起很多他的同代人物相對說來還算幸運的。但是令人深深遺憾的是，實際上他的所學、所長，前期從理論到實踐的深厚積累，加上他的敬業精神，遠遠沒有得到充分的發揮，大歷史背景如此，中華民族失去的無形財富，又何止他一個人？

人無完人，我不想對先人多溢美之詞，拔高他們的形象。只是我常禁不住想：假如父親貫徹始終的「規規矩矩做人，認認真真做事」，假如母親的理性、豁達、克己為人，成為我國各行各業為人處世的常情，方今社會的風貌會是怎樣？假如所有與他們相似的前輩人的學識見解都能正常地用於「濟世」、「興國」，

我們的國家會是怎樣？假如多數父母都以他們那樣的原則教育子女，下一代又會怎樣？

兩個妹妹

我的兩個妹妹都在天津出生。大妹資華筠生於1936年，比我小六歲，小妹資民筠生於1938年，小我八歲。她們卻都先我而去，尋父母於地下，獨留我一人在這裏追述她們的生平。

大妹資華筠

我作為「獨生女」一直到六歲，總是羨慕別人家兄弟姐妹成群。終於有了一個妹妹，十分高興。大妹生於家裏開始興旺之時，當時正好外婆也在，她的出生平添許多熱鬧。她從小精力充沛，到兩三歲時就特別淘氣，跑得飛快。看她的保姆一不小心就被她逃脫，在後面拼命追。母親對她的頑皮也很頭痛，所以隨着她的長大，精力主要花在管教她，對我就放鬆了。這令我很高興。聽說有的孩子常對初生弟妹有妒忌心，因擔心父母分愛，我絕無此心，相反，母親放鬆了對我的注意，使我感到自由，並有成為「大孩子」的自豪感。不過由於年齡差距大，妹妹不能成為我的玩伴。到我上中學時，她開始上小學，我和同學在一起時，她總要跟進來同我們一起玩，我們就設法甩掉她，有一次不知誰竟然出了一個損招，讓她進來，給她講鬼故事，繪聲繪色，想把她嚇跑，誰知她越緊張越愛聽，更加纏着我們接着講。諸如此類，也可見她的個性，大膽而執著。後來在事業上就成為認定目標克服一切障礙的衝勁和毅力。

華筠能歌善舞，從幼稚園就表現出眾，凡有表演，她總是主角，長得也漂亮，在親友中人見人愛，總要讓她表演一個，她也不認生，不怯場。上小學時，母親開始讓她隨我的鋼琴老師劉金定學琴。劉先生也十分喜歡她，凡有活動總是帶着她，母親戲稱她是劉先生的「香褙包」（就是隨身攜帶的香囊）。後來劉先生發

現她舉手投足有舞蹈天賦，就説服我母親，送她到一位白俄老太太那裏學芭蕾，這當然也和學鋼琴一樣，是課餘的，不是專業的。我去參觀過一次她們的練功課，孩子年齡不等，最大的可能已是高中生了，華筠也不是最小的。她在那裏進步很快，不久又成為佼佼者，還上台表演過，留下一張「天鵝之死」的劇照。二戰結束後不久，隨着蘇聯宣佈允許流亡在外的白俄回國，恢復國籍，那位教芭蕾的老師就回國了，華筠的舞蹈學習就此中斷。但是這短暫的學習喚起了她對舞蹈的興趣，與她後來決心以舞蹈為業不無關係。

　　她中學上的南開，那時我已到北京上大學。只聽母親説，她成績總是名列前茅，不必為她的學習操心，而且與我不同的是，她體育特別好，是田徑健將，全市中學生運動會得過跳遠冠軍。1950年她初中畢業，適逢中央戲劇學校招生，忽然決心要報考舞蹈班。那年初，烏蘭諾娃隨蘇聯藝術團來華演出，引起轟動，滿城爭道。中國傳統中，演藝人員總體的社會地位是不高的，而在西方、在蘇聯，他們都列入藝術家，地位很高，特別是蘇聯的「功勳演員」、「人民藝術家」等等更有特殊的地位和優厚的待遇。在中國共產黨那裏，「文工團員」也是受尊敬的職業。所以此時華筠提出來要以舞蹈為專業，與潮流相吻合，家裏沒有反對的理由。我母親心中不情願，她當然不會贊成女兒書讀得好好的，到初中畢業就輟學，我家親戚中還無此先例。但是「唯有讀書高」這種觀念已經受到批判，華筠向她宣傳烏蘭諾娃在蘇聯社會主義國家的地位有多高，而且進入「中央戲劇學校」就等於是參加了革命工作，與一般升學不一樣(實際上也的確不是「學校」，後來改為「中央歌舞團」)。父親當時正滿腔熱情擁抱新社會，在家中是思想最「進步」的，完全支持華筠的決定。我想即使不是學舞蹈，華筠如果決定輟學參加南下工作團他也會同意的。在此情況下，母親當然不能再堅持反對。這場家庭會議我不

在場，情況都是事後母親告訴我的。我對此也不反對，而我的理由是從興趣出發，我認為把「好玩」和職業聯繫在一起是樂趣無窮，十分幸福的事。因為我雖然對自己的專業不是沒有興趣，但是有時讀書讀得很苦，而且那時已經開始思想改造，我以為跳舞是不需要思想改造的。後來華筠對我把舞蹈說成「好玩」一直很有意見，因為其實是很苦的，甚至是真正的「痛苦」，有時練得連穿衣、刷牙都抬不起手，所以舞蹈有「殘酷的藝術」之說。

就這樣，資華筠日後成了舞蹈家，不過沒有跳芭蕾，而選了民族舞蹈。一則受戴愛蓮的影響，更主要是當時民族舞蹈幾乎是空白，她認為可以在這方面有所創新。我們因各自的行業相距甚遠，其間還經歷過家人親友互不來往的政治運動，所以姐妹之間關係並不密切，她的經歷細節我只模糊知個大概。我知道她一貫要強，無論做什麼都不甘平庸，不惜付出十二分的努力。對舞蹈練功如此，對自己的文化學習也是如此。她對自己的初中學歷是有一個心結，特別加倍補課，以打破她所認為的，某些知識界看不起舞蹈演員的偏見。一九八〇年代初，陳翰笙老人在家開館，義務教授英語，她也去參加，那時已超過四十歲，據說還是同學中成績最好的。她本來可以在舞台上更放光彩，但是正當她嶄露頭角，成為冉冉上升的明星時，遭遇「文革」，被趕下舞台。那年她二十八歲，正當黃金年齡。她們這批女演員原來曾向組織保證三十歲之前不生孩子。如今被強迫賦閒，她一「賭氣」，四年內連生了兩個孩子，正好一女一男。文藝界「文革」中鬥爭比較激烈。她雖然年輕，夠不上欽定運動重點 —— 「三名、三高」（名演員、高工資），但舞蹈界缺乏老前輩，她的地位已引人注目，其中又有派性因素，因而受到較大衝擊。

改革開放以後，落實政策，她命運陡轉，先成了政協委員，從第五屆一直連任到第十屆。在恢復練功後，再作馮婦，演出了幾場，不過時間不長。她另闢蹊徑，轉入學術研究，在與舞蹈有

關的理論上別有建樹。這個我完全不懂，只知她任藝術研究院舞蹈研究所所長，發表了許多學術論文，成為博導，帶了許多博士生。報刊有一篇報導介紹她，標題就是「從初中生到博導」。這在重學歷的當今不知是否絕無僅有，肯定是極罕見的。曾有一位大學歷史教授談到我妹妹時，問我說：我絕對尊重舞蹈藝術，可以承認出大藝術家，但是不明白怎麼成為一門學術理論，還培養博士生？這我不敢問她，因為她一定會認為這個問題本身就是看不起她們那一行。她對此很敏感。她自己可以對演藝界的許多弊病深惡痛絕，痛加鞭笞，但我要提到演藝界，得用詞非常小心，以免有不尊重這一行之嫌。有一次她說「舞蹈是人類一切藝術之母」，我說「是嗎？」，她斷然說「這是常識問題」，我唯唯。我以前沒有想過這個問題，只有承認無知。事後考慮，可能有道理，原始人最早表達感情大概先從肢體動作開始，然後才有節奏、有歌唱……提到這個例子是說明她對舞蹈事業的確不是一般的熱愛，而是近乎神聖感。

她開始進入政協是改革開放後最早的一屆，那正是大批「文革」受迫害的人平反和落實政策的大潮中。她每天收到無數訴說冤情的信件以及通過熟人輾轉申訴的要求。那一個時期，她盡其所能，利用一切關係說明這些認識或不認識的人得到公正處理。我一般都是對達官貴人敬而遠之的，即使四人幫打倒後恢復職務的老領導，我也不主動探望，因為那時他們已經門庭若市了；而華筠則不然，她認為只要不是為自己謀私利，可以理直氣壯地結交公卿，誰能解決問題就找誰。那段時期她為人申訴沒少寫信、找「關係」，詳情我不得而知，至少有一部分是成功的，因而獲「大俠」之名，多年後還有人登門向她表示感激之情。我的印象，「四人幫」倒台後第一屆的「兩會」是最有朝氣的，會上的爭論和代表對官員的質詢都見諸報端，那些新出任的「代表」、「委員」中認真盡責，為民請命的不止她一人。以後很少再現此景象。

以後，她聲名日隆，社會地位亦隨之，獲各種榮譽，除專業外，還成為社會活動家。最後被評為文化部藝術研究院六位終身研究員之一，因而也無所謂退休，教學及其他社會活動一直很忙。在她的位置上仍然熱心幫了不少人的忙。凡是她認為正當之事，能越過層層官僚機構，破門而入，直接「逼」有關領導簽字。她以直言不諱著稱，據說不少人「怕」她。她告訴我她能做到的原因就是沒有一次是為自己的私事，而且她堅信自己堅持的事都是正當的，還有身在演藝界，始終潔身自好，也是重要因素。她還告訴我，有一次，遇到一位海關負責人，交換名片時，人家客套一句說：「有需要時可以找我」，她脫口而出說：「我又不想走私，不會有需要的」。可能她已經這種作風名聲在外，似乎獲得特殊的包容。

　　由於名字相近，我有時會被人弄混。有一次我忽然接到一名記者電話，說是聽說你對春節晚會提了很尖銳的意見，領導很重視，希望就此問題採訪云云。我很少看春節晚會，更不會去提意見，知道這位記者一定把名字弄混了。這是華筠關注的範圍，她常為藝術之粗糙、品味之低下，憤慨不已。特別反對時下已經成習慣的歌唱表演後面群舞作背景，為之深惡痛絕。不過領導儘管表示「重視」，卻始終未見任何改進，而且每況愈下。

　　她的生活軌跡在我家是獨樹一幟。除了「文革」的衝擊外，在艱苦歲月中，相對說來生活比較滋潤，妹夫對她服務周到，而且有鑽研烹飪的愛好，燒得一手好菜，滿足她美食的享受。她身在演藝界，比一般人可以衣着華美入時，以至於小妹民筠在學生時代與她一起走在街上感到不自在，怕同學看見（民筠在這方面是另一極端，下面將提到）。她舞台生涯被人為地縮短，但通過自己努力轉型寫作和學術研究，獲得意想不到的成功，在她們這一界可算是獨家。

　　她本來是身體最健壯，精力最充沛的。但是不幸得了白血

病。最後十年在與疾病作鬥爭中度過。一方面借助優越的醫療條件，一方面靠她一貫的頑強毅力和良好的自我感覺，在接受治療的同時，不把自己當病人看待，工作與活動如常，只不過節奏放慢。每年仍然會有幾次國內外出差，繼續帶博士生、當評委，等等。她最後一名博士生來自新疆，那時她已因病停止收學生，但拗不過當地領導一再要求她「為支持民族文化做出貢獻」而接受，直到去世前不久，才審讀完最後一個博士生的論文。我參加她的遺體告別，發現現任與兩屆前任總理和多位國家領導人都送了花圈，令我驚訝，也算是死後哀榮。

小妹資民筠

如果說，華筠是時代的幸運兒的話，小妹民筠正好相反，是時代的悲劇。我在想起她時總是感到無限惋惜。她出生時已是天津淪陷之後，與華筠相隔兩年，但環境迥異。母親懷她時剛經過喪母之痛，身體虛弱，她不足月就出生，先天不足。外加母親因奶水不足而必須補充奶粉，她在繈褓中因吃了劣質奶粉而大病一場，九死一生，所以幼時發育較慢，比較瘦弱，與華筠成鮮明對比。她是家中第三個女孩，按傳統，親友們都希望我母親生個男孩。父親怕她因而受歧視，加倍寵愛，母親因為她體弱，也給予特別照顧，而且一反對我和華筠的嚴加管教，對她特別放鬆，並且因為她身體不好，特意晚一年送她上小學。

出人意料的是她天賦聰穎過人，這不是一般的套話，而是真的絕頂聰明，雖然開蒙比我們晚一些，但是自發地學什麼都舉重若輕，從上學開始，從來不需要家裏操心。最近我遇到她少時同學還提到她，說是上數學課，老師在黑板上出一道難題，別人還沒弄明白題意時，她已經有了答案，而且還不止一種解法。同學們都佩服得五體投地。她小學在天津東亞小學，中學在北京，好像是女三中，一直文理兼優。那時沒有「奧數」，不過也有全市數學比賽之類，她得過第三名，沒有得冠軍，頗為之遺憾了一

陣。她興趣非常廣，戲曲、音樂、詩歌都愛好，在家也學了幾年鋼琴，達到相當的水平。在學校是文娛活動積極分子。她會唱許多歌，雖然嗓音沒有天賦，但背歌詞能力驚人，凡是有人哪首歌忘了詞，只要問她就行。不僅如此，她還喜歡京戲，不知什麼時候，竟然把大半部戲考都背了下來。我過去也抱着戲考聽戲，但只能學會有限的幾折。她聽戲的機會比我少多了，卻連很少演出的折子戲的戲詞都會背。

另一方面，她「生在舊社會，長在紅旗下」是帶着紅領巾長大的，到年齡就入團，在高中剛滿十八歲就被發展入黨，而且是學校黨組織主動找她的。我一直納悶，似乎使我長年背上沉重包袱的家庭出身對她沒有影響。當然，她是1956年高中畢業，在那之前，對家庭出身沒有「反右」以後那麼嚴酷，1956年又是「落實知識分子政策」最寬鬆的一年，可以稱之為「迴光返照」。根據那時的標準，她的表現也無懈可擊。她中外什麼文學作品都讀，尤其酷愛希臘神話，不過受影響最深的還是那時佔主流的蘇聯文學。少年養成教育使她頭腦中充滿紅色烏托邦。我母親經常當笑話提到一個場景：她帶着紅領巾，站在鏡子前，大聲背誦馬雅可夫斯基的詩，還伴以手勢，「向左，向左！」她極其單純而天真地信仰着那時的主流宣傳，努力「無私奉獻」，凡是宣導者實際上做不到或不準備做的，她都身體力行，到以自苦為極的地步。同時，這也帶來榮譽，年年都評為「紅專標兵」。但是對於政治，她實際不懂，也不感興趣，這「紅」，只是表現在服務精神，在吃苦耐勞方面總是一馬當先，那時還沒有「學雷鋒」之說，而她的所作所為堪比後來被稱為的「活雷鋒」。在1956年以前的中小學大概「階級鬥爭」的弦還沒有繃得那麼緊，或者也因學校而異，與碰巧遇到的老師也有關係。她上的中學不是「二代」們雲集的名校，可能也是幸運。

1956年她高中畢業，被選拔留蘇學習，先在國內集中學一年

俄文，準備第二年出國。但是一年後，留學政策改變，只派大學畢業生去進修，不再派本科生。他們這一批天之驕子可以不經考試就保送入大學，而且學校和專業都任自己挑選。她選了北大物理系，那是當時所有理科生的首選，後又進入地球物理系，並選讀當時最前沿的學科——空間物理(或稱大氣物理)。她有一次興奮地告訴我，今年(1957年)是國際地球物理年，這對她選專業有很大啟發。我只是茫然不知其意義。大學時代，她依然是「又紅又專」的模範，也是文體積極分子，曾任學生會文工團團長，又搞合唱，又作曲編歌，還寫劇本，十分活躍。有一陣她還寫詩，新詩舊詩都寫，不過只留在自己的本子裏，不大示人。我偶然看到過她的一篇仿古五言長詩，自述平生志，還頗有點古風，內容我已印象模糊，只記得有遨遊太空，探索宇宙奧秘之意。她由於學習成績優異，也因為工作需要，在畢業前一年就提前調出任助教，邊工作、邊繼續學完課程，接下來順理成章地留校任教。到此為止，她的人生可謂一帆風順，前途即使不成為大科學家，也可望在本專業領域大展宏圖，而且生活也豐富多彩。但是事有不如人意者。

我們姐妹都是不善料理生活的，但是以她為最。她的「紅」還表現在對衣食之事降到最低水平，連衣服整潔都難以做到。直到上大學，甚至成家以後，母親對她生活上還是關照有加，只要週末回家，總給她帶回去夠吃好幾天的菜。她的鞋子一直是穿家裏老保姆劉奶奶做的布鞋。「大躍進」時期她下鄉、下工廠較多，鞋子破得很快，劉奶奶做的都跟不上，有時回來鞋幫都散了，用麻繩綁着，劉奶奶看着直心疼。更重要的是，她的健康受到了不可挽回的摧殘。那個時期人都有點瘋狂，她想必處處帶頭苦幹達於極致，有病痛肯定不會自己就醫。直到我母親發現她發育不正常，強制她去醫院檢查，最後確診，她得過婦科結核病，由於年輕，不知何時已自動鈣化，但是錯過了治療時機，永遠喪

失生育能力，名醫林巧稚也無能為力。儘管後來她還是結婚成家，妹夫家裏兄弟眾多，人丁興旺，申明不在乎她是否生育，但是這一缺陷對她生理和心理都不會沒有影響。

「文革」來臨，像她這樣的青年教師(陸平校長曾稱她為『我們的才女』)當然在劫難逃，初期必然受到衝擊。但是她又不甘心只做「革命對象」，而要做「革命動力」，加入了一派，認認真真地打派仗。詳情我不知道，總之又受到過更大的衝擊，曾因私下言論被告密，以「惡毒攻擊」罪被隔離批判。後來，隨學校到江西鯉魚洲「幹校」，可以想見，她在勞動中又是忠實地履行「一不怕苦，二不怕死」，體力付出臻於極限。我只聽說她主動與男同胞幹同樣的活，包括一起扛一、二百斤的大包，這是「組織上」也不鼓勵的。卒至再一次摧毀健康，落下腰病，不過當時沒有顯示出來，而是多年後才發作，影響了後半生的命運。

「文革」結束後有一段時期她工作恢復正常，業務上有所發揮，思想比較解放，心情比較舒暢。重拾她的專業，發表科研論文，同時還從事科普和科幻小說的寫作。1979年她有機會到世界著名的馬克斯普朗克研究所(在西德)做訪問學者。在此之前我還幫她突擊了英文。她第一外語當然是俄文，後來自己學了一點英文，好像還有法文、日文，都只夠參考她的專業資料用，不能算「通曉」。我一貫主張成人學外語必須學語法，給她一本最古老的英文語法，建議她不要走捷徑，老老實實一章一章弄明白，把所有的例句抄一遍，每一章的練習、問答都全做。這是一本英國人寫的語法書，我母親那一代都用過。她這次聽了我的，果然有效，應該算是「通曉」了英語，以後只需增加詞彙。這樣她出國交流以及在國外的刊物發表論文都不成問題了。

她在德國研究一年，收穫甚豐，在國際同行中也獲得好評。據我女兒遇到一位與她同時在該研究所的法國同事說，中國封閉了這麼多年，沒想到資民筠在這一領域的工作和瞭解的情況竟不

落後，到了研究所很快就能進入最前沿的課題。她在國際專業刊物上發表的論文引用率較高，令他們羨慕不已。另外，她到了德國這個音樂之鄉，有機會彈鋼琴，以樂會友，還遇到一位吹長笛的，兩人常常合作，十分愉快。在衣着上她雖然比在國內整齊些，但依然不修邊幅。有一次寄回一張照片來，大家發現她兩條褲腿長短不齊。她從未去過理髮店，在家時由妹夫給她隨便剪剪。到了德國，她對着鏡子自己瞎剪。研究所的女秘書看不過去，硬拉着她去理髮店理了一次髮。研究所女性很少，那位秘書對她特別好，看她不善料理生活，常照顧有加。她還講過一件軼事：有一次他們集體到外地參加一個學術會議，科學家們可以帶夫人，會外安排與會者參觀科學展覽館，夫人們則參觀時裝表演。參會科學家中只有她一位女士，組織者誤以為是夫人，就列入參觀時裝表演的名單。她到了展覽館門口，無論怎樣解釋，守門的德國人只認名單不認人，就是不讓她進那個科學展覽館，她只好硬着頭皮跟夫人們看了一場她最不感興趣的時裝表演。

這一年大概是她最愉快、最有收穫、生活也最正常的一年。快到期滿時，研究所方面挽留她留下來，或者至少再延長一年，不過當時國內這方面很嚴格，延期不歸是違規的，這也不符合她的處事原則。另外，研究所內的科研人員都稱「XX博士」，她沒有任何學位，當時中國的特殊國情外人也能諒解。有人建議她申請博士學位，以她的水平，走個程序，交一篇論文，通過答辯應該不成問題，研究所領導也鼓勵她這樣做。但是她認為她現在的助手都是博士，她再去申請博士，有失身份。根據她原來被灌輸的觀念，學位是虛名，不值得追求，她認為自己早已超過博士的水平，不需要這一虛名。沒有想到幾年後，時過境遷，她會因職稱問題而離開北大。

好景不長，在期滿回國的前夕她病倒了。她自幹校回來後經常腰背痛，自以為是勞損，胡亂用點藥，從不就醫。這次劇烈發

作，疼痛難忍，行動都有困難，那位秘書強拉她去醫院就診，檢查之後，醫生就不容分說把她留下住院，只允許平躺不動。原來她罹骨結核已經相當長時期，有一節脊椎已經快要蛀空了，如不立即治療就會脊椎斷裂，至少導致癱瘓。德國的醫生是對病人高度負責而又有很高權威的，病情如此，他們是絕對不會放人的。而嚴重到那個程度，只有動手術一途。但是以當時的中國國情，她一個普通學者，在國外動手術是絕對不可行的，只能回國。德國醫生堅持，如回國治療，必須先聯繫好航空公司，準備擔架上飛機的條件，有人看護；國內必須先聯繫妥醫院，病人下機後直接送入病房。沒有這個保證，他們就不放人。當時幸好我們的老友楊成緒在駐西德使館工作，通過他得到了使館的幫助，滿足了飛機的條件；我們在國內聞訊後，全家出動，調動一切「關係」聯繫醫院 —— 那時要找到一位主刀專家，而且時間緊迫，很難通過正常渠道實現(現在何嘗不是如此)。北大方面也給予了重視，由校醫院派出救護車和擔架直達飛機舷梯下接人。她總算及時得到了應有的治療，手術大夫確實是高手，很成功，沒有留下任何後遺症。只不過術後要穿金屬背心固定，臥床修養達兩年之久，相當長的時期內吃喝拉撒都不能自理，全賴他人照料。這一關總算挺過來了。不幸中之大幸是她剛好在德國發作，能及時確診，並在德國醫生的堅持下，有了後來一連串的緊急措施，否則真是不堪設想。

　　她兩年後再恢復正常活動，以後短短幾年內也還有所建樹。在國內外雜誌發表過幾十篇專業論文，其中還有論文得過國家教委的科學進步獎；寫了不少科普著作和科幻小說，科普作品進入中學生的補充讀物；科幻小說也得過獎。但是她性格有了很大的變化，原來比較活躍，有不少跨專業的朋友，後來變得越來越內向，越來越少與人交流。一個原因當然是與她長時間臥病有關，有些熟人逐漸疏離，所謂「多病故人疏」；但我認為主要是她難

以適應改革開放以後在市場經濟大潮下，人際關係和某些辦事規程的變化。她過去真誠相信的一些為人處事的準則似乎無效了，集體主義讓位於人人為己而奮鬥；理想讓位於對物質生活的追求。她在「文革」之前的十幾年中由於處境特殊，實際上精神是在象牙之塔內的，在主流宣傳的華麗高調掩蓋下實際存在的另一面現實，她根本看不到。如今原來高壓下被抑制的人欲忽然爆發出來，使她驚愕，不知如何應對。舉一個小例子：有一次她帶隊與幾名師生一同到外地出差，回程火車票極為難買，一般做法是通過當地接待單位，總是有辦法弄到「關係」票的。但是資民筠認為這是不正當的，她堅持自己帶一名男學生，冒着冷風半夜到火車站去排隊買票。這是我聽別人說的，至於是否買到了，不得而知。此舉當然不會再得到讚賞，而是招來一片埋怨。後來她的堅持原則越來越行不通。

　　對她一次較大的挫折是開始評職稱，這是長年停止職稱後的第一次，她屬於副教授候選人。原來大家都甘當「布衣」，忽然有了「功名」之說，而且這「功名」關係到個人價值是否得到承認。她本來認為職稱要自己申請，就不應該，客觀成績擺在那裏，應該由評審機構評定，主動授予(她還是相信「組織」)。另外，她一向業務突出，自以為如果公平投票，一定是首選。但是結果卻讓另外一人捷足先登，而那位老師恰好是她從業務到為人都看不上的。可能那時「文革」遺留的「派性」在他們系的人際關係中還有一定影響。她如果在德國「屈尊」得了博士，自然職稱不成問題，當時不屑一顧，現在卻忿忿不平，甚至認為受辱。從此心情總是鬱悶，交往圈進一步縮小，最後竟決心離開北大，脫離了她的專業，調到了文化部藝術研究院「比較藝術研究所」，與華筠到了一個單位，當然這與華筠的「關係」不無關係。她仍然有足夠的自信，想另外開闢藝術和科學之間的跨學科研究，並且以音樂為切入點。這也不是事出無因。我八十年代初

初在美國做訪問學者時，發現有一本得普利策獎的書，題為《哥德爾、艾舍爾、巴赫——集異璧之大成》（*Godel, Escher, Bach: An Eternal Golden Braid*），哥德爾是數學家、艾舍爾是建築學家，把他們和音樂家巴赫編在一條辮子裏，引起我很大的好奇心，勾起我青年時期曾癡迷的柏拉圖名言：音樂與數學是美的最高境界，就買來一讀。但是以我的數學程度，讀來如天書一般。想起民筠可能感興趣，回去就把這本書送給了她。果然引起她很大的興趣。也許這也對她想做這方面研究不無影響。

關於這本天書，還有一個巧合的插曲：不久以前我在網上偶然發現此書的中譯本，而碰巧主持翻譯的馬希文的名字我有印象，因為有一度民筠與他交往較多，曾聽她提起過。馬希文是北大數學力學系的，據說十五歲就考入北大，有數學神童之稱，而且也是多才多藝，有跨學科的興趣，是民筠欽佩的少數人之一。「文革」後期，從幹校回京後，他們兩人都不能回各自的系裏工作，卻同時被調到北大文藝宣傳隊，馬希文任樂隊指揮，資民筠作曲、配音。連我大妹華筠也認識馬，因為華筠從幹校回京後賦閑在家，被民筠拉去當顧問。科學人才被剝奪從事科研教學的權利，去搞吹拉彈唱；而專業演員卻被趕下舞台，遠離文藝。從我的兩個妹妹這段遭遇也可見荒唐歲月之荒唐。馬希文改革開放以後去了美國，不幸英年早逝。這本天書般的著作於1997年商務印書館出版，到2013年我發現時竟然已出到第七版。此時民筠已去世，雖然中文本我仍然啃不動，還是買下來留作紀念。在寫完此段文字後，北大袁明告訴我有一位美國人莫大偉（David Moser），他現任北大燕京學堂的美方主任，是此書作者侯世達（Douglas Hofsdtader）的學生，因為這本書比較艱深，莫大偉曾在中國留學，懂中文，被派來與譯者溝通，協助翻譯。他說認識資民筠，也與此書有關，因為民筠常與翻譯組一道參與討論，儘管她沒有擔任具體的翻譯工作。

這種跨學科的研究對民筠來說，需要另起爐灶，她選擇的課題是音樂和科學的關係，但是音樂作為業餘愛好與專業是不能相提並論的，需要補課處甚多。她心高氣傲，想在短期內出成果，談何容易。她的「跳槽」沒有徵求過我的意見，即使徵求了也未必聽得進我的異議。北大的同事和她幾個好朋友都認為她這一步走錯了，為之惋惜。她在原來空間物理的專業水平已經在國內領先，並已得到國際承認，在我國的尖端科技領域也十分重要。即使從最世俗的「職稱」角度來說，對她熟悉的人都認為她如留在北大，儘管有複雜的人事關係，無論如何到退休時一定是正教授，而她在藝研院是以副研究員退休的。但是她當時似乎無法忍受本單位的氣氛，非走不可。

在新的單位她也有初步成果，發表了一些著作，還有一些新穎獨到的見解。但是健康和精神狀態每況愈下。她近視眼千度以上，有過幾次視網膜脫落，目力日益衰退，最後近乎失明。父母在世時我們還經常見面，母親仍然對她生活盡量照顧。父母去世後，失掉了紐帶，住的又遠，會面日稀，每見一次都感到她的健康和精神狀況有所下降，變得日益遲鈍。電話中也講不了幾句話。後來確診為腦軟化，而且發展得比較快，最後幾年完全不認識人。只有一樣事物是最遲向她關閉的，就是鋼琴。她在基本失去交流能力後，只要坐到鋼琴邊，還能彈她過去記得的幾個曲子，當然不一定完整，在那種時刻顯然比較愉快。隨着病情發展，能彈的段落日益減少。她最後能記得的是柴可夫斯基的《十一月 —— 馬車夫之歌》，這是她原來的拿手保留節目之一，少年時在天津的電台表演過。直到去世前幾個月，還能彈出幾小節。到最後，昏睡的時間比醒的時間越來越長，終於有一天就此長睡不醒，終年七十六歲。

她老年失智後，一位好友歎息說資民筠從一個極端走到了另一個極端。我覺得她是智商超群而情商有問題。智商基本上是先

天的，情商主要是後天養成的，是在某種特定環境種種矛盾中扭曲了個性。她雖然早期一帆風順，沒有受家庭出身的影響，但是那時的輿論環境不可能對她沒有觸動，我感到她內心深處還是有這個出身的包袱，所以要加倍證明自己，在生活上以自苦為極與此有關，儘管不一定是有意識的。我雖然力主男女平等，但是在體力上承認差異，從不逞強，而她連這都不承認，否則健康不至於受到那樣的摧殘。從意識形態光譜來看，她實際上並不「左」，改革開放她衷心擁護，因為可以回歸常識、科學，一段時期在業務上可以放手發揮，她為「科學的春天」而興奮。她有強烈的正義感，「文革」結束，她心情舒暢，以為可以實現原來嚮往的清平世界。但是種種現實與她理想背道而馳，埋頭學術又常受非學術因素干擾。我常想，她若是「只專不紅」也許會好些，最多在某個「拔白旗」運動中受批判，但是作為自然科學而且是尖端科學的人才，不問政治是可以被容忍的，特別是改革開放之後，在國際交流中開拓眼界，更可以大有作為。國內外不少科學家不通人情世故，不事家人生產，也不鮮見。在一個正常的、包容的社會，她未嘗不可以做一個不食人間煙火的、有成就的科學家。

嗚呼！「謝公最小偏憐女」，以少年天才始，以老年癡呆終。時也，命也！我只有深深地為我這個小妹惋惜，歎息。

二

家教與薰陶

最早的記憶

我出生在上海，五歲到天津上小學、中學，從十七歲上大學起就到北京，畢業後正式定居北京，除了文革下「幹校」外，沒有遷移過。一生都是在大城市生活(略相當於現在的北、上、廣，只不過「廣」改為「津」)，而最早的記憶卻是江南農村，開始於三歲。現在留下最早的印象，是早晨起床時坐在母親懷裏，她一邊給我穿衣服，一邊用湖州腔吟誦「春眠不覺曉⋯⋯」(那天夜裏下雨了)。這是我在識字前記得的第一首詩。事實上，早期她教我讀的詩文，留在記憶中的都是湖州調的，寫到這裏時腦中忽然跳出湖州調吟誦的《春夜宴桃李園序》和《滕王閣序》文後的兩首七絕。我至今還是用湖州調吟誦比較順當。

那是江蘇瀏河的農村，父親奉派到美國進修去了，母親因為得了肺病，帶着我和一個保姆到鄉下養病，借住在一位親戚家的空房中。母親在那裏開始教我識字，有時講她從書上看來的故事，她是我的發蒙老師。那房子不大，前門臨街，後面有一個菜園，出門就是大田。所以耕牛犁田也是我記憶中最早的影像之一。她的病似乎恢復得比較順利，所以我並沒有她病懨懨的印象。只記得她每天教我識字，就是從「人、手、足、刀、尺」看圖識字的課本開始。雖然我沒有挨過打手心，但是她一不滿意就把拳頭放在桌上，怒目相威脅。記得我「牛」字老寫不好，總是把一撇寫到上面，像「手」字，就受到過這種拳頭威脅。等多識

了幾個字之後，她讓我寫信給父親以及上海的親戚。我只會寫：「你好嗎，我很好」之類的詞，她又不滿意，說怎麼來回就這幾句？周圍的人都說她對我這麼小的孩子太嚴厲了。多年後，我才理解，她剛放棄事業，很不習慣，過剩的才能沒處使，而且她又是非常重教育的，原來職業之一就是老師，所以我就首當其衝。這種心態還不同於一般的「望子成龍」。後來她對我的兩個妹妹就沒有管得那麼嚴了，對小妹妹尤其放任，與對我當年判若兩人。

在鄉下期間，她還教會我唱英文字母歌(就是「一閃一閃小星星」那首歌的調子)。她給我講的最早的故事是「大人國、小人國」和莎士比亞「一磅肉」的故事，那是她自己讀的英文課本中的選段。中文本是商務印書館出版的，題為《泰西五十軼事》、《泰西三十軼事》和《莎氏樂府本事》。不過她的英文發音，包括字母，都有濃厚的湖州口音。所以我後來在學校學英文，發音被老師從頭糾正了一遍。離開農村時，我不滿五歲，已經會寫不少字，居然能替老鄉寫信，而且不止是「你好嗎，我很好」了。當然這也是偶然作為大人逗樂的表演而已。另外留在記憶中的一個情景是看過一次廟會，那是最熱鬧的大事，可以說萬人空巷，那彩色繽紛的隊伍在我幼小的印象中真是美不勝收，有一位年輕姑娘好像是其中的主角，穿着戲裝(不知扮的是哪路神仙)，高高坐在椅子上，好幾個人抬着，萬目仰望，說看「趣孃孃」(當地小孩子稱「美女」之意)。後來我被大人帶着看京戲，把旦角都叫「趣孃孃」。

我父親1934年回國，母親大致痊癒之後，就回到上海。不像現在的觀念，必須先有房才成家，我父親剛剛有安定的工作，根本沒有房子，我們暫住在舅舅家樓下的廂房中。舅舅是大家庭，人口眾多，小孩子也多。我童年斷斷續續在上海舅舅家住過幾年，他們待我如己出，我也不叫他們舅舅舅媽，而是隨他們的孩子一樣叫「阿爹、姆嫚」(湖州話)。他們也不叫我母親「姑

姑」，而是叫「好伯伯」，稱我父親為「資叔叔」，顯得更加親近。所以我的幼年有過非常熱鬧愉快的經歷，而且還與我同年齡的表哥一起上過幾個月幼稚園。

1935年，父親奉陳光甫之命到天津開辦上海銀行分行，從此在天津安家。我在那裏度過童年和青少年，讀完小學、中學。

到天津後我上過一學期的幼稚園。至今對幾位老師還有模糊印象。據說她們都是幼師畢業的，教的東西不少，不是讀書寫字，而是唱歌居多，有兒童歌曲，也有成人歌曲，如當時的流行歌曲：「月明之夜」、「葡萄仙子」之類，甚至「漁光曲」，我們居然都唱會了，還配合舞蹈動作，在「懇親會」上表演過。後來聽說其中一位潘老師是共產黨，抗戰開始後就到「那邊」去了。現在回想，她們那時教的歌可能不少是當時左翼電影的插曲。

我是在母親嚴加管教下成長起來的。所謂「嚴」，並不是嚴厲。她較少疾言厲色，打罵之類，我幾乎沒有挨過打。她重「說服」，而且還很開明，如果不服，允許辯論。我們家也比較「新式」，沒有老式大家庭那種繁文縟節、晨省昏定的規矩。而且從小就樹立男女平等的觀念，父母在談論我們的前途時，總是談論我們的特點適於學什麼專業，從事什麼職業，而不是嫁什麼人。對於看什麼書也不大干涉。另一方面，又在親友中被認為家教比較嚴，主要是指讀書、舉止、作風都有約束。我母親一貫勤儉持家，我們的毛衣都是她親手織的，每年拆洗重織。平時都是布衣布鞋，皮鞋是特定場合才穿的。對長輩客人的禮貌十分注意。見面都要鞠躬。記得有一次夏天，我父親在客廳會客，我不知道，赤腳穿着拖鞋闖進去，一發現有客，吐吐舌頭就連忙退出來。此事被我父親認為嚴重失禮，一整天都對我怒目而視 —— 他很少「罵」人，板着臉，「瞪眼睛」就是最大的威懾，足以使我們大氣都不敢出。諸如此類，說明對行為規範要求很嚴。

有一個插曲：在我上高中時，父親忽然買給我一本薄薄的小

書，這是很少有的，因為給我買書這類事一般都是母親管的。那是一本英文小冊子，題為「Good Manners」（禮儀規範）。用通俗的話來說，就是「洋規矩」，主要是講與人交往的禮儀，一部分是關於文字語言，其中很重要的是寫信的稱謂與格式，我稱之為「洋尺牘」。西方人在書信方面也是有一定的規範的，對親疏遠近、長輩、平輩，用語、稱呼都有講究。例如什麼時候用「Dear XX」，什麼時候用「My dear XX」都有區別，後者反倒比前者更尊敬，也更疏遠，這是我感到意外的，因此印象很深。信尾的問候和敬語對不同的對象也有區別講究。中國的尺牘，我在國文課上是學過的，因此對「洋尺牘」很有興趣，相對說來，還是比中國尺牘簡單些，容易記住。另外一部分是交往的禮儀，例如女士先行之類，當然比這要複雜得多。這些無形中對我後來從事國際交往工作很有用，不需要從頭再受培訓。那「洋尺牘」的規範，在五十年代與外國人通信中基本上還適用，只是不那麼嚴格。關於社交禮儀，在歐洲，包括在左派人士中還基本上遵守，我在維也納時，發現比較正式的招待會、酒會等場合，老一點的男士對女士還行吻手禮。等到七十年代我從幹校回來到對外友協工作，專門接待美國人，多為左派人士。那時美國已經過六十年代的狂飆，也有一個他們的「破舊」運動，許多禮儀就都破了，並以此為榮。八十年代到社科院，與美國人打交道，多為大學與研究機構人士，在禮儀上似乎回歸傳統，不過書面語言已經大不相同。在電腦普及前一切都是打字，不再手寫 —— 根據傳統禮儀，晚輩對長輩，或要表示尊重的對象，寫信必須手寫，打字是不夠尊重的。我只遇到一位堅持用手寫信的，就是著名中國問題專家鮑大可。在電腦普及之後，這一切都成明日黃花，連語法、拼法都簡化了。

母親痛恨趨炎附勢，同時又堅持「無友不如己者」，對我交往的同學總要做一番瞭解，家境清寒而品學兼優的她都歡迎，有

蜉蝣天地話滄桑｜九十自述

一個同學家裏是開跑馬場的，平時比較好打扮，總之和我們這種家庭不一樣，她就不喜歡我與她深交。到初中時有的同學可以自己到電影院看電影，我家是不允許的，只有大人帶着去，父親會主動帶我看童星(如秀蘭・鄧波兒)和少年愛迪生之類的影片，有愛情故事的成人電影基本不看。另外，我家裏除了外婆來住的那一年有時請人來陪她打牌之外，從來不打麻將。如果帶我到朋友家串門，他們打麻將，我母親也不許我在旁邊看。所以我始終不會打麻將。

我一向不喜歡哼哼唧唧的小兒女態，半是天性，半是後天影響。母親有兩句話：一是「成事勿諫」，一是「墮甑不顧」。都是指已經不可挽回的事，就不要再作無效的爭取，或無謂的悔恨。前者出自《論語》，後者典出《後漢書・郭符許列傳》：郭太(宗林)為東漢名臣，善於發現和提拔人才，曾見到客居太原的山東人孟敏，當時是一介平民，背了一個瓦罐(甑)，掉在地上摔碎了，他頭也不回而去，郭太認為此人能成大器，就建議他去遊學，孟敏終於學成，「十年知名，三公俱辟，並不屈云。」漢朝是憑名望和推薦入仕的，孟敏成名後可以得到「三公」的高位，但他卻沒有「屈就」。這也算古代的「勵志」故事。碰巧，後遇陳樂民，他也是信奉「墮甑不顧」的。

所有這些：自強、愛國、理性、誠、信、蔑視權貴、崇尚學問，厭惡紈絝子弟等等，都在無形中影響了我的人生觀和性格，但是母親那種處處為別人設身處地着想、助人為樂和犧牲精神我卻實在沒有能繼承於萬一，我大概只能做到父親那樣消極的清高自守，潔身自好。

民族氣節不是一句空話

抗戰八年，我家一直在淪陷區，幾乎從略懂事起，心中就埋着家國之恨。家中親友來往明裏暗裏都關心抗戰形勢，盼早日趕

走日本侵略者。天津淪陷之後,日本勢力還不能進入租界。我家和學校都在英租界,父親上班的上海銀行在法租界,暫時不歸日偽當局控制。但不等於它的魔爪不伸進來。趙校長之以身殉職、殉國(下一章將詳述),對我幼小的心靈所產生的震撼力是無法估量的。後來涉世越深,就越覺得當年在耀華所受的全面教育之可貴,也同時感到趙君達校長的民族氣節、風骨和教育思想值得大書特書,發揚光大。中小學教育對人的養成至關重要。現在載入史冊的知名教育家率多為大學名師和校長而中小學的不多。希望治教育史者能多關注這一方面,以彌補不足。

當時在是非善惡標準中,共同的底線是不能做「漢奸」——就是任偽職。這點在我心目中根深蒂固。所以現在對汪精衛、周作人之附逆有些翻案之論我是不能接受的。我承認人是複雜的,知人論世需要全面分析,不能以周後來的失節否定他的文章和前期對新文化的貢獻,但是無論他才華多高,不能否認他大節有虧,特別是以他在文化界的影響,危害就更大。現在的年輕人沒有經歷過那個年代,並不感受那種刻骨銘心的山河破碎之痛,以一種膚淺的衝動走向兩個極端:或是非理性地仇日,不分青紅皂白仇視一切日本人、日本貨,延至後代;電視台主流頻道長年累月播放各種胡編亂造、歪曲歷史,廉價的抗日神劇,煽動仇恨。另一個極端是廢棄一切善惡是非,對歷史完全沒有敬畏之心,娛樂至死,人欲至上,甚至還以此自命風雅、超脫。此二者我都不能接受。

與此有關,我父親有一件事。1941年左右,汪偽政府在南京成立前後,他有一次因業務出差到上海和南京,比預期的日子提前回天津,告訴母親說「我是逃回來的」。原來他的老同學周佛海(過去在日本留學期間他們一度關係不錯)聞訊來找他,竭力動員他參加偽政權,並許以「財政次長」之職。他心中十分害怕,婉言拒絕,最後周佛海見他意志堅決,看在老同學份上,

放了他一馬，説既然人各有志，就不勉強了。儘管如此，他感到周可能不是個人的意見，自己處境兇險，趕忙提前回津了。母親對他説，如果你做了漢奸，我立即與你離婚。那時不像現在，「離婚」二字不是隨便能出口的，特別是像我母親那種傳統觀念的人，足見這個底線在她心目中的份量。她連「官太太」都不肯做，怎麼能做漢奸家屬？當然她也確信我父親不會走這一步。這是抗戰勝利後，談到周佛海以漢奸罪獲刑的消息時我親耳聽母親説的，在那以前她是對誰也不敢説的。我父親回憶錄中也沒有提到此事。不過在看了他的回憶錄後，我才體會到他作為日本留學生，又處於淪陷區，還奉陳光甫之命保全上海銀行的財產，不得不與日偽當局打交道，要堅持原則，保住氣節是多麼艱難。但是一切都有我母親運籌帷幄，遮風擋雨，作為初中生的我除了感到伙食下降，不解饞之外，幾乎生活不受影響。母親一向自我犧牲，她忍受怎樣的艱難，我難以想像。

盧溝橋事變之初，有一段時期，家家戶戶都積極捐錢捐物支援抗戰，各家婦女還被動員做紗布繃帶、棉球等供傷兵醫院用。緊貼我家的鄰居不知道在哪裏任職，只是傳説他為日本人做事，被認為是「漢奸」。我沒有見過那位男主人，常見女主人出入，總是低着頭，沒有人同她打招呼。但是在大家動員起來支援抗日時，她特別積極參加，似乎是要洗刷自己。她家實際情況如何，我不得而知，此一事例説明當時的氣氛和人心所向。

對「西安事變」我還留下一點模糊的印象。記得父親早上接了一個電話，神色異常，告訴母親説，出大事了，要亡國了。後來只見他頻繁地接電話、打電話，都是互通消息。我這個小學生當然完全不知就裏。現在殘留的印象就是大人們都把這當作一件嚴重的禍事，國不可一日無主，「蔣委員長」沒有了，誰領導這個國家？誰領導抗日？所以他們都罵張學良。這是我唯一記得的當時他們的反應，與後來讀到的官史立場完全相反。

耳熏目染的影響

今天追根溯源，我的養成教育、人格底色的形成，除了父母言傳身教外，在歷史大背景下，我出身的那個階層中耳濡目染所產生的無形影響也是不可忽視的。

從我外祖父到我舅舅和父親所處的時代是最後一個皇朝氣數已盡之時。過去幾千年的歷史規律是，每當此時就出現「群雄並起」「逐鹿中原」的局面，直到有一位強者打敗各路英雄，再建立一個皇朝。而這一回所遭受的是「三千年未有之大變局」。在幾次慘敗於列強之後，整個民族良心受到震撼，特別是士大夫精英階層意識到不是改朝換代的問題，而是民族存亡的問題，風起雲湧的不是逐鹿的野心家，而是各種謀求救國之道的思潮：「實業救國」、「教育救國」、「科學救國」、「憲政救國」，直到「革命救國」。更重要的是這批人已經痛苦而深刻地意識到本民族的弱點，目光向外，探索列強之「強」在何處。他們的作為和事蹟有許多共同之處：

東渡扶桑師夷長技

說來也巧，我的近親前輩：父親、舅舅、大姨父都是在這股潮流中不約而同先後留學日本，「師夷長技」的目標都很明確，而且回國在各自的領域中都有所建樹。姨父在化工界，舅舅在紡織界，父親則在金融界。

我對大姨父情況瞭解不多。只知他曾在一家化工廠任總工程師，並短暫地任過廠長。我兒時對他家的印象是客廳像化學實驗室，有一張桌子擺滿了各種試管、瓶子之類。他本人不太得志，在戰局動盪中他的工廠效益不高，有段時間經濟比較拮据。但是他六個子女，二女四男，除了大表姐外，全是理工專業：化工、數學、醫學、船舶，個個在本專業出類拔萃，其中有兩位表兄參加了地下黨。

舅舅童潤夫，專業是紡織工程，最後的頭銜是「華東紡織局總工程師」，足以說明他在中國紡織工程方面的貢獻。他先在蘇州工業專科學校紡織科學習，後到上海啟明染織廠實習。1918年赴日學習紡織專業，1921年回國。走上「實業救國」的道路。以我現在的認識，回頭來看，他與我父親雖然專業不同，「出道」也比較早，卻有許多共同之處：

　　第一、「救國」目標明確，向日本學什麼很明確。舅舅在日本學紡織工業，回國後放棄比較優厚待遇的機會，抱着「不入虎穴，焉得虎子」的宗旨，一頭扎進日本在上海辦的紡織廠當練習工程師，凡六年，盡得其法，期間還盡其所能保護了中國工人的利益，因此深入瞭解基層情況也得到了工人的幫助。而我父親回國後，也是自願先到日本一家銀行從練習生做起，熟悉每一個流程的業務，儘管時間沒有那麼長。他們都沒有急功近利，而是下決心學「真本事」。

　　第二、都服務於當時新興的民族工商業。他們都是實業救國，沒有參預政治，以其所學對所服務的行業做出開創性的貢獻（舅舅主要是上海鴻章紗廠和誠孚信託公司，父親是上海商業儲蓄銀行），後來在各自領域都達到較高的地位，不論頭銜是廠長、董事長，還是銀行行長，始終都是專業人員，並不擁有大量資產，也就是說，不是「資本家」（我對這個詞並無貶義，只是說明他們的志趣和特點）。

　　第三、抗日愛國，從日本虎口爭權益。他們創業的時代，從「九‧一八」到八年抗戰，正逢日本對中國從虎視眈眈到大舉侵略，無時無刻不感到實實在在的日本的壓迫和威脅。作為日本留學生，當然有許多日本關係，同學中也有後來出任偽職的。而日本的政策，特別是汪偽政府成立以後，對上層精英以拉攏為主。他們要面臨許多威逼利誘，都始終堅持民族氣節，而且都在特定的條件下，做成了幾件從日本虎口中保全民族利益的事情。例

如，控制中國棉紡業是三十年代日本重點之一，不但收購紗廠，還想控制棉花。1935年天津有兩家華資紗廠因經營困難，已經與日商簽訂草約準備出售，我舅舅受中南、金城兩家銀行(當時中國最大的私人銀行)之請，代表這兩家銀行主辦的誠孚公司去天津，收回那兩家紗廠，使日方收購計劃流產。這也是民族金融業支持民族工業的範例。抗戰爆發前期的幾年，正是舅舅依託上海租界大力發展紡織業，做出較大成績的時期。而我父親，也是1935年由上海銀行陳光甫派到天津開辦分行。從一開始他就明確以金融支持當時天津蓬勃發展的民族工業，如永利、久大化工、東亞毛紡廠等等。抗戰爆發後，他又奉陳光甫之命，依託租界，保存銀行資產，開展業務，與日本進行艱苦而巧妙的鬥爭，終於完整地保護了上海銀行的資產。

第三、不靠祖業，白手起家。舅舅因他的父親早逝，很早就擔負起養家重擔，他在上海成家立業之後，又成為傳統大家庭的支柱，不但贍養兩代老人(他的祖母和母親)，支撐自己的小家，而且遠近親戚凡有需要都給予力所能及的接濟。父親則在他父親去世時正式聲明放棄一切家產繼承權，當時自己還在靠官費留學，一無所有，前途未卜，就敢做此決斷，不給自己留後路。後來立業後，老家的子侄輩有需要，他和我母親也都毫不遲疑地給予幫助。他們都以此自豪，成為一種家傳的價值觀。對我們這些後代都有影響，就是以自己立業為榮，這在當時也不是孤立的例子。聯想到今天的社會風氣，處處講「X二代」「我爸是XX」，倒退又不止百年！

第四、對私產都比較淡薄，清廉自守，家風樸實。以舅舅後來的經濟和社會地位，又生活在上海的十里洋場，奢華之風似乎始終未侵入家中。他本人從不涉足聲色犬馬。從我舅媽起，家人子女衣着都很樸素。最多的娛樂活動是有時大家庭聚會時打打麻將，有時出去看京戲。他自己有六個子女，還有川流不息的

長住和暫住的親戚，似乎除了前廳之外，每一間房子都住人。直到四十年代末，自己蓋了一棟小樓，在上海的幾個子女成家後都住在裏面，也仍然不寬敞，到「文革」中，那棟樓就成了公產。前面提到，我家在天津也一直是租住弄堂房子，始終沒有買房。我們的「家教」中最忌諱的之一，就是出現「紈絝子弟」，對男女都一樣。

也許由於這種生活方式，外加民族憂患意識和對國民政府官場的厭惡，使他們在再一次國家大變革時，能接受新政權，而不怕被「共產」。

天津的社交圈

父親工作關係當然有許多熟人，但是家人互相來往，能成為「要好」朋友的是少數。其中很大程度取決於我母親的擇友標準，特別是與對方的太太是否談得來。一旦成為朋友，以我母親的熱心，關係就不一般。那時大半家庭多子女，我和妹妹總可以找到年齡相仿的玩伴，也成為朋友。所以在天津雖然沒有親戚，還是頗不寂寞。現在回想，我們那個圈子應該算典型的「中產階層」，放在一起可以折射出那個時代一個方面，略舉幾家以見一斑：

宋棐卿：天津東亞毛紡廠的創辦人。既是父親的業務合作者，也是兩家的密友。宋家來自山東益都，也是「實業救國」的潮流中人。創辦了東亞毛紡廠，生產「抵羊牌」毛線，標誌是兩隻頭頂頭的羊，諧音「抵洋」，顧名思義，目的明確，就是抵制洋貨，不過不是以破壞的手段，而是自強、競爭。當時中國的優質毛線是進口的，最主要的名牌是英國蜜蜂牌。「抵羊牌」的目標就是要與蜜蜂牌一爭高下。這個廠的生長期也是在天津淪陷時，早期依託租界，後來經過曲折艱難，主要是從日本的虎口奪原料，並應付各種騷擾。具體情況我當然不得而知，只知道到抗戰勝利時已經相當成功。「抵羊牌」毛線從質量、品種、色彩都

已臻上乘，成為國產名牌，佔領了部分市場。當時一般人家都穿自己編織的毛衣，買現成的「羊毛衫」是一種奢侈。由於父親和他們的業務關係，每年年終都分得大量毛線。母親非常擅長織毛衣，可以織出許多花樣來，所以那幾年我們全家裏裏外外都穿「抵羊牌」毛線的毛衣。

宋棐卿曾到歐美進行過學習考察，他認為歐洲已老，還是美國先進，所以他着重吸收美國的管理經驗，與本土條件相結合，有其獨創。他的員工大半都是從益都招來的鄉親，其特點是比較忠誠，同時建立許多嚴格的培訓和管理制度，避免家族企業的弊病。另外「東亞」的福利高於當時一般的工廠，最主要的是創辦了自己的小學「東亞小學」，員工子弟免費入學，同時也對外招生，由於其師資力量和教學質量比較強，很快就成為當地比較有名的小學。我兩個妹妹都上過東亞小學。其他還有各種員工福利。後來又開設了製藥廠。在四十年代末的內戰時期，經濟日益不景氣的情況下，這個民族工業得以維持下去，是很不容易的。因是之故，在那個時期的罷工潮中，東亞的工人很難被煽動起來。在天津易手之際，經過各種權衡，宋氏還是決心遷出產業，想到南美發展，後來因種種原因，未能成功，很可惜。

多年以後，在「文革」中，天津挖出已經成為歷史的「東亞毛紡廠」為典型，進行大批判，稱之為「文明監獄」，其邏輯我稱之為「越好越壞」，就是資本家越是對工人好，其用心和效果就越壞，是欺騙和麻痹工人鬥志，例如工人不肯罷工。不過此時宋家已舉家出國，宋氏夫婦也早已作古。後來，我研究公益事業，涉及「企業社會責任」，發現其實「東亞」的做法就符合企業社會責任的要素，可見當時宋氏的思想是相當前沿的。

宋家是基督徒，宋伯母生育了七個子女，為人賢良、慈厚。他們家的經濟條件當然高於我家，但是家風也很樸素。所不同者，沒有我母親那麼重視讀書，主要培養子女「做事」的才幹，

特別是男孩。他家的大女兒宋允瑞、二女兒宋允媛與我年齡相仿，經常來往。我的兩個妹妹則各自在宋家有她們的同齡玩伴。上世紀八十年代，在多年斷絕音訊之後，我訪問美國又聯繫上了宋允瑞、允媛、和最小的允璋。並在允瑞西雅圖的家中住過一夜，得知一些情況，對宋伯伯終於未能繼續他所珍惜的事業，不勝唏噓。再後來，允璋來北京，曾來探望過我的父母。

朱繼聖：天津仁立地毯廠總經理。他家有兩女、兩男。大姐不幸早逝。二女朱起芸是我的密友。她也上耀華中學，比我高一班。更重要是她與我同一位老師劉金定學鋼琴，用現在的話來說是我的「師姐」。鋼琴是單獨授課的。但是最後一年，劉先生主動給我們加樂理課，我們兩人就一起上，主要是學和聲學、作曲(配和聲和伴奏)，還有初步的視唱。兩人下課後還互相切磋，興趣益然。她比我高半頭，因而手也大，彈鋼琴的條件比我優越。在學視唱的過程中，我發現她聽力也比我好(指對音樂的分辨力，而不是生理上的聽力)。我在「聽寫」(即聽老師彈，記樂譜)中記單音旋律能跟上，到和聲時就往往來不及跟上，或分辨不清。朱起芸在這方面比我強。後來聽說朱起芸在中央音樂學院教視唱是有名的。足見當時就已顯示天賦。與其他人一樣，在不斷的政治運動中老友都斷了來往。到八十年代終於可以續交了，卻聽說她已病故。在我1947年舉行個人獨奏會時，她熱心跑來給我化妝，而且送了我一枚胸針，我竟然保留至今，總算留下了永久的紀念。到二十一世紀，我遇到著名作曲家王立平，他提到在中央音樂學院還上過朱起芸的視唱課，獲益良多。

袁家：袁太太是我母親在陪妹妹華筠上幼稚園時認識的，她家的孩子袁效先與華筠同上一個幼稚園。袁太太是廣東人，生活方式和衣着都比我母親「洋」，例如她經常穿洋裝，而很少穿旗袍，英文很好，說話常夾帶英文字。家裏過耶誕節，還開舞會。但她還是有一定的中國文化修養，同時持家十分能幹、勤儉。不

用保姆，一切自理，依廣東人的習俗，自己趴在地上擦地板，家中一塵不染。袁太太黝黑而體態豐腴，袁先生難得一見，印象中清瘦白皙，聽說他們夫婦不和，男方似乎有外遇。袁太太很少提他，一心培養兒子。母親對她既同情又佩服。袁效先聰明過人，有神童之譽，特別有非凡的音樂天才，不亞於劉詩昆。我們認識他時鋼琴已經彈得相當好，對複雜的曲目過耳不忘。還有一項本事，能對着琴譜倒着彈。可惜精神有時有些不太正常，大約天才都容易有一點不正常，不過並不妨礙他成材。後來他畢業於中央音樂學院，五十年代也曾被選拔參加國際鋼琴比賽，但是不幸在出國前夕因同學開玩笑，使其受了驚嚇舊病復發，就此失去比賽機會，否則他獲獎應不成問題，可能與傅雷、劉詩昆齊名。聽說他恢復正常後就一直從事為電影作曲配音的工作，長期供職於長春電影廠。我有一次在一部電影的片尾還看到過他的名字。以後我長年未有他的音訊。直到今年（2018年）突然見到他去世的消息。在對他的介紹中得知他後來改名袁彪，一生音樂事業貢獻卓着，兼鋼琴演奏家、教育家和作曲家，曾為200多部影片作曲並擔任鋼琴演奏，開過上百場獨奏音樂會，並且教出了若干優秀的鋼琴家和作曲家。只是他未參加國際比賽，而且主要偏居東北一隅，知名度沒有那麼大。

後來我在大學遇到同學袁澄，即北平圖書館館長袁同禮之子，原來與這個袁家是近親。此是後話。

黃如祖：是在抗戰勝利後認識的。黃伯伯從內地來，任天津電訊局長。也可算是接收大員。他也是留美的。我父親認為他是國民政府中少有的「清官」，黃伯母十分秀麗，風度優雅，知書達理，與我母親一見如故。她從事幼稚教育，1949年以後還擔任過多年的幼稚園園長。他們家特別喜歡音樂，有一台當時比較先進的可以自動換唱片的唱機，並且收集了許多古典音樂唱片，請我們去聽。他家有兩個女兒，黃佩瑩和黃媚瑩，我們叫她們的小

名：貝貝和妹妹，年齡與我兩個妹妹比較接近，所以她們常在一起玩。兩個女兒都學了音樂專業，成為優秀的鋼琴教師。媚瑩的丈夫是著名男低音歌唱家吳天球，五十年代他們和我父母家還常來往。「反右」運動中，黃伯伯在劫難逃。黃伯母還是和我母親常來往。我女兒出生後，她還以她的育兒知識給我們提了不少建議。我與佩瑩姐妹長年沒有聯繫。不意到耄耋之年因為在中央音樂學院舉辦演奏會，又聯繫上了，而且媚瑩還招待我和華筠共飯。大家都已垂垂老矣，各自免不了有些病痛，不過她們還繼續進行一些音樂活動，發揮餘熱。

聶湯谷：與我父親同為湖南人、日本留學生，比我父親年長幾歲，發跡也更早。他與范旭東等均為我國化學工業先驅。後來他單獨創辦「渤海化工有限公司」，即今之天津化工廠前身。聶家住處離我家不遠，房子比較大，是個有庭院的小洋樓。他家有六個孩子，與我年齡相仿的是一對雙胞胎聶璧初（男）、聶珠初（女），他們全家都上耀華學校，我和聶珠初雖不同班，但經常在一起玩。我印象中聶伯母很漂亮，他們幾個孩子也都很漂亮。特別是最小的妹妹尤其可愛而聰明過人，是所有人的寵兒。可惜她得腦膜炎夭折了。大姐聶梅初在盧溝橋事變之後不久，就離家出走參加抗日。據說她是與家裏的廚師一起走的，留下一封信，拿了她母親一枚金戒指做盤纏。後來知道她和那位廚師早已受到地下黨的影響，到解放區去了。聶伯母來我家，見到我母親，哭得淚人兒似的，我母親只能安慰她，說年輕人愛國，有志氣，說明你們家教好，以後總會相見的云云。後來我再也沒有見過她，但是到八十年代到社科院後偶然聽李慎之提起，才知道原來這位聶家大姐曾在新華社參編部工作，與李慎之曾是同事，後來因種種不愉快之事，竟自殺了。我沒有機會再見到她。

太平洋戰爭爆發後，聶家舉家遷往內地。父母曾考慮把我託付給他們，一起帶到後方，脫離淪陷區。我聽說後頗興奮了一陣

子，做了許多想像，雖然知道要吃苦，但是總認為離家遠行是一件好玩的事，何況和聶家的孩子們又那麼熟。最終父母因我年紀太小，不放心，打消了這個念頭。從此以後，我與聶家人再沒有見過面。九十年代我最後一次參加耀華的校慶，聶璧初也去了，他已是天津市的領導，是特殊貴賓，總有許多人圍着他，我遠遠看見他，就沒有去打招呼。

此外，在盧溝橋事變之前，父母最好的朋友之一是范旭東一家，他們的女兒正好與我同班，而且還曾坐同桌，兩家的母親接送時相遇，很親切，所以我還有印象。不過抗戰爆發後，上完小學二年級，他們就到內地去了。

還有一位沈其震，他與我父親同為湖南人，在抗戰前與我家有來往。他在天津開一家私人診所，我們都稱他為「沈大夫」，後來才知道，他是地下黨員，開診所做掩護，也是真的行醫，我們家人生病就請他看過。他還能打麻將。我外婆來天津小住期間，應邀來我家打麻將的人中，沈是常客。聽說聶家大姐就是在他影響下，通過他的關係到解放區的。大約1938年以後他不辭而別，離開天津，就不再見到。1946年國共和談時，他又來天津，到過我家，我父親還叫我彈一首琴給他聽。當時人們似乎對和談抱有希望，聽說他透露，如果和談成功，他有可能出任天津(或北平？)市長，我對此有印象，因為母親提到此事時，悄悄說，原來共產黨的市長也是內定的。1949年以後，發現他是醫務界的要人，曾任醫學科學院院長。我與他又有一面之緣，因為1955年「克什米爾公主號」事件犧牲了一批記者，其中有奧地利記者詹森，其妻王務安是老革命，是我在「和大(中國人民保衛世界和平委員會)」的同事，並且與我一同接待過外賓，關係比較近。詹森犧牲幾年後，王務安與沈其震結婚了，曾請我到過他家，位於東單北極閣，院裏一棟棟二層小洋樓，是當時協和高級醫生與醫務界高幹聚居的院子。我在那裏匆匆見過沈一面，沒有談幾

句話，他知道我是誰，但沒有提起與我父親的舊關係，我更不便主動套近乎。聽說「文革」中他也受了不少衝擊。

開始學鋼琴

我幼兒時期有一件最心愛的玩具，就是父親從國外帶回的一架玩具鋼琴。大約兩個八度都不到，而且黑鍵是畫上去的，但是真能彈出調子來。我在幼稚園學到的簡單兒童歌曲，只要會唱，就能在那玩具琴上摸索着彈出來，覺得非常好玩，樂此不疲。沒想到，在玩具琴上練出來的「才能」竟引出了真鋼琴：在我小學二年級時，父親帶我到他的一位朋友王伯伯家去玩，在他家我第一次摸着了真鋼琴，興奮之極，顧不上客氣禮貌，就上去彈我熟悉的歌。一開始沒想到琴鍵是那麼重，使好大勁才按出聲來。那位王伯伯是音樂愛好者，對我這一「才能」大為讚賞，力促父親買琴，讓我立即開始學，說是再晚就耽誤了。以當時父親的收入，買鋼琴還算是奢侈品，本無意這麼早就給我買，誰知那位王伯伯熱心過人，先斬後奏，訂了一架鋼琴送到我家，然後把賬單送到父親辦公室逼他付錢。有友如此「強加於人」，實在難得。我是真正受惠者。不過，此後不久，盧溝橋事變爆發、再接着天津發大水，舉家遷滬避難，所以我一直到回天津上初中一才開始正式學鋼琴。

1941年暑假，我從上海回津，剛好滿十一歲，父母下決心送我正式從師學琴。那時天津私人教鋼琴的洋人居多，當然學費比較貴。我們經朋友介紹，找到了一位中國教師劉金定先生。我非常慶幸我父母不迷信洋人，讓我遇到這樣一位好老師，可以毫不誇張地說，她既是帶領我進入音樂之門的真正「發蒙」老師，又是進一步使我得窺堂奧的導師，我有限的音樂修養，以及後來從音樂中得到的無窮樂趣，都得力於她，可以說澤被終生。

劉金定的母親是美國老華僑，父親是老留美生，四十年代時

任美國米高梅電影公司在華北的代理。劉金定是長女，生於美國，長於中國，畢業於燕京大學音樂系鋼琴專業。我見到她時她大約二十五、六歲，風華正茂，給我的第一印象是眼睛很大，挺漂亮的，而又和藹可親。與現在通常對「歸國僑胞」的印象不同，她家一點也不「洋氣」，父親是個瘦老頭，母親是個胖老太，兩人都是典型的普通廣東人，劉金定還有四個弟妹，兩個大弟弟都上燕大，最小的弟妹是一對雙胞胎，和我中學同班同學。他家生活方式基本是中國式的，家裏說廣東話，老太太夏天經常穿着一襲半舊黑香雲紗的旗袍，家務事全家動手，不用保姆，是一個勤勞、樸實、和睦的家庭。

我開始從劉先生學琴是在太平洋戰爭爆發前，她家靠劉老先生收入，生活還不錯。但是半年以後，太平洋戰爭爆發，日本接管租界，中國的淪陷區與美國斷絕了交通，劉老先生等於突然失業，斷了經濟來源，於是劉家的全家生活重擔就落到了長女和長子肩上。劉金定的鋼琴課成了她家主要的經濟來源之一。從此她以授課為業，逐漸以獨具特色的教學贏得聲譽，不愁沒有學生。我只記得她每天都排得滿滿的，從早到晚，一個沒有下課，下一個已經在外面等着。就這樣，年復一年，她幾乎沒有休息和遊樂的時間，也沒有交男友、談戀愛，可以說為家庭犧牲了至少是一部分青春年華。在這幾年中，她憑自己的才能和勞動維持了七口之家樸素而不失體面的生活，負擔兩個弟弟上完大學，一對弟妹上完中學考上大學，為老父送終，繼續奉養老母。1945年戰爭結束時，由於劉老先生已經病故，她的擔子未能立即放下，直到1948年才同一位燕京大學歷史系的老校友楊富森先生結婚，兩人雙雙到美國，在美國又經過一番艱苦奮鬥才立足、定居。楊先生後來在匹茲堡大學教授中國歷史文化，劉先生則放棄了音樂，改行學圖書館，並以此為業，直到退休。儘管她所受的全部教育都是「洋」的，對家庭的態度卻完全合乎中國傳統的孝悌之道。這

· 66 ·　　　　　　　　蜉蝣天地話滄桑｜九十自述

一點，在當時不論「新派」還是「舊派」的學生家長中普遍博得好評和同情，遇事都誠心誠意地願意幫助她。所以她同學生及其家人的關係不僅是職業的，大多建立了深淺不一的友情。

我所感受到的劉先生的教學特點是嚴格的規範和啟發興趣相結合，循循善誘，循序漸進。每星期留下的功課中除必有的音階練習外，一部分是練習曲，一部分是與程度相適應的小曲子，包括簡單的舞曲、小奏鳴曲等。這樣就使我有一種漸入佳境的感覺，覺得學好了琴可以彈這麼好聽的曲子，因而產生動力。同時也激發起練基本功的意願，因為基本功達不到，真正的「好聽」處是出不來的。我從一開始就不打算以鋼琴為專業，每天也只練琴一小時，興趣對我很重要。就這樣，我隨劉先生不間斷地認認真真學了六年琴。每天放學回家先練一小時琴然後做學校的功課，大約也是一小時。每星期到老師家裏回一次琴，再領來新的作業。常年如此，風雨無阻。事實上在我家的熟人中大多數家裏都買琴，孩子們學琴多數就是隨便玩玩，很少能堅持到一定程度的。母親雖無意培養我成為音樂家，但是她本着一貫的信念：既然學了，就要認真學好。特別是買鋼琴、聘老師，都是付出代價的，如果不當回事，隨便玩玩，就是「紈絝子弟」，那是她最痛恨的。所以她對我練琴和其他功課一樣都嚴加督促。她自己在隔着樓梯聽我練琴的「薰陶」之下，也漸漸入門，越來越喜歡，甚至有時能分辨出作曲家的風格，偶然點一首要我彈，記得她最喜歡的曲子之一是莫札特的「土耳其進行曲」。後來我妹妹也開始學琴，母親閑來聽我們彈琴是天倫之樂的一部分(父親很少有這種空閒)。我雖然一開始就沒有以音樂為專業的想法，但也認真練習，除了自己的興趣外，「不當紈絝子弟」竟是重要的動力。這一動力後來發展成我的敬業習慣。就是不論目標如何，對學習還是工作總是採取認真的態度。

劉金定和另一位老師張肖虎當時在天津是開中國人私人授鋼

琴課的風氣之先的，在幾年中樹立了自己的風格，建立了自己的聲譽，打破了洋教師一統天下的局面。同時以學生為紐帶在他們周圍形成了一個音樂愛好者的圈子，互相熟悉起來，其中有些家庭也變成了朋友。劉先生每年都要舉行一至兩次學生演奏會，聽眾就是學生家長和親友，地點有時借住房比較寬敞的學生家的客廳，有時通過關係在某個俱樂部借一間房間。記得還有過一兩次與張肖虎先生聯合舉辦學生演奏會，那規模就比較大了，是在天津法租界的教堂「維斯禮堂」，有正式的舞台，聽眾也比較多，但不賣票。學生的年齡和程度當然參差不齊，從學齡前到高中，從最簡單的兒童樂曲到能上正式音樂會的難度相當大的世界名曲都有。那時沒有業餘「考級」之說，這種演奏會對提高興趣、互相切磋、激勵認真練習乃至鍛煉見場面都有很好的作用。記得我第一次出場緊張得忘了一大段，事後遺憾不已。以後就不再緊張了。就在那種演奏會上我見到了天才兒童劉詩昆。

那時劉詩昆大約不超過四歲，是讓人抱上琴凳的。他坐好之後，回頭問「姑姑（他這樣稱呼劉先生），我彈什麼呀？」劉先生說了一個曲名，他就很投入地彈起來，一曲未終，他忽然回頭說「姑姑，下面我忘了」，接着自己就溜下了凳子。劉先生向大家介紹說他尚未識譜，全憑聽，記得多少彈多少，他的耳朵好得驚人。於是當場表演，把他放在門口，有人在琴上彈一個和絃，他過來在琴上試了幾下就正確地按出來了，大家為之鼓掌讚歎。我也是從那時起更加確信自己不是當專業音樂家的材料。劉詩昆的父母是音樂欣賞家，的確是從一開始就刻意要培養出一個鋼琴家來的。他家裏有許多唱片，在他父親慨然同意下，我們由劉先生帶領，不定期地到他家聽唱片，提高欣賞能力。劉詩昆的父親親自給放唱片、報曲名，有時還介紹一下演奏家。

天津在一個不大不小的圈子中音樂生活相當活躍，特別是抗戰勝利之後的兩三年中，經常有各種音樂會，我因劉先生的關係

常去聽。每年耶誕節前後在「維斯禮堂」舉行的音樂會，以合唱為主，劉先生有時參加伴奏。許多名家或後來成為名家的人物都來舉行過專場，我有幸聽到過的有沈湘、張權、吳樂懿、郎毓秀等等。其中沈湘和吳樂懿給我的印象最深。沈湘最打動我的一首歌是《思鄉曲》：「月兒高掛在天上……在這個靜靜的深夜裏，想起了我的故鄉……」。我覺得他的音域之廣，音色之美，演唱的感情之催人淚下，是在此之前以及以後好久沒有聽到過的。1949年以後，還聽他唱過，但是不久他就背上了政治罪名，從此銷聲匿跡幾十年，等到新時期再復出，已垂垂老矣。至於吳樂懿，我至今還記得她彈李斯特改編的威爾第的歌劇《弄臣》(Riggoletto)鋼琴曲，簡直精彩極了。在我少年的心目中她的手好像很大，飛快的八度和絃毫不費勁(我一輩子也沒有過這一關)，那樂曲的華麗輝煌和幽默風趣發揮得淋漓盡致。當時欣賞、讚歎和欽佩的感覺至今記憶猶新。這又使我體會到，音樂演奏中豐富的感情是建立在堅實的基本功的基礎上的。可惜這種體會並沒有使我決心加緊苦練技巧，卻與見到幼年劉詩昆的天才一樣，更加強了我的「自知之明」，進一步打消了以鋼琴為專業的想法。

所以就彈鋼琴而言，我沒有「見賢思齊」之志，卻是相反，「見賢」就洩氣。不過從心理學上講，這種暗中的自卑感還是產生於一定的嚮往，如果只是一般的聽眾，根本不會有這種自反的複雜心情。也許正因為有這點嚮往，使我「雖不能至，亦當望之」，還是老老實實地從初一到高三練了幾年，竟然成為劉金定的三弟子之一。其他兩位是劉培蔭和朱起芸，劉比我高兩級，朱比我高一級，我們三人相繼高中畢業時，都在劉先生主持下舉辦過個人鋼琴演奏會。她們二位後來都畢業於燕京大學音樂系，並在中央音樂學院任教。只有我辜負了老師的期待。

除了學鋼琴之外，到高中二年級時，劉先生還給加了一堂樂理課，或稱「和聲學」，也是每週一小時，和朱起芸一起上。我

們本是好朋友，現在在一起學樂理，關係就更密切了。我學了大約一年半的樂理，以一本「和聲學」為課本。同時用教堂的讚美詩中的四部和聲為範例。儘管我學的時間不長，程度很淺，但學與不學還是大不相同，它使我知道了許多「所以然」，懂了許多規律，訓練了耳朵，也幫助我背譜子的能力。「和聲學」的第一課開宗明義就講「樂音(music)」和「噪音(noise)」的區別，說明哪些音符組合在一起能成為和聲，而為什麼手掌任意在琴上一按必出噪音。我因而明白為什麼教堂的風琴和唱詩總是那樣和諧，也明白為什麼劉先生用讚美詩作範本，因為那四部是最規範的和聲。根據這個標準，後來的一些「現代派」音樂以及某種歌舞廳音樂都屬於「噪音」。我對這種「音樂」無論如何難以欣賞，並非出自有意識的偏見，而是耳朵經過此基本常識的訓練已形成一種迎拒的本能。

如同文科畢業生要交畢業論文，工科要做畢業設計，音樂系演奏專業的畢業形式之一是舉行彙報演出，英文稱「recital」，不同於正式的音樂會(concert)。1947年我高中畢業的暑假，在劉先生力主之下，舉辦了這種彙報性質的個人演奏會。要舉行這種演奏會，至少要集中準備一年以上。所以劉先生一年多以前就提出來了。已經有了前兩位學長的榜樣，對我已不太神秘，似乎也不那麼高不可攀。只是母親並不十分贊成，原因是我當時身體十分瘦弱，同時面臨考大學的激烈競爭。抗戰勝利後，各名牌大學相繼復員，自1946年起恢復全國招生，考生一下子擴大了許多倍，而各校喘息未定，不可能大幅度增加名額，可以想見競爭之激烈。她怕我顧此失彼，或身體吃不消。但是劉先生十分堅持，在最後一年的教課中就按音樂會的需要，按部就班佈置練習，母親也就不反對了。我自己大約是傾向於試一試的，不過也無強烈的欲望。反正老師十分認真，我就按照她的要求練下去。那一年每日的練琴時間肯定超過一小時，同時補習高考的功課也比平時

時間多得多。所以那是我學習最緊張的一年。但是較之現在的中學生還是小巫見大巫，因為我還是從不開夜車，還有時間看許多「閒書」和「玩兒」。

那種獨奏會的曲目有嚴格的一定之規，我的節目單在五十年代已之一炬，其中有些現在仍記得，而且還在彈；有些則已惘然，任憑苦苦搜索記憶，無法完整地恢復節目單原貌。憑記憶所及有如下曲目：

巴赫：	半音階幻想曲與賦格，d小調
蕭邦：	即興幻想曲，作品66
	搖籃曲，作品57
	黑鍵練習曲，作品10第5號
貝多芬：	奏鳴曲，c小調，作品13（悲愴）
柴可夫斯基：	胡桃夾子組曲之一
拉赫馬尼諾夫：	小丑
門德爾松：	諧謔曲（e小調）
舒曼：	鋼琴協奏曲，a小調，作品54

記得還有一首完全用左手彈奏的「序曲」，好像是帕德羅夫斯基的，記不清了。另外有一首「八音琴」（Music Box），作者不記得了。按常規，協奏曲應該由管弦樂隊協奏，但是當時沒有請樂隊的條件，就由劉先生用第二鋼琴代替，我的兩位師姐的音樂會也是如此，已成慣例。

演奏廳由我父親租了一家俱樂部的大廳，可容四、五百人，劉先生和我家共同列出的邀請名單剛好大約也是這個數。請柬由劉先生出面，上寫某月某日為學生某某舉行獨奏會，敬請光臨指教……等等。請柬和節目單的樣式是劉先生請她的朋友設計的，像賀年卡一樣，折疊式的，裏面一邊中文，一邊英文，英文是花體字，顏色是我挑的，是天藍的底色，銀色凸花字。記得節目單

印出來之後，我覺得美極了，真是愛不忍釋，無論如何想像不到，五年之後我會親手把它銷毀。

劉先生還專門請來了一位業餘攝影家給照相，他是天津一家醫院的院長雷愛德大夫，也早已作古。他的照相技術很專業，為我留下了珍貴的紀念。本書選的音樂會相片都是他照的。有一位女「記者」，是燕京新聞系的實習生，大約也是劉先生的關係請來的，她來「採訪」了我一通，第二天居然在一家報紙的一個角落登了一小塊這位記者寫的報導。

這是我音樂生活中的高潮，也可以算一次小小的「輝煌」，從此不再。我的淡藍色的少女時代能以這樣的方式「曲終奏雅」，如一部樂曲的華采終曲(Grand Finale)也是幸事。還有一抹餘輝在清華音樂生活中發出過短暫的光芒，再以後，生活的色調就完全不同了。

那段時期天津市政府以「時局不穩」常要實行宵禁，音樂會不在晚上而定在一個星期日下午舉行，我還有點遺憾。後來，在我無窮盡的思想改造中，這一在全國內戰方酣時歌舞昇平之舉，成為一項要不斷檢討的內容，而為了不能在晚上舉行而「遺憾」之情，更加重了負疚感

我的精神故鄉

家庭、師友、學校無形的薰陶，形成我的底色。總括起來就是傳統士大夫的家國情懷，在新時代中加上融入世界潮流以求民族振新的追求，在國和家之間，當然是國先於家，這是他們這輩人的共識，也在我的成長期打下深深的烙印，形成不言而喻的終極關懷。父親以他的為人樹立了一個家風，對我影響較大的是強調自立，以白手起家為榮。母親提到他當學生時就放棄繼承權這一事蹟時總是充滿欣賞，並以自己在他還是兩手空空時決心同他結婚而自豪。父親個人的生活十分規律，早起早睡，按他認為對

健康有益的食譜進餐，幾十年如一日。我從小就記得他從不遲到，並且痛恨遲到。這一點成為他衡量別人的標準之一。對於晚輩睡懶覺、拖拉、懶散，他簡直不能容忍，見面就怒目而視。所有這些，無形中對我們姐妹產生影響，我們三人性格差別很大，但不論各自有什麼缺點，至少有一個缺點是沒有的，那就是懶散和在逆境中頹唐自棄。

後來在漫長的思想改造過程中，我交出無數「思想彙報」「總結」、「檢討」等等，最常用來批判自己思想根源的就是自幼所受的「典型的半封建半殖民地教育」。現在用中性的語言來說，就是中西文化混合的民國教育。我大約從三歲開始認字，到十七歲高中畢業，凡十四年，思想的底色，或曰「烙印」，就是那十四年中潛移默化鑄就的。無論從所讀的書本還是父母師長的言傳身教，還有家裏經常來往的親友，中國傳統的道德文化、君子有所為有所不為的行為規範——仁、義、禮、智、忠、信，重然諾、講氣節等等，與西方的自由、平等、博愛都融合在一起，沒有感到過有什麼衝突。由於我父親的職業，來往的多為典型的中產階層，其中大多數是留學歸來實業救國的先驅。旨趣和價值觀基本相同，與我同輩的玩伴所受的教育也基本相同。這種中西文化的碰撞在晚清到民初的前輩那裏肯定有過痛苦的糾結，經過幾代先賢的努力，吐納問題已經基本解決，所以到我們這一輩，一種新型的教育，傳統與世界接軌的價值觀已經形成，古今中西已經不那麼糾纏不清了。當然在不同家庭、人群，以及個人身上都有其特性，有的趨傳統、保守些，有的更「洋化」些。應該承認，我所成長的環境，在全民範圍還是少數，但是在城市中等階層，或者廣義的知識階層中還是有代表性的。

我們這一代人家國之痛也是與生俱來的。幾乎從會唱歌起，就跟着表哥表姐們唱幾句「我的家在東北松花江上……」。耀華校長被日本特務暗殺於我家的弄堂門口，這一記憶刻骨銘心。地

理課老師告訴我們，中國地圖是桑葉形的，旁邊就是日本島，如一條蠶，蠶要吃桑葉。到高中的地理課，老師又畫一地圖，顯示中國原來是桑葉形的，然後北面切掉一大塊，變成公雞形了。那切掉的一塊就是外蒙古。無論是教科書還是課外讀物，岳飛和文天祥、班超投筆從戎、祖荻聞雞起舞、林則徐燒鴉片的故事，都是耳熟能詳的。所有這些在我幼年到少年的心靈中都留下不可磨滅的印記。從家庭、親友到學校都有共同的情懷和大是大非的觀念。山河破碎、民族屈辱是我們幾代人的痛，民族振興是共同的夢。抗戰八年正是我從小學到中學的大部分時間，而且是在淪陷區天津。可以毫不誇張地說，在耳熏目染中形成的對個人前途的朦朧意識，總是和國家「光復」聯繫在一起的。

抗日是與反法西斯戰爭聯繫在一起的。我當時對政治學、社會制度之類完全處於無知狀態，但是「法西斯」代表獨裁，代表一切不民主、非人道的制度和做法，則是本能的共識。另外，自幼所受的民國教育當然是反皇朝、反專制、追求民主自由的。即使由於在淪陷區，所受公民教育時間很短，但是也已形成了初步的公民觀念。所以，光復後所嚮往的，當然是一個民主、自由、獨立的新中國。這個口號已經被各種政客濫用得太多了，後來又被賦予各種不同的詮釋，弄得面目全非。但的確是我心之所向，儘管具體的內容是模糊的。除此之外，男女平等、婦女獨立，這一觀念也根深蒂固。

弔詭的是，所有這一切，在日後面臨必須以新的意識形態改造自己的時候，既是難以克服的障礙，某些方面卻也是促使自己自願修煉和皈依的元素。

勝利的狂歡與失望

1945年8月，日本宣佈投降。消息傳來，大家奔相走告，舉城狂歡。那一年我十五歲，這大概是我少年時期最不尋常、有震

撼力的經歷。儘管學校、家庭多少提供了避風港，我從懂事開始，多年來還是或隱或現感受到那份國土淪喪的痛楚、壓抑和對「光復」的期盼。所以「八·一五」這個日子帶來的解放感和歡樂是終身難忘的。對於淪陷區的中國人來說，「中央」是一個美好而神聖的名詞，「蔣委員長」的威望很高。後來才知道，實際上在重慶、在內地，國民政府已經顯露出種種弊端，遭到詬病，蔣介石本人也經常受到輿論批評。而在淪陷區，他還是承載了抗戰的希望。勝利後不久，播放了蔣介石向全國人民的講話，開頭一句寧波口音的「我親愛的同胞們！」，使無數人為之動容，為之熱淚盈眶。似乎百年屈辱從此一掃而光。中華民族迎來了新生。勝利日是在暑假中，開學後又恢復抗戰前全校師生每週一早晨的「周會」，升國旗、唱國歌的儀式。不再唱那個偽政府指定的「日月光華，糾縵縵兮……」，而是「三民主義，吾黨所宗……」，我站在操場上，沐浴在初升的陽光下，真的內心充滿神聖感。

　　沒有想到短短四年以後，又聽到另一位領袖，另一種方言的廣播：「中國人從此站起來了」，又贏得無數不輕彈的男兒淚，也是同樣的心情，同樣的期盼：民族屈辱一掃而光，古老的民族獲得新生！海外遊子紛紛回國。再後來，幾經沉浮，幾經劫難，民族精華備受摧殘，全民瀕於破產。再後來，宣佈打倒「四人幫」，又引起舉國歡呼，人人額手相慶，民族復興從此有望……苦命的多災多難的民族！可憐的中國人！何時能掌握自己的命運，而不隨人擺佈，一次次從希望到失望？

　　勝利後不久，迎接盟軍。各學校組織學生到指定的地點歡迎在天津登陸的美國海軍陸戰隊。對於美軍，老百姓也是歡迎的，都知道他們幫我們打日本，常有路人向他們豎起大拇指。但是不久，就發生了矛盾。一種是生活方式的衝擊：美軍俱樂部常常舉行舞會、招待會，當然少不了邀請女士們參加，其中還包括在校

女學生，逐漸交上了朋友，於是就常有美國大兵挽着年輕女士走在街上，路人為之側目；還有美國兵帶着女人開着吉普車，招搖過市，此類女人被稱為「吉普女郎」，大多不是良家婦女，但也不排除有些特別時髦的良家女自願尋找刺激，更使中國人認為敗壞了風氣。時間長了，軍紀鬆懈，常有喝醉了的美國大兵當街撒野，調戲婦女之事，中國警察不大敢管。於是美軍的聲譽開始下降，天津一些有教養的家庭，特別注意管束家中女孩子，遠離美國兵。我們家根本不會有這種交往的機會。不過原來我夏天傍晚常常和同學一起騎自行車兜風乘涼的活動就此停止了。從安全考慮，一般黃昏以後母親就不讓我單獨上街，我自己也不敢。

　　勝利以後的半年內，學校課外活動十分活躍而豐富。我參加了歌詠團，記得唱黃自作曲的《長恨歌》，覺得特別好聽。各班還辦壁報。我被選擔任壁報的編輯(就一個人連約稿帶編輯帶排版，動員字寫得整齊的同學幫着抄)，一星期出一期，學着報紙的語氣，大標題、小標題，像煞有介事，自己特別有滿足感。不過大概只辦了一學期，就無疾而終了。那個期間的「大事」是著名外交家顧維鈞和天津市長杜聿明曾來學校做報告，大禮堂坐得滿滿的。我按照報紙的格式把這兩件事作為壁報的頭條新聞，自以為很得意。誰知若干年後，在「思想改造」「交心」運動中，這件事也是一個需要交代的歷史問題，特別是戰犯杜聿明被當作正面人物「報導」，當然是嚴重政治錯誤。在為此檢討時，連我自己也不敢強調這只不過是一份中學生貼在教室牆上的壁報，而我那時尚未成年，只有十五歲！

　　到1946年底，出現「沈崇事件」，引起軒然大波，雖然發生在北平，天津也有遊行抗議，美軍的形象就在國人心目中徹底崩塌，「美國大兵」成為負面詞。儘管美方出動憲兵，整頓軍紀，為時已晚，影響已經不可挽回。那是我在高三的寒假前夕。有一天班上忽然進來幾個陌生的青年人，和老師打了招呼後，就站到

講台上開始演講，他們是北京來的大學生，向我們講述了沈崇受辱經過，以及政府交涉軟弱無力，並號召大家起來參加抗議遊行。此事我們已經聽說，經他講述、動員，自然群情激昂，議論紛紛。放學後，與許多同學一起買了各種顏色的紙張，到我家來一同寫標語、傳單、製作小旗，準備在約定的日子遊行。校方對學生要上街遊行似乎沒有採取制止的措施，我母親的同情當然也在學生這一邊，她對同學來我家寫標語都熱情接待，但是到了要遊行的那一天，卻把我關在家裏，不讓參加，因為聽說軍警已經準備鎮壓，她一心只想保護我的安全。事實上後來並沒有發生軍警鎮壓遊行之事。

國民政府收復失地本是大快人心之事，但是一上來幾項政策就害苦了百姓，迅速喪失人心。

一是接收變「劫收」。懲治漢奸、罰沒敵產，這本是正當之事。但是最不講理的是把被日本侵略者霸佔的民族工商業和普通中國人的私產都定為「逆產」，趕走日本人後不還給原主而加以沒收，如果原主抗拒，還可能攤上「通敵」之罪名。這不但阻礙了生產力的恢復，而且不少財產被有特權的官員變相侵吞中飽私囊，使腐敗變本加厲，因此被譏為「劫收」。

另一件事是兌換法幣。淪陷區的居民手中是日偽發的紙幣，中國政府回來了，當然應該換成當時通用的法幣。政府卻規定，以1：200的比例兌換，就是說200元偽幣才能換1元法幣。當初日偽當局是以1：1的價格用他們發的偽幣換法幣，後來又以1：2換過一次，老百姓已經吃虧了一半。如今等於原有一萬元法幣的人，只剩二十五元法幣，而且此時法幣已經貶值。後來我見到陳立夫的回憶錄，強烈批評這一政策把人民全給整慘了，「所有的有錢人，都變成了窮人，無錢的人都變成了赤貧。」長財政者(他說是宋子文)自以為得計，實際是使「民窮財盡」。所以勝利後內地來人手中握有法幣，1元頂200元，對他們

說來，一切東西都便宜極了，大肆搶購，更加劇當地老百姓的痛恨。我當時自己不花錢，尚無切身感受，但是從大人們的口中也聽到不少這種埋怨和牢騷。多年以後，西德和東德統一，西德政府決定兩邊貨幣以1：1兌換，東德居民大佔便宜，西德居民也能承受。對比之下，做出這種極端短視而自私的政策的政府，已經孕育了敗落的因素。

與我直接有關的一件事，是教育局接管之後，要對淪陷區的學生進行一次「甄別」考試。這一決定不言而喻的前提就是認為淪陷區的學生程度不合格，本身帶有歧視性質。此事引起學界普遍憤慨，抗議、抵制。我原來沒有想那麼多，出於自信，認為考試有什麼可怕，考過了不是適足以證明他們的歧視沒有根據嗎？後來聽說事情沒有那麼簡單，國民黨當局的真正目的是要「甄別」出在學生中隱藏的共產黨，也有教育界的複雜人事關係、地位和派系之爭。是耶，非耶？我至今沒有弄清楚。總之，此事最終被反對掉了，考試沒有實行。但是已足以令教育界的師生感到寒心，進一步疏離。

抗戰後期物資緊缺，物價飛漲，有不少投機商發「國難財」，囤積居奇。一宣佈勝利，大家紛紛拋售物資，物價猛跌，加之有許多聯合國救濟物資，進口麵粉、軍用奶粉、罐頭、衣服、被褥等等，滿大街地攤上也賣軍用「剩餘物資」。我第一次見識到各種新奇物件，包括鴨絨睡套。一段時期內老百姓日子好過起來，經過長期的物資匱乏的生活，可以鬆一口氣了。聽說不少投機商破產跳樓。好容易迎來和平不久，內戰的烏雲又在頭頂盤桓。我雖然不懂政治，但也和大人一樣企盼千萬不要再打仗。我家的熟人似乎都對馬歇爾調停寄予希望。記得1946年國共達成「雙十協定」時，父母與親友見面都握手互相道喜，由衷地鬆一口氣。但是好景不長，繼「劫收」之後，國共和談失敗，內戰爆發，物價又迅速回升，而且如脫韁之馬。中國人，包括天津市

民，又遭劫難。有人說那些投機商跳樓太早了，如果撐一陣子，可能又能發內戰財而翻盤。金圓券是壓垮駱駝的最後一根稻草，真的使民窮財盡，經濟徹底崩潰。這些，我們每一個家庭、每一個人都親身受其害。

與我家有關的還有一件事：父親奉陳光甫之命不得已忍辱負重留在淪陷區，每時每刻都在盼光復，是對國民政府寄予很大希望的。抗戰勝利後不久，他作為華北金融界的代表應邀訪問重慶。他正浸沉在勝利的興奮之中，抱着滿腔希望和宏遠的規劃而去，還親自見到了蔣介石，蔣對他們的工作予以肯定。他歸來時卻判若兩人，而且生了重病，幾乎是被人抬回來的。重慶之行的所見所聞使他對國民政府徹底失望。情況見他的回憶錄《凡人小事八十年》。其中對他打擊最大的是他的同鄉好友、永利九大公司的創辦人范旭東之死。范是中國化學工業的先驅，在抗戰勝利之時，他當然準備復興在南京被日本破壞的工廠，正好有機會從美國進口一批急需的價廉物美的化工設備，一切商談、培訓等事宜都已就緒，資金也已籌足。只是對方要中國銀行簽字擔保，才能啟運。這本來不應是難事，但是有關方面就是一味拖延，使他心急如焚。最後才得到暗示，須宋子文來主持永利九大，才能得到中國銀行擔保，也就是宋要強佔這家企業。范氣急之下，心臟病發作去世了。此事於公於私，都使我父親悲憤不已。他回津不久，勝利後第一個「雙十節」，我們學校組織慶祝遊行，還有「歡迎國軍」之類，他在病床上有氣無力地對我說：「慶祝」、「歡迎」什麼呀，不要去了。大約1947年間我親自見他撕掉一張天津市政府的聘書，具體是什麼不記得了，可能是請他當參議員之類。總之到那個時候，他已經對國民黨徹底失望。這也是他後來開始對共產黨寄予希望的緣由。總之，抗戰勝利後的短短幾年中，對國民政府從滿懷希望到迅速幻滅，我家與大多數中國人基本上是同步的。

三

發蒙的搖籃 —— 耀華學校

1935年暑假後，我剛滿五歲，被送入耀華小學，比一般入學年齡早了一年，在此之前母親已經把一年級的教科書完全教過我了，連二年級的課本都讀過一些。開始學校因年齡太小，不肯收我，後經母親與校長面談，校長考問了我一下，就同意收下了。那時上小學好像不需要考試，最好的學校競爭也沒有現在那麼激烈。就近上學是自然的，—— 不是不允許跨區，而是太不方便，很少家長這麼做，因為小孩子需要大人接送。我十歲生日時父親送我一輛自行車做禮物（十歲被認為是「大生日」，在一生中很重要），這是我平生收到父母送的最重的、也可能是唯一的生日禮物，後來父母再也沒有送過我什麼重要的禮物。到二十歲時已經另一番光景，生日禮物云云就提不上日程了。我很快學會騎車，初中一就自己騎車上學了。因為路近，那個地區的交通、治安情況良好，家裏沒有什麼不放心的。

上耀華學校是我一生的幸運。每當想到、見到有關教育的問題時，我就常憶起我的啟蒙搖籃 —— 天津耀華學校。它是我名副其實的母校，從小學一年級到高中三年級，除了兩年高小外，我都是在耀華上的。前後十年中她所給予我的一切使我終身受用不盡。

首先要說明的是，「耀華」與我父親同名，只是巧合，就像「耀華玻璃廠」以及天津有個「耀華里」等等都與我父親無關。我想那時取名也代表一種時代的風氣和志趣，「光耀中華」是

那個時代共同的志向。就像「文革」時叫「衛東」「衛紅」之類。我父親原名資朝琮，字璧如(我母親就一直以此稱呼他)，耀華是他自己取的號。這家學校最初是英租界「工部局」出資創辦的。在極左思潮中此類學校一律被批判為「帝國主義文化侵略工具」。實際正好相反，是出於中國人的要求。二十年代，居住在天津英租界的一批中國社會名流向英國當局提出，你們從中國人那裏收了這麼多稅，理應做一些有益公眾的事。興辦教育是首選。這正與當時西方國家在華辦學之風一致，遂有此校。它的建築十分講究，紅磚、白窗框，典型的英國式。據說那紅磚和其他建築材料都是從英國運來的。1976年天津地震時經過了考驗，是少數完全安然無恙的建築之一。大禮堂、可以開運動會的運動場、室內體育館，以及物理、化學、生物實驗室等等，都是一般中學很少有的。而學制、課程與中國學校完全一致。開始屬英工部局管，不久，在二十年代末「教育中國化」的浪潮中就由華人接管，成為一所私立學校，董事會、董事長都是中國人，取名「耀華」，意向鮮明。

校長與辦學理念

我入學時校長趙君達是美國哈佛大學的法學博士，回國後先在北洋大學任教。但是他一直有志於基礎教育。適逢耀華學校創立，他就下決心辭職應聘為校長，按自己的意圖辦一所十二年制完整的中、小學，這本身就體現了過人的膽識和理想主義，校訓是「勤、樸、忠、誠」。趙校長治校極嚴，對校訓身體力行。抗戰前的耀華有「貴族學校」之名，一則因為它校舍、設備、師資等條件在當地首屈一指，其他學校望塵莫及。二則它地處英租界，北洋政府以及國民政府的下野政客官僚很多都在那裏閒居做寓公，有不少半中半西的庭院稱「X家花園」。因此學生中達官貴人、富商巨賈的後代不少，往往一家、甚至兩代人都上耀華。

某同學是袁世凱、曹汝霖、徐世昌的後代以及哪個顯貴或富商的子弟，時有所聞。袁世凱的一個孫女就是我的同班同學。但是他們在學校沒有，也不允許有絲毫特殊化，決不敢擺闊，這只會引來同學譏笑。學費可能比一般略高一些，但並不過分，因為家境貧寒的學生也不少。絕對沒有「分數不夠鈔票補」之說。進校門一律穿校服，很簡單，不需要什麼「設計」，冬天深藍布袍(天津稱「大褂」)罩棉袍，夏天淺藍布袍，上體育課白衣白褲。女生要求短髮齊耳，不准燙髮。這樣，至少在校園內保證「不把雙眉鬥短長」。在那種環境中，學習成績面前人人平等，名門後裔功課不及格而留級也沒有任何通融；學業出眾者不論家境如何，都受到老師讚賞，同學尊敬。在紀律方面也很嚴格。男女生同校卻不同校舍，各有兩幢樓，分開上課，課程設置完全一樣，老師也基本相同。只有體育、勞作，男女各有特點。我在校時風氣比較保守，男女生在學校不允許互相往來，直到抗戰勝利之後，開始有學生自治會等組織，社團活動多起來，大多是跨班級、跨男女生的，這樣才打破了界限。

提倡德、智、體、群，美育全面發展，也是一大特點。例如耀華學校的體育是全市聞名的，每年全市學生運動會冠軍拿得最多，全校性的運動會也常舉行。(這可能與英國的傳統也有關係，上海的英工部局中學也十分重視體育)。除「主課」外，從小學到中學都有音樂、美術、勞作課。記得我就是在小學三年級的音樂課上學會識五線譜的。課外活動很多：歌詠團、各種球隊、班級壁報……有年終「懇親會」，各班學生表演節目給家長看。高年級還有課外生物、化學等小組。這些都是自願報名，在老師指導下進行。我的好友關禮華志在學醫，她參加了生物組，向我津津有味地講初次解剖青蛙的經歷，後來她果然考上了齊魯醫學院。勞作課也很有意思。女生在中學有繡花課，從高二開始「勞作」改稱「家政」，教縫紉、烹飪，學校有「烹飪實驗室」

（就是廚房），老師帶着大家買菜、做菜，像過家家一樣。「家政」是我最弱的課，勉強及格。繡花課不知弄髒了多少白布，浪費了多少五彩絲線，最後留家的作業還是由家裏的「小大姐」幫我完成的。

當然，耀華有它特殊優厚的物質條件：堪與大學媲美的體育場、室內體育館、實驗室、大禮堂等，不是一般學校都有的，但是那全面發展的辦學指導思想是在任何條件下都值得推崇的。只是在太平洋戰爭爆發後，為避免日偽的干涉，也為逃避當局分派的活動，校園的課外生活就大大減少了。抗戰勝利後各項活動又活躍起來。不過那時已有地下黨組織，帶有政治性的活動比較多。

更重要的當然是主課的教學質量。耀華文理並重。它的數、理、化是全市有名的，並在高考中顯示威力；同時國文（即今之語文課），特別是古文也是強項。我從小學三年級開始就學做文言文。英文程度在抗戰前比較高，不亞於教會學校，聘有外籍教師。不過到我上初中時太平洋戰爭爆發，我們都被迫改學日文，大家不約而同消極抵制，結果既沒學好英文也沒學會日文。抗戰勝利後，與華北其他學校一樣，英文成為我們一大弱點。眼看高考競爭不過南方的同學，校方特別加強英文教學，除加強英文的師資力量外，要求其他課有條件的也用英文教，果然對我們提高英語很有幫助。

這樣一位好校長卻被日本侵略者殺害了。這是我最早感受到的日寇侵略切膚之痛。1938年夏天，天津已淪陷一年，日寇勢力雖不能公開直接橫行於英租界，氣氛已很緊張。趙校長做了兩件冒犯日本侵略者的事：一是接納南開中學的學生，因南開大學遷往內地，中學暫不能同行，南開校址在「中國地」界，已為日本佔領，為使大批學生不致失學，趙校長克服種種阻力和實際困難，用耀華的校舍為他們開辦了「特別夜校」，就是在我們下課

以後，他們上課。日本佔領當局藉口學生中有「抗日分子」，勒令停辦，趙校長不從。二是拒絕按日偽的旨意更換教科書。就這樣，為侵略者所不容，曾在信封中寄去子彈威脅警告，趙校長置之不理，敵人就採取暗殺手段。我家剛好與他家住同一條弄堂。他每天清晨有散步的習慣，我們從窗口可以望見。大約特務也摸到了這一規律。那天清晨他照例出去，沒走多遠就遭暗算，家裏大人說是聽到了槍聲。我當時是小學三年級，按時到學校，校園中特別肅靜，課堂上大家鴉雀無聲。老師進來後哽咽不成語，她說了什麼我已記不得，但記得一句話，就是「我們不能忘記這一天」。這的確是我終身難忘的一課，與法國作家都德的《最後的一課》一起銘刻於心，每次總是二者一起聯想起來。

師長剪影

學校的核心是老師。而師資的建立又與趙校長的辦學思想和奠定的基礎分不開。這一優勢在趙校長身後，雖經國難，基本得以維持下來。那時中學各門課的教師都經過嚴格挑選，學識豐富，許多老師循循善誘和敬業精神使我終身受益。在我已經模糊的記憶中略舉以下幾位：

張慎儀，數學老師，南開大學數學系畢業。我上初中一時就遇上她，她講得那樣清楚而有吸引力，奠定我對數學濃厚興趣的基礎。到高二、高三又是她教，主要是高等代數和解析幾何。抗戰勝利之後，學校要求數學用英文講課，她似無難色，我們的高等代數就是用《范氏大代數》的英文本，結果她等於同時還教了數學英語。

李希候，教初中三的三角和立體幾何，非常風趣，把許多定律、公式都編成了順口溜，使這門令人望而生畏的課變成了很「好玩」的課。同學們私下稱呼他時略去中間那個字，就叫他「李猴兒」。在四十年代末物價飛漲中，他家人口多，生活拮

据，穿得比較邋遢。在課堂上間或也發發牢騷，説他肚裏除了數學公式外，連窩頭也填不滿，等等。但是教學照樣認真，照樣妙語如珠。

劉美珠，教生理衛生和生物，同時也曾是我們的班主任。她與張慎儀老師特別要好，兩人都是單身，可能就是現在所説的「閨蜜」，同出同進，經常在辦公室煮些東西吃。劉老師不知為什麼也特別喜歡我，在她的鼓勵下我的生理衛生課成績也就特別好，在小考中常常考一百分。有一次考試有一道題是人體的骨骼數目。我就在自己身上一一數來，但是忘了膝蓋骨，所以寫在卷子上的數字有誤。劉老師在旁邊看着，悄悄走過來在桌底下捏了我的膝蓋一下，我恍然大悟，連忙改正。嚴格説來，作為監考老師，她這樣做形同作弊。説明她確實對我有偏心。她真希望我全學期的分數保持滿分。但是到後來，我開始不那麼老實守規矩了，竟然發生與同學打壘球打到了房頂，幫着搬梯子上房之事，受到訓育主任訓誡，品行扣分，而且還告到班主任那裏，要她嚴加管束。劉老師對我十分失望，專門請我母親去談了一通。不過還不是「告狀」性質，看得出她還真愛惜我。我當時的感覺既抱怨那位訓育主任小題大做，又在這麼喜歡我的老師面前感到慚愧。現在回顧起來，這樣對學生有感情的老師真是難得。實際上，生物從來不是我所長，只有在這位老師的班上才成為了「好學生」。

李繼福，教高中二年國文，還有中國文學史。她教課極為投入，讀詩讀到興起時就吟唱起來。她是河北人，我留下的印象是河北調的《古詩十九首》：「行行重行行，與君生別離……」，和我有的詩會用湖州調背一樣，《古詩十九首》是以河北調留在記憶中的(和湖州調完全不一樣)。還記得她朗讀陸游的《釵頭鳳》，「紅酥手，黃藤酒……」，那手的姿勢還留在我腦海中。有一次李老師病了，我和同學去她家裏探望。她也是單身一人，

真的是陋室一間，四壁蕭然，令人鼻酸。她付不起醫藥費，就不看醫生，自己挺過去，略好些就來上課，還是依然精神抖擻地投入。

劉祝生，初三的物理老師。那一年我物理比較好，得益於他講得清楚。每次提到物體墜落的加速度秒平方米都說「秒秒米」，他不知什麼地方的口音，這三個字都讀平聲。我們就乾脆給他起綽號叫「喵喵咪」。他也知道，並不以為忤。

還有一位女生部的訓育主任，專管女生的品行，就是向班主任告我們狀的那位。她姓張，後來我才知道她就是天津著名作曲家張肖虎的姐姐(張肖虎先生也曾在耀華教過音樂，不過是在我入學之前，後來成為我的音樂生活中的重要師長)。她十分嚴厲，與張肖虎的和善成對比。她的本名我沒有印象，在同學中以「張老虎」稱。那時學校對女生服裝要求比較保守。夏天的短袖旗袍袖子至少要蓋過上臂一半，多熱的天氣也必須穿襪子，不得光腳。後來時興旗袍短袖及肩，高班的女同學有的趕時髦，袖子短了點，就被她叫去訓話，說：一個大姑娘，拋胳臂露腿的，多難看！我們學校還不算最保守的。天津有一家比較有名的天主教女校「聖功」，校服是白襯衫、黑裙子，白襪子，夏天的襯衫也完全長袖，裙子必須蓋住襪子。這種風氣持續到抗戰勝利後。到後來，好萊塢電影大舉進來，特別是歌舞片，「大腿舞」，見所未見。社會風氣受到很大衝擊。不過與現在許多電影裏表現的那個時代還是不一樣，例如良家婦女的旗袍開衩絕不會高過膝。

其餘許多老師難以盡述。這裏還要提一下那位教日語的日本老太太。她是什麼來歷，我們一概不知，估計大約是日本駐華人員的家屬。她穿中式旗袍，長年是黑色的，梳一個中國式的頭髻，走在大街上與一般中國老太太沒有什麼兩樣。她態度很溫雅，進課堂就帶着我們讀課文。我們都不好好學，進度極慢，她也從不生氣，以極大的耐心一遍遍重複。她是否懂中國話，我們

不知道，就權當她不懂，常常肆無忌憚地當着她罵日本人，對她也不像對其他老師那樣尊重。這一切她似乎都不以為意。最後考試她都讓我們及格。有的同學家長怕她會告狀，給我們招禍。結果什麼事也沒發生。後來回顧此事，我無法知道這位日本婦女內心究竟怎麼想，這樣的表現在隨日本侵略者來華的眷屬中是否普遍？

在抗戰以前，高水平的教師可以説是校長高薪聘來的。可能耀華的教師薪金比一般學校高些。但是抗戰爆發後，教師生活每況愈下，到內戰後期物價飛漲時，那微薄的薪金簡直難以餬口。有的老師兼做一些家教，略補家用。高三那一年，我母親就請物理課趙老師來我家補習，我們班幾個同學一起來聽。他有妻小，生活負擔比較重。但是決沒有學生或家長向老師請客送禮之事，也不允許。我當時一切視為當然，現在想來，這是多麼可貴的精神！那時沒有評模範之説，以今日的標準視之，大部分老師都夠得上模範教師。

在這樣的春風化雨之中，做人之道和學識的長進都來得自然而然。在我記憶中除了高中三年級准備考大學比較緊張外，從來沒有感覺到家庭作業的負擔，也從未因考試而開過夜車。記得有一年，就在「大考」（期末考試）前夕，正好家裏有黃宗英主演話劇「甜姐兒」的票，母親要我自己決定去不去，我絕不放過這個機會，並不認為與第二天考試有什麼關係。那年聽説黃宗英十七歲，在劇中演一個「巧克力大王」的女兒，穿着馬靴、馬褲，簡直「帥」極了，這是我對她最初的印象。

高三的緊張也多半在自己，學校並未加班加點，或進行「模擬考試」之類。高考的成績耀華在天津名列前矛是不成問題的。1946年原西南聯大三校第一次恢復全國招生，金榜題名都登在報上，清華在天津錄取的三名女生都是耀華應屆畢業生，就是我上一班的學長，而且都是理工科，這是整體教學質量的結果，沒有

刻意追求「升學率」。那時聽家長們議論學校好壞，首先是講師資、校風如何，很少聽到「升學率」之說。

學業和同學

我在學校應該算「好學生」，家裏大概也不允許我不好，但是並不算最拔尖的。每年開學時，都有一次全體師生大會，上一年各年級前三名的學生都要上台領獎，我從來無此殊榮，說明我沒有考過前三名。因為我還是有些憑興趣讀書，雖然文理不偏科，但不像那幾位門門功課都得「甲」的同學那樣全面。中學的主課是「國、英、算」，這三門我全優不成問題，但是其他就難說，例如我喜歡歷史，但地理就不大行，地圖總是畫不好，也記不住；物理尚可，而化學就不行，懶得背那分子式。耀華以體育見長，我偏偏最不爭氣，連投籃都沒學會，勉強及格。家政課更勉強。所以我一般可以在前十名，偶然進入前五名，但總也得不了獎。母親對此倒不十分在意，她是比較重實際的，認為「實學」不一定表現在門門課都得高分上。

我最大的優勢一是國文，一是數學。

國文是從小熏的，當然與母親的教育有關。實際上在上小學一年級時，母親已經教我讀《論語》。到學校開始選讀文言文時（小學三年級）我已經感到很自然，像「春夜宴桃李園序」之類琅琅上口，很快就會背。我們那個學校很特別，中學六年基本上作文都做文言文，國文老師的理論是，文言文做好了，不怕白話文做不好，以後有的是機會寫白話文。確實如此，我後來當然主要都是寫大白話，完全沒有困難，但是文言文的底子無形中對文風通順和遣詞造句的推敲是有影響的。更主要是養成「讀」的興趣，不一定是書，我從小對一切有字的東西總要好奇看一看，逮着什麼看什麼，包括店鋪門口的楹聯、包東西的報紙等，都要看上一眼。我讀的雜七雜八的東西遠遠超過課堂教的。但是我家其

實藏書不多。一般人以為我算出身「書香門第」，一定家藏萬卷書，因此有廣泛閱讀的條件。其實不然。我父母都脫離了各自的大家庭，到天津白手起家，由於住房一直不寬敞，我父親沒有自己的書房，家中幾乎沒有什麼藏書。父親大部分時間都在辦公室，他陸續買了不少書都放在辦公室，其中也不乏線裝書，他原說許多書是準備給我的，但一九五〇年代他離開天津調北京時卻一股腦兒捐給了天津圖書館。所以我看的書大多是同學間互相傳的。

有一段獨特的經歷雖然很短，卻對我幫助很大。我父親的一位朋友看我喜歡讀書，他正巧有一套線裝的《資治通鑒》，不知為什麼不想留了，就送給了我。現在想來，那真是一份厚禮，大概是很好的版本，裝在好幾個木匣中，擺了三摞。我的國文課本中有一篇《郭子儀單騎退回紇》選自《資治通鑒》，那篇文章很生動，使我對《資治通鑒》發生興趣。特別是發現作者就是小學課本中那個「打破缸」救同學的司馬光，就更好奇了。初中三那年暑假無事，就每天把《資治通鑒》拿出來讀一點。見到那裏面常常有司馬光的評論「臣光曰……」，忽然興起，就弄個本子把它一段一段抄下來，同時也算練毛筆字。不過在抄評論之前，總要說明是評的什麼事，於是就把前面有關的史實簡單概述一遍。這件事做得興趣盎然。好像弄了將近三分之一，到晉朝，被我家有一位常客發現。他是我舅舅的同學，姓郝，學識淵博，我母親特別敬重他，稱他為「郝大哥」，我則稱他為「郝寄爺」。他偶然見到我讀《資治通鑒》的筆記，大為讚賞，認為每一段簡述史實文字簡練（當然是文言），有相當的概括能力，說「可以與言《左傳》矣！」於是他主動給我講《左傳》，以他獨特的見解和角度，講得興味盎然。而且我發現很多常用的成語典故都出自《左傳》，更增加了很大興趣。不過時間不長，只讀了片斷。他找到工作，就不能常來了。對他是好事，對我卻很可惜。《左

傳》的文字比《資治通鑒》要古奧得多，以我那時的水平，沒有人講解是有困難的。剛巧，開學上高一，「經訓」課就是《左傳》選讀，我就興趣更濃了。不過那也只是少數篇章，我下決心通讀一遍《左傳》是很多年後了。

我那位郝寄爺的身世也是那個時代的某種不得志的讀書人的典型。他曾經做過不知哪個北洋軍閥的幕僚，後來基本上以教書為生。是那種全能教師：中學國文、英文、數、理、化全能教，英文全靠自學，語法講得極清楚，就是發音不大對。他還會中醫，我家人生小病都請他開藥方。由於性格恃才傲物，好犯上，所以在哪個單位都呆不長，常常失業，經濟拮据。他隻身在天津，家眷留在南方，每當暫時失業時就是我家常客。母親對他始終一貫熱情招待，視如長兄。他愛吃紅燒肉，他常來的期間我家餐桌差不多天天有紅燒肉。他若有一段時間不來了，就是找到工作了。我是他的學問的真正受益者，什麼功課都可以請教他，他也特別愛教我。他還有一肚子講不完的典故和筆記小說的故事。他也出版過章回小說，情節是一位才貌雙全的俠女復仇一類，有點張恨水的套路。據母親說那女主人公的原型就是他暗戀的表妹，不過復仇之事是虛構的。他一生潦倒。最不幸的是在天津易手前不久，經過一段失業後好容易找到一個工作，是在國民黨的《民國日報》，為了那個工作，規定必須加入國民黨，他就填了一張表，不但如此，大約還寫過對共產黨不利的文章。我雖然不問政治，但是對國民黨絕無好感，記得他來我家提到此事，我力勸他不要入黨，還說了免得「玉石俱焚」的話。但是他還是填了表，儘管時間很短，卻因此有了「反動歷史」，大約1950年左右就聽說他被整肅，我已在北京上學，以後再沒有見到他，究竟整到什麼程度，下場如何，就不得而知了。

中學的國文課本不知道是哪裏出版的，基本上按時序選文章。例如初中一是先秦文、初中二秦漢文、初三到高一魏晉六朝

文章、高二唐宋文、高三明清文。(因年代久遠，可能時序記不準確，大體上如此)，當然還包括歷代的詩詞，也有「五四」以後的白話文，但是不多，老師也不重點講。有些名篇在小學時就讀了。國文是一星期五堂，等於天天都有，另外還加「經訓」，每週一堂，小學六年級是《論語》，我不在天津，沒有趕上，只是上小學之前母親教了一點。初中一《孟子》、初二《大學》、《禮記》、初三《詩經》、高一《左傳》、高二不再讀經而是中國文學史。高三沒有專門的加課。不過老師在國文課上主動加教「小學」、《說文解字》。

這些課排出來洋洋大觀，但是每一種都只是有限的選讀，淺嘗輒止，使學生對傳統文化有一個概念，不可能真的像舊時那樣讀經，能扎實記住的不多，但是有沒有概念還是大不相同的。其作用是開啟無窮的寶藏之門，窺其堂奧。在這之前，從小學一年級開始，就教唱《禮記·禮運》篇的「大道之行也天下為公⋯⋯是為大同」這一段，那是刻在心中終身難忘，至今張口就能唱。在上海讀的兩年高小，國文課本雖然以白話為主，但也有一本補充讀物叫《論說軌範》，全是文言文。老師是一位喪夫寡居的中年女子，有點多愁善感，很有文學修養，重點也是講文言文，不大重視白話文。所有這一切對我主要是起文化薰陶的作用，形成一種審美趣味，後來不論怎樣從事「西學」，周遊列國，或是強制「思想改造」，這種薰陶形成的底色是很難變的。過去是不自覺的。到了晚年日益回歸精神故鄉，才意識到什麼叫「文化薰陶」、「文化底蘊」。

當時天津有兩家著名的外國學校，一是英國人辦的英國學校 (Grammar School)，按英國中學的學制，一切課程都用英語，據說畢業後可以直接升英國的大學；另一家是在法租界，稱「法國學校」，是法國天主教辦的，男校原名 St. Johns，女校 St. Joseph，所有課程都用英文上，也可選修法文。天津淪陷以後

中國學校的英語課程壓縮，讓位於日語，有些家長怕以後孩子英文趕不上，父親朋友中比較「洋派」的就送孩子上法國學校。父親在他們勸說下有些動心，一度考慮也送我去法國學校。母親堅決反對，認為那種學校除了外文優勢外，其他科目都不如中國學校正規，特別是中文底子不打好，將來是補不上的。她還認為滿嘴洋文而中文不好，對中國文化缺乏常識的人終歸比較淺薄，與言無味。當然我的教育決定權在她。對此，我特別感激，我特別認同她對中文的重要性的觀點，後來在我家熟人子女中，特別是四十年代末的女學生，有不少只看外國小說、美國電影的，我真的覺得與言無味。我上燕京大學時遇到一位男同學向我示好，他中學畢業於上海的一家外國學校（名字不記得）。他問我是哪裏人，我說原籍湖南，他問怎麼拼？原來他們中國地理都是用的外文課本，地名是韋氏拼音，我覺得實在沒有共同語言。現在想來，我那點薄薄的中國文化底子大部分是在母親的教育方針下熏出來的。即使不全是親授，也得益於她堅持送我上重視國文的學校。上大學以後新的積累不多，只有後來從新的角度審視過去所學，發現新的意義。現在後悔的是在那幾乎過目不忘的年齡沒有多背誦一些東西。

我的數學最早也得益於我母親。她雖然自己程度不高，但數學頭腦極好，她的思維是理性思辨型的。講一件事總要不但知其然而且要知其所以然。所以從小她教我簡單的算術也要掰開揉碎講其中的內在邏輯，以此訓練思辨能力。她心算極好，我見到的是保姆買菜回來向她一一報賬，等報完了，她已經把總數算出來了。日後想來，這樣的天賦用在算豆腐賬上真是太可惜了。

1939年因天津發大水，我們全家到上海避難，我獨自留在上海讀完高小到1941年回天津（在上海的情況下面將詳述）。回到家裏，母親理所當然地考察我的學業。英文大有進步，她當然高興。但是發現數學成績太差。她自己考了我幾道題，馬上發現我

根本就沒有弄通，即使答對，也是蒙的。在她看來，問題嚴重，於是整個暑假親自給我補數學。那時主要是四則題，雞兔同籠之類，就是鍛煉思辨能力，她用她特有的教學法，一道題翻過來倒過去，有多個切入點，多種解法，一定要弄通其中的內在邏輯而後已。終於使我豁然開朗，發現原來數學是很好玩的，從此對數學產生了濃厚的興趣。等開學上第一堂數學課，老師先摸底，出一些題目抽問，我因個子小坐在前排，被點名提問，我用母親的辦法，提出不止一種解法，給老師留下很好的第一印象。從此我在數學班上總是優秀生。自己也真的迷上了數學。特別是到初中三學三角，證「恒等式」更使我着迷，每天放學回家，先練一個鐘頭鋼琴，然後做數學習題，成為一大樂趣。高三學「大代數」和「解析幾何」，老師講得引人入勝，使我興趣盎然。我感到數學世界可以有無窮的想像餘地。後來讀到柏拉圖說數學和音樂是美的最高境界，這種聯想一直伴隨我到大學，一度成為我獨自遐想的主要內容。等高考時，我考燕京就報了數學系。

　　每當回顧我在中學的國文、經訓和修身課，我都有一種困惑。客觀上，多讀了一些古書對我總的說來是受益的。但是我一直不明白為什麼在日偽統治下的教學內容反而更加加強中國傳統文化的份量。把「讀經」列入教學課程是國民政府曾經明令禁止的。後來我發現，歷史上異族統治的朝代如元、清，皇帝都特別尊孔。孔子最長、最崇高的封號是元朝給加的；孔廟的「萬世師表」匾額是康熙寫的。這可以解釋為那是為攏絡漢族的讀書人，便於統治，同時他們馬背民族的文化遠遠落後於有悠長歷史的農耕文明的漢族，只得融入。那麼日本侵略者當時標榜與中國人「同文同種」，是否也是把弘揚傳統文化當作一種統治手段呢？從日語課被我們抵制的情況看，在華北大城市赤裸裸地推行日本化的教育是行不通的。何況日本雖然經歷了「脫亞入歐」，其文化本身還是從中國來的。我當時當然沒有想到這些問題。這是以

後又經歷新一輪以愛國的名義，大力提倡「國學」抵制「西化」的潮流，使我想起在淪陷區的這段學習經歷，感到困惑，怎麼「愛國主義」教育與異族統治的教育殊途同歸？

再以後，我在網上看到比我年長的、當時也在華北淪陷區上學的一位老人的敘述，提出了一種分析，有所啟發。根據這一說法，自1941年汪精衛在南京成立偽國民政府後，華北地區雖然在南京管轄下，但是還保有一定的獨立性。代表偽政權的「華北政務委員會」是由北洋政府舊官僚所組成，在意識形態方面一向排擠國民黨的三民主義思想，主張聯合日本驅逐以歐美為代表的「西方帝國主義」，並消滅以蘇聯為代表的共產主義，恢復傳統東方儒家社會所推崇的「王道政治」。按照這些人的意識形態，蔣介石領導下的重慶政府是意圖將中國賣給「猶太共和國」的歐美代理人，而共產黨自然就是斯大林赤化中國的馬前卒。由於此刻八路軍在河北省境內逐漸發展壯大，創建了冀東抗日根據地，成為「華北政務委員會」的直接威脅，被視為頭號敵人。為此，成立「新民會」，向年輕人推動建立「中日親善」「大東亞新秩序」的法西斯宣傳。如同德國的納粹黨、意大利的國家法西斯黨一樣，「新民會」鼓吹極端的種族主義(黃種人)與東方民族優越感，在當時蠱惑並吸收了眾多愛國青年加入，他們幻想藉日軍的武力，將古老的中華文明推廣到整個亞洲，乃至全世界。甚至有人以為可以像歷史上一樣，把日本人在文化上同化過來。當時在中國有三種意識形態：共產主義、三民主義、以儒學為核心的中國傳統文化。華北偽政權的官僚認同最後一種，並得到日本的支持，他們在掌權的範圍內施行尊孔讀經的教育政策，就可以說得通了。

我當時年少，當然想不到這些。但是現在回想在太平洋戰爭之後，日寇勢力進入租界那一段時期，我們在學校沒有想像中那樣經歷赤裸裸的、強制的奴化教育，而代之以加強中國舊文化的

教育，以上的説法似乎可信。至於是否真能培養出一批儒家種族主義者，為日本實現其「東亞民族」的霸權所用，看來收效甚微。因為在政治上，重慶還有一個中央政府為淪陷區人民希望所在；在意識形態上，從辛亥革命以來的教育改革還是以共和國公民教育為主，一代、兩代在新文化教育薰陶下的精英已經形成，以基於現代民族國家的愛國主義抵抗侵略達到民族復興的目標遠強於回歸儒學的凝聚力。

中小學的同學之間的關係最單純，當然有親疏遠近，只是憑興趣愛好，甚至座位的遠近，自然聚在一起，時間有長有短。我在耀華期間，樂趣之一就是與同學在一起。放學以後一起回家，常常會在街頭耽擱一忽兒，天南地北聊得起勁，最後怕太晚回家挨罵，才依依不捨分手。不過畢業後就分道揚鑣，很難保持聯繫。我能稱之為終身摯友的是關禮華，直到現在還有聯繫，互相關心。她是廣東人，在我們班上一向是品學兼優的「好學生」，同時又是熱心助人，服務精神特別強，所以年年都被選為班長。那時班長絕對是全班同學一人一票選出來的，主要是功課能服人，而且能為大家服務。她總是得票最多。我們兩人在高中時身材高矮差不多，正好坐同桌，從此結為密友。她照顧人成性，雖然與我同齡，但總像大姐一樣處處關心、照顧我。她家庭似乎不大幸福，父母是老夫少妻，母親特別年輕，可能覺得兒女是負擔，對她學習並不鼓勵，而逼迫她做沉重的家務。但是她告訴我這些，卻毫無怨言，對她母親的處境很諒解，自己則努力安排好家務學習兩不誤，是那個年齡少有的成熟。她家住在日租界，離學校很遠，中午不能回家吃飯，我常常拉她到我家。我母親特別喜歡她，認為是少有的好孩子。她父親在廣州淪陷後曾一度任偽市長，雖然時間很短，光復以後還是以漢奸罪入獄。她一度曾定期為她父親送飯。在同學中也不諱言，同學對她一如既往，沒有任何歧視。與此同時，她自己非常愛國，所以對歷史課

特別用心。到高三時，內戰已經爆發，學校內開始有各種活動，讀書會、討論會等等，當然是比較左傾的。她開始積極參加。她本來立志學醫，大約想離家遠一些，畢業後不考平津的大學，而考上了齊魯醫學院。在那裏她還給我寫過幾封長信，其中大段引《約翰·克里斯朵夫》。1949年天津解放後，我正在家等待清華開學。她忽然來天津，到我家住了一晚。她說已決定放棄學業，參軍南下。我們談了通宵。她只是講她的旨趣，並不動員我也走她的道。但是我有說不出的失落感。覺得她一走，從此真的分道揚鑣，對於我，與她告別等於從此告別一段美好的青春年華。她對我總是像長姐一樣，我就不管不顧抱着她大哭一場。以後她定居在廣東工作。我一直在北京，各自經歷了許多事，自然疏於來往。不過比起其他同學，在幾十年中還是多一些交集。她只要有機會來北京，一定到我家來，包括探望我母親。她沒有行醫，卻一直做醫務行政工作，曾經是一家護士學校的校長，加以她的丈夫是該縣的領導，「文革」中受衝擊可想而知。不過時過境遷之後，她見到我談起來還是表示她不會怪那些「小將」。八十年代以後，各種同學聚會漸漸多起來，我們班有熱心的同學張羅此事，這樣，進入老年後，我和耀華的老同學又有了見面的機會，關禮華卻因遠在廣州，很少參加，但是我們依然互通音訊，互相關心。

其他還有幾位同學都與我曾來往密切，但是情況不太清楚，就不再一一列舉了。還有一位徐謙，從中學到燕京，到清華一直都是同學，雖然不同系。她的情況在以後的章節中再敘。

在上海上兩年高小

1939年夏天津水災，舉家到上海避難。英租界地勢較高，住在其他地區的親戚來我家避難。不久連我們這裏也淹了，一條弄堂成為澤國。幸好我們的房前有幾蹬台階，水還沒有進家門。那

時我小妹還在繼褓中，而且剛生完一場重病。父親下決心送我們到上海避難。他工作走不開，他辦公的銀行在法租界，尚未被淹。有一天早晨，租了一條小船，母親帶着我們三姐妹，連同保姆母女從弄堂裏划出去到塘沽坐輪船到上海。那是我第一次坐大輪船，風平浪靜時一望無際的水面真像一匹綠色的緞面，似有人在兩邊扯着抖動，掀起一層層波浪。我們國文課本中選讀過巴金看日出的散文，我特意清早到甲板上看日出，覺得美妙非凡。那時母親要照顧兩個年幼的妹妹，她和我都不暈船，而保姆卻暈得一塌糊塗，母親還要照顧她，所以顧不上我，我能自由地跑來跑去看風景，十分開心。

到上海，照例住在舅舅家。暑假後開學，我就和表兄弟一起上渭風小學高小一年級(即小學五年級)。那是一家私立小學，從校長到老師大多是上海中西女中出身，校長曾留美，是終身未婚獻身教育事業的職業女性。學校就是那種「弄堂小學」，校舍不起眼，學校也不很有名，師資卻相當不錯。上海的小學從三年級就開始有英文課，而我在天津的學校從初中一才學英文，所以學校因我英文不行而不肯收我。後因我的表姐兄弟一家都上的這個學校，而我其他功課都不錯，經過求情，校長特許我先做「試讀生」，同時自己設法補英文，如果年終考試能及格，就可轉正式生，否則只有退學，或降低一年。我從小不怕學習，相當自信，也沒有請家教，好在有比我年長的表姐可以幫我，就用本校的課本惡補了一年，到年終考試不但及格，還成績優良，就這樣，順利升入了六年級，還是「好學生」。同學間都說上海話，我在家是說湖州話，常常被笑話，不久也學會了一口上海話。課程中除「國文」外，還有一課「國語」，就是學普通話，用注音字母學，老師發音很標準，可能是北方人。這一課我當然是絕對強項。不久，天津水退，全家都回天津，為了不中斷學業，我一個人留在上海讀完高小。

碰巧，這個學校也重視文言文。期末大考時，國文和英文都由校長親自面試。其形式是校長來教室，隨便點幾個學生，抽一篇應該背過的課文背誦一遍。英文則是選一段課文朗誦，然後用中文講解。記得最後一次英文口試是龜兔賽跑的故事。我幾次都順利通過，並給校長留下很好的印象。只是最後六年級畢業，國文面試卻出師不利，抽背的文章是韓愈的「世有伯樂然後有千里馬」，我背了幾句就卡殼了，來回重複再也想不起來，校長破例給提示一句，我仍然一片空白，就此背不下去，當時恨不得找個地洞鑽進去。這件事留下深刻印象。到現在，我這篇文章仍然背不全。

　　學期終了，照例有「懇親會」，學生演出，請家長觀賞。我們畢業班尤其是重點。其中有兩場英語話劇，一場是華盛頓砍櫻桃樹的故事：我們英文課本中就有這個課文，講華盛頓少時砍了他父親所鍾愛的櫻桃樹，父親大怒，揚言查出來誰幹的，要嚴懲。小喬治勇敢地坦白承認是自己幹的，父親鼓勵他誠實，就原諒了他。這個短劇由我們班上兩名男同學演。另一個英語劇是從《睡美人》的故事改編的，當然是非常簡化的獨幕劇，角色卻很多。一名年紀較大，身材比較高的同學演主角，我扮演七名仙女之一的智慧女神，只有一句台詞。另外，我還有一次上台的機會是在幕間換台時與另外兩名同學一起，帶着丑角的高帽子，在幕外說一段英文繞口令。這兩個加起來不過幾分鐘的表演機會令我興奮不已。竭力動員我舅媽出席。她果然去了，事後說沒想到中筠還有這個本事，令我高興了好幾天。直至進入二十一世紀，忽然有一位渭風小學的同學聯繫到我，原來就是當年扮演少年喬治·華盛頓的那位。大家都已垂垂老矣。在他發起下，在北京還能聯繫上的幾位同學，由周幹峙同學做東，在他家聚了一次。周幹峙後來入了清華建築系，並且也參加了地下黨，曾任建工部副部長。我們聚會時當然已經退休，現在他已作古。

　　在上海脫離了母親的管束，讀書更加隨興所至，除課堂外，

大量亂翻書。舅舅家有一面牆的壁櫥，堆滿了各種新老書籍，沒有整理。我在那兩年裏着實狼吞虎嚥看了不少書。從《紅樓夢》到《家》、《春》、《秋》，乃至武俠、神怪、翻譯作品等等，真正的亂翻書，完全自由放任，鑽在裏面常常弄得灰頭土臉，沒人管，也沒人指導。不過每遇有趣之處、或有心得，就與年齡相仿的表姐們交流、傳閱，樂趣盎然。

開始接觸新文學，如《小説月報》、《萬象》等雜誌都從表姐手中傳到我手。那幾年看的「大部頭」有巴金的《家》、《春》、《秋》和其他作品，如《春天裏的秋天》、《寒夜》等等，《紅樓夢》也是那時開始看的，一知半解，後來長大後重讀好幾遍才逐步理解。巴金的作品對我影響很大，可以説起到反封建的啟蒙作用。寫作文也「為賦新詞強説愁」，寫些多愁善感的東西，現在看來一定很可笑。在這種情況下，我的數學開始滑坡，成了文學偏科。另外，與耀華學校不同，這裏課堂作文可以用鋼筆寫，不一定用毛筆，於是在無人管束的情況下，我毛筆字也不好好練。從那時起，我的毛筆字一直沒有練好。回到家裏，母親只顧給我補數學，也沒顧上逼我練字。後來遇見善書法的陳樂民，我就更加自暴自棄了。像我這一代讀書人，毛筆字拿不出手是一大缺憾。

舅舅家是一個熱鬧的大家庭。他自己就有六個子女，四女二男，外加長期或臨時借住的親戚。每當年節或什麼人過整壽等等，上海的親戚都來(大姨家也有六個子女，相反是四男二女)，樓上樓下跑來跑去，簡直像戲園子。在生活細節上，他們和我家略有不同。相對説來，舅家更傳統，而我家略「洋」一些。也許與我父親曾留美有關。舅家是大家庭，堂屋有祖宗牌位，過年有祭祖儀式。而我家則是小家庭，比較簡單，沒有祭祖等繁文縟節。在服裝上，表姐妹們小時候大多穿旗袍，而我們穿裙子居多。我們姐妹學鋼琴，表姐妹們都不學，但是他們經常看京

戲，而且都會唱。在他們的感染下，我也對京戲發生興趣。那時廣播電台有點播京戲的節目，剛好是在我們放學以後的時間。我養成一大樂趣就是拿着《戲考》聽廣播，對照一字一句學，有時與大我兩歲的表姐一起學。這樣，居然學會了不少段子，可以湊成表演節目。我們能完整地演的節目有《四郎探母》的《坐宮》和《紅棕鬃馬》中的《武家坡》。和我同齡的表哥唱老生，我和表姐輪流唱旦角。還有一些電影插曲，特別是郎毓秀的《天倫歌》、《飄零的落花》等都是我們的保留節目。外國歌曲則是當時最流行的《世界最佳101首歌》中的歌曲。

在我十歲的時候，和表姐妹們真的排演了一台節目。當時上海每年冬天有賑災行動，通過電台或報紙，動員各家捐錢捐物。我們便以此為由頭，進行一次「義演」，在大人支持下，把上海的七大姑八大姨都請來看我們演出，是賣票的，票價隨意。有一位表姐管賬。大家熱情高漲，各顯神通，把大人的箱籠翻遍，找出老古董的服裝，或自己改造，還自製佈景。幾個表兄弟多才多藝，特別是表弟童本懿當時只有八歲，卻似乎什麼都會，學什麼像什麼，一人承擔好幾個節目，是大家的寵兒。他還學戲院中的跑堂，弄來一個託盤掛在脖子上，上面放點瓜子、花生之類，在觀眾席間穿來穿去賣，大家看他可愛，多少買點，也增加捐款收入。（日後他果然發揮了天賦，成為出色的文藝工作者，還曾任1964年大型歌舞《東方紅》的舞台總監）。我們那台節目既有歌舞，又有京戲。原來說好，「壓軸」是表姐童曉禮演四郎探母的《坐宮》；「大軸」是我演《武家坡》的王寶釧，老生都是表哥童本亮。《武家坡》那幾段唱腔設計得很好聽，我原來挺喜歡的，特別是那段「二六」（「手指着西涼高聲罵……」，我對着收音機學過很多遍）。但是在排練期間，我和表姐童曉禮兩人議論，忽然越想越覺得這齣戲有問題：薛平貴自己背着王寶釧娶了代戰公主，還要王寶釧苦守寒窰，而且騙她說丈夫把她賣了，如

果她服從了，就把她殺了，去見那位公主。憑什麼？這也太不公平了！這薛平貴能算好人嗎？兩人越想越覺得憤憤不平，在表姐支持下，我決心罷演此戲。這是我第一次「反封建」的行動。從那時起，我男女平等的意識一直十分強烈，在上海看的那些新文學作品，特別是巴金的作品，大概無形中起了不少作用。那台節目本來是小孩子間自己弄的，大孩子主持，但不是「領導」，所以不演就不演，我後來用什麼節目代替，已經不記得了。至今，我認為京戲全部《紅棕鬃馬》在藝術上，特別是唱腔設計上精益求精，但是在思想上肯定是糟粕。不僅僅是男女平等問題(對那個時代的故事這點不能苛求)，更重要是宣揚趨炎附勢，即使從傳統倫理道德的角度看，也是富貴權勢壓倒孝悌忠信的倫理，那最後一幕「大登殿」中王寶釧和代戰公主的輪唱、合唱，內容令人作嘔。後來遇陳樂民，他對京戲比我在行，談到這齣戲，意見竟完全不謀而合。時至今日，在現代形式的電視劇以及不少節目中竟也宣揚此類極為腐朽的價值觀，並且變本加厲與拜金主義結合起來，是我當初怎麼也沒有料到的。

　　我在舅舅家從來就和在自己家一樣。我舅媽管家是粗放式的，似乎對丈夫的工作和子女的學習都不大過問，與我母親相比，她更少參與舅舅的朋友圈，更難得一起出去「應酬」，交往只在沾親帶故的圈子中。而子女個個都成績優秀，品行端正。也許是多子女的好處，大表姐讀高中時在家中威信已經很高，弟妹都聽她的。況且，這樣一大家子，整天亂哄哄，孩子跑來跑去，地板咚咚響，要管也管不過來。現在想來，舅媽真不容易，舅舅恪守孝悌之道，凡家族親戚有所求，都來者不拒，她心胸開闊，從未見有厭煩之色。看似不甚理家，而舉重若輕，亂中有序，安排妥帖，從未見傳統大家庭常有的勃谿、矛盾。我還注意到他們兩位習慣晚睡，到夜深人靜時，兩人常相對小酌，下幾盤棋。舅媽說這才是她自己的時間，可見得那種「熱鬧」，她也是無奈的。

四
少年不識愁滋味

也曾年少輕狂

經常聽到一些中年朋友講自己的孩子到十幾歲時叛逆的情況，完全不服家長管，有時關係十分緊張，她們常常說，「我們小時候」如何如何守規矩……。我們幾代人經歷巨大社會變遷，教養和風氣是非常不同的。特別是現在伴隨着互聯網長大的孩子屬於「新新人類」，與他們的父母輩，乃至我這樣的祖母輩自然截然不同。不過，我回憶自己從初中到高中那幾年是否有過叛逆的思想和表現呢？確實是有的，只是表現方式不同而已。其實質同樣是努力掙脫父母的約束和管教。

我開始脫離母教是從在上海住在舅舅家開始，特別是父母先行回津，把我一個人留下那一年，我無拘無束，過得又自由又熱鬧。轉眼兩年過去了，我高小畢業。父母理所當然地要接我回天津。但是我樂不思蜀，不想回去。表姐們也慫恿我不要回去，就同她們一道上上海的工部局女中。我去過那個學校的運動會，也見過他們初中的課本，印象都很好。於是向父母申請留在上海升學，唯一的遺憾是舅舅家沒有鋼琴，我已開始在學校課餘從音樂老師上鋼琴課。竟然獅子大開口，要我家把鋼琴運到上海來。父母對這種不情之請的反應可以想見，只是我看不到他們的怒氣。這更使他們下決心趕快接我回去。暑假期間，父親來上海，不由分說，把我接回去了。那時津浦路火車不通，我們沒有乘海船，

而是乘飛機，我原來想像中以為乘飛機的味道如「列子御風而行」，沒想到坐在裏面和在房間裏一樣，除了響聲之外，似乎飛機根本不動。那是我平生第一次對飛機的體驗。

在上海兩年，脫離母親無微不至的關懷和嚴格的家教，我一方面鍛煉得比較獨立，生活自理能力加強，一方面思想上也開始向桀驁不馴的方向發展。當然，回到家裏，行動還是唯母命是從，不敢公然反叛。特別是母親大力給我補數學，我是乖乖接受的，並且確實大有好處，已如前述。在作文課上，我開始喜歡做「翻案文章」，就是褒貶人物，提出與前人的定論不同的看法，以此表示自己獨立的見解。現在還記得的是有關讀王勃《滕王閣序》的文章。我們學校暑假基本不留作業，只要開學時交一兩篇暑期讀書心得即可。我初中三的暑假，讀了王勃的《滕王閣序》。文章當然非常漂亮，據說王勃寫此文時是十四歲，著名的神童才子。那年我也是十四歲。忽然感到不服氣，就寫了一篇文章，大意是：王勃假如從三歲開始識字，十年中他讀的全是這些古文，一天到晚就學做這種文章，到十四歲寫出這樣的文章也非不可及。我現在也是十四歲，也從三歲開始識字，但是要學的東西比他多得多，單是中國歷史就要多讀一千年！初唐以後的事他就不知道了。我還得讀外國歷史、地理，還要學外文、數、理、化……，我會的東西他不會，他會的東西我不見得學不會——我當時就是這麼認為的。我還批評王勃年紀輕輕就那麼悲觀，自歎「失路之人」，無病呻吟。這「無病呻吟」是我從那些新文學的評論文章中學來的詞，用上了，很得意。其實這有點牽強，原文「誰悲失路之人」不見得是說作者自己。總之，我痛快淋漓地寫了一通，自己頗為得意。後來想，我的說法有一定道理，但是與王勃同時代有多少讀書人，讀的同樣的書，也沒寫出《滕王閣序》這樣千古傳誦的美文來，所以王勃還是才氣過人的。

這時我思想已脫離母親的軌道。儘管她允許辯論，可以提出

異議。但是實際上我辯不過她，所以我一般採取消極抵抗態度，就是在她訓誡時，表面上默默聽着，思想常常「開小差」，有時心裏偷偷背一首詩，或唱一首歌。

在古文方面，母親是「文以載道」派，崇尚秦漢文、唐宋八大家，特別是韓愈的文章，如《師說》、《原道》、《原毀》、《祭十二郎文》都是她重點要我好好讀的。恰好，我們高三的那位貌似遺老的國文老師也是古文派，整天搖頭晃腦稱：「韓文正公文起八代之衰」，使我對韓愈也產生偏見，《祭十二郎文》中說他自己「年未四十而髮蒼蒼，而視茫茫，而齒牙動搖」，整個一個糟老頭子的形象，與我對那位國文教師的印象差不多。而我在高中一、二年級的時候剛好趕上課本多選魏晉文章，在「中國文學史」的課上老師也着重講魏晉名士，講得津津有味。在開始形成自己的情懷愛好的年齡，正好接受這方面影響，對那些隱逸名士十分嚮往。這也許與我們家原來遠離官場的旨趣也有間接的關係。我還曾迷戀華麗的駢體文，試學着做過。

整個高中期間我們有幾個要好的女同學在一起，經常議論魏晉名士，交換所見到的軼聞資料，對《世說新語》裏那些故事、特立獨行的作風和充滿機智的俏皮話特別入迷。談起竹林七賢，各有崇拜對象，我最崇拜嵇康，阮籍也還可以，很想仿效他們的做派，當然實際行動上不敢。不過名士多不修邊幅，我正當少女時代，應該開始愛美，愛打扮的時候，卻要學那不修邊幅的作風，拒絕穿鮮豔的服裝。每當外出做客，母親要給我穿得花哨一些，都被我拒絕，所以我少女時代的衣服大多以藍色或其他素色為主，自以為形成自己的「林下之風」。

古人和大自然比較近，我是在大城市長大的，對古人悠遊山林十分羨慕，也就對所謂「隱士」很感興趣。首先當然離不開陶淵明，「歸去來兮」，「不為五斗米折腰」，從小學就耳熟能詳。後來見到《閒情賦》，發現他原來也寫愛情，也有想入非非

的綺夢。同學間常常互相傳看一些各自家藏或不知哪裏弄來的有趣的書和文。有一個同學家裏有許多明清筆記、短篇小說之類，常給我們講那裏面的故事，有時也拿出來借給我們看。平心而論，那時還沒有機會接觸真正的「禁書」，所謂淫詞豔曲也就止於《竹枝詞》了。有一次一個同學作為重大發現，拿來陶淵明的《閒情賦》，説你們看，原來陶淵明還寫這個呢！大家搶着捧讀之下，真是興奮不已，如同發現金礦。於是那一大段排句：「願在衣而為領……願在裳而為帶……願在髮而為澤……願在眉而為黛……」在一段時間裏成為我們小圈子裏的悄悄話，不足為外人道也。

不但魏晉文章，後世凡是關於出世隱居的詩詞和人物軼事，什麼「梅妻鶴子」，「泉石膏肓、煙霞痼疾」，嚴子陵獨釣寒江，等等，都對我有很大吸引力，逐漸形成了自己的審美觀。我不懂佛經，但是偶然遇到一些佛經故事和佛家語，一知半解，也吸收進來。傲視王侯也是我們所推崇的。從孟子就開始，孟子在我心目中是比較可愛的。他見梁惠王、齊宣王，把他們訓得一愣一愣的。他説：「説大人則藐之，勿視其巍巍然」。南宋朱敦儒的幾首《鷓鴣天》是我十分欣賞的：「我是清都山水郎，天教懶慢帶疏狂，曾批給雨支風敕，屢奏留雲借月章，詩萬首，酒千觴，幾曾着眼看侯王」。我最欣賞的是最後一句。多年後發現毛澤東也寫過「糞土當年萬戶侯」。但是前者看不起王侯是藐視凡俗，懶得做官，逃離政治；而後者視「當年」萬戶侯為糞土是為造反，最終消滅他們，萬戶侯、唐宗宋祖都不在話下，而是自己稱王。完全兩碼事。

名士們還有一項嗜好是喝酒。那在我的生活中是接觸不到的。但是我終於大膽試過一次醉酒的滋味。有一次我父母有「應酬」，下午出去，説好要在外面晚餐，回來較晚。我就趁他們不在，從櫃子裏偷出一瓶酒，硬着頭皮一邊喝一邊做數學題，為了

測驗喝到什麼時候開始頭腦糊塗。結果沒喝多少就不知不覺睡着了，醒來頭痛欲裂。一看紙上後半頁劃得亂七八糟。這就是我醉酒的經驗，既沒說胡話，也沒發酒瘋，與小說裏描寫的大不一樣。等離家上大學之後，又曾經附庸風雅。海淀有一種酒叫「蓮花白」，是白酒的一種，呈淡粉色，頗有點與眾不同，在清華時與宗璞、徐謙曾買了這種酒和花生米到荷花池畔小酌，自以為盡得風流，不過僅此一次。後來宗璞寫入她的散文，弄得有些讀者以為我真的善飲酒。

在家教的管束之下，我在親友面前舉止行動都規規矩矩，被認為「性格內向」、很「文靜」，甚至「靦腆」。而我妹妹華筠則從小就調皮，活潑，善歌舞，從不「認生」。其實外表是假象。我從少年開始，思想就天馬行空，對於家中來往的大人，在行禮如儀之餘，也有自己的看法，根據自己的(或我那些同學間議論的)標準私下品評，暗中效阮籍加以青白眼。我兩個妹妹各比我小六歲和八歲，不可能與我作伴，她們正是需要費精力照顧的時候，所以母親後來不太顧得上我，大大放鬆監管，只要成績單令她滿意即可。到高三那一年，我在學校也不再是循規蹈矩的「好學生」了。一方面着重高考，有些與考試無關的課無心好好上。一方面同學中也人心開始浮動。我們的教室在一層樓，地勢比馬路略低。我最出軌的行為是在上國文課時，趁那位老先生背對我們在黑板上寫字，和幾個同學從窗戶跳出去，到附近一家新開的店買冰淇淋吃，覺得十分得意。老師居然沒有發現。我們欺負老先生，實在不大厚道。不能喝酒，代之以冰淇淋，也算名士風流！

不過那個時期的思想也不是只有一種傾向。除了嚮往名士風流外，還有成就一番事業的雄心壯志。什麼事業呢？多半是成個什麼「家」。我的崇拜偶像，第一是居里夫人。特別是看過一個美國電影《居里夫人》，格利爾‧嘉森演的，更是仰慕不已。聯繫到過去父親曾帶我看《幼年愛迪生》的電影，想當發明家也

是我少年夢想之一。由於我理科總的不錯，這似乎也不是完全無望。有時又欽羨古今「才子、才女」，曾想當文學家，自己訂了一個本子，在上面隨心寫下「靈感」，也包括學着填詞、作詩，是自己的秘密，從不示人。在臨近畢業時，照例同班同學聚會，依依惜別。那時最流行的別離歌當然是「長亭外，古道邊……」。但是我和有的同學覺得歌詞太壓抑，就由我用這個調子另外填了詞讓大家唱。現在歌詞基本忘了，只記得最後幾句是「搏羊角，駕扶搖，此去乘風任逍遙。濁酒一杯且陶陶，請記取今朝」。這幾句現在還有印象是因為受我最欣賞的莊子《逍遙遊》的啟發。

　　至於英雄崇拜，最早就是岳飛和文天祥，這當然與抗日有關，幾乎與記事同步。稍長，崇拜喬治·華盛頓，從他小時候砍了櫻桃樹不撒謊的故事到建立美利堅合眾國。有一陣他在我心目中是自由平等的象徵，把《美國獨立宣言》和「不自由，毋寧死」都安到他頭上，後來方知其誤。高中二年級，有一次作文，題目是我最欽佩的人物，我竟寫了甘地和茶花女！為什麼呢？甘地是因為印度獨立，甘地遇刺，正好是當時的熱點新聞，報刊對甘地的生平事蹟宣傳很多，老師在課堂上也講。特別是他遇刺後立即表示原諒刺客，避免復仇，避免再流血，使我感到很偉大。茶花女是虛構人物，只不過我正好看完《茶花女》的英譯本。以我當時的英文水平，讀起來是比較勉強的，但是這本書正好落到我手裏，就硬着頭皮連猜帶懵地看下去，由於情節吸引人，居然讀懂了，而且感動得涕泗滂沱，讀完之後英文進了一大步。我佩服茶花女的理由是，如果她只是犧牲了愛情而選擇離開亞蒙，那還是一般的痛苦，她竟能為了成全他家人的幸福而故意造成他對自己的誤解，甚至蔑視，把自己看成壞女人，這要忍人之所不能忍，比死還難，這種為愛情而犧牲的精神實在太偉大。這就是我當時的想法，於是就把茶花女故意讓愛人誤解和甘地寬恕敵人相

提並論了。那時老師很開通，並不以我這種議論為荒唐，還給了一個好分數。

　　我自幼男女平等、女子獨立的思想很強烈，當然與母親的影響有關。但是稍長，進一步有了自己的看法，男女平等的觀念更為徹底，就開始與母親出現差異。差不多從上初中開始，我就對她如此無微不至地在生活上照顧我父親，而父親越來越視為當然，心中不平。以那個時代的標準來看，父親算是模範丈夫，在外面從不涉足聲色犬馬，一切收入都交給母親，家裏由她大權獨攬。但是在我看來，父親在家完全是大男子主義，母親實在辛苦，處處以他為中心，每天根據天氣變化裏外衣服都準備好，每次出差的箱子都是母親整理，叮嚀再三，他自己連襪子放在哪裏都不知道(這種情況一直連續到最後一兩年，母親臥床不起，無力再照顧他，我們忽然發現父親要出差之前自己把小箱子理得井井有條，想得也很周到，原來他還是很有生活自理能力的)。

　　現在回想這一段青蔥歲月，腦子裏充滿了胡思亂想，忽而雄心壯志，暢想「乘長風破萬里浪」，忽而羨慕隱逸山林，忽而又追求自由、平等、博愛，古、今、中、外亂翻書，家長、老師似乎很嚴格，卻能容我思想任意馳騁，沒有禁錮，甚至沒有刻意引導。當然，說沒有引導，也不儘然，這種引導是潤物細無聲的，例如我一忽兒想當這個，一忽兒想當那個，但從來沒有想過升官發財，也沒有想過要當「闊太太」，恐怕就是與無形的環境薰陶有關。關於後者，有一個小故事：我們的熟人中有一個小女孩，十分美麗可愛，她媽媽也常把她打扮得跟洋娃娃一樣，引人矚目。大人總喜歡逗她玩，有一次有人問她，你將來大了想當什麼？她竟脫口而出：「闊太太」！實際上她媽媽就是典型的「闊太太」，這也是無形的薰陶。同學中有的年齡比我大幾歲，家境不太好的，不準備升學，有對象準備嫁人。有一個沒等畢業就結婚了。我們幾個同學還到她的新房去看過，她自己家庭比較複

雜，不太幸福，據説男家比較富有，在家裏慫恿下就嫁了。新房陳設相當華麗。但是以我那時的看法，簡直覺得不可思議，認為這位同學太不幸了，就此葬送了青春。在我心目中「嫁入豪門」是女子最不幸的歸宿。

輾轉京滬考大學

1947年高中畢業，面臨高考。我一共考過四家大學共五次（其中清華兩次），也算一段有趣的經歷。

我上的耀華學校，應算天津最好的中學。我們與內地和上海的考生相比，劣勢是英文，因為自從太平洋戰爭，日寇勢力進入租界後，強制把第一外語改為日語，英語課大大減少。上海雖然也淪陷，但是由於傳統，原來英語程度就高，受影響較小，其他的課程則相差不大。所以高三期間，家裏就為我請家教惡補英文。同時學校方面也重視起來，增加英語課時，數學全用英語課本，老師上課用英語教，還組織英語演講比賽等活動。我自己在那一年最大的收穫是讀通了英語的語法，把一本語法書的習題從頭到尾都做了，弄清楚了我以前亂看書一知半解的問題。這對我可以說終身受用。所以，以後凡有人問我學外文的經驗，我首先強調，成年人學外文，一定要把語法弄通，而不能靠聽錄音「熏」出來，否則即使詞彙量很大，也會造成一口流利的「洋涇浜」。而弄通之道，還要靠大量做習題的笨功夫。

耀華中學與燕京大學有「保送」協議，就是畢業班的前多少名（具體數字記不得了）可以優先錄取。但不是完全免考，只考主課「國、英、算」，其他物理、化學、地理、歷史之類的「副科」就免了。我在被保送之列，這對我特別有利，因為國文、數學是我的強項，而最沒有把握的是化學和地理。燕京的入學考試日期最早，我報考的是數學系。之所以報數學系，一則是我自己當時特別有興趣，二則也有點「好強」，因為那時女孩子多考文

科，我偏要表示我可以學理科。考燕京特別順利。記得國文的作文題目是：「立國必先樹人，樹人必先樹德說」。這分明是文言文的題目。我中學六年作文大多數是文言，什麼「夫古聖王之治天下也……」如何如何，這類詞拽起來很熟練。數學是題海戰術，好幾張紙的小題目，各種類型都有，都不太難，是考速度和清醒的頭腦。我都做得很順利。英語也不太難。就這樣，毫無懸念地考上了燕京。

我的第一志願是清華，對清華有一種莫名的崇拜。那時多數比較有名的大學如燕京、輔仁等都是私立的，只有少數幾家全免學費的國立大學，門檻更高，清華、北大為其中之冠。1940年末，光復以後那幾年競爭之激烈，錄取比例之小，超過現在。因為抗戰時期學校內遷，招生範圍只能在有限的大後方，1946年北上復校，第一次在全國範圍招生，一下子考生倍增，有些像「文革」結束後開始恢復高考，「七七」屆、「七八」屆的形勢。不過淪陷區大城市的中學並沒有像「文革」時期那樣癱瘓，基本還保持了正常的教學程度，優秀的學校和優秀生還是不少，所以競爭更激烈。與現在不同的是，各大學自主招生，考試的日期都錯開，普通大學和名牌大學的難易相差很大，所以考生可以根據自己的程度和精力，選擇不止一家大學試考，碰運氣。

光復後的頭兩年西南聯大三家大學還是聯合招生，統一考試，不過各自的分數線不一樣，清華最高，南開最低。我第一次出師不利，所有「強項」都沒有發揮出來。首先數學，與燕京相反，只有五道大題，每道二十分。我有兩道幾何題就是卡住了，怎麼也走不通，證不出來，四十分就丟掉了。國文則遵守五四新文化的傳統，作文只許寫白話，題目是「我的中學生活」，對我說來實在出不了彩，不知胡亂寫了些什麼，自己覺得十分平淡。英文也遇到不少生字、生詞。後來才知道，英文題目部分是根據西南聯大附中用的課本，對我們華北的學生說來，就吃虧了。總

之，幾場考下來，自知無望。最沮喪的是，考完數學，剛到家門口，就忽然想起那兩道幾何題自己鑽了牛角尖，換一個思路，豁然開朗，就找到解法了。當然為時已晚。我母親一直認為我是由於高三的一年把時間精力都花在準備個人鋼琴演奏會上，疏於複習功課，我認為與此無關，完全是運氣和臨場發揮的問題。所以，根據我的切身經歷，一考定終身是很不公平的。幸虧那時的高考制度比較靈活，可以有諸多選擇。

上了一年燕京，1948年暑期學年終了，我下決心考清華轉學。二年級轉學考試反而比一年級入學考試容易，因為如果考文科，就不需要考數理化，而且第一年燕京的學分轉過去可以得到承認。不過有一條嚴格的規定，轉學考試報名不但需要原校的肄業證書和成績單，而且還要退學證書。也就是說，不允許腳踏兩隻船。我必須破釜沉舟，斷了後路。如果考不上清華，燕京也回不去了。這一招很厲害，斷了許多人的投機心，對我是一個艱難的選擇。母親根本不贊成我這樣折騰，本來燕京是很好的學校，許多人求之不得，校園生活也是數一數二的。我不知哪裏來的一股執拗勁，非轉清華不可。自己跑到註冊處去辦退學。那裏的辦事員十分驚訝，他告訴我，我第一學年的成績是全優，從下學年起可以得全獎學金，全免學費，為什麼要放棄？燕京是私立大學，學費不菲，在當時惡性通貨膨脹的情況下，我記得交學費是扛着一袋麵粉去交的。全免學費是很高的獎勵。不過清華是國立大學，如能考上，根本不用交學費。不論如何，我鐵了心，義無反顧地退學了。

接下來，根據招生簡章，全心全意準備轉學考試。為此，下決心暑假不回天津，留居北平，住在乾媽家。這裏交代一下乾媽一家的情況，他們與我母親關係非同一般，也是我幼年關係最密切的人。乾媽陳惠蓮是我母親在上海英語專科學校的同學，乾爹陳可夫是德國留學的工程師，當時是北平鋼鐵公司(即「首鋼」

的前身)的總工程師兼總經理,也就是總負責人。他也屬於那一代「實業救國」、「科學救國」大潮中的有志之士。母親常講到他艱苦創業和敬業的事蹟,包括親自下礦井以及對改進技術的貢獻等等。鋼鐵業在國民政府時期也是國企,所以儘管他實際上主要是技術專家,身份還屬於政府官員,必須加入國民黨。我在繼褓中時,母親生病,把我交給奶媽,大約照顧不好,乾媽發現我十分瘦弱,說:「怎麼莊公養鳥,越養越小」,就主動收我作乾女兒,把我抱過去,養在他們家,直到三歲隨母親到農村之前,我多數時間是在陳乾媽家養大的,我叫她「好姆媽」。他們有一個女兒陳爾瑞比我大八歲,還有一位乾爹的寡嫂,都把我當作寵兒,精心照顧,所以我幼兒時期就得以健康幸福地成長。抗戰爆發後他們全家當然隨政府遷內地,與我們失去聯繫。勝利後乾爹調北平工作,住在東單棲鳳樓一號,剛好我上大學那幾年,那裏就等於是我在北平城裏的家。他家屬於那種極為善良而和睦的傳統家庭,1948年暑假我住在那裏時,爾瑞姐已經結婚,有一個極可愛的小娃娃。她畢業於雲南大學農業專業,丈夫與她同學,當時在美國留學,後來回國後在中科院工作。

　　那個暑假我每天早晨從東單坐有軌電車到文津街北平圖書館(即現在的國圖舊址),一坐就是一天,中午在附近的小鋪買一個燒餅夾肉丸充饑,圖書館有供飲用的「沙濾水」,(噴泉式的水龍頭,直接用嘴喝),十分方便。那時沒有空調,但是圖書館的建築冬暖夏涼,中午還可以在走廊的長椅上躺下小睡片刻。借書手續也十分方便,只是一般不能借出去。閱覽室寬敞明亮,我找到一個相對固定的坐位,早晨借好書,放在那裏,閉館前還。有時還可以與管理員商量,暫時保留在櫃枱,明天接着看。管理員態度和藹,十分敬業。我自己「勞逸結合」,上午讀備考的書,下午隨心所欲讀各種「閒書」。我考外文系,英文書屬於上午備考之列,所以下午的閒情多是線裝書,讀了一些筆記小說,印象

較深的是第一次讀到全本《西廂記》。這一段日子在圖書館過得十分愜意。清華的轉學考試，自我感覺良好，考完就回天津了。

回家以後，心裏不踏實。這次破釜沉舟，萬一又落榜，那就至少要失學一年，燕京也回不去了。以後前途渺茫。於是作狡兔三窟計，還得有備用的學校。太次的學校又不甘心。查報紙發現上海聖約翰和滬江兩家大學考試的日期還趕得上。母親本來就不贊成我那麼冒險，事已至此，也與我一樣擔心，完全支持我多一分保險。那兩家大學的考場在上海。我到舅舅家落腳不成問題。於是束裝就道，匆匆到上海趕考。借高考之機又能同舅舅一家和表姐妹們相聚，特別高興。

在上海的考試，我無從準備，還算順利。題目早已全部忘記，只記得聖約翰的國文作文題是：「見賢思齊，見不肖而自反說」。這麼一家洋氣的學校出這麼一個冬烘的題目，所以印象深刻。考試完了，就留在舅家玩，等候放榜。

聖約翰和滬江也是名校，比燕京學費更高，又在上海，富家子弟更多一些。我在聖約翰考場就見到不少衣着光鮮入時的考生，特別是女生，還有戴金項鏈的。學生戴首飾進考場，我在平、津尚未見過，感到兩地風氣的確不同。不過我舅舅家的家風樸實一如既往，還是在租住了幾十年的新閘路一條弄堂裏的石庫門房子內。因為人口眾多住不下，又搭了一個閣樓，三位表姐就住在閣樓裏，我也同她們一起住閣樓，其樂融融。

他們家的娛樂一是看電影，一是看京戲，日本投降之後那幾年，上海的租界內已經是洋人聚集，洋貨充斥，生活方式也更加「洋化」，美國影響日益明顯，一片十里洋場的繁華景象。但是我接觸到的親戚圈子卻似乎變化不大，同歌舞廳之類的場所從來是絕緣的。現在影視劇中所表現的那種燈紅酒綠的生活，甚至是地下工作人員出入的場所，我都沒見過。偶然在街上經過霓虹燈閃亮、裝潢華麗的門面，知道那裏就是某某舞廳，那種地方似乎

離我們這種家庭很遙遠。我趕上的唯一的「時髦」玩意兒就是好萊塢電影。那幾年好萊塢電影大量湧入，而且開始有彩色電影，上海的學生趨之若鶩，人人都有崇拜的影星。我父母家教比較嚴，在天津時很少允許我自己看電影。到了上海，發現表姐妹們看電影的自由度比我大，跟着看了許多當時的美國電影，大開眼界。暑期上海天氣酷熱，那時家裏是沒有空調的，只有演外國電影的幾家電影院標榜「冷氣開放」，許多人到電影院去既乘涼又看電影也是一舉兩得。

不久，清華放榜，我榜上有名，一塊石頭落了地。而且還名列第四——每個錄取的考生有一個學號，按名次排，我的學號是37004（民國37年，即1948年），可見每年錄取不出三位數。實際上我在校時全校統共只有三千多名學生。這就是當時大學的規模。上海的兩校也錄取了。到快開學時，表姐童曉禮與家在上海的燕京學生集體北上，我就與他們一起搭夥回天津。清華開學比較晚，10月初才報到。我從此如願以償，在清華過了三年，並經歷了國家的，也是我人生的大轉折。

我在上海的一個多月，舅舅舅媽一如既往對我熱情照顧，關懷備至。這是我最後一次同他們親密相處。後來，只有1955年出差到上海去探望過一次，從此政治運動不斷，我雖多次去上海，無緣再見。相對說來，舅舅在「文革」前的運動中受衝擊較少，也許因為上海灘富商雲集，輪不到他；同時因為「工」比「商」在執政者心目中地位較高些。但是到了「文革」照樣在劫難逃。兩位老人一度被掃地出門，以古稀之年住在一間車庫中，度過不能取暖的嚴冬，健康受到嚴重摧殘。舅舅沒有等到粉碎「四人幫」，於1974年就去世，強加於他的罪名在身後才得到「平反」。以他原來的身體和修養，原本是應該更加長壽的。舅媽熬到八十年代。我到上海去探望她，那時她已重病在身，握着我的手，沒能說幾句話，這是最後一面。

燕京大學一年

初考清華失利，燕京成為我第一家大學。這是眾所周知的名校，校園美麗如畫，生活設備其他大學都無法比擬。僅宿舍廁所總是乾乾淨淨，沒有異味這一點，當時很多學校都無可比擬。師資很強，校園文化有其特點，所以燕京的校友對母校都有極美好的記憶。但是我上燕京時已是強弩之末。司徒校長已經離校出任大使，正是內戰興起之時，課外活動已經左右分化，政治化了。我本人一心為清華落第而於心不甘，所以沒有享受燕京應有的樂趣。在燕京上了大約兩個月數學系。系主任是後來知名的天文學家戴文賽。他親自教微積分課。母親一直是不贊成我上數學系的。她認為女孩子學數學將來的唯一出路就是當中學教員，所以總是勸我轉文科。我自己也拿不定主意。後來終於決定轉外文系，事後想來有幾個原因：一是到了數學系發現高手如雲，我絕非天才。我其他理科如物理、化學並不出色，如果不能成大數學家，出路是很窄的。更重要是我還念念不忘明年再考清華，理科是絕不敢再問津了，只有今年上了文科，明年才能考文科轉學。於是知難而退，聽從母親的勸告，轉了外文系。中國文學本亦我所好，我當時自以為中文已有足夠的基礎可以憑自學，不必專門在課堂上學，外文是必須從師學的。後來我旁聽了一堂《詩經》，老師一首詩講了兩星期，才發現自己對中文系的看法大謬不然，完全是井底之蛙。

根據高考的成績，我一入學就免修大一國文，直接上大二國文。入學以後又經過一次英語摸底考試，連英語也免修大一而直接上大二英語。（那時不論什麼系，國文、英文必修兩年）。在這一年中，我埋頭讀書，不參加任何社會活動，成績都名列前茅。其中有一件事比較得意的，不妨一述。我上大二國文是閻簡弼先生教，他學識淵博，教學認真。最近《燕京校刊》還有紀念他的文章，後來他的遭遇也很坎坷。不過那時他還是青年講師。我們

用的課本好像是他自己選編的。其中有一篇文天祥的學生王炎午《生祭文丞相》文。其背景是文天祥第一次被捕時，未即死，因有所待，還準備再有所為。王炎午對他有誤解，以為他貪生，因此作此祭文，促其殉節。我剛好見到消息，周作人以漢奸罪被判刑。忽然靈機一動，就效王炎午作《生祭周作人先生》文，通篇是四六駢文，內容現在完全忘了，只記得開頭是「惟年月日，有無名狂生祭於周作人先生未死之靈曰……」，下面列舉他本該死的契機，還用了二陸過江的典故。雖然具體文字都忘了，但記得我當時的語氣是惋惜多於譴責。那時自己實在沒有什麼「政見」，寫這篇文章是炫耀辭藻多於表達思想。這篇文稿早已丟失，不過最後老師的批語我至今記得：「文如剝繭，思如抽絲，不類描鳳纖手，竟似斫輪老匠」。自己當時着實偷着樂了一陣子，所以居然至今一字不忘。

燕京讀的課程除國文、英文外，還有英文散文選讀、初級法文、經濟學概論、心理學、形式邏輯學等。我對心理學印象較深，覺得很好玩。老師的名字不記得，大家叫他「沈大鬍子」，因為他留着濃密的絡腮鬍。他一上來就先測智商。其中有一項，他先口頭念一連串完全沒有關聯的數字，然後叫我們立即追記下來，看能記下多少，這叫測「耳後餘音」，我能記的數字最長，這可能與學過音樂有關，這種強記能力後來對我在口譯工作中也很有用。那是我第一次知道有IQ之說，我得了全班第一，這可能也使我對這一課程大感興趣，老師主要先講故事、講實例，然後用心理學解釋，使我明白了許多日常生活中的常識都與心理作用有關。

教邏輯課的是張東蓀先生。他上課好發議論，似乎對學生學習如何不大注意，期終交一篇心得即可，給的分數大家都差不多，屬於中上。不過對我說來，邏輯課上與不上大不一樣，對邏輯思維大有幫助，終生受用。多年後我才知道張先生不同尋常的

身份，更沒有想到他在新政權的遭遇如此跌宕，命運如此悲慘。他曾在中共與傅作義之間斡旋，為北平和平易手立了大功，卻很少有人提起。而後來，他天真地自以為還可繼續在中美之間作調人，為他帶來了巨大災難。直到一九八〇年代我從美國解密外交檔案中看到材料，發現直到1949年，他和他的兒子還曾與美國駐北平領事館聯繫*企圖說服美國停止援助國民黨，設法與新政權打交道，以便他們(張和其他民主人士)設法影響中共領導與蘇聯保持距離，不「一邊倒」。今天看來，實在天真得可以。「裏通外國」的罪名是免不了了。我有幸上過他的課，可惜當時對這樣一位人物完全無知，沒有留下更多印象。

燕京的傳統，老師常常請學生到家中聚會，特別是新生，也不一定是授課老師。我在數學系時參加過戴文賽先生家的聚會。那時燕京有好幾位單身外國女教師，與女學生聯繫較多。有一位Miss Boynton(中文名包貴思)，也請我到過她家。她是英文系教師，但是我沒有上她的課，我如果二年級繼續在燕京就可能上到她的課。她是桂格會教徒(即教友會)，崇尚自然，在自家院裏種菜，她請我吃飯，完全是素食，就是用的自己種的菜，而且基本上是生拌。她與另一位教師同住(或緊鄰)，好像是Miss Speer，我現在不能肯定。她還有一特別之處，就是除了嚴冬之外，一年三季睡在室外，在廊下搭個床。

根據燕京的學制，「主修」之外還可以「副修」一門專業。我沒有如劉金定老師之願上音樂系，但是又放不下，一廂情願地想「副修」音樂。劉金定老師也加以鼓勵，還寫信給音樂系主任蘇露德女士(Miss Ruth Stahl)，介紹我去見她，希望她給我一個考入副修的機會。蘇露德也是燕園單身女教師之一，同時是「女

---

* 美國國務院當時還有一部分外交官主張繼續觀望，保持與中國新政權建立關係的一種選擇，駐北平總領事就持此觀點，所以盡量留在北平，直到1950年1月，中國政府以領館所在地是原軍營為由，進行軍管，領館才被迫撤走。

部」學監，管女生行為品德，以嚴厲著稱。我如約去見她。她一開始就表示學音樂不是容易的事，對於「副修」的想法很不以為然。然後就當場叫我彈一曲試試，不算正式考試。我自從個人獨奏會之後，就集中於高考、入學等事宜，整個暑假疏於練琴，倉促上陣又心情緊張，其效果可以想見。於是連考試資格都沒有取得，「副修」之說遂告吹。如果我副修音樂成功，也許就在燕京留下來了。

1947–48年學生運動高漲。燕京也是中共地下黨活躍的據點。在校園中佔主導的是左傾潮流。我當時對於內戰方酣的國情隱隱約約有所瞭解，與大多數人一樣，對國民黨絕無好感，認為外面的社會十分黑暗，但始終認為一切政治都是骯髒的，不願沾邊。實際上我的知識領域中沒有社會科學的地位，對各種理論全然無知。碰巧，我的表姐童曉禮比我先一年入燕京教育系。她當然義不容辭地對我照顧備至，並爭取到我與她住同一宿舍。她為人熱情，助人為樂，思想「前進」（當時同學中對思想左傾的說法），那時是否已經入黨我不知道，不過1949–1950年期間，她曾是燕京黨組織的負責人之一。同宿舍一共三人，另一位同學是新聞系的，也與表姐一樣「前進」。作為教會學校的傳統，燕京有各種學生「團契」（fellowship），是趣味相投的同學自發組織起來的。每當新學年開始，各團契都會在新同學中物色吸收新會員。當時相當一部分「團契」已經在地下黨領導或影響下，成為傳播「前進」思想的場所；另一部分還依原來的傳統，有的宗教氣息較濃，有的也不明顯。表姐當然想動員我參加她所屬的團契，其他團契的同學也曾來找過我，但我與二者都格格不入，都沒有參加。

我原來對當時的左傾思想既不瞭解也無反感。我不願參加他們的活動只是因為不好玩，語言無味，連文藝活動都有一種單一傾向，我若加入進去就要放棄許多豐富多彩的趣味。但是有一次兩位同屋不在，我看見桌上放着一本她們常看的「群眾工作手

冊」，翻閱之下，裏面講的是工作策略和方法：如何爭取「落後」同學，通過生活上的關心建立感情，進而瞭解其想法，伺機啟發其政治覺悟等等。我發現這正是表姐和另一同屋對我所做。感到自己原來是「工作對象」，產生了逆反心理，反而與她們疏遠了。不過平心而論，我自幼有一段時期在舅舅家生活，與這位表姐年齡接近，感情最好，所以她對我關心照顧是真心的，並不是策略，但是她既然有了政治傾向，以「幫助」我思想進步為己任，也是自然的。其奈我冥頑不化。所以在燕京期間我幾乎獨來獨往，與我一同考進的耀華中學同學徐謙，她是化學系的，與我一樣的不合群，成為我在燕京課餘的唯一夥伴。

清華園歲月

1948年秋轉學清華，插班西洋語言文學系二年級。清華本來有極強的文科(這裏作為社會科學和人文學科的統稱，下同)，曾經群星燦爛，名家碩儒輩出。現在人們耳熟能詳的是國學院的四大導師。其實文學院歷時要長得多，學科、師生也多出好幾倍。真正的名師薈萃。我在校時的文學院院長是馮友蘭，法學院院長是陳岱蓀，各系都有一些名教授，隨便扳起手指數一數就可數出一系列熟悉的名字來：朱自清、張奚若、金岳霖、潘光旦、費孝通、沈有鼎、雷海宗、羅念生⋯⋯當時錢鍾書和楊絳剛從國外回來，還屬於比較年輕的，雙雙執教於外文系直到1952年院系調整，實際在清華時間很短，我有幸趕上，得沐春風。

我主修英國文學，第二外語是法文。那時厚古薄今，厚歐薄美，二十世紀以後的作品，以及美國文學，基本上不在課程之內。我上過的課程有：英國散文(兼作文)、英詩、莎士比亞、十七、十八世紀英國小說、西洋文學史、維多利亞時代小說、翻譯、語音與口語等，法文有大二、大三法語(大一法語是在燕京上的)、法國文學史、法語口語與翻譯、莫里哀等，另外還有在

聖經故事和希臘神話中任選一種，我選了希臘神話。外系的課有西洋通史、西洋哲學史，等等。這裏只就記憶所及，舉幾位老師的花絮。

温德（Robert Winter）

凡是老清華的文科生沒有不知道美國教授温德的。他1887年生於美國，遊學歐洲，從一九二〇年代來華後就此定居，以中國為第二故鄉，把一身的才學、忠誠貢獻給了中國。他終身在大學執教，絕大部分時間在清華，教出了不知多少代學生。在大半個世紀中與中國師生同甘共苦。抗戰前的十年是他最快樂舒暢的時期，與清華的很多名師如吳宓、梁啟超、林徽因、聞一多等談詩論文，結下了不同尋常的友誼，以至於吳宓的私生活他都發表意見（見《吳宓日記》）。抗日開始，北平淪陷，學校轉移後方時，他還曾冒險自告奮勇，單獨留在清華，以美國人的身份同日寇軟磨硬抗，竭力保護學校的財產設備。最後不得已撤退，到昆明西南聯大，在那裏與全校師生共同度過物質極端匱乏、艱苦卓絕的生活，同時還堅持教課。勝利後一起復員，仍執教於清華。我就是在那個時期曾受教於他。

我上過他的課有散文、英詩和莎士比亞。他同時還開法語課，不過我上的法語不是他教的。他是美國人，卻很不喜歡美國，在學術上是歐洲古典派，選的教材很少有美國文學，我唯一有印象的美國文學是他最後給我們印發T. S. 艾略特的長詩《荒原》，作為參考，在課堂上沒有詳細講解，以後不了了之。

大約與他的音樂修養和愛好有關，他教英詩非常強調詩歌的節奏，每選一詩都用很多時間講節奏，猶如中國舊詩講平仄。至今他敲着桌子唸「tedum, tetedum ...」之聲仍似在耳邊。莎士比亞課當然不可能講許多種，只能選讀。印象中在《李爾王》和《馬克白夫人》上花時間最多。有一次他說英語適於寫詩，有樂感，舉《馬克白夫人》劇中一句台詞為例：「murder！

murder！（謀殺）」。他用渾厚的男低音拉長聲調反復讀這個字，確實給人以驚悚感。然後他與法文比較，「謀殺」在法文是：「assasiner」，發音急促。他壓扁了嗓子重複讀這個字，那神秘而恐怖的味道一點也沒有了。這是他一家之言，法國人大概不會同意法文不適於寫詩之說。

印象中他對同學並無個人的關注，上課來，下課走，考試寬嚴適中。只有一次我們令他生氣，給我印象很深。忘了是在哪堂課上，他忽然選了一篇印度作家吉布林的文章給我們講。隨口問我們誰知道印度首都在哪裏，全班竟無一人知道。那年月，我們只知西洋和東洋（日本），對印度獨立略有印象，知道甘地、泰戈爾，卻沒有關注過其地理歷史。溫德問了幾遍，無人回答，他氣得連說「Oh my God！」。接着在黑板上給我們畫一張簡圖，寫出New Dehli兩個大字。由此可見我們那時知識面確實很窄。我更沒有想到我參加涉外工作後首先被分配主管的國家就是印度！

溫德講課是比較有個性的，議論橫生，常有妙語。有一次講到雪萊，他說這些詩人年輕時動不動就講到死，似乎隨時準備殉情，那是因為他們在這個世界上活的時間還不長，等到中年以後，已經活得習慣了，就不再想死了。他還經常抨擊美國，抨擊資本主義，抨擊國民政府。他曾經拿出印刷精美的美國雜誌給我們看，上面有很多誘人的廣告。他說這種雜誌起麻醉作用，那些家庭婦女最愛讀，其實大多數人根本買不起這些東西，但是讀着讀着就好像自己也擁有了，可以過過癮。沒有聽到過他對馬克思主義或共產黨發表過什麼議論，但是對顯然是地下黨領導的學生運動，他是同情的，盡量給予掩護和幫助。後來聽說，在上了黑名單的左派學生遭到追捕時，他曾在家裏藏匿過幾個學生，掩護他們從他家裏出逃。他的這些言行都是出於他的自由主義立場，真誠地信奉自由、平等，並不是中國意義上的「左派」，更說不上「親共」。

他終身未婚，養了一隻貓，愛撫備至，坐擁數不清的唱片，是極有鑒賞力的音樂評論家。據說戰前他家就常舉行唱片音樂會。我參加清華音樂聯誼會，也曾與同學週末到他家聽唱片，賓主都各得其所。我們當然大飽耳福，誰家也不可能有那麼多好唱片，而且聽他對樂曲的解讀總是很有啟發的。對他來說，有這樣的座上客和聽眾也是一樂。他對音樂的見解是絕對的歐洲古典派。浪漫主義時期以後的作品就不大入他的耳。有一種說法：「勃拉姆斯以後無音樂」，使我想起我國古文學中的「文不下秦漢」派。我最記得他不喜歡柴可夫斯基，一邊放他的作品，一邊說「cheap（廉價）！」，他認為柴過於多愁善感，感情外露。我是很喜歡柴可夫斯基的，恰恰就在於比較容易聽得懂，容易被打動。聽到溫德尖刻的評論吃了一驚，還曾暗自慚愧，好像是自己淺薄，但是我還是覺得柴翁的作品好聽，至今不改。

幾十年之後，我有機會到美國做訪問學者，在洛克菲勒基金會的檔案館無意中發現溫德與基金會通信，有幾卷宗之多，大為驚喜，就盡量複印下來。原來洛克菲勒基金會資助一個「基礎英語」項目，是對非英語國家的人速成教學的，該項目的中國負責人就是溫德，所以他與洛氏基金會有來往。那是在四十年代後期，這些信件寫於1946–48年之間，密密麻麻，讀來很費勁。有點像札記，大部分是如實描述中國當時的形勢，包括學生運動等等。其傾向性當然是同情學生，對國民政府多所批評，同時也批評美國在中國內戰中的扶蔣政策。最後一封1948年12月22日的信，內容是解放軍已經進駐清華，他與清華師生共同護校，信中提到國民黨飛機向校園扔炸彈，還盛讚戴「大皮帽」的解放軍，他勸別人留下，不要離去 。而且說「偉大的（《聖經啟示錄》中）的「決戰」就在眼前。

這一態度引起了美國有關方面的注意。我還發現就在這之前一份檔案，署名是洛氏基金會經常與溫德通信的人，顯然是答覆

有關方面對溫德的調查。前半部分面是溫德的履歷年表，後面是寫信人的評論，大意謂：「溫德當然完全對當前的國民黨政權失去同情，從這一意義上說，可以準確地稱他為共產黨同情者。但是他的觀點是徹底獨立的。我猜他的獨立思想和對文學藝術的興趣使他不可能長期忍受強硬的共產黨路線。」(Rf 內部通信，C.B.Fahs, 1948.12.16)

這位先生不幸而言中。清華重新開學後，開始溫德還滿腔熱情迎接新氣象。不久，政治壓力越來越大，他與新政權的一套越來越格格不入，對課程改革、思想控制等都難以接受。以他的耿直，是不會隱瞞自己的看法的，開始牢騷滿腹。有一次他在課堂上自問自答：何謂自由？列寧對「自由」的定義是「認識必然」，那麼驢子必須天天推磨，只要它認識到這是必然，它就自由了。可以想見，此話會被認為多「反動」！「組織」也越來越與他疏離。我親自聽到當時外文系的黨總支負責人(也是學生)說，溫德有牢騷不奇怪，沒有才奇怪，他本來就是資產階級立場，現在先不理他，冷他一陣子！

院系調整後與文學院一起合併到北大，以後歷次政治運動他的處境我不得而知，只知道「文革」中未能倖免，和許多中國教授一起遭難，受紅衛兵批鬥，一度被掃地出門，住到一間他稱之為「門房」的小屋。「文革」結束後，雖然恢復教職，境遇仍然不佳，一直受到冷遇，新時期那些熱熱鬧鬧的學術交流似乎也不大有他參與。北大也沒有幾個人記得當年那個與中國民眾同甘苦、在課堂上妙語如珠的老溫德。據說晚境相當淒涼，直到以百歲高齡鬱鬱以終。

錢鍾書，楊絳

錢、楊二位1949年回國後在清華只教了兩年，正好被我有幸趕上。那時他們在教授中算是年輕的。錢先生教「西洋文學史」，這堂課充分表現他的淵博。那時大多數教授都是沒有講

義，不用教材，一上來開口就講。涉及專門名詞、年代，或特別重要的句子，則寫在黑板上。錢先生也是如此。他的英語是略帶無錫腔的牛津口音，在課堂上信手拈來，旁徵博引，一堂課黑板上寫滿各種文字：英、法、拉丁、意大利文都有。隨時提到種種名人、名言、佳作、警句，乃至歷史公案，像是打開一扇扇小天窗，起了吊胃口的作用，激發起強烈的好奇心。所以他用不着指定必讀的參考書，我們自會自己去找來讀，也不留什麼作業，每一學期交兩至三篇讀書報告就可以。年終考試就憑一本筆記。所以課堂筆記十分重要。我恰好比較善於記筆記，這點佔優勢。同學常借我筆記去抄。後來一位低一年級的同學借走了我的筆記本，始終沒有還，時過境遷我也沒有想到去要回。等到想起來時這位同學已作古。現在想來實在遺憾，否則整理出來應是很珍貴的文獻。

　　錢鍾書可能受英國文學尚「機智」(wit)的影響，一有機會信手拈來，喜歡用雙關語諷刺和調侃人和事，可能主觀上並無特別惡意，旁聽者可以付之一笑，但對於被諷刺的對象就欠厚道。我的印象中，外文系的教授他很少有看得起的。有一位教戲劇的教授是他最常尋開心的對象。他們二人不和是系裏公開的。我沒有上過那位教授的課，不知道他在課堂上是否也提到過錢先生。有一位法文教授是研究紀德(André Gide)的專家，平時言必稱紀德，他本人留法時與紀德有個人交往，也發表過他與紀德的通信。但是紀德訪蘇以後寫了批評蘇聯的文章，被共產黨列入「反動」作家，1949年以後在學校當然就不能再開他的課了。而那位教授夫婦二人又是教授中比較早「左傾」的。有一次錢先生在課堂提到這位教授，説現在「Gide」不能講了，他就「vide」(法文「空虛」)了。也就是説他除了紀德之外，腹笥空空。他對這一諧音語很得意，不知道是否會傳到那位教授耳中。後來這位教授調到外國語學院，據說在「文革」中「被迫害致死」。我自己也

曾遭遇到過錢先生的譏諷：四年級時我已經有了初步「政治覺悟」，走出書齋，社會活動比較多，並被選為「總幹事」（相當於班長），在功課上就用心差一些。錢先生大約對我有些不滿。有一次，提到一個英文字「mischief」，他提醒大家，這個字的重音在第一音節，讀「'mis-chief」，如果錯把重音放在後面，就變成「Miss 'Chief」（班長女士），那就是我們的「Miss 資」了（那時老師叫學生都稱Mr、Miss）。就是這樣，他需要舉例，就把我隨口捎上了。我已經習慣他這種作風，也隨大家一笑，沒有太窘。

楊絳教十七、十八世紀英國小說，十九世紀小說有別的老師另開一課。楊先生與錢先生的作風不同，說話細聲細氣，態度溫婉，對同學十分客氣，從不批評。我們給她起綽號叫「young lady」。同學中私下都這樣稱呼她。可惜我對十八世紀的英國小說興趣遠不如十九世紀的。楊先生着重講的幾部書，如菲爾丁的湯姆．瓊斯，我始終沒有耐心完全讀完。

畢業以後，因為我脫離了外國文學專業，與原來的老師都沒有聯繫。直到進入社科院才發現原來錢先生是社科院副院長，而且李慎之與他關係很好。由於錢自己聲稱就是掛名，既不要辦公室，也不上班管事，李慎之不時登門拜訪，有時也同我講一些趣事。我自慚遠離文學，辜負了老師所教，也就不敢表示曾是他們二位的學生。不過原來老同學施咸榮碰巧也先我到美國所，他之前在人民文學出版社工作，一直未脫離外國文學，與錢家關係很密切，不斷經常登門請教，而且在生活上對他們多有照顧。後來我翻譯了巴爾扎克的《公務員》，總算與外國文學有關，就鼓起勇氣登門拜訪，並呈上《公務員》求教。這是我三十年後第一次再見他們。他們二位對我還是十分熱情、親切。《公務員》主要是揭露那個時代法國官場內幕的，錢先生立刻告訴我，「bureaucracy」這一提法最早見於狄更斯的小說。隔了這麼長時

間，他還是初心未改，隨時留心掌故出處，而且信手拈來。不過當時他想不起來是哪部小説，答應以後告訴我。我回家以後，給他們二位寫信再次求教，記得有一句話：「三十年後再坐春風，喜何如之」。他們各自都回了信，錢一向用文言，並告訴我説那個詞出自狄更斯哪篇作品。楊用白話，對我十分客氣，鼓勵有加。正巧，我女兒北大畢業後，成為社科院研究生院外文所的研究生，算是與外國文學有點關聯，她準備出國留學之前，我特意取得兩位先生同意，帶她上門拜見一次。錢先生第一句話就説：你記住，學位和學問是兩回事，留學不必追求學位。這句話我們兩人印象都很深。不過最終我女兒還是讀了博士學位，而且從外文轉到了歷史專業。

吳達元

我入學時系主任是陳福田，他是夏威夷華僑，開散文課，不久就離去。接替他的系主任是吳達元。吳先生是法文教授。我上過他的大二法文、法國文學史和莫里哀戲劇。他是廣東人，廣東口音很重，講法語也脱不了廣東口音。他與錢鍾書截然不同，不是才子型的，而是嚴肅認真，一板一眼，語法講得非常清楚，我得益匪淺。如果以後在工作中法語繼續提高還有一定基礎的話，應歸功於吳先生的語法課。到大三法文就上陳定民的口語和翻譯課了。莫里哀是選讀，時在1949年春季，我大三下學期，這時我們班同學響應南下工作，已經走了一大半，剩下十幾個人，只有我一個人選這一課，與四年級同學一道上，一共只有三人，一堂課連續兩小時，乾脆就在吳先生家裏上。吳師母也是廣東人，常常饗我們以廣東粥，這是我初識廣東粥。莫里哀的劇本本來就妙趣橫生，還能品嘗美味點心，實在是無尚享受。人數雖少，老師照樣講得認真又生動，一段一段摳得很細，所以進度比較慢，一學期只學了一個半劇本，記得是《偽君子》和《慳吝人》。

作為系主任，吳先生和我們課下接觸較多。我那時有一個本

事，就是善於模仿人的口音和說話神氣。在我們自己組織排練的畢業聯歡會(沒有老師參加)上我表演節目之一，就是學吳達元在課堂上講話，包括廣東口音的法語。大家為之捧腹，都說非常像。此事傳到了吳先生耳中，有一次在走廊遇見我，把我攔住，一定要我學一個給他看，我哪裏敢？他張開雙臂攔我，我從他胳膊底下一鑽，跑掉了。

休斯女士(Miss Hughs)

這位女老師是英國人，臉和身體都比較瘦長，很像電影中典型的英國小姐。我們都叫她Miss Hughs。她開的課是維多利亞時代小說。在所有課程中，我這堂課的書讀得最多，受的影響也比較大。她是牛津大學畢業的，一口正宗牛津音。前面提到，錢鍾書講的也是牛津英文。溫德雖然是美國人，但是英文毫無美國腔。我高中時請的英文家教也是一位英國老小姐，所以我開始學的英文就是英國發音。休斯女士講維多利亞時代小說，十分投入，顯然她自己很欣賞。我英文書整部頭讀得最多的就是維多利亞時代小說：幾乎全部狄更斯的著作、大部分奧斯丁、勃朗蒂姐妹、艾略特、曼斯費爾德等人的著作，我都狼吞虎嚥地讀，不忍釋手。有時一通宵讀完一本書，例如《咆哮山莊》，那也是休斯女士講得最引人入勝的作品。起先我沒有意識到，後來發現，這些作者除了狄更斯之外，都是女性。說明維多利亞時代女小說家多，不知有沒有什麼特殊原因。

李克夫婦(Mr. & Mrs. Ricket)

這是一對年輕美國夫婦，兩人合開一課，教口語和語音學。上課主要是對話，有時還表演短劇。這門課本無奇特之處，我原來對他們也印象不深。提到他們二位是因為一段傳奇性的故事。在我離校以後，他們被有關部門以「美國特務」名義逮捕，而且據說他們承認是接受過任務，向美方彙報中共佔領北平以後的

情況，特別是清華園的情況。他們坐了幾年牢，經過「教育改造」，思想徹底轉變。釋放回國後寫了一本書，題為《解放了的囚徒》，講自己思想轉變過程，對中共諸多讚揚。回美國後，積極從事對華友好工作，七十年代中美關係解凍後，曾以「對華友好人士」身份訪華。

到這裏故事還沒有完。我從耀華中學到燕京、再到清華，有一位形影相隨的同學徐謙，她由於家境比較清寒，曾經作為勤工儉學，課餘教李克夫婦中文。李克夫婦出事以後，自然因此受牽連，她是學化工的，與我專業相差很遠，畢業後就分道揚鑣，長期沒有聯繫，此事對她具體影響如何，不知其詳。直到八十年代，忽然有某部門(不記得是哪個部門)「外調」人員登門，說是瞭解徐謙的情況。那時人們已經開始從噩夢中蘇醒，當局許諾不再搞「運動」，所以我頗為驚訝，怎麼還有「外調」？不過發現這次性質不同，不是搜羅罪狀，而是要為她澄清一些遺留的「尾巴」。我才瞭解到原來徐謙畢業以後起初分配在玉門油田，以後自願到新疆最艱苦的地方開闢新油田，做出傑出成績，後來調回內地，是當時國家幾大油田之一「東方紅」油田的總工程師(技術第一把手)，這是一項非常艱苦的工作，後來聽她說，那幾年幾乎沒有睡過一個囫圇覺。擔此重任的油田女性總工程師在當時絕無僅有。正好趕上當時強調重視科學和重視知識分子，於是她成為人大代表的候選人，在審查過程中發現檔案中有與李克的關係一事，所以需要澄清，排除疑點。在這種情況下，那兩位來訪者態度特別和善，其傾向性明顯是希望她沒有問題。我當然力陳其無辜，說明當時她只是教中文，絕不可能知道李克夫婦的背景。我還特別強調那對美國夫婦後來轉變為對華友好人士的情節，以及他們寫的書。那兩位外調人員對後一點很重視，做了詳細記錄，似乎這是最有利的證據。後來徐謙果然當選為那一屆人大代表，而且還是全國婦代會的代表。後來我們見過面，談到她

那些年的生活和遭遇，她到過的地方比克拉瑪依還要邊遠、艱苦卓絕。她在中學時以文學見長，文章、詩詞頗有文采。選了化工專業可能因家境關係，考慮職業前途，結果為祖國石油事業做出意想不到的貢獻。在我同代知識分子中有同樣才學和獻身精神的絕不止她一人，到改革開放以後有機會仍有所作為，並得到承認，是少數幸運的，大多數淹然無聞，更不用說那些命運更慘，或鬱鬱以終，甚至「迫害致死」的了。

雷海宗

我選修雷先生的西洋通史，事實上真正上課一學期都不到，因為這一學期只有不到三個月，到1949年春季再開學時，一切都變了樣，許多課名存實亡，我甚至不記得西洋通史是如何考試的。課堂上教的內容，我大部已經忘記了，只依稀記得他講古希臘部分比較詳細，大約只講到古代史，連中世紀都沒有講到。所以不能說我現在微薄的歷史知識得自那堂課。但是對雷先生講課的風格印象很深，他記憶力極強，每堂課開始，一上講台首先在黑板上寫下本堂課要講的幾個年代：紀元前XX年，相當於魯X公XX年……也就是每講到西方發生的大事時，同時提醒大家此時中國處於什麼年代，我們自然就會聯想到中國在差不多時候發生的歷史事件。我首先對雷先生記性如此好，十分欽佩，因為在當時一般學生心目中記年代就是死記硬背，既枯燥又困難的事。後來發現，經雷先生這樣一「相當於」，年代就活起來，也不難記住了。更重要的是，他啟發我們隨時把中外歷史貫通起來考慮，這一點對我後來治學產生了潛移默化的影響，使我較早就養成一種習慣，甚至癖好，每涉及歷史事件，總是喜歡把中國和外國同時發生的事，或時代特點放在一起聯想、比較。歷史終究不是我的專業，我的修養有限，更談不到什麼比較歷史。但是這樣一種把中外歷史聯繫起來考慮的興趣大有助於我開闊眼界，對我在其他領域的研究，甚至「世界觀」都有影響。追根溯源，這方

面啟蒙的應是雷先生的教學法。而在當時，我自己是決沒有意識到的。

雷先生本來是專攻中國史的，他的史學觀自成系統，恰與官方提倡的歷史唯物主義格格不入，在學術上就被認為「反動」，加之他參加過國民黨。所以沒有等到反右就被整肅，受過「管制」。後來被擠出北京，調到天津南開，為南開歷史學科的建設打下很好的基礎，使南開的歷史學科成為有特色的強項。然則，雷先生之不幸，卻是南開大學之福。

李賦寧

李先生是1950年回國到清華任教的。我沒有上過他的課，只旁聽過幾堂他給研究生開的課，已無印象。但是有一件趣事值得一提：李先生剛回國時風華正茂，校園裏常見他騎着自行車，後座帶着一位衣着光鮮與當時服裝很不一樣的漂亮女士。那是他的未婚妻。不久他們就舉辦婚禮。大約因為剛回國，他們沒有追隨當時的時尚實行穿「列寧裝」帶大紅花的「革命」婚禮，還是在工字廳舉行半西式的儀式，有證婚人，新娘不穿白婚紗，而是穿鮮豔長袍，與新郎挽臂緩步從門口走到前台。與我有關的是，我有幸應邀為他們鋼琴伴奏婚禮進行曲。此事我幾乎完全忘了，直到八十年代有一次搬家整理書籍時，在一本書中落下一個字條，是李賦寧先生寫的，大意謂：聽吳達元先生說你已同意為我們婚禮彈琴，十分感謝。才勾起這段回憶。這一字條經過「文革」居然保留下來，也是奇跡。但可惜我沒有注意保存，現在已經不知去向。李先生去世後，李師母得知此事，還與我通過電話，並贈我先生的遺作。

1952年掀起了教師思想改造的大潮，授課的講台成為老師們自貶的審判台，原來在台下仰望的學生也被動員對老師進行批判。我慶幸1951年已畢業離校，沒有趕上這尷尬的局面。

1948年下半年的大形勢已是內戰最後決戰階段，清華校園也

不平靜，學生運動高漲，學生中左傾思潮已佔主導地位。我好容易得遂初願進入清華園，盡情享受那讀書的環境，一如既往，不問現實政治，在相當長的時間裏每天的活動路線就是靜齋—教室—圖書館—音樂室。我在校時全部學生大約三千人，女生不到十分之一，約二百人，集中住在靜齋。論物質環境，宿舍條件，遠不如燕京。不過我特別看重的是圖書館。清華的老圖書館當時在高等院校中是頗有名氣的，除了藏書之外，那建築本身與大禮堂同為清華園的象徵。單是閱覽室的地板是用貴重的軟木鋪就以免走路出聲這一點，就可見設計之考究。我除了上課和音樂室的活動外，差不多時間都是在圖書館度過，而且大多是在晚上。一進入那燈火通明的大閱覽室，蕭穆、寧靜，甚至神聖之感油然而生，自然而然誰也不會大聲說話，連咳嗽也不敢放肆。浸潤在知識的海洋裏，有一種無限滿足和心靈淨化的感覺。在那個年齡對知識世界充滿好奇，求知欲旺盛，腦子像海綿一樣，吸收力也強，聽到過的中外名著恨不得都瀏覽一番，與古人、洋人神交，其樂無窮。這些大雜燴究竟對我起了什麼作用，實在也說不清，那時還不懂得用某一個標準和理論來批判，選擇，未免泥沙俱下。不過養成對書，特別是對圖書館的特殊感情是真的。每晚坐到閉館(十點鐘)，然後戀戀不捨地回宿舍。宿舍十點鐘熄燈，決不通融，我們大多備有煤油燈，一燈如豆，繼續讀書。到夏夜，玻璃燈罩上佈滿撲燈自焚的小蟲，看書看累了數數蟲子也是一趣。那種「開夜車」純屬自覺，決非為應付作業或考試。文學院的功課比起理工科來是比較鬆的，彈性很大，考試不難應付。是自己讀到勝處不忍釋手，只好挑燈夜讀。

那時大圖書館的常客一般都有自己相對固定的座位。借書手續簡便，不存在管理員態度問題，以至於我根本不記得書是怎樣借出來的，似乎到圖書館總可以讀到自己想讀的書。到了四年級，因為要寫畢業論文，開始享受可以入書庫的特權。第一次爬

上窄窄的樓梯進得書庫，望着那一排排淡綠色磨玻璃的書架，真有說不出的幸福感，外加優越感——自以為是登堂入室了，同時又有一種挫折感：這一片浩渺的書海何時能窺其萬一？「吾生也有涯而知也無涯……」兩千年前先哲已有此歎，現在又多了多少供我追逐的「知」！明知「殆而已矣」，卻不妨礙我孜孜於「以有涯逐無涯」，樂此不疲。

這一學期我仍然不問政治，水木清華對我來說猶如世外桃源。當然在進步同學眼裏，我屬於「落後」的，但還不是「右派」。當時在校園中公開說國民黨和政府好話的已經沒有了，但是對各種流行的左的思潮表示不以為然的，或者實質上傾向於第三條路線的，還是存在的。我本人從不議政，所以具體不瞭解，只知道有些同學被認為「右」。還有一些被認為是公子哥兒的，就是經常打橋牌、週末舉行交誼舞會。這些我都沒有參與。我只一味嚮往隱士生活，外面越是鬥爭激烈，我越想逃避。每晚圖書館閉館時回到宿舍的路上，一片靜謐，仰望星空，琢磨宇宙的奧妙，滿腦子關於宇宙洪荒的抽象的幻想。例如我曾幻想過是否可能發明一種函數，把宇宙萬物的變數都放在一個公式中；我特別信服柏拉圖的說法：藝術上最高境界是音樂，科學最高境界是數學，因為此二者最抽象，都不依託任何有形的東西（例如文學必須依託語言），是全人類都能相通的。所以最高的美學是音樂與數學的結合這一命題曾在相當一段時間內佔據我的冥思苦想。這類想法只與徐謙和馮鍾璞談過，只有她們不會笑我。

那一年開學很晚，到10月才報到。轉眼到大二下學期，1949年初，大批同學參加南下工作團。我們班由幾十人剩下了十二、三人，離開的同學相處很短，印象不深。留下的十幾人女同學佔壓倒多數。大家住在唯一的女生宿舍「靜齋」，基本上按系級分配房間。原來四人一間，兩張上下鋪，中間四張書桌，後來人數驟減，變成兩人一間了。同吃、同住、同學習、同遊樂，女同學

之間關係十分密切，也很融洽。其中我與馮鍾璞特別投緣，結為終身好友。直到現在我還是連名帶姓稱呼她，不過她以「宗璞」聞於世，為讀者方便計，我也效馮老先生「吾從眾」，在文章中就稱她為宗璞。我到清華後剛好與梅貽琦校長的小女兒梅祖芬住同房間，宗璞住在家裏。她與祖芬不但是世交，而且從小學到中學都是同學，所以經常來我們宿舍找她。記不起何月何日宗璞來宿舍，只有我一個人在，我們就天南地北地聊起來，大半都是談讀過的書，古今中外，各舒己見：從中國古典詩文、小說到外國文學，把自以為獨特的感受和見解都盡情傾吐。蘇東坡、李義山、《世說新語》、托爾斯泰、勃朗特姐妹、哈代，等等，各自都有心得，總算找到知音，可以一吐為快。印象最深的是談《紅樓夢》，我們都不喜歡林黛玉，不約而同地喜歡探春。她說父親（馮友蘭先生）一貫教育他們，不但要能作文，還要能做事，探春既有文才又有幹才，不但有才，還有識。我則受母親影響，喜歡性格乾脆，不喜歡哭哭啼啼、唉聲歎氣的人。記得我還說過，我認為《紅樓夢》中真正第一薄命人是薛寶釵，因為黛玉至少得到了真愛情，而寶釵費盡心機，最後還得頂黛玉之名嫁給已經失魂的寶玉，情何以堪？至於賈寶玉就更加不可愛了，那麼多女子為他癡情真不值。那種議論純粹是憑直覺，不會去考慮什麼社會背景、微言大義、心理分析，乃至階級感情之類。只是想像如果在我們身旁出現那些人，我們會喜歡誰。應該說，我們兩個的家庭背景都是和諧而開明，少年不識愁滋味，還體會不到那種壓抑無告的感情和大家庭的鈎心鬥角。後來年事漸長，閱世、讀書漸多，對《紅樓夢》自然另有理解。

總之我們越談越投機，相知恨晚，那年我十八歲，她二十歲，是為訂交之始。我與她似有一層特殊關係，互相已經形成習慣，凡是讀到什麼好書，有什麼心得，或者「忽發奇想」，第一個想告訴的就是對方。馮家住在「乙所」，與靜齋隔着一片草地

和一條小溪，旁邊還有一片樹林，稱「阿木林」。每當春來，草地上開遍二月蘭，宗璞對這種小野花情有獨鍾，不止一次寫入她的作品。多少次，我從靜齋門前的土坡跑下去，穿過小徑，快到那所平房時就開始喊「馮鍾璞！」，她會出現在門口，然後或者讓我進去，或者出來一同到阿木林或工字廳後的荷塘邊散步。那是充滿幻想的年齡，眼光總是投向無邊的蒼穹。夏夜常常一同仰望星空，訴說各種遐想。她說她經常想像自己站在水上，隨波而去(那是一種飄飄欲仙乘風歸去的感覺，不同於「乘長風破萬里浪」的豪言壯語)。我在中學時曾填過一首《鷓鴣天》，其他都忘了，唯中間一聯自己很得意，說給她聽：「雲開我欲攀新月，雨霽誰曾跨彩虹？」。她說她有兩句同樣意境的詩：「有朝直上古峰頂(借唐人句)，雙手劈雲星滿襟」。好一個「雙手劈雲星滿襟」！與「攀新月」、「跨彩虹」高下立見。從此於文事一道我在她面前總是自慚形穢。她在中學就已經發表過文章，這在我當時看來是遙不可及之事。記得她給我看過一篇她在聯大附中時的作文，是寫雪的，有李廣田老師的批語，極盡讚賞，我只記得批語最後一句是：「可以寫詩了」。她的散文的確有詩意，晶瑩、清麗。即使老師的命題作文也總能寫出新意，有自己的風格。她以寫作為樂，文思敏捷，令我望塵莫及。與她相比我總是覺得自己筆頭澀滯，文字蕪雜，一旦開頭又往往不知所止，氾濫無所歸，不像她那樣潔淨、簡練、含蓄。但是宗璞卻許我以「汪洋恣肆」，以此鼓勵和安慰我。

　　大學畢業後，開頭我們兩人恰好分配在一個單位，在一個人生地不熟的地方，我們兩人的關係更加密切，幾乎形影不離。不過這段時期比較短暫。一年後各自分到不同單位、不同領域。她不久成為知名作家，我長年在紀律嚴格的外事單位做小螺絲釘，以「一技之長」為各級領導做翻譯、寫文稿、查資料……再後來，各自在不同時期，不同的「運動」中沉浮，曾一度斷了聯

繫，到新時期又續上。這一難得的緣份，我已寫入「高山流水半世誼」。

音樂緣

我在燕京未能以音樂為副科，到清華以後，音樂卻成為我正課以外的主要活動，使我的大學生活豐富多彩，留下了回味無窮的華年綺夢，還建立了一個持久的「樂友」的圈子，到老年恢復聚會，興味益然。清華雖沒有音樂系，校園音樂生活卻十分活躍。這首先要歸功於張肖虎先生。那時他已離開天津到清華主辦「音樂室」，完全是為業餘愛好音樂的師生而設的。在我入學時已經辦得有聲有色：聘有教鋼琴、提琴和聲樂的老師，還有一支頗具規模的管弦樂隊，儘管成員的水平參差不齊，練習卻很認真、很正規。我剛入學後不久，興奮和新鮮感尚未消失之時，有一天，靜齋一位外文系高班女同學來找我，向我介紹「音樂聯誼會」，想吸收我參加。那是音樂愛好者自願結合的跨系、跨年級、跨師生的社團，我當然欣然同意。不久，清華管弦樂隊的指揮茅沅又吸收我參加了樂隊。碰巧，茅沅和張肖虎先生一樣，都是清華土木工程系出身，因熱愛音樂而以之為終身職業。茅家大約有音樂細胞，他的姐姐茅愛立是女高音獨唱家，我中學未畢業時已經聽過她在天津舉行的個人獨唱會，也通過劉金定先生的關係見過面，所以第一次見到茅沅並不特別生疏。他就成為我進入清華音樂圈的引薦人，其他樂友率多是通過他結識的。茅沅會的樂器是鋼琴，偶然引吭高歌嗓音也很雄厚，他高我一級，1950年畢業後自願到中央歌劇舞劇院，成為作曲家。

當時音樂室的活動中心在生物樓旁邊的「灰樓」，那裏有幾間練琴房，房屋和鋼琴都很舊。還有一間大教室，地板已嘎嘎作響，合唱團、管弦樂隊的練習都在那裏，小型聯歡音樂會也在那裏舉行過。樂隊每週末練一個晚上，大家都很認真，很少缺席遲

到，開練之前各自練習或調音，咿呀之聲聞於樓外。指揮十分認真，不時用指揮棒敲前面的講台，要大家停下來，指出問題，重來，真像那麼回事兒似的。樂隊成員絕大多數是工學院同學，幾乎清一色的男性。除我之外只有一位女同學吹長笛的，她叫李天使，那時校園相當荒涼，每次練習完從灰樓回靜齋的路上闃無一人，我先與她結伴同行，她下學期就離校了，剩下我一個女生，樂隊有幾位男同學輪流護送我回宿舍。

我加入時，樂隊正在練舒伯特的《未完成交響曲》，至今每當這首曲子的旋律在我耳邊響起時，總會喚起一種說不出的親切而又莫名的惆悵感。實際上這部樂曲沒有鋼琴，茅沅給我一份從總譜改編的鋼琴譜，坦率地對我說，要我參加這支曲子的練習是因為樂隊的音調和節奏都太不穩，練習時用鋼琴托着點兒有助於大家找到感覺，等習慣了，練好了，正式上台演出時就不要鋼琴了。原來我是「陪練」，起的是小孩學步時的扶手作用！未免暗中有點洩氣。不過參加練習的樂趣和學到的東西遠遠壓倒那一點失望。等下學期，樂隊練貝多芬的《第五鋼琴協奏曲(皇帝)》，我一躍而為主角，大過其癮。

那學期的練習是有目的的，就是在十二月間到燕京大學去表演。燕京音樂系是有名的，有的是專業音樂人才，反倒沒有這樣規模的樂隊，我們這支非專業樂隊得到一次表演的機會。在演奏壓軸的《未完成交響曲》時，我只能在台下欣賞自己「陪練」的成果。那次音樂會還有什麼其他節目，甚至我有沒有表演鋼琴，現在在記憶中都已霧水茫茫。這可能是因為緊接着另一更鮮明的圖像蓋過了這一記憶。

我們到燕京表演的那晚實際是解放軍包圍北平城的前夕。我們一行來回都是步行穿小路出入於清華西校門和燕京東門之間。去時覺得這寒冷、寂靜夜色中的村野荒郊別有情趣，一路歡聲笑語不斷。回來的路上卻遇到一隊隊大兵匆匆走過，頓時氣氛異

樣。進了清華校門迎面而來大批人馬（真的有馬，是騎兵）穿過校園出西門而去，我們都低頭不語匆匆走過。第二天知道，解放軍已經抵達清華附近，開始圍城，過兩天這一帶就先於北平變成「解放區」了。所以我們見到的想必是撤退的國民黨軍隊。

1949年春再開學時，校園氣氛大變樣，不過直到抗美援朝之前，我們原來的音樂活動，包括管弦樂隊的練習，還能繼續進行。也就是那個學期，樂隊練貝多芬的《第五鋼琴協奏曲》。這是我鋼琴生涯中的另一個也是最後一個高潮。高中畢業時的獨奏會，最後彈的協奏曲，是老師用第二鋼琴伴奏的。自從那時以來，我一直夢想有一天能同「真的」樂隊合奏，現在夢想成真，太過癮了！而況貝多芬的這首協奏曲是我最喜歡的，遠超過在獨奏會上彈的舒曼的那首。說實在的，以我和樂隊當時的水平，練這種大曲有些自不量力。但是當時大家都是初生之犢，什麼都敢上，一點一點摳，到學期終了時第一樂章啃了一大半，還沒啃完。我自以為進度比樂隊快些，而且如果不是遷就樂隊，彈奏速度還可以略提高一些（完全達到標準是不可能的）。我最高興的時候是指揮說：現在從頭走一遍，不管出現什麼問題不要中斷。這樣，我就可以痛痛快快彈一遍了，可惜這種時候不多。所謂「一遍」就是第一樂章，下面兩章始終沒有機會繼續練，這一頁就翻過去了。不論如何，這一短暫的經歷給了我莫大的樂趣，而且這首協奏曲至今是我自娛的保留節目之一。與管弦樂隊合奏的機會一生中也就那一個學期了。

還有一件值得紀念的事，是為張肖虎改編的《陽關三疊》鋼琴曲試彈。張先生原來在天津時用《陽關三疊》的古調配了豎琴曲。那時法國駐天津總領事的夫人會彈豎琴，並上台演奏過。這首曲子就是專為她作的。豎琴與中國的古箏音調比較接近，彈出來十分優美。但是中國人豎琴獨奏家比較少，張先生就改編成鋼琴譜。他將初稿給我，讓我試彈，然後略加修改，定稿後，囑

我把它練熟，準備灌唱片(那時沒有錄音，只有老式的唱片，叫「灌」，不叫「錄」)。那是1948年下學期，不久，形勢劇變，灌唱片之事遂寢。不過《陽關三疊》鋼琴曲卻成為我的終身保留節目。

到1950年，在灰樓裏練西洋古典音樂與整個校園氣氛日益顯得不協調，許多隊員的思想感情也隨時代而轉變，這種「象牙之塔」的音樂生活難以為繼，到朝鮮戰爭爆發之後就無疾而終了。

末世景象

應該說明，1949年以前的校園生活並非是世外桃源。總的說來，外面的世界很亂，政府腐敗、社會黑暗，國家和個人前途茫茫，對國民政府完全不抱希望，這是大家的共同感覺。正是因此，許多同學左傾，投入革命運動。我只是苟且偷安，努力逃避現實，並非毫無所感。

從物質生活上，涉及到千家萬戶的是惡性通貨膨脹，紙幣形同廢紙。1947年我上燕京時，已經用實物而不是紙幣交學費。那時有美國的救濟麵粉，記得學校師生都有份。我那時沒有朱自清恥食周粟的覺悟，印象中好像隨大家領過，印象較深的是自己用自行車馱着一袋麵去交學雜費，可能也包括伙食費。切身感受到的是食堂伙食之惡劣。這從燕京已經開始，儘管校園美麗，我入學後伙食每況愈下，大約從第二學期開始日常三餐已經很少細糧，最常見的主食是「絲糕」，理論上是白麵和玉米麵混合發麵蒸出來的，但絕不是現在見到的那種黃燦燦、香噴噴的發糕，而是黑黢黢的，又苦又酸，大約都是陳糧。菜餚也越來越少葷腥。學期開學時，母親在箱子裏給我塞進白糖、麥乳精等，與同屋分享，很快就光了。到清華以後，學費、飯費都免。免學費是所有公立學校的規定，包括中學。而飯費也不交，是從抗戰時期後方西南聯大延續下來的。因為那時大部分學生與家裏斷了交通，沒

有經濟來源，即使在當地，如本校的教職員工，也十分拮据。所以政府發一種「貸金券」交給食堂充當飯費。稱為「貸金」，意思是以後有能力時要還的。到光復以後，這一制度一直延續下來，不論學生家境如何，一律享受「貸金券」。我入清華就享受了一學期的吃飯不要錢。後來我想，在政府財政如此困難的情況下，光復已經兩年，國立大學中家境中上的也不少，為什麼還繼續這種「大鍋飯」制度，而不做出區別，讓一部分有能力的自付飯費，對貧困生給予補貼呢？可能是那時的學潮已經令政府焦頭爛額，顧不上進行改革，或者不敢再惹事。實際上學校其他方面的行政管理也只是慣性運作，大家都在靜觀待變。

結果就是食堂伙食每況愈下。那時都是包伙，8個或10個人一桌。主食管夠，絕對看不到細糧。菜清湯寡水，大家一掃而光。有人說是後勤克扣伙食費，但是沒有憑據。實際上主要是物價飛漲，巧婦難為無米之炊。女同學就以零食為補充。小販摸到規律，每天下午到靜齋附近，主要賣花生米、蜜麻花、芝麻糖之類。我經常買一包花生米在宿舍邊吃邊看閒書，這是最大的享受。只有逢年過節或者其他特殊的日子，食堂「打牙祭」，有一桌桌美味佳餚，而且量也很豐盛，這與平時反差太大，往往有同學太過饕餮，吃壞肚子——說來慚愧，本人也吃壞過一次。

燕京東門外有一家小飯店很有名，叫「常三」。與現在風氣不同，那時學生是輕易不「下館子」的，一則多數沒有這個財力，二則如果經常去，會被認為紈絝子弟。我大約一共去過兩回，一回忘了具體情況，大約是有什麼由頭，與高班的同學去的，只記得對一道叉燒肉攤雞蛋印象很深，覺得美味無比。第二次是我父親的一位朋友來看我，專門帶我去「打牙祭」，他讓我盡情點菜，想吃什麼都可以。我就點了這道菜(名叫「攤黃菜」)。他大為掃興，說好容易來一次，你不能點點兒別的嗎？我實在想不出別的，我心目中最美味的就是它了。後來他

當作笑話告訴我父親，說你家大小姐真簡樸！

學校每週末有班車往返。我大約兩週進一次城。一般是逛東安市場，那裏有舊書攤，隨便翻翻消磨時光，等下一班回學校的班車。還有一件自己的享受就是到一家叫「豐盛公」的乳酪店吃一份奶油栗子粉。記得有一位清華同學向我傳授：東單有一家店，可以換美元。家裏寄的生活費一拿到手，可以去那裏換成美元，需要時再陸續換回來，就可以保值了。我曾試過一次，那應該是黑市，但我的記憶中那是公開的，大家都知道，並無非法的感覺。不過我只實行了一次，就形勢突變了。後來，到1952年「三反五反」運動中，要大家普遍交代自己的經濟問題。我本來與經濟、錢財毫無關係。忽然想起這件事，覺得大概算「投機倒把」，頗為忐忑不安，就作為「在歷史上有投機倒把」行為交代了。不過那時「組織」對我關注的主要是家庭問題，這件事並未成為問題。

1948年的冬天在我記憶中空前寒冷。燕京大學的教室是有集中供暖的暖氣的。清華的幾棟大樓和宿舍也有暖氣。但是幾排平房的教室沒有暖氣設備，冬天每間教室生一大火爐，有專人負責，保證上課時爐火旺盛。但是到1948年冬天據說買煤的經費都不夠了，教室的爐子不是半死不活就是乾脆熄火。可能人心惶惶，後勤已無人負責了。有一次上課，教室溫度達零下十幾度。我們全副武裝 —— 厚大衣、毛圍巾、毛手套 —— 坐着聽課，根本伸不出手來記筆記。那時上課記筆記都是用沾水鋼筆，每人課桌上有一瓶藍墨水。墨水居然結冰了，也就無法寫字。有一堂課正好是錢鍾書講但丁的《神曲》，講到「煉獄」。他說煉獄中不但有火刑，還有冰刑，大家都會心一笑。這可能是那一學期最後一課，以「冰刑」煉獄結尾。

親歷北平圍城

在戰爭臨近北平時，陳乾爹一家隨政府南下，我在城裏失去了落腳處。於是父親又託付他一位朋友，上海銀行北京分行的經理李伯伯家照顧我。我有時週末進城，就到他家小憩，有時住一夜，週日再返校。他們對我都熱情接待。

12月中旬的一個週末，就是我們去燕京演出的第二天，學校周圍戰爭的味道已經很濃，常見軍隊經過。我正猶豫是否進城，同學袁澄來找我，力勸我為安全計，與他一道進城，我就上了校車，只記得那天校車格外擁擠，門都很難關上。進城後照例先到李家落腳。誰知就是那天，解放軍包圍北平，開始了近四十天的圍城。我就此坐困圍城，既不能返校，也不能回天津，只能在李家住下。他們家有兩個孩子，一男一女，還是小學生，無法與我交流。住房也不算寬敞，我就在客廳搭鋪，白天收起。沒想到一住就是一個多月。他家和我家雖然都有電話，但是那時打長途很不方便，難得與家裏通一次話，報平安。我的書籍都在學校，他們家書很少，我把能找到的可看的書都翻遍了，至今印象較深的是托爾斯泰的《復活》，看了好幾遍，身邊帶的一本薄薄的《宋詞選》幾乎翻爛了。當時城裏唯一熟悉的同學是徐謙，她碰巧也是那天進城的，白天我就同她在一起閒逛，聊天。那時東單有一家書店，賣一些外文書，我們有時也去逛一逛，但似乎沒有買到什麼有興趣的書。過了一陣，聽說北大還在上課，可以旁聽。我就闖了進去。北大紅樓，沒有校園，沒有圍牆，長驅直入進到樓裏無人問，打聽到外文系的樓層，看牆上貼着課程表和教室號，自己選了感興趣的課，就跟着一群學生混進教室，坐在後排聽起來。我找到這樣一個消磨時間的地方十分高興，一連聽了許多天，老師、同學似乎都對我視而不見，始終無一人詢問我。這才體會到北大的開放、自由，外加散漫。也許由於面臨大變故，大家都是過一天算一天，無心多管閒事了。聽說北大宿舍也開放，

什麼人都可以混進去，學生還能打麻將、留宿熟人，當然也便於革命者藏身、活動。這可與燕京、清華的宿舍管理太不一樣了。可惜我知道可以旁聽的消息太晚，上了不到兩星期課，就有機會回天津了。

在此期間有一件事就是送同學袁澄乘最後一班飛機南下。上清華後，一天在校園內遇到一位同學，問我是否資某，因為他在他舅舅家見過我開音樂會的照片。他自我介紹名袁澄，是歷史系三年級生，他的舅母就是前一章提到的，在天津經常與我母親來往的袁太太，袁效先是他表弟。他父親是當時北平圖書館館長袁同禮。後來才知道，他的外曾祖父袁昶就是因力諫慈禧支持義和團圍攻使館，反對同時向列強宣戰而被殺的著名五大臣之一。這樣，近代史、家族、同學、友誼都聯繫起來了。進城後他帶我去過一次他家，在金魚胡同一號，我第一感覺就是「真大」，前廳是黑白花磚地，我說這個廳裏可以跳舞、搭台演戲，袁澄說原來是可以拴馬的。見到袁老先生一面，他不苟言笑，在他面前我似乎只能屏息而立，恭恭敬敬地回答幾句問題。我圍困在李家時曾和袁澄通過幾次電話。他雖與我同齡，但比較成熟，因家庭背景之故，與民國元老輩人物都比較熟悉，提起來都稱字，例如「子民先生」如何如何。他對政治已有自己的傾向，在國共之間傾向於國。一天他來電話說要舉家南下，希望我到「機場」告別。那時所謂「機場」就是東單廣場，候機室是老北京飯店的大廳。我寄居的李家在東單西裱褙胡同，「機場」步行可到。後來才知道那是國民黨派來接一些知名人士的最後一班飛機。胡適是兩天前坐前一班飛機走的，如果我記憶不差的話，梅貽琦校長也是這班飛機走的，不過他幾個子女都留在大陸。

幾天之後，接到袁澄從南京來信，說是到南京後非常失望，「事不可為」，決心到英國留學云。從此失去聯繫，直到上世紀九十年代我到美國才又見面。

事實上，解放軍在我進城的第二天就進入了清華。後來才知道，我困於圍城正是傅作義與兵臨城下的解放軍談判之時，這樣的重大的歷史關頭，我卻一無所知，也不關心，一心只想何時可以回家。聽說天津有一場激戰，十分擔心家人安危，後來李伯伯告訴我，他瞭解情況，天津戰事已結束，解放軍進入，沒有擾民，大家平安無事，總算放下心。我當時毫無「政治覺悟」，翻翻《宋詞選》，默誦「底是有家歸不得，杜鵑休向耳邊啼」之類的詞，似乎與自己心情相通，那年十八歲，現在想來真是自作多情，少年不識愁滋味。

正在度日如年之時，有一位親戚黃萱表姐與我聯繫上了。黃萱的父親是我母親的表哥，家在天津，與我家有來往。我從小從我母親口中就知道他們家的孩子個個都「聰明絕頂」，果然，後來她的兩個弟弟一是著名物理學家黃昆，一是著名心臟科專家黃宛，他們還是中學生時來過我家，與我父親交談，已顯得一表人才，談吐不凡。黃萱讀的文科，也是一貫的優秀生，大學畢業後在重慶參加文官考試名列第一。戰後她隨丈夫到天津定居。當時她正巧單獨滯留北平，也急於回家。她說認識一批做生意的人決心冒險出城回天津，火車當然不通，汽車、三輪也已禁絕通行。於是一種獨特的交通工具應運而生，就是騎自行車帶人。只要有需求，就會有人想出謀生之道，而且在圍城期間居然可以在國共的佔領區之間穿行。當時紙幣已經形同廢紙，通行的是銀元「袁大頭」。他們談好價錢，我就跟着表姐一行浩浩蕩蕩上路了。我估計路費我母親會同她結算，包括我在李家連吃帶住這麼多天，大約事後父母都會有辦法答謝他們。這些事都不在我操心之列。我弄不清當時雙方軍隊的形勢，似乎緊靠城門的是「國軍」，中間有一大段真空地帶，然後進入解放軍佔領區。那些騎自行車的人很有經驗，也許已經「買通」城門的守軍，出門並未受盤查，中途只有一處遇到荷槍的兵喝令停止，但是那些騎車人不予置

理，飛快騎過去了，居然也沒事。時值嚴冬，我把所有厚衣服都穿上了，兩條腿還是完全凍僵，中途下車小憩時幾乎站不起來。那趟行程是兩天一夜。夜宿楊村農舍，男女分兩間屋，有熱炕，還有一個小煤爐。起居飲食我完全不記得了，只記得當時心情恍若夢遊，不斷往爐子裏扔花生米皮，看那爐火五色繽紛，作各種遐想，回到童話世界，全然忘記此身何處，既不害怕，也不着急，只覺得奇妙，盡情做白日夢。大約只有這樣的年齡才能這樣脫離現實。當然還有一個條件，就是即便在那樣的特殊處境下，諸事也無需我操心，只要機械地追隨表姐就是了。

次日到達解放軍佔領區，遇解放軍盤問。表姐上去搭話，大概早已準備好説辭，大意稱我們都是家在天津的人，因事困在了北平。聽説天津解放了，所以趕緊衝破障礙到解放區來。那幾個小戰士看了看我們，也沒有為難，就放行了。表姐一直把我送到家，終於與家人團聚了。我父母對她當然感激不盡。不過她也急於與自己家人相聚，連一杯水也沒有喝就匆匆走了。她的丈夫是在天津做五金生意的，有一間店鋪。其實她的真實心情與她對解放軍説的話正相反，天津從激戰到解放軍進駐，她一直十分擔心她的家人的安危，天津易手後，她更擔心他們的店鋪和他丈夫會受到怎樣的對待。為此，她一路上還流過淚。幾天後她同丈夫一同來我家拜訪，大家安然無恙，額手稱慶。但是她仍然心中不踏實，擔心店鋪被沒收。我父親還開導他們。

五
從出世到入世

特殊的寒假

天津與北平不同，由於守城的陳長捷曾進行抵抗，是經過一番激戰的。不過我家居住的那個區域沒有受到戰火影響。我到家後基本上沒有感到有大變化，新事物是客廳住了幾名解放軍，所以我們的活動都在樓上。好在他們基本上早出晚歸，對我們生活干擾不大。見面有禮貌地打一個招呼，並不交談。這也許是他們的紀律。他們住的時間不長，我回家後不久，就離去了。我在家裏住了大約一個多月，直到過了春節，清華重新開學返校。在這一個多月內，向母親申請到了一間小屋，這是第一次有自己的「獨居」。我家住房不寬敞，過去都是我和大妹華筠住一間屋，小妹還小，與保姆同住；現在小妹也已上小學，就與大妹同住。客廳旁有一間小屋，既是儲藏室，又可當客房，此時在我要求下，就清理出來給我住。我享受了「躲進小樓成一統」的境界。此時父親已經認同新政權，作為「民主人士」積極參加各種活動，希望我多接受新事物，跟上時代的步伐。而我依然沒有「覺悟」，進一步有出世思想，不知從哪裏抄錄一些「廿四風前非非想，三千世界色色空」、「色空雙照、物我兩忘」之類的句子，自以為得道。其他時間則亂翻書，中文、外文全憑興趣。至今印象較深的是雨果的《笑面人》。我那時的法文程度讀這種書還有困難，但是這本書情節太吸引人了，而且令我特別感動，就硬着

頭皮啃下去，還試譯了幾章，當然只是留給自己看。由此法文進了一大步，這是實際收穫。

另一實際收穫是學會了英文打字。父親從美國帶回來一架「Underwood」手提打字機送給我，大約就相當於現在得到一台筆記型電腦，同時附一本打字指法的教學書。我按部就班練起來，所以我打字的指法絕對標準，這種指法是有科學根據的，可以達到最快速度。後來我的畢業論文是自己的打字稿，在當時同學中還是比較少見的。參加工作之後，有一陣還作為熟練的外文打字員發揮作用，蓋得益於這段時間的練習。

進入新朝，母親努力去理解新的一套理念，並把自己原有的價值觀附會上去。像「為人民服務」、「批評與自我批評」，她都由衷接受，甚至思想改造，她都與她原來的「有教無類」、人人都是可教之材的思路相結合。稍後，凡是組織學習、街道工作等等，她都十分積極。局勢穩定後，她開始在家裏辦起小型家庭幼稚園，基本上是免費的，把家裏可以派用場的東西都拿出來，家裏的保姆幫她照顧孩子。後來擴大規模，又從外面請了阿姨，管理機制如何，我也弄不清。總之她大概以為又有了參與社會工作、有所發揮的機會了。朋友中有對解放軍進城後某些行為看不慣、想不通的，她都以她的方式予以解釋，主張多看好的一面，從大局出發等等。

父親對新政權的態度更為積極。只見他每天參加各種活動，很忙。我此時才知道，他於1948年回國後，應邀參加南開大學經濟研究所的定期學術座談活動時，已在他不知情的情況下成為地下黨的統戰對象。那個座談會主要是批判國民政府的經濟和金融政策的。他本來對此就有自己切身體會。他從1935年到天津「創業」到1948年底天津解放的十幾年中名副其實地受帝國主義和官僚資本的雙重壓迫，沒有真正舒心過。宋氏家族又對他們那些民營銀行虎視眈眈。所以對毛澤東對民族資產階級的分析心悅誠

服。有一點書中沒有提到的，他1948年因與地下黨的接近，受到國民黨特務的關注，處境危險，就請陳光甫派他到美國考察，陳也乘機讓他考察在美設分行的可能性。他在美國讀到了《新民主主義論》，根據自己的理解，心悅誠服。在許多「資產者」都考慮逃離之時，他反其道而行，在天津易幟前夕兼程趕回國。他原來是立志不參政的，但是1949年共產黨請他參加政協代表會議他欣然參加，並一直以此為榮(他逝世後報上發的訃告對他的生平介紹中有一句話：「對共和國的建立有襄贊之功」，就是指建國前後的一段活動)。解放初期他真的是熱情滿懷，並積極建言。其中被認為立了大功的一條就是及時勸阻了取消「中國銀行」、「交通銀行」名號之議，保留這個名字，從而為國家保存了在世界各地的大筆外匯。今天中國銀行的職工，乃至整個銀行界大概沒有人知道這件事了。我那年冬天在家，還隨家人參加了一次市政府舉辦的春節聯歡會和舞會，是當時的天津市長黃敬主持的。與後來常見的官方活動迥異，我的印象來賓極多，許多都是老少全家參加，我家的不少熟人都在，大家亂哄哄、熱熱鬧鬧，自己找熟人聊天或跳舞。黃敬也曾出現在人群中和大家周旋。完全沒有感覺到「安全保衛」問題。

除了民族國家大的方面之外，我感到父親的秉性、生活方式以及對私產的淡薄等都使他比一般上層人士更容易接受共產黨的統治，更少抵觸和顧慮。從意識形態上講，他並不特別欣賞美國的自由主義。他自己的作風也很嚴謹。所以，解放初期他對共產黨的講紀律並不像一般自由知識分子那樣感到拘束。他與我母親都厭惡紈絝子弟，解放後發現他熟悉的青年以及子侄輩中冒出來不少地下黨員，而這些人率多是符合他的標準的朝氣蓬勃、勤奮向上的「好青年」，也增加他對共產黨的好感。凡此種種，都能解釋為什麼在許多工商界人士惶惶不安，不少上層家庭準備南逃時，他反其道而行，決心追隨共產黨。這是合乎邏輯的選擇，解放初期的

「積極」也是真誠的，極少被迫的成份，更不是投機。對於我，他老嫌我不「進步」。這也與大部分家庭相反，因為多數家庭是子女左傾，老人保守。直到「三反五反」當頭一棒，後面再敘。

校園新景象

1949年春節後不久，清華重新開學，我就返校了。

再進清華校園，自有一番新氣象，到處是歌聲。最常聽到的是「解放區的天是明朗的天」。上面講到伙食，校園新氣象之一是食堂伙食立即大大改善，見到久違了的大白饅頭。民以食為天，何況大學生！所以單是這件事影響也不可小覷。

我們外文系二年級原來有將近三十人，許多同學響應號召，參加了南下工作團，或就地分配工作，只剩下了十幾人，大部分是女生。原來大部分同學我還來不及認識，就分手了。中途輟學參加工作的多屬思想比較進步，趕上革命戰爭的尾巴，有的隨軍南下解放全中國，有的就地被分配在各種機關，如新華社、人民日報、北京市的各級軍管會等等。後來成為名記者的金鳳(原名蔣麗君)就是我們同班同學。另外還有一些進步同學是黨團骨幹，留在學校繼續學習，並做政治工作，有幾個人轉到了俄語系。此外，靜齋出現了一些穿灰色幹部服，年齡較大的女生，據說是調幹生，她們的宿舍不與我們混居，平時也不大和我們交談。不久她們就離去了。

1949年一年我從大二到大三，學習、生活大體上依然故我。各種政治學習已經開始，我們增加了「政治經濟學」的大課，在「清華學堂」的大教室上課，由著名的馬克思經濟學專家王亞南先生講。各系分小組討論，有一位經濟系的年輕助教指導。我對社會科學(政治、經濟、法律)是一竅不通，毫無興趣，所以政治經濟學也是蒙混過關。後來我居然進了社會科學院，而且以社會科學的「學者」為業，決非始料所及。

梅校長走了之後，清華組成校務委員會主持工作，有周培源、馮友蘭和葉企孫，周培源似乎是代理校長。課程基本照常，只是加了政治課。我與大家一樣為祖國氣象一新而高興，真心擁抱新社會，認為從此再無內憂外患，多少代人期盼的繁榮富強的中國有了希望，而我們大學生被告知是人民的寶貴財富，是建設新中國所急需，有一種自豪感，覺得個人前途與國家前途一樣光輝燦爛。所以對於政治學習、聽政治報告等等都不反感，學校的各種活動，我都隨大流，既不特別積極，也不感到壓力，還包括與全校師生一起從清華園步行到天安門參加開國大典。

陳毅來清華做過一次報告，他大講共產黨的城市政策，強調要改變在農村的做法，具體內容不記得，總的印象是他強調不怕人家說我們「右」，我們就是要團結知識分子，而且特別強調大學生是國家的寶貴財富，將有大用。這些話聽來當然是很受鼓舞的。別的話我都忘了，對「不怕右」很聽得進，大概這是本能。

走進現實

1949年的上半年我的生活學習並沒有多大變化，隨大流參加各種必要的活動，但是靜齋 —— 教室 —— 圖書館 —— 音樂室的循環依然繼續。

下半年，我進入大三，現實逐漸逼近。開始了「向黨交心」和「思想改造運動」的動員。那時的「交心」重點是政治歷史問題，為下一步「鎮反」做準備。對我這個歷史簡單的人說來，還沒有太大壓力。與我有關的是開始討論文學的階級性問題。這是我們西洋文學專業無法逃避的問題。但是所有的西洋文學不論古典或現代，除了少數左翼文學外，都不是無產階級的，這樣，我們所學大部分都需要批判、揚棄。那還剩下什麼呢？所以不少同學想轉俄文系。但是上面的政策是不鼓勵轉，因為英語作為工具還是有用的。於是組織大家學習斯大林的《論語言》，大部分內

容我都不記得，只記得最後結論是：語言本身沒有階級性（俄國工人階級與資本家說同一俄語），只是話語的內容有階級性。所以學英語並沒有問題，不必轉系。但是這解決不了文學的「階級性」問題。因為我們原來是衝着文學而來，不是來學語言的。有一位同學說了一句話：好比我們本來要上演一個劇本，台詞已經背得差不多了，現在忽然改劇本了，還得從頭背起。這句話對我有所觸動，感到學文學確實離不開意識形態和政治，很麻煩，後悔當初從數學系轉過來。為此，我忽發奇想，想重新棄文學理，因為自然科學沒有階級性。那時初生之犢，對自己的學習能力特別自信，自以為只要努力，什麼都可以學會。我在中學時對化學沒興趣，而數、理卻還可以，就想轉物理系。真的找來了物理系一、二年級的課程表琢磨。清華當時實行的是學年與學分制相結合，我想只要加倍努力，用三年修滿四年學分，最多推遲一年畢業，應該可以做到。懷着這種想法，居然鼓起勇氣去找葉企孫先生談了。葉先生當時是教務長兼物理系主任。他很和藹地聽我說明來意，笑眯眯地說，這個……這個（他有點口吃）是不可以的，文科轉理科沒有那麼簡單，要重新考試，同大家一起參加一年級的入學考試，你的情況最多可以免試英文。這樣，我即使考上，至少要「留級」兩年，何況我兩年前第一次考清華就曾失利，現在要再複習中學數理化更加不現實，只得打消此念頭，逃避思想改造的企圖遂未得逞。

我對葉先生還有一次印象，是1950年西藏和平解決之後，班禪喇嘛來京，訪問清華。那時班禪還是十幾歲的少年。全校師生在大禮堂集會歡迎他。葉先生主持會議。他講了幾句話之後，忽然回過頭去對坐在台上的班禪鞠了一躬說，我們漢人過去很對不住你們的。那次會議我唯一記得的就是這一情景。葉先生說這句話時磕磕巴巴的南方口音仍留在腦海中。當時以及以後我都沒有覺得這有什麼問題，在同學中也沒有議論。我們覺得漢族曾經有

大漢族主義，欺壓過少數民族是事實，應該承認，他的道歉可能代表新政府的態度和氣量。如果放在現在，大概會被認為「政治不正確」，或者觸及了不可說的「敏感」問題。我想這句話，以及向班禪鞠躬，肯定不是預先批准的台詞和姿態。只能表明葉先生的仁厚和誠懇。

其實學物理也未必能逃離政治。不出兩年，葉企孫先生自己就遭厄運，直至「文革」那樣的悲慘下場，是我當時無論如何想像不到的。此外，「反右」中北大物理系竟成重災區之一，也許數學、物理公式能超階級，但人的言論，甚至沒有言論的人的本身，是難逃政治的「法網」的。而優秀的理科生更加重視科學和邏輯思維，更加較真，可能也是罹禍的原因。

1949–1950年的寒假，學校組織同學參加京郊的土改複查工作。那還不是後來全國轟轟烈烈的大規模土改。清華、燕京所在的海淀、成府都是農村，已經實行過一次土改，不過沒有進行群眾性批鬥地主，只是沒收了一些地分給農民，被稱作「和平土改」。我們被派去進行的是「複查」，任務是找出漏劃的地、富。結果如何，我毫無印象。對我說來就是一次下鄉與農民同吃同住，體驗艱苦生活的鍛煉。那個村子名「後八家」，人口很稀少。我們男女生分別住在兩家老鄉家，睡通炕，輪流到各家吃派飯。那個村十分貧瘠，好像沒有地主，只有富農。地裏一片光禿禿，由於是冬天，不見多少人幹活，只見幾個身着破舊黑棉襖，腰繫麻繩的人在路上揀糞，村幹部說，那幾個人是富農，不過還老實。我第一個反應是驚訝，這般窮困模樣，與「富」字完全連不起來。我問土改前他們有多少地，是否比較富裕。回答說也沒多少地，就是農忙時僱過工，超過多少天就算富農。工作的事我印象不深，只記得把村民集合起來開會，有一名同學教大家唱「誰養活誰呀，大家來想一想……」，那是土改的「啟蒙」歌，首先明確是農民養活地主而不是相反。好像有幾個農民被動員上

台訴苦，旁邊站着幾個低頭被控訴的富農，訴苦內容都不記得，似無激烈批鬥。那次留下印象的都不是正經事：一是我們交了兩個小朋友，大約七、八歲的男孩，對我們很好奇，也不認生，傍晚常來找我們玩，他們會用蘆葦葉吹簡單的調子，教我們唱「小白菜呀，地裏黃呀，七歲八歲，沒有娘呀……」其中一個聲音很好，我曾想如果他有機會，也許在音樂上有發展前途，可惜了；另一件事是我和一個女同學嘴饞，發現有挎籃賣零食的小販（也是農民），就買花生米吃，惹得那小販天天到我們住處來，生意不錯，結果被帶隊的領導（也是同學）批評了一頓，在生活會上作了檢討。大約三星期後，臨近春節，就撤回了。

那是我第一次在農村生活，接觸鄉民，可算我思想轉變的序曲。我第一個感觸是農村那麼窮，包括富農在內，對比之下自己真可謂養尊處優，於是想，自己比那「富農」生活優越不知多少，憑什麼資格去批判人家呢？就因為自己是大學生。因此感到於心不安。那首「誰養活誰」對我也有觸動。我一直自以為超然物外，逃避政治，逃避俗世。但是有一個基本問題：我要不要吃飯、穿衣？學校伙食改善我高興不高興？這就涉及「誰養活我」的問題，這個問題我以前從來沒有考慮過。現在卻擺到了我面前，無法逃避。加之在學校聽的「大報告」，一方面說我們是國家的寶貴財富，同時告訴我們：四百個農民的一年勞動養活一個大學生。經此番下鄉，對此話更有了親身體驗。這是一次真心的觸動，並無強迫。從那時起，我覺得自己無權再像以前一樣逍遙自在地遊走於圖書館、音樂室、教室之間，逃避翻天覆地的現實。等再開學時（1950年春，我大三下）我的態度就有所轉變，開始比較積極主動地參加社會活動。所以我放棄做「隱士」，走出書齋，是從覺悟到人要吃飯開始的。從這裏出發，那「原罪」感就成為我後來長期「緊跟」和「改造」自己的邏輯前提。

「肅清帝國主義思想影響」和「抗美援朝」

　　1949年冬學期終了前發生了一件事：北京大學外文系的學生舉行晚會，用英語演出莎士比亞的戲劇，我們的美國老師溫德拿來一些入場券，囑我們盡可能去，也是學習觀摩的機會。我當時是班裏的「學習幹事」（有各種「幹事」如「文體」、「生活」等等，自願與推選相結合，大家輪流擔任），自然就負責分發入場券。北大同學演的是莎士比亞的《第十二夜》的片段場景，是化妝正式演出。我們班的同學們看得很高興，回來議論紛紛，認為他們比我們強，我們湊不出這麼一台戲來。誰知不久後，我被系裏的團組織領導（也是同學）找去瞭解此事的來龍去脈，原來那次北大的活動是美國駐北平領事館的文化處支持的。入場券是溫德從美國領事館拿來的。此事被認為是美國的一次文化滲透活動，我們被批評為「警惕性不高，政治嗅覺不靈敏」。我未作辯解，但感到迷茫：莎士比亞是外文系必修課，我們正在上溫德教授的莎士比亞，所以他才專門讓我們去的，這位英國古人與美國文化侵略有什麼關係？北大舉行這次活動是否也是錯誤呢？還有溫德一向是進步教授，同情學運，批判美國支持國民黨的政策，眾所周知，如何會幫助美帝國主義呢？那是1949年底。多年後，我治中美關係史，才知道，新政權成立後，美國還在舉棋不定觀望中，特別是駐北平總領事是力主承認新政權的，因此領館盡量不撤，以便有機會與新政權打交道。而此時中共領導已確立「一邊倒」的外交政策，主意已定，要把美國人擠走或趕走。事實上一個月之後，1950年1月，政府就找個藉口徵用了美國領事館的館址，實際上逼其閉館了。一九八〇年代我訪美時曾專門訪問過這位總領事柯樂博（Edmund Clubb），他對當年被趕走還耿耿於懷，說這件事也大大削弱了他們這一派（主張與中共接觸的一派）的發言權。1949年時我對這一切當然完全無知，大概對我「批評教育」的學長也不見得知道背景。

1950年春開學以後不久，就掀起「肅清美帝國主義文化侵略影響」的「學習運動」，外文系自然首當其衝，人人都難免有份。我又把前一年分發入場券之事根據新的精神重新「認識」了一番，做了檢查。這個學期，我改變了過去連報紙頭版都不愛看，只看副刊的習慣，開始關心時事，積極參加學習討論。

1950年6月，朝鮮戰爭爆發，我的思想真正轉變於焉開始。首先對這場戰爭的起因，我們所得到的說法就是美國支持李承晚發動的，我們對此深信不疑，以後的一切思考和行動都從這點出發。在中國參戰之前，學校在大禮堂放映了一部紀錄片，全體師生都去看。內容是南韓如何殘酷殺戮和迫害北朝鮮的俘虜和老百姓，許多鏡頭慘不忍睹。大家看了當然都義憤填膺，覺得任何一個有正義感的人都不能無動於衷。那一段時期校園中議論的熱點就是朝鮮戰爭。到10月25日宣佈中國決定派志願軍入朝，氣氛進入新的高潮。校園中鋪天蓋地的宣傳海報和圖片都是說明美國支持南韓發動戰爭的目的是指向中國。圖表上的箭頭清楚表明：美國走的是日本侵略的老路：先佔領台灣(那時都認為美國已經「佔領」台灣)，然後由朝鮮而東北，進而進軍華北，「狼子野心，昭然若揭」。特別是位於中朝邊境我國一方的小豐滿發電站被美機轟炸，更證明這一點。美國操縱聯合國以聯合國名義出兵，也可與當年蘇聯十月革命後十四國的干涉相提並論，就是要把新政權扼殺在搖籃裏。新中國剛剛成立，百廢待興，我們當然不願意再打仗，但是帝國主義逼到家門口，我們不能坐以待斃，不得不出兵，所以「抗美援朝」就是「保家衛國」。

既然相信了朝鮮戰爭是美國支持南韓發動的這一大前提，那麼這一套邏輯推理就都全盤接受。我已是大四，開始寫畢業論文。我有幸得錢鍾書先生為論文指導，正準備過一個充實的畢業班，卻不意又殺出一場戰爭來。我和同學們都覺得校園中又「放不下一張書桌了」！懊惱之餘，覺得美帝國主義特別可恨。另一

方面又感到興奮，本來遺憾沒有參加過艱苦的革命鬥爭，這回有機會接受考驗了。那個時期學校群情沸騰，每天都有活動，或是以系為單位的，或是全校的。清華學生的才華在此期間都爆發出來了。工學院裏文藝人才濟濟，還自編自導自演了一齣歌劇，名為《鴨綠江邊》，以小豐滿電站被炸而犧牲的老百姓家為主題，主演是建築系的一位女同學，載歌載舞，聲情並茂，連伴奏的管弦樂都是同學臨時自己創作的。這是一場晚會的壓台。還有其他各種節目：獨唱、合唱、朗誦等等。在某種理想的感召下，青年學生是可以爆發出無限的創造力的。朱自清夫人陳竹筠還曾上台表演崑曲，曲目記不清了，好像是《刺虎》，因為有舞劍。此刻充滿校園的歌聲不再是《解放區的天是明朗的天》，而是「嘿啦啦啦啦嘿啦啦啦……打敗美國野心狼」，並有以此配樂的集體舞。還有蘇聯的歌曲也流行校園，唱的最多的是《再見吧，媽媽》、「我是一個青年團員，生來就是一個志願兵，在我二十歲的時候，參加了蘇維埃的紅海軍，今天這裏，明天那方……」我當年正是二十歲，唱起來特別帶勁。

此外還有學過醫護專業的教授夫人專門為女同學開一個急救護理培訓班，大約只講過兩次。那位師母一開頭就強調，第一時間對傷患的急救是決定性的，許多人的生死就取決於這幾分鐘，因此絕對不要小看這簡單的護理。總之，山雨欲來，真的是要準備打仗了。

與此同時是參軍動員。我對此極為興奮，義無反顧地報名。事實上自動報名的佔大多數。有的同學猶豫，障礙都在家庭「扯後腿」，需要說服父母，說服不了的則發生衝突，為此有的同學思想鬥爭，寢食不安。我完全沒有這個問題，因為我父親很「進步」。他一年前參加了第一屆全國政協會議，對新中國滿懷激情，積極回應號召，已經為抗美援朝捐了不少款。他本來就嫌我不進步，當然對我參軍只有鼓勵，不會阻撓。從志願軍入朝到動

員參軍已經到年底寒假，我回到家裏與他們談這件事，那時天津的親友的孩子也都動員起來了，人們談論的都是這個主題，大多是孩子們很積極，家長不免憂心忡忡。我隱隱約約感到母親實際上是心存疑慮的，問過一句，女生在後方不也能為前線服務嗎？但是再多她就不敢說了，朝鮮寒冷眾所周知，母親能做的是盡其所想到的積極為我準備厚衣服。

這一場轟轟烈烈的參軍運動的結果有點雷聲大、雨點小。最後宣佈清華全體同學(共三千人)百分之九十以上都報了名，但只批准了50名。原因是上面有一個精神：大學三年級以上外文系和理工科的學生都不參軍，因為國家建設需要。我則第一次體檢就被淘汰，因為體重不夠──我身高1.62，只有42公斤。後來我意識到，這樣大張旗鼓的參軍動員主要是一次思想教育運動，事實上並不需要這麼多大學生參軍。後來有一些入朝的學生多為外國語學院的，那時已經停戰，他們是去參加停戰談判和管理俘虜的工作的。

1950年冬，大批清華同學下鄉進行了一次「抗美援朝」宣傳工作。與前一年「土改複查」相比，這次規模、聲勢都要大得多，我的態度也與上一次不同，是全身心地投入。我們外文系與機械系聯合成一隊。那時工學院學生被認為比文學院的「進步」，所以領隊是一位機械系的同學，是黨支部書記。宣傳採取文藝演出形式。京戲、小放牛、鳳陽花鼓、快板、數來寶、活報劇……等等各種形式都用上了。這些舊瓶中都裝上解釋抗美援朝的「新酒」。同學們都使出渾身解數，發揮所長，互相都驚訝地發現原來藏龍臥虎，還有那麼多文藝人才。每天晚上在油燈下編節目，睡得很晚，白天敲鑼打鼓把老鄉集合到廣場看節目。記得有一出京戲，套用的什麼劇目已經不記得了，有一位男同學扮武花臉，插着翎毛，耍一把大刀，一掀簾子出來，大吼一聲「哇呀呀！我乃杜魯門是也！」，下面情節就是要派兵去打朝鮮。最

受歡迎的是「小放牛」，因為在問答的唱詞中把要解答老鄉的問題都填進去了。我現在只記得自己説過快板和打過鳳陽花鼓，為此臨時學會了打快板。花鼓詞都是自編自演。唯一還有印象的是把「自從出了朱皇帝」，改成了「自從來了美國狼」。那一次，馮鍾璞的「倚馬才」已露頭角。我們在油燈下冥思苦想，只憋出幾句押韻的詞來，她一晚上可以寫出一齣活報劇，人物、情節，有頭有尾，而且切合主題。後來專門成立了創作組，她是創作組的骨幹，我卻到了説唱組。我們向老鄉宣傳的第一點是説明現在的「朝鮮同志」不是過去的「高麗棒子」。這是我原來沒有想到的，原來此地的老百姓對日佔期的「高麗棒子」恨之入骨。因為那時一些朝鮮浪人仗日寇之勢欺壓百姓，留下惡劣印象。

還有一個插曲留在我記憶中。在抗美援朝的動員大會上，有一位剛從美國回來的同學冀朝鑄在會上發言。他就是後來著名的外交官，並寫了《我為毛澤東做翻譯》的回憶錄的那位。他的哥哥就是冀朝鼎，他們一家都是美國華僑。冀朝鑄原在哈佛大學讀化學系，朝鮮戰爭打響後隨一批在美的華人回國，他就進入清華大學化學系。他以見證人的身份揭露美帝國主義的種種劣跡。我只記得他説美國人平時粗暴無禮，常常喜歡坐着把腳放到桌子上，我們就要對他們大喝一聲：不許你們把腳放到我們的桌子上來！那時他顯然英語比漢語流利。他在化學系沒有畢業，朝鮮停戰談判，他就被徵調到板門店參加翻譯工作，以後就以高級英文翻譯和外交官成為畢生職業。我後來在工作崗位上與他們兄弟二人都有過交集。

「思想改造」初級階段

在我畢業之前，面臨最初的思想改造運動。

那一輪思想改造對於我們一般的學生來説，還是「和風細雨」的。主要是正面學習，改造世界觀。在此期間，開過幾次不

同範圍的會，由幾位同學作為覺悟的典型，現身說法，批判自己的舊思想，講述轉變的過程。應該說，他們講的主要內容都有普遍性，所以的確對多數同學是有啟發的。這其實與後來「文革」中的「講用」是相同的方式，只是那時還沒有用「毛澤東思想」為標準，形式也比較溫和。核心是以集體主義代替個人主義。作為動員，還讓全體師生看了一場話劇，內容是一名資產階級家庭的男大學生自以為清高，不問政治，看不慣革命幹部的作風，結果被暗藏的特務所利用，險些當了反革命同謀犯。教訓是：你不問政治，政治要來找你；個人主義與反革命之間沒有不可逾越的鴻溝。

具體說來，那一輪思想改造的「學習」批判的要點是：

(1)「清高」。大多數知識分子都有「不為五斗米折腰」的情結，如果做不到，也嚮往那種境界。「組織」對此的回答是：在人民革命面前保持「清高」是封建地主思想殘餘，為無產階級「折腰」是光榮的。不言而喻，共產黨是無產階級的最高代表，對黨組織當然應該「折腰」。(前面提到，我個人覺悟到人是要吃飯的，並且接受了「誰養活誰」的結論，就「清高」不起來了。)

(2)「骨氣」和「避投機之嫌」。有人過去沒有參加進步活動，覺得轉變太快，有見風轉舵，投機之嫌，表示可以積極工作，但不問政治，避免落入趨炎附勢的投機派之譏。「組織」對此的回答是：所謂「骨氣」有階級性，忠於舊階級是反動的，不允許保持「反動」的骨氣。投革命之機不算趨炎附勢，轉變越早越好，越快越好，否則將被革命浪潮所拋棄。

(3)個人英雄主義、成名成家的思想。這是知識分子通病，尤其像清華這樣的頂級名牌大學，名師雲集，學生也是全國各校的尖子生，自然都有一份自信和自負，而且當初都胸懷大志，各有自己對前途的旨趣，成為什麼「家」當然是題中之義。對這種

統稱為「個人英雄主義」的思想一定要殺一殺銳氣。比較有效的是介紹革命烈士和長征英雄的事蹟，以及多少個農民的辛勤勞動養活一個大學生的「算賬」。使人意識到自己的卑微和渺小，真是滄滄海之一粟。那時流傳的話語是：個人如一滴水，只有匯入共產主義的事業的大海才起作用。所以這每一滴水之間的差異就微不足道了。

(4)**勞動最光榮，勞動人民最值得尊重。**這裏「勞動」僅指體力勞動，腦力勞動不算。從理論上先學習了《社會發展史》，說明猴子變人是從直立行走前肢發展成手開始，所以人與動物的區別在於由勞動發展出來的雙手。根據這一理論，大腦發達似乎不在人與獸的區別之列，於是腦力勞動者就被排除在勞動人民之外了。

(5)**民族主義？國際主義？**

民族和國家問題是繞不開的心結。對於幾代中國知識分子來說，悠悠萬事唯此為大。民國時期，延安吸引大批知識分子是因為抗戰；而內戰時期有一部分知識分子(包括我在內)對共產黨心存疑慮是害怕做蘇俄的附庸，這也是國民黨反共宣傳中比較有說服力的說辭。後來，新政權得到廣大中上層人士擁護也正是作為振興民族的希望。與這個問題有關，在大學最初的「政治學習」中，我初次接觸到一種新理論。

1950年解放軍進軍西藏，引起國際議論紛紛。印度尼赫魯發表聲明對此表示遺憾，印度承認中國對西藏的「宗主權(suzerainty)」而不是「主權(sovereignty)」。中國政府予以駁回。在政治學習討論中有人提出一個問題：為什麼外蒙古獨立我們給予承認，甚至還積極支持，而西藏就不一樣？(那個時期氣氛還比較寬鬆，可以自由提問，以後再公開提出這樣的問題是很難想像的)。對於這個問題，學習領導給予的解答如下：

我們衡量是非的標準是以最大多數人民的最高利益為準則，

而不是狹隘的民族主義。外蒙古獨立時中國政權還在國民黨手中，外蒙古人民比我們率先進入了社會主義，有什麼不好？現在則是新中國人民掌權，西藏如果分離，則為帝國主義所控制，所以解放軍進駐是必須的。

這一解答給我印象至深，至今記憶猶新，因為如前面提到，我上高中時就知道中國地圖從桑葉形變成公雞形（少了外蒙古）是恥辱，此前從來不知道國家領土問題還可以這樣考慮的，這個問題一直令我困惑。後來進一步學習馬克思主義，馬克思是明確反對民族主義的，他對世界的看法是以階級分，不以國家分，所以「工人無祖國」。而且當時有一件廣為宣傳的國際革命先輩的事蹟：第一次世界大戰時德國議會中李卜克內希投了光榮的一票反對票，反對以「保衛祖國」的口號增加軍費，其邏輯是德國的政權在資產階級手中，戰爭是帝國主義之間的爭奪戰，無所謂正義的一方，那個「祖國」不應保衛。此事作為無產階級國際主義的典範傳為美談。事實上中共執政以後，支援各國共產黨和左派的革命活動就是這種邏輯的延伸。

但是到1954年，周恩來總理訪印，與尼赫魯達成解決西藏問題的五項原則，後來成為中國在國際上宣導的解決所有國際問題的準則，稱「和平共處五項原則」，卻又是強調領土主權完整，反對干涉內政，國家關係與社會制度無關。後來在長期的對外關係中時而抬出「五項原則」，時而以支援「世界革命」為己任。近年來，徹底放棄世界革命，民族主義高漲，特別強調「不干涉內政」，主權至上，而美國在國際上倒常常使用「國際主義」邏輯，就是民主、人權高於對主權的尊重，攻守之勢倒了過來。

不論怎樣，在我接受思想改造初期，曾接受過這樣的「國際主義」論點，而這的確從邏輯上解決我愛國與擁共的糾結起了重要的作用。

我本人經過這一次「學習」，思想有所「飛躍」。第二章所

提到的二十年來所受教育與薰陶形成的底色面臨顛覆。從大的方面講，認清了「世界大勢」，即兩個陣營，一個進步，一個反動，選擇歷史的哪一邊是毋庸置疑的。既然選擇了，就義無反顧，盡最大努力跟上潮流，不做「向隅而泣的可憐蟲」（《毛著》中這句話對我影響很大，後來我在漫長的歲月中放棄思考，盲目緊跟，都與此有關）。上面的諸點改造內容不但對我非常有效，相信這樣的轉變絕不是我一人，而是一大批。實際上就是把中國讀書人一貫賴以安身立命的精神內核給抽掉了。其中尊重勞動不是新的，「勞工神聖」是北伐以來就有的口號，為五四以來新青年所認同，還包括進許多歌曲中。但是以前並沒有與腦力勞動對立起來，特別是沒有否定過獨立思考。此時儘管強調大學生是國家寶貴財富，主要是指「一技之長」，而不是思考能力。這一點，在兩年後的院系調整中充分體現出來了。最後一點以階級鬥爭的「國際主義」解釋愛國主義，連領土主權都納入這一邏輯，是帶有根本性的顛覆。在當時，對於家國情懷濃厚，且對蘇聯存有疑慮的知識分子特別解決問題。不過這個邏輯是實用主義的，後來，在必要時又轉向了另一個極端。

　　對我說來，這一轉變還有一層副產品，是反而覺得「輕鬆」了，許多事不必冥思苦想，尋求答案，答案都是現成的；個人前途不必自己操心，一切都聽「組織」安排。過去我上進心比較強，總追求出類拔萃，也就是俗稱「好強」，習慣於努力追求完美。現在這種「拔尖」思想被徹底否定，心安理得地甘於平庸，倒少了許多壓力。遇到問題的是非也不必苦苦思考，做出判斷，聽組織的就是了。甚至我自己的畢業論文草草收場，也為自己偷懶找到了藉口。多年後反思，我忽然發現，我那種「輕鬆」感就是從一個「準知識分子」改造為愚民的開始。實際上，從那時起，我不知不覺間就上交了思考權，而且思考能力也真的逐步喪失了，不過這是很後來才意識到的。當然，「輕鬆」感是短

暫的，此後是一輪緊似一輪的、無窮盡的「交心」、「表態」、「檢討」、「劃清界限」直至「觸及靈魂」……那種壓力要沉重得多的。

經過這場「考驗」，我被吸收入團(那時稱「新民主主義青年團」)了，那是1950年12月，我二十歲。雖然沒有像歌詞所唱：「當我二十歲的時候，參加了蘇維埃的紅海軍」，那首蘇聯歌曲卻經常在腦中回蕩，覺得浪漫又幸福。與此同時，我被選為班上的「總幹事」，相當於班長，這也算團組織交給我的社會工作。從此我有了「組織」，完全告別了那種逍遙自在的狀態。我在學校遇到的第一場大規模政治運動是「鎮反」，由於我家庭和個人歷史都比較簡單，父親當時還是「進步民主人士」，所以這一運動與我關係不大。進一步的階級鬥爭考驗是在我畢業離校之後。

入團後心理上還發生一些微妙的變化：對於比我先「進步」的同學，特別是參加過地下活動的，既羨慕又有自卑感；對尚未入團，被認為「落後」的同學，又油然有一種優越感。在燕京時我曾因為被當作「工作對象」而反感。現在我參加團組織的會議，也「彙報」、議論團外「群眾」的思想狀況，討論如何「幫助」他們，卻甘之如飴了。總之，現在變成了至少是半個「自己人」，擠入了「先進」的隊伍，無形中與有些同學疏遠了，不像以前那樣無話不談，脫口而出，而要考慮一下「原則」、「影響」了。當然下一步應該爭取入黨。「遺憾」的是，我是革命勝利以後加入組織的，沒有經過艱苦戰鬥，還需長期考驗。此後近三十年的精神軌跡從此決定。

這種心態上的變化是我後來回顧時意識到的，當時走到這一步是不自覺的。

學業與畢業

參軍不成，還回到教室照常學習。儘管如此，學校的氣氛已

經又有點像1935年時蔣南翔的名言：「放不下一張書桌」了。根據學制規定，我們到大學四年級該做畢業論文（工學院是做畢業設計，或下廠實習）。經過「抗美援朝」這樣熱鬧的運動，大家都有點坐不住了，想賴掉畢業論文。我作為「總幹事」，受同學委託，向系主任吳達元先生請願，要求看在「非常時期」份兒上，免去畢業論文。被吳先生駁回，毫無商量餘地。他說，你們是清華的學生就得做論文，如果不想做論文，可以轉到外語學院，他們倒是不需要做論文的。那時外語學院剛由俄語專科學校改編，開始設其他語種，清華的學生如何看得起它？吳先生此語也是威脅帶將軍。所以我們論文還是得乖乖地做。其實當時已經變通，翻譯一定字數的文學作品，不論是中譯英或是英譯中，都可以代替論文。多數同學就選了翻譯。少數幾個做論文。馮鍾璞做的是哈代（Thomas Hardy），她一直對哈代情有獨鍾。另一位同學做白朗寧的詩。我受錢先生影響，對比較文學有興趣，在學校讀得最多的是外國小說，就選了中西小說比較的題目。錢先生很支持，願意做我的導師，「中西小說之比較」當然太大，他給我定的題目是：「從西方文學批評的角度看中國小說」其實這個題目也仍然太大。我開始野心勃勃，定了一個不小的框架，到下學期社會活動越來越多，整個形勢日益與埋頭做這種論文格格不入，而且西方文學批評理論中符合馬克思主義文藝思想的不多，我也不懂。有一次，一位工學院同學在圖書館見我在埋頭看英文版的《紅樓夢》（畢業論文必須用英文寫，所以引用《紅樓夢》要看英譯本），說這種時候你還在弄這個！令我慚愧。這樣，我的論文無法按原來的框架繼續，規模大大縮小，後半草草收場，虎頭蛇尾。在這個過程中，得到錢先生指導次數並不多。前一章提到他在課堂上借「mischief」一字挖苦我，大約也包括對論文的失望。不過他十分寬厚，最後竟給了我90分！

　　前幾年聽宗璞說清華仍保留當年學生的畢業論文，有人複印

了她的論文給她；我循跡也去找當年的論文，居然拿到了複印稿。以今天的標準看，很難稱得上學術論文，倒像是讀書心得，注釋極少，實際上只是看過許多中外小說產生的聯想和感想，例如把林黛玉與安娜・卡列尼娜相比較之類。但是有一個特點，就是的的確確是我自己獨到之見，除了文本原文外，很少引他人著作，與現在的學術論文注釋參考書幾乎與文章篇幅相當，規格迥異。文章是打字稿，在當時同學中會打字的人很少，錢先生批的「90」赫然在焉。後來對錢先生進一步有所瞭解，我發現他對平輩學人，特別是有一定名望的，評論很苛刻，而對後輩，或不太熟悉的人，卻不吝讚詞，而且回信也很慷慨，所以在他聲名日隆時，不少人自稱與錢鍾書有書信來往，手裏有他的信札，並且説錢先生如何讚賞他云云。如果真的認為這就代表了錢鍾書的特殊賞識，那就自作多情了。至於我的論文，開頭大概他曾寄予希望，因為我的「比較文學」的思路與他的對路，否則不會自願當我的導師(當時的我，是絕不敢自己向他提出此要求的)，到後來，我令他失望，大概是鑒於當時的形勢，放我一馬算了。

1951年的大學畢業班是第一次全國統一分配(上一屆還允許自找工作)，所以舉行了一段時期的集中學習，動員服從組織分配。全北京的大學應屆畢業生都集中住在端王府夾道原輔仁大學(後來是北師大)校園內，聽一系列的報告，然後分組討論。大報告在中山公園露天音樂堂舉行，第一位報告人就是周恩來，現在能想得起來的還有郭沫若、何長工、安子文、錢俊瑞等等，大約聽了十來場報告，多為各部門的領導。主要是讓我們瞭解國情，同時強調大學生為國家急需人才，服從統一分配的必要性。我聽得最多的一句話是舊社會畢業即失業，現在畢業不必發愁，是新社會的優越性，所以一定要服從分配。各學校都由學生會主席帶隊。我們那一屆的學生會主席是朱鎔基。北大帶隊的是胡啟立。其他就不記得了。清華上一屆的學生會主席是機械系的凌瑞驥，

我對他印象較深，因為他口才非常好，說話頗有文采和煽動性，他比我們高一屆，畢業後就由電機系的朱鎔基接替。我對他印象不深。多年後他變成了國家領導人，才想起他曾是我們的學習隊長。

這是唯一的一次大學畢業生得到這樣的關注，以前沒有，以後也沒有。大約是因為第一次實行強制性分配工作，怕阻力太大。同時也說明那時的確缺乏人才。大家在討論中都表示願意服從分配，也有人提出各種顧慮，主要是怕專業不對口。我那時的思想是一心想到「艱苦」的地方去，第一志願還是朝鮮，第二志願是西藏，因為據說西藏要與英、印打交道，需要英語。當時負責留學生工作的盛澄華老師曾希望我留校，協助他的工作。(那時留學生多為來自東歐國家，主要是學中文和中國歷史等。我們外文系的同學常和他們聯歡。其中有一位中文名字叫羅明的羅馬尼亞同學中文學得最好，同我們比較熟悉。幾十年後他成為羅馬尼亞駐華大使，我又見到過他)，先徵求我意見，然後再向校方申請(當然是在分配名單決定之前)。他說留校的待遇比較優厚，可以與留學生一道參加許多活動，而且這個工作並不佔全部時間，還可以旁聽研究生的課。我表示不同意，覺得外面是未知的廣闊天地，我不想再留在校園裏了。留校的條件和工資都比外面優越，是多數人的首選，所以不願留校不算自私。在畢業典禮的全校大會上，我還代表我們系上台表態，表示我們全體服從分配，到祖國最需要的地方去。

畢業前夕，我和馮鍾璞還帶頭做了一件事：與班上幾個女同學在初升的陽光中爬到一棟樓頂上，在國旗下宣誓，要把自己的一切，自己的智慧，獻給親愛的祖國。誓詞是鍾璞起草的，這「智慧」二字是我特意加上的。現在看來實在幼稚可笑，但當時確實自以為既然身為大學生，多讀了些書，總該多獻出點什麼，那多的是什麼呢？就大言不慚地稱之為「智慧」了。具有諷刺意

義的是，後來在漫長的無盡頭的思想改造中，自以為產生「智慧」之泉恰好成了「原罪」之源。

　　大學四年級，我滿二十歲，在決心投身革命的同時開始了我的初戀。我所受的教養對這類問題是很嚴肅的，雖然崇尚自由，風氣開放，但是交往的距離和分寸還是很注意，自己也潔身自愛。清華男女生比例是10：1，自然免不了遇到各種明示和暗示，我很少為之所動。但是一旦陷入，就不旁騖。C君是工學院學生，與我同級，同時是標準文藝青年。那時的風氣，優秀男生多入理工科，所以工學院文理兼備的人才不鮮見，不過像他那樣「達芬奇」式的人物還是不多的。他是管弦樂隊的首席小提琴，在茅沅畢業後接任指揮。我不清楚樂隊指揮是怎樣產生的，好像既沒有選舉也沒有「任命」，自然而然就由他來「執棒」了，而且大家都很服從。他中學上的有名的教會學校，所以英文很好，我可以與他分享我喜歡的英文小說；他還擅長畫畫，能畫素描人像，也能畫漫畫。他小提琴拉得最出色，其特點是音色酣暢飽滿，極少雜音，優美動聽，這在半路出家的業餘提琴手中是很難得的。就這樣，我毫無抗拒之力地被吸引過去了。周圍的同學也都看好我們，認為是理想的一對。這場戀愛具備一切文學作品中浪漫因素：有花前月下 —— 荷塘月色、水木清華；有文學、有音樂 —— 鋼琴與小提琴搭檔被認為是絕配；有仰望星空說不盡的天南地北奇思妙想，與此同時，還有「革命理想」。因為那正是1950年「抗美援朝」運動中，是我思想大轉變的時期，他比我先入團。我們都沉浸在「祖國未來無比輝煌，個人前途光輝燦爛」的遐想中。我們一起報名參軍，相約勝利以後再相聚（結果都沒被批准），一起讀車爾尼雪夫斯基的《怎麼辦》，為那裏面的男主人公為勵志而睡釘板床的行為感動不已。我們挽臂在校園裏大步走，覺得就是走在社會主義康莊大道上。那時很少想到以後的實際生活問題，更沒有「門當戶對」之類的俗念。但是碰巧他也

是湖南人，他的家庭和我家很相像——父親是留德的工程師（我始終未見過），母親也是知識女性，她來北京開會，和我以及我家人都見過幾次，談吐不俗，思想開通，對我倍加喜愛。我發現她比我母親還要「新式」一點，因為她和她的兒子更像朋友，還能討論翻譯小說。她和我母親一樣，當時都參加「婦女聯誼會」（「民主人士」的婦女組織），還是她們省分會的負責人之一。這一切似乎都十分美滿，最重要是他對我的感情熾烈而執著，和父親當年對母親相似。

這一關係持續了六年，終於無結果。出了校門，環境、生活都發生了變化。各自工作和同事的圈子相差甚遠，而且那時似乎「保密」範圍甚廣。他的工作可能與軍工有關，涉及機密，不能談；我的工作涉及外事，今天看來很普通的事，例如陪外賓到外地，日期、路線也屬機密，據說是安全問題。我們堅持只要都在北京，每週日一定相聚。當時是集體宿舍，除非同屋的人不在，平常只能軋馬路，不論冬夏。我們都是事業心很強，對工作十分投入的人，大部分感觸、喜怒哀樂都與工作有關，卻不能交流，只能談邊緣的、業餘的。總不能整天空談理論或音樂吧。何況我出校門後就基本不彈琴了。這樣我們之間的話題就日益稀少。現在的人很難想像，那時私人打電話都很困難，因此爽約之事經常發生，難免引起誤解和不快。但是我們還是十分珍惜那軋馬路的機會，努力維持，直到我調維也納長駐，而不久他也調到外地一線工廠去了。我意識到這一關係很難維持下去。當時像他那樣的工學院畢業生是國家建設急需的人才，他工作十分出色，已經獨當一面，主持什麼設計項目了。我也清楚，作為工程技術人員，他當然在生產第一線比在北京XX工業部的辦公室更能發揮所長。而我如與他結合，要末長期兩地分居，如果要「照顧」調在一起，我只能隨他轉移。顯然他算是尖端專業人才，一出校門他工資就比我高，而我的外文是「萬金油」，可以隨便到哪裏做

些翻譯資料工作。對於如此酷愛獨立、平等的我，這樣的附屬地位是難以接受的。於是我痛下決心分手，寫了一封長信。如我預料，他堅決不同意，不過對我提出的實際問題沒有任何答案。那個年月，人們對戀愛問題是十分認真的，畢竟，那是一段最純真的、不摻雜任何世俗之念的感情，我們互相欣賞的品質 —— 執著的事業心 —— 正好是使我們分手的因素，這對我決非輕易之事。我單方面的決絕屬於「負心」，在道義上似乎有虧，心中常有歉疚。但是這是我經過多少個不眠之夜深思熟慮的決定，長痛不如短痛，不再動搖。一個客觀因素是當時遠在天邊，互相鞭長莫及，比較容易堅持。所幸我做出此決定是他春風得意事業蒸蒸日上之時，這一打擊尚易承受。一年之後，風雲突變，聽說他的家庭與他自己在政治運動中都遭遇坎坷，至少我不是在患難中離棄他。多年後，從同學處聽說他終於結婚了，對方是同行，很般配，那已是十年之後。我為之感到欣慰。進入二十一世紀，有一次一位老同學來電話，叫我趕快看電視《大家》欄目，只見他正在接受專訪，已是白髮蒼蒼，他成為「大家」是沒有懸念的。

II

修 煉

1954年黑海邊，左一為作者

1954年在黑海邊，華羅庚、蘇聯翻譯與作者

1955年莫斯科農業展廳，前排右一為作者

1955年印度塔吉瑪哈，前排左三為作者

1955在印度唱Hindi Chini PaiPai，右一為作者

1957年維也納博覽會，前右三為作者

1956年在多瑙河畔

1957 年結婚照

1957年在頤和園度婚假

新婚與父母合影

1958年埃及金字塔

1959年維也納森林

1960年自日本返航船上，
左：王曉賢，右：林麗韞

1960年越南胡志明在釣魚臺，左三為作者

1961年與韓幽桐訪阿爾及利亞，右二為作者

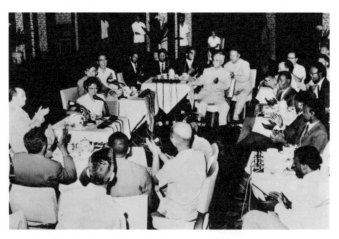

1963年毛澤東發表支持黑人鬥爭聲明

1964年一家三人合影

1961年父母與女兒陳豐

1964年在小湯山療養院練太極劍

調查在朝鮮和中國的細菌戰事實
國際科學委員會
報告書及附件

1952
北京

細菌戰黑皮書

六

螺絲釘是這樣磨成的

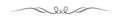

政務院文教委員會

　　1951年8月，正式畢業，分配工作。那是決定命運的時刻，自己完全沒有選擇的餘地。名單一宣佈，幾人歡喜幾人愁。根據名單，我和馮鍾璞一同被分配到「政務院文教委員會對外文化聯絡局」。這應算是「好」工作，專業對口，我們兩人又能在一起，十分高興。誰知到「文委」人事處報到時，我們兩人就被扣在「文委」本部了。對外文化聯絡局是文委的下屬單位，聯絡局的領導雖然對此很有意見，但也無可奈何。鍾璞分到「宗教事務處」(今宗教事務局之前身)，我最初被分到「編譯處」，用俄文。這是一大誤會。俄文是我第三外語，只學了一年半，但是年終考試竟考了一百分。大約人事處看我檔案的成績單，對我的俄文程度產生誤解，就這樣分配了。我對學語言頗有自信，倒也沒有多大意見，心想乘機多通一種外語，未始不是好事。誰知剛到編譯處不到一個月，又被轉到「宗教事務處」了。因為那裏有一批英文報紙，需要我們盡快翻譯出來，內容是對我國宗教政策的反應，當然大多是批評和攻擊。當時我國對基督教和天主教進行整肅，發起「基督教三自革新運動」，取締了一些「反動」教會組織，以「帝國主義間諜」罪名逮捕或驅逐了若干外國宗教人士。從此我就留在宗教事務處工作了。

　　其實那一批外文報紙翻譯完了之後，就再沒見到外文資料。

我和鍾璞每天的工作也就是抄抄寫寫，或做一些會議記錄，相當清閒。但是領導就是不放我們走。處長何成湘，四川人，是資格很老的幹部，他經常和我們講宗教工作的重要性，我印象很深的是他用濃重的四川口音說「我們是在同艾 —— 奇遜（艾字拖長音）作鬥爭」。副處長徐盈，完全與何成湘不同，是知識分子型，態度溫和，很少打官腔。後來才知道，他就是名記者彭子岡的丈夫。「反右」中雙雙落難。我對宗教毫無所知，那一段工作給我的印象好像宗教工作與反帝和鎮壓反革命是互相關聯的，所以相關單位既有統戰部，也有公安局。現在記憶中留下的工作內容有參觀西什庫的天主教堂的彌撒；旁聽一場控訴和批鬥教會辦的孤兒院的負責人的大會，台上是兩名修女，罪名是殘害、虐待兒童；還曾到「基督教三自革新委員會」去瞭解情況，意外發現出來接待的主要負責人是趙復三，他是我在天津的老鄰居，而且也是耀華中學的校友，不過比我高三級。若干年後，我到社會科學院工作，他是副院長，成為我的上級。

那時「文委」本部在中南海裏辦公，是中式廊廡庭院，環境幽靜，我們的出入證只能在指定區域活動，宿舍在東四原文化部小樓，有時兩人，有時三人一間，但很寬敞舒適，至少比學校宿舍條件好多了，每天坐班車上下班，三頓飯都在辦公地點的食堂解決。工資是「包乾制」，每月相當於一百四十斤小米（舊幣14萬，即今之14元），其中大約三分之二交伙食費，高級幹部吃小灶，我們一般幹部吃中灶，工勤人員吃大灶。中灶伙食就相當好，據說廚師都是留用的高級師傅。那時物價便宜，除買些必需的日用品之外，沒有什麼花銷，交伙食費後剩下的幾塊錢都用不完。這樣，剛參加工作的頭半年，生活相當不錯，簡樸而悠閒。只是同事都是年齡較大的，有老幹部，也有舊文人，剛畢業的大學生不多，且分散在各個處。我和宗璞正好分在一個辦公室，幾乎形影不離。我還被選為學習小組長，按照上面的佈置，組

織大家讀報、讀文件之類。那一年國慶節，在文委機關範圍內組織晚會，我們兩人也算積極分子，找了幾個年輕人，教他們跳新疆舞，我自己還表演了鋼琴。有一位男同事善於唱歌，組織指揮合唱，熱鬧了一番。儘管工作專業不對口，不太如意，也沒有多想，有許多業餘時間可以看書學習，覺得總有一天會有用的。

「三反五反」運動與我的「脫胎換骨」

但是好景不長，半年後就開始「三反五反」運動。這是我思想改造路上的一個轉捩點，從此背上沉重的家庭出身的包袱，自己在孜孜以求「脫胎換骨」的過程中逐步喪失自我，也改變了一切倫理人情關係。

我畢業填履歷表，「家庭出身」一欄填的是「民族資產階級」。當時的感覺，這一出身不算太壞，根據建國初期對國旗的解釋，這也是團結在共產黨這顆大星周圍的四顆星之一(幾次政治運動以後，這一解釋就不再提起，「文革」中這種說法還受到批判)。單位領導提及我父親時都肯定他是「進步民主人士」。我剛到工作單位似乎也頗受信任。「三反」運動剛開始時，母親給我的信中一如既往採取積極擁護的態度，並真誠地認為這是共產黨無私的表現，是移風易俗的運動。沒有想到，一夜之間，突然父親變成了運動的重點對象。母親來信簡單告訴我父親已經停職檢查，不過他自己問心無愧，相信組織上一定會搞清楚的，並叫我不要受此事影響，安心工作。我立即將此信交給直接領導我的科長兼黨支部委員(今人有所不知，交出私信實際上是政治運動中的常規，特別是與運動對象的通信)。他一反平時對我的態度，十分嚴肅地對我說，他們已經知道我父親問題嚴重，母親這封信說明她態度很不端正，還在掩蓋，企圖蒙混過關。他說我作為團員，面臨嚴峻考驗，必須與家庭徹底劃清界限，把屁股坐到無產階級這邊來，這不是一件容易的事，要經過激烈的鬥爭，做

到脫胎換骨，等等。我表示如果父親真有違法問題，我當然站在黨和人民一邊，擁護組織對他的一切處理。他說這是消極的態度，如果真想通了，就該積極揭發。

不久之後，正逢春節，我是單身，有探親假，春節回家是計劃中事。這次情況特殊，經請示領導，仍准許我回去，並表示這也是組織對我的考驗。我懷着忐忑不安的心情回到家裏，只見飯廳牆壁上還掛着「愛國公約」和「抗美援朝捐獻獎狀」。父母對我態度依然如故，但家中氣氛自然與前不同，不再有以往春節那種親友來往的熱鬧。父親已經不去上班，天天在家悶聲不響，不是埋頭寫交代，就是看書報。他本來在用《聯共黨史》學俄語，現在有時還繼續。我看到一張《天津日報》，上面頭版頭條赫然大字標題：「大奸商資耀華拒不坦白」，簡直懵了，一個「奸」字與我平時對父親為人的印象怎麼也聯不起來（後來知道，同樣的內容還上了《人民日報》）。本來對工商界是查偷稅漏稅問題，父親卻多了「裏通外國」，還有什麼未交代的歷史問題，記不清了。父親基本上沒有同我講幾句話，只說我現在與他劃清界限是應該的，一切聽組織的好了。母親略有不理解和牢騷的表示立即被他制止。我還從母親口中得知原來上海銀行的一個年輕職員被隔離審查，要他揭發父親的問題，他按要求揭發後又跳樓自殺未遂。此人在1949年開學時曾送我上火車去北平上學，所以我也熟悉。我不知說什麼好，只是堅守私下也不對他們表示同情的界線，因為私下裏說什麼話，我也必須向組織一五一十彙報，而我一向誠實，向組織有所隱瞞是根本不可設想的。這個春節過得很沉悶，我提前回北京上班了。

當然一到單位，就向領導如實彙報在家中所見所聞，表示我對父親的問題完全不瞭解，但是相信組織，接受組織的一切結論。與我談話的人立即指出，我的感情立場不對頭，「已經做了資產階級的俘虜」，「黨已經吹響向資產階級進攻的號角」，而我卻

還採取這種模棱兩可、消極等待的態度，說明階級烙印很深，同時也說明我父母很不簡單，埋藏很深，云云。從那時起，我從被培養的「積極分子」變成了運動中重點「說明」對象（「說明」一詞還是留有餘地的），團小組會、黨團組織和行政領導輪流談話，進行幫助教育，要我與過去「一刀兩斷」，在思想上斬斷與家庭「千絲萬縷的聯繫」。我雖然沒有被停職反省，但是被「照顧」減少工作，為的多一點時間思考，寫思想總結，揭發問題。

這是我第一次全面徹底以批判的眼光審視從記事開始以來的經歷，交代一切屬於「剝削階級」的社會關係，連只聽說過而沒有見過面的遠親，只要不是勞動人民也寫進去。家庭出身一欄填的是「大奸商」（可能至今這份自傳和表格還在我人事檔案中）。在諸多教育我的話語中對我起關鍵作用，同時也令我最苦惱的是：相信誰，立場就在誰一邊。你是相信黨，還是相信資產階級父母？我當然選擇相信黨。那麼過去以及現在父親的所有擁護共產黨的言行都是偽裝？那偽裝下掩蓋的是什麼呢？他想做什麼壞事？我真想不出來。我搜搜刮刮把從小到大所有在家中的生活細節都從反面來看，交代出來。例如母親特別重視我們的健康，一有病就打針吃藥，那位科長告訴我，那叫「活命哲學」；至於重視教育，在廣大勞動人民子弟上不起學的情況下，上大學、學鋼琴，本身就是一種罪過，這一點，我在入團時已經認識到了。再通過社會關係的交代，有血緣關係的親戚，以及來往密切的朋友中無一工農，最多也是沒落的城市貧民。這些，都證明我實在出身不好，需要脫胎換骨。這些，我都「想通了」，無可留戀。但還是解決不了揭發父親的實質問題。我已經理所當然地把全部家信交出。父親本來就極少給我寫信，都是母親的信，內容除詢寒問暖外，都是正面的話，無一句對形勢和黨的不滿。再說，自春節回京後，我也基本上沒有與家中通信。在萬般無奈中忽見報載我所熟悉的一位中學同學登報聲明與資產階級父親脫離父女關

係。我得到了啟發，立即向組織提出，我也決定公開聲明與父親脫離關係，以示徹底劃清界線。誰知被駁了回來，說這不是黨的政策。而且形式上脫離關係並不等於思想上劃清界線。我很久以後才知道，其實在我陷於無邊無際的苦惱的後期，父親的問題已經基本上有了結論，是「完全守法戶」，「裏通外國」云云也屬子虛烏有。但是礙於某些在位者的面子，並未正式公佈。按道理，應該在同樣的範圍內公開恢復名譽，但似乎歷次政治運動被公開「搞臭」的，即使後來「平反」，也極少公開。好在一般公眾已經習慣於冤假錯案，不把運動中的罪名當真，很少人記得某人被扣過什麼帽子。但是後人研究這段歷史，如以當時報刊為依據，還是會引起誤解，因為在互聯網發達後，此類材料隨時可查到，而反證的檔案卻是沒有公開過的，隨着當事人的離去，查找很困難。

關於父親「三反」中的究竟事出何因，我至今不十分清楚。只是很久以後聽母親概述，以及他自己的回憶錄中所寫，大體上是解放初期黨組織要他爭取已在香港的陳光甫和天津東亞毛紡廠的老闆宋棐卿回來。他因此奉命與他們通信，而且還負命去過一次香港，面見陳光甫，當局給出的條件非常寬厚：陳本人和資金的來去都自由，唯一的要求是作為中華人民共和國的公民與新政權合作。陳光甫幾乎已經接受，並托父親帶一副對聯給毛澤東。父親已經開始為他物色住房。「三反五反」開始，當然一切作罷。我想父親應該慶幸幸虧陳沒有來，否則他如何面對他？但是運動一來，這些聯繫都成罪名，「裏通外國」由此而來。沒有人再挺身而出為他說清楚，派他去的人可能也已自身難保。後來又如何弄清楚，由誰決定做出了無罪的結論，母親沒有說，她究竟瞭解多少，我也無從知曉。反正父親對此絕口不提，即使在最後的回憶錄中也完全略過。只提到他已經為陳光甫在北京找到合適的住宅：「正在與賣方討價還價時，三、五反運動開始了……當

然結果不但陳光甫不能回來，而我與香港也不通音訊竟達三十年之久，在美國的朋友還以為資耀華早已不在人世了」（見《凡人小事八十年》第三十六章），其他盡在不言中。個中詳情只有待於今後有人專門研究天津的三反五反運動歷史，並能查閱有關檔案，才能大白。

如今回頭來看，這段歷史決不僅關係到資耀華本人，或我一家，而是中共黨史和共和國歷史的一個重要轉折。近年來有些研究毛澤東思想的學者率多把「反右」運動作為一個轉捩點，認為在那以前，毛澤東基本上是沿着新民主主義思路行事的。但根據我的切身體會，這一轉變至少從「三反五反」運動已經開始，甚至更早。例如七屆二中全會的講話中已經提出今後的主要矛盾是資產階級和工人階級的矛盾，這「資產階級」當然是指民族資產階級，當時沒有為人注意，特別是那些自以為屬於團結對象的民主人士尚沉醉在「舊邦新命」（借用馮友蘭先生語）的興奮中，沒有覺察到這一對主要矛盾提法改變的意義。對「三反五反」運動，一般老百姓印象深的是懲治黨內貪污，至今人們對處決劉青山、張子善津津樂道。而對當時提出黨內腐化的根源是「資產階級猖狂進攻」，把根源推到黨外「資產階級」身上，並未深思。所以從那時起，已經開始向一個「團結對象」開刀；到反右時，重點為另一個團結對象 —— 被定位為「小資產階級」的知識分子，同時還有公私合營企業中的私方；再後來，對象是黨內「右傾機會主義」；然後是從中央到地方各級黨內「走資派」，乃至全社會「一切牛鬼蛇神」……團結對象縮到最小範圍。回頭來看脈絡是清晰的。

再說我這邊，組織從來沒有正式告訴過我父親已經沒有問題的結論。由於一段時期與家裏失去聯繫，父親於一年後工作調北京，舉家遷京，我也沒有及時知道，後來才從妹妹處知道。以後在組織同意下，重新取得聯繫，回北京的家探望，已是一年以後

了。我的「教育改造」從此再無盡頭，家庭包袱也從此背上，直到「文革」結束。

「三反五反」一場衝擊之後，父親又陷入沉默。也許由於謹言慎行，在以後的歷次政治運動中未遭大難。他本來是金融學家，曾發起創辦中國金融學會，早期著述不謂不豐。「三反五反」之後，被「落實政策」，安排為人民銀行參事室主任，直到去世。從此他多數時間埋頭於學術著作。幾十年間主要的業績是主持完成了有關中國貨幣史的幾部巨典。他很看重這件事，在「文革」中什麼都可以丟掉，就是千方百計保存書稿，下放幹校時自己唯一抱着不放的就是這部稿件。但是他堅決不肯署名主編。第一部就是署名「人民銀行參事室編」。後來民國部分出版時，為了使其他許多人的貢獻不致埋沒，他才同意在書後按姓氏筆劃印上編者的名單，他的名字列在其中。此時許多人的名字已加上了黑框。也許在另一種情況下，他後半生可以做更多事，但是不論怎樣，他終於留下了雖不會引起「轟動效應」，卻能永久嘉惠後世學人的著作，而且自己能在生前親眼看到，也算是幸運的。他有一肚子寶貴的史料，對現實，特別是經濟、金融方面不可能沒有見解，最後的回憶錄中前詳後略，看得出還沒有完全從長期的「自律」中解放出來，他的豐富經歷和未盡之言已經隨他而去。可惜我認識到這一點時已經太晚。但願沈建中君搜集他早期著作之功德能圓滿完成，可能還能為後人多留一點餘澤。

父親調到北京後，政協委員也恢復了，所以身份仍是「統戰對象」、「愛國民主人士」。但是我在單位中的家庭出身的包袱卻一直不能卸下。我調到「和大」後，單位領導認為按照政策，我應該常回家看看。但是我與家裏的關係已經疏離，再也沒有恢復過去的親情。母親一如既往對我一切都包容，父親本來話就不多，現在更加沉默。從那時起直到他逝世，在漫長的歲月中我實際上沒有與他談過心，那種無形的隔閡再也沒有完全消除，以至

於我始終不知道他對許多事究竟是怎麼想的。不但如此,連近親、世交,包括幼時曾代我母親撫養我、親如家人的乾媽,也都基本上斷了來往,儘管直到「文革」前他們都還各有單位,工作生活正常。但是他們都是我交代過的與剝削階級有關的社會關係。事實上,自己的感情都扭曲了。不必等到「文革」,與人交往已經是以階級和政治劃線了。

總之1952年上半年,我的日子不好過,此時,鍾璞被借調到「聯絡局」,參加訪印文化代表團翻譯工作,如果我不是那樣的處境,肯定也會被借去的,這就更加使我情緒低落。我的頂頭上司,一位科長兼黨支部書記,是當兵出身,曾做過某位老帥的警衛員,他平時為人爽快熱情,但對我這樣出身經歷的人當然十分隔閡,在我得到「組織信任」時,還友好相待,運動一來,態度大變,這是很自然的。我越是真誠地暴露思想,交代自己的家庭情況和經歷,他越是不理解,越把我看作異類。鍾璞調出去之後,就再也沒回來,留在聯絡局了,令我羨慕不已,更加感到自己前途渺茫。與我在大學時的感覺相反,聽到有一句有代表性的牢騷話:「祖國前途光芒萬丈,個人前途黯淡無光」,深有同感,對工作的不滿意就突顯出來,這一思想當然也如實交代,又加了一條「個人主義嚴重,不安心工作」的罪名。那是我十分苦惱的一段時期。

世界和平運動與中國保衛世界和平委員會

1952年10月,北京舉行「亞洲及太平洋和平會議」,是我命運的轉機。那是新中國舉行的第一次大型國際會議,是黨中央直接領導,由剛成立一年的「中國人民保衛和平委員會」(簡稱「和大」)主辦。現在說「和大」,很多人都不懂,以為是「和平大學」。它是與1949年成立的「世界和平理事會」相關聯的組織,需要在這裏交代其來龍去脈。

「世界和平運動」的大背景就是「冷戰」的產物。世界分成對立的「兩大陣營」，爭鬥不斷。另一個現實是：經歷了二次大戰，全世界人民都渴望和平，無論如何不願再重複那場噩夢，任何國家，任何政治家和軍人，不論以什麼理由鼓吹戰爭都絕對不得人心。因此雙方都高舉和平旗號，指責對方破壞和平、挑撥戰爭，此之謂「冷戰」（順便想到，方今我國一些血氣方剛自封的「國際問題專家」，動不動就侈言與某國「決戰」，而且此類言論還有一定市場。好像打仗和玩遊戲機一樣。蓋因這一代人在時間上離戰爭年月太遠，在地理上也遠離戰亂地區，實在不知親歷戰爭的慘烈）。

　　世界和平理事會（簡稱「世和」）

　　1949年4月由蘇聯發起，同時在巴黎和布拉格兩地召開「世界和平大會」，參加者為歐洲各國著名的政治人物和知識分子。這就是「第一次世界和平大會」。為什麼同時在兩地舉行呢？因為按照蘇聯的意圖，和平運動實際是一個宣傳運動，其對象主要是西方的群眾，最好在西方國家舉行，以擴大影響。但是「北約」國家當然要抵制，這些國家的政府不能下令禁止集會，但可以對一些國家的與會者或個人拒發簽證，沒有了他們，會自然開不成。當時工、青、婦、法律界的國際組織都有對立的兩派，一派是共產黨領導的左派組織，大多冠以「民主」字樣，另一派則被共產黨這邊稱為「資產階級」的組織，但是為聯合國所承認。由於法共和法國左派的勢力強大，左派的「世界工聯」和「國際婦聯」主席都是法國人，總部都在巴黎，所以和平運動至少可以在巴黎開成部分會議，與布拉格遙相呼應。代表中方參加巴黎會議的就是已經派駐「世界工聯」的代表劉寧一和「國際婦聯」的代表陸璀。需要說明的是，二戰期間以及戰後初期，歐洲大部分知識分子思想左傾，或加入了共產黨，或是同路人，這是當時的潮流，所以「和平大會」能請來不少世界一流的知名人士，包括

諾獎獲得者。當時中國內戰進入最後階段，中華人民共和國尚未成立，不過中共也派出了以郭沫若為團長的代表團參加了布拉格大會。大會宣稱在兩地共有來自72個國家2200名代表參加（這樣大的人數應該包括東道國組織的列席群眾）。那次大會通過了「號召書」，發起要求禁止原子武器的運動，並選出了「常設委員會」，籌備下一次會議。

　　一年半之後，1950年11月，「第二次和平大會」在華沙召開，通過決議，成立一個正式組織，名為「世界和平理事會」（World Peace Council），簡稱「世和」，這就是「世和」的由來。宣佈的宗旨是：一、不同制度國家和平共處；二、國際爭端和平協商解決而不訴諸武力；三、一國內分歧只涉及該國公民（亦即不容他國干涉）。最初由歐、亞、非、南北美、澳六大洲58個國家提出221名理事，後來人數又陸續增加，兩年後達400餘人。其上有「執行局」（有時譯作「常委會」），設「書記處」負責日常工作，有「總書記」一人，書記若干（「secretariat」起初譯作「秘書處」，「secretary general」為「秘書長」，不知何時起，在中文變成了「書記」）。常設機構先設在布拉格，1952年遷至維也納，當時維也納是四國共管，所以可以設在蘇佔區。這是蘇聯領導的國際統戰組織，在當時聚集了相當多的世界名流，也極一時之盛。其建制儼然一個小聯合國。理事會的主要成員是歐洲各國共產黨及其「統戰對象」。法、意兩國共產黨力量最大，在本國議會是第一大黨，德國雖然分裂為兩個國家，但在和平運動的代表團是東西德合起來的。英共雖然力量較小，但英國地位重要，而且是工黨執政，在「世和」中地位不低。所以理事人數依次為法、意、英、德，然後是蘇聯、中國。在歐洲共產黨中，法共與蘇共關係最密切。「世和」的領導班子以法共為骨幹，「總書記」歷屆都是法共派的。從下列最初的主席副主席名單可見一斑：

主席：讓‧弗雷德里克‧約里奧–居里(法國物理學家，諾貝爾獎得主，是著名的居里夫人的女婿，他特在姓氏上加上夫人的姓「居里」，以示對居里家族的尊崇。法共)。

副主席：彼艾德羅‧桑德羅‧南尼(意大利社會黨主席，當時社會黨是僅次於意共的第二大黨，曾有可能在下一次選舉中與共產黨聯合執政，後未果)、戈登夫人(法國婦女領袖，國際民主婦聯主席)、法捷耶夫(蘇聯作家，作家協會主席)、郭沫若(中國)、貝爾納(英國物理學家，諾貝爾獎得主，英共)、卡得納斯(墨西哥將軍，前總統)、倫德奎斯特(瑞典著名科學家)、英菲爾德(波蘭科學家，諾貝爾獎得主)、達波賽(非洲民族主義領袖)、弗萊啟(美國，身份不詳，似乎未出席過以後的會議)。

執行局的成員除上述主席副主席外由法、英、意、中、蘇、巴西、挪威、澳大利亞、捷克、西班牙、印度、日本、比利時、瑞典、阿根廷、黎巴嫩等國人擔任。也有一名美國人。在時下我國比較知名的有蘇聯愛倫堡、吉洪諾夫，中國宋慶齡、茅盾等。另外，派常駐書記的國家有：法、意、英、蘇、中、巴西、日本等。以後也隨着形勢變化有所變動。大約1959年以後，隨着非洲民族運動高漲，增加了非洲和印度書記以擴大代表性。書記處的工作人員有蘇、英、意、西班牙、捷克、奧地利等各國人，基本上都是各國共產黨派的，也是法國人居多，工作語言為法語，包括駐在國(先後為捷克、奧地利)工作人員都用法語。

「世和」的第一屆中國理事名單如下：郭沫若、宋慶齡、馬寅初、劉寧一、蕭三、李德全、章伯鈞、蔡廷鍇、廖承志、烏蘭夫、吳耀宗、茅盾、梅汝璈、陳翰笙。以後隨着形勢的變化有所變化。

中國人民保衛世界和平委員會(和大)的成立

1949年10月2日，中華人民共和國成立的第二天，立即開會，宣告「中國人民保衛世界和平委員會」(以下簡稱「和大」)

成立，足見其重視。那一天，在北京舉行各界人士大會，由林伯渠（中央人民政府秘書長）致開幕詞；蘇聯、朝鮮、意共等代表出席。蘇聯以「文化藝術科學工作者代表團」名義參加，團長為法捷耶夫，副團長西蒙諾夫大會致詞，其中引了一段孫中山臨終前致蘇共中央的信：

> 親愛的同志們，我要和你們告別了。我願意表示希望，就是：蘇聯將在強大的、自由的中國找到朋友和同盟者。在解放全世界被壓迫民族的鬥爭中，這兩個同盟者將手攜手地走向勝利。這樣的日子已經不遠了。

西蒙諾夫的講話中還罵鐵托為「無恥叛賣集團」要把南斯拉夫人民拉入帝國主義戰爭集團云云。會上講話的還有：朱德、意共中央委員斯巴諾、蘇聯電影導演格拉西莫夫、朝鮮婦女同盟委員長朴正愛等。大會通過《和平宣言》、向毛澤東主席致敬電、致蘇聯和委會主席暨世界和平大會主席吉洪諾夫電、致世界和平理事會主席約里奧·居里電。這樣，中國「和大」就成立了。主席是郭沫若，名譽主席有約里奧－居里，竟然還有毛澤東和斯大林。這樣的規格，後人很難想像。我在「和大」工作期間並不知道名譽主席之事，是後來看到資料才驚訝地發現的。不過名譽主席實際上從未出面過，所以鮮為人知。

「和大」會址在北京台基廠一號，原意大利使館的大院，即今「對外友協」所在地。次年，朝鮮戰爭爆發，又成立了「中國人民反對美國侵略台灣朝鮮運動委員會」，簡稱「抗美援朝總會」。1950年10月以這兩個組織的名義召開大會，合併為「中國人民保衛世界和平反對美國侵略委員會」。主席還是郭沫若，副主席陳叔通，秘書長（劉貫一，實際負責人）。下設幾個部，各有分工。「國際聯絡部」負責對外工作，主要是和平運動的工作

和接待外賓，其他還有「宣傳部」、「組織部」等。「世和」有一份刊物名《保衛和平》，編輯部在保加利亞首都索菲亞，原文為法文，中文版就由「和大」的「宣傳部」負責，基本上是翻譯法文版的文章，也有個別中國人撰寫的。抗美援朝工作由「組織部」分管。這裏的「抗美援朝」工作與前線的軍事行動以及後來的停戰談判都沒有關係，只是做一些對內宣傳和聯絡工作，例如組織英模報告會、收發全國各地來的慰問信和慰問品、組織和宣傳捐獻飛機等。朝鮮停戰協定簽訂之後，這部分工作基本上結束。後來門口又加了「中國亞非團結委員會」的牌子，此是後話。

亞洲及太平洋和平會議(簡稱「亞太和會」)
1952年10月於北京舉行。

這是一次盛會。包括東道主中國在內有30個亞太地區國家與會。中國代表團以宋慶齡為首，共29人，外國代表500人。當時建交國很少，只有蘇聯、朝鮮、越南、印度、印尼，其餘都是未建交國。美國也來了10人，其中還有代表「世和」的。那時「世和」還有美國理事。不久麥卡錫主義興起，許多被認為親共人士都被吊銷了護照，和運的會議中不再有美國人。

美國代表中有寒春女士(Joan Hinton)，她本是原子物理學家，曾發表聲明反對美國製造原子彈，後來長住中國，在中國終老。

在經驗很少的情況下，作為一場必勝的「戰鬥」，不惜一切代價，舉全國之力，是可以想見的。而且把會議的成敗與剛成立的新中國的國際聲譽相聯繫。當時北京的高級賓館只有北京飯店和六國飯店。為了此會，專門建了「和平賓館」，這是在北京由中國人自行設計，自己建造第一所高級賓館，而且在短期內建成，也是向外國人展示的新中國成就之一。過了一個甲子，舉全國之力辦奧運，規模當然不可同日而語，而那種把國家榮譽與辦一次國際活動緊密相連，不惜一切工本的思維和行事的方式卻仍

是一脈相承的。

　　當時一個重要的需求就是外文人才。從六月籌備會議開始，全國調集了大批懂外文的幹部，從資深教授到應屆外文系畢業生、歸國留學生、其他各單位的懂外文的人，都在徵用之列。還有原國民政府外交官，其中有的人歷史尚未審查清楚，也被調來「控制使用」，在後台做文字工作。會議主要語種是中、英、法、俄，接待代表團還需要日文和西班牙文。這是最重要的「政治任務」，主辦單位要調人，誰也不能阻撓。我就在那種情況下被「借調」到「和大」了。但是我調去的時候，會議已經結束，並沒有直接參加會議的工作，而是先分到了「美帝國主義在朝鮮和中國進行細菌戰」(簡稱「細菌戰」)調查組。

「細菌戰」黑皮書和展覽會

　　1952年初，朝鮮戰場正進行馬拉松的停戰談判。中朝政府先後宣稱在中國東北地區和朝鮮發現了美國投擲了細菌彈。中國立即成立了一個70多人的調查委員會，由李德全(馮玉祥夫人)任會長的「紅十字總會」牽頭，成員包括各人民團體、各民主黨派和基督教界的代表以及昆蟲學、細菌學、寄生蟲學、病毒學、病理學、臨床醫學、流行病學、公共衛生學、化學、生物學及獸醫學一流專家，前往朝鮮戰場和我國東北地區進行調查，並採集了作為證據的標本。三月，「國際民主法律工作者協會」調查團也前往調查。 經中國和一些國際組織的推動，「世界和平理事會」(簡稱「世和」)在奧斯陸舉行執行局的特別會議，通過決議：組建一個「國際科學家委員會」對此事進行調查。由「世和」主席，著名核子物理科學家、諾獎獲得者約里奧—居里發出號召，中國錢三強為聯絡員，陸續響應報名參加的有瑞典、法國、英國、意大利、巴西、蘇聯等國科學家，達到足夠人數後，即組成「國際科學家委員會」，團長就是著名的英國人李約瑟。1952年6月初，由中國科學院院長、中國「和大」主席郭沫若發出邀

請，該委員會到達北京，周恩來總理指派廖承志代表中國政府全權負責接待，並陪同前往我國東北和朝鮮進行了為期兩個月的調查工作，收集了大量證據，最後調查組的報告結論是：「朝鮮及中國東北的人民，確已成為美國細菌武器的攻擊目標，美國軍隊以許多不同的方法使用了這些武器，其中有一些方法看起來是把日軍在第二次世界大戰期間進行細菌戰所使用的方法加以發展而成的」。

8月31日，在北京舉行了《報告書》簽字儀式。隨後，以中、英、法、俄四種文字出版了《調查在朝鮮和中國的細菌戰事實國際科學委員會報告書及附件》，簡稱「黑皮書」。這本書包括調查團詳細的工作日程、工作方法、取證程序、帶有多種毒菌的昆蟲和其他實物標本、包括病理切片、顯微鏡下的照影、目擊證人以及美國戰俘的供詞、有關地圖及美國飛機路線圖、二戰期間日軍細菌戰參考資料，文字有五百多頁，圖片一百多張，還有各種圖表，等等，小十六開本厚厚一大本。

我就是在這一背景下，被吸收到「細菌戰」資料彙編的工作組中，分在法文組，起初為「黑皮書」法文版工作，後又為展覽會工作。「調查細菌戰國際委員會」人員的母語有七種之多，那時國際通用語言是法語，成員基本上都懂法語，遂協定以法文為工作語言，以法文版定稿，然後譯成其他文字。在赴現場調查過程中，中國配備了法、英、俄、朝等語種的翻譯，其中有幾位醫生和專家兼翻譯，例如嚴仁英、楊士達、吳桓興、陳述等都是高級醫生，中方聯絡員錢三強當然精通法語。我加入編輯「黑皮書」時，是在《報告書》簽字之後，各種文本資料已有初稿，需要最後校對定稿。工作地點就直接放在外文印刷廠。我們法文組工作小組的領導是當時「和大」的聯絡部副部長孟雨，他是老革命、旅法老華僑，法語流利，但帶有濃重山東口音。他只負責組織領導，具體負責文字校對的是幾位懂法文的名醫和生物學、細

菌學家，還有一位丁驥千，他是隨團赴現場調查的法文翻譯，比我早一兩年畢業於上海震旦大學，所以法文是科班出身，我只能給他打下手。我是秘書、聯絡、兼跑腿打雜，最主要的工作是在專家和印刷工人之間傳遞文本。

那時還是鉛字排版，工人坐在一架大機器前，旁邊放着各種大小字型字母的字盤，從中揀出需要的字母，按文稿排成鉛條用機器打在模子上，然後印在紙上。這些都是熟練的老工人，揀字動作飛快，還有識別各種手寫草字的本領，連我都看不太清的字，他們都能猜出來。他們基本上沒上過幾年學，談不上會外文，全是學徒出身，靠經驗的積累，練就一身硬功夫，而且態度認真、敬業。每改一個字母，就要重打一整條鉛字，往往不是因為他們的錯，而是那些專家們不斷地推敲修改，他們一遍一遍地重打，毫無怨言。這是我初次近距離接觸工人階級，確實由衷生出敬佩之情。由於時間緊迫，需要晝夜趕工。工人是三班倒，我們則不分晝夜，就在印刷廠的一間大房間中工作，插空休息。白天由「孟部長」（當時的稱呼）帶着大家吃遍附近的飯館。印刷廠在西城區，附近有不少各種風味的餐館，都是物美價廉。也許沾了「專家」的光，「誤餐費」補助比較充裕，足夠這樣吃的。那些專家其實並不太老，大約四、五十歲，在我心目中就相當老了，他們都輪流在沙發上睡覺，我精力充沛，工作熱情很高，似乎不大需要休息，困了在硬板長凳上躺下眯一忽兒就行了。有一位醫生開玩笑說發現這個小姑娘有特殊功能，早晨八點到半夜兩點精神似乎總是一樣飽滿。

「黑皮書」的工作結束後，中國方面決定舉行一次展覽會，於九月下旬開幕，正好趕上10月「亞太和會」期間邀請各國人士參觀，以「擴大揭露美國罪行的影響」。展館設在故宮文華殿。那是一種很特別的布展方式：從「黑皮書」的材料中選圖片、說明以及有關文件，照相放大好幾倍，然後製版裝幀掛在牆上。我

的工作就是用打字機按照格式要求，打出法文版的文字，以供照相用。我那時的法文程度夠不上正式翻譯，但是那些法文專家都不會打字，懂法文而會打字，竟成為「稀缺人才」，非始料所及。為展覽範本打字是一項要求極精確的工作。老式打字機可不像現在的電腦，能隨便刪改。直接打在紙上，錯了是無法修改的。由於要照相，也不能用塗改液，因為看得出來。所以只要打錯一個字母，就滿盤皆輸，必須換紙，全文重打。所幸大多數是圖片說明，比較短，不易出錯，重打一遍也不太費事。有些長文本就麻煩了，可能每重打一遍都出一個小錯，實在是對人的耐心和毅力的極大考驗。最後圖片製成後掛在牆上，再由專家審查校對，還發現錯誤，就在圖片上標出，重打。於是我有兩三天時間，每天除午餐外，從早晨八點到下午五點(閉館)，就抱着一台手提打字機(比現在的筆記型電腦可要重得多)，在展覽廳裏需要修改的圖片下面席地而坐，把打字機放在腿上，望着文本小心翼翼地打，以為重新照相之用。好在這樣的圖片不算太多，而且沒有再需要修改第二次。否則，沒有人會同情我的辛苦，而我卻會因浪費紙張膠卷而挨批評。生在當前高科技、數字化時代的年輕人大概難以想像半個世紀之前的手工操作的「笨」辦法。經此艱苦鍛煉，我的打字技術臻於一流。若干年後，在維也納「世和」書記處工作時，一位秘書處的負責人(奧地利人)看見我飛快地打字，說完全夠得上國際比賽標準。我想這和彈鋼琴可能不無關係。

展覽會照例有留言簿，我的工作還包括翻譯外國人的留言，絕大多數都是表示震驚，譴責美帝國主義的罪行。似乎不記得有持懷疑態度的。不過當時來參觀的洋人多為來參加「亞太和會」的代表，基本上是左派。

美國方面當然矢口否認進行細菌戰之說。1953年，美國代表在聯合國提出要國際紅十字會組織調查以辯誣，中朝方面以國際

紅十字會就是美國操縱的為由，予以拒絕，《人民日報》並再次發表社論譴責美國。最近見到資料，說是最新揭秘的俄羅斯檔案披露，細菌戰一事是當時中朝故意製造出來誣陷美國的，蘇方予以採信或默認。後來蘇聯代表在聯合國在這個問題上陷於被動，當時斯大林已去世，莫斯科主政者又查處當時直接接觸此事的蘇聯官員，指責他沒有向莫斯科彙報實情。熟悉俄羅斯檔案並對這段歷史特別有研究的沈志華君告訴我，根據蘇聯檔案，此說基本屬實，不過還需要旁證才能坐實。後見2013年11期《炎黃春秋》刊載直接當事人、原志願軍衛生部長吳之理的文章：《1952年的細菌戰是一場虛驚》，作者根據自己的親身經歷，對整個事件的經過述之甚詳，證明美國進行細菌戰之說實屬「虛驚」，1952年蘇方就已發現，並正式通知中方，為此，一些與此事有關的蘇聯專家受到了處分。但是起初也許是「疑似」，後來是為了政治上的需要，非但不能改口，還要一再強調予以坐實。吳之理的文章對眾多中外國際水平的專家參與的經過，以及如何得出證明的內情都有敘述。內容翔實可信，可以認作是對這個問題最權威的史料。

而我這枚小小的螺絲釘參加工作伊始，夙夜匪懈投入的第一項任務竟是為一場「虛驚」服務，豈不冤哉！實際上我為之貢獻大好光陰的、勞而無功的「事業」，遠不止此。

《細菌戰》展覽會工作結束後，我就加入「亞太和會」翻譯部的善後工作。翻譯部有口譯組和筆譯組，前者主要接待各國代表團，後者翻譯會議文稿。此時會議已經結束，口譯組的人陪代表到各地參觀訪問，筆譯組則翻譯、校對大量的會議講話稿和文件，以便集結成書。在英、俄、法三種文字中，前兩種不缺人，法文特別缺人，所以我還是被分到法文筆譯組。那裏有幾位老教授，現已毫無印象，經常的合作者還是丁驥千，我法文得到他不少幫助，經此鍛煉，法文提高一大步，為以後的工作打下基礎。

半年多的臨時工作結束後，我又被「借」到「和大」機關內

參與日常工作，組織關係暫時還在文委，仍住在原宿舍。我到了新的環境如魚得水，心情比較舒暢。除了學有所用，工作符合興趣外，這裏氣氛與「文委」大不相同，有一大批和我年齡相仿的新畢業的大學生，工作之餘有許多文娛活動，互相之間打打鬧鬧，還互起綽號，很開心。因此樂不思蜀，盡量避免見到原單位的人。「文委」幾次三番來要我回去，「和大」扣着不放，問我個人意見，我當然願意留下，而且表示在「文委」用不上外文。「和大」領導更有理由堅持調人。我心中還有一些忐忑，怕「這邊」到「那邊」瞭解我的情況，因父親問題得到負面的介紹，就不要我了。其實這是多慮，因為當時「和大」急需外文人才，比我「問題」多的大有人在。兩個單位經過一番扯皮，我終於於1953年5月正式調「和大」工作。這也是我第一次發現，原來革命政權內部的各單位也有「本位主義」，互相有矛盾。

在「和大」的翻譯生涯

初到「和大」，分配在「國際聯絡部」，顧名思義，就是面向國外的。部長是唐明照，我們都呼他為「唐部長」。他是老清華，「一‧二九運動」之前就入黨的老革命，同時又是美國僑生。後來受中共派遣常年在美國工作，朝鮮戰爭爆發後，舉家回國。他閒談時常講到他三十年代初在清華鬧學潮的軼事，例如驅趕上面任命的蔣廷黻校長，在提名選舉校長時，他故意寫「梅蘭芳」。他曾被捕，由於有美國籍，美國領事館把他保了出來，找他談話，對他說：「你在人家的國家，就不要去捲入人家內政了」。他一家三口都住在「和大」院內，夫人與女兒都是英文比中文流暢，那時女兒才十來歲，已能看大部頭英文小說，很有禮貌，見我們都叫阿姨、叔叔。她就是後來在接待尼克松訪華中嶄露頭角，在特殊年代經常出現在領袖身邊的唐聞生。今人對她大概比對她父親的名字更熟悉。

我平時的具體工作就是翻譯來往信件和有關資料，同時也接待一些來訪外賓，不過那時來訪的外國人比較少。主要工作是開國際會議。

　　我的前半生主要的工作是用外文的「一技之長」做翻譯，而以口譯為主。許多甘苦盡在其中。

　　當初我選讀外文系主要是因為喜歡文學，以及對異域文化的好奇。我於大二從燕京大學轉入清華外文系，開學第一堂英文作文的題目就是「我為什麼選擇學外文？」，記得我寫的大意是：每一種語言之於我就像一把鑰匙，能打開一扇文明寶庫之門，徜徉其中樂趣無窮。這篇作文得了 A。那的確是我的心裏話。少年心高氣盛，以為將來能夠通曉多國文字，志在文學、文化，從來沒有想過做後來那種口譯(古代稱為「舌人」)。到大三時(1950年)，教我們法語口語的陳定民先生被借調出去參加世界和平大會的翻譯工作，回來在學校做了一個報告，最後強調翻譯人才缺乏，鼓勵我們外文系的同學努力學習，以後國家開展國際活動將有大用。我和宗璞等幾個同學私下議論，頗不以為然，當時錢鍾書先生教我們西洋文學史，對陳定民先生的說法也有所譏諷。「外文系以培養翻譯人才為目的」在我們班的同學中竟成為一句玩笑話。足見那時在我所處的氛圍中搞文學(包括研究和譯介文學或經典著作)是正宗，似乎比政治翻譯，特別是口譯高一等。那還是在朝鮮戰爭之前。後來政治氣氛日益濃厚，人們經過種種「學習、改造」，思想觀念有所變化，不再敢輕視政治翻譯。沒有想到，我大學畢業後十幾年來的主要工作恰好就是做口譯，而且就在「中國人民保衛世界和平委員會」(簡稱「和大」)，和國際組織「世界和平理事會」(簡稱「世和」)，整天圍着和平運動轉，為之獻出青春，甚至健康。

　　那時清華外文系的課程基本上是厚古薄今，重歐輕美。講授的文學作品止於十九世紀末，二十世紀只是點到為止。美國文學

則除了幾個特別有名的如馬克吐溫、海明威等，基本不在視野之內。當代報刊更少見到。我參加工作後第一次閱讀美國《工人日報》就很費勁，許多詞彙和表達方式都不熟悉。在學校的口語課上我算是名列前茅的，第一次接待英國訪問團，很高興有機會練口語，而且我的發音是英國音，頗得他們好感。但是相處比較熟悉後，有一位夫人笑着對我說：你說的好多用語是維多利亞時代的英文，現在我們已經不那麼說話了。她說的沒錯。我讀得最多的是那個時代的作品，「熏」也熏出來了。若干年後，我在莫斯科見到一位俄國著名漢學家，鬚髮皆白，他與郭沫若談話，一見面就是：「別來無恙乎？」，談話中多是「郭老意下以為然否？」這類句子，令我忍俊不禁。想起來大概我出校門時說的英文就有點那個味道。所以從實用層面來講，我還得從頭學起。

至於法文，本是第二外語，比英語差許多。只是當時國際通用語言還是法語，法語人才奇缺，於是「拿驢當馬騎」，也派上用場。如上面講的，第一個法語工作是在「細菌戰展覽」中的法文打字。到「和大」之後，由於「世和」的工作語言是法文，信件來往多為法文，這方面的文牘工作多一些。第一次做口譯工作是接待一批講法文的婦女團。這對我是「打着鴨子上架」。當然只是做生活翻譯，重要的談話還輪不到我。我的詞彙量有限，遇到不知道的詞，就把英文字中的拉丁語系的同義字讀成法語發音，有時懵對，有時不對，如果外國人猜出是什麼意思，往往隨口說出那個法文詞，這樣我就學會一個詞。好在我外表像學生，外賓都很友好，我坦率地告訴她們我的專業是英語，法語欠佳，她們之中就有人願意隨時指點。在臨別的宴會上，「和大」領導問外賓，對接待工作有什麼意見，對陪同人員還滿意嗎，她們當然都說好話，有一位夫人提到我，說「très courageuse」（很勇敢），我想如果換一個說法就是「臉皮厚」。我作為初生之犢，在說外文上的確是比較「臉皮厚」，不怕露怯，歡迎別人糾正。

所以在工作實踐中進步比較快。在這批法國婦女之後，還全程陪同比利時布倫姆夫人一個半月，使我法語口語大大提高一步。不過真正熟練起來還是在維也納「世和」工作那三年中。

我初出茅廬另一幸運之處是同辦公室中有許多老師。好幾位是「海歸」。經常為我們審改英文稿的，一位是我們的科長李炳太，他是燕京大學畢業，中英文俱佳，間或遇重要場合也擔任口譯。還有一位老大姐，我們稱她為「虞大姐」，其實她當時只有五十幾歲，身體不太好，有高血壓，在我們辦公室就是最年長的了。她也是老美共，在美國時與唐明照一起活動，後來一起回國。她為人忠厚，作風極樸實，在會上很少發言。她為我們修改文字，中英文當然不成問題，但是口才似乎不太好，我沒有聽過她講英文，而對中國話的新名詞似乎很不熟悉，說話時常常代之以英文（若干年後，我在社科院美國所任所長，發現有一名研究人員竟是虞大姐的兒媳婦。可惜此後不久虞大姐就去世了，我沒有來得及再去看她）。唐明照本人也隨時親自指點，告訴我們一些書本沒有的習慣用法，特別是禮儀分寸方面的用語。我那時說外文不是太文縐縐，就是太突兀，一句簡單的話，對不同身份的人有不同的說法，這些都缺乏實踐訓練。還有對不同的人寫信的語氣、用詞，等等，「洋尺牘」也是有一套規範的。諸如此類，我在實踐中，在他們指點下，學了不少。另外有一位唐建文，英法文俱佳。他的父親曾是國民政府駐法外交官，他在法國上中學，他和夫人唐笙原在瑞士聯合國組織工作，新中國成立後毅然回國，全部積蓄都交公。他也不時對我們年輕人的外文有所指點。

法文則有一位法國女士負責改稿、定稿，並隨時指點。我們稱她「華太太」，她是著名建築家華攬洪的夫人，近年來他們的女兒華新民在為維護北京的建築風貌和為老居民維護房屋產權而奔走呼號。在一次三聯書店的聚會上我們見了面，她果然就是華太太常帶在身邊的那個十分可愛的小女孩。後來華太太轉到廣播

電台工作。還有一位從國民政府駐法使館起義回國的外交官孟鞠如，不但法文好，且學識淵博、健談。「反右」運動中他未能倖免，後來到外交學院任法文教授。

我在外文上遇到這麼多的高手無保留的經常指點，無形中大受教益。我只有本科學歷，那幾年等於上了研究生，完成從書本到實用的過程，是很幸運的。應該說，我學習也很虛心，很用心，不大重複同樣的錯誤，所以他們大概也認為我孺子可教，都很願意給予點撥。

從第一次參加1954年世界和平理事會柏林會議開始，我幾乎每次與「和大」有關的國際會議都隨團翻譯，也包括國內的一些有外國人參加的支援國際鬥爭的大會，直到1964年因病休養。這些會議的翻譯工作大多是同聲傳譯，這是難度較大的。不像後來外語學院設翻譯研究班，還有專門關於同聲傳譯的培訓，那時沒有人受過這種訓練。就外語水平而言，我既沒有留過學，也不是國內的真正洋學堂出身(過去上海、北平、天津都有類似今之國際學校，與外僑的孩子一起上課，所有課程除中國語文外都用英文上。例如我的學長英若誠就上的北平美國學校，所以他的英語與母語一樣流暢，齊宗華是法國長大、唐建文中學就在法國上)。特別法語於我是第二外國語，半路出家，是勉強應差的。客觀地說，論外語水平，比我強的大有人在，我在這方面的優勢一是反應特別快，二是強記能力強，而且年輕精力充沛，能長時間集中注意力而不鬆懈、疲勞。

同聲傳譯有幾種情況：一種是發言人有書面稿，翻譯能事先拿到稿子，哪怕是10分鐘前到手，能匆匆瀏覽一遍，也大有幫助，到時候可以邊聽發言，邊看着外文稿說中文，因為對大意心中有數，不至於出大錯；另一種情況是發言人沒有書面稿，即席發言，翻譯全憑臨時聽，有時比有稿子還容易些，因為口語不嚴謹，速度也不會太快，只需用耳，不需用眼；最怕是對方讀書面

稿子而翻譯手頭沒有，事先完全不知道發言內容，再遇上發言人根本不顧翻譯，快速閱讀，那就只好「憑良心」跳躍式翻譯，能說多少算多少了。積累了一定的經驗後，我可以在發言人停頓間隙時快速概括大意，不過嚴格說來，那是「內容提要」，而不是翻譯了。好在國際會議的發言並非每一篇都那麼重要，有的小國或小組織的代表來讀完稿子，只為回去對本組織交差。我們是為中國代表團服務的，中國代表並不需要對每個發言都給予關注，所以有些偷工減料也無大礙。真正吃重的是小組討論，多數都是即席發言，短兵相接。特別是中蘇交惡以後，每會必爭，針鋒相對。有些問題中國代表必須當場表態，否則就是「喪失立場」。所以翻譯責任重大，如果關鍵話語有所遺漏或不準確，影響了中方表態，罪莫大焉。好在蘇聯代表除愛倫堡直接說法語外，都用俄語發言，然後由他們的翻譯翻成英語或法語，這樣，我們就有一個緩衝餘地。加之對爭論的問題和雙方的立場都已爛熟於心，知道哪些地方需要特別注意，也就不太困難了。我同聲傳譯反應特別快，在同事中是得到公認的。我覺得可能得益於學鋼琴鍛煉出來的識譜能力，因為由眼或耳傳達到腦，再傳達到手或口的過程應該是相似的。

至於強記能力，主要用於「連續性」翻譯，即講一句，翻一句。但是講話人往往不是一句一停而是一段一停。特別遇到議員或政客出身的人物滔滔不絕講起來，自己很得意，不讓人打斷他的話。我沒有學過速記，只能靠強記。最多每句話開頭記兩個字作為提醒，數字和無意義的人名、地名需要記一下。最長的一次，對方講了足足半小時，我一字不拉，包括形容詞和幽默語，完全翻譯下來。以至於聽眾中有人好奇，要看看我的筆記本，發現上面只有極少幾個字。這種強記能力還有一項用途，就是在不許當場記錄的情況下，事後追記。在中蘇關係緊張的年代，有幾次小會派上用場。由於是小會，為節省經費，只帶我一個工作人

員，英法文翻譯兼記錄。我的方法是一邊翻，一邊在紙上劃幾個字作為提醒。事後「吐出」一份記錄來。更要命的是，在國外短短的一兩天內，排程很滿，連吃飯都要談話、翻譯，根本沒有時間整理記錄，只有等回國後再寫下來。所以會後我心不能旁騖，在飛機上都不斷在腦中溫習會議情況，一回國立即寫追記——要求的是完整的對話記錄，不是「紀要」，特別是蘇聯代表的話一字不能差，以便下次見面時「算賬」。那時開通宵是家常便飯，也沒有「倒時差」之說，飛機到北京時如果是白天，放下箱子就到辦公室(宿舍就在機關大院)，先把記錄整出來再放心睡覺。很多年後(上世紀八十年代)，我遇到當年美國駐重慶使館的外交官謝偉思(John Service，他以預言共產黨將會勝利，竭力反對美國支蔣內戰的系列報告而著名)，他說他當時作為年輕的低級外交官，有一項任務就是陪大使與中國高級官員進行不許記錄的重要會談，坐在一旁拼命用腦子記，事後追記出一份記錄。我真有隔世逢知音之感，告訴他我相同的經歷，相與撫掌大笑。可惜這種強記與真正的記憶不同，任務完成後就完全忘掉，很少積累。現在回憶，只記得花絮，實質內容大都模糊。

那種工作應該算重腦力勞動，仗着年輕，精力高度透支，神經繃到極限。加以遇到「三年困難」時期，食不果腹，營養不良。在此期間還懷孕生了一個孩子，兩個月的產假未滿就出差。那時的工作叫「革命」，根本沒有「勞動法」的觀念，不像工廠的工人是「勞動者」，是有「勞保條例」保護的。於是到1964年，我終於健康徹底垮台，診斷為嚴重的神經官能症和植物神經功能紊亂，全身虛弱不堪，頭痛揮之不去。全休兩年，等初步恢復時正好「文革」開始，下放勞動，與原來的工作絕緣，反倒有助於腦力和神經的完全恢復。此是後話。

改革開放以後，我參加各種學術會議，有時聘請職業同聲傳譯，其工作條件真與我當時不可同日語。據說每人只能連續翻45

分鐘到一個鐘頭，所以一場會要二至三人輪流。而且報酬極高，我第一次聽說數字後為之乍舌。他(她)們英語都十分流利，但是知識面和敬業精神難以與我們當年相比，大概他們連臨時抱佛腳的準備也不做，即使事前送給他們稿子也不看，大體上達意就不錯了。當然我絕不贊成重複像我當年那樣以犧牲健康為代價的工作節奏，以及完全無償的「奉獻」，那是不人道的。但是現在這行工作的「性價比」卻走向了另一極端。

另一種翻譯是陪外賓參觀訪問。此類翻譯需要的知識面比較廣，因為要會見各種領域的人，參觀各種單位，工、農、商、學、醫、國內國際時事都要涉及。好在改革開放之前，外國人能去的地方有限，供外國人參觀點也是有限的幾個樣板，所以做了幾次之後就熟悉了。逐漸形成一本非正式的參觀常用辭彙集，在同行中傳閱，特殊的項目還可以臨時抱佛腳背單詞。就翻譯本身而言，比會議的同聲傳譯要輕鬆一些。但是接待工作是全面的，從政策到生活都要掌握，也常要處理一些麻煩事，所以此類工作並不輕鬆。

接待外賓

五十年代前期我參加接待的外國來訪者尚殘存於記憶中的有以下一些軼事，有話則長，無話則短，追述如下：

英國工黨議員訪華團

這大約可算是我第一個接待工作。依稀記得幾件事：他們原認為中國十分落後，什麼都買不到，所以一切日用品都準備齊全，包括肥皂、牙膏、咖啡、茶葉等等，行李都很多。在訪問結束前，團長談感想，坦白了這一情節，表示中國在短短幾年中的進步出乎他的意料(這也不準確，四九年之前中國不見得連牙膏、肥皂都沒有，足見當時外國人對中國之無知)。我們到蘇州，市長出來介紹情況，開頭就說：蘇州是個小城，只有五十萬

人口。他們笑說，中國果然人口眾多，五十萬人口還算小城！在遊蘇州園林時，一位夫人大聲驚歎，說她從小從畫上看到、想像中的中國就是這個樣子，現在才到了真正的中國，不虛此生了。她簡直流連忘返，不願離去。我第一次正式擔任口譯，由於本來學的是英式英文，所以聽不成問題。只是國會議員習慣於滔滔不絕地講話，特別是那位團長，一站起來正式講話就一氣講完，完全不照顧翻譯。我憑強記的本事，基本上能全部翻下來，得到好評。我的「維多利亞時代」的英文，也是接待那個團時被指出的。

印度文化代表團

1955年，印度文化代表團訪華，由我們單位接待。那是音樂歌舞表演性質的團，人數眾多，規格很高，由印度外交部副部長錢達親自帶隊，好幾位主要演員都是國內享有盛譽的藝術家。6月至8月，在國內各地演出兩個月，出入境都是廣州。節目包括器樂、聲樂、舞蹈，而且還有印度南北不同風格的劇種。這是中國觀眾第一次看到這麼高水平而內容豐富的印度藝術表演，我一路隨團到各地，不但得以大飽眼福，也確實對印度的文化藝術增加了許多知識，體會到印度之為文化古國，有其特殊的底蘊。代表團的人員身份高，我們接待當然也是高規格的。在工作中有一件事因我的自作主張而挨過一次批評，至今銘記在心。我主要負責照顧一位著名舞蹈演員。她很有明星派頭，對化粧室及舞台設備等的要求，我們都盡量滿足。她還有一項特殊習慣，就是每天必須用大量新鮮的茉莉花，從頭上花環到全身其他裝飾，一天一換，由花房專送。在印度，茉莉花不算名貴，很容易生長，而在北京就很少，與江南也不一樣。我感到天天如此，花銷太大了。於是自作主張，自以為「婉轉」地「暗示」她說，我很羨慕印度四季鮮花盛開，而北京就不是如此，例如茉莉花就很昂貴云云。她一聽馬上懂得了這一「暗示」。第二天就提出來不要新鮮茉莉花了。我向領導彙報了這件事，還自以為得意。誰知挨了嚴厲的

批評:第一,違反紀律,因為我未經請示,無權進行這樣的談話,對接待規格擅自議論;第二,因小失大。這些都是在印度社會影響很大的人物,我們下了這麼大的功夫,花了這麼多錢爭取他們訪問愉快,滿意而歸。何在乎這點茉莉花錢?實在是頭腦裏沒有政治。我才恍然大悟。最後的工作總結中專為此事談體會,作檢討。當然,茉莉花繼續天天送。從此更加注意,一路上無論到哪裏,先囑咐當地接待單位,這位小姐的茉莉花要絕對保證。

在北京為歡迎代表團舉行的正式盛大酒會就在和平賓館舉行,周恩來總理也出席了,這是我第一次見到他。其場面極為隨便,恐怕當代人會覺得不可思議。不知何時,他悄悄地就進來了,我毫無印象,肯定不是像現在那樣奏樂,全體注目鼓掌。我想警衛總是有的,但隱而不見。那是冷餐會,人數很多,大家走來走去,比較擁擠。我重點照顧的那位著名舞蹈演員自己正與其他人在談話,我也輕鬆一下,與幾個中國同事準備到桌旁取食物,忽然抬頭看見周總理拿着酒杯就在面前。他衝我們笑笑,說「認識我嗎?我叫周恩來」,我們趕忙說「認識!」他隨便問了幾句,知道我們都是「和大」的工作人員,就走開去招呼別人了。這就是我初見周恩來。當時的確沒有感到特別緊張或興奮,事後也淡忘了。那時使我緊張的是工作,演出團與一般訪問團不同,細節很多,生怕出錯,在五十年代初期,國家領導人多數不是那麼凜然不可侵犯,至少對我說來,見面交談並沒有受寵若驚的感覺。

比利時布倫姆夫人

布倫姆夫人原為比利時社會黨的國會議員,因在議會中反對本黨親美立場,脫離了社會黨,被認為是親共人士,當然也就無法再當選議員。她獲得了「加強國際和平斯大林獎」(簡稱「斯大林和平獎」,在赫魯曉夫上台後,改為「列寧和平獎」)。她來華身份是「世和」常務理事兼書記處書記。1955年9月中旬來華,11月1日離去,共一個半月。這是我初出茅廬擔任的最繁重

的接待工作。印度文化代表團雖然很重要，但主要是演出，翻譯和文字工作不重。布倫姆夫人的訪問則政治性很強，整天都在談話。加以她年齡不小（大約60上下），生活上也需照顧，所以十分勞累。不過也是我第一次沾洋人的光走了那麼多地方，接觸到各界、各個領域的情況，而且遊了不少名勝古跡，自己覺得收穫很大，還處處受到感動，以我當時的思想隨時感到自己渺小，經常有自卑感。

「和大」同時接待的有三位重要人物，一是「世和」副主席、意大利社會黨總書記、前總理南尼，另一位是國際民主法協主席、英國和平委員會會長（似乎也是前工黨議員）普利特。意大利與比利時不同，社會黨與意共關係不一般，差點聯合執政。因此在三人中南尼地位最高，接待規格也最高，特別是受到毛、劉接見。布倫姆則只受到周總理接見，郭沫若和沈鈞儒聯名宴請，宋慶齡還應她的要求在家裏會見了她。但是她與南尼攀比，醋意很濃，經常發牢騷，說她失策了，早知態度不必那麼堅決（指站在蘇聯一邊），現在就還是社會黨議員，反而會得到更多重視。其實她無論如何聲望比不上南尼，人家好歹當過總理呢。唐明照說：都是梅蘭芳，不好辦。我原來天真地認為，是進步人士，就不該計較名位、待遇，這是第一次體會到，原來他們之間也這麼計較。以後我進一步體會到國際交往不論是政府還是民間，都是相當勢利、實用主義的，很少純粹的「友誼」。改革開放以後，許多當年與中共一道反美反帝的左派朋友感到受到冷落，而原來的「反動派」卻受到上賓待遇，不足為奇。當然純粹個人之間的跨國界交往不在此例。

「和大」派一名處長王務安負責全程陪同布倫姆夫人，我任翻譯。王務安長我七、八歲，是學生時代參加共產黨的知識分子幹部，抗戰時期在重慶周恩來領導下工作，結識了奧地利共產黨記者詹森，結為夫妻，戰後一同到奧地利生活了幾年。後來詹森為奧共黨報駐華記者，王亦回國到「和大」工作。本來這是兩全

其美的事，不幸詹森1955年4月間作為隨團記者隨周恩來一行赴印尼參加萬隆會議，在「克什米爾公主號事件」中遇難犧牲，王務安成為烈士遺孀。王的英文當然很流利，布倫姆也通英文，只是發音有濃重的法語口音。她們之間可以用英語交談，而參觀訪問、與其他中國人交談，則由我翻法語。布倫姆首次訪華，要求盡可能地全面瞭解新中國的情況，日程排得很緊，她本人又十分健談，所以我的翻譯任務繁重，而且根據當時的制度，每晚都要寫簡報。那時我法文程度不高，更增加緊張程度，需要每天準備第二天節目的詞彙。所以那一個半月中我極度勞累，最大的願望就是睡一個好覺。不過經過這一段「加強」訓練，我法語提高了一大步。那時來華的外國人，大多從南、北兩路入境，或經蘇聯從北方來，或經香港入境。我接待的幾批都是經香港入境。布倫姆夫人的路線是廣州 —— 武漢 —— 北京 —— 西安 —— 延安 —— 重慶 —— 成都(回重慶) —— 上海 —— 南京 —— 北京。在北京呆的時間最長，參加國慶期間的各種活動，包括觀禮、國宴、看文藝節目等等。這裏略舉幾件我還記得的見聞。

拜訪宋慶齡：在她一再要求下，宋慶齡在家中接待了她，正式陪見的有李德全、史良、陳翰笙等，我隨往。她們用英文交談，不需要翻譯，我只是旁聽。這是我第一次近距離見到宋慶齡。她那時已經發胖，但依然氣質不凡，雍容淡定，在她面前，那位洋老太太至少是顯得欠莊重。她大概對宋傾慕已久，一見面表現出超常的熱情和興奮，坐下來就用她那濃重比利時口音的英文開講。除對宋本人表示早已仰慕外，介紹自己的活動，談國際與和運的形勢，以及歐洲的政情、人事，等等，似有與宋展開討論之意。但是宋顯然只是禮節性會見，無意與她深談，在她略事停頓，準備聽宋的反應時，宋微笑着請她嘗嘗盤中的葡萄，說是自家院中所栽，問她感覺如何，接着介紹園中四季的果樹花草，還問她起居是否習慣，說是正逢北京秋高氣爽，來的正是時

候⋯⋯。此類會見一般控制在一小時,然後送客如儀。布倫姆可能有些失望,不記得她有何反應,總之我的感覺是剃頭挑子一頭熱。事實上,宋慶齡能見她一次已經是給面子了,可能也是服從組織安排。以後宋見外賓越來越少,再以後連中國人也不見了。我再見到她是1966年11月,紀念孫中山百年誕辰大會,那可能也是她最後一次公開露面。

訪問延安:當時延安不對外國人開放,對布倫姆是特殊照顧。我有此機會,也很興奮。我們先飛到西安,在西安參觀的內容與幾十年後差不多,華清池是必去的,當然少不了看「捉蔣亭」,介紹「西安事變」等等。交通不便,到延安的路很曲折:清早從西安坐火車經咸陽到潼川,專為我們掛了一節「公務車廂」。以後改乘汽車(是從西安帶去的軍用吉普車),一路顛簸,夜宿黃陵,第二天清晨再乘汽車到延安。在黃陵由當地縣委領導接待。他們大約從來沒有接觸過外國人,有點不知所措,物質條件又差,還沒有通電,晚上圍桌座談,燭光昏暗,看不清對面人的臉龐。一方是基本上沒有出過陝北的「土八路」,一方是天外飛來的西方政治人物,此「左派」非那「左派」,她信奉的「社會主義」與從陝北窰洞出來的「共產主義」也不是一回事。所以這場座談溝通之艱難可以想見。而這位老太太又好為人師。不分場合,不看對象,宣講她的左派社會黨主張。王務安只得在一旁盡量用通俗的中國話加以解釋,幫助主人理解。誰知這場談話以及以後一些接待上的問題,竟開罪了地方當局,此事下面再講。

第二天坐吉普到延安。住在半山腰幾間平房,10月下旬夜裏已經相當涼,盥洗只有涼水,由小戰士挑水上來。最有意思的是一位負責接待的幹部給我們一張日程表,上面的安排以分鐘計,十分準確詳細,例如:早晨六時起床,6:15漱口,6:30洗臉,七時早餐,7:30上汽車出發⋯⋯簡直像是行軍時刻表。我們都忍俊不禁,只能跟主人說,她年紀大了,時間可靈活一點。在延安參

蜉蝣天地話滄桑┃九十自述

觀的不外乎楊家嶺、棗園等幾個窰洞和開「七大」的大禮堂。當地出來座談的大約都是領導幹部，照例有一位婦聯領導。這裏的幹部以資格老見長，都是紅軍時代的黨員，那婦聯主任據說是1936年入黨，也就是定居延安之後，在當地領導口中算是「新黨員」，說是這次讓她出來「鍛煉鍛煉」。可見老解放區之「老」。還看了陝北文工團的演出。此行我們都有朝聖之感，老太太很感動，說：重建人類四分之一的世界所需就是這麼一塊地方！我也由衷地感動，在筆記本上寫道：處處感到自己「渺小而不乾淨」。

上海的新舊對比：上海在近代中國的特殊性自不待言。共產黨能否在城市立足，上海是關鍵，所以征服和改造大上海是五十年代初期新政權的得意之筆，也是外國人參觀的重點。布倫姆在上海的節目最豐富，覆蓋面很廣：政治、經濟、宗教、教育、知識分子改造、居民住宅、市政建設，方方面面，談話的代表人物有工人、資本家、婦女……每一項都涉及新舊上海對比和新政權的政績。例如關於住宅，先參觀特意保留下來的「棚戶區」潘家灣，特意看那種被稱為「滾地龍」的茅草房以及泥濘的道路，然後參觀新建的工人住宅「曹陽新村」，是多層樓的兩居室套房，整潔明亮，社區設施齊全，與棚戶成鮮明對比。參觀的家庭就是從棚戶區遷進來的，少不得憶苦思甜一番。曹楊新村作為外國人參觀點維持了多年。但是上海以及各大城市的住宅擁擠問題隨着人口增加日甚一日。多年後，又有一次陪外賓去參觀該新村，洋人忽然問那家幾口人，當時尚未實行計劃生育，那家有三個孩子，自然就比較擁擠了，又問，以後長大了怎麼辦？主人無言以對，因為以後再分到新房的幾率是很低的。這一新村何時結束其樣板功能，就不得而知了。

特別值得一提的是兩項特殊節目：戒毒和妓女改造。這兩項一直到文革初期都是上海的保留節目，最能打動人心。先由有關

負責人介紹政策和實施經過，然後典型人物介紹自己的切身經歷，回答問題。關於妓女問題，我們參觀了安置妓女的「生產教養所」，好像就是過去的妓院改造的，裏面的女工已經成為自食其力的勞動者，我看到的是織襪子，然後有一名女工哭訴過去被賣身到火坑的悲慘經歷，以及後來黨為她治好病，能夠憑體面的勞動自食其力，而且還成了家，有了現在的幸福新生活。關於吸毒，在措施上就是封閉煙館和收繳所有毒品，把吸毒者集中起來戒毒。也有一名典型人物（碰巧也是女性）介紹自身經歷。她只會說上海話，好在我聽得懂。她所敘述的戒毒方式就是把自己捆起來，強制忍受三天，度過最難受的時期，以後就慢慢緩解。由於市面上毒品完全絕跡，所以沒有可能復發，就這樣戒掉了。我特別記得那句上海話：「三日三夜硬摜（讀如ngang guai）」。我對此印象深刻，因為後來包括我的同事多次陪外賓來上海，經常是她出來現身說法，必然有這句話。於是「三日三夜硬摜」就成為我們之間稱她的綽號。顯然，出來座談的典型人物，被參觀的典型家庭，都是受過訓練的。但是應該說，那個時候的改造妓女和禁毒的成績是真實有效的，與現在的「掃黃」不一樣。據民政局的負責人介紹，上海共收留、安置了四萬游民。這也是新政權贏得廣大市民的衷心擁護的實際政績，當然還有打擊奸商囤積居奇、平抑物價等等。

上海私營工商業經過三反、五反運動，已經受到很大打擊。不過這次還是安排了一位資本家代表在家裏接待布倫姆。他是信宜藥廠的總經理，藥廠當然已經公私合營。他家房子並不大，屋裏陳設也簡樸，本人的外表、作風更看不出是「資產階級」。講話非常小心，都是按口徑說，布倫姆不大滿意，我也有同感，覺得還不如不見。

回到北京，有一件事大出我意外。據單位領導說，接到了陝西方面的告狀信，主要是對王務安的意見，內容有兩條：其一是

外賓宣傳西方資產階級思想，不但不制止，還在一旁幫腔——這是指在黃陵那一晚的座談，老太太大講社會黨的主張和議會政治，王務安幫她做些解釋。其二是生活上嬌氣，給當地接待造成困難。這一條實在冤枉。事實是，王當時剛遇到喪夫之痛，經常失眠，身體比較弱。她又是南方人，對陝西的牛羊肉飲食很不習慣，到西安即開始腸胃不適，她對飲食沒有什麼要求，只是少吃或不吃，更不喝酒，這已使主人不快，最後的歡送宴席她實在因腹瀉，撐不住，告病沒有出席。她是代表北京的負責人，這在當地領導看來是太不給面子。另外，我覺得，她多年在城市工作，後來又在國外生活，舉止言行當然與老解放區的幹部格格不入，她性格直爽，隨時對具體的安排提些建議，脫口而出，在她完全無心，而在當地都把它作為代表北京對工作的批評。我估計，他們以為她回京會反映對當地的不滿，所以採取主動先告狀。其實王絕無此意。此事令王很委屈，哭了一場。好在她有特殊的革命資歷，又是烈士遺屬，那時「和大」的領導多為知識分子，在國統區工作過，所以對她比較理解，沒有怎麼樣。如何回覆陝西，就不得而知了。事後王對我說，她在上海上中學時就參加地下黨的活動，後來大多數時間在周恩來領導之下，工作性質特殊，得到許多體諒和愛護，所以始終比較單純、天真，後來又到了國外，一直在左派知識分子圈子中，對國內革命陣營中的待人接物缺少鍛煉，所以造成這種誤解。我在那次工作中只是「舌人」，可能根本不在當地領導視野之內，所以這些意見都與我無關。不過王務安的困境在某種程度上也長期困擾我。就是那個無形的「氣」，無論如何努力改造，也如影隨形，讓某些人看了不順眼。而我又沒有她的革命資本，只有不斷地壓制和收斂。

說來也巧，若干年後，王務安再婚，丈夫是醫學科學院副院長沈其震。他正是抗戰前在天津開診所，與我父親比較熟悉的沈大夫，情況第二章已經談到。

決裂與皈依

我1953年正式調到「和大」工作，作為新人，要求交一份詳細自傳，包括思想總結，必須絕對「忠誠老實」。我自從「三反、五反」以來，一直心存忐忑，猜想原單位一定把我的檔案材料轉到新單位。我也決心與過去徹底決裂，人生從新開始。那份自傳自以為完全站在「無產階級立場」上重新審視自己過去二十幾年來的生活與所受教育，持全盤否定態度。此時我已經接受人以階級分的觀念，個人的道德行為不足為憑，那麼父母和其他長輩對我的教導和薰陶只能從負面來批判，曾經接受的一切中西文化都概括為「典型的半封建半殖民地教育」。另外事無巨細，人無遠近，連自己參加工作以後接受過親友什麼禮物都一一交代，唯恐遺漏。這份自傳如今是否還在我檔案中不得而知，現在看來一定非常可笑。但當時我寫了好幾天，寫得非常認真，非常痛苦。感到是一次蛻變，脫了一層皮，但是離「脫胎換骨」還遠。也可以說自己甘心變成一個大齒輪上的小小螺絲釘。

與過去決裂，我還做過一件事，就是回家把我1947年舉行個人鋼琴演奏會的一本紀念冊找出來，上有照片、節目單、請柬和報紙報導的剪報，全部付之一炬。不但如此，連同小學、中學畢業時同學老師題字的紀念冊也未能倖免。不必等到「文革」，我已經開始自覺地毀滅歷史。母親在一旁歎氣，當然不敢制止。不過十三年後，到1966年，她自己也主動大肆銷毀家中一切有紀念意義的文物，而且比我那一次徹底得多，包括有他們結婚照的全部相冊以及她和父親婚前十年的通信等等。我這本紀念冊如果留到那時，也一定不能倖免。所不同者，她是完全出於恐懼被迫，而我卻是出於自覺地企圖消滅「舊我」。

在提交的自傳結尾，我正式提出申請入黨。從此進入漫長而痛苦的修煉。

七

親歷從「牢不可破」到反目成仇

～～～～

從國際大背景看，「和運」的演變離不開中蘇關係，使我這個小人物得以從一個側面親歷了中蘇從「牢不可破」到「反目成仇」的全過程。限於當時的理解水平，加以年代久遠記憶模糊，可能對有些花絮比重大政治內容印象更深。

中蘇蜜月期

一切聽老大哥的

「世和」本來是蘇聯領導下成立的，大政方針來自克里姆林宮。每次開會都要通過一系列的決議，其內容都視當時蘇聯外交的需要，也就是蘇美冷戰的需要。每次大小會議無不與蘇美博弈中的某個回合有關。例如當時一個最重要的內容就是裁軍與限制核武器，「世和」會議所通過的決議實際上就是國際裁軍談判中蘇聯方案的翻版。其他如德國問題等，莫不如此。「小兄弟」們只有配合。中國是「老二」，每次會前，蘇聯先和中國「打招呼」，交代精神；規模大一點的會，會前先開社會主義國家代表團長會，然後蘇聯代表與各資本主義國家共產黨人集會或個別談話，亞洲代表常由中國分工談話。這樣，骨幹們領會了精神，「統一認識」，就保證蘇聯的意圖能貫徹到決議中去，即使西方國家有個別人士不識相，有異議，也起不了什麼作用。

中國除了配合蘇聯外，也有自己的意圖：那時正式建交國不多，與西方國家來往主要以民間的名義，因此也樂得順水推舟，

利用這一場合(現在時髦的說法叫做「平台」)突破封鎖,廣交朋友,宣傳新中國的成就、政策,維護自己在國際事務中的權益。所以對這一機構和活動十分重視,作為主要的對外活動。

那時的蘇聯代表從實質到形式確實是「老大」的氣勢。中國參加國際活動的中央指示就是「一切聽蘇聯領導,我們不熟悉。」除了政治含義外,也還有土包子初見世面,需要大哥帶領的味道。從情況、國際慣例、禮儀到介紹關係,都有所仰仗。後來中蘇交惡之後,我曾聽到鄭森禹憤憤然說,每次開會,中國代表團雖然帶去準備好的發言稿,但是在沒有聽完愛倫堡講話之前,不能定稿,必須根據蘇聯代表發言精神修改發言稿。有一次沒有這樣做,就遭到責難。

有一個例子充分說明這種關係:1951年2月「世和」理事會擴大會議在柏林舉行,同年10月,又決定要在維也納召開理事會。在此之前,蘇聯愛倫堡專程到北京傳達蘇方意圖。他與郭沫若有一場談話,要點是:

1. 即將在維也納舉行的理事會很重要,希望中國理事多出席,上次柏林會議中國來的多非理事本人而為「代」理事,這樣不妥(按:中國的理事名單多為有聲望的民主人士,或者太忙,或者不負實際責任,所以實際與會者多為「代理事」,這也說明民主人士實際上只起點綴作用);

2. 要中國爭取馬來亞、越南、日本、緬甸等亞洲代表出席,最好與中國代表團一起去(按:這就意味着一切費用由中國負擔);

3. 要中國多宣傳即將召開的莫斯科經濟會議,並就此為《保衛和平》雜誌寫一篇文章,要在10月13日他(愛倫堡)本人回國之前寫好以便帶回去;(按:《保衛和平》雜誌是《世和》的刊物,在保加利亞出版,原文為法文,中國「和大」負責中文版,主要是翻譯法文版,有時也加入中國原創文章)。

4. 增加中國的「世和」理事，並派人常駐書記處，現僅蕭三一人兼，不夠(按：隨後中國即派李一氓常駐布拉格)；

5. 召開亞洲區域會議問題，知道中國有困難，但還是希望努力實現(按：後來1955年舉行了「亞洲國家會議」)；

6.《保衛和平》雜誌中關於中國的文章多為外國朋友撰寫，中國人自己的數量太少，而且用語不適合雜誌的性質。

從以上談話可以看出完全是老大哥訓話，有批評，有告誡，還佈置任務，限期完成。關於亞洲代表問題，就是一種分工的交代，以後亞洲「小兄弟」主要由中國負責，據我瞭解，不但要爭取他們出席會議，傳達精神，經費也大多由中國負擔。當時中國在外匯不富裕的情況下，對每次「世和」會議都要負擔相當的費用，外加常年繳納書記處的費用也不菲。

還曾聽李一氓説過，大約1954年有一次「世和」剛開過會，蘇聯又為配合它外交談判要在近期舉行會議。李婉轉向蘇聯「和大」負責人考涅楚克説，要體諒有些亞洲代表路途很遠，來一趟不容易，是否一次會可開得長一些，少開幾次。考涅楚克説下次在中國開，讓歐洲代表也跑一跑。這等於間接駁斥了李的會議太頻繁之説。然後他從口袋裏掏出一張紙，往桌上一擺，説這是蘇共中央的決定。這就沒有討論的餘地了，李只能無言。要知道，那個時期，如果在「前線」的中國代表的表現令蘇聯老大哥不滿，一紙訴狀通過莫斯科就告到北京，等那位中國代表回國，可能已經有批評甚至處分在等着他了。

有時蘇聯代表的「交代精神」也口徑不一。例如有一次會議，法捷耶夫與中方談話中表示中國代表不必對所有議題都發言，可以多着重談與中國和亞洲有關的問題；而在此以前，愛倫堡卻要中國放寬一些，多講亞洲和自己以外的事，兩人口徑不一，使中方為難。記得英國人蒙塔古也抱怨過蘇聯對柏林問題出爾反爾。有一次，赫魯曉夫講話對柏林問題態度強硬，説一定要

如何如何，口氣十分堅決，英國和運人士就配合做宣傳，誰知不久蘇聯自己又變卦，與美國妥協了，令他們十分被動。

除工作會議外，每次和平會議都分若干小組，提出一系列決議，最後在大會一一通過。在「蜜月」期間，基本上都是一致通過，最多時有幾十項決議。除了蘇聯特別需要的有關裁軍、核武器、德國等問題外，每個與會代表都帶來本國或本組織的訴求，例如印度要求收回葡屬飛地果阿、巴勒斯坦或約旦代表要求解決難民問題(當時的提法是「要求重返家園」)、1954年以前朝鮮、越南停戰問題。隨着非洲民族解放運動的興起，陸續出現支持某個非洲民族正在進行的鬥爭的決議，例如經常列入議程的有呼籲釋放肯亞塔(肯亞民族運動領袖，常年為英國囚禁)、反對南非種族隔離、南北羅德西亞(即今尚比亞和辛巴威)以及其他黑非洲民族的解放鬥爭，等等。有幾次會上出現穿民族服裝的亞塞拜然代表，提出有關庫爾德人權利的決議案，這完全是蘇聯的勢力範圍。一般説來，中國代表只關心一些主要的決議案，防止其中有違背中國立場，損害中國利益的措辭，特別是朝鮮、越南和聯合國問題。關於聯合國，不但中國席位問題沒有解決，還在朝鮮問題上曾有決議指中國為「侵略」，因此凡有人提出某個問題通過聯合國解決，中國一律堅決反對，沒有妥協餘地。此類問題如有意見都私下找蘇聯人協商，事先取得一致。至於其他問題，如庫爾德之類，就跟着舉手了。

以開會為業

「世和」可以説是以開會為業。計有：「和平大會」、「理事會」、「常委會」，以及為特定議題臨時召開的「特別理事會」、「擴大常委會」、「擴大書記處會」或專題會議，等等。會議的名稱視形勢需要在「裁軍」、「緩和國際緊張局勢」「國際合作」等詞彙中選擇。平均一年不止一次會。時間、地點、議題、範圍實際上都由蘇聯決定。經常的主題是：裁軍、反對核武

器、反對重新武裝西德、反對復活日本軍國主義、爭取緩和國際緊張局勢、後來加上支持民族獨立。主要矛頭當然針對美國（概括為「帝國主義擴軍備戰政策」）。在蘇聯擁有原子彈之前，以要求禁止原子武器為主要內容。1950年、1951年發起了兩次大規模簽名運動：一是要求無條件禁止原子武器和大規模殺傷性武器，並建立嚴格的國際管制；二是要求美、蘇、英、法、中五大國舉行會議，締結和平公約。在第一個宣言上簽名的有五億人，在第二個宣言上簽名的有六億人。中國以其人口眾多，當然做出了最大的貢獻。這簽名不是虛的，而是真的層層組織收集上來，當時以中共的組織能力，這是可以做到的，最終的簽名布，有不少是白色的綢緞，由「和大」收集起來，我曾見過，後來送到哪裏，就不得而知了。可以想見，這是將美國的軍，因為這兩點，當時美國都做不到。1954年蘇聯有了原子彈以後，則議題主要視蘇聯與美國談判鬥爭的需要，宣傳有關禁止或控制核武器的具體方案。

我第一次出國，是1954年到東柏林開會。那時中國人出國，無論到哪個國家，必須從蘇聯轉，可謂條條大路經過莫斯科。多數時候乘飛機，大代表團則乘火車。從北京經滿洲里出境到莫斯科要坐九天九夜。飛機、火車都是蘇聯製造。我們坐的飛機是老式螺旋槳雙翼型小飛機，只有幾十個座位，沒有別的乘客，等於是專機。噪音很大，起落時耳朵十分難受，飛機上只發茶水和糖，不供應餐食。從北京到莫斯科要飛兩天兩夜，途中降落好幾次加油：第一站是蒙古一個叫山丹丹的地方，很荒涼；第二站是中蘇邊境的伊爾庫茨克，到達時已是當地的晚上，在機場附近的旅店吃晚飯，然後睡覺，但是不能一覺睡到天亮，到凌晨一、兩點又得起身上飛機，以後繼續一站一站地停，我記得的地名有：新西伯利亞、歐姆茨克、明斯克、斯維爾多洛夫茨克等，但不是每次這些站都停，可能與飛機型號及航班有關。總之到達莫斯科總要在第三天了。一路上相當辛苦。飛機不但顛簸，而且裏面很

冷，要蓋厚毯子。起降時壓差也很大，儘管乘務員不斷發糖，供吞咽和咬嚼，耳朵還是很難受。通風設備與現在大不相同，機艙內總有一股汽油與不知什麼的混合氣味。我是不暈飛機、不暈船的，最多有點難受，不少人暈飛機，一路上總有幾個人嘔吐。年輕人似乎更受不了，像郭老、廖公等人大約旅行經驗豐富，反而談笑自若。有一位隨團護士龐秋英，暈飛機最厲害，每次必吐。她是「和大」的專職醫務人員，代表團出國她率多隨行，所以出國最多。她視為畏途，後來發展到對飛機過敏，在駛向機場的車裏就開始噁心，再後來，連人們提到出國，她就條件反射，開始噁心了。我看她實在可憐，但領導不會因此不讓她出國。不過她身體本來健壯，只要一下飛機就精神如常，悉心照顧大家的健康，克盡厥職。我雖不暈飛機，但對俄式臘腸和酸黃瓜產生條件反射，一見就反胃，因為每次在伊爾庫茨克就餐，必有這兩樣東西，而且一進餐廳都是這個味道。

無論如何，第一次到莫斯科還是非常興奮。那時我們年輕人對克里姆林宮的紅星都懷有神聖感。有一個故事廣為流傳：某國有一位革命者，被捕入獄，雙目失明。他常問人克里姆林宮的紅星是否還亮着，人家答以還在，他就心中的希望永不滅，成為支撐他活下去的力量。這個故事對我們影響很深。所以第二天到紅場，見到那紅星，真是感到像做夢一樣，覺得此生有此幸運，太奇妙了！「謁陵」當然是必不可少的。竟能親見列寧和斯大林的遺容，那種神聖、肅穆感，也臻於極致。而且十分緊張，生怕不小心意外出聲，或舉止不當，犯了大忌。不過有一點至今仍有印象，就是列、斯二人的遺體都比正常人縮小了許多，與我想像中的大不相同，有些感到意外，當然連這個印象都不敢向任何人提起。

我們住的「民族飯店」是當時莫斯科最古老的高級飯店，大概相當於我們的老北京飯店，位於紅場附近。一邊是列寧墓，一邊是莫斯科最大的百貨公司。從窗口望出去經常可以看到兩排長

長的隊伍，一排通向列寧墓(因為開放是有定時的，全國乃至世界各地都經常有人來謁陵，都要排隊等候)；另一隊則通向百貨公司。蘇聯人排長隊買東西是常規。其實貨架上東西很少，偶然有些熱門物品，就排起長長的隊。我忽然詩興大發，竟寫詩歌頌起這兩行長隊來。第一隊猶有可說，是說明革命領袖如何受到景仰；至於第二個長隊，我現在實在想不起自己是從哪個角度來歌頌的。可能是從蘇聯物價便宜(那時蘇聯每隔一段時候就宣佈降價)，老百姓都買得起這個角度？總之，那時對蘇聯充滿迷信，一切都好。「蘇聯的今天就是我們的明天」。那時我們買東西還不必排隊，到「明天」果然物資匱乏，都要排長隊了。

初到蘇聯還有一個印象是一切都「大」，建築物的廊柱特別粗，轎車(給我們配備的大多是吉姆和吉斯車)，包括裏面的抓手，手錶，還有餐具都大於尋常。儘管當時蘇聯物資匱乏，但外賓住的旅店膳食還是非常豐富，麵包個頭大，用鋸子一樣的刀切片，每一份菜餚都一大盤，我們食量最大的男同胞也吃不完，更不用說我了。從上到下，包括旅店服務員都真誠的熱情。俄羅斯人不像中國人那麼含蓄，所以其熱情更加感人。有一位陪同我們的女中文翻譯見我們吃得不多，說「請多吃點，不要慚愧」！我想她要說的是「不要不好意思」，為之啞然。服務員都是胖胖的老大媽，熱情無比，我聽得最多的一句俄語就是「kushaetje djevoshka (吃吧，姑娘)！」聽說這些老大媽大多不是喪夫，就是喪子，都是在衛國戰爭中犧牲的。二戰後，很少家庭是完整的。蘇聯人民對反法西斯戰爭的貢獻和犧牲確實重大，這也是我們當時由衷地對蘇聯敬仰的原因。

接下來，從莫斯科坐火車到東柏林，參加會議。從此以後直到1964年因大病休養，差不多每次會議我都參加工作，見證了「和運」的盛衰。

「世和」理事會差不多年年開，這次「柏林特別理事會會

議」稱「特別」，是專門為了配合正在日內瓦舉行的關於朝鮮和越南問題的政府間國際會議而臨時召開的。日內瓦會議是新中國政府第一次派代表參加的國際會議，代表團以周恩來總理為首。參加「世和」柏林會議的代表團則以郭沫若為團長，用郭老的話來說，就是「一齣戲在兩個舞台上唱」，所以特別重要。中國代表團在柏林的發言必須經過正在日內瓦開會的周總理審閱。為此，代表團專門指定董越千(外交學會副秘書長)做聯絡員來往於柏林與日內瓦之間。那次中國代表團成員還有：茅盾、劉寧一、廖承志、蕭三、劉貫一、陸璀、吳耀宗、金仲華、劉長勝、李一氓、馬寅初、章伯鈞、蔡廷鍇。最後三人在「和大」提出的初步名單中沒有，是周總理加上的，因為他們本來是「世和」的正式理事，周認為重要會議不讓他們參加不好。由此可見，在多數情況下，這幾位黨外人士理事只是點綴，再後來就連點綴都不要了。各國代表共三百餘人。會上印度代表發起，中、蘇支持，發表「東南亞和遠東代表團的聲明」，是為後來在印度召開的「亞洲團結會議」的先聲。

我一共到過兩次東柏林，兩次印象都是灰濛濛的，比較蕭條。只有一條整齊寬敞的大街，就是「斯大林大街」。初訪德國，到處都感受到二戰的遺跡。離我們住的旅館不遠處就是號稱希特勒最後自殺的那所房子。那時德國人還能在東西柏林間來往，地鐵是通的。我們一到，領導交待注意事項，其中有一條就是千萬注意不要亂跑，也別自己坐地鐵(其實不可能自己自由活動)，一不小心坐過站，到了西柏林，後果不堪設想。好像那邊資本主義社會就是魔窟。所謂「後果」，當時理解就是被綁架，或者被造謠說是叛逃過來的。我們是5月去的，剛好趕上參加東德國慶典禮。給我印象特別深的是德國人的準時和組織能力。我們一切聽從主人安排，所有出發時間、路線、地點、觀禮、遊行開始和結束，乾淨俐落，分秒不差。東柏林在「冷戰」前沿，據

說西方間諜雲集，所以安全保衛特別重要。我們住處每一個房間外面都有兩個小伙子日夜值班，是社會主義青年團派來的，身材高大，金髮碧眼，典型的日爾曼人，不會說外文（也許有紀律不讓說），態度極友好，非常有禮貌，而且十分敬業，時刻都精神抖擻，沒有懈怠之相。

會議期間適逢烏蘭諾娃率領的蘇聯芭蕾舞劇團訪問東柏林，與我們住在同一旅館內。在餐廳常常看到其他的桌子圍坐着一群群美麗的演員。蕭三對她們很注意，常說：「你看，花蝴蝶又出來了」。我們在柏林的大戲院觀看了這個團的演出，這是我第一次見識這樣高水平的芭蕾舞，大飽眼福。記得開幕前一位滿頭白髮的老人來到樓上包廂中，全體起立鼓掌，那就是東德總統威廉·皮克。

會後，主人接待我們到波茨坦，參觀《波茨坦公約》的簽署地。波茨坦在柏林郊區，也就一小時的車程，但是景色秀美，與柏林迥異。1946年7月英、美、蘇三國首腦會議舊址在一座宮殿——切西林霍夫宮內，其中有一幢仿照英國鄉村別墅風格修造的建築，波茨坦會議紀念館就設在這座宮殿裏。年代久遠，許多印象都已模糊，我只記得會議大廳中央一張大會議桌上，擺放着蘇、美、英三國國旗，有三把高靠背的大扶手椅和若干稍小一些的木椅環桌分佈，台布、地毯都是紅的。原來二戰中的「三巨頭」應是邱吉爾、羅斯福、斯大林。但是在雅爾塔會議之後，波茨坦會議尚未召開之時，羅斯福去世了，所以到波茨坦來的是杜魯門。大廳中掛着邱、斯、杜三人的大幅照片。不料會議中間，英國大選，工黨勝出組閣，邱吉爾下台，換了艾德禮，所以代表英國最後在《公約》上簽字的是艾德禮。始終一貫出席的只有蘇聯代表斯大林。講解員當然還講了許多細節，可惜我都不記得了，只記得有一架漂亮的白色大三角琴，十分顯眼。據說是專為杜魯門而備的，因杜魯門喜歡彈鋼琴，在會議期間還曾為與會者

演奏過。還有就是斯大林坐過的椅子靠背上削去了一片木頭，是參觀者切下留作紀念的。後來為防止此類事發生，就用繩子把椅子圈起來，參觀者不得接觸。

在波茨坦還遊了著名的「無憂宮」，此園有「德國凡爾賽宮」之稱，連名字「sans souci」都是法文的。我第一次進入歐洲的園林，感到最新鮮的是一排排修剪成稜角鮮明的立體長方形的樹木。此前，我只見到過修成圓錐形的樹。後來發現歐洲大陸許多園林都有這樣的樹，就見怪不怪了。當然還有噴泉、希臘神話中人物雕像等等，美不勝收。令我驚歎不已的是主要建築「新宮」中的「貝殼廳」，全部牆面都由五光十色的貝殼和寶石鑲砌而成，進入其中恍如置身於童話中的水晶宮，所有童年來自中國神話和西洋童話的對海底宮殿的遐想都似在這裏找到了。以後走遍各大洲，見過無數美景、名勝，但「貝殼廳」仙境般的感覺還常駐我記憶一角。也許是年輕時初見世面，感覺特別敏銳。可惜以後我無緣再訪「無憂宮」，不知如有機會再見是否仍有此感覺。另外，宮殿門外不遠處還有一座風車磨坊，當時也只是作為歐洲鄉間風物來欣賞。很久以後，才知道，那就是有名的農夫訴弗里德里希二世，打贏了官司，保留下來的那座磨坊，是法治勝利的象徵，它比「新宮」還古老。

柏林會議結束後不到一個月，又要準備開下一場會，就是6月斯德哥爾摩會議，只有兩個多星期的間隔。為免去來回的麻煩，蘇聯主人邀請中國代表團中決定參加下次會議的成員(郭、廖、劉、陸璀、李一氓、馬寅初等)到黑海邊的避暑勝地索契休息。另外還有一部分從國內來加入下一次會的成員也應邀早來，到黑海邊會合，一同度假。他們是：茅盾、李德全、李燭塵、冀朝鼎、華羅庚、楚圖南、朱子奇等。工作人員中兩位男同事留在莫斯科處理雜務待命，只有我有幸與隨團護士同往索契，得以享受溫暖的黑海邊的美麗風光。

我們先乘飛機到格魯吉亞的首府第比利斯，住了一兩天，然後再乘車到索契。在飛機中一抬頭發現一位白髮蒼蒼，面相很善的蘇聯人，有人告訴我那就是法捷耶夫。我們那時都是《青年近衛軍》的熱心讀者，忽然發現自己與這位大作家同飛機，其榮幸感難以言喻，儘管同他根本說不上話。像現在年輕人這樣上去要求簽名、合影之類是根本不能想像的。我能說得上話的是經常同我們打交道的蘇聯中文翻譯尤拉（全名我從來不記得），他是東方語言學的副博士，博士論文是「中國西北方言的變遷」。中文相當流利，真的有一點西北口音。有時用詞或成語不當，這是難免的。他在郭沫若面前常自稱「毛頭小子」。我們處得很熟，常互相開玩笑。另外還有一位女英文翻譯，從第比利斯開始陪同我們。格魯吉亞以出美女著稱，她果真名不虛傳，黑髮白膚，眉目如畫。格魯吉亞是斯大林的故鄉，那是斯大林剛去世之後，蘇共二十大揭露黑幕之前，少不了聽到不少關於斯大林青少年時的一些溢美之詞。那女翻譯會唱歌，經常唱一首據說是斯大林最喜歡的歌曲，用格魯吉亞文唱，並給我們翻譯歌詞。我驚異於詞曲的抒情和感傷，與我心目中的斯大林聯繫不起來。有一次她十分興奮地告訴我們：「我九月份就要結婚了，請祝賀我！」這本是很普通的人情之常，但以我們當時那種拘謹和嚴格的紀律，卻感到很驚訝，好像公然在外國人面前表示為結婚而如此高興有點不得體。後來代表團中有人說，蘇聯衛國戰爭中犧牲慘重，戰後男女比例是一比七，所以女孩子找到一個丈夫很不容易，應該體諒其掩蓋不住的高興。

總的說來，即便在同樣的思想禁錮下，我覺得蘇聯人還是比我們在感情上開放、自然。例如他們婦女都化妝，穿花衣服，不諱言愛美，公開表達愛情。在莫斯科那位俄國女翻譯就問過我：為什麼中國婦女不能戴耳環？我們當時這些都是無形中的禁區，只有出國時特殊置裝，也是「工作需要」、「政治任務」，回國

就交公。後來出國太頻繁了，那些服裝就由自己「保管」了。所以我感到撇開政治不談，俄國人比我們豪爽，沒有我們那麼拘謹、矯情。還有一點區別是蘇聯對俄羅斯文化沒有否定，而且還引以自豪，對科學專業有一定的敬重，儘管出現李森科那樣的殃及中國科學界的事件，但似乎沒有我國那樣鄙視文化知識、貶低知識分子，公然宣導外行領導內行。

到索契之後，代表團住在一棟有警衛看守的高級別墅中，是蘇聯高官的度假場所之一。接待規格甚高而熱情周到。宴會菜餚豐盛比莫斯科更勝一籌，而且主人都是好酒量，祝酒、喝酒，說不盡各種熱情的言語。大家都放鬆了，差不多每天都有各種花樣的嬉樂。曾見整只烤乳豬，像我們烤鴨一樣，先讓大家看一眼整只豬，再由大師傅當場切片。還有鑲銀的犀牛角作酒器，在座中傳遞，每人都要喝一口，直到喝乾，因為是牛角，不能放下。我對此感到很為難，既不會喝酒，又不衛生，但輪到手中非喝不可，只好硬着頭皮喝一口，有一股大蒜味。

在索契還有一樁花絮：就是海濱的詩情畫意促成了陸璀和朱子奇的好事。陸璀是一・二九學運時的著名人物，而且以美麗著稱。她原來是饒漱石的夫人，「高饒事件」後與饒漱石離婚。朱子奇此時也是單身。陸璀參加了柏林會議，朱子奇是後到。就在那兩星期中，他們關係發展迅速。後來他們共同參加斯德哥爾摩會議，回國以後不久就結婚了。

再過不到四十年，風雲突變，格魯吉亞成為了另一個國家，而且與俄羅斯竟至兵戎相見。政治詭譎，人事滄桑，怎一聲歎息了得！在關注俄格衝突之時，無意中糾正了我一個知識性錯誤：我多少年來一直以為索契就在格魯吉亞境內，直到見到因南奧賽梯事件普京與小布什在索契會談的消息，一查地圖，才知道索契位於格魯吉亞邊上，卻在俄羅斯境內。

我第一次出國，連續參加了兩次會議，到了好幾個地方。不

但領略異國風光，還得與這麼多名人近距離相處，而且他們到了國外都相對地放下架子，變得風趣和藹，談笑無拘束。這一切對我這個初出茅廬的小翻譯都十分新鮮，非常興奮，工作不敢稍有懈怠，卻過得很愉快。回國以後同熟悉的同事談此次出國見聞，大多是有趣的花絮，會議內容倒記得不多，很少對政治、政策的心得體會。後來在一次組織生活會上，有同事以此為例，批評我「政治上太弱」。再後來，我「政治上」越來越「自覺」，到了不少國家，卻只是從旅館到會場，專注於會議內容，無暇顧及周圍事物，失去了許多增進見聞的機會，辜負了大好風光，現在悔之莫及！

接下來，6月19–23日在瑞典斯德哥爾摩舉行「緩和國際緊張局勢會議」。對斯德哥爾摩會議內容我實在印象不深。只記得那次有一位叫約翰遜的美國人，是教友會人士。根據中國當時的觀點，此類和平主義者當然也屬「實質上反動」之列。會後的總結報告稱此人總想為「美帝」辯護，對戰爭根源「各打五十板」，沖淡對美國的譴責，當然「未能得逞」。另外，會議期間印度拉米西瓦里·尼赫魯夫人(尼赫魯總理的嫂子)出面召開亞洲代表會議，討論召開亞洲會議事，中國代表積極支持。次年即在新德里召開「亞洲國家會議」，是為「亞洲團結運動」之始，後來發展為「亞非團結運動」。

各種會議中規模最大的是「和平大會」，這種「大會」與其說是為討論問題通過決議，不如說是顯示「統一戰線力量」，出席的人員比會議內容重要。中國總是派出陣容強大的代表團，也正好與新執政的中共要顯示統一戰線的廣泛性的意圖相吻合。例如1952年12月在維也納召開「第三次世界和平大會」，中國派出的代表團規格最高，由國家副主席，同時是中蘇友好協會會長宋慶齡任團長，浩浩蕩蕩共60人。

我參加了1955年5月赫爾辛基「世界和平力量大會」的工

作，是「蜜月」期的高潮。事前蘇聯的計劃是代表共2000人，分派名額：中、蘇、日各70，印度100、英100、法、德、意各150－200、美國40。事實上到會共1880人，來自85國，工作人員多達2000人，多數為會議東道國芬蘭人，有許多學生。歐洲代表特別多：多數來自英、法、意、比、荷等國。拉美也來了不少。蘇聯實際出席代表37人。中國實際出席的代表大約50人、工作人員17人，也是最大的一次顯示國內統一戰線的高潮，包括各民主黨派、四大宗教(天主教、基督教、佛教和伊斯蘭)和滿、蒙、回、藏民族的領頭人物，以及學界、文藝界知名人士，等等，陣容蔚為壯觀。團長是茅盾，實際負責人照例是廖承志、劉寧一。當然少不了郭沫若。他和茅盾二人的排名前後頗令「和大」領導費了一番心思，最後決定郭以「世和」副主席名義出席，不算在中國代表團內，這個問題就解決了。出去之後，我才發現，原來他們二人真的是誰也不服誰。

偶然得知，此次會議預算65萬美元，中國分攤12萬。大概除蘇聯外，中國分擔最多。還不包括如此人數眾多的人員旅行、食宿等費用，在當時中國的經濟，特別是外匯緊張的情況下，這筆美元不算小數。足見其重視，可能也是「老大哥」所賦予的「國際主義義務」。

聆聽周總理指示

「世和」比較重要的會議，會前周恩來總理常親自接見代表團交代政策，有時陳毅及其他領導也在場，並插話。這往往是聆聽周總理談國際局勢和我國的政策的一個難得的機會，有時也有其他單位的出國代表團一起聽。我第一次隨團參加這種接見就是1955年赫爾辛基大會前。周總理從當前國際局勢談到我們立場、政策，參加會議的精神，乃至可能遇到的具體問題的應對口徑。可惜以我當時的理解力，對談話內容印象模糊，又紀律嚴格，除規定人員外，不許記錄。所以許多寶貴的史料隨風飄逝。不過那

次是我第一次參加這種接見，十分專注，回去悄悄追記了一些，居然保留至今，後來又見到一些片段的資料，歸納起來周講話的大意如下（時隔多年，難免不準確，只是個人回憶，不能作為歷史資料）：

要把和平、民族獨立、民主自由、愛國、宗教自由五面旗幟抓在手裏。中國還不能算完全獨立，還在為實現工業化而努力，就不能算經濟上完全獨立。政治上還有人要干涉我們內政，我們在反對干涉內政，所以也不完全獨立，要提「為完全獨立而鬥爭」。（我對這一點印象特別深，因為他說中國還不算完全獨立，出乎我意料）。

目前局勢美帝日益孤立，和平力量日益壯大，和平是有希望的。如果它發動侵略戰爭，一定以侵略者失敗而告終。

資本主義陣營的國家中立化就是擴大和平地區，還要爭取進一步擴大這類中立國家。

南斯拉夫經濟是社會主義性質，但是意識形態是民族主義。這是矛盾的。還有自由市場，這是工團主義思想。過去蘇聯批南民族主義，我們也批了，原則上對，但可以不那樣做法。（九國）情報局說它是希特勒，那就沒有道理，是根據貝利亞反黨集團捏造的材料。對南要尊重，他們一向對我們友好。南採取和平中立，美帝是害怕的，因為它原來在戰爭陣營，它是巴爾幹最強的國家。（按：那時赫魯曉夫和貝爾加寧已經訪問過南斯拉夫，蘇南關係已經恢復，所以我國口徑也有所變化）。

民主：即使是舊民主，在舊世界也是好的，但不會真實現，例如美國就有麥卡錫主義。只有社會主義國家的人民民主主義才能實現最大的民主自由。法國民主比美國好些。

宗教自由，我們要抓這個旗幟。我們信仰是自由的，可信教，也可不信，互相尊重。他們有過宗教戰爭，十字軍東征，等等，流血。我們不這樣。

台灣問題：如有人問起，可以說，在可能條件下爭取和平解放，不必非從有兩種可能談起(按：另一種可能就是武力解放)。與美國談，也不反對，中美之間沒有戰爭，無所謂停戰。與國民黨是內戰，是我們的內政。如有人問起與台灣有無談判，不要說死。正式談判沒有，不等於沒有來往。1935年蔣介石就曾派人到莫斯科與王明同志談；陳立夫、陳果夫也曾派人到延安來談。邵老、王芸生知道內幕，不要怕說歷史。我在萬隆與尼赫魯等談歷史，他們都聽傻了，說從未聽說過。

裁軍：我們主張裁軍，越多越好，但是必須有中國參加談判，才談得到要中國裁軍。

香港：如有人問起，不必明確回答，打個悶葫蘆比較好。

這是我東拼西湊的大意，當然不一定準確。幾十年後，我對中國對外關係史略有研究，再回顧這次談話精神，才體會到，當時正是中國對外政策最趨向和解的時候：萬隆亞州國家會議剛剛開完，周恩來在會上的和解姿態為中國贏得許多亞洲國家的好感；不久中美大使級會談就將開始；台灣問題，不一定兩種可能都說，指的是不一定每次講話都要提武力解決的可能。從現在讀到的一些「揭秘」材料看，當時兩岸確有秘密渠道的聯繫；國內政策也處於略為寬鬆的階段，這種緩和的形勢到第二年「知識分子報告」和「雙百方針」達到高峰。在此以後形勢急轉直下，對外政策也隨之轉變。我親身經歷了這一轉折，但當時懵懂不知其意，後來才過回味來。

在其他國家代表團中我對兩人印象深刻：一是美國著名黑人歌唱家保羅‧羅伯遜，他在麥卡錫時期被吊銷了護照，這是第一次能出國，另一位是智利詩人聶魯達。因為會議結束時有一場各國藝術家上台表演的晚會。有羅伯遜的精彩演唱和聶魯達朗誦自己的詩。我為我國女高音歌唱家喻宜萱獨唱鋼琴伴奏，曾寫「與保羅‧羅伯遜同台演出」一文以志其盛。最後舉行聯歡舞會，有

許多芬蘭的青年學生參加，大家圍起圈來一起跳芬蘭的民間舞蹈，歡洽又熱鬧。

這是1956年以前的情況。以後中蘇分歧越來越嚴重，蜜月期結束。

從裂痕初現到公開決裂

實際上從蘇共二十大，赫魯曉夫揭露斯大林的秘密報告開始，中蘇分歧已難以調和，但是在表面上一直維持「兄弟團結」的形象，避免公開化。先是私下談判，表面上還稱兄道弟，後來就關係日益冷淡，和平會議變成了中蘇「吵架」的場所。以當時國際共運的準則，把內部分歧公開化就是幫助帝國主義，是大逆不道的，所以直到已經公開分裂之後，仍然互相指責是對方首先把分歧公開化。初期，只在黨內高級幹部中逐級傳達和學習中央精神，即使在內部絕密文件中對蘇聯的提法也是逐步升級的，由代號「右傾機會主義」、「半修正主義」、「修正主義」直至直接點名「蘇共」。以我當時的身份和級別，本來對這種黨內絕密情況無緣與聞，但是由於工作的特殊性，卻最早從青萍之末感受到這一將對整個世界產生深遠影響的裂痕。

我第一次感到中蘇某種不和諧是在1956年6月「世和」常委會巴黎會議上。此時蘇共20大已經召開，是東歐發生波茲南（波蘭）事件之後，匈牙利事件之前。這是一次小型會議，中國代表只有兩人：胡愈之、李一氓。李一氓偕夫人王儀以及我和陳樂民從維也納過去。胡愈之從國內來。會議文件初稿一般是法國人起草，當然事先得到蘇聯人的同意。會上的主要爭論問題有二：

一、主要文件草案中有一句話：「國際局勢緩和在國家內部生活造成了新的條件，允許了更多容忍和自由」，這當然是指赫魯曉夫執政後蘇聯內部的「解凍」。中國代表堅決反對這一措辭。意大利社會黨代表堅持，蘇聯愛倫堡同意。相持不下，最後

由法國總書記出面，把「允許更多容忍和自由」改為「……創造了新的條件，它給各國人民打開了更多容忍和自由的道路」，勉強通過。意大利代表棄權。中國反對的理由是不該提到各國內政。以後事態發展，我才理解，這句話實際上已經反映中共和蘇共以及許多西方產黨在路線上的分歧：中共首先不認同蘇聯對美緩和政策，也不認同蘇共二十大之後蘇聯國內的「解凍」；同時主張階級鬥爭不可調和，反對資本主義國家有可能「和平過渡」，因此既不承認這些國家內部有「容忍和自由」之說。更重要的是在自己國內不準備實行「容忍和自由」。一年之後眾所周知的那場「陽謀」是對這一立場最好的闡述。但是我相信1956年時李一氓絕不會料到一年後的形勢，他只是堅守中共一般的原則立場。

二、阿爾及利亞問題。當時阿爾及利亞爭取獨立的武裝鬥爭已經開始，非洲代表迪亞洛（「非洲人大會」秘書長）說，完全不提阿爾及利亞他回去無法向非洲人民交代。迪亞洛是溫和派，並不主張武裝鬥爭，但是作為非洲代表，他當然支持民族獨立。他表示可以妥協到不點阿爾及利亞的名，只提「制止現行戰爭」（指法國鎮壓阿獨立運動的戰爭），法國代表堅決不同意，迪亞洛退而把「戰爭」改為「武裝衝突」，但是連這也通不過。愛倫堡對他說：阿問題是法國內政（這正是法國政府的觀點，也是當時法共的立場），要把它變成國際問題，尚有待非洲朋友的努力。迪亞洛一氣之下，退出會場，再也沒有回到「世和」。中國代表在會下支持非洲代表的立場，但那時中蘇兩黨分歧尚未公開化，既然在「容忍與自由」問題上已與蘇聯在會上表示了不同意見，對這個問題不便再公開表態。

巴黎會議後不久，發生了匈牙利事件。中蘇關係處於微妙狀態。一方面，要高舉中蘇團結的旗幟，「不給帝國主義鑽空子」；另一方面在意識形態上，在對國際局勢的看法上，以及各

自的政策已經裂痕日深，不大可能彌合。蘇聯出兵匈牙利，引起國際一片反對聲。左派內部發生分裂，不少西方共產黨員退黨，其中著名的如美共知名作家法斯特等。各國共產黨的不同立場在「世和」內部也表現出來。法國人仍緊跟蘇聯，意大利和英國人表現一定的獨立傾向，強調要照顧本國人民的情緒。儘管英共在本國力量很小，在「世和」內部還是有一定發言權。中國人在匈牙利問題上力挺蘇聯，唯恐蘇聯妥協倒退(事實上是中共說服蘇聯出兵的)。於是在1956年至1957年的幾次會議上，中國代表的爭論對象主要是意大利代表，蘇聯代表反而成為和事佬。有一次意大利代表說，我們不能跟着蘇聯「亦步亦趨」。中國代表起而反擊，說我們就是要跟蘇聯「亦步亦趨」。這一表態與後來中國批判蘇聯「老子黨」、「指揮棒」的論點成鮮明對比，所以我印象深刻。

但是在五十年代末到六十年代初的一段時期內，中蘇以及一些國家的共產黨還做過一些促進和解的努力，所以有時表面上還勉強維持「團結」的假象，同時把公開分歧的責任推給對方。有一次廖承志與蘇聯人談話，除了擺出不同觀點外，最後還把國際共運比作一支交響樂隊，可以有不同的音色和聲部，但都在蘇共指揮下，奏同一樂曲云云。在這段期間，中國在公開批判中把南斯拉夫和法共、意共作靶子，在「世和」內堅決抵制南斯拉夫代表參加。實際上誰都知道「項莊舞劍，意在沛公」。

1957年6月，科倫坡世和理事會是「世和」第一次在歐洲以外的國家開會。中國代表團的成員除郭、劉、廖外，有包爾漢、羅隆基、吳耀宗、錢端升、侯德榜、巨贊(法師)、汪德昭、鄒斯頤、唐明照、鄭森禹、朱子奇、孟鞠如等(不久以後，羅、錢、孟都被打成「右派」)。

此時分歧實際上已經相當明顯。會前蘇聯考涅楚克和兩位法國常委專程來華，協調立場，除與「和大」領導晤談外，還受到

周總理會見。中方堅持的原則是：和運不能不分是非、不問立場（指籠統談反對戰爭而不譴責作為戰爭根源的帝國主義）、不能怕提反殖民主義，只談人性，造成在匈牙利問題上喪失立場，不能把蘇、美、阿、以並提（這是在埃及收回蘇伊士運河，以色列－阿拉伯戰爭之後，中國的立場是支持阿拉伯反對以色列），不能機械配合外交（當然是指蘇聯外交）。但是後來在科倫坡會議上爭論最激烈的問題，考涅楚克等在北京卻並沒有提出，那就是「廢除政治犯死刑」和「良心反戰」問題。

蘇方事先已與西方和平主義者達成默契，要在會上提出「廢除政治犯死刑」的決議案。到會場之後才向中方亮出意圖，廖承志、劉寧一堅決反對。考涅楚克又抬出蘇共中央，說他來前已得到蘇共中央同意。不過那時這一招已經不靈，中方不再買賬。廖、劉說自己就是中央委員，也能代表中共中央。隨後決定雙方都再請示各自中央，未得指示前暫不發言。莫斯科收到請示後，指示駐華大使尤金在北京見周總理，大意謂：此事考涅楚克在出發前確實得到蘇共中央同意，但並不知道他在北京未與中方事先討論，這是個錯誤。現在決定暫時不提此問題。已指示考，要他向中方道歉，並要他將此意見通知法國人，說服他們不提。考在科倫坡果然向中方道了歉，並要中國代表不要就此問題公開發言。但是會上還有歐洲代表堅持提此問題，還有英國人提出支持「良心反戰」問題（即反對義務兵役制，個人有權拒服兵役）。中國代表認為有必要表明立場，決定在一個小組上發言，大意謂：政治犯的範圍很不明確，為什麼不提現在正在為爭取民族獨立而鬥爭的、天天被屠殺的戰士？統治者一向把革命者叫做「土匪」、「叛亂分子」，等等，不承認是政治犯，這種決議對他們起不了作用，但會束縛人民政府的手腳。因為我們的政府和人民是一致的，通過決議就要遵守。我們台灣尚未解放，美國還在干

涉、破壞、派間諜、搞顛覆。我們盡量少用死刑，但有時不能不用……。由於大部分時間討論廢除死刑問題，最後「良心反戰」問題也不了了之。

考涅楚克和法國人知道中國人要在小組發言，都很緊張，專門到這個小組來聽，見中國人只正面表態，沒有點名批評對立面，才放心。我在會下感到對於廢除政治犯死刑問題，中國代表如廖、劉等反應十分強烈，真的動了感情。劉說，我們在國民黨時期從來就沒有做過「政治犯」，就是被當作「土匪」處理。在另一場合我還聽一向開明的李一氓說過：我們四十歲以上的共產黨人能活到現在純屬僥倖，現在說什麼「廢除政治犯死刑」！也很憤然。所以中方在這個問題上是不惜破裂也不妥協的。可以看出，此時蘇聯還需要中國的支持，相比之下，他們更加不願分歧公開化。

在這以後，「世和」照常頻繁地開會。中蘇分歧隨兩黨關係的曲折波動，在會上若隱若現，卒至完全決裂。

1958年7月斯德哥爾摩「裁軍與國際合作大會」是又一次顯示和平力量的大會。這次會與1955年的赫爾辛基大會相隔三年，氣氛就沒有那麼和諧了。當時人們的關注點一是東歐，一是中東。就中蘇而言，那時在匈牙利事件上態度是一致的，中國還要竭力為蘇聯辯護，生怕它退讓。大會的主題是中東局勢：前一年中東戰爭埃及收回蘇伊士運河，1958年伊拉克出現左派政權，卡塞姆在共產黨支持下上台，黎巴嫩局勢動盪，中東局勢有向對蘇有利的方向發展的可能。美國遂派軍艦干涉黎巴嫩，英國也派軍隊進駐約旦。因此在中東問題上，中蘇立場也基本一致。這樣，在這次大會上沒有出現分歧。大會一致通過了「關於中東局勢的告世界各國人民書」，以及要求禁止核子試驗和裁軍的呼籲書等。與會的佛教徒還發表了一個「共同聲明」，要求美英從中東

撤軍，反對核爆炸，要求實現「潘查希拉」（和平共處五項原則）等。中方簽字的是趙樸初。這大概是最後一次中蘇還能表面上勉強維持一致的大會。

那次大會還有一個對待南斯拉夫代表的問題。當時中國「反修」以南斯拉夫為主要靶子，在一切國際場合予以抵制。此次南代表出現在會上，駐維也納書記鄭森禹因未能事先制止而受到國內來的領導廖承志等人的批評，這實在是很冤枉的，因為此事蘇聯不會先與中方通氣，即使知道了也無力制止。記得鄭森禹曾在與廖公個別談話中表示為了顧全大局，不在代表團內公開辯解，但是對批評不能接受。會上，南斯拉夫代表受到中國代表的迎頭痛批。

從蘇方的意圖來看，這是繼1955年赫爾辛基大會後再一次顯示聲勢的大會，總人數也有近兩千人之多。但是不但國際形勢已今非昔比，中國方面也已經過「反右」，以前參加的知名人士紛紛落馬，派出代表團人數比前次減少了近一半(27人)，成份也大不相同，幾乎沒有黨外人士。國際方面，匈牙利事件雖然中蘇保持一致，卻是和運實質性分歧焦點。西方人士，包括一部分共產黨員，普遍對處死納吉不能接受。在大會前一個月，世和書記處內一向對中國十分友好的巴西書記薩拉米亞專門找鄭森禹訴說：自己曾就處死納吉事致函匈牙利總理，說匈牙利事件是帝國主義挑起，沒有疑問，但是處死納吉是錯誤的，如不說出，於良心不安。他以個人名義寫此信，與「世和」無關。原來英國哲學家羅素是大會支持委員會成員，本已決定參會，因匈牙利處決納吉，致函「世和」總書記維尼耶，宣佈退出大會支持委員會，並撤銷對「世和」的支持，因為它只譴責西方國家，不譴責共產黨國家，要求斯德哥爾摩大會通過決議譴責處死納吉是背信棄義(因為事先已經允諾保證他安全)，否則不能認為「世和」是公正的組織。

1959年2月「世和」常委會莫斯科會議是世和第一次在莫斯科開會，是小型會議。

　　會議本身並無特別之處，可以一提的是赫魯曉夫接見了全體代表並回答問題，我也隨團叨陪末座。實際上提問的時間不多，記得非洲代表凱爾(蘇丹)直接問他對民族獨立運動與和平運動的關係如何看法，赫魯曉夫回答肯定了民族獨立運動也是和平力量。這正是中蘇分歧的要點之一。但是赫魯曉夫的表態當時雖然令非洲代表滿意，並不能消除中蘇在這個問題上的實際分歧，以後日益尖銳化直至公開對立。

　　1959年5月斯德哥爾摩理事會特別會議紀念「世和」成立十週年，因是紀念十週年，中蘇表面上勉強求同存異。中國宋慶齡去了賀電，郭沫若為代表團長。此時是在達賴喇嘛出走之後，中方的準備重點是西藏問題。代表團特別包括藏教領袖喜饒嘉錯、阿旺嘉錯，另外還有烏蘭(蒙古族)、載濤(滿族)，做好在西藏問題上與印度代表有一場交鋒的準備。出國前上面指示的方針是「我不放第一槍」。結果印度也不放第一槍，所以在會上沒有就此問題發生爭論。但在會下郭老等與印度代表團團長森德拉爾多次長談，爭論頗多，我做的翻譯。那次談話並沒有談西藏和達賴的事，而是中國《人民日報》剛發表譴責尼赫魯的長文，把尼赫魯比作蔣介石反動派。印度方面對此很有意見，說了許多為尼赫魯辯護的話。若干年後，我聽到有的領導說，那篇文章對尼赫魯確實批評過分了，他至少是堅持民族獨立，並且是率先承認新中國的。那次會議美國破例來了16人，都是從國內來，大約是麥卡錫主義退潮之後，國內政治氣氛有所變化，原來被吊銷護照的左派可以出國了。但是美國人在會上不太活躍，我對他們印象不深。只記得一次會外，部分中國代表與美共人士座談，劉寧一主談，其中說到：不相信有着如此光榮鬥爭傳統的優秀的美國工人階級會長期忍受資本主義制度的剝削，一定會有所作為的。

1959年十週年國慶，「世和」還派了一個高規格代表團來華祝賀，並受到高規格接待。我從維也納回國，第一個重要工作就是接待這個代表團。後來知道，與此同時赫魯曉夫訪華，與毛澤東會面，不歡而散。中蘇裂痕已難彌合。世和代表團的訪問已是最後的表面文章，難以挽回分裂。

　　中華人民共和國第一個十年的國慶，當然是一件大事。「世和」代表團，以主席貝爾納為首(居里主席去世後由他接任)，成員有吉洪諾夫(蘇)、文幼章(加)、布倫姆夫人(比利時)、奧利弗夫人(阿根廷)、塞蒂亞荻(印尼)，都是「世和」副主席。還有一位法奇夫人，是已故「世和」法國副主席的遺孀。國慶過後，代表團到外地遊覽，到了洛陽、三門峽、武漢、四川等地，中方鄭森禹主陪，我亦隨行翻譯。

　　雖說是來「祝壽」的，但是在當時情況下，免不了有一場爭論：從外地回京後，貝爾納與郭、廖、劉有一次嚴肅的談話，由我做翻譯。爭論的題目主要是「世和」內部的分歧。貝指責中方不合作。雙方都說和運要跟上形勢發展。不過貝指的是在西方國家應擴大團結面，改變「和運」是共產黨把持的形象；中方則指的是要跟上蓬勃發展的民族獨立鬥爭的形勢，批評「世和」支持不夠，不承認它們是重要的和平力量。另外還有對反核武器運動等一系列問題的看法。文幼章夫婦在代表團離去後單獨留了較長時間，我陪他們到四川舊地重遊，還坐船遊了三峽。回京後10月底，他與廖承志還有一次長談。當時文幼章的處境比較為難，他和中共的淵源很深，從抗戰在四川時就支持學生運動，但是他在「世和」得聽蘇聯的，而且他本人的觀點也比較接近蘇聯和西方的。他曾表示，中國朋友把他看成不友好，使他很傷心。

　　儘管有分歧，中方接待規格並不降低：陳毅副總理見全團，周恩來總理單獨見貝爾納，毛主席在天安門城樓短暫會見。國慶節晚上，照例有一批貴賓應邀上天安門城樓觀焰火，「世和」代

表團也在其內，我陪他們上城樓。輪到見「世和」代表團時，有一名禮賓官過來帶路，把我們引到裏面一間小房間，毛就坐在那裏。我的印象那房間在城樓深處，很小，像普通家庭的小客廳，我們一行不到10人，就已經坐不下，有人坐在沙發靠手上，大家比較隨便。這就是我第一次為毛澤東翻譯，內容大多為友好寒暄語，現在印象模糊，只記得毛稱文幼章為「老朋友」，說「你是半個中國人」，時間大約也只有15分鐘左右，下一批客人已在門外等待。

天安門城樓上招待客人觀焰火時間最多一個半小時，在此時間內，毛澤東有選擇地接見一些人，是一種示好，對被接見者說來是一種殊榮，與古之「覲見」差不多。在這種情況下賓主是無法有實質性的交談的。在此期間，貝爾納專門拜訪了當時在京的赫魯曉夫和胡志明，我送他到釣魚台，交給那裏的接待人員就離開了。他們談什麼不得而知。

後來才知道，那一年所有的變化來源就是蘇聯對中印邊界分歧偏向印度的立場、赫魯曉夫訪華的講話以及與毛關於「聯合艦隊」等問題的談話，此事現在已經眾所周知，不必贅言。中蘇關係驟冷，反映在「世和」，就是中國無限期推遲派人去書記處，蘇方來催問則不置可否，也不說一定不去。這樣拖到1965年底，忽然上面決定，這個陣地還是要佔領的，至少可以是一個觸角，瞭解一些外面的情況。於是又派了李壽葆（上海基督教青年會負責人）為書記和一名中層幹部、英、法文翻譯各一名，共四人到維也納。他們只呆了不到一年，「文革」開始後，於1966年下半年陸續調回，從此與「世和」基本斷絕關係。

1961年12月，世和理事會斯德哥爾摩會議期間，出現了中國代表團全體退場的戲劇性的場面：在正式會議之外有一場亞非拉代表的非正式集會。蘇聯代表，也是當時的蘇聯常駐書記切克瓦采，在會上發表講話，針對有人指責蘇聯不反帝，辯解說蘇聯建

立了第一個社會主義國家本身，就是反對帝國主義，接着講了一段話，大意為：「和運與民族獨立運動不可分，裁軍有助於民族獨立，因為帝國主義就是憑武力統治人民。戰爭是可怕的，如果發生核戰爭，引起億萬人死亡，這樣還有誰的民族獨立？只有億萬死屍！不希望是死屍的民族獨立。」話音剛落，中國代表團在廖承志帶領下全體起身扔下耳機，大踏步退出會場，表示抗議。以後的小組會議上劍拔弩張，朱子奇與蘇聯代表幾乎發生肢體衝突。最後通過決議時，中國代表投反對票後退場。與中國人採取共同行動的有幾內亞和日本代表。

與此有關，我還幹了一件傻事：那次會議我在翻譯箱內做同聲傳譯。蘇聯代表這段話是我譯出的(從法文轉譯)，我覺得把他的話說成是污蔑民族獨立運動為「死屍運動」似乎有失原意，害怕我的翻譯造成誤解。出於職業的責任心，會後我專門找到廖、劉二位領導重複一遍那段話的全文，說明前面有一段邏輯推理，怕我譯得不完整，或他們沒有聽清楚。結果廖像哄小孩一樣向我扮了一個鬼臉，劉揮揮手，意思不必囉嗦了。這使我感到自己完全是書生氣十足，而且十分幼稚。問題絕不在於這段話原意的邏輯如何，而是當時「鬥」的方針已定，就是要抓住由頭做文章。從此，中共給蘇共扣上「污蔑民族獨立運動為『死屍運動』」的帽子，而且後來寫入《九評蘇共中央的公開信》中的《五評》中，載入了史冊。

在此之前，雖然爭論不斷，有時為決議中的幾個字爭到半夜，但最後還是基本上一致通過。而從那次起，中國開始投反對票。就是為反對而反對，不能表現出一致。有的決議措辭其實與中國立場並無不同，但為了不讓它一致通過，努力提高反帝調門。有時就是爭一項決議裏出現幾次「美帝」字樣，現在看來有點像小孩子吵架。當時雙方卻都十分認真。中蘇代表對文件的錙銖必較，主要不是真的認為那些話語有多大作用，而是為的

向國內交賬 —— 如果文件口徑不符合各自中央指示，代表回去就要挨批評。這裏，中國比蘇聯主動些，因為不合己意可以投反對票，而蘇聯則必須保證其意圖得到貫徹。所以有個別情況下蘇方對局面失控，會上以多數通過違背莫斯科旨意的決議，他們竟在其所控制的文印處偷換文稿，使大會最後正式印發供公開發表的文本與大家舉手通過的不符。以至於有幾次會，決議通過後，我們還曾奉命到文印打字室去「志願幫助」校對文本，保證其不被篡改。越到後來，中方越不重視「世和」，似乎只求其「不做壞事」，而不求其發揮積極作用；而蘇聯還是很重視，所以會議決議常常在《真理報》上全文發表，有的決議未能按蘇方意圖通過，在《真理報》上關鍵處還是改成蘇聯的原稿。可見其主要作用是對內宣傳。

1962–1965年之間中蘇關係可以說是波浪式地惡化，在這期間「世和」又舉行過多次會議。中蘇關係當時的狀況反映到會議上，時而和緩，時而激化。中蘇代表在會外有多次會談，各自陳述立場，都指責對方破壞團結。此時美國在越南的戰爭不斷升級，支持越南人民抗美鬥爭成為歷次會議中心議題，越南代表（包括南、北越）在會上的重要性也日益突出，每次越南代表發言都全場傾聽，有時還起立鼓掌。只有在這個問題上分歧最少，西方和平主義者也都反對美國侵越戰爭。中蘇兩家都要爭取越南「小兄弟」，而後者其實只關心自己的事，拿到滿意的決議就滿足了。「兩大之間難為小」，對中蘇分歧，他們只求息事寧人。實際上在國際共運內，胡志明就是扮演和事佬的角色。

分歧要點與批判「三和一少」

概括起來，在和運中中蘇主要分歧問題如下：

—— 爭取和平與支持民族獨立運動的側重點：蘇方強調前者，中方強調後者；

——和平力量主要依靠對象：蘇方重視西方和平力量包括和平主義者；中方重視亞非拉民族解放運動，包括武裝鬥爭力量；當時在歐美國家中反對核武器、防止核戰爭的輿論高漲，出現各種組織，蘇聯基本上把它們作為應該團結爭取的力量，因而在文件決議中考慮這部分人的接受限度，中國認為不能為遷就他們而降低反帝調門。

——反對核武器和爭取裁軍：蘇聯強調核武器本身的危險性和危害性，強調核戰爭無贏家，強調放射物污染大氣層，反對地上核子試驗；中國反對渲染「核恐怖」，強調反對民族壓迫，認為被壓迫人民不必等核戰爭，正在天天死亡；關於核武器，主張全面禁止，銷毀一切現存武器，不能只禁止地上核子試驗；關於裁軍，中國反對籠統談裁軍，應重點要求「武裝到牙齒」的美國裁軍，被壓迫民族不但不能裁軍還應加強武裝；

——蘇聯強調緩和國際緊張局勢，中國強調高舉反對美帝旗幟，認為蘇聯與美國「緩和」不利於被壓迫人民的鬥爭。中國堅持要點明戰爭根源是美帝國主義而不是大規模殺傷性武器。關於這個問題，有一次劉寧一在與蘇方談話中說，把武器說成是戰爭根源就好比哄孩子：小孩摔了一跤在桌子上碰疼了，大人就打桌子，說是桌子不乖。

歸根結底，這些分歧都反映出當時中蘇兩黨意識形態和路線的論戰。從實質上講，蘇聯自赫魯曉夫上台後，對內否定斯大林，實行「解凍」，對外爭取與美國「緩和」，這些都與毛澤東在國內一浪高一浪的階級鬥爭和在國際上堅決反美，支持世界革命的取向背道而馳。

1962年7月在莫斯科舉行的「普遍裁軍與和平世界大會」又是一次轉折。與會的中國代表團一回國就迎頭受到領導批評，這是很罕見的。

在此之前，5月間在瑞典埃斯吉爾斯圖納舉行籌備會，鄭森

禹與楊朔參加，我一人隨行，擔任英法文翻譯兼記錄。到那時為止，中蘇之間似乎還有妥協的期望，所以才派人去參加籌備會議。會下考涅楚克與鄭、楊有一次長談。（為節省費用，我方參加「世和」小會一般都不帶俄文翻譯，中介語言為法文，雙方都先譯成法文）。那次談話雙方都坦率地擺出了分歧，不過氣氛還比較緩和，表示了團結的願望。

7月在莫斯科開會，中方代表團明顯人數比往常減少，規格也較低，郭、廖、劉都沒有去，團長是茅盾，黨內負責人是王力（即後來在文革中有名的「王、關、戚」之一）和區棠亮，他們兩人分別是中聯部某局的局長。另外還有金仲華、朱子奇等。茅盾的發言稿是王力寫的，在會上照念而已。中方雖然與蘇聯有爭論，表明了態度，但是沒有投反對票。阿爾巴尼亞代表團態度最激烈，他們投了反對票。根據慣常的做法，代表團出來以前，參會方針一定是上面批准的，發言調子也是在國內基本定的。不料代表團一回國，就遭到了批評，認為對蘇聯太軟，鬥爭不力，還不如「小兄弟」（即阿爾巴尼亞，好像他們向中方有關部門告了狀）。緊接着開過幾次總結會，王力、區棠亮做檢討。茅盾名義上是團長，但大家都知道他不負政治責任。他們似乎沒有心理準備，感到委屈，區棠亮幾次要發言辯解，被劉寧一制止。我還聽一位「和大」的領導說，毛主席說：什麼「和平共處」，就是「和平地」消滅帝國主義！

後來我逐漸明白，那正好與毛又一次發動的政治鬥爭有關。1962年「七千人大會」之後，為配合克服經濟困難的「調整、充實、鞏固、提高」的方針，王稼祥作為中聯部長、書記處書記，與伍修權等部分黨委成員於2月份向中央提出對外工作的建議書，主要精神是：為了有利於爭取時間渡過困難，在對外關係方面應該採取緩和的而非緊張的政策，不要四面樹敵，不能籠統地說戰爭是不可避免的。在同蘇聯的關係上，要抓住團結和反分

裂的旗幟，防止雙方的鬥爭直線尖銳下去。不要只講民族解放運動，不講和平運動。同時提出在困難形勢下中國對外援助應「實事求是，量力而行」。這就是以後被稱為「三和一少」的路線。此信寫給周恩來、陳毅、鄧小平，並未遭到反駁。參加莫斯科大會代表團的政治負責人王力和區棠亮來自中聯部，就是秉承這一精神行事的。而同為中聯部領導的康生是主張「三鬥一多」的。「七千人大會」毛實際上因大躍進受到批評後，一直在醞釀反擊，從1962年中期開始就提出批判對內對外的一系列的「風」，如「黑暗風」（對經濟局勢估計）、「單幹風」（三自一包）、「投降風」（對民主黨派），等等；在國際上就把王稼祥提出的幾點主張概括為「三和一少」，而提出針鋒相對的「三鬥一多」。從此在國內外階級鬥爭的弦日益繃緊，國內「天天講，月月講，年年講……」，對外則發表「八評」、「九評」，與蘇共以及其他歐洲共產黨展開公開爭論。反映到和平運動，如果中國還派代表參加會議的話，那就是為了利用其講壇宣傳自己的主張，揭露修正主義，爭取第三世界的群眾。當時亞非國家一些代表，特別是非洲未獨立國家的民族運動人士，出席會議的經費只能依靠中國或蘇聯的援助，甚至他們在國內進行鬥爭的經費也是如此，在中蘇對立的情況下，他們依違於兩大之間，或兩頭為難，或兩頭得利。有些「黑兄弟」私下都表示感謝和支持中國「兄弟」高舉民族獨立大旗的立場，但是在會上舉手時又支持蘇聯提出的決議。有人還向中方打招呼，說是需要蘇聯援助，是不得已的。張香山曾歎氣說：「和運的門兒向南開，有理無錢莫進來」。中國在上世紀六十年代初的財力當然比不過蘇聯。與此同時，中國逐步把重點放在「亞非團結運動」。直到「文革」開始以後完全退出此類國際活動。

　　次年，1963年，我被借調到婦聯參加莫斯科國際婦女大會，那是我最後一次訪蘇，離第一次不到十年，而得到的待遇由熱點

降到冰點。中國代表團從到達莫斯科機場起就受到冷遇，卻眼見美國客人受到熱情接待。到了會場，更是吵到互相搶奪話筒的地步。再過十年，中美修好，共同制蘇。八十年代蘇聯人在中國受冷遇，美國人受歡迎。真是十年河東，十年河西！

大約在1966年「文革」初期，傳達過一個毛主席講話（在什麼場合講話，完全忘了），與他否定十七年各個領域的成績一樣，完全否定過去這些國際會議，說是「完全沒用」，「通過好的決議和壞的決議都沒有用」。我當時聽了挺傷心，覺得自己貢獻出十幾年的大好青春，日夜拼命幹，連健康都損害了，原來都是「完全沒用」的。後來想想，毛說得也沒錯，這些堆積如山的決議案的確是毫無用處，為之焚膏繼晷爭一個詞、一句話，誰還記得？想起來都覺得可笑。大約兩年後，根據「備戰備荒」的精神，各機關的檔案也要遷移到「三線」，我曾參加整理「和大」檔案的工作，見到許多記錄稿、文件、報告等都有我的筆跡，特別是那種憑着特殊的記憶，回國「吐出來」的長篇記錄，我為之付出了多少艱苦的腦力，如今等同廢紙，據說將要封存在「三線」的防空山洞中。我感到又一次埋葬了一段生命。那時我已將近四十歲，人生幾何……獨自在檔案室面對一批卷宗，不禁為之落淚。多年以後，在從事國際政治研究中想起這段經歷，覺得也不算完全浪費，對我來說，這十幾年的工作就是提供了一個「見世面」的機會，有些事當時不理解，待有了新的認識之後，卻提供了賴以思考的難得的獨家史料，也算是一種收穫。

我體會，那時毛澤東對國際問題的主要思想是支持世界革命，強調武裝鬥爭，已經對什麼和平談判、和平會議等等不耐煩了，要撇開國際鬧革命。有一句經常重複的最高指示：「不是戰爭引起革命，就是革命制止戰爭」。曾一度提出要成立「革命的聯合國」，就是完全把現有的由「帝、修、反」把持的聯合國撇在一邊，由革命力量組成自己的聯合國與之對抗。所謂「革命力

量」包括：響應中國「反修」而從各國共產黨中分裂出來的「毛派共產黨」、新成立的認同毛澤東思想的小黨派、亞非拉親中共的民族解放組織，和少數已經獨立的、親華的第三世界國家。在那前後，我還聽過一次康生在中聯部講話的傳達，說當時與中聯部有聯繫的「堅持馬克思主義」的共產黨(亦即所謂「毛派」)已經有52個云。不言而喻，這個「革命聯合國」如果組成，當然是以中共為核心。不過此說我只聽到過一次，以後未見再提起。事實上，那些小組織很少有成氣候的。

到公開決裂後，中國人出國不再經過莫斯科，而是走「南路」，由巴基斯坦卡拉奇或者緬甸仰光轉機，即使到北歐也這樣繞，常常是第一站下機進入40度火爐，下一站就是冰天雪地，外加時差，對人的健康是很大的考驗。

後記：美國方面的反應

最近，我在寫這篇回憶時，偶然在網上發現一份1950年美國國會「非美活動委員會」針對這一「和平運動」的長篇報告，引起我強烈的興趣。原來我們後來自己都認為「沒有用」的這個「和平運動」，美國卻曾給予如此的重視和關注！美國對它的定性是「對美國有嚴重威脅的蘇聯一項戰略性的陰謀」。事實上「和平運動」本來就是「冷戰」的產物，發起的前提就是認定美國在處心積慮準備發動戰爭，其目標當然是挫敗以蘇聯為首的社會主義國家。而美國方面則認定不但蘇聯和它的「衛星國」，還有整個國際共產主義運動都在用盡一切辦法顛覆以它為首的「民主國家」、「自由世界」。今天在冷戰結束之後，特別是中國已經全方位開放的形勢下，回顧當年「兩大陣營」之間那種敵對、封閉和互相猜疑的程度，別是一番滋味，感到雙方的思維方式其實非常相似，都把對方視為假想敵，誇大其威脅，製造「陰謀論」，國家之間的猜忌禍延本國平民。時過境遷，國際

格局雖然有很大變化，而這種思維方式似乎很難有根本轉變。

「世界和平理事會」成立之初，曾有不少美國人參加，當然都是左派，也包括一些中立的和平人士。大約1952年之後，美國麥卡錫主義盛行，不少人上了黑名單，被吊銷護照，美國人基本上在和運中絕跡。在我參加這項工作時，除個別情況外，基本上未接觸過美國人。在那個時期，除了每次開會都把美帝國主義痛罵一頓外，很少注意美國方面對這個運動有何反應。

美國國會的那份《報告》篇幅極長，印出來近三百頁，從內容看，美國政府確曾花費許多人力、物力對「和運」進行追蹤調查，不放過每一個細節，其行文帶有美國特有的繁瑣作風。題目本身畫龍點睛：「關於共產黨『和平』攻勢——一場旨在解除美國武裝並擊敗美國的運動——的報告」。這就是美國為「和運」的定性。《報告》的日期是1951年4月，所以不包括此後的情況，也就是在中蘇還處於「牢不可破」，社會主義陣營「團結一致」的時期。從種種跡象來看，美國這種看法大約保持到1956年左右，赫魯曉夫上台，美蘇「解凍」，而此時中蘇分歧也逐步公開了。

《報告》一開始先引了一段杜魯門總統與杜勒斯（時為國務院顧問）1950年的演說，大意是譴責蘇聯違反諾言、破壞鄰國的獨立，對不在其統治內的國家進行搗亂，建立超過防務需要的軍備。總之，以和平宣傳欺騙世人，掩蓋發動侵略戰爭的準備，是「賊喊捉賊」。因此，最近的世界範圍的「和平」攻勢，是「最危險的共產黨陰謀。」這一運動得到最高蘇維埃和共產黨國際情報局的支持，是方今各國共產黨的首要任務，包括美國共產黨。杜勒斯說：現在美國全國各個城市都有美共及其「共謀」在推行這一運動，無孔不入，而且披上各種偽裝，如文化、科學、勞工、青年、宗教、婦女、種族等等，以掩蓋其共產黨的策動源，所以必須揭露其真面目，以免群眾上當。

二杜的講話是這篇報告的綱。通篇報告以此為綱，極其詳細敘述了自1948年至報告截止期的與「和運」有關的各項活動，絕大多數都是「世和」組織的歷屆會議，其他還有個別國際左派知識分子的會議。正文與附件包括所有會議參加者的名單、主要發言、宗旨、決議等等。對研究者來說，是一份難得的資料。

《報告》重點有二：一是把這些活動與蘇聯主要人物的講話，特別是「九國情報局」的刊物上的文章以及美共的報紙、刊物對照，以證明這些活動完全是蘇聯操縱的；二是詳細披露美國參加者個人和組織的名單、身份、背景，還分州排列，這樣，對各州左派勢力強弱一目了然。這一切就是作為論據，說明在美國的各項和平活動完全是美共秉承蘇共旨意組織策劃的，其目的就是利用美國的民主自由，鼓動人民反對美國。特別是反對原子彈運動單方面針對美國，其用心就是要解除美國武裝，為蘇聯侵略和顛覆開方便之門。以此推理，美共當然就是蘇聯的第五縱隊，是背叛祖國的政治組織。這份《報告》的日期是在「麥卡錫主義」出台之前。所以，麥卡錫主義並非偶然出現，也不是麥卡錫參議員一人的狂熱，而是反映了當時美國執政者和相當一部分美國人對蘇聯以及共產主義運動的恐懼情緒。「恐共」是確實存在的。

《報告》還披露了聯邦調查局(FBI)打入美共內部的人員的證詞，此人曾潛伏在美共西維吉尼亞支部中，獲得了美共內部的有關文件。其中一份是美共中央組織部發給各個支部的關於1950年7月至勞動節(9月第一個星期四)的工作計劃。有思想工作、宣傳鼓動、動員千百萬群眾參加和平與民主鬥爭，以及徵集和平簽名等任務，每一項下都有關於工作方法、途徑的詳細指示，而且把反對朝鮮戰爭、爭取和平的鬥爭與反對美國審判11名共產黨人、要求釋放美共領袖德尼斯的鬥爭結合起來。其內容與用詞都與蘇斯洛夫的講話以及「九國情報局」的文件如出一轍。《報

告》作為附件全文收入了這份篇幅冗長的工作計劃，證明所有這些群眾團體的和平活動，都是共產黨策劃的。

我意外發現這樣一份文件，首先感到驚喜，提供了我正需要的資料和另一方面的印證。至於雙方對罵的內容和語調，我並不陌生。以我今天的認識，客觀地說，雙方的指責都有部分依據，也有部分臆測。就發動大戰而言，誰也無此意圖，其道理本文開始已經說明，但是雙方都害怕對方有此意圖，都有理論和現實根據，也不完全是為宣傳；就「顛覆」而言，可以說雙方都不能推脫干係。因為「冷戰」就是宣傳戰、心理戰，慫恿對方群眾反對自己的政府。既是地緣政治（勢力範圍），又是意識形態之爭。不過在那段時期，社會主義處於攻勢，西方處於守勢，與五十年代中期以後的態勢迥異。就幾次大會的名單來看，當時西方各行各業的精英人物蔚為壯觀。戰後歐洲知識分子大多左傾，況意共、法共都是議會第一大黨，還參與執政，自不待言。就是美國，其陣容也很可觀。巴黎和平大會召開前夕，美國支持者發表宣言，簽名者有六、七百人；與此有關的國際活動，諸如「世界知識分子和平大會」、「科學文化和平會議」等，美國參加者都人數眾多。與此同時，在美國舉行了一系列各種名目的以和平為主題的會議，遍及工會、青年、婦女、宗教團體。例如1950年5月在芝加哥召開的「世紀中和平會議」，聲勢浩大，美國《工人日報》自稱有650-750名各界代表人物參加，發起者是一個名叫「爭取以和平措施替換『大西洋公約』委員會」的組織，顧名思義就是反對北大西洋公約（這是當時蘇聯的宣傳口號之一）。這次會議的特殊之處是在一處聖公會的大教堂舉行，說明宗教界也積極參與，其中包括「教友會」以及若干和平主義組織和教派。「美洲大陸和平大會」在墨西哥舉行，規模更大，有十幾個拉美國家的代表參加，而美國代表團是最大的，並起主要作用。在這些活動

的名單上可以看到眾多著名科學家，包括諾貝爾獎得主，如愛因斯坦、保林(Linus Pauling)、奧本海默等等，還有中國人熟悉的黑人領袖杜波依斯夫婦、名作家法斯特、亞瑟·米勒等，不少名牌大學的教授也在其中。巴黎大會選出的「世和」理事，美國人有八名之多。當然參加者不一定是左派或共產黨同情者，但是至少不反蘇反共，完全是在和平、反戰、反原子彈的口號下聚集起來的。《報告》認為「九國情報局」就相當於過去的共產國際，名為「國際」，實際上是蘇共的派出機構，執行蘇共中央的決定，同時給各國共產黨下指令，這也基本屬實。《報告》援引蘇斯洛夫在「九國情報局」會議上的講話，其中就包括要各國共產黨通過各種群眾團體推行和平運動。從美國統治者的角度來看，認為這是共產黨通過「和平攻勢」進行滲透，感到壓力與威脅，也並非沒有根據。

這種對罵是否起到了瓦解對方民意和士氣的作用呢？我看未必，也許效果適其反。近見愛倫堡回憶錄《人·歲月·生活》也提到他參加的「世和」會議。1949年他剛一到巴黎，法國幾家報紙就對他以及約里奧–居里、畢卡索等參加和平大會的名人劈頭蓋臉罵了一通。愛倫堡直到寫作這本書時還說他懷着感激之情想到「敵人」，因為他們提醒他「不論在某些年月裏發生的事件多麼令人痛苦，它們都不應該遮沒主要的東西」。在「斯大林肖像」的一章中，儘管愛倫堡對斯大林本人以及那種「頂禮膜拜」有所批判，而且反思自己也曾為這種流毒所感染，但是他還是強調「敵人」助長了這種崇拜，先是希特勒的侵略，後是那些「熱衷於資本主義的人、冒充十字軍騎士的實業家和雙手老是發癢的軍人」，都促進了對斯大林崇拜的加強。愛倫堡對斯大林個人崇拜的分析顯然不全面，他所謂的「主要的東西」也可能與他自己的處境有關，但是有一點他是有道理的，外敵(無論是真的還是假想的)的攻擊可以促進一個民族(或國族)的凝聚力，甚至有助

於專制政權的鞏固。由此證明，如果一國統治者不能像原來那樣統治下去——例如蘇聯的解體——絕不是被「敵人」罵垮的，而是內部諸多因素造成，最主要是廣大人民的切身感受。在信息極度封閉的情況下，統治者的謊言能在一定的時期起作用。一旦公眾知道真相，哪怕是部分的真相，作為專制統治基礎的神話就會破滅。正因為如此，1956年以後「冷戰」雙方攻守之勢開始易位。大批左傾的西方知識分子從失望到幻滅，有的退出，有的轉到反面。著名美國作家法斯特宣佈退出美共就是標誌之一。就是還留在「和運」內部的歐洲左派人士，對蘇聯也不那麼言聽計從了，因此蘇共領導也意識到要改變策略和語調，更加強調要團結西方中立的和平主義人士，而毛澤東此時正日甚一日地強調革命和階級鬥爭，中蘇分歧於焉不可調和。

八
維也納三年

突如其來的調令

1956年4月，我隨團到斯德哥爾摩參加「世和」理事會後，忽然接命令要我不要隨團回國，直接到維也納書記處長駐，接替原來在那裏的翻譯齊宗華。我出國前根本無此準備，所以隨身衣物都是臨時的，後來才由國內出來開會的同事陸續給我帶來長期的生活用品。

「世和」會議選址既然西歐國家進不去，則盡量在最接近東西方邊界的地方，所以幾個東歐國家首都，特別是東柏林，都是經常開會的地點，而中立的瑞典首都斯德哥爾摩更是最佳選擇，開會次數最多，我本人就去過九次。「世和」書記處，也就相當於總部，原在布拉格。維也納二戰後是蘇美英法四國共管，蘇聯有發言權，因此1952年書記處由布拉格搬到了那裏的蘇佔區。1955年《奧地利中立條約》簽訂，撤銷四國佔領，奧地利獲得獨立自主。「中立」是指不參加軍事集團(如「北約」)，但是在政治、制度和思想上，奧地利實際上是西方國家。那時中國書記是李一氓，在維也納的工作人員只有李一氓夫人王儀、翻譯齊宗華和陳樂民，還有一名廚師。不知什麼原因，齊宗華急需調回國內，要立即有人去接替。當時已經是《中立條約》以後，所以申請簽證需要費一番周折。於是在李一氓建議下，破例給我發了外交護照，因為奧地利駐外大使有權直接在外交護照上簽發簽證，

不必經過國內，普通護照則不行。當時中奧並無外交關係，我也搞不清楚為什麼可以承認外交護照，我想大約儘管取消了佔領，蘇聯對奧地利還是有一定發言權。會議結束後我暫住我國駐瑞典使館，簽證大約就是奧地利駐瑞典大使發的。像我這種一般工作人員本來是無權拿外交護照的，顯得很突出，所以後來「世和」辦理此類事務的外國同事開玩笑，戲稱我為「外交官女士」。

「反右」逃過一劫

這次調動對我的命運有意想不到的決定意義，就是逃過了「鳴放」和「反右」。

1956年春，傳達了「雙百方針」，而且忽然提倡穿花衣服，百貨大樓櫥窗裏擺出了各種樣式的「布拉吉」（連衣裙），各機關還組織女職工去參觀。實際上前一年夏天酷熱，已經開女士穿裙子之風。我們單位要年輕人帶頭開展文娛活動，團組織還請了一位文工團的演員教我們跳匈牙利舞。那時蘇聯、東歐歌曲是我們晚會上經常表演的節目。單位還組織過幾次交誼舞會，秘書長劉貫一還參加，並一起跳舞。這種氣氛當然受年輕人歡迎，我們感到十分興奮。

與此同時，單位的團組織佈置學習蘇聯共青團員娜斯佳的模範事蹟。娜斯佳是蘇聯赫魯曉夫上台，「解凍」以後出版的一部小說《拖拉機站站長和總農藝師》中的主人公，是一名勇於反抗官僚主義，推動改革陳規陋習，不斷創新的女青年。「娜斯佳精神」就成為不怕壓制，敢於給領導提意見，與官僚主義做鬥爭的象徵，比喻為石縫裏鑽出來的頑強的小草。團中央正式號召全體團員學習。結合學習「娜斯佳精神」聯繫實際，給本單位領導提意見。大家也很認真，開會討論，一條條記下來。我當然積極參加，而且心情愉快，毫不勉強。不過沒過多久，我就脫離學習，參加出國代表團的籌備工作，接着隨團出國開會，會後奉命留在

維也納，與國內的運動就此脫離，沒有參加「鳴放」。以後形勢逆轉等等，都是在國外聽說。李一氓對此顯然不積極，他只讓我們按照上面的佈置「正面學習」，不進行結合自己檢查批判思想之類。以後李一氓夫婦奉調回國，我們處於無領導狀態，關注的是波、匈事件，國內的風雲離我們似乎很遙遠。

1957年夏，我隨團參加「世和」科倫坡會議後，經緬甸到昆明休整，然後暫時回到北京。此時已開始「反右」，我被分配到有關小組學習。發現原來好幾位我們很熟的同事都「犯了錯誤」，成為批判對象。其中部分言論就是去年學習「娜斯佳精神」的後續，我出國之後，一部分年輕人辦了黑板報，繼續批評領導，到形勢逆轉時，那些言論都成為被批判的對象；另一項集體性「錯誤」是有一批年輕人在黨團組織開展文娛活動的號召下，舉行了一場小型舞會，被認為情調不健康。我回想起前一年出國前我的思想狀況和言行，與當時被批判的內容基本相同，感到後怕。不過我和陳樂民回國一共不到兩個月，還匆匆結了婚，只參加了幾次「反右」的會議，還沒有等我「跟上」那氣氛，又奉命回維也納了。後來有幾位同事被打成右派，其中有人被發配到北大荒，八十年代落實政策回來時鬢毛已衰。我想假設「鳴放」期間我一直在機關，以當時學習「娜斯佳精神」的積極性、自己虔誠和天真，以及直言的性格，十之八九在劫難逃，以後的命運難以逆料。躲過了這一劫，實屬偶然。而1957年夏回國如果繼續留在國內，參加了「反右」的全過程，那麼既然前期躲過了「犯錯誤」，很可能努力緊跟，變成「積極分子」，又不知會傷害多少人(至少在言語上)，令今日自己追悔、歉疚不已。儘管客觀上這些都沒有發生，但是說明那種完全失去主心骨的精神狀態，不知不覺成為無根的牆頭草。

新穎的領導和工作環境

總之，我1956年4月從斯德哥爾摩獨自飛往維也納。這是我第一次獨自在國外旅行，難免心存忐忑，好在飛機是直達，一切順利。到機場接我的就是陳樂民，他比我先一年調來，算是識途老馬，在這之前我和他在「和大」同事，相識但不相熟，沒想到後來會結為夫妻。我到達時李一氓剛好偕齊宗華到比利時開會去了，「家」裏只有夫人王儀、陳和廚師老李（不久老李回國，換了四川廚師小董）。我們的住地是在中歐城市中常見的那種馬蹄形小廣場，三面樓房，一面臨街。房子是普通的老式公寓，還是戰前蓋的，連閣樓共五層，每層也就大小四、五間房間。「世和」把三面的樓都包了下來：右面一棟是辦公樓，左面和中間是宿舍樓。中國「和大」購買了中間一棟樓的三、四兩層加閣樓。電梯是老式帶折疊式柵欄門那種，不過不是手動而是自動。我隨陳樂民先到四樓分配給我的一間小房間，放下行李，然後到三樓見王儀。

一打開客廳大門，就嚇了我一大跳：正對大門的地毯上鋪着一張完整的老虎皮，虎頭衝着大門。這是我初到維也納的「下馬威」，初次領略「氓公」的藝術品味（那時還沒有保護野生動物之說）。那是一排相通的五間房，客廳居中，一頭連着飯廳和一間空房，一頭連着書房和李一氓夫婦的臥室。書房的確陳設優雅，佈局不凡，都是李一氓親自設計的。有一個玻璃櫃，裝着各色中外古董文物，有意思的是真假摻雜。以國內帶來的珍品為基礎，雜以其他各色物件。李一氓對古董是行家，我曾聽他譏笑郭沫若看走了眼，買假古董。他有機會周遊各國，都要收集有代表性的藝術品——不是價值連城的那種油畫之類，而是坊間可以淘得到的小玩意兒，但都很別致，有民族特色。櫃子裏居然還別出心裁地放了一個茅台酒瓶，雜陳於各種藝術品之中倒也有樸拙之美。這是我初到維也納的第一印象，對將要領導我的李一氓未見

其人，先識其味。王儀十分親切，慈祥，以後幾個月相處中一直如此。

我進入了一個嶄新的生活和工作環境，條件相當優越，又有一些特別的工作秩序。在生活上，除上面提到一名高級廚師外，還有一輛汽車，一名專職司機(奧地利人)。有一名「世和」僱的清潔女工，輪流到各家打掃。除此之外，有一位奧地利女士，我們稱之為「奧國女同志」，是奧共一位領導的夫人，每天來幾個小時，負責把一些德文報刊資料摘譯成法文(奧地利是德語國家，但「世和」的共同語言是法語，中國也就不派德語人員來。我們都看不懂當地報紙)。還有一位法文教師是奧地利人，教王儀法文。後來，經領導批准，我也正式從他學法文。由於奧地利沒有中國使館，我們一切與國內聯繫都通過中國駐捷克使館，連個人私信也是如此，直接通過郵局寄信是不允許的。因此，陳樂民另一項任務就是充當信使，每兩星期去一次布拉格送信、取信。從維也納到布拉格坐火車可以當天來回。中國駐捷克使館一位參贊專門負責我們這裏的事務，如國內有重要精神指示，都由他口頭傳達給陳，他再回來彙報，但是主要用腦子記，不能做筆記。他每次帶回的主要是我們大家的私人信件，還有一包《參考資料》。這是對「出口轉內銷」反其道而行之，是「內銷轉出口」。按理說，在國外可以直接訂閱外國報刊，應向國內提供資訊才對，但是外匯有限，也沒有那麼多翻譯力量(那時許多駐外使節是不懂外文的)。於是新華社編譯的《參考資料》又返銷到國外使領館。「世和」書記處從布拉格遷到維也納後，大約應李一氓要求，駐捷使館經常為我們辦公室提供一份。可見當時《參考資料》作用之重要。

書記處的日常工作比較輕鬆，沒有什麼難應付的。工作語言是法文，一切公文來往和會議都是法文。工作人員不論來自何國，共同語言也是法語。所以雖然奧地利是德語國家，我們似乎

沒有學德語的必要。直到那時為止，法語還是雄視國際的主要語言，被英語(其實是美語)取代當自五十年代末以後。尤其在歐洲，似乎法文程度代表一種文化修養，受過高等教育的沒有不會法文的，蘇聯、東歐也都是如此。我初去時的法文在各國工作人員(包括陳樂民)中，是最不流利的，有點自卑，所以那幾年集中精力發奮學習，也就沒有顧及就近學一點德文。到最後幾個月，才經過批准請那位教法文的奧地利教師再加一堂德文課。但是沒有幾個月就回國了，當時只達到連猜帶懵翻着字典看新聞的程度，後來連這點都忘掉了。在一個德語國家住了三年而沒有學會當地語言，實在遺憾。

陳樂民在李一氓領導下工作時間比較長，瞭解較多，寫過幾篇關於他的文章，稱他為「瀟灑氓公」，我覺得很恰當。我實際上在他領導下工作只有不到半年，我4月到維也納，只在6月間隨他到巴黎開過一次會，8月他就回國參加「八大」，從此留在國內了。後來還在幾次「世和」的會議上見到過他。接觸雖然短暫，印象卻很特殊。我只聽說，他是資格極老的老革命。以他的資歷，與其職位顯然不相稱，他連中央委員都沒有當過。我只耳聞，他在新四軍中有一些複雜的經歷，受到某種誤解，詳情不得而知。總之我在維也納的感覺，他任這個職務完全大材小用，等於是一個閒職。「世和」書記處的日常工作就是發文件、每星期開一次例會，還出一份《公報》，報導各國和運情況，《公報》付印前都交各國書記審閱。這些工作現在看來實在沒有多大重要性，而且比較枯燥，這種刊物不知有幾個人真看。何況重大方針以及議事日程都是蘇聯說了算，忠實執行者是法國人(法共)，中國的作用是撐門面、敲邊鼓。李一氓的做法令我想起三國時龐統任耒陽令的情景。開書記處會議時，他常公然埋頭看他的線裝書。那位法國總書記莫奈他何，只有需要表決時，叫一聲「Monsieur Li，你什麼意見？」儘管如此，在涉及中國立場的關

鍵問題上，他決不放過，不會誤事，有時相當強硬。

　　我覺得他在維也納期間作為「正業」來做的是兩件事：一是批點《花間集》，若干年後在國內出版了，他還有文章論此著作。另一件事是逛書店、選書、買書，寄回國內有關部門或圖書館。陳樂民有一項本事，就是用牛皮紙包書捆書以供郵寄，相當專業，原來就是為李一氓寄書練出來的。李還重點搜集各種文字、各種版本的毛澤東著作，包括小語種、或是早期的稀有版本，還有馬、恩著作的初版、原版。這些都帶回或寄回國內，不知現在存在哪個部門，有沒有倖免於「文革」浩劫也不得而知。週末有時有外國書記來打橋牌，哥倫比亞書記薩拉米亞和日本西園寺公一是常客。有時閑來無聊，他們想我們四個人正好打橋牌，我說不會，他又問會不會打麻將，我也不會。他搖搖頭笑說我受的是「淑女教育」。

　　在國外也得按照國內的部署進行政治學習，過組織生活（他和王儀是黨員，我和陳樂民是團員，黨團生活只能一起過），由王儀負責。實際上除了國內有文件必須傳達外，很少開會。在他身邊工作的日子是我精神上最寬鬆的時期，因為終於沒有人不斷敲打，要我好好改造思想，提高政治覺悟之類了。他對業務上要求比較高，總是嫌我們知識面太窄，閱讀面不夠廣。例如有一次他與外國人談話中提到一種古生物叫「水杉」，我翻不出來，他就對我有此批評。他說要做好翻譯，就要天文地理古今中外都略知一二，隨時留意積累知識。我想他如此淵博的知識大概就是這樣隨時積累而來的。

　　以我當時的思想狀態，對他有些言行感到驚訝。例如1956年周恩來做關於知識分子的報告，之後不久，「落實知識分子政策」，吸收了大批高級知識分子入黨。李一氓以調侃的口氣說：先把他們批一通，再請他們入黨！1957年夏，「世和」科倫坡會議之後，我們隨團回國，適逢「反右」運動開始，正是「學習」

階段。我和陳樂民立即被分別組織進一個「小組」，每天參加學習，以「體會精神，跟上形勢」。「和大」領導說，特別是我們在國外久了，更需要加緊補課。但是我們有一次去看望李一氓，發現他正十分高興，因為他要求到外地休假的報告批准了，不日即將動身，可以不參加運動了！這些都使我感到他與其他老革命大不相同，特別是他在我們這些晚輩面前這樣坦率地表現出來。

他有很高的審美情趣，毫不掩飾對美食以及美的生活追求，從不作「艱苦樸素」狀。他奉調到維也納工作，原來的廚師期滿回國，他就專門托人從四川物色來一名廚師小董，儘管年紀不大，手藝卻極高超。不過李自己享用時間很短，不久就奉調回國，廚師當然不能隨行，留在維也納，我們託福享受了幾年的美味伙食。他還鼓勵我們多與國際工作人員交往。「世和」工作人員中有一個俱樂部，兩名負責人，一是法國人，另一人就是陳樂民，當然是在李一氓支持下擔任的。「世和」假期很多，常組織晚會、郊遊等等。李一氓總是帶領我們積極參加。有一次週末，他還帶我們一行五人(包括廚師小董)自己遊維也納森林。就是著名的美國電影 *The Great Waltz*(中譯「翠堤春曉」)中斯特勞斯與他的戀人歌劇演員同遊的地方。(後來知道，奧地利人根本不認同那部電影，認為完全杜撰，與斯特勞斯生平無關，那首著名的插曲「One day when we were young」也不是斯特勞斯所作)。對我說來能親遊中學時代就知道的地方當然很高興。第一次見到多瑙河卻有些失望，因為那河水不是藍色的而是黃色的。那次在回維也納的路上經過一家農舍式的小酒館，門口掛着招牌上有一個酒瓶，可以猜得出來表示這家小店自釀美酒。李一氓說這就是「名造家釀」的意思，決心進去嘗一嘗。維也納有其他國家的風味菜館，如意大利、南斯拉夫等等，還有著名的小咖啡館我們都跟着他去過。他在維也納還收集不少唱片。我隨他到巴黎開會，會外空隙時間很少，他還是帶領我們遊覽了楓丹白露、凡爾賽宮和其

他名勝。記得在去楓丹白露的途中，見路旁有一家非常別致的露天餐館，招牌上寫着法國名菜「血鴨」（canard saignant），「此地獨一無二」云云。正值午餐時分，他一定要到那裏嘗個新鮮。結果頗為失望，並無奇特處，就是一般的紅燒鴨子，只是餐具特別。後來問法國朋友，他們都說法國無此名菜，那是唬外國人的。

需要說明的是，我們在外面工作以外的消費都是自費。這點，李一氓絕對公私分明，絕不是如今之公款旅遊、公款吃喝玩樂。他帶我們出去，如果不是事先說好他請客的話，就AA制，各自掏錢。有一次出去，他先統一付了賬，過兩天自己算好賬，給我們每人一張紙條，叫我們還錢。這些地方，他完全平等，一點架子也沒有。那時國外工資很高，我剛到時，像我這樣的低級別的工資外匯折合人民幣差不多是國內工資的五、六倍，他們夫婦就更高。制定這一「高薪」的依據是與「世和」的國際工作人員取齊，免得在外國人面前顯得寒酸，據說這是周恩來總理的主導思想——我們在國外要維持的形象和體面。我們建交的國家不多，但駐外使館和其他機構的房子、陳設都比較講究。還有不成文的規定，就是不准到廉價市場去購物。所以偶然逛街購物，都是到高級商店。我去了不到一年，這種高工資就引起國內的不平和不滿，領導思想也有所改變，開始一再降低，到「大躍進」以後，降得更多。根據那時的外匯管理制度，私人不能存外幣，在國外發的外幣既不能匯回去，也不能帶回去換成人民幣，只能在外面花完。但是這麼多錢如果都買東西帶回去，非挨批判不可，而且海關也有限制。不過有一個出路，就是認購「公債」，買得越多越「愛國」，所以我們絕大部分工資都認購了「公債」，由國內單位的財務處處理。不過，若干年後，公債到期，錢還是自己的，於是我儘管「高薪」時間不長，幾年後存摺上還是出現了較多的錢，遠超過沒有出過國的同事，終是一件燙手的事，到了「文革」就更成為一個問題。此是後話。

「文革」結束後，我略微開竅，有時回憶起往事，想到氓公，多瞭解了一些他的經歷，才逐漸對他的價值、他高超的見識、他的深不可測的博學以及他難得的風骨有進一步體會，對他的「瀟灑」以及在維也納期間的「龐統」作風真正有所理解。他1925年入黨，似乎什麼都參加過：留法勤工儉學、北伐、南昌起義、長征、新四軍；又在上海做過地下工作，主要是左翼文化工作，還參加過鋤奸。可謂文武不擋。以這樣豐富的閱歷和才識，應該說建國以後是未盡其用的。他最後的職務是國務院古籍整理出版規劃小組組長，這是他興趣所在，十分投入，而且從一些與他共事的專家回憶文章中看出，他們都對他對古籍版本之熟悉和判斷力非常佩服。他寫的舊詩格律規整而有新意，書法自成一體。從他的自述來看，並非出身書香門第，青少年時也沒有特殊的薰陶，我實在想不出來，他在戎馬倥傯之中，什麼時候積累的這樣精深的「國學」修養和對古籍、古董的鑒賞力。因此，我想他必是智力非凡之人。他對那些政治運動、思想批判等等顯然有自己的看法，不以為然。「文革」結束，他復出後曾任中聯部副部長。可以想見，他是積極的改革派。後來知道，他對「三個世界」的劃分與「世界大戰不可避免」的理論都是率先在內部提出異議，這在當時是需要膽識的。此一見解最終為最高決策者所肯定，把「和平與發展」定為我們時代的特點，為以後的改革開放提供了前提。

另一方面，李一氓始終堅持自己是馬克思主義者。從他在會上、會下的一些言論來看，「反帝反封建」立場堅定。他在1983年出版的文集《存在集》的後記中，自己表明對「存在是第一性的」歷史唯物主義毫不動搖，而認為恰恰是個人專制、唯意志論的唯心主義害了中國多年。我在報刊上見到他的最後一篇文章是致蔡尚思先生的信，稱讚蔡反駁「儒家資本主義」之說，說蔡指出「孔子學說的封建性質不會促進資本主義的發展，這是很有道

理的。但事情更奇怪的是：現在氾濫的孔子學説——一個非常封建的學説，不僅企圖證明它會促進資本主義的發展，而且更進一步，企圖證明它還會促進社會主義的建設。作為馬克思主義者，作為社會主義者，我們決不相信這種説法能夠成為社會發展的歷史證明」。

現在回想起來，有幸在這樣一位人物直接領導下而渾然不覺，即使只有半年時間，如果自覺一些，定能大有長進，思想有所開竅。正如我在大學時，親炙於這麼多名師之手，卻身在福中不知福，只是被動地受教，只好老大徒傷悲。相對説來，我覺得陳樂民得益於李一氓比較多一些。

在波蘭度假

我到維也納工作沒幾個月，卻不少度假，還遇上了一次到波蘭旅遊休假。歐洲人極重視休假，共產黨人也不例外，那些法、英等共產黨派來的工作人員對工作時間、待遇都理直氣壯地斤斤計較，與我們在國內所受的「無私奉獻」的教育大不相同，這是我感到新奇的事物之一。奧地利是天主教國家，與宗教有關的假期很多，什麼耶穌升天、聖母懷孕等等都放假。而「世和」是左派組織，所以「五一」、俄國十月革命節、中國「十一」國慶等等也放假，因為法國人佔上風，7月14日法國國慶也放假。因此假期加倍多。除此之外，每年還有兩星期帶薪休假，也是雷打不動的。記得有一次法國書記到外地去休假了，他的秘書把收到的書報、信件等轉寄去。他回來竟然向她發脾氣説，你難道叫我休假期間還辦公？原來休假是這樣神聖不可侵犯，連報紙也不看！另有一項福利是東歐社會主義國家每年輪流接待「世和」工作人員度假。那一年暑假正好是波蘭作東。李一氓回國之前特意交待我和陳樂民不要放過這個機會，以開眼界。於是我們於八月間到波蘭度了兩星期假，同行有法國、西班牙、英國等「世和」同事。

我們中國人當時對「休假」是很不習慣的，我和陳樂民兩人把它當作一次「學習考察」的機會，事先看了一些有關波蘭的資料，還商量好要瞭解的問題提綱，對參觀「波蘭建設」設施的要求等等。以為波蘭之行就像我們在國內接待外賓一樣，有許多參觀座談的安排。誰知到了華沙以後，滿不是這麼回事，休假就是休息。我和陳照例先到中國使館報到，接見我們的是駐波參贊余湛，他向我們簡單介紹了一些波蘭情況，特別是波茲南事件之後的形勢，以及中波關係。我們還見到了新華社駐華沙記者謝文清，他很熱情，請我們兩人吃了一頓飯。過了近半個世紀之後，我因李慎之的關係又見到他，思想觀點引為同道，後來他去世了，我又在一些場合見到他的夫人。

　　波方接待我們的是波蘭和平委員會副秘書長，一位女士，會一點法文。還有一名女法文翻譯。在主人安排下，在華沙遊覽了幾天，市容很美，建築別具特色，參觀了蕭邦故居、維斯杜拉河畔的美人魚雕像等，之後，就把我們送到了波羅的海海濱著名的度假勝地索波特（屬於格但斯克），下榻於一家頗為著名的臨海旅館（名字忘了），住下後無所事事，洋同事們天天游泳，在海灘嬉戲。碰巧陳樂民和我都不會游泳，只能每天到海灘及周圍散散步，找個舒服的地方看看帶來的小說。飯菜很豐盛，上菜極慢，一頓飯吃兩、三個鐘頭，起初有些不耐煩，不過本來就沒事可幹，也就逐漸習慣了。據那位翻譯說，這是波蘭貴族的舊習，革命後也沒有改多少，即使在城裏非休假期間，晚餐也拖得時間很長，在飯桌上休息、聊天，就是一大享受。

　　我們在波蘭期間正是1956年6月有名的「波茲南事件」之後，10月「匈牙利事件」之前，東歐國家政局動盪，人們對現狀不滿，思想比較活躍，開始打破一些陳規桎梏，青年尤其在前沿。有幾件事使我感到新奇，與我想像中的「社會主義國家」不太相稱：

索波特夏日的露天音樂會小有名氣，過去多為古典音樂，但是我們在的期間晚上都是爵士音樂，旅店外樂聲、歌聲嘈雜，直到凌晨。從窗外望下去，無數奇裝異服的青年在那裏彈唱、歌舞，就是今天在迪斯科舞廳的那種狂跳。那時中國人稱這樣穿戴和行徑的青年為「阿飛」（近乎小流氓）。波蘭竟允許這麼多「阿飛」在這裏公然狂歡，使我驚訝。陪同的翻譯告訴我們，這類音樂舞蹈都是今年才流行起來的，她沒有說原因，不言而喻，就是與蘇共二十大之後，東歐的某種「解凍」有關，青年人自然把長期壓抑的情緒盡情發洩出來。更令我驚訝的是當地還舉行一次「選美」活動，選「波蘭小姐」，相當隆重，波蘭總理西倫凱威支都參加了。與我們同來的「世和」同事大部分都去參觀，而我和陳樂民卻思想不解放，沒敢去。我後來想，如果李一氓在，他一定會帶我們一起去的。

另一件事是陪同我們的翻譯在言談中毫不掩飾對法國的崇拜和嚮往，從物質生活到文化，欽羨之情溢於言表。她對我們常駐在資本主義的奧地利也十分羨慕，特別羨慕我們有西方貨幣。當我們想買一些波蘭的紀念品，問她如何到銀行換錢時，她趕忙要求換給她，匯率可以比官價高，多少都可以。我們不敢這樣做，怕違反紀律，至少在中國是絕對不允許的。後來我們回到華沙，向負責接待我們的那位秘書長女士提到此事，她對那翻譯的做法未置可否，卻也說按官價用奧地利先令換波蘭幣太吃虧，波蘭也沒什麼東西好買，勸我們少換些。當時我對波蘭的鑄鐵雕花手工藝品很着迷，很想買一樣做紀念。後來終於買了沒有，已毫無印象，即使買了，也會在「文革」中連同那些年在國外買回的各種標誌性的紀念品一起失去了。那次波蘭之行卻留下了一件紀念物：我們一行有三位女士，除我之外另兩位是法國人，女主人對我們特別示好，臨行時單獨送我們三人每人一條薄羊毛圍巾，有紅、黃、藍三種顏色，並說她根據我們各自的風格給挑的顏色，

送給我的是藍色的。那圍巾雖薄，質料極好，我竟然保留至今。

總之那次波蘭之行，使我有幸多領略了一個東歐國家的風光，而浮光掠影所接觸到的人文、政治氛圍與我想像中的「社會主義」國家似乎不大一樣，心存疑慮。幾個月以後，發生匈牙利事件。這一波動盪要到四十多年後才有結果。以我當時的幼稚無知，當然是無法理解的。

國際同事

「世和」書記處分兩等人：書記（secretaries）與工作人員（staff）。我在的那幾年中人員有一些變化，總書記先是拉斐德，後是維尼耶，當然都是法共。其他有（蘇聯）索羅金、（日本）西園寺公一、（哥倫比亞）薩拉米亞、（英國）瓊斯、（奧地利）阿爾楚爾、（印度）錢德拉，後換了馬拉威亞。到1958年以後為反映正在興起的民族獨立運動，增加了一名蘇丹書記凱爾，代表非洲。

我們中國工作人員是中國書記的隨行人員，拿國內工資，不算「世和」的工作人員，因而也不受「世和」書記處的領導。蘇聯也是如此。其他工作人員不論來自何國都是「國際」人員。我們每天到辦公樓去上班，工作接觸也很多，而且逢節假日有各種聯歡活動，所以很快就熟起來。他們大多是共產黨員，或至少也是同路人，對我們社會主義國家來的人自然比較親近。現在記得的國籍的有：奧地利、法國、英國、西班牙、意大利、印度、敘利亞等。以下略舉幾個與我們來往比較多，關係較好的員工：

塞拉達（Celada），西班牙，在共產黨內資格相當老，曾任西共總書記伊巴露麗的秘書，他好像是工作班子的頭，談吐比較有水平，在各國工作人員中威望比較高。他有一位漂亮的法國夫人，是打字員，衣着入時而文化不高。我對她唯一的印象是，曾一語驚人，說法國工人階級之所以戰鬥力強是因為常吃牛排之故（！）

阿拉瑪（Alama）：西班牙，勞動人民出身，非常樸實，負責

後勤工作。由於當時西共在國內是非法，他與塞拉達都屬流亡性質，回不了國。他對中國人特別好。與陳樂民私交尤其好。

沃克（Andrew Walker）：英國，翻譯班子的頭，法文極好，算是工作人員中的高級知識分子。他離開「世和」以後回英國在大學任教。他是蘇格蘭人，說話沒有牛津腔，而且對英格蘭人有一定的民族情緒，當然也是英共。儘管都是共產黨，英國人與法國人之間有天生的宿怨，總是磕磕碰碰，互不服氣。雙方都在我們面前發對方的牢騷。有一次，沃克忍不住對我說：我很驚訝，怎麼「中國同志」的英語發音竟這樣貴族腔！他特意強調「同志」一詞。弄得我頗為尷尬。在英國，口音往往能代表階級身份，我是知道的，但沒有想到他這樣敏感。我的英語老師不是英國人就是英國留學的，不知不覺間就養成了那種口音。正如前面提到的，這種所謂「王家英語」在印度頗受尊敬，而在這位英國左派那裏受到奚落。在沃克提醒以後，我就有意識地改掉一些特別明顯的腔調。

布達利雅思（Bourdarias）一家：一對法國夫婦，有一個很可愛的小女兒。他們就住在我們那棟樓的樓下，與我和陳樂民很友好，曾請我們到他們家吃飯。男的個子比較小，我們背後就叫他「小法國人」。他好像是《公報》的編輯，比較喜歡讀書，也願意表示與眾不同，常向陳樂民推薦法國文學作品。他的夫人是打字員，十分熱心，在生活上隨時主動給我們以幫助。

羅貝爾（Robert）：法國人，在總務部門工作，自稱是血統工人，曾是法共領導的工會（CGT）的積極分子，參加過幾次大罷工。他曾向我們解釋說，有一次罷工是有奪取政權的希望的，但是法共領導方面權衡再三，為了避免群眾流血犧牲，保存實力，最終做出了妥協。「我們」（指廣大工人）是理解的。當時中共的立場是認為法共在反法西斯鬥爭中掌握了武裝，而且是第一大黨，戰後本來可以一鼓作氣奪取政權，卻以六個部長為交換放棄

了武裝鬥爭，是犯了錯誤。在中蘇論戰公開化之前沒有公開批評法共，但這一說法，我們都是知道的。可能羅貝爾也知道，所以特意向我們解釋。

還有幾個奧地利人對我們都十分熱情友好，可惜名字都記不起來了。

孤懸海外的多事之秋

1956年夏，李一氓夫婦回國之後，不再回來。原來應該很快調來新領導，卻由於種種原因遲遲未來。於是陳樂民和我和廚師小董在沒有領導的情況下，在一個沒有建交，因而也沒有大使館的資本主義國家孤零零呆了大半年。那段時期長住奧地利的中華人民共和國公民也只有我們三人，沒有一個黨員，只有我們兩個是團員。在「冷戰」高潮中，在我國相對封閉，外事紀律嚴明的情況下，本單位對我們兩個沒有獨立工作經驗，還都不是黨員的年輕人竟然這樣大放手，至今感到不可思議。而且這兩年中正好趕上多事之秋。

埋頭學習

我剛到維也納時最大的不足正是法語不夠流利。我所接替的齊宗華是生在法國，到初中才回國的，她父親還是法文教授，法語流利如母語；陳樂民的專業是法文，而且已經在那裏工作了一年多，應付裕如。只有我，法文是半路出家，還是第二外語。儘管前一段工作中有所長進，應付書面的還可以，開會時法譯中也還可以，就是一說話就露怯，辭不達意。所以那幾年我發憤圖強，下功夫補法文。一方面從老師正式上課，老師是李一氓在的時候請的，也教王儀，李回國時交待繼續學下去，每星期一小時。老師名葉連科，雖是奧地利人，法文卻非常地道，是那種典型的優秀中學教員，一板一眼的，而且對歐洲的歷史文化知識豐富，從某種意義上比大學教授基礎知識還扎實而嚴謹。他教書認

真而有經驗，給我從語法上系統地捋了一遍，使我受益匪淺。另一方面我自己找到一個方法，就是大量看小說，因為小說引人入勝，不必作為任務勉強自己。遇到生字跳過去，不查字典，以免影響閱讀興趣，只在字下面劃一道，最後一起查字典。有許多字出現次數多了，自然就理解了。我主要讀的是莫泊桑、左拉和羅曼羅蘭的作品。有一陣子每天朗誦一段《約翰·克里斯朵夫》，覺得法文實在美極了。可惜後來出現各種變故，沒有能堅持多久。這樣大量的泛讀，可以說是寓學於娛，最大的好處是培養了興趣，同時得到了語感的薰陶，再加上生活在法語環境中，如果說在維也納的幾年有什麼收穫的話，我想提高法文是一大收穫。

在沒有領導的日子裏，根據指示，有大事找蘇聯書記索羅金。同時陳樂民仍然隔兩個星期到一次布拉格，彙報情況，接受指示。實際上直到10月下旬匈牙利事件之前，並沒有什麼事。我們就是看書學習。「奧國女同志」依然每星期幾次來上班，給我們翻譯德文報紙，並通報一些消息。

9–10月份，我們接待了幾批國內訪奧的團和個人：重要的有文化代表團，由文化部副部長徐平羽領導，名演員如女高音歌唱家郭淑珍、京劇演員李玉茹等；貿促會代表團，由冀朝鼎領導，我還被借調協助代表團工作；外貿部副部長雷任民和翻譯楊旦華，總工會代表劉克明等。我們既然是唯一的中國在奧的機構，就義不容辭地提供各種力所能及的協助，從某種程度上起到了領館的作用。小董也人盡其才，每一批客人少不了總要請來在我們住處飽餐一頓。那兩三個月中我們過得比較悠閒。

12月間還接待了一位人物是彭真，他到意大利去參加意共的黨代會，路過維也納，在我們那裏過了一天，他隨行除秘書外，翻譯剛好是齊宗華，還有兩名意共派的保鏢，兩個人高馬大的小伙子，一句外文(包括法文)都不懂，但是很忠於職守，他們負責把彭真一行送到機場就回意大利。彭真對維也納很感興趣，由陳

樂民陪他們一行觀光，我不巧臉上長滿了風疹，塗了藥，只能留在家裏。那是匈牙利事件之後不久，共產主義運動還在努力彌補裂痕。據齊宗華說，那次彭真參加意共的會議，肯定了陶里亞蒂是馬克思主義者，算是表示團結之意。不過一年之後，分歧開始公開化，中共發表的「前八評」，首先就是拿陶里亞蒂開刀。還聽陳樂民說，他陪彭真觀光中，彭對奧地利的生產情況問得很詳細。他說今後戰爭的勝負就取決於誰能在單位面積上傾瀉多少鋼鐵。所以鋼產量非常重要。

維也納不愧為音樂之都，走在路上，常有琴聲從住宅樓中飄出來，路邊那些拉、吹樂器，放一個帽子任大家投錢的演奏者水平都很高，我們的奧地利司機似乎也對音樂很在行。我忽然心血來潮，動了租鋼琴的念頭，與司機一說，他立即帶我去一家琴行，沒想到租金如此低廉，只要付很少的錢，第二天就運來了。所以我在出校門以來中斷多年後，又恢復了彈琴，並且買到了我一直思而不得的琴譜，享受了幾個月彈琴之樂。維也納每年有一盛況就是音樂節，屆時世界各地名家和名樂團薈萃。門票需要半年前預訂，節目單也是早就公佈的。「世和」書記處的俱樂部一項服務就是為大家及早登記訂票，但也不一定滿足所有的希望。我們訂到了米蘭歌劇院的《茶花女》，是當時世界頂級的歌劇院。可惜我當時對國外藝術界完全無知，沒有記住演員的名字，只記得自己聽得如癡如醉，感到從未有過的藝術享受。還有一點印象深刻的是那演茶花女的女高音身材苗條，面容姣好。我特別注意到這一點是因為《約翰·克里斯朵夫》裏面提到一位演《茶花女》的著名女高音，是個身材魁梧的大胖子，在那裏哀傷欲絕地唱自己得肺病，將不久人世，使約翰感到莫大的諷刺，大倒胃口，而我看到的那位演員卻絕非如此。還有一次一位著名小提琴家的演出，我們沒有訂到票，我和陳樂民竟然跑到音樂廳門外去等退票，等到開演也沒有等着，只好快快而返。

遭遇匈牙利事件

悠閒的日子沒過太久，10月下旬發生了「匈牙利事件」。奧匈毗鄰，在歷史上曾屬一國，地理上唇齒相依，政治上極為敏感。一夜之間報紙鋪天蓋地都是匈牙利的新聞，「世和」內部議論紛紛，既興奮又惶惑。此時波蘭局勢已經由哥莫爾卡上台暫告穩定，蘇聯沒有出兵鎮壓；人們原以為匈牙利事件也會和平結束。誰知事態發展出人意料，結果蘇聯出兵佔領匈牙利，納吉被處死。

我們在奧地利見證了蘇聯出兵後大批匈牙利人逃亡到奧的高潮，其中有不少名人，包括匈牙利的足球明星以及著名演員、樂隊指揮等等，每天都上報紙的頭版。後來才知道，這一事件中匈牙利有20萬人逃亡國外。最初，中國政府沒有明確表態，我們也惶然不知該怎樣判斷，只能多聽少說。在蘇聯出兵前大多數歐洲工作人員都同情納吉，蘇聯書記也不大講話。我們還聽了「世和」常委，布倫姆夫人(就是前一年訪華由我陪同的那位)給大家作報告，講匈牙利形勢，歷數拉科西的劣政，談到經濟建設糟糕的情況時說，匈唯一的出口產品是一種大巴士，但質量日益滑坡，除了「我們的中國同志」外，沒有國家願意買。蘇聯公開出兵鎮壓，並逮捕納吉，大家為之震驚，從此圍繞匈牙利事件，「世和」內部開始分歧。

匈牙利事件之後，東西方關係緊張，奧地利政府雖為中立，政府自然與西方國家立場一致。大約10月下旬，突然下令封了在維也納的「世和」書記處，不再允許它合法活動。一天早晨起來我們發現門外有奧警察站崗，儘管我們外出行動還不受限制，但顯然「世和」書記處的工作已經停止。當時我和陳樂民又緊張，又有一種莫名的興奮，似乎遇到了一次不尋常的「考驗」，在沒有領導的情況下需要單獨應付。我們第一件要做的事就是銷毀機密文件，以防奧方來查抄。實際上，我們那裏並不保存什麼「機

密文件」。李一氓在時陳樂民作為「信使」，兩週去一次布拉格，但是因為中奧沒有外交關係，並不享受真正外交信使的豁免權。所以一般身上不帶機密文件，如果李一氓有什麼需要向國內彙報的「內部情況」，只口頭交代，陳到布拉格使館後再寫下來。他實際上只帶我們的私人信件。即便私信也必須看完後就銷毀。我們住處保存的唯一「內部資料」是《參考資料》。所以我們三人(包括廚師小董)就致力於銷毀《參考資料》，但是數量很多，不可能都給燒了。忽然想到，那內容都是外電外刊報導，根本不是「機密」，但這一刊物本身卻是作為「密件」處理的。於是我們就把印有「內部資料不得外傳」字樣的那一頁撕掉，好像是撕碎放在馬桶沖掉了。其他的就作為廢紙堆在那裏不去管它。當時的感覺好像如同電影小說中看到的地下工作一樣，並且還作可能被拘捕的「最壞打算」。事實上並沒有人來抄家，也沒有人理睬我們。那位「奧國女同志」不再來上班，不過還常常與我們相約在街頭見面，告訴我們一些有關奧匈形勢的最新情況。奧共本來是合法的，我們見面也是公開的，並非秘密接頭。在我們離開維也納時，在陳樂民建議下，請那位奧國女同志和她的丈夫以及一個十分漂亮的男孩(大約七八歲)來住處吃了一頓飯，以示感謝。後來，會面與宴請這兩件事受到國內來的領導批評，認為前者不謹慎，後者不得體，因為那奧國女同志的丈夫是奧共中央領導，我們不夠資格請他。

蘇聯出兵匈牙利後，大約於11月中旬我和陳樂民到布拉格中國大使館領受指示。這是我第一次到布拉格。最早「世和」總部曾設在布拉格，所以「和大」在布拉格也有一套住宅，是過去某位貴族的府邸，兩層樓，很高大，弄不清有多少房間，陳設古色古香。很久沒有人住，就我們兩人進入這樣一所空宅，有一種神秘感，好像隨時會有幽靈出現。中國大使館的建築更像一座古堡，我這個好迷路的人如同進入迷宮一般，這是我初訪布拉格的

感受。後來又去過幾次，都是短暫的停留。不過對布拉格城市之美，印象深刻。這些中歐的城市都有古老的歷史，有共同的風味，但又各有特色。布拉格教堂特別多，都是金頂，傍晚時分在落日斜暉中閃閃發光，所以有「金色布拉格」之稱，果然名不虛傳。加之時值深秋，樹葉都是金黃色。到了這裏與維也納不同，因是「兄弟國家」，身心放鬆些，可以坐公交車出行。陳樂民在這裏輕車熟路，帶着我坐電車逛市容。一路上經過許多教堂，目不暇給。發現車裏許多乘客每經過一座教堂就畫十字，不僅是老年人，年輕人也如此。使我大為驚訝。沒有想到社會主義國家竟有那麼多人信教！那時我的確單純無知，我自己的家庭是不信任何宗教的，後來又受了無神論的政治教育，對宗教信仰對其他國民的重要性毫無概念。

那一次到中國大使館接受國內指示。負責與我們聯絡的是一位參贊，名葛步海，現在已經作古。使館的參贊在我們眼裏就是高級領導，他對我們兩個小青年還很熱情，沒有架子。向我們傳達了國內對匈牙利事件的分析和我們的立場。那時中國支持蘇聯出兵的立場已是眾所周知，後來我才知道，不只是「支持」，而且是慫恿，是「我們」「幫助」蘇聯下的決心。葛參贊向我們傳達了中共「八大」的精神，其中還提到斯大林個人崇拜的教訓。關於匈牙利事件，雖然強調是帝國主義煽動，但是也提到了拉科西的獨斷專行、官僚主義等等。我們特別希望國內趕快派領導過來，但是葛參贊說，暫時還沒有人來，給我們的指示是多聽少說，遇到具體問題聽蘇聯書記的。

遷址赫爾辛基

「世和」在維也納暫時呆不住了。決定遷至赫爾辛基。芬蘭也是中立國，雖然不像東歐諸國那樣在蘇聯勢力範圍內，但對蘇聯還是畏懼三分的。於是那年冬天，我們隨世和書記處全套人馬一同遷往赫爾辛基。在那裏本是臨時打算，一時間也不可能找到

那麼寬敞的房子。大家擠在幾間大辦公室工作，好像每人一張辦公桌都分不到。我們也是第一次與洋人合署辦公。與此同時，陳樂民負責繼續找房子，以準備迎接即將到來的中國書記。此時國內已決定派鄭森禹、田惠貞夫婦來。他們來了之後，我們就要恢復中國人單獨在一起住宿和工作的局面。那時房子比較難找，既要合用，又不能租金太高，最後租用了一套私人住宅，原有的傢俱不大合用，也只能將就了。過了一陣，中國書記鄭森禹與夫人田惠貞到達赫爾辛基，我們終於盼來了領導，鬆了一口氣。我前次來赫爾辛基是夏天，領略了「白夜」的情景；這回是冬天，經歷了「黑晝」，天幾乎不亮，名副其實的「不見天日」，相比之下，比「白夜」難受多了。

在此期間，蘇方正與奧地利政府談判，爭取返回維也納。次年(1957年)科倫坡會議通過一項決議，就是與奧政府達成協議，「世和書記處」換一個名稱，以新成立的機構「和平學會」(Peace Institute)的名義搬回維也納。既稱「學會」，就算學術機構，減少了政治性。領導成員也重新改選，「和平學會」會長為文幼章，副會長：西園寺公一(日本)，總幹事：索羅金(蘇聯)，司庫：馬拉威亞(印度)，其他照舊。此事蘇、法一手包辦，中國沒有參與，決定後索羅金才向中方通報，中方為此很不愉快。

終身大事

我與陳樂民共同應對了匈牙利事件以後在維也納的各種不尋常的經歷，特別是從世和書記處被封到遷居赫爾辛基，有共度危難，相互默契的感覺，感情有所升級。自我到維也納後，他一直對我關心照顧，我視為當然，因為他比我先來，算是老馬識途，又是男士，自然吃苦在前。覺得他為人厚道，與他打交道、提要求，完全不必有任何顧慮。其實他法文比我強，但是我語速、反應都比較快，在口語翻譯中有優勢，特別是同聲傳譯，所以主要

翻譯任務比他擔任得多，他就多做各種雜務，也不以為意。他作風含蓄，聰明不外露，其中學、西學修養，我是一點一點發現的。我一向認為中國書讀得少的人難以深交，後來發現他舊學根底比我厚。後來又發現他竟善書畫，這正是我的短處，在我們這一代讀書人中，毛筆字拿不出手是我很大的遺憾。在沒有領導的日子裏，上面指定我們那裏暫時由他負責，我又發現他在突發事件中應對有據，有擔當。在遙遠的異國他鄉經歷了「共患難」之後，我們的感情發生了質的變化。就在這種情況下，他也很少激情奔放，卻是潤物細無聲那種，使人感到踏實可靠。

「世和」1957年科倫坡會議後，領導決定我們隨團暫時回國。原來並沒有準備結婚，成家之類的事還是離我很遠的。但是回國以後不久，又決定要我們回維也納。我和陳樂民的關係大家都已經知道，從領導到周圍的同事都積極慫恿我們結婚，大家都認為這樣以後工作、生活，特別是到處旅行，更方便些。我們本來也已「私定終身」，於是就這樣決定了。至於雙方家長，在那種形勢下，只需領回去看看就行，不必先徵求意見的。那時根本沒有什麼儀式，在一天晚飯後，借機關一間大一點的房間，幾個同事聚一聚，有一兩位熱心的同事張羅，熱鬧一下，就完成了。機關臨時從集體宿舍中借給我們一間房間。在家裏，則兩家家長一起在我們家吃了一頓飯(我母親帶領老保姆做的)，如此而已。還有就是開了介紹信到街道辦事處登記，除結婚證外還領到若干布票，交給我母親，做了兩床新被子。我們照例有三天婚假，不知如何發現頤和園有房間可以租住，我們就去租了一間相當破舊的平房，室內只有一床、一几，一暖瓶、兩個茶杯。一個老頭供應開水。我連如何解決洗漱問題都不記得了。就這樣過了三天「蜜日」。五十年後，我們金婚紀念，陳樂民記得是在香山度的婚假，我們就與女兒和外孫女一道又重返香山，住了一晚，這回住的是香山飯店。但是後來我想來想去是頤和園，又找到當時照

的照片是頤和園諧趣園，但是陳樂民已作古，無法印證了。連這樣的事都記憶有差，可見這「終身大事」是辦得很潦草的。

　　陳樂民的家庭比較舊式，與我家很不一樣。他父親早逝，有一長兄比他大十幾歲，靠祖父的房產出租為生，到四十年代末家境敗落已到難以為生的地步，而多年來，這個家全靠他的寡母撐起。他母親是一位小腳老太太，雖然比我母親大不了幾歲，我見到她卻想起我的外婆。她沒有上過正式的學校，粗通文墨，卻也像我外婆一樣知書達理，思想開通。她對我們經常出差在外很少回去看她從無怨言，總是說應以工作為重。我現在回想起她們，與當前流行的「丈母娘」、「婆婆」們做比較，總覺得納悶，經過這樣「天翻地覆」的「現代化」，為什麼這方面竟如此倒退？如果說，我母親是生長在江南得風氣之先的地區，經歷有其不尋常之處，那我的婆婆是典型的北方舊式家庭婦女，幾乎足不出戶，遑論到廣場跳舞，為什麼對家庭關係的態度竟比今日之「大媽」們理性而明達？

　　我們結婚收到的最貴重的一件禮物是我的一位堂兄送的一座景泰藍的枱燈，至今還在我臥室桌上。這位堂兄的父親就是我父母結婚時代代表資家專程來上海主婚的、我父親的堂弟。他原名資超群，抗戰勝利後我父親到重慶他特來相見，當時他父親已去世，他參加了共產黨。1949年隨軍管會接管北平，後在北京市人民政府任外辦主任。我父母家搬到北京後，他週末、假期常來我家，那時已像多數參加革命的人一樣，改名姓周（名字我忘了），對我父母親如家人，沒有任何「階級」歧視和隔閡，對我們姐妹也很親切。誰知我回維也納之後，接我母親來信，說他在1958年被「補」劃成右派，不服而臥軌自殺了。是何罪名不得而知。我母親說他有湖南人的犟勁。我在震驚之餘，還得如實向當時的領導匯報。結果連我母親寫信到國外告訴我這件事，也被認定很不

應該，並指示我在回信中不得提這件事。還沒有到「文革」，當時的不近人情可見一斑。

重返維也納

同年9月，又回維也納工作。這回有了領導，新任書記鄭森禹，他的夫人田惠貞是燕大畢業生，通英文，法文也學了一些。另外多了一位同事張雪玲，與我們是同齡人，也是清華同學。原來就比較談得來，現在多一個伴，很高興。後來張雪玲成為我們終身好友，不幸她也已作古。

在維也納繼續工作了兩年。這兩年的氣氛和心境與李一氓時期大不相同。一則是大形勢變了，中蘇關係日趨惡化，但又未完全破裂，既不能像以前一樣甩手不管，又不能公開吵架，掌握分寸比較微妙，工作人員因來自不同的國家，各自代表該國共產黨的立場，難以像以前那樣融洽；二則國內經過反右、大躍進，階級鬥爭的弦越繃越緊，在「一線」工作的人動輒得咎；三則鄭森禹與李一氓性格作風完全相反，特別謹小慎微，難得瀟灑，也難見笑容。他對工作一絲不苟，嚴格請示彙報，生怕發生漏洞，引起國內誤解、批評。對我們當然也同樣要求一絲不苟。特別是在國外一共只有六個人，工作、生活都朝夕相處，就更需要處處小心。

那個階段在「世和」的工作似乎主要就是防止在各種文件中出現違反我國政策原則的提法。最經常的文字材料是世和定期出的《公報》，於是我們的日常工作就是在付印前仔細閱讀英、法兩種語言的公報稿件，挑出有問題的地方，由鄭與有關書記交涉。此類文章大多是洋八股，翻來覆去就是那些事，枯燥無味，但是間或也會出現一兩句與我國立場相悖的提法，如對核武器、台灣問題等。鄭本人是懂英文的，但又要防止法文本與英文本不一樣，所以還要核對。總之那段期間工作與生活都過得比較沉

悶、壓抑。幸好鄭森禹有一項愛好，就是照相，所以在那一段時間我們留下了不少照片，是珍貴的紀念。

1959年世界青年聯歡節在維也納舉行。陳樂民和張雪玲都被借調到中國代表團工作。本來這是一件令人興奮的事，因為聯歡節顧名思義是各國青年在一起聯歡，其主體是藝術表演團，可以看到各國精彩節目。我們都得到了參加開幕式的票，我對此抱有很大期待，準備一飽眼福。誰知出了兩件意外，使我們的生活都蒙上了陰霾。一是鄭森禹坐汽車從布拉格回維也納的途中出了車禍，後來雖然無大礙，鼻子受傷縫了許多針，從此落下傷疤。當時消息傳來，我們都着實緊張了好幾天。他從醫院回家後，夫婦二人情緒不佳，我們都不敢大聲言笑。聯歡節開幕時，我不識相地問還去不去(那時鄭已基本痊癒)。惹得他們大發脾氣，嚇得我再不敢開口，我對此嚮往已久，特別是開幕式有奧地利團隊的藍色多瑙河集體舞，所以不只是一點點遺憾。

誰知禍不單行。聯歡節閉幕後，中國代表團回國，到火車站點人數，發現少了一名德文翻譯，再也找不到，從此失蹤了。代表團大批人馬必須如期回國，暫時留下一位青聯的領導謝邦定繼續尋找，就住在我們那裏，平時的話題就是分析此人哪裏去了，不外乎被綁架，或自己叛逃，被謀殺的可能不大。所謂尋找，也只能與奧地利方面交涉，找他們要人。實際上是沒有希望的。不久，謝邦定也回國了，但國內對此事並不放手，還指示鄭森禹繼續負責查明下落。這是難以完成的任務。鄭森禹剛遇車禍，又逢此難題，更加情緒煩躁，那一陣脾氣很大，不便對我們發作，就都撒在夫人田惠貞身上，她自然也沒好氣，對我們的工作也就批評多於鼓勵。我們在一旁大氣不敢出，過了一段相當壓抑的生活。

1958年「大躍進」開始時，我們只從報紙上得知國內轟轟烈烈、如火如荼的景象。加以同事來信中描述的神奇數字和預期的

遠景，以及工、農、兵、學、機關幹部全體動員大煉鋼鐵、除四害、搞「超聲波」試驗等，令我們興奮不已。覺得身在萬里外，不能親歷其盛，實在遺憾。我們可以做的就是向外國人宣傳「大躍進」的成績。按慣例，每逢「十一」，中國書記就代表中國舉行招待會，少不得要作一次祝酒講話。1958年的國慶招待會，根據國內指示要大肆宣傳「大躍進」的成績，中國書記的講稿特別長，內容都摘自國內報刊，還鄭重其事譯成英、法文的書面稿散發。在這段時期一切對外活動中，中國人只要發言，都宣傳「大躍進」。外國人如果對此有質疑，一律認為「不友好」。那一年有一次國際和平會議，中國代表團團長郭沫若的發言中當然也是大段宣傳「大躍進」，提到「十年超英，十五年趕美」，冀朝鼎在審閱英文稿時說：英國已經在走下坡路，十年超英的目標太低了。但因為這是上面定的口號，他不能改。此一例足以說明當時全民頭腦發熱的情況，連長期在美國、並且在國民黨身邊做地下工作、見多識廣、經驗豐富的冀老也不例外。

到1959年夏，就陸續傳來國內供應緊張的消息，而且急劇惡化，特別是基本食品供應發生問題，開始削減每月糧食定量。我們對「自然災害」之說當然毫不懷疑。只感到國內物資匱乏，而我們還在國外「養尊處優」，都於心不安，十分內疚。於是我和陳樂民以及張雪玲一再向領導提出申請，要求調回國內「與全民共甘苦」，並經受艱苦的「考驗」。對於我們這種和平年代才參加「革命工作」的青年知識分子來說，沒有經過艱苦鬥爭的考驗是經常被敲打的弱點，也是自己的一塊心病。所以有了「艱苦」的機會，不問情由都不肯放過。

1959年8月我和陳樂民果然奉調回國，倒不是領導同意我們與人民「同甘苦」的要求，而是中蘇關係惡化，中央對這個和平機構的方針有所改變，準備逐步撤出。正好有一個奧地利代表團訪華，我和陳樂民奉命隨團回國接待，原來說是臨時回國，還要

回維也納，所以只帶了隨身衣物。後來中蘇關係進一步惡化，不久鄭森禹夫婦也調回，從此我們再沒有回去。不少私人物品就此丟失了。最可惜的是馮鍾璞專門托人帶給我的一套《宋六十家名詞選》，很好的線裝版本，我還沒有來得及仔細翻閱，就此留在那裏，以後不知去向了。

九
亞非團結運動和支援民族獨立鬥爭

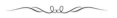

亞洲團結運動

新德里亞洲國家會議

1955年4月6–10日在新德里舉行「亞洲國家會議」，會上決定成立「亞洲團結委員會」，是為亞洲團結運動之始。

到那時為止，中蘇關係、中印關係都是最好的時候。印度的對外政策是在兩大陣營之間保持中立和獨立。這一政策得到中、蘇的支持，認為有利於社會主義陣營。其邏輯是：印度本屬於資本主義國家，它的「中立」就是從帝國主義陣營中立出來，而且印度領導人有較強的民族獨立意識，這些因素都可以作為反帝的同盟軍，或者至少是「與國」（這個詞來源於《春秋》，是周恩來提出的，以別於「盟國」）。具體背景是，前一年4月周恩來總理訪問印度，就西藏問題達成了著名的「和平共處五項原則」，作為中印共同提出的處理兩國關係的準則，以後發展為中國對外宣導的處理國際關係的準則，到1972年還寫入了中美《上海公報》中。「五項原則」的印地文讀音為「潘查希拉」，變成一個專門名詞，在亞洲團結運動中常用這個詞，也有尊重印度的共同發明權之意。所以，亞洲團結組織的成立會議就在印度舉行。另外，這次民間會議又在歷史性的政府間的萬隆亞非會議(4月18–23日)前夕舉行，二者不可能沒有聯繫。

在這一背景下，有關各方都十分重視。中國派出了陣容強大

的40人代表團：團長郭沫若，副團長楚圖南，實際政治領導廖承志，除中國「和大」負責人李一氓、劉貫一、唐明照、鄭森禹、朱子奇外，我有印象的著名人士有丁西林、巴金、謝冰心、黃佐臨、張瑞芳、湯曉丹、華羅庚、陳翰笙、張明養、倪斐君、曹孟君、施如璋等，還有一名農民代表李世峻。

會議與「世和」的會議一樣，通過了許多決議，除和平會議經常的議題如：反對大規模毀滅性武器、軍事條約和外國軍事基地、種族歧視等外，體現本次會議的亞非特色的決議有：「關於殖民地與干涉內政」、「阿拉伯人民的自由」、「和平共處五項原則」等問題，還有「致(即將召開的)萬隆會議書」、「告北非人民書」、「告亞洲人民書」、「呼籲恢復中國在聯合國合法席位」等。另外還有一項要求「亞洲國家邦交正常化」的決議，這主要也是指的與中國「邦交正常化」，因為當時許多亞洲國家都未與中國建交。

最重要的決議是成立「亞洲團結委員會」。

印方主要人物是尼赫魯總理的嫂子，拉米希瓦里‧尼赫魯夫人。她本人是社會活動家，在印度享有極高的社會地位。會議推舉她任亞洲團結委員會主席，是不二人選。其他若干國家代表為副主席。當時大家都心知尼赫魯是有雄心抱負的政治家，印度作為中立國，有其有利的條件。他有意借這個機制在亞洲擴大影響，成為一方的領袖，所以十分支持亞洲團結運動。中國是「冷戰」的一方，在大多數亞洲國家追隨美國的情況下絕無任主席的條件，不便打頭陣，也樂意支持印度。所以那次會議各方都很和諧、愉快。印度方面接待是高規格的。我們住的是最豪華的旅館(順便提到，「世和」在歐洲國家開會都是住中等旅館，不過由於這些國家比較發達，小旅館設備也很齊全)，參加盛大的花園招待會，還遊覽了神奇的泰姬陵和紅堡等名勝。

那時不但和蘇聯是兄弟，和印度也稱兄道弟。印度一位詩

人專門寫了一首歌，並譜成曲，題為「Hindi Chini Baibai」（印度中國是兄弟）。我和兩位一同參加會的翻譯趙風風和呂宛如在出國前拿到了歌譜，學會並背下了印地文的歌詞。這次會議期間，大約是閉幕會上，由我們三人用印地文演唱此歌，會下一片「Hindi Chini Baibai」之和聲，算是一個小小的高潮。我們根本不懂印地文，完全是按拼音死記硬背下來的。那時年輕，就有這個本事，不管內容懂不懂，可以按音節背下來。我們三人中呂宛如天生一副好嗓子，本來就愛唱歌，是晚會上不可少的音樂積極分子，也常幫我們排練合唱。我們三人的表演主要靠她撐場面，我是五音不全的，只能濫竽充數，但是我特能記歌詞，也能起點作用。

那次會議對我的英文是一個考驗。我是團長翻譯，任務最重，還有一些會外的重要談話，例如廖公與印方的實質性會談，也是我翻譯。郭沫若在大會的主要發言是在台上讀稿子，為節省時間，講話人只讀頭尾，中間都由翻譯讀稿。英語朗誦是我的強項，從中學起就上過台。我的英語是比較標準的英國發音（最近幾十年由於經常與美國人打交道，不知不覺間我的口音也變了，變成英腔美調）。印度知識分子、上層人士雖然英語等於母語，但是發音總脫不了本土口音，所以我的「英國腔」引起他們特別的讚賞和羨慕，這是我始料不及的。會下不止一個人特意跑來對我的「皇家英語」（King's English）表示「祝賀」，問我英文在哪裏學的，我從未去過英國令他們更為驚訝。不過反過來，我聽他們的英語卻十分困難。在此以前接待過印度文化代表團，對聽印度英文已經有過一點訓練，算是有一點準備。但是在會議期間聽印度人語速很快而詞藻華麗的長篇發言，還要同聲傳譯，實在令我頭痛，「偷工減料」是免不了的。印度語言非常複雜，來自不同語言邦的的英語各自帶有濃重的本邦口音，並非只有一種「印度英語」，實在難以適應。

與此有關，還有一次有趣的經歷：代表團應邀旁聽印度議會辯論，我們在樓上旁聽席，只見一個個發言人做着大幅度的手勢，大聲說話如連珠炮，似乎很激動。中國團員都很着急，不斷催問我他們在說什麼，可憐我實在一個字也聽不懂，最後忽然似乎聽出幾個字，脫口而出說：「好像在說英語」！大家都笑了。好在代表團中也有不少英文好的，如冰心，也照樣聽不懂，所以對我都能諒解。「好像在說英語」變成代表團的一句玩笑話。後來我逐漸訓練成能聽「八國英語」，還有「非洲法語」。即便如此，我想在事先完全不知道討論什麼問題的情況下，要跟上印度那種議會辯論，還是有困難的。

　　順便解釋一下：印度獨立後，曾想在語言上也脫離對英語的依賴，定印地文為官方語言，因為說印地文的人數最多。但還有信奉穆斯林的人口說烏爾都文。所以有一度官方文件以印地和烏爾都兩種文字為主，同時附英文稿。但是印度語言太複雜，其他還有十幾種語言怎麼辦？每個語言邦都爭平等權，只有英語是共同的，所以全國議會辯論還是只得用英語。至今，各邦的印度人之間還是用英語交流。

　　初訪印度印象

　　初到印度，直覺印象最深的是貧富懸殊特別鮮明。其豪華處的特點是舊王公加英國貴族的生活方式。最講究的街道是國會和政府機關所在，紅土地，白房子，高大的熱帶樹蔭夾道，驅車走過，一路不知名的花飄香，心曠神怡。但是剛一拐彎，景色大異，滿街髒兮兮，煙霧騰騰，排滿了各種營生的小販、玩蛇的、演雜耍的，到處都是乞丐，尾追不捨。還有地上躺着只圍一塊腰布的骨瘦如柴的人。馬路當中遊蕩着瘦骨嶙峋的牛，那就是所謂「神牛」，人、車都得讓路。它們到年老幹不動活時就這樣自由遊蕩，直到自然死去。咫尺之間反差這麼大，但當地人似乎習以為常。

我們住的旅館是西式的，內部裝飾卻是印度特色，牆上是印度壁畫，金碧輝煌。餐廳很大，有一個舞台，經常有印度樂人盤坐在上彈唱印度歌曲。但是進餐廳晚餐卻要遵守英國高級飯館或俱樂部的規矩，男士不打領帶不穿上衣不許進去，女士不能光腳穿涼鞋。第一晚就餐，一些男士就被服務員攔了回來，回去重新着裝。要知道新德里四月已是炎熱的夏季，那時還沒有空調，只靠天花板上的大吊扇不停地轉，男同胞一頓飯下來大汗淋漓，發牢騷說到這裏受洋罪，比英國還英國。早晨尚未起床，服務員就敲門送早茶，那也是英國貴族舊習慣，起床前先喝茶。這不符合我們的衛生習慣。最令人惱火的是，會議期間大家工作都很辛苦，睡得很晚，卻大清早被叫醒。服務員送完茶還不肯退出，在那裏等着，言語又不通。後來才知道那是要小費，天天如此。我們只得在床頭準備好零錢。旅館裏服務員奇多，分等級，上等的管鋪床，中等的管掃地，最下一等是打掃洗手間，那是「賤民」或「不可接觸」種姓幹的活。這類人都是退着走出去，不可背對客人。麻煩的是，每做完一件事都要小費。最後我們離開時，一大群服務員爭相來提行李，然後在門口站作一排，表示都是為我們效過勞的。我們代表團負責總務的同事挨個分發小費，好像總也到不了頭，原來那排頭的拿到錢後又跑到排尾去了。後來聽說，這裏服務員根本沒有工資，旅館允許他們進來就不容易，他們全靠掙小費為生，當然比流落街頭好多了。

會議期間東道主舉行了一次隆重的招待會，使我對印度式的豪華大開眼界。招待會在尼赫魯家族的一家花園中舉行，具體屬於誰記不清了。花園很大，除了自然的樹木、花草外，許多樹上結滿了各式各樣的人工的果子，實際都是燈泡。招待會開始時夕陽尚未完全隱去。不久，到了華燈初上時刻，樹上的果子一起發光，五彩繽紛，蔚為奇觀。園中擺了一些長桌，精美的餐具中擺着印度式的食品。當然還免不了眾多訓練有素的服務員托着盤子

穿梭於賓客中。對於食物，我沒有多少印象，而且我天生不喜歡南亞食物中的一種香料味道。但至今留下印象的是許多糕點外面都塗有金色和銀色，閃閃發光。當然那金銀都是可以食用的（按照現在的標準是否符合食品安全就不得而知了）。代表團後來常開玩笑說到印度去吞金、吃銀。還有一事留下深刻印象是女賓們的紗麗，外加鮮花插鬢，美不勝收。當時中國女同胞在正式場合就穿旗袍，無論怎樣講究，在那飄飄欲仙的紗麗面前就相形見絀了。我想起白居易的詩句：「繚綾繚綾何所似，不似羅綃與紈綺，恰似天台山上明月前，四十五尺瀑布泉」。在眾多女賓中有一位女士身着白色紗麗，頭戴茉莉花環，風姿綽約，我初見之下，驚若天人。她舉止也特別得體，操流利英語，遊走於賓客之中，無需人介紹，似乎與不同的人總有話題可談。後來我才知道，這位女士是新德里有名的交際花，或稱「名媛」，是這種高級社交場合少不了的人物，幾成慣例。在這種場合的印度人，不論賓主，大多屬於婆羅門種姓，膚色偏白，與街頭巷尾見到的大不相同。再想到白天街頭所見，恍如兩個世界。

印度的名勝古跡，我們時間短，不能多訪。但泰姬陵和紅堡是必去的。今天，國人對泰姬陵及其掌故已不陌生，其圖片在很多雜誌上都能見到。我當時初見泰姬陵，毫不誇張地說，是產生一種震撼，感到太美、太神奇了。與中國的園林、廟宇，歐洲的教堂、古堡都迥然不同。通體白得耀眼，走到裏面，如入神話境界。可惜當時除了一張全體代表團的合影外，沒有留下任何照片，自己也沒有記下片言隻字。事隔半個世紀，只有這一點主觀的記憶了。紅堡當然也是蔚為壯觀的建築，並有豐富的歷史。不過我現在印象深的竟是另一件事：城樓甚高，下有一道護城河。有一個旅遊項目就是遊客把硬幣扔到河中，有人從高高的城樓（我不知道樓高多少米，總之比跳水運動板要高出數倍）跳入水中，潛入水下，找到硬幣，再鑽出來向上面的遊客合掌致意，當

然硬幣就歸他了。(據資料稱,城牆最低處16米,最高36米,我不知道跳樓人從幾米跳下,反正不是最低處,因為望下去人臉已看不清)。主人給我們硬幣,要我們也往下扔試試,但是我們終於不忍心,沒有扔。後來大家議論紛紛,覺得那些人太可憐了,這種娛樂項目太殘酷、太危險。但是又有人說,其實他們都習慣了,風險不大。如果取消,又會多一些人失去生計。不知道現在這一項目是否還存在。

國內來了高級代表團,照例駐在國的中國大使要招待一番。第一任駐印大使是袁仲賢將軍。第一批我國駐外大使多是將軍出身。袁大使曾是著名的英國「紫石英號」事件中出面與英方談判的代表。一天晚上,全體代表團到中國駐印使館晚餐,好久沒有吃這麼美味豐盛的中餐,大家就像回家一樣,精神放鬆,互相敬酒、開玩笑,氣氛十分熱鬧。我們也沒有翻譯任務了,可以自己自由扎堆,不過還是「長幼有序」,不敢太放肆,多數時間是饒有興味地看熱鬧。記得有一幕是申健參贊夫人帶頭會同其他幾位外交官夫人一起走過來,向廖公祝酒,然後「請願」,請求調回國內工作。她們抱怨說,在這裏當「夫人」,每天梳妝打扮,參加各種宴會、交際活動,那叫什麼工作?脫離國內的政治生活,也沒有什麼學習,時間長了,就要落伍了。在這裏學什麼?穿旗袍、穿高跟鞋倒是學會了!我的印象,袁大使夫人比較憨厚,少言寡語,這幾位夫人很會講話,大約原來工作也是獨當一面的,在這裏覺得英雄無用武之地。有一位夫人還開玩笑說,再不讓我回去,我就要申請離婚了。廖公對她們「教育」安撫一番,大意是交際也是工作,梳妝打扮就像演戲,演好這台戲也是重要的,還有熟悉印度情況也是學習,云云。那時女幹部出國擔任獨立的外交官的很少,即使領導幹部也是負責館內工作,對外還是以「夫人」面貌出現,而且一秘以上的外交官才有資格帶夫人。女翻譯不少,但翻譯沒有外交官身份,多是年輕的剛出校門的大學

生。那個時期婦女獨立的意識還比較強，被人稱為「XX夫人」很不舒服，是普遍現象。後來有些人就越來越習慣，再後來，夫貴妻榮，「夫人」越做越有滋味(不是單指外交界)。社會進步，這方面卻倒退了。

從亞洲團結到亞非團結

開羅亞非人民團結大會(1958年12月28日)

從亞洲團結發展到亞非團結，中心轉到開羅。其背景與因蘇伊士運河而引起的第二次中東戰爭有關。

1956年9月，埃及宣佈收回蘇伊士運河管轄權。蘇伊士運河之重要性自不待言，名義上是由一家運河公司管理，實際上英法佔有絕大多數股份，尤以英國為最大股東，每年的收入不菲，埃及在運河公司中只佔有百分之五的股份。納賽爾上台後，奉行民族獨立政策，收回蘇伊士運河是一項重要舉措。由此，爆發了第二次中東戰爭。這場戰爭的過程與各方的利害和打算十分複雜，難以詳述。簡單說來就是英、法支持以色列攻打埃及，企圖逼埃及就範。以色列先打約旦，再打埃及，佔領西奈半島，埃及一路敗退。英法軍隊佔領塞得港，埃及用沉船堵塞河道，引起運河交通危機。英、法、以三國策劃軍事行動時未知會美國，戰爭爆發後原指望美國站在自己這一邊，對埃及施加壓力。殊不知，美國有自己的打算，艾森豪總統提出「力量真空主義」(vaccume doctrine)，或稱「艾森豪主義」，亦即歐洲老殖民者退出的地方留下「真空」應由美國去填補，同時抵制蘇聯力量的進入。應該說，這是在五十至六十年代亞非民族獨立運動高漲的形勢下美國的一大戰略方針，這只是開始。所以美國不但不支持英、法、以，還壓以色列退兵。這場戰爭的結果是由聯合國通過決議，成立緊急部隊，從英法軍隊手中接管其佔領地區，並監督雙方達成停火。在這一問題上，美蘇在聯合國立場一致。英、法、以大為

惱火。但是事實上以色列已經佔領加沙部分地區和西奈半島。以後成為長期的爭端。從此，中東的戰略地位陡然重要起來，埃及在正在興起的民族獨立浪潮中處於前沿，納賽爾由此不但是埃及的民族英雄，而且成為非洲人民解放運動的領軍人物。蘇聯對這一地區當然不會袖手旁觀。一時間，北非、中東局勢微妙，有阿拉伯與以色列的宿怨，有阿拉伯國家之間的爭雄，有美歐之間的暗鬥(美國逐步取代英法勢力)，當然還是美蘇冷戰雙方必爭之地。在這一背景下，民族獨立運動的重心由南亞移到了中東，於是，亞洲團結發展為亞非團結，開羅順理成章成為「亞非人民團結大會」的會址，我也就有機會初訪埃及。

當時的「社會主義陣營」當然全力支持阿拉伯國家，並且有意抬納賽爾。由於主題是民族獨立，而且是「亞非團結」，中國的地位就重要起來。加之，那已是蘇共二十大和波匈事件之後，中蘇的關係也發生了微妙的變化，中國對「老大哥」不那麼亦步亦趨了。相反，蘇聯有時還要借重中國爭取名正言順地被承認為亞洲國家，(因為有些人士認為蘇聯主要是歐洲國家，不應參加亞非團結運動的領導機構)。中國派出了陣容強大的代表團，其中還有好幾位穆斯林人士，如包爾漢、達浦生、馬伊努爾、韓幽桐、馬堅等。其他成員除和大的領導郭、廖、劉、唐明照、鄭森禹、朱子奇外，還有吳晗、金仲華、趙樸初、冀朝鼎、汪德昭、劉良模(基督教青年會)、王光英、楊翊、張瑞芳、謝冰心等。

如果説，兩年半以前的新德里亞洲團結會議是印度唱主角，佔盡風光的話，那麼這一次明顯是埃及唱主角，而且中蘇早已內定，擁戴埃及成為即將成立的「亞非人民團結委員會」主席。對此，印度人很不愉快，私下與中方談話中流露不滿，認為是過河拆橋，不過也無可奈何。中國人背後説印度「佔着茅坑不拉屎」，意指其反帝不力。那時中印尚未交惡，中國對印度代表還是竭力安撫。但是反帝的前沿已經轉移到非洲，這是大勢所趨。

會議包括預備會議及會後的小會共開了七天，與會者號稱來自五十個國家和地區，代表亞非十七億人民，其中包括尚未獨立的非洲殖民地、附屬國。通過了「告世界人民書」，以及其他若干決議，主要圍繞團結反帝、反對種族歧視等內容。具體點名支持的有：阿爾及利亞、喀麥隆、肯亞、烏干達、查德、多哥、馬達加斯加和索馬里、摩洛哥、巴勒斯坦、葉門、阿曼等，它們的訴求不同，未獨立的要求獨立，已獨立的要求統一和完全獨立，還有要求自決。此外還有果阿歸還印度、西伊里安歸還印尼，沖繩歸還日本，要求恢復中國在聯合國的合法地位，等等；還有反對核武器和軍備競賽，這是蘇聯關心的；另外還有專門關於經濟、文化的決議。總之所有與會代表的要求都在文件中有所反映，面面俱到，這是此類會議一貫的做法。

我當時隱隱約約有幾點感覺：一是中國已經不滿足於總是追隨蘇聯敲邊鼓，而是在反帝反殖的潮流中當仁不讓，要有自己的聲音和地位；二是中國特別強調反美，與蘇聯以及其他亞非國家有微妙的區別。因為當時非洲主要殖民地都在英、法統治之下，獨立運動的矛頭當然針對它們，而中國代表的任務就是要竭力提醒他們美國的危險，經常用的一句話就是警惕「前門驅狼，後門進虎」。特別是蘇聯也在和美國講「緩和」，中國更要高舉反美旗幟。在起草決議中強調反對「一切形式」的殖民主義，那就是針對美國的「新殖民主義」而言。這一提法雖然寫入決議，但是要說服非洲獨立運動人士把矛頭從直接統治者英國或法國轉到美國身上則不現實；三是納賽爾確有當阿拉伯和非洲民族獨立運動領袖的野心。有好幾個非洲代表就是埃及出資請來的，他們所代表的獨立運動就是埃及資助的，中國代表私下稱他們為「納賽爾口袋裏的人」。但是想稱霸的不止埃及一家，例如約旦，巴勒斯坦難民在它那裏，這是一大資本。還有摩洛哥、敘利亞、黎巴嫩，等等，各有各的打算。而且分分合合變化莫測（例如不久

後，埃及和敘利亞合併成「阿拉伯聯合共和國」，中國予以大力支持，但兩年後它們又分開了）。至於親美的國家如沙烏地阿拉伯、伊朗等當然與亞非團結運動不沾邊。總之中東北非形勢錯綜複雜，令人眼花繚亂。

會外活動在記憶中還有印象的是納賽爾接見中國代表團，使我領略了埃及「最高領袖」的架勢。是否全體團員都參加，我不記得了，我因隨團長郭沫若翻譯，所以參加。先由埃方工作人員把大家不分老少，一股腦兒都領入一間空房子，那間房子沒有座椅，包括團長郭老在內都只能站着。等了很久，又來人把大家領到另一間房間。人們等得不耐煩，嘖有煩言，有人說好像趕鴨子一樣。在旁的埃及人一臉嚴肅，示意大家保持安靜。終於納賽爾出來了，前呼後擁，代表團主要成員上前握手，然後他站在那裏發表了一通講話，用阿拉伯文，由翻譯翻成英文，我在郭老身旁同時傳譯，他耳背，我又不能大聲說話，他似乎也不想仔細聽。我現在完全不記得納賽爾講了什麼，反正不長，郭老是否致答詞，我也不記得了。很快，納賽爾就在隨從簇擁下離去，然後我們才又被領出房門。事後中國代表內議論紛紛，說沒見過這麼架子大的國家領導人，與我國領導人接見外賓的禮儀太不一樣了。特別是我們代表團內幾位位高望重的老人，習慣於到處受尊敬，大約在外交場合很少遇到這樣的待遇。後來我還見過幾位非洲新獨立國家的高官，也很神氣，頗有些架子。大約是長期受壓迫以後的反彈。

在開羅期間我還陪郭沫若到安瓦爾·薩達特家去拜訪過一次。薩達特就是後來任埃及總統，對中東和平做出重大建樹，1981年遇刺的那位。他是納賽爾的親密戰友，一同參加革命，當時任國民大會主席，是亞非人民團結運動的主要促成者，後來曾任該組織的主席。同一切文明古國一樣，開羅有許多輝煌而精緻的王公故居。我國駐埃及使館就是一所頗有氣派的古庭院建築。

薩達特的住宅雖然沒那麼大，也是這樣一所舊宅。客廳的陳設、沙發、地毯，以及銀製茶具、果盤等等都具有我在電影中看到的那種阿拉伯宮殿風味。薩達特與納賽爾作風迥異，十分謙和有禮。我對他的夫人有比較深的印象。她也參加談話，風度很好，舉止大方，不帶面紗，作風比較現代，英、法文都流利。聽說埃及上層人士的夫人大多數是教會學校出身，有的還留學歐洲，外語都不錯。後來我才知道，這位夫人吉安・薩達特本人是一位傑出的女性，有思想的社會活動家，薩達特遇刺後，她還繼續為婦女解放、平民福利以及和平事業不懈努力，曾獲美國自由獎。薩達特與她的結合也是阿拉伯世界少有的現代化、平等的家庭。薩達特常同她一起出席公開活動。據說利比亞的卡扎菲還曾專門致函薩達特，批評他這種西化的作風。看來薩達特在阿拉伯世界比較超前，早已不見容於保守派。郭沫若那一次是禮節性拜訪，沒有談實質性問題，我對談話內容已經沒有印象，不外乎是中方表示全力支持埃及兄弟的反帝鬥爭，大家都強調亞非人民團結的重要性，等等。如果不是後來薩達特當了總統又遇刺，成了新聞熱點人物，我幾乎把曾經到過他家的這件事忘了。

那次會議比較順利，可以說是「團結的大會」，各種分歧還沒有顯現出來。埃及需要支持；中、蘇兩大國都需要爭取它；支持民族解放鬥爭是大家一致的。所以總的說來工作比較輕鬆。我國代表團內有不少文學、藝術家，郭沫若同張瑞芳等電影明星非常熟，大家說說笑笑，並互開玩笑。有一次有人出對聯：「郭老人老心不老」，郭老指着馬堅(北大教授)應聲對曰：「馬堅名堅實不堅」，因為馬堅正好不小心碰破了頭，貼了一塊紗布。我心中激賞此絕對，所以一直記得。多數中國人都是第一次訪問開羅，少不得要遊覽一番名勝：金字塔、斯芬克斯像、博物館(我第一次見識實物「木乃伊」)，以及泛舟尼羅河是必不可少的項目。還去了著名古城盧克索，處處令人發思古之幽情。我還騎了

駱駝。陳樂民在下面牽着韁繩照了一張像。我們寄了一張給國內的朋友，陳在上面題了兩句詩：「金字塔邊客，尼羅河上仙」，說明那時的心情是很輕鬆愉快的。

印尼萬隆會議

首先說明：此萬隆會議是民間組織的會議，非著名的1955年在萬隆召開的政府間的「亞非國家會議」。1961年4月在印尼萬隆舉行「亞非團結組織」理事會。那是蘇加諾當政時期，他與印尼共產黨結成統一戰線，與中國關係也特別好。蘇加諾發起「新興力量」運動，得到中國大力支持。此時的印尼也有意在民族獨立運動中執一方牛耳。蘇加諾發起在雅加達舉行新興力量運動會，中國為此援助建立大型體育場館。我們去印尼路上恰好與當時的體委副主任黃中帶隊的體育團(好像是足球隊，不能肯定)同飛機。下機以後，他們受到國賓待遇，有摩托車警衛隊開道，呼嘯而去，十分神氣。我當時很奇怪，為什麼接待一支球隊這樣隆重。後來方知與蘇加諾重視「新興力量運動會」有關，而舉辦運動會的體育館是中國援建的。我們在雅加達也受到印尼方面熱情接待。蘇加諾在總統府宴請，桌子圍成長方形，氣氛十分親切、熱鬧。宴會期間有印尼歌舞演出，最後有一人帶領大家合奏印尼樂器。那是一種粗細不等的竹片，每一根代表一個音階，起琴鍵的作用，每人面前一條，分別是 do, re, mi, fa, so, la, ti 中的一個。指揮先教會大家如何使用，然後教大家唱一曲很多人都熟悉的印尼民歌(只唱譜子)。唱了兩遍後，開始演奏，唱到哪個音符，有關的人就敲一下前面的竹片，一首歌就奏出來了。這其實不難，教的人很認真，很耐心。加以在座的有不少原來熟悉的印尼人起骨幹作用，所以不久全場就響起了那種竹片奏的樂曲，雖然不整齊，卻很熱鬧。

那次會議期間正好趕上女高音歌唱家劉淑芳訪問演出。我們也都應邀出席首場演出。座無虛席，氣氛異常熱烈。特別是劉淑

芳的拿手曲「寶貝」是印尼家喻戶曉的民歌，一曲下來，全場轟動，掌聲、喝彩聲、腳踏地板聲，震耳欲聾。劉淑芳不斷返場，幾乎無法結束演唱。方今常見報載我國某演員在國外演出引起「轟動效應」云，大多數是誇大。那一次我才領略什麼是「轟動」。後來「文革」中劉淑芳挨批鬥，其「罪名」之一就是唱「寶貝」，麻痺人民鬥志(那首歌是良人遠征，妻子以催眠曲寄託思念之情)。我七十年代初自幹校返京，住在「新華西里」，發現劉淑芳就住在我們樓上。

在印尼，華僑對我們熱情有加，那真是遊子見到家鄉親人的發自內心的感情。他們之中有許多都是當地富商。不知如何款待「祖國親人」才好。不過他們言談之間，對當地人流露出鄙視之情，頗有優越感。我當時沒有感覺到有什麼問題。後來不斷發生印尼排華事件，當然華人是非理性暴力的受害者。不過我想起當地華人的態度，可能此中矛盾由來已久，比較複雜。

幾內亞(柯那克里)

我一共去過兩次幾內亞，第一次是1960年，第二次是1964年。

二十世紀六十年代是非洲民族獨立運動高漲的時期。亞非團結組織開會的會址也隨即從北非向撒哈拉沙漠以南推進(俗稱「黑非洲」)。粗略地劃分，東非以英屬殖民地為主，西非以法屬為主。1960年4月，第二屆亞非人民團結大會在西非幾內亞首都柯那克里舉行。那一次中國代表團團長是廖承志。

幾內亞雖小，卻是法屬非洲最先獨立的國家，而且是通過和平途徑獨立的。1958年9月幾內亞人民通過公民投票反對法國戴高樂憲法，要求立即獨立，拒絕留在「法蘭西共同體」內。同年10月2日正式宣告獨立，成立幾內亞人民革命共和國。塞古·杜爾出任共和國首屆總統。這是非洲第一個通過和平手段取得獨立的國家。法國沒有像對待阿爾及利亞那樣派兵鎮壓，卻斷

絕了一切與幾內亞的經濟往來。在法國對它進行封鎖後，美國還顧不上，中蘇立即大力施援，所以新獨立的幾內亞也成為非洲第一個親「社會主義」的國家，反帝堅決，而且中、蘇都要爭取他。1959年中、幾建交。所以它儘管條件有限，卻接待了兩次國際會議。當然經費主要來自中蘇。塞古·杜爾在法屬非洲地區頗有威望，杜爾出場時身着民族服裝，前呼後擁，樣子很神氣。在群眾大會上發表演講時沒有擴音器，而是身旁站着一名聲音洪亮的彪形大漢，杜爾說一句，那人高聲重複一遍，充當「人肉麥克風」，煞是有趣。

那時柯那克里人口八萬，只有一條主要街道，一家法國人開的西式旅館，我們就住在那裏面。幾乎沒有什麼像樣的商店。法國人治理西非殖民地完全是為掠奪資源(幾內亞盛產鐵礦砂，而且在很淺的表層，許多地方土地都是紅色的)，不準備大量移民，也就不進行什麼建設。那一家與周圍很不相稱的旅店就是為來辦事的法國人蓋的。我們看到一些簡陋的帳篷式的商店，賣的大多是中國貨，有大批的花布，花色很漂亮。那時國內還是物資匱乏，憑布票購布，難得見到這樣多的花色品種，所以留有印象。那裏我還第一次見到久已聞名的「麵包樹」，其實就是一種果樹，果子的澱粉成份較多，可以當糧食，還有到處可隨便摘的香蕉。就這兩樣就足以果腹。一般居民的住處非常簡陋，隨便用一些材料，或樹枝，或鐵皮，搭一個避風雨的棚子就可以了。所以生活非常容易，我想如果沒有外界干擾或戰亂，也可以沒有工作和發展的動力，就這樣「無懷氏之民歟？葛天氏之民歟？」不也很自得其樂嗎？可惜樹欲靜而風不止，永遠停留在原始社會是不可能的。

1964年「亞非法律工作者會議」在幾內亞舉行。這一次我不是作為中國代表團的翻譯，而是參加國際翻譯班子，做英法文之間的互譯。那次我才知道，國際職業翻譯報酬很高，一天50美

元，還要坐頭等艙，以保持精力。當然我完全享受不到這種待遇和報酬，算是中方對會議的「無償支援」。而幾內亞方面卻很重視翻譯，主持會議的是司法部長，會前專門在辦公室單獨接見翻譯人員。除我之外，另外兩名是白人，也是女的，一法國人，一英國人，是真正的職業翻譯，通過一家國際中介機構介紹，承接各種會議業務。那位司法部長的辦公室很大，部長坐在一張相當於現在的「老闆桌」的大辦公桌後面的大靠背椅中，桌子對面放着幾張類似酒吧櫃枱前面那種小圓凳，是給我們坐的，賓主之間反差極大。我們進去後，他坐在那裏從桌子那邊夠出手來同我們握手，然後發表歡迎詞。開頭就說，翻譯很重要，而且很貴，50美元一天（我由此才知道那兩位女士的「行情」）。他曾留法，法文很流利，但仍有濃重非洲口音。不知他平時說話就是如此，還是在我們面前故意賣弄，說話像讀論文，極不口語化，還引經據典，用中國通俗話來說，就是「窮拽」。我聽着聽着就走神了，所以除了第一句話，後面全無印象。他滔滔不絕地講，只有一次被打斷，是在外間坐在打字機旁的那位女士（大概是秘書）進來說，她的鉛筆用完了，來領鉛筆。部長自己起身從後面櫃子裏取出幾支鉛筆給她，說用完了再來領。部長大人親自管文具，我大為驚訝。後來聽我們使館的人說，這個國家人才奇缺，機構也不健全。電台還曾廣播宣佈政府任命某某小姐為打字員，因為打字員被認為是專門技術人員。怪不得翻譯享有受到部長單獨接見的殊榮。

不論法律工作者也好、作家也好，此類亞非團結會議的議題和爭論焦點都大同小異，隨當時的國際局勢和中蘇關係而定。1964年中蘇分歧已經公開化，會上爭論很激烈，雙方都要爭奪亞非代表的支持，幾內亞當然是雙方爭取的重點。對於文件決議，爭論的焦點就是反美的調子高低。甚至一份文件「美帝」出現幾次也斤斤計較。此時越戰已經開始，支持越南人民抗美鬥爭是大

家一致的，越南代表講話，大家都起立鼓掌，所以越南總能得到他們所要的決議。但是在其他問題上，在中蘇兩大之間，越南代表總是態度「曖昧」，由於不能得罪蘇聯，也就不能明確支持中國的反美高調，令中方不愉快。其他非洲代表多數也是左右逢源。

那裏的居民的確對我們很友好。我們走在路上，常有年輕人過來，用非洲法語攀談，並要求合影。西非的人種膚色特別黑，又喜歡穿白衣服。有一次，在夜幕初降時，我與幾個同事在外面散步，只見幾件白衣飄然過來，頭與腳都看不見，走近後，先見幾排白牙，然後才見到人，他們在衝我們笑。當時真有點瘮得慌。

那一次會議還借來了一位高級翻譯幫助中國代表團，他叫程永光，是程硯秋的兒子。通過何人，如何借到我們代表團來的，我不得而知。只知他自幼留學瑞士，長住歐洲，太太是瑞士人。他法文不但流利而且典雅，我常常請教他，他也熱心幫助。他為人十分謙和，甚至有些拘謹，所以除工作外，閒聊不多。有一次大約他實在忍不住，主動告訴我，我有一個法文口頭語很不雅，特別是女士，最好不要用。我才恍然大悟，對他很感激。原來我的法文與英文相反，學的不大正規，主要提高和熟練起來是在維也納工作期間同那些法國同事在一起「混」出來的。他們都是共產黨或左派人士，大約與我國以說粗話為「革命」一樣，常用一些俚語。我學會的那個口頭語還不是粗口，但確實難登大雅之堂，很感激他的提醒。知道程永光是程硯秋的兒子，自然引起我的興趣，想和他談談他的父親和京戲，但是發現他沒有興趣，而且完全不懂京戲。很久以後看到有關程硯秋的文章，才知道，他是有意不讓自己的子女沾京戲的邊，而且很早就送出國去學習了。

1964年柯那克里會議之後我就病倒了，發燒不退。正好我的表妹童心禮和妹夫朱應鹿在駐幾內亞使館工作，代表團領導就與使館商量，全團先行回國，把我留在使館，托童心禮夫婦照顧，算是「公私兼顧」。幾內亞還沒有像樣的醫院，條件很差。經常

給使館人員看病的是一位越南大夫，算是當地最好的大夫。他說我得的是「非洲瘧疾」。我在使館和表妹的精心照料下，病情得到控制，不久回國。實際上那時身體已經非常弱，低燒一直不退。以後又隨鄭森禹去歐洲開了一次會，回來徹底「垮台」，治療、休養了兩年才逐漸恢復。

加沙一日夜

1961年12月在加沙召開亞非團結組織執行委員會議，是小型會議。加沙地處巴、以鬥爭前線，既不安全，又缺乏起碼的物質條件，特意選在那裏開會，是表示支持巴勒斯坦人民之意。第二次中東戰爭之後，以色列先佔領了加沙，後根據聯合國決議由聯合國部隊接管，維持秩序，但是雙方衝突時有發生。在那裏找到一家可以棲身的，有一條乾淨床單的旅店已不容易。據說我們的餐飲都是臨時從外面運來的，主要由埃及方面操辦。我們只過了一夜，第二天開完會就走。我一夜間渾身長滿了類似蕁麻疹的紅皰，奇癢難忍。有人說是食物過敏（因為阿拉伯的菜餚中有一種特殊的香料），有人說就是跳蚤咬的。出於安全考慮，我們都不出大門，門口有荷槍實彈的衛兵站崗。所以對加沙的街道、面貌毫無印象。現在一想起加沙之行，首先想起的是渾身發癢，對於那次會議討論了什麼問題已無印象，至於是否起到了支持巴勒斯坦、對以色列示威的作用，更不得而知了。如今幾十年過去了，這個地區還是分裂而戰亂不斷，居民得不到安寧，幾代人在炮火中生長，不知安居樂業為何物，很難想像是怎樣一種生活和心態。寫此文時加沙戰火又起，而且加倍慘烈。大國爭鬥、政黨頭目各懷野心、極端分子發洩仇恨，最終受害的還是無辜百姓。

坦噶尼喀（摩西）

1963年亞非團結會議在坦噶尼喀摩西舉行，我得以訪問東非。坦噶尼喀1964年與鄰近的桑吉巴合併，即今之坦桑尼亞。原

為英國殖民地，於1961年在尼雷爾領導下宣佈獨立，立即與我國建交。摩西不是首府，但風景優美，設施齊全，所以選在那裏開會。與西非幾內亞相比，這裏要發達得多。在地理上臨印度洋，氣候溫和。人種與西非也不同，不是全黑而略帶棕色，長相不像西非人那樣粗獷，相對說來，受教育程度略高。英國人在這裏經營、建設有一些成績，城市街道整潔，設施也比較完備。有大量印度移民，多數在這裏開店當老闆。華僑也不少，地位不如印度人，常常受僱於印度人開的店。他們稱印度人為「二地主」。除了使館和援建人員，我們是從中國大陸最早來訪的重要代表團之一，因此當地華人對我們十分熱情。令我感到意外的是，這裏的華人見了我們，人人都主動提到1962年中印邊界戰爭，表示特別高興，說是為他們出了氣，在印度「二地主」面前可以揚眉吐氣云。這裏的語言為「斯瓦西里語」，是東非大語種。在那個時期，我國曾專門派人學習，並在對外廣播節目中專設斯瓦西里語。「斯瓦西里」說起來很拗口，大家說着說着就變成了「唏哩嘩啦」。後來就戲稱其為「唏哩嘩啦」語。

當時駐坦大使是何英。與代表團經常聯繫的是一秘周南，後來先後任外交部副部長和新華社香港分社社長。我印象中何英的夫人是農村婦女，特別不習慣外交場合，也不會「打扮」，為了工作需要勉為其難，比較「土」。但是後來「文革」中非洲的「毛派革命者」寫信向毛主席告狀，說中國外交官夫人穿戴得像資產階級一樣，舉的例子就有何英大使夫人（大概他們也見不到駐其他國家的中國外交官）。毛批示「來一個革命化，否則很危險」，因在九月九日，稱「九九批示」。外交部造反派立即回應，成立「九九兵團」，專門針對外交官及其夫人的衣着，舉辦展覽，予以醜化。一場批鬥是不可少的，何英夫人首當其衝，在劫難逃。我不在外交部工作，這些都是耳聞，對此留下了印象是因為我想起曾見過這位大使夫人，頗為她感到冤枉。此後一段時

期中國駐外人員一律穿布料中山裝，任何正式場合都不例外。後來有一位駐東歐國家的記者悄悄跟我說，每當有隆重的宴會或禮儀場合，他看着中國人實在顯得寒酸。特別是「八一」建軍節使館招待會，人家的武官都是軍裝筆挺，胸前掛滿勳章、綬帶，胳膊還挽着一位長裙及地的漂亮夫人，昂首闊步走進來，而我國的武官不論什麼級別都是皺巴巴的布軍裝，連褲縫都沒有，實在看着難受。

尼雷爾總理在首都沙蘭港舉行招待會，以高規格招待我們代表團。出席的有政府各部部長和其他高級官員。我們驚訝地發現，許多高級官員都是英國人，是「留用人員」。顯然他們國家新獨立，一時培養不出那麼多公務員，所以繼續聘用英國人。這在我國當時的觀念來看當然是不以為然的。那次回國後，團長劉寧一向國內聽眾做報告，專門談到這一點，作為通過和平途徑獨立不徹底的證據。現在看來，實際上在英、坦雙方都不失為明智之舉。坦噶尼喀獨立是通過與英國談判，最後根據協定通過選舉實現的。英國遵守協議，沒有像法國對待幾內亞那樣進行經濟制裁，反而給予幫助、合作。坦方接受這種合作，在建國之初是很必要的，英國也保持了它的利益，這是雙贏的。這是我後來的看法。當時當然認識不到這一點。

會後部分代表團成員去參觀著名的野生動物園和乞力馬札羅雪山奇景。我卻因「工作需要」未能與行，失之交臂，以後再沒有機會觀賞此名勝，十分遺憾。至於是什麼工作需要，現在已經完全想不起來了。

阿爾及利亞獨立

自從1954年阿爾及利亞爆發爭取獨立的武裝鬥爭，遭到法國鎮壓以來，支持阿獨立鬥爭一直是和運和亞非團結運動的一個主題，也是中國與蘇方和西方左派的爭論內容。在1958年之前，法國的基本立場就是一句話：「這是法國的阿爾及利亞」，要在此

前提下才能談阿爾及利亞的自治和其他要求，也就是必須承認阿是法國的領土。蘇聯和法共基本上支持這一觀點，所以不願正面譴責法國對阿獨立鬥爭的鎮壓。這一分歧反應到世界和平運動中，有關情況在「和運」章中1956年巴黎會議一節已有闡述。

阿爾及利亞是先成立臨時政府，後正式獨立的。1958年成立臨時政府，中國立即給予承認。法國實際上也打不下去了，其基本政策難以為繼。戴高樂上台後，順應潮流，與民族解放陣線舉行談判，先由阿舉行公民投票，多數贊成獨立，法國殖民主義頑固派進行武裝反抗，發生了多起流血事件，最後戴高樂鎮壓了武裝反抗的法國軍人，法國國內也舉行了公民投票，壓倒多數贊成阿獨立。於是阿爾及利亞於1962年7月5日正式宣佈獨立。但是由於它1958年11月已經成立臨時政府，所以國慶節是11月1日。

1962年正式獨立後第一個國慶節舉行隆重開國大典，中國派出韓幽桐為代表參加其開國儀式，韓幽桐是著名婦女領袖，法學家，是回族穆斯林，曾任寧夏回族自治區高等法院院長，應是合適的人選。我作為翻譯兼陪同隨行，遂得以首次訪問這一地中海邊的北非國家。和幾內亞不同，阿爾及利亞地理條件優越，氣候溫和、物產豐富，法國人是準備在這裏常住的，把它當作一個省，所以搞了一些基本建設和文化設施。首都阿爾及爾有新城和老城之分，這點與埃及相似。新城比較現代化，說法文的人也多些，老城則比較破舊，居民說法文的不多。當時我國駐阿使館還沒有自己的房子，包了一家旅館的一層樓，作為辦公室兼宿舍。那旅館當然是法國人建的，相當講究，與歐洲高級旅館無異。我們受到主人熱情接待，只是當時戰火方息，阿領導層內部也派系複雜，當時第一屆總理是本·貝拉，幾年後他又被推翻。總之我的印象不論是市容還是對我們的接待工作都有點亂糟糟的。開國大典也舉行了遊行儀式，隊伍稀稀拉拉。不過我們都能諒解，因為心中充滿了對阿人民鬥爭的崇敬。事實上，阿爾及利亞獨立鬥

爭很是慘烈，法國鎮壓很殘酷，對俘虜用酷刑，我曾看過一位同情阿鬥爭的法國記者被俘後出來寫的親身經歷，對受刑有具體描述，慘不忍睹。在戴高樂同意阿獨立後，法國極端派還進行過反抗和屠殺。阿最終實現獨立後，參加獨立鬥爭中的一派組織又曾對殘留的法國殖民者進行報復，殺了不少人。所以到我們去時秩序還不穩定。阿爾及利亞婦女與其他阿拉伯國家相比（包括埃及）比較開放，也許是由於受法國的影響，也許是長期的獨立鬥爭把婦女也卷了進來，在鬥爭中解放了自己，至少在首都，穿西服的居多，更少見帶面紗的。韓幽桐作為傑出的中國婦女代表自然受到阿婦女的熱烈包圍，除了正式安排的活動外，短短的幾天內接談了無數阿各界人士，其中相當多的是各種婦女組織的成員。在談話中經常聽到一位抗法女英雄的事蹟，名叫賈米拉。

在阿爾及爾很少參觀遊覽，只匆匆參觀了一家釀酒廠，因為這裏盛產葡萄。這廠本是法國人開的，老闆跑掉了，阿方接收過來自己經營，頗引以自豪。我還看到一片橘園。我是北方城市長大的，孤陋寡聞，這還是第一次親見長在樹上的柑橘，而且好大一片，蔚為壯觀，令我驚喜。這裏的柑橘似乎取之不盡，甜美無比。另一件事使我感到新鮮的是小山頂上有一座天主教堂，堂前立着一尊聖母像，竟是黑人。法國原是天主教國家，到這裏自然要蓋教堂，入鄉隨俗，聖母到了非洲也變成黑人了。其實阿爾及利亞多數是阿拉伯人，並不黑。關於這聖母像的來歷，我問了許多人，都得不到解答。甚至訪問過阿爾及爾的人注意到她的也不多。但我印象深刻，而且至今未解謎團。

那次訪問對阿國本身留下的印象不多，只感到身心十分疲勞。因為活動非常多，像趕場一樣，而且每一場與韓大姐談過話的人，我都得替她記住人名，下回在另一個場合見到，要提醒她此人是誰，在哪裏見過。因此我必須抓緊一切縫隙把一場活動見過的人和身份記下來（那時不興遞名片）。腦子不得休息。這樣，

訪問的效果自然很好，主客雙方都很滿意。訪問結束後，我還奉命為韓幽桐寫一篇訪問記，以她的名義在《人民日報》發表。事後她讓人把稿費送來給我，說實際是我的勞動，應該給我。我多次為領導執筆寫公開發表的文章，卻是第一次有人想到稿費應該歸我，頗感意外。不過當時在我的觀念中這是我的職務工作，稿費沒敢要，當然也不能退回，就上繳本單位的財務處了。

「支援民族獨立運動」

從六十年代初開始，中共與蘇共分歧之一，就是認為蘇聯已放棄世界革命的使命，中共以支援世界革命為己任。當然，發達的資本主義國家「革命形勢尚未到來」，所以主要是支援亞、非、拉的反帝鬥爭，後來發展為把「農村包圍城市」運用於世界革命——亞非拉第三世界相當於農村，發達資本主義國家相當於城市。

在支援反帝鬥爭中，一種是未獨立的民族爭取獨立的鬥爭，一種是已獨立的國家，但是當權者是親西方的，被認為是「反動」政權，該國反政府的「革命」組織也被納入反帝陣營的一部分，得到中共的支持。當時的東南亞國家除印尼的蘇加諾政府是與印尼共合作，與中國友好外，如馬、泰、菲的當權者都親美，其國內的革命武裝力量是非法的，得到中共的支持已是公開秘密。一個時期內有些組織在中國設有代表處，或派代表，享受的待遇等同於外交使節。臨時來訪的革命組織代表受到高規格接待。此外還接受培訓他國「革命戰士」的任務。中國的「亞非團結委員會」是擔負這項工作的機構之一。我本人在「和大」工作的部門主要是負責和運的，並不在亞非組，但也參與一部分這方面的工作。

領導人接見革命組織代表

1961年春，一天忽然奉命到杭州去，毛澤東在那裏見一批非

洲客人。那批客人身份較高，有全非人民大會秘書長、幾內亞民主黨政治局委員和幾名幾內亞共和國的高官（那時幾內亞剛獨立）、約旦國家社會黨總書記、南非非洲人國民大會領導人，還有烏干達、塞內加爾、北羅德西亞（即今尚比亞）、肯亞等國的民族獨立組織領導人。他們之中既有說英文的也有說法文的。另一位同行的翻譯是唐建文。我們兩人都是英法文都能翻。他兩種文字水平都比我高，藝高人膽大，很慷慨地讓我挑語種。我雖然英文是第一外語，但那段時期法文說得較多，暫時比較熟練，就選了法文，他翻英文。談話並無特殊內容，後來發了消息，主要就是對他們的反帝鬥爭表示同情和支持，要他們採取正確路線，團結一切可以團結的力量……等等。當時正是美國侵略古巴「豬灣」事件以及剛果盧蒙巴遇害之後，毛就這兩件事強烈譴責了美帝國主義。

在毛見這批非洲人之前，劉少奇先在湖南家鄉寧鄉的住宅「花明樓」宴請他們，我也去了。只記得那桌菜餚非常精緻美味，而且筷子特別長。後來我在其他場合發現湖南的筷子的確比一般長，是湖南特色，並非劉少奇家的特色。我已經練就一項「本事」——在宴席間翻譯吃飯兩不誤，餓不着。不過往往是食而不知其味。這次卻相反，只對美食留下印象，談話內容絲毫不記得。借用現在常用語：「實在不好意思」。大約因為那正是饑餓歲月，人的第一本能升居第一位，壓倒了其他一切感受。

還有一次毛澤東會見南非某組織代表。在中蘇分歧之後，南非共產黨和國大黨都親蘇，中國支持的是另外一個組織。毛對他們說，看一個組織是否革命就看它是否反對帝國主義，而不在於它叫什麼名字。有的組織號稱共產黨，但是它不反帝，就不能算革命力量（那時中共認為蘇共及那些親蘇的共產黨都不反帝，所以是「修正主義」）。那次談話中，非洲客人談到「酋長」，毛忽然問我，「酋長」英文是什麼字，我說了之後，他還叫我在紙

上寫下來。傳說中他曾有一度學習英文，大約就是那個時候。

周恩來當然見外賓的次數最多，有過幾次他見非洲人我做翻譯。那時常有非洲一些名不見經傳的獨立運動代表來京，有的是「學習團」，多為小青年。他總是盡量抽時間見。我對周見外賓最突出的印象是平等待人和善於學習、聆聽。無論對哪個國家的人，他從不先發表意見：很少說「我們一貫主張……、我們要……」之類的話。開始總是先向對方提問題，很詳細、具體，並非敷衍，最後才簡單說明自己的意見，一般都是表示支持他們的鬥爭，也提一些鬥爭的策略之類。他似乎每次都做了準備，對談話對象所在國的地理、歷史、民族以及特殊國情都有所瞭解，給我印象較深的是他對地理的經緯度特別熟悉，在提到一個地方時，他常常沉思片刻，似乎在腦中翻一下地圖，然後說出大概的經緯度，多數客人自己並不知道經緯度。所以我必須臨時抱佛腳把那些平時不大注意到的偏遠地區和國家的山水、部落、組織和領導人的專名詞記下來。有些名詞以後不再遇到，也就忘得一乾二淨。

1962年，老撾局勢微妙之時。有一個星期日，忽然廖承志自己跑到「和大」的辦公樓來大聲叫人，值班的人趕忙出來，原來他是找我(我那時就住在辦公樓上的集體宿舍內，隨時可以找到)，說有緊急任務，叫我趕快換了衣服跟他走。我慌忙跟他上了車，被拉到周總理那裏，他要會見老撾首相富馬。這裏說明一下背景：當時老撾的國王年事已高，要在三個兒子中挑選接班人。三位「親王」政治傾向分左中右三派，左派蘇發努馮當然是中共的親密戰友，右派親美。中共的政策是支持那位中間派親王即位，以便於團結最廣泛人士。美、蘇、中以及老撾國內幾種力量都在爭取富馬首相，所以他的態度很重要。周就是要向他明確表明我們支持那位中間派的親王，讓他放心，我們不會在老撾搞革命。但是那幾位親王的名字非常拗口，容易弄混。前一次周與

富馬談話，翻譯來自外交部西歐司，他法文水平很高，但是也許太緊張，也許對亞洲不熟悉，總是把名字説錯，特別是總説成那位左派蘇發努馮親王的名字，幸虧周聽得懂，不斷予以糾正，他越緊張越出錯。所以這一次，周要廖另外給他找個翻譯，廖就把我找去了。幹我們國際會議翻譯這一行的博而不精，凡是當前國際熱點地區的問題都必須掌握，所以對那幾個名字我碰巧弄得清楚。加以我的特點是不愛緊張，所以周表示滿意。臨別時，他跟我握手説：「這樣就好，從容不迫」。也許因此，以後周見外賓我被召去多一些。

六十年代初，有一位非洲國家的市長訪華，由北京市接待，我被借調到北京市外辦，陪同翻譯。北京市比中央機關「慷慨」，對這樣身份並不算太高的外賓接待規格卻比較高，宴請、看戲、送禮都比較多。彭真市長不但宴請他，還親自陪他看京戲。以後在其他場合見到彭真，他居然還認識我。我之所以給他留下印象是因為我懂京戲。他特別喜歡京戲，那次陪外賓看的是新編的《赤壁之戰》（就是傳統的《群英會》改編的），演員名家薈萃。彭真由於自己的喜好，要詳細給外國人講解，他以為我這種「洋學生」大概不懂京戲，卻發現我居然懂，唱詞都知道，就留下了印象。其實給那位非洲「市長」講解完全是對牛彈琴，整個歷史背景是沒法講清楚的，他只是似懂非懂木然坐在那裏。後來聽説，那位「市長」其實是個騙子，在國內什麼都不是。這也不奇怪，那時有一些國際油子，到中國來，投其所好，吹噓革命，自稱皈依毛澤東思想，混一個上賓待遇，並非絕無僅有，除非洲人外，也有西方國家的小「左派」。

那次出面接待的主要負責人是北京市外辦主任辛毅。我的印象中他較少官氣，而多文人豪氣，他確實有文才，是《停戰以後》電影的編劇。「文革」初起，就聽説他被「揪出」，不久自殺了。他的前任就是我那位臥軌自殺的堂兄。連續兩屆外辦主任

在任上自殺！彭真被「打倒」後，北京市一大批幹部受牽連是可以想見的。還有多少因此非自然死亡，不得而知。

1963年，原定第二屆亞非團結會議要在新獨立的阿爾及利亞舉行，誰知該國發生政變，領導易人，非洲形勢隨之動盪多變，這次會議遂取消，於是而有周恩來於1963年底至64年的非洲十四國之行。那是一次很重要的政府訪問，是中國支援非洲反帝反殖鬥爭的一次大規模活動。我力辭了可能隨團翻譯的機會。

原定法文翻譯是齊宗華，齊當時健康有點問題，需要住院檢查治療，因工作關係一拖再拖。一天，劉寧一找我談，問我是否願意替齊宗華隨團出訪，擔任法文翻譯，因為這次出訪時間較長，工作辛苦，應該照顧齊宗華，讓她下決心住院治病。我和齊宗華很熟，當然關心她的健康，但是這一次我沒有那麼「勇敢」了。齊是法國長大的，法文如母語般流利。我有自知之明，我的法語還是和英語不一樣，不是科班出身，總有不正規之處，特別是正式的官方訪問，作為主翻，所有會談、文件定稿，都要負責，馬虎不得，出國之後就沒有後盾了。我第一次對工作知難而退，說明我的顧慮。劉寧一起初不理解，說我看你法文也說得挺「溜」的呀，他不懂法文，當然不知其中區別。雖然這在當時人們看來是一項極其風光的任務，許多人求之不得，我還是力辭了。結果仍然由齊宗華勉力完成任務，回來後才去就醫，好在沒有因此造成對健康的不良影響。此事也說明當時各方面條件都合適的法語口譯人才奇缺，我成為廖化。

國際會議上的非洲獨立運動代表

另外有些獨立運動領袖和組織，不搞武裝鬥爭，其代表經常出席國際會議，類似政治活動家，真有通過選舉掌權的。記得有一位已經獨立的英屬東非某國在野黨領袖，在一次亞非團結會議上向中國代表提出要求援助一百輛自行車以便競選用。與他接談的是劉寧一，劉笑笑說，一百輛不夠吧，中國有的是自行車，給

你二百輛吧。對方喜出望外，後來聽說他真的當選了。他們的競選方式之一就是派一批人騎着自行車滿處跑，手裏拿着擴音器喊話，同時撒傳單。一般說來，群眾都是先入為主，先接觸到誰的人就選誰。高級一點的開越野車競選，所以也有要求援助越野車，我學到越野車的英文字「landrover」，就是通過支援「非洲革命」來的。

還有一件趣事：那個時期的亞非團結運動中非洲組織代表派系很多，有的親華，有的親蘇，有的依附非洲大國(主要是埃及、後來有獨立後的阿爾及利亞)，他們的旅費就由這幾個國家負擔，可能還包括住宿費。另外不少人由中國和蘇聯分別資助。有人幾方面都「吃」。聽陳樂民說，有一次在迦納開會，他分工負責與非洲代表聯絡，包括分發機票及其他費用。有一位個子瘦小的非洲組織代表總是跟在他後面要機票，大約他原不在我們資助的名單中，所以陳樂民需要請示後才能給，這個人就一個勁跟着他轉，唯恐機票落空。半年以後，此人忽然以該國國家領導人的身份訪華，受到隆重接待，領導接見，照片見報。陳樂民一看，原來就是那次跟在屁股後面要飛機票的「小非洲人」！

那個時期(六十年代初)非洲獨立運動風起雲湧，群雄並起，出了不少人物。那些頭面人物多數都在宗主國留過學，其中有些人英語或法語流利，口才很好。他們是冷戰中美蘇爭奪的對象。中蘇交惡之後，中國也參與逐鹿。中國的實力比不上美蘇，但以自身的反帝鬥爭歷史和經驗取勝，六十年代又是世界激進思潮高漲之時，毛澤東在前殖民地中享有很高的威望。到中國「文革」中間，有一些新成立的非洲小組織乾脆就照抄中共黨章，只換地名、國名，作為他們的組織綱領，然後拿着這文本來華尋求資助。記得《人民日報》曾登載過一幅非洲地圖，到處都是火炬，一時間在我國群眾中造成非洲大陸革命形勢高漲，毛澤東思想遍地開花的印象。直到「文革」結束之前，中國人真的相信世界革

命中心已轉移至中國，毛澤東是理所當然的世界革命領袖。無論從論資排輩(馬恩列斯毛)，還是從被壓迫民族獨立運動而言，都當之無愧。所以在「文革」中毛澤東從「全國人民心中的紅太陽」發展到「世界人民心中的紅太陽」，登峰造極。我也曾一度接受這種說法，自以為在這「偉大」的事業中起了一枚螺絲釘的作用，現在想來不但勞而無功，而且在某些方面實際上做了害人匪淺的政策的幫兇。

亞非拉團結運動 —— 強弩之末

中國支援世界革命出錢、出槍、出思想，既與美國爭，也與蘇聯爭。到1965年「文革」前夕達到頂峰。古巴革命後，亞非團結委員會擴展到拉美，中國代表團參加的最後一次會議稱「亞非拉人民團結會議」，在哈瓦那召開。此時我正在養病，沒有參加。在此之後，最後幾名駐維也納「世和」的工作人員奉命回國，中國徹底退出與蘇聯有關的國際組織和活動。在國內發動「文革」，鼓勵造反的同時，提出的口號是：「不是革命制止戰爭，就是戰爭引起革命」，從此以全世界造反派領袖自居。後來在中國的支持下又成了一些國家的親毛派民間組織「亞非作協」「亞非記協」等，總部都在中國，就設在「和大」內。後來「和大」與「對外友協」合併，這些組織暫時以友協為據點。不久，形勢變化，逐步淡出。

非洲留學生鬧學潮

接受留學生，也是支援反帝鬥爭的一部分。六十年代初，幾個新獨立的非洲國家派了大批留學生來華學習。那正是全民挨餓的年代。當然對外國人例外，留學生自然受到特殊待遇，食、宿都與中國學生分開。另外他們還有優厚的獎學金，可以到外賓的特供商店購物，高級餐廳吃飯。在那種情況下，無論是在校園內或校園外，他們很容易找到女伴，招搖過市，令人側目。那時風氣還是比較禁錮，校規也比較嚴。具體情節我已淡忘，大約學校

處分了與非洲留學生親密交往的女生，還有在街上圍觀好事者對與非洲學生在一起的女伴有辱罵甚至毆打的行為。此類事發生得多了，以某種契機為導火線，忽然發生非洲留學生以反對種族歧視為名，集體罷課請願之事。前面的情況我不清楚，只知他們跑到我們的機關大院來喊口號、靜坐。因為我們是「亞非團結委員會」，要求與領導談判。此事涉及外交、教育等好幾個部門，有關方面措手不及，沒有想到會發生這樣的事。那是一個星期日，與他們所屬國家的使館聯繫，請他們來勸說，誰知使館都以週日不辦公為名，不予理睬。起初是我們單位的領導出面與他們談，我因為住在機關大院宿舍，隨時被召做翻譯，向他們喊話。後來國務院外辦的領導來主持此事，臨時在一間辦公室中商量對策，但不與他們見面。記得有一位領導說，我們當年是學生運動出身的，現在遇到這種事，還真不好辦。這些都是與中國稱兄道弟的新獨立國家派來的，而且應該說，在那種國家受過基礎教育，能得到來華留學機會的也大多是他們的「高幹子弟」。那些學生一直坐到深夜還不肯散去。不知何時，公安局也來了人，以防發生暴力事件。其中一位是我清華的同學，畢業後分配到那裏的，他來顯然是因為需要講外文。到晚飯時，機關大師傅端出相當豐盛的飯菜來請他們用餐。他們竟然拒絕吃飯，進行絕食鬥爭。此舉在當場中國人中犯了眾怒，因為那是饑餓年代，我們都是枵腹從公，他們每天好吃好喝，不在乎這一頓。我自己那時已經浮腫，還要陪他們熬通宵。大家都憤憤不平，議論紛紛。於是領導決定留少數人值班，其餘人散去，不理他們，到天亮再說。

第二天早晨發生了戲劇性的一幕：有一名學生忽然站起來喊出「打倒……」的口號。這當然被視為極端反動，即使來自友好國家也不能容忍，於是公安局的人就當場把他上手銬抓走了，我那位同學用英文大聲向學生們說明他犯了中國的法律，因此被抓走。學生中出現了一陣騷動，但沒有再出現喊口號或其他行動。

最後如何散去的我已不記得。大約此事給中方一個處理的藉口，學生也怠倦了。聽說那名被捕的學生不久就被他們使館接走了。

幾年之後，「文革」中又發生類似事件，更加難處理。有一種揪鬥對象是「壞分子」，多半與男女關係有關，中國女子與外國人走在大街上就會遭遇危險。有一起事件是一名非洲留學生帶了一個女青年進入北京飯店吃飯(當時此類「涉外」飯店是不允許中國人隨便入內的，除非因工作需要有出入證)，那位女子被已經參加造反組織的服務員痛毆，以至皮開肉綻。在外國人雲集的地方發生這樣的事，自然造成「國際影響」，當然那位非洲人也提出嚴重抗議。此事因而驚動有關領導，由一位副總理親自過問，操辦單位是對外友好協會。陳樂民已經從幹校返京，被派辦理此事。我從他那裏瞭解到點滴情況，大致是：這一對男女青年的確是戀人關係，而且已經談婚論嫁，中國女青年準備隨他到非洲去。在當時到氛圍中，這樣的事被認為大逆不道，很多單位都已是紅衛兵奪權，把那女青年關了起來。據陳樂民說，他與那些紅衛兵經過多次談判，至少先保證不再在肉體上傷害她。然後經過層層請示，最後拿到最高指示，批准了這椿跨國婚姻。從此，有了「尚方寶劍」，不再發生此類事件。那個時期雖然已經脫離饑荒，國內供應還是很差，所以留學生的特殊待遇還有優越性，有助於他們在交友方面的吸引力。這類與非洲人的跨國婚姻還不止一起。不過後來聽說，有中國女孩到了非洲，發現上當，因為那裏一夫多妻制，男方已有不止一個妻子，而且在厭倦之後，還可將妻子轉賣，有一個女青年逃到中國使館哭訴，最後被解救回國。為什麼都是非洲人？因為當時留學生很少有來自其他國家的。有少數歐美左派人士的子女大多堅持與中國學生同甘苦，「文革」中忙於一起「幹革命」，沒有非洲留學生的特殊待遇，也不大會帶女朋友上街。現在看來類似八卦新聞，卻能反映那個特殊年月的特殊情景，在此記上一筆。

十

日本反對原子彈氫彈大會

～～～

1960和1962年8月，我兩次隨團赴日本參加「禁止原子彈氫彈世界大會」（簡稱「八‧六大會」）。這是世界和平運動的一部分，但與「世和」沒有直接關係。

日本反原子武器運動緣起

冷戰時期日本是美國的盟友，而且是美國在亞洲的第一戰略夥伴。美國一手扶植日本的經濟發展、在沖繩島建立空軍基地、1951年在舊金山會議簽訂對日和約（中國國共雙方都被排斥在外）。隨後，日美簽訂了「日美安全保障條約」（簡稱「安保條約」），用批判者的話來說，就是把日本「牢牢捆綁在美國的戰車上」。與此同時，日本國內反美情緒和活動卻日益高漲。一則與當時的世界潮流有關，更重要的是日本的國內因素。最直接的是美國長期軍事佔領日本，隨時刺激日本的民族自尊，沖繩基地的美機不斷擾民，間或發生美軍強暴婦女之類的事，都滋長日本普通百姓的反美情緒，等等，這是客觀情況。

由於美國自1948年底政策轉向，從肅清日本軍國主義殘餘勢力，轉為遏制共產黨和親共勢力，從壓制右派轉為壓制左派，於是原來與盟國一起反對日本軍國主義的和平力量，包括左、中，以及一部分右翼，轉而變成反美力量。日共雖然受到壓制，但還是合法政黨，在議會中有席位，並與第一在野大黨社會黨結成統一戰線。社會黨有左、右之分，但在和平問題上團結一致。他們

掌握的工會「總評」，人數眾多，戰鬥力很強，每年舉行聲勢浩大的罷工，稱「春鬥」與「秋鬥」。當時日本朝野的主要傾向都是反對日本重新武裝，而美國卻希望日本建立一定的武裝，由於不能公開違背日本和平憲法建立正規軍，就在美國壓力下成立了日本「自衛隊」。在這種情況下，日本民眾反美有其必然性，得到廣泛擁護的口號是「爭取建立一個和平、民主、獨立、中立的日本」，矛頭理所當然地針對美國。

日本還有更重要的特殊之處，它是美國原子彈第一個，也是唯一的受害者。五十年代初，「世界和平理事會」發起要求禁止原子彈氫彈的簽名運動，在日本很容易地獲得了廣泛響應，徵集簽名活動深入到全國縣、村，到1955年，簽名人數達到兩千多萬（一說三千萬），佔當時日本人口的三分之一。加以1954年美國在比基尼島進行氫彈爆炸試驗，不但影響日本漁民出海打漁，還造成傷亡。

在這一背景下，於1955年1月，以紀念美國在比基尼島試驗氫彈一週年的名義，在東京舉行了「日本人民反對原子戰爭全國大會」。這次大會通過決議，發起於每年8月6日——廣島遭受第一枚原子彈轟炸的紀念日——召開以禁止原子武器為主題的世界大會，邀請全世界各國政府和其他各界的領袖人物參加。為此成立的籌備委員會成員顯赫而廣泛，前首相片山哲、諾獎得主湯川秀樹、執政的自民黨人、以及在野的社會黨左、右兩派的領袖人物都在其中。連日本國會參眾兩院也發表聲明贊成禁止原子武器。不言而喻，此一舉動得到蘇聯、中國以及「世和」、「亞洲團結」等組織的大力支持。

第一屆大會於1955年8月在廣島召開。主持人是日本法政大學教授、社會黨人安井郁。中國出席大會的代表團成員有劉寧一（團長）、趙樸初、成仿吾、謝冰心、陳體強（國際法專家）等。以後成為慣例，每年8月6日前後都舉行，地點主要在東京、廣島、

長崎等地，有時也在其他城市同時舉行。中國間或派團參加。我隨團參加的是第六屆和第八屆大會。

第六屆「八·六大會」

1960年7月中旬，我在父母家生孩子產假未滿（當時產假法定兩個月，我的孩子是5月30日出生），忽接單位通知，要我提前上班，準備赴日代表團事宜。那個時候此類事是不容商量的。好在我有母親做後盾，就把孩子丟給母親，去上班了。那是全民挨餓時期，營養不良，根本沒有奶水，也就沒有哺乳問題。到了單位之後，知道任務是隨代表團參加第六屆日本「八·六大會」，其全名為：「第六屆禁止原子彈氫彈和爭取全面裁軍世界大會」。團長是劉寧一，副團長趙樸初（佛協主席），團員有趙安博、陳宇、黃甘英、孫平化、楊進、吳學文、洪道源；日文翻譯：王效賢、林麗韞，我和另外一名外單位的男同胞擔任英文翻譯。趙樸初、陳宇、黃甘英分別代表佛教、工會和婦女界，其餘諸人不論來自何單位，包括日文翻譯，都是日本問題專家，或稱「知日派」。

日本與中國號稱「一衣帶水」，現在北京到東京航程只需四小時。但是那時沒有直通的途徑。我們去歐洲必須通過莫斯科，向東、南走則只有香港一個出口。先飛廣州，再乘火車經羅湖「出境」到香港。那時到香港也如入敵境，十分緊張。一過境，就有新華社駐港辦事處的人來接，直奔新華社的招待所。招待所在半山腰，有鐵柵欄門，門禁森嚴。新華社辦事處是唯一北京派出的代表機構，實際上起領事館的作用。那時的香港形勢複雜，台灣方面的秘密活動很活躍，1955年中國出席萬隆會議乘坐的失事飛機克什米爾公主號就是在香港機場遭受特務埋放的炸藥。所以在那裏的中國機構如臨大敵，對安全的警惕性極高。招待所雖然條件比較簡單，我們還是受到熱情接待，生活上也得到周到的

照顧，飯菜豐盛。只是宣佈一條紀律，誰也不准自己出門。如有特殊需要出門辦事，必須由辦事處同志陪同並派車。我不知道其他人是否有出去的，反正我就老老實實關在住處，足不出戶。過了一天還是兩天，就直奔機場飛東京了。我第一次經過香港，除那道鐵柵欄門和天氣炎熱外，沒有留下任何印象。

到東京下飛機後即受到日本朋友的鮮花迎接，出了機場有群眾夾道歡迎，場面十分熱情感人。對大會最突出的印象是，這是真正群眾性的大會。據我所知，會議組織者在進行籌備的大半年中在日本全國做了廣泛的動員，深入到基層，開了無數次大小會議。還舉行了全國性的大遊行，分五路從日本東西南北邊境出發，遊行隊伍經過之地群眾自發地加入，算好日期，各路隊伍同時於8月5日彙集東京。到東京後，包括中國代表在內的外國代表也加入隊伍，在市內遊行。然後於晚間在東京日比谷露天音樂堂舉行一萬五千人的盛大集會，歡迎五路和平大遊行隊伍，稱之為「勝利會師」。遊行隊伍的代表在經久不息的掌聲中浩浩蕩蕩走進會場，那情景的確蔚為壯觀。他們舉着鬥爭口號的旗幟，內容是：反對日美軍事同盟、反對核武裝、反對美軍基地、反對「安保條約」，這也是「八‧六大會」的主要內容。

需要說明的是，在中國和其他社會主義國家也經常舉行這樣的群眾集會或遊行，但那是自上而下組織攤派，無論多少人都可以召之即來。但是在日本完全是非政府行為，而且是與政府對立的，必須是群眾自發、自願的。主要靠各種民間團體，如工、農、漁民、婦女、青年、宗教以及其他種種行業團體動員組織。當然社會黨和共產黨都有自己的基本群眾。另外就是「散兵遊勇」自發參加。所以在中國徵集到幾億簽名與在日本徵集到幾千萬簽名的意義是大不相同的。日本自一敗塗地以後短短的十五年間出現了如此強大的政黨和民間組織，有這樣的組織能力和秩序，令人刮目相看。這些組織及其群眾平時各有自己的宗旨和訴

求，卻在爭取和平與反對原子彈這個問題上跑到一起來，匯合成波瀾壯闊的運動。日本政府當時還在美國控制之下，對這樣的反美活動一定千方百計地阻撓。這一活動能成功進行，確實是人心所向，而日本政府也攝於聲勢，沒有大力壓制。在日本反對原子彈，誰也不能說一個「不」字。

8月6日在東京正式舉行大會。日本代表有一萬一千名之多，確是從各界、各地的基層選出來的，代表的階層極為廣泛，而且政治構成也從左到右都有。日本社會黨委員長淺沼稻次郎和共產黨中央委員會主席野阪參三都在會上講話，內容都強調團結反戰，基調差不多，矛頭都指向美國。

淺沼稻次郎兩個月後就遇害身亡。他原從事工會運動，是右派社會黨的領袖，後來左、右兩派社會黨合併，他當選為統一後的社會黨委員長，並主張與共產黨合作。他對中國特別友好，1957年首次率社會黨代表團訪華，並與中國人民外交學會簽署共同聲明，主張中日恢復邦交，反對「兩個中國」。1959年再次訪華，受到過毛澤東的接談。他提出「美帝國主義是中日兩國人民的共同敵人」的口號，並到處宣傳這一觀點。1960年10月，在東京日比谷公園大廳中演講，在回答聽眾質詢時，仍堅定地重複這一提法，忽然有一名日本青年暴徒跳上台去，將尖刀刺向他的腰部，搶救無效身亡。他可以說是以身殉自己的政治觀點。所以那一段時期淺沼稻次郎的名字在中國很響亮。

大會開幕式上全體代表起立靜默一分鐘，悼念十五年前在廣島和長崎被美國原子彈殺害的人民。接着，會場中的人們一起合唱歌曲「我們決不讓原子彈再投第三回」。還有傷痕纍纍的原子彈受害者到會控訴。此情此景，與「世和」的和平大會不同，既肅穆、莊嚴，又動感情，講話者都聲色激動。後來幾天分組討論，日本代表按地區和行業分，竟有四十三個小組之多。中國代表團長劉寧一在全體大會上講話，小組當然不可能都參加，只能

有選擇地參加幾場。在大會之外，還有一場由日本佛教協會組織的二千五百人的佛教徒反對原子彈專場。中國代表團副團長趙樸初到會講話。另外還有一個節目是到會的人向紀念會設的祭壇獻花，對日本的原子彈犧牲者表示哀悼。

總之，在日本人是原子彈受害者這一事上做足了文章。那個時期與現在的情況迥異，中方很少追究日本的戰爭責任，倒是日本不少人士初次訪華必先道歉，即使原來是反對軍國主義的和平人士也以未能阻止日本侵華而表示愧疚。中方總是說，責任不在你們，你們也是軍國主義受害者。此次到了日本，我的感覺，日本普通群眾對中國的友好、熱情是由衷的，反美情緒之高漲也足以使美國驚心動魄。以至於艾森豪總統原定訪日之行也被群眾反掉了。當時中國和「社會主義陣營」的政策是建立反美統一戰線，所以不但不強調日本的戰爭責任，而且還鼓動日本人追究美國投擲原子彈的責任。即使反對日本軍國主義，也是反對「美帝國主義復活日本軍國主義」，認為根源還在美國。會上曾有人提出也要譴責蘇聯試驗核武器，立即被多數與會者駁回，可見此會之一邊倒。

弔詭的是，當時中日沒有建交，民間關係卻十分友好。半個世紀之後，中日已經恢復邦交，來往日益密切，中國卻不斷要求日本道歉，而日本不斷迴避責任。民間相互的態度即使不是敵對，也變得複雜起來。我曾寫過一篇文章，題為「日本為什麼認罪那麼難」，其中提到中國作為第一受害者自己的態度也不是一貫的，就是想起了六十年代這段經歷。還有一個有趣現象是，那時日本左派反美，右派親美；而現在左派雖然不親美，但反美的是極右派，例如寫《日本可以說不》的石原慎太郎。

初次訪日，對日本人的高度組織能力印象深刻，甚至感到觸目驚心，出現一個念頭：如此強大的組織能力，為軍國主義所掌握，就能對世界造成巨大災禍，如今傾向和平，就可以成為強大

的和平力量。這樣的鄰居為友、為敵實在關係重大。若干年後，同樣的念頭又浮現過，那是1987年我隨時任社會科學院副院長李慎之為團長的學術交流團訪日。其中有一場是日本池田大作領導的「創價學會」的接待，以一個民間組織的力量，舉行萬人歡迎大會，極盡其熱烈和隆重之能事（詳情以後還會講到）。總之，幾次訪日，對日本的國民性有進一步的體驗，自己的心情是複雜的。

那一次沒有時間遊覽。日方曾有意招待中國代表團會後多住一些時候，因日本政府拒絕延長簽證，只能按時離境。雖然是在日本，但是大會的主要語言是英語，所以我的工作相當繁重。除翻譯有關的發言稿、決議外，主要追隨團長劉寧一參加各種活動，整天忙忙碌碌，也無暇注意周圍風光。總的感覺不太好。一是交通比較亂，汽車司機開車很野，坐在車裏常常提心吊膽。據說東京車禍較多，常見十字路口亮出數字燈，陪同告訴我們，那就是每天車禍死亡的人數。那時我國還沒有發展小汽車，更加感到不習慣。還有就是廣告多。城市內高樓上面都是引人矚目的大廣告牌；即使是駛在公路上，望出去青山綠水，風景優美，但常常發現小山坡上有大塊廣告，覺得特別煞風景，好像美人臉上貼了膏藥。其實比起現在我國鋪天蓋地的廣告之煞風景和惹人厭惡，實在是小巫見大巫了。八十年代再訪日本，城市面貌大大改觀，整潔而秩序井然，探訪了許多古跡名勝，對日本風貌的印象完全變了。

大會結束後回國路線也費了一番周折。不知從何來的情報，似乎有人要對中國代表團搞破壞，為安全計，領導決定不按原路飛經香港回國，而是走海路。此事很神秘，幾位中國代表提到回國事，不說出來，在桌上畫一條船，因為擔心房間內有竊聽器。我們的歸國行程甚為機密，代表團內由個別人負責聯繫，多數人事前都不知情，那時中國沒有駐日使領館，出門靠朋友，中共在

日本總是有十分可靠的「鐵哥們」協助聯繫。詳情我就不得而知了。大會結束後，我們即從東京到橫濱登船回國。那是一條波蘭的貨船。波蘭是「兄弟國家」，安全有保證。船上除海員外，我們是唯一的旅客。行程算來也就三、四天，但是感覺很長。經過朝鮮半島的海域時，船因風浪顛簸，代表團所有的人不論男女都暈船不起，原來的壯漢吐得只剩下呻吟的份兒，我是全團最瘦弱的，卻是唯一奇跡般地不暈船的，能在甲板上搖搖晃晃地走動，而且還能吃得下飯。於是我就成為大家最歡迎的人，跑來跑去為他們服務，或聯繫船員，提要求等等。我回想起兒時曾隨全家從天津坐船到上海，也曾遇到風浪，大半乘客都倒了，唯我母親不暈船。這大概是遺傳。這艘船到天津靠岸，代表團少不得受到天津市領導的隆重接待，還有中國亞非團結委員會主席廖承志領了一幫人專程從北京來天津迎接，照相、發消息，以示重視。晚上劉寧一出面宴請波蘭船長和全體船員，向他們表示感謝。次日，我們回北京。此行圓滿結束。事後我還奉命給《世界知識》寫了一篇關於此行的文章，內容完全忘了，只記得提到「友誼的海洋」，還有一連串的質問，是誰造成了日本人民的苦難，當然矛頭指向美帝國主義。完全依照當時的主流調子。

第八屆「八·六大會」

1962年我又赴日參加了第八屆「八·六大會」，中國代表團成員有巴金(團長)、康永和(副團長)、趙安博(秘書長)、朱子奇、楊朔、李儲文、施如璋、孫平化。其中趙、孫為「知日派」，康代表工會，李、施代表基督教界，巴、朱、楊都是作家。事隔兩年，形勢已經發生很大變化。在國際範圍內，中蘇分歧已經公開化，蘇聯開始對美緩和，中國堅持高舉反美旗幟。在日本，社會黨內左右分化突出，右派得勢，社會黨與共產黨的統一戰線也出現裂縫。由於中蘇分歧，日共內部也出現親蘇和親華

的分派。原來戰鬥力很強的工會「總評」追隨社會黨路線，開始對華不友好。這種轉變自然也影響到一般民眾。所以，這一次我到達後的感受就與上一次大不相同。在這種形勢下，中國代表團的規格也有所降低(那時巴金的地位遠未達到他晚年的高度)。

與「世和」會議的爭論一樣，核心是反帝、反美的調子多高的問題。中國代表照例高舉反美旗幟，特別強調一定要明確點名和平的敵人是美帝國主義，而不能含糊其辭，或籠統地反對核武器、要求和平。參會的日共方面代表支持中國立場。主席安井郁是關鍵人物，他在各派之間和稀泥，所以中國代表一開始就重點做他的工作，企圖影響他的「主題報告」，因為那等於是為大會定調。最後結果如何，我已記不清，大約對中國來說還過得去，但不令人滿意。第一天大會還出現了右翼暴力團的人衝會場的事件，空氣緊張，那些暴徒衝進來，打傷了試圖阻攔他們的工作人員。我們全體中國代表團與部分日本朋友挽着胳膊在主席台前站成幾排唱歌、喊口號，頗為壯烈。不過日方出動保衛人員在門口制止了暴徒，他們沒有衝到前面來。這一齣戲劇性的插曲，衝擊主要對象是以日共為代表的左派和中國代表，說明當時日本的政治形勢已經有很大變化。

會議最後的決議文本爭論很大，實際爭議就是在中蘇代表之間。照例起草小組由少數人組成，中、蘇、日是必不可少的，中國起草代表是朱子奇，其他還有哪些國家代表，現已記不清，閉幕會前一天開始起草，由於意見難以統一，日以繼夜一直工作到凌晨。大會正式語言為英、日兩種，而為方便計，起草文件以英語文本為依據。中國代表團只有我一名英文翻譯，所以我從頭到尾一直在起草小組，就是那一次，創連續四十八小時沒有休息的工作記錄，連吃飯都是送到會議桌上邊吃邊討論。最後只剩下中、蘇、日各一名代表和各自的翻譯，專門聘請的「國際」工作人員(大多是「世和」派來的)早已撐不住，休息去了，只有

日方的工作班子，包括文印人員、生活服務等一直奉陪到底。中、蘇是當然的，領導不休息，工作人員焉能擅離崗位。而日本人不同，不少是志願者，但工作一絲不苟。那一次我見證了日本人的敬業精神。不僅表現在陪我們開通宵上，而是在各個方面的認真、嚴謹，一絲不苟，與歐洲人(儘管是共產黨員)的維護休息權成鮮明對比。也是那一次，我初嘗「興奮劑」，也是唯一的一次。到夜半時分大家都已極度困倦，有人送來一些飲料，瓶子很小，如普通的注射針劑藥劑那樣大小，插有很細的吸管，每人吸一支。我吸後感到心率有些加速，果然精神開始振奮，直到天亮不再發困。那時根本沒有「保健」觀念，這種生活工作方式對健康的摧殘自不待言。

如此認真地逐句逐字爭論，所為何來？就在譴責美國到什麼程度。蘇方也不是完全不批評美國，但是要配合當時蘇聯與美「緩和」的外交，不願太強硬，分歧就在用什麼形容詞，在哪些問題上，中、蘇代表都有回國交代的問題，所以互不相讓。具體的文本，我現在完全想不起來了，即使想起來，今天看來大約也毫無意義。有一件事倒是記得的，就是我那次「立了一功」：當爭論最後陷入僵局時，我向朱子奇建議，在英文文字上玩弄一下技巧，出了一個小主意，他認為可以，結果對方也接受了，就此通過。那時，作為翻譯，本來沒有任何發言權，我破例大膽建議，解決了問題，受到表揚。朱子奇回國彙報時還提到一句，說資某人發揮主動，起了代表的作用云。誰知這句話到了「文革」時期也成為他的「修正主義」幹部路線罪狀，同時也成為給我貼大字報的內容，罪名好像是「走資派紅人」之類。這樣一件完全不值一提的小事，在這裏提到是要說明那時「工作人員」與「代表」的身份壁壘分明，不得造次逾越，我那時從事這一業務已經十年，這類文本和詞彙滾瓜爛熟，而偶然對文本提些意見竟然會成為一樁涉及功、罪之事，今之讀者可能很難理解。

那也是我第一次，可能也是唯一的一次近距離接觸巴金。我從小學五、六年級起就看了《家》、《春》、《秋》和巴金的其他作品。那個年代巴金的作品在青少年中影響之大，超過今之任何暢銷書。可以毫不誇大地說，確實起了反封建的教材作用，影響了一代青年掙脫家族束縛，爭取婚姻和事業自由。所以有機會親隨這位大作家出訪，我當然很興奮。但是接觸之下，巴金與我想像中完全不一樣。他的作品充滿了反叛精神和浪漫的理想，而本人卻於謙和、謹慎之餘還顯得老實、木訥。他很少發表意見，我幾乎不記得他講過什麼話。作為團長，他有兩次正式講話，一次是在籌備會議上，基本上是讀國內別人起草好的稿子；一次是大會開幕式發言，好像是他自己起草的——至少自己參與動筆。原稿中有一句：「我在預備會上聽見原子彈受害者沉痛的控訴，我的心在流淚。」他把初稿給楊朔提意見，楊朔提筆就把「流淚」改成了「燃燒」。當時我對楊朔很佩服，心想究竟是老革命，一詞之差就有了戰鬥性。那個代表團內政治上負責人是趙安博和康永和，有關爭論、交涉之事，巴金基本不參與。他是團長，受到應有的規格接待，但是生活上非常隨和，一切聽從安排，沒有任何要求。他對我們工作人員也態度和藹，完全平等相待，沒有等級觀念。最後他主動送給我一本《家》，當場題款簽名。當時我當然喜出望外，十分珍惜。但是到了「文革」，軍代表進駐後下令大家清理上交一切「封資修反動書籍」，「否則後果自負」。我竟把那本《家》也一併「上交」了，而且事先還撕掉了巴金題款的一頁，免得被追查我與巴金有何特殊關係。這就是那個時期的精神狀態，諸如此類的蠢事還幹過不少，至今回想，深覺汗顏。

　　我那時身體已經比較弱，會議期間還病倒過一次，感冒發燒，躺了兩天。我與林麗蘊同室，她生於日本，日語流暢自不待言。為人謙和，服務精神特別好，生活上既能幹又善於關心體貼

人，團裏都說她是最賢慧的，有日本婦女一切優點。我生病後她更是端茶、送飯，對我照顧備至，令我十分感動。會議結束後，團長和一部分人有事先回國，我與朱子奇、施如璋、李儲文應日方東道主之邀同遊箱根，領略了日式旅店、園林和溫泉浴，頗為愜意，抵消了會議期間的緊張「鬥爭」。日本人泡溫泉是男女同浴，我們當然難以接受。主人特意與旅店接洽，把兩個浴池分別包給我們男女同胞專用兩小時。我們有一位男的日文翻譯，有一次訪日，大約沒有與旅館說好，一清早跑去泡浴，脫得一絲不掛到浴池邊，卻發現有幾位女士已經先在池內，還向他招手打招呼，他大窘，趕忙轉身逃走，光腳在濕地上摔了一大跤，皮開肉綻，幸未傷及筋骨。此事在機關中傳為笑談。

在這兩次之後，我再有機會訪日已相隔二十五年。

十一

「統一戰線」的盛衰與名人花絮

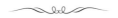

　　1954年到1964年整整十年間我參加「和運」會議的工作，從而接觸到大批國內名流，也目睹「統一戰線」的盛衰。

　　中國參加和平會議也是展現國內統一戰線陣勢的一個場合。特別是和平運動不像工、青、婦、學那樣有一定的界別的限制，可以包括各界、各行各業人士。五十年代前期，歷次和平會議，凡規模略大的，中國代表團總是各界一流人物雲集。參加過和平運動和亞非團結運動各次會議的中國代表團成員，幾乎可以囊括當時中國的頂級名流，包括民主黨派負責人、宗教(天主教、基督教、佛教和伊斯蘭)領袖、少數民族(特別是滿、蒙、回、藏)代表、知名科學家、學界泰斗、名記者、名作家、名演員以及其他文藝界知名人士、乃至前清王公、國民黨元老、起義將領，等等，後期間或有個別勞模，作為工農代表。地位最高的是國家副主席宋慶齡(1952年維也納和平大會中國代表團團長)。最經常的團長是郭沫若，他既是中國「和大」主席，又是「世和」副主席，代表團黨內負責人就是廖承志、劉寧一。除少數例外，郭、廖、劉三人參加最多。

　　1955年在赫爾辛基舉行的「和平力量大會」達到鼎盛時期。我現在能查到的除經常出席的「和大」領導幹部外，有：

　　茅盾、李燭塵(民建)、史良(民盟)、蕭三、馬寅初、蔡廷鍇(抗日名將)、吳耀宗(基督教)、劉長勝(總工會主席)、羅隆基(民盟)、章伯鈞(民盟及農工黨)、程潛、邵力子、譚惕吾、吳茂

蓀(四人皆為民革)、胡仲持、楚圖南(民盟)、黃家駟(醫科院)、汪德昭(科學院物理學家)、焦菊隱(話劇導演)、李憶蘭(評劇演員)、管喻宜萱(女高音歌唱家)、陳翰笙、包爾漢(維族)、劉清揚、胡子嬰(民建)、吳貽芳(原金陵女大校長，時任江蘇省教育廳長，後來至副省長)、許廣平、能海法師(佛教高僧)、楊士達(天主教)、陳叔通(農工民主黨)、錢端升、陳體強(二人為國際法教授)、白壽彝(歷史學教授、回族)、沙夢弼(阿訇)、彭子岡(名記者)、愛新覺羅·載濤(前親王)，等等。共產黨內高級人士大多為知識分子出身，如廖承志、李一氓、張香山、吳學謙等，很少「土包子」。

赫爾辛基大會前，「和大」領導唐明照在審查提供給「世和」的英文名單時，見載濤的身份是「人大代表」，遂大筆一揮，寫上「ex-prince」(前親王，亦即現在電視觀眾熟悉的「貝勒」)，他批評寫名單的工作人員不動腦子，說人大代表有的是，有什麼意思？我們要他就是因為是前皇室之後！

我那時年輕、資歷淺，夠不上代表團正式成員，只是隨團工作人員，任務主要是翻譯、文書(記錄、起草文稿等)兼打雜，例如分工照顧代表的生活，包括陪他們到會場、餐廳等。當時我們不但沒有資格對外發表意見，在團內「大人」們高談闊論，談笑風生時，也只有在一旁旁聽，很少插話。猶如大家庭中的晚輩，如果隨便插嘴就很不得體了。在這個領域內的共產黨領導幹部大多是知識分子出身，或有白區工作經驗的，多數懂外文，文化修養和見識都屬於當時黨內的上乘，也可以說是與周恩來那條線一脈相承的。特別是他們一到國外就比較放鬆，互相開玩笑，口無遮攔，詼諧風趣，一掃那種道貌岸然的官氣，使我感到很新鮮。作為旁觀者，對有些人和事，一些有趣的花絮留下點滴印象，事隔多年有的已經模糊，有的恍如昨日。現在搜索記憶，有話則長，無話則短，志以記趣，絕對與對人物的評價無關。

郭沫若

應該說，十幾年間我接觸最多的是郭沫若。因為他總是團長，而我多半任團長翻譯。但是地位懸殊，很少個人交流，值得一書的事蹟不多。只有吉光片羽殘留記憶中。

他是一個特殊人物，以民主人士身份出現，又不完全是。總的印象，像廖、劉等領導對他很尊重，而他則組織紀律性很強，在外面的臨時發言稿也都經過代表團黨的領導審查，絕不擅自做主，也不堅持己見。但同時，他畢竟是文人、才子，發言總有自己的特色，不是講那些乾巴巴的官話。對內、對外，都不顯「傀儡」的形象。在中國代表團中的地位略相當於蘇聯的愛倫堡，但我覺得愛倫堡受到的實際尊重和享受的獨立性和靈活性要比郭大得多。

當然，他在中國文藝界、知識界的領軍地位離不開中共的大力扶植。我親自聽到和大的領導私下議論他，口氣有時也不那麼尊重。有一度看來有的領導對他有所不滿，「和大」秘書長劉貫一就是其中之一，他常以諷刺的口吻提及郭的風流生活作風。有一次甚至曾對我們這些年輕翻譯說，對郭老跟外國人說話要注意「把關」，有不妥當的話不要如實翻譯。這使我們很為難，翻譯的紀律是忠實於原文，再說，我們許多內情都不得與聞，如何有資格判斷郭說的話哪些符合最新「精神」，哪些不妥？幸而唐明照對此不同意，他在另一場合說，讓翻譯為郭老講話「把關」極為不妥，郭老是有分寸的。他還說，魯迅去世之後，黨要尋找一面替代他的旗幟，找來找去還是郭沫若最合適，所以就大力培養，樹他。我第一次知道，原來他在知識界至高無上的地位是這樣樹立起來的。而且從魯迅去世以後已有幾十年的磨合。現在有許多對郭沫若的研究和評論，對他在政治風浪中過山車般地隨風轉蓬頗有詬病，知道這段被選中而後刻意培養、「樹立」的情節，也就不奇怪了。不過，魯迅本人的地位應該不是中共「樹

立」起來的，相反，魯迅認為他腹背受敵的一面就是當時中國在上海的地下黨領導，中共把魯迅作為國統區文藝界的「旗幟」是在魯迅去世之後，應該是撿現成的，加以利用。我認為這是魯迅的不幸，在他本人無知覺之中被當作了打手。至於當年郭與魯迅的對立也是眾所周知的。「旗幟」云云，與思想觀點無關，一旦收服過來，就很難再有自己的主張。魯迅的厄運是在身後，而郭沫若從身不由己到自覺緊跟，一代才子就這樣給扭曲了。

我還觀察到，郭與茅盾顯然關係不洽，僅有的一次同時出國開會，好像從未見他們交談過。事先和大領導對他們二人的位子排法也煞費苦心。還有，茅盾與廖、劉等領導的關係似乎也比郭疏遠。在反胡風運動中郭沫若的批判文章眾所周知。我聽到過他有一次提起胡風，恨恨然說，胡風根本不把我郭某人放在眼裏，從來沒有提到過我。這可能與他跟魯迅的恩怨也有關係。看來，他批胡風也不完全是奉命，個人，乃至派系之間的恩怨由來已久。

我本人直接的感受到的是他對我們這些小輩很平易近人，文人氣多於「要人」氣。由於耳聾日益嚴重，很少能與人閒談。後期我給他翻譯別人講話時要靠寫字。有時他也跟我們說些閒話，例如有一次在蘇聯，見到一位漢學家，說中國話滿口都是之乎者也，很有趣。他說此人思想也是中國式的保守，連芭蕾舞都看不慣。1948年郭訪蘇時，蘇方請看芭蕾舞《天鵝湖》，那位漢學家坐在他前面一排，天鵝們穿着短裙出場時，他回頭說：「無禮」，過一會又回頭說：「無恥！」

郭老出國的生活由隨團的護士重點照顧，不必他人操心。只有一次，大約護士沒有來，臨回國時領導指派我和張雪玲去幫他整理箱子。據說他出國的箱子都是夫人于立群理的。我感到很為難，因為我很不善於此，自己的箱子總是弄得亂七八糟，胡亂能關上就行。不過到了他那裏，他表示並不需要，自己已經整好，

就請我們吃擺在他房間的水果，最後送我們每人一本他剛出版的
《百花齊放》詩集，還為我們題款簽名。書印刷很別致，每頁一
種花，對面一首詩。這也是配合「雙百方針」的著作。「文革」
開始，他說自己過去所有的作品都應該燒掉，我在準備可能被抄
家前，也就把這本書與其他可能有問題的書一起付之一炬。

　　在國內，每到一處，少不得有人向他求字，他一般不大拒
絕。「和大」幾乎所有的人都向他求過字，他都來者不拒。有一
次他來「和大」見外賓之後，有人擺上事先準備的筆墨，大家拿
了準備好的紙排隊請他寫字，他很好脾氣地一一予以滿足，寫了
有一兩個小時，直到秘書來干涉。我雖然與他接觸較多，但從來
沒有想到要求他賜墨。在和大的同事大規模求字之後，有一次，
他忽然發現我從未求過他，問我，你還沒有我的字嗎？我唯唯。
他主動說，那我給你寫一幅吧。於是他寫了一個橫幅，草書抄錄
毛澤東的一首七律：「九嶷山上白雲飛……」，讓秘書專程送給
我。我雖然裱了起來，但是當時的住房條件根本沒有掛字畫的
餘地，就一直束之高閣。等到後來改善住房，可以掛出來時，
又覺得掛「領袖」詩詞與我家風格不相稱，這幅字始終沒有掛
出。那副字題款是：「右錄毛主席詩一首贈資中筠同志，郭沫若
(印)」。在我們一次搬家時，整理書畫卷，展開這幅字，陳樂民
望著它戲言：這三個名字裏犯錯誤最少的是資中筠。

　　另外，郭老還曾送給陳樂民一幅字，那是自己臨時寫的一首
詩，主動專門送給他的，一般人看來，應視為「殊榮」。1964
年，陳樂民陪他訪問越南，路過廣州時，當地接待官員紛紛向郭
求字，有點過分強加於人，他很不高興。當然陳樂民是不會向他
開口的。訪問越南後他主動要給陳樂民寫一幅字，寫他自己即興
創作的詩，那正是中蘇分歧公開化，中共「反修」不斷升級之
時，他總是緊跟形勢，寫景不忘反修。全文如下：

仙女三千盡害羞，銀紗單面怕凝眸。

空懸鸞影陳金鏡，懶卷珠簾上玉鉤。

待至兩全人去後，揭開重幕日當頭。

原來迴避非無故，只見英雄不見修。

一九六四年七月十五日來越南參加日內瓦協議簽定十週年紀念活動，十九日遊下龍灣，雖在雨季而天氣晴朗。二十一日兩全人亦至，忽然連日陰雨，三千島嶼全鎖霧中。翌日而後兩全人離去，天忽放晴，自然界與人同調，返修情緒毫無掩飾，因書此詩。　樂民同志同遊，書以付之。

七月二十三日於河內　郭沫若（印）

這可是百分之百的原創，不知後來此詩是否發表過，書法絕對是原件，獨此一家，應該十分珍貴。但可惜那詩前四句還有詩意，後四句是直白地「反修」。今人大約很少知道「兩全人」是什麼意思，可能還以為指傳統意義上父母子女雙全的人。其實那是當時蘇共自稱已實現「全民國家、全民黨」，中共批判他們不講階級鬥爭，背叛無產階級專政。把蘇聯人概括為「兩全人」卻是郭的創造，「英雄」當然是指他自己，或者自己所代表的「正確路線」。我後來以「兩全人」考過許多人，都答不出來，只有藍英年，馬上就答對了，不愧為蘇俄專家。在時過境遷之後，現在如果把這樣的詩掛出來，會顯得十分可笑，對來訪的客人還要費一番口舌解釋。於是也只得委屈它卷藏在畫筒之中。

華羅庚

1954年柏林會議結束後，中國代表團應蘇聯主人之邀到黑海邊的避暑勝地索契休息兩星期，我隨行。在那段時間裏與我過從最密的竟是大數學家華羅庚！我在中學期間特別喜歡數學，華羅庚自然是崇拜的對象。沒想到竟然會有機會這樣近距離朝夕相處（天天在一桌吃飯）。那時他大約四十幾歲，除了腿有殘疾，走路

一瘸一拐外，風華正茂，十分風趣。我剛大學畢業三年，離高中畢業也還不太遠，有些數學還沒有忘記。精神一放鬆，竟然不知深淺地同華教授談起數學來！我告訴他我在高三時對解析幾何很感興趣，而且對於按方程式在座標上畫曲線，自己曾找到老師教的以外的途徑，受過老師表揚。他知道我是外文系畢業的，聽了很感興趣。於是閑來無事常找我「玩兒」，在海邊散步，還教我玩數學遊戲。不過多數情況下不是聊數學，而是天南地北閒聊。他學識極豐富，中文很有修養，出口成章，還寫舊詩。大多數情況下是他說我聽，有時也談到他在美國的情況。他自己說其實也不能算特別聰明，只是對數學有特殊興趣，少時上不起學，家裏開個小雜貨鋪，看店門時就趴在櫃枱上演算術題，後來也是機遇好。他童年的朋友中有比他聰明的，但機遇沒有他好。他的姐姐就比他聰明多了，只因女孩子沒有機會讀書，就此埋沒了，太可惜了。

休假結束後，緊接着參加世和斯德哥爾摩會議，華羅庚參加科學文化小組。他當然不需要翻譯。每天會後代表團湊情況，各自談本小組動態。記得華說他們小組有人批評核子試驗，將美蘇並提，各打五十板。他站起來發言，說有哪一國是在公海試驗核武器的？只美國一家。說完就坐下，對方啞口無言。看來他對此很得意。回國後，代表團總結工作，他還來過「和大」，並專門找我，攀談幾句。此後我再未見到過他。到八十年代，我在一次飛機上忽然見到他坐在前排，已經顯得很蒼老，我趨前向他致意，自報姓名，他禮貌地點點頭，看來不記得我了。不久以後就聽到他去世的消息。

馬寅初等幾位老人

1955年赫爾辛基大會的中國代表團中老人最多。當時在我心目中的「老人」也不過五、六十歲，現在看來都算中青年。一到旅館，我們這些小字輩的照例擔負各種雜務，包括給代表拎箱子

送到房間，這些我都積極去做。後來唐明照向團秘書長劉貫一提意見説，讓幾個女孩子給男士提箱子不合適，西方人要看笑話。從此，提箱子的事我就免了，留給男同胞去做。

代表團的幾位老人各有長年養生的習慣，雷打不動，任何時候都要堅持：馬寅初每天必洗冷水浴，在火車裏也天天堅持，沒有浴盆，至少要用冷水擦身。有一次他正靠在盥洗室窗台上脱光了上身擦洗，火車忽然搖晃一下，他撞破了不知哪裏的玻璃，背上讓玻璃碴劃傷出血，成為代表團一次不小的事故。那次分工照顧他的是陳樂民，他沒有亦步亦趨地照顧好馬老，為此做了檢討。

程潛、李燭塵、蔡廷鍇等幾位老人則早起都有打坐或打太極拳的習慣，到了國外也照樣堅持，而且要在室外空氣新鮮處。每天早晨幾位老人的「晨練」也是旅館院裏一道風景。現在西方人對太極拳、瑜伽等等已經很熟悉，自己也學，但那個年代還很新鮮。即使現在，大約也不在旅館門口做。所以他們在旅館門口引得過路洋人好奇地頻頻回頭，不過他們沒有我國人圍觀的習慣，只在遠處望望，只有幾個小孩子跑過來看。廖、劉等幾位負責人頗不以為然，背後嘀咕，説他們「出洋相」，不過礙於情面，也容忍了。

高僧能海法師

能海法師是真正的高僧，過午不食，而且睡覺只打坐，不躺下。我們坐的國際列車是一室兩個床位，上下舖。分房間時青、老搭配，年輕人睡上舖。為能海打坐事，代表團專門與列車方面交涉，要求有一間房間拆掉上舖，以便法師可以打坐。高僧素食，不忌牛奶。一次我給團員分發文件，到能海那裏剛遞過去，他趕緊用袈裟的袖子一下子兜起文件，而不用手來接。原來他恪守男女授受不親，不能從女子手裏接東西。知道這點後，團內就注意只讓男同胞同他打交道了。

另外一位法師巨贊卻大不相同，可以説是「摩登和尚」，他

雖然也穿袈裟，卻同代表團的青年男女有說有笑，插科打諢，毫無忌諱，好像在非正式場合也不堅持吃素。有一件事使我們大為驚奇，他竟然托團裏一位女翻譯代他買女用尼龍絲襪，說是送朋友用！(那時尼龍絲襪國內沒有，是女同胞出國最常買的東西)。關於巨贊的傳說很多，到了「文革」，在劫難逃，遭遇很慘。聽說他最終被迫害致死。

喻宜萱

著名女高音歌唱家管喻宜萱(人稱「管夫人」)每天必須練嗓子。但是在火車中即使關起房門在裏面練也不方便，總會干擾別人，特別是那麼多各有脾氣的老人。於是她只得趁每次火車在某一站停車時，下車到一旁練幾分鐘。有些站停的時間還是比較長的。從北京到莫斯科的火車要坐九天九夜，到了莫斯科還接着換火車，再坐兩天到芬蘭，所以要坐整整十一天火車。從心理到生理都令人難耐。每到一站就像放風一樣，大家紛紛下去以各種方式活動，或散步，或做操。那是中蘇蜜月期，蘇聯方面十分熱情，有些大站還組織群眾等在火車站歡迎、獻花，大多是學生，代表團的主要人物還得應付這些，獻花重點對象之一就是管夫人。沒想到，到赫爾辛基後我居然有幸為管夫人演唱做了一回伴奏。緣由如下：

由於各國代表中藝術家不少，大會最後一天舉行晚會，由各國藝術家登台獻技，以襄其盛。中國代表團自然是管夫人出場，她為沒有伴奏而感到遺憾。說來也巧，我們住的旅館有一間小客廳裏放着一架鋼琴。我自從出校門後就很少有機會彈琴，在國外見到琴，手癢起來，就趁代表休息時偷偷去彈。此事總會有人發現，傳了出去。應該說，那還是氣氛比較寬鬆的時期，不至於因此挨批評，再過幾年我就不敢這樣放肆了。因此卻引來管夫人，問我可否在晚會上給她伴奏。我那時初生牛犢不怕虎，沒有那麼多顧慮，竟一口答應，只說要看譜子難不難，而私心竊以為過去

伴奏還有些經驗,對自己的識譜能力頗有點自信,卻忘了我已有好幾年沒有摸琴,已非「當年勇」了。及至拿到伴奏譜,有的還可以,其中有一首卻很難,不經過練習,速度跟不上,當然不可能有時間單獨練習。但這是管夫人拿手的重頭曲目,非上不可。最後她同意我採取「偷工減料」的辦法把最難的地方簡化混過去。就這樣,不那麼「閃亮」地登場了。那是相當正式的演出,不是聯歡性質,是在一間大廳裏有正式的舞台,台下黑壓壓一片,大概除了與大會有關的人士外,東道國還請了一些聽眾來捧場。好在大家注意的主要是歌者,不大會去注意伴奏,演唱很成功,掌聲熱烈,這個節目總算對付過去了。事後有人不識相,當着我面問管夫人我彈得如何,她猶疑一下說:「她大概獨奏比伴奏擅長」,以這麼婉轉的方式表達不滿意,也令我終身難忘。

如果我的不自量力僅止於此,那也還罷了。卻還生出下文:朝鮮代表團中也有一位女歌唱家出節目,排在管夫人後面。她的聲音是屬於甜美柔細的那種,排練時懾於管夫人洪亮的嗓音,覺得自己跟在後面反差太大,就來央求換成她先唱。不知為什麼,管夫人堅決不肯。那位朝鮮女士看來缺乏自信,又見管夫人有伴奏,她更處於劣勢了,於是跑來和我商量是否也肯給她伴奏,那時離晚會開幕的時間已經沒多久了。我照例要求先看譜,還真的不難,匆匆合了半遍,覺得還可以,就這樣定了。問題就出在這只合過「半遍」上。原以為後半部基本上是重複前面,只有結尾花哨些。誰知到了台上,中間有一段脫離伴奏的花腔表演。只見她沒完沒了地「啊……」,我卻找不到應該從什麼地方跟進了。如果是中國歌還好辦,對上歌詞就可以找到,可這是我完全不懂的朝鮮文,而且調子是我從來沒有聽過的。坐在台上毫無辦法,只好讓那位可憐的女士從後半起無伴奏清唱到底。我只緊盯着最後幾小節,到結尾高潮處適時跟進,總算「有始有終」。最後鞠躬握手如儀,台上台下好像什麼事故也沒發生。我也不記得到後

台如何向她道歉的。也許因為受這件事的干擾，我沒有能好好欣賞全部節目。現在留在記憶中的只有轟魯達朗誦他自己的詩和羅伯遜的唱歌了。

那次表演有美國黑人歌唱家保羅‧羅伯遜，那當然是整個晚會的高潮。此事我另有文章談及，這裏不重複了。

彭子崗

子崗是名記者，我早聞大名，卻孤陋寡聞，未讀過她的文章，印象中她很胖，而且不修邊幅，作風爽朗，完全是職業婦女的樣子，與區棠亮相似（不是長得像，而是指風格）。後來才知道，她的丈夫就是我參加工作後第一位頂頭上司徐盈。大會前周總理接見中國代表團全體成員，見到彭子崗在座，專門點名説，子崗，你當年筆頭這麼健，怎麼近來好像寫的不多，還是應該拿出當年的勁頭來，多寫寫麼！兩年後，子崗、徐盈夫婦在那場「陽謀」中雙雙蒙難。我在報上見到批判對象中彭子崗的名字，立刻想起周恩來講話的情景，音猶在耳，不知子崗有沒有聽了他的話「多寫寫」，因而致禍，或者以她《大公報》名記者的身份，什麼都不寫也在劫難逃。到八十年代，開始讀到徐城北的文章，提到他的父母，才知道這層關係。以後城北漸成著名寫家，並研究京劇，自成風格。我僅有緣在《讀書》聚會上見過一兩次，談起來仍有親切感。

羅隆基

1957年「世和」科倫坡會議正巧在「反右」前夕，中國代表團大約最後一次包括多名民主人士。其中我印象最深的是羅隆基。他會議期間一直很活躍，在代表團中議論風生，旁若無人。我有一次恰巧與他同桌吃飯，他對我發表一通人口應該控制的主張，並且指着我説：你們將來就會製造出大批失學兒童！（我當時未婚）。據我瞭解，在「鳴放」期間，人口問題也是一個題

目，聽說邵力子曾有正式關於節制人口的提議。

科倫坡會後代表團經緬甸回國，先到昆明住幾天修整並總結工作。忽然，羅隆基奉命提前回北京。直到那時，羅隆基自我感覺良好，接到先行回京的命令還以為有重要活動，欣然啟程，渾然不覺此一去投入羅網，厄運從此伴隨餘生！

科倫坡會議上還有一位科學家汪德昭院士。我偶然在飯桌上坐在他旁邊。當年少不更事，因為和平會議整天談核武器問題，我隱約感到我國總有一天也會造出原子彈，正好碰上一位大專家，可以就近請教，竟然唐突地問他，我國是不是也計劃研製原子彈。他與羅隆基正好相反，是非常謹慎，寡言少語的。沒想到會遇到這樣不懂事的人，問這樣不該問的問題，只得說：我不知道，接着又補了一句：這個問題不好問的。我才意識到這是國家機密，我太唐突了。事後有些緊張，怕領導知道非挨批不可。好在他沒有告發我。

科倫坡會議中國代表團中有三人被打成「右派」，除羅隆基外，還有錢端升、孟鞠如。錢教授不必介紹，孟鞠如是原國民政府駐法使館的外交官，與使館一同起義過來，就在「和大」工作，他中、法文俱佳，知識豐富，也是我在法文上常請教的人之一。他因何獲罪不太清楚，後來調離「和大」到外交學院教法文，直至退休。他們幾人中以羅隆基下場最慘。

1957年以後，那些撐門面的人物經過「反右」以及隨後的各種政治運動紛紛落馬，盛況不再。再出去的代表團黨外人士的比例大大減少。例如1958年7月又在斯德哥爾摩舉行的「裁軍與國際合作大會」，雖然中國代表團規格不低，人數也不少，已是強弩之末，陣容與1955年的就大不相同了。

另外，經常參加會議的還有幾位黨內人物，這裏也就個人接觸的片斷略述花絮。

廖承志

在我工作的圈子裏，不論老少都已稱他為「廖公」(其實那時他還不到五十歲)，只有周恩來稱他為「小廖」。我的印象，他大多數時候都是嘻嘻哈哈，似乎無時無刻不在找點題目開玩笑。下級向他彙報工作，他也常常沒正經話，有時拿腔拿調地學着對方的口吻説話，而且常給人起綽號，不叫名字。例如有一位姓梁的男同事，他就學着越劇「梁山伯與祝英台」中的腔調叫他「梁兄」。開會時他似乎在筆記本上記錄，實際是在畫人物漫畫，不論中國人、外國人，幾筆勾勒，惟妙惟肖。他日文很流利，交流自如(是真的流利，不是像現在動輒説某領導人外語如何如何，實際苦不甚高)，英文也很好，完全可以自理，不過重要談話他還是願意通過翻譯。他是急性子，而我年輕時以反應快見長，所以我跟着他的時候居多。他對內對外從不打官腔，有他自己特有的詞彙和風格。在爭論時談鋒犀利，沒有虛詞和教條，而又幽默風趣。一些西方人既怕他，又喜歡他。哪一次會議「Mr. Liao」沒有來，他們都會有點失落。

英國「和運」的一位領導人蒙塔古(Ivor Montagu)，是貴族世家蒙塔古之後，又是英共黨員，還曾是國際乒乓球聯合會主席。此公長得人高馬大，肚子尤為突出，與廖公比較熟，也是廖最喜愛畫的對象，側面、正面都十分傳神。在中蘇分歧已經難以彌合，而尚未公開化之時，英共是站在蘇共一邊的，蒙氏常為蘇方做説客。有一次小組會上，蒙塔古站起來發言，滔滔不絕，廖公剛好坐在他對面，低頭在本子上畫，等蒙塔古講完一落坐，廖公站起來，人家以為他要發言反駁，他卻把手中剛畫的蒙塔古畫像舉起示眾，惹起哄堂大笑，就此化解了蒙塔古的發言，代替了一本正經的表態、爭論。

還有一次，休息期間，蒙塔古來找廖公談問題，是蘇方授意來就與會議有關的某個問題説項，要中方配合，不要反對。中方

既不能同意，又還沒有到公開反對蘇聯的時候。廖公先送給他一張他的漫畫像，大肚皮很誇張，相與哈哈大笑，廖自己也是胖子，肚子也突出，不過比蒙塔古矮一頭，小一圈，他就一邊聽對方講，一邊輪番撫摸自己的和對方的肚子，似聽非聽。蒙塔古偶然說漏嘴。用錯一個詞（具體我記不得了，主要是一個西方常用的詞，在左派語彙中屬於政治不正確），廖馬上抓住，重複一遍，大笑說「哈哈！我們的蒙塔古同志竟這樣說！」弄得對方很尷尬，急忙辯解、更正。一忽兒，休息結束，重新開會，廖公向他頑皮地擺擺手，回到座位上。結果一場嚴肅的談話就以他特有的方式在嬉笑怒罵中給打發了。諸如此類的事不一而足。但是他開玩笑也是有分寸的，只對英、法等西方國家人士，而且是比較熟悉的。對第三世界的代表，態度就不一樣，人家來談，大多是要求支持或援助，他不會玩笑對待之，不論是否能滿足對方要求，總是以誠懇、平等的姿態對待，耐心解釋。

廖公在掌握政策上是總是趨向於靈活，務實，在總的氣氛向左時，他交代工作時率多強調實事求是，常說不要顧慮別人說你「右」傾。對日本工作尤其如此。直到「文革」以前，在他主持對日工作時，依靠幾員「知日派」得力幹將，對日本人做了廣泛的團結工作。有一次「和大」某個活動原來應該有廖參加，他因接待一批重要的日本客人，沒有來，劉寧一開玩笑說：日本人一來，廖公就「萬般皆下品」了！足見他對對日工作的重視。那時雖然中日沒有外交關係，但是與日本的民間友好往來以及經濟關係從來沒有斷過，在日本有許多真摯的朋友。這為以後形勢轉變時順利建交打下基礎。所以中日關係是「以民促官」的典範。這當然與當時中央的決策和周總理親自掌握有關，而廖公在其中的特殊作用功不可沒。

在中蘇交惡後的「反修」鬥爭中，對待蘇聯，他是當仁不讓的。我感覺他對蘇聯早有意見，在「牢不可破」時期，我見到過

私下流露對蘇聯的微詞的只有他和李一氓。他們都不滿意「老大哥」的頤指氣使，而且對有些政策問題有自己的看法。我聽廖公說過，過去在延安時，「我們」追隨蘇聯的政策，做過不少錯事。例如美國作家安娜·路易士·斯特朗被蘇聯誣餡為「國際間諜」，驅逐出境後曾想來延安，遭到拒絕。當時在延安新華社工作的美國人李敦白受斯特朗案的牽連，也被打成「特務」，中共根據蘇共的要求，把他逮捕入獄。廖當時是新華社負責人，親自經手辦理此事。李敦白新婚不久的中國妻子也只好離婚。所以廖提起此事時，說自己幹了一樁「缺德事」。我猜想以他的經歷，對於中共與蘇共的歷史恩怨知之甚深，一旦可以公開批評蘇聯，他不大需要「轉彎子」。

他一生經歷無數驚濤駭浪，聽他閒聊是一大享受。但是他很少講革命經歷、戰鬥故事。只自稱是「國際坐牢專家」：外國的、中國的、國民黨的、共產黨的監獄共坐過七次：幾番九死一生。記得他講過在張國燾那裏當囚犯，本屬於被殺之列，是他的畫畫才能救了他，張需要他畫宣傳畫，才暫時留他一命，銬着手銬走長征路。後來周恩來到張國燾那裏，巧妙地把他救了下來。

說到講日語，他說日本男、女以及不同身份的人用語都不一樣，特別是敬語和語尾，一聽就聽出來講話人的身份。例如一位女同志(當時也已是領導幹部)原來在解放區做日本戰俘工作，結果學了一口流利的「丘八話」，改不過來了，現在每當接待日本代表團，說話就露餡，他(廖)也不能制止她講日文，毫無辦法。還有過去在日本留學時，有個中國同學日語很差。忽然有一段時間不露面，同學都不知他哪裏去了。過了幾個月再出現時日語大有進步，但是一個大男人講了一口特別謙恭的「下女」(即女招待)話，同學就都知道他這段時間到什麼地方去混了。還有一些當時已進入老年的名人，年輕時在國外留學的軼事，他也講過一些，例如某男士追求某女士，拿出「程門立雪」的功夫，真的在

大冬天在門外站了一夜，等等。他還講他過去惡作劇的事，最得意的是趁人睡着之時把他兩隻腳的大拇指捆在一起，等他起身下地一定摔倒。諸如此類，當時如果記下來，可以編成「新笑林」。他自己講完就嗤嗤笑，很開心。

他對自己的「胖」常常自嘲。常愛講的一樁軼事是裁縫為他量衣服，發現腰圍比褲長要長，起先不相信，量了好幾次才相信。說到這裏他也開心大笑。他飯量極大，食欲旺盛，典型的廣東人什麼怪東西都吃，在國內只要夫人經普椿在場，總要受到約束，但是一出國就放開肚皮吃。一次在瑞士山區一個小鎮上一家以蝸牛著稱的餐館，每份蝸牛一大盤，別人都吃不完，他一人吃了雙份。有一次乘飛機，我坐在他旁邊，見一份外國雜誌上有一則關於有效減肥的報導，其秘訣就是吃一種降低食欲的藥，使食量大減。我介紹他看那篇文章作參考。他看完後說，「那樣人生有何樂趣哉？不幹」！

我那時很瘦，食量極小，坐在他旁邊吃飯成鮮明對比，他總覺得不可思議，說吃這點點能活嗎？簡直是吃貓食！於是給我起綽號叫「小貓」，在他畫的眾多漫畫中有畫我的貓頭人身像，穿着旗袍，頭大身體小，貓臉上還戴一副眼鏡，居然還真像。他送過給我一張，可惜我沒有保留下來，不知何時丟失了。直到「文革」後再見面，他還當眾叫我「小貓」。不過他對比我年長許多的幹部也叫綽號，有的已是老太太，他還叫她「小姑娘」，我也就無所謂了。

他在兩個人面前決不敢頑皮，一位是他的母親何香凝老人。他是有名的孝子，對母親照顧備至，執禮甚恭。還有一位是周恩來。周對他像對晚輩一樣，隨時耳提面命。我親自見到在為斯特朗祝壽的宴會上周恩來對他沒有及時看到一份資料而嚴肅批評，廖挨批評以後，回頭向別人吐吐舌頭。

他廣為閱讀外國報刊書籍，出國時常讓人「弄」些來看。我

第一次知道「洛麗塔」這本書，竟是從他與旁人談話中聽到的。那時他們談起來神秘兮兮的，我雖不知內容，但聽得出是禁書。多年以後，此書正式傳入中國，想起剛出版時廖公就已看到，才體會到他是如何「開放」。

「文革」開始以後，我再次見到廖公是在1973年，海倫‧斯諾(埃德加‧斯諾第一個妻子)訪華之時。那個時機正是林彪事件之後，「批林批孔」之前，是一段短暫的批「極左」的喘息期，氣氛略鬆動一些。周恩來乘機抓緊落實政策，陸續「解放」了一批老幹部，廖也在其中。他是海倫點名要見的人之一，安排與她吃了一頓飯。多年不見，我感到廖公老了，比較憔悴。但是一開口說話，神情依舊。海倫見到他第一句話就是：「啊，你還活着，真好！」他哈哈大笑。後來還向別人說，這位夫人有個特別的問候方式，就是「啊，你還沒死」！那次只敘舊，不談時事，海倫很興奮，話比較多。她見他活着就滿意了，卻沒有問他這幾年的遭遇，這樣，廖也就避免了對「文革」講違心的話。

蕭三

1954年第一次出國到柏林。印象較深的是詩人蕭三。他留小鬍子，常喜歡打蝴蝶結領帶，風流瀟灑。他俄文當然非常流利，還會德文、英文。總之他與任何外國人打交道都不需要翻譯，對女士(不論級別老少)都彬彬有禮，有騎士風度，做派很「洋」。早就聽說他資格非常老，參加過共產國際，而且是毛澤東少年朋友。但是似乎在黨內地位不高，人稱「黨內民主人士」。我讀過他一首致羅曼羅蘭的詩，既新又舊，很見才氣。最後幾句至今記得：「人生知交無老少，論交何況欣同調，與君雖無一日雅，千里相通赤心照」。還有一種傳說，他比較「花」，換過好幾任妻子。只要獨自在一個地方呆一段時間，就要出問題，所以現在的妻子葉娃看得他很緊。果然，有一次在斯德哥爾摩開會，有蕭三，幾天之後，葉娃忽然也到了，廖公等背後笑說，此公到老

還讓人不放心。我當時感到奇怪的是葉娃如何獲准出來的，因為那時沒有自費旅行之說，也沒有出國開會帶夫人的。她雖是外國人，卻已入中國籍，大概還是因身份特殊，有特殊照顧。她國籍複雜：生於捷克，出生地被德國吞併後成為德國人，後到蘇聯入過俄國籍，最後嫁給中國人，入了中國籍。六十年代我生病在小湯山療養，遇到一位在北京市任職的病友（名字忘了），她逢人便說她是蕭三的前妻。「文革」開始後，我偶然想起像蕭三夫婦那樣的特殊黨員，估計在劫難逃，後來果然看到關於他們遭到慘酷迫害的文章，特別是葉娃。

冀朝鼎

冀朝鼎是一位傳奇人物。有一個關於閻寶航的電視劇《英雄無名》，我觀看時常常想起冀老來。現在知道他的人不多，可能還不如他弟弟冀朝鑄有名。近來很多關於中共地下工作人物的「揭秘」史料，但還沒有見過關於他的。我當然無從瞭解他豐富而神秘的經歷。只是從他參加「和大」的活動的接觸中如實追述親自的見聞。

不知為什麼，在經常出國的人物中冀老與我接觸較多，談得也較多，雖然無論資歷、級別、年齡，我都與他差距很大，而且他根本不需要翻譯，我沒有理由到處跟着他。開始比較接近是1956年冀老率領貿促會代表團到維也納參加國際博覽會，我和陳樂民正在維也納「世和」書記處工作。那次我臨時被借調到貿促會代表團工作。大約冀老對我的工作還滿意，博覽會結束後，我以為沒事了，就自己回到住處。誰知晚上忽然冀老氣呼呼自己跑到我們住處來，對我不參加代表團內的工作總結會議很不高興，因為他要我執筆寫報告。後來根據他的授意我寫了一份內部報告的初稿。另外又在他授意下寫了一篇公開發表的文章。那是我第一次奉命以自己的名字發表公開文章，過去如果寫此類文章，都是為領導代筆，以領導名義發表。現在想來，就這一點，也是冀

老開明(或「洋」)之處。他要我寫這樣一篇文章是因為他的確很看重這次中國到西歐國家參加博覽會，希望能借此擴大影響，以便有後續。他還專門指示我在文章中寫一段介紹某些西方國家展出的先進儀器(好像是醫療器材)，使我感到很新鮮。後來這篇文章在《人民日報》登出，我注意到，關於外國先進儀器那一段還是被刪掉了。

自那次以後，冀老就對我比較親切。他參加過幾次和平運動的和亞非團結組織的會議。在出國開會期間，有空閒時，就願意找我聊天，實際上所謂「聊天」，就是他說我聽，這對他可能是一種放鬆，需要一個聽眾。一些他打入國民黨內部做地下工作的有趣故事，是他親口告訴我的。可惜我當時少不更事，沒有體會到他的經歷之寶貴，沒有想到，也不敢提問。如果有像今天對歷史的覺悟，就可以挖掘出許多豐富的第一手史料來。那時也沒有追記筆記的習慣(按紀律不允許)，甚至不敢同別人講。如果不是現在寫回憶想起來，恐怕要爛在肚子裏了。現在也只能憑記憶，可能忘掉不少，也難免有不準確處，不過最生動的部分印象深刻，大體不會錯的。

冀老說他老早就認識我的父親資耀華，他們兩人同是陳光甫所賞識的人才。陳光甫是很重才的。資耀華被陳延攬到他創辦的上海商業儲蓄銀行，而冀朝鼎則任陳光甫的秘書，而且以他的經濟長才和英文，在一系列重要國際經濟活動中為陳的得力助手。例如中美關係史上著名的1938年「桐油貸款」，是陳光甫主談成功，為抗戰中的中國立的一大功勞，冀老作為他的助手全程參加，並是英文文件的起草人；抗戰期間中美英「平準基金會」，陳是主任，冀是秘書長。事實上冀老認識陳光甫時已經是共產黨員。組織上希望他能以山西老鄉的身份接近孔祥熙，陳光甫與宋家、孔家都比較熟，也曾在孔面前稱讚過冀的才幹。以後冀就逐步轉入孔祥熙的班子。孔的家鄉觀念是比較深的，再加上冀的出

身背景(他父親冀貢泉曾任山西省司法廳和教育廳廳長),也算世交,遂順利地得到孔祥熙的重用,任孔祥熙的機要秘書之職,成為孔的「親信」。與此同時,有一段時間仍保持與陳光甫的工作關係,直到他離開平准基金會到中央銀行任職。陳對孔祥熙這樣的官僚實際上是看不上的,對冀逐步接近孔而疏遠他有所不滿,他當然不知道冀的中共身份和特殊任務。孔任財政部長期間,對冀十分倚重,冀幾乎陪伴孔參與了所有重要的國際經濟活動,包括出席布列敦森林會議。

冀老在重慶的秘密工作直接受周恩來領導,這一關係絕對保密,重慶「周公館」的其他人都不知道。彙報的方式就是乘汽車到一處偏僻的地方與周見面(很像現在許多電視劇中的情景)。從抗戰後期,蔣政府重點由抗日轉到反共,到抗戰結束,內戰一觸即發,他的工作之一是設法阻止美國援蔣。他的公開職務需要與當時任美國駐華使館財政專員的艾德勒經常接觸,而實際上他們在一起就是研究以種種理由阻止美國已承諾的對蔣的援助兌現。二戰期間,羅斯福在用人方面的確比較開明,如後來定居中國的柯弗蘭(Frank Coe)和艾德勒(Sol Adler 原籍英國)都曾在美國財政部任職,柯弗蘭先為摩根索副手,後當過財政部長。柯、艾二人是否美共黨員,我不能肯定,但他們屬於左派、親共是肯定的。1949年以後他們全家一直定居在北京,是中聯部的客人。上世紀八十年代我寫美國對華政策的歷史時,翻閱《摩根索日記》關於中國部分,果然見到柯弗蘭和艾德勒以宋子文黃金投機案為由,企圖說服摩根索拖延向國民政府運送所許諾的黃金,並為他準備了說辭。從這段記錄中看不出冀老與這件事的直接關係,但從一個側面印證了冀老與我閒聊中講的情況。摩根索日記的其他部分也多次提到冀朝鼎的名字。

冀老還說,那時重慶官場的風氣已經相當腐敗,以他的身份而潔身自好,一塵不染,會引起懷疑,但他又不能真的生活腐

化。為此曾請示過組織，組織決定還是不要貪污受賄(哪怕是假裝的)，以免陷入麻煩，可以用別的方式作掩護。他當然不能嫖妓、養外室(如今之「包二奶」)之類，於是想出了一個辦法，就是公開「捧女戲子」。當時重慶有一位當紅的京戲坤伶(他沒說是誰)，他就很張揚地以他的名義每天包幾排最好的位子，到處送人戲票，圈裏人都知道冀某人在捧「Ｘ老闆」，這樣就不顯得異類了。其實他與那女演員並無任何瓜葛。後來冀老去世後的悼文中有一句「出污泥而不染」，是為這段生活的概括。(走筆至此，想到那時身在官場而廉潔自律的人會被懷疑是共產黨，與今之「黨情」、「國情」相對比，真令人有隔世之歎!)

冀老在國民黨那裏受到重用還有一個原因是孔夫人宋藹齡賞識他，她曾當着冀的面對孔祥熙說，「這個人的英文沒有山西口音，不像你」。宋藹齡的確對他眷顧有加，有意提拔他。有一次，她說知道冀對家鄉菜有特別愛好(冀老說這是事實，雖然在外國多年，走遍天下，但山西口味不改)，重慶沒有真正的山西菜館，她家有山西廚師，要好好款待他一下。於是請他到家裏，備下一桌精美的山西菜(冀老說確實很地道)，擺在庭院裏，卻只有他們兩人相對而坐。這頓飯時間比較長，夫人似乎談興很濃，沒有散席的意思。夜漸深，忽然她說有點冷，起身示意冀跟她進屋去。冀老只好裝傻，趕緊乘機告辭，說打攪太多了，夫人該休息了，就此脫身。夫人顯然不快。大概這一次令孔夫人掃興，影響了「提拔」。後來夫人對他說：原本想讓你到中央銀行任某職(具體我不記得了，顯然是比較高的職位)，看來你還是個讀書人，就做研究工作吧。這樣，冀老被任命為中央銀行經濟研究處主任。他說這也是塞翁失馬，幸虧他沒有提拔到那個要職，後來任此職的那位仁兄在蔣經國「打老虎」中做了犧牲品，被槍斃了。

那位赫赫有名的「孔二小姐」(孔令偉)的行為乖張和霸道，

他也親自領教過。有一次，孔二小姐一身男裝忽然闖到他辦公室，站在門口，拍拍自己的兩肋說，「你過來，敢不敢摸摸我這裏」？冀老說他嚇了一跳，她雖然總是扮男裝，但畢竟是位女士，我怎麼可以過去摸她那裏？她見冀老不動身，忽然雙手插入兩肋，啪一下抽出兩支手槍來瞄着他。當然只是開開玩笑，後來有人進來岔開，她哈哈大笑走了。由此可見有關她種種怪異行徑的故事並非都是謠傳。

他說，後來，國民黨內有些人也開始懷疑他與共產黨有關係，但沒有抓到證據，而且他得到孔祥熙的庇護。在有一次宴會上，時在行政院任職的蔣廷黼忽然向他舉杯祝酒，說「為了共產主義」，這分明是試探，冀機敏地把它當作一句玩笑，舉杯稱：「為了法西斯主義」！哈哈一笑就過去了。他向我解釋說，此語一語雙關，因為在當時國民黨圈內是把共產主義與法西斯相提並論的，而共產黨也把國民黨看成法西斯。他這話既可站在國民黨立場理解為把蔣廷黼所說「共產主義」等同於法西斯主義，也可站在共產黨立場以「法西斯」回敬蔣。

據說，北平易幟前夕，國民黨「中統」已查明他的身份，決定抓捕，但那時他已調到傅作義處任職，因這一層關係，得以脫險。但這一情況在國民黨那裏也是絕密，大多數與他交往的高層人士還是不知道。因此，解放之初，為照顧有些留在大陸的國民黨要人的面子，周恩來決定暫不公開冀老共產黨員的身份，而讓他以「民主人士」出現了一段時期。連宋慶齡也不知內情，曾向周說，此人不可信任，是孔祥熙的人。足見他隱蔽得多深了。

以今天的眼光看，他的某些觀點難免有那個時代的烙印。例如在梅汝璈被打成右派等問題上，他一直認為梅本來就是右派，那是因為在學生時代他們就政見各異。不過總的說來，他的思想在當時屬於開明務實，甚至超前的。今天，「招商引資」已經成為鄉鎮幹部的口頭禪，而早在上世紀五十年代，冀老不但主張引

進先進科技，還曾大膽建議過利用外資。在當時的情況下當然是無法實現的，他沒有因此獲罪已屬萬幸。

　　我認識他的時候他還不到五十歲，大家已經習慣於稱他「冀老」。他看起來的確比實際年齡老，大約與長期工作和生活的壓力有關。不過平時總是精神抖擻，不顯病態。還有一則趣聞：當時他父親還在，有人打電話到家裏找「冀老」，他父親接電話說我就是，後來方知人家找的是他兒子。他怒斥他兒子說：你現在就稱「冀老」，把我置於何地？可惜他1963年就突然腦溢血去世了，享年僅六十歲，在現在應算英年早逝。他的祭禮規格極高，不同尋常，一反共產黨嚴格遵照級別的慣例，是周恩來親自指示安排的：在首都劇場舉行了一千人的「公祭」，「主祭人」以周恩來為首共十五人，廖承志宣讀的祭文，文字簡短而評價甚高，其中「在秘密工作中出污泥而不染」一句是周親自加上的。不久後，在英國，在李約瑟主持之下，也舉行了一次外國友人參加的追悼會，參加人中包括諾貝爾和平獎得主波艾德‧奧爾勳爵(營養學家，致力於以改善人類生活促進和平，曾任聯合國糧農組織主席)。

　　我想如果天假以年，他活到改革開放之後，一定是堅定的改革派，而且可以大顯身手。我的印象，他作風乾脆，講求效率，討厭繁文縟節和套話(這也是一種「洋」的表現)。他常講到他們機關一些行政幹部的缺乏知識、官僚拖沓作風，十分不滿。想必平時得罪不少人，能逃過歷次政治運動與周總理的保護分不開。他的頂頭上司貿促會主任南漢宸也是地下工作出身，對他當能理解。但是南漢宸儘管一貫老成持重，涵養極好，還是未能免於難，「文革」初期就被逼自殺了。因此我又覺得冀老在「文革」前去世，未始不是幸事，得以全身而終，並享哀榮。否則，以他的秘密工作的經歷和「複雜」的社會關係，以他超前的見解和被認為「洋」的作風，很難過「文革」這一關，十之八九是會被

「迫害致死」的。從這個意義上講，可能是死得其時。

近見陳立夫回憶錄中總結國民黨在大陸失敗的教訓，提到導致喪盡人心的兩項證策，一是在淪陷區接收時偽幣換法幣的比價令老百姓大吃虧；另一項就是導致最後崩潰的金圓券，他都歸罪於共產黨的「陰謀」，說是宋子文誤信了冀朝鼎的主意。這一說法是他的臆測，沒有提出任何證據，而且揣情度理，殊難採信。有關金圓券出台的經過是有文獻可查的，是蔣介石為了改革幣制專門於1948年6月任命王雲五為財政部長，研究後提出此方案。原財政部長俞鴻鈞本來是不同意另發新幣，被調任中央銀行總裁。最後王雲五起草的方案由蔣介石親自主持在領導層通過。宋子文及其主管的中國銀行根本未參與其事，與冀朝鼎就更加無關了。但陳立夫回憶錄在網上流傳甚廣，這一說法很符合「陰謀論」，不少本應更冷靜思考的學者也於採信。我在此澄清史實，與對冀朝鼎個人的評價無關。由此想到，信史之難。由於一方的官史謊言太多，人們容易對另一方輕信，也是一種偏頗。

除非以後有關檔案開放，與冀朝鼎有關的寶貴歷史以及諸多傳奇性的情節恐怕只能隨逝者長眠地下了。

吳學謙

吳學謙當時在代表團中屬於比較年輕的，在文字上具體工作抓得比較多，例如起草臨時發言稿，我常做他助手寫初稿，或臨時直接用英文起草(吳的英文不成問題)，因此接觸較多。他有點書生氣，作風比較平易近人，尤其到了國外，時間緊迫，工作沒有那麼多層次。閒時聊天也比較隨便。廖公也常拿他開玩笑，他只是笑而不語。他一般談工作多，閒話少。後來「文革」中忽然聽說吳因上海地下工作的關係，以「特嫌」被捕了(是正式帶手銬抓走的)，我和陳樂民都為之震驚。不過那時凡做過地下工作的大多不是被加以「特務」就是「叛徒」罪名，在劫難逃。「四人幫」打倒後，有一次我和陳樂民逛琉璃廠，忽然在街上遇吳學

謙，他剛剛「出來」不久，形容憔悴，似乎沒顧上理髮修面，蒼老了許多。他見到我們如遇故知，主動打招呼，他講了一些他的遭遇，劫後餘生，相與歎息。再後來，他落實政策，一度任外交部長。不過只要在某些場合(多為很多人參加的會議之類)知道我在場，總會主動有所表示，或讓秘書找我。最後一次是在政協舉辦的一次有關國際問題的研討會上，我應邀參加。他是作為政協領導，主持會議。但似乎已經有些障礙，話講到半截忘了詞，臉漲得通紅，停頓良久才接着說。事先，他秘書傳話，說他要看我主編的《戰後美國外交史》，我帶去了會場。但是看他精神不佳，散會時就沒有去打擾他。誰知他一直在等我給他送書，後來讓秘書來找我，我才趕忙到他休息室呈上。那時他精神似已恢復。與我簡單交談了幾句，不知聯繫到什麼問題，他說了一句：我們黨最大的問題就是「左」。這是我最後一次見到他，也是記得的他最後一句話。

楊朔

楊朔是老革命、知名作家。我開始知道這個名字是抗美援朝小說《三千里江山》。那個時期這本書堪稱「家喻戶曉」，方今暢銷書很少能與之相比。因為它不僅是文學作品，而且起政治輔導教材作用。與魏巍的《誰是最可愛的人》可以相提並論。對於我這初出茅廬的青年來說，只有仰慕的份。沒想到，幾年後就因工作之故，與楊朔有了近距離的接觸。

大約1957年之後，楊朔開始參加「和大」的工作。他主要工作在作協，同時兼任「和大」副秘書長、亞非團結委員會副主席。一度被派往開羅常駐，任亞非人民團結組織書記處中國書記。後來成立了亞非作家協會，他是亞非作協常設局聯絡委員、秘書長。我與他接觸就是在這一範圍內的各種國際會議的場合。

在我印象中他完全是白面書生，既無大作家的傲氣，也無老革命首長的架子，而且還沒有文人的浪漫不羈的作風。他對工作

很認真，老老實實、兢兢業業。在代表團內遵守紀律，服從領導。與其他領導幹部不同的是發言稿都是自己動筆，如果經團長審查有什麼意見，他一般不堅持己見。與我們這些小青年都能平等相處，態度謙和。卻很少參加開玩笑。他一直是獨身，這也是別人開玩笑的一個話題。廖公常逗他說，某某女士看上他了，要他抓緊機會。他也只是笑而不語。對於他終身不娶，有各種說法，一說是他原來有一位感情很深的妻子（或未婚妻？）在戰爭中犧牲了，他曾經滄海難為水，不再作他想。還有說他並非有意獨身，只是知己難逢，沒有遇到合適的。以我對他的認識，這兩種說法都可信。他是非常老實而認真的人，工作如此，對個人感情大約也是如此。

楊朔英文也很流利，平時與人交往、開會發言一般不需要翻譯。只是英語同他的中國話一樣也有濃重的膠東口音，聽起來有點費勁。更有意思的是，他提到地名、人名，不知道原文的就直接用中文譯名發音，例如「he comes from 加拿大（讀如Jia Na Da）」，「I went to 東京（Dong Jing）」，令人忍俊不禁。在我國駐開羅使館，陳家康大使開玩笑說，當年孔夫子周遊列國，到了倫敦，講的就是楊朔式的英文。進入六十年代，中蘇分歧公開化，在亞非團結運動中常常「吵架」。楊朔也用他的膠東口音英語認認真真地吵，寸步不讓。陳樂民在1964–65年間隨他一起長駐開羅工作，講過兩件趣事：在一次工作會議上，照例與蘇聯書記爭吵起來，蘇聯人竟罵楊朔「stupid（愚蠢）」，楊朔應聲答曰：「stupid returns to you！」（你才愚蠢），結果大家都笑了。還有每次會議之後，文秘處（都是埃及工作人員）整理出會議紀要（英、法文），發給各位書記。有一次，楊朔批評他們沒有忠實記錄他的發言，遺漏了重要的話（順便提到，在中蘇分歧公開之後，埃方的態度是依違於二者之間，而埃及工作人員，特別是兩位英法文十分流暢的資深翻譯，對中國人不大友好），於是下一

次，翻譯記錄故意整他，交來一份記錄稿，把所有破句、錯字、語病，以及「嗯嗯、啊啊」多餘的口頭語都照樣錄上，使人無法卒讀。氣得楊朔夠嗆。這些只是花絮。總之楊朔一直忠於職守，工作無可挑剔。與此同時，他很勤奮，筆耕不輟，在這期間又寫了許多散文，內容大多是非洲風光+反帝鬥爭。

沒有想到，這樣忠厚老實的作家竟是「文革」中在「和大」唯一被「迫害致死」的。此事經過將在下一部詳述。

十二
鞠躬盡瘁，病而後已

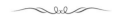

在匱乏中初為人母

1959年自維也納回國，去國三年回到北京，又逢十週年國慶，感覺特別美好。尤其是奧地利地處中歐，天氣以多雲為主，陽光燦爛的日子較少，而那時北京的金秋時節，碧空如洗，祖國的藍天真的使人有為之歌唱的衝動。只是好景不長，不久就嘗到「饑來驅我去」的滋味了。

在個人生活方面，一件大事是做母親，生了一個女兒。另一件大事是生病。物資匱乏、營養不良、工作緊張，入不敷出，到1964年終於身體徹底垮台，全休兩年，接上了「文革」。所以我回國後實際上只工作到1964年。

最初的興奮勁頭過去之後，開始體驗到物資匱乏的現實。首先是每人登記糧食定量，按月領糧票。我們都自覺把糧食定量按低標準報。我一向飯量較小，以為一個月二十多斤糧食足夠了，還沒有意識到在一切其他「油水」都沒有的情況下，飯量會大得自己都吃驚。機關食堂每人限買半個菜。用不了多久就明顯感到食堂的菜日益清湯寡水。早餐偶然有雞蛋賣，每人限一個，稍晚就輪不到。再後來雞蛋也絕跡了。剛回國時我還有一次尷尬的經歷：我和樂民與張雪玲、劉小石夫婦相約到附近一家熟悉的小餐館去「打牙祭」。飯後我搶着付賬，卻不意那價錢高出我出國前許多倍，我完全沒有心理準備，沒有帶夠錢。劉小石笑笑說還是

我來吧！經他解釋才知道那是當時的一項特殊政策，開一些高價飯館，在特定的商店賣一些高價糕點，以便貨幣回籠。以我們當時的工資，那種高價餐館也是很難問津的。以後匱乏的形勢日益嚴重，我的饑餓感也日益強烈，揮之不去。

偏巧我開始懷孕了。我從未有過一般孕婦的反應——嘔吐、挑食，等等。我對懷孕的記憶只有「餓」和「饞」。胃口出奇的好，食欲空前旺盛。平時那種不吃羊肉啦，怕腥羶油膩啦，種種嬌氣一掃而光，可以說見「油」開眼。我們雖然已婚，但沒有單獨的住房，只在辦公樓上層作為集體宿舍的幾間房中分到一間，沒有自己開伙的條件，與單身漢一樣，三餐都在機關食堂，全部糧票、油票都交到食堂。這樣就更加沒有絲毫自主的機動性。家中連麵包屑的儲備都沒有。一旦錯過了食堂開飯的時間，就只有枵腹待天明了。那些獨立安家自己開伙的同事就靈活一些，各顯神通做一些調劑。後來還有人在家門前試着養雞，居然真的有了雞蛋。有一次我與一位男同事一起到另一單位去開會，回來晚了，食堂早已關門。陳樂民好像也有事不在家。時值隆冬，我回到冷冰冰的宿舍，空空如也，可謂饑寒交迫。那男同事就把我拉到他家去（在機關大院後面一排平房中），他的夫人是理家能手，自己養了雞，給我們端出來熱氣騰騰的二米粥和烙餅攤雞蛋。我簡直覺得美味無比，而且周身暖洋洋。此一飯終身難忘。在那種食物極端匱乏的情況下，這樣待客實屬慷慨。於是我在一段時期內逢人便說他家有賢妻，實在福氣。以至於張雪玲半開玩笑地對我說：可別老這樣說了，好像你恨不得也找一位「賢妻」！稍後，個人養雞也不允許了。

春節照例有一頓聚餐。這一回大家引頸以盼。我當時懷孕五個月，當仁不讓。記得每人一份豬油八寶飯，平時我是絕對吃不完的，而此時那豬油簡直如雨露瓊漿，似乎不夠塞牙縫的。

我的女兒是1960年5月出生的。那已是全民挨餓進入高潮。

當時「孩子他爸」正在農村下放勞動(此勞動既非懲罰，也非後來「文革」的下放，而是對長期在國外工作，缺乏基層鍛煉的幹部的一種特殊「補課」政策，基本上為期一年，我若不是懷孕，也應下去的)。我們都認為這是寶貴的鍛煉機會，決不想要他為我生產而請假回京。後來「文革」期間在幹校有一位根正苗紅的年輕人作為「毛選學習積極分子」「講用」，講她如何在毛澤東思想教育下，自己生孩子時為了讓他在外地工作的丈夫堅守革命崗位，沒有讓他回來，她繪聲繪色詳細講她思想鬥爭的經過，以及說服家人，使他們從不理解到理解，等等，說得聲淚俱下。那時我孩子已經九歲，心中頗為不服，認為她小題大做，矯情。想當年我生孩子時，根本沒有認為應該讓陳樂民回京，兩家的家人都無需說服，更沒有想到以「某某思想」為支撐。我對此的解釋是，出身不一樣，同樣的行為意義就不一樣：由於她根正苗紅，這麼點事就成為模範事蹟了。現在回想，對於初次生育丈夫不在身邊，是她這樣激烈思想鬥爭近人情，還是我淡然處之近人情？是我真的被改造得親情淡薄了？

我生產後在家「坐月子」。幾個月前全家的票據和蛋、糖等副食品配額就集中存起來，做好準備。但是肉票是過月作廢的，而且有票也不一定買得到肉。家裏的老保姆為此費盡心機，在算準的預產期前夕，以全家的肉票買了一隻蹄膀燉湯。偏偏我實際生產的日子比預產期晚了十多天，那時又沒有冰箱，急得老保姆直掉眼淚，只有每天煮一開，保證它不變質，到我產後吃到時已經只剩湯了。反正「肉爛在鍋裏」，並未損失，營養保留多少就不得而知了。事實上，我還是享受了某種特殊條件的，因為父親的級別屬於「糖豆幹部」，有一些特殊補助，儘管有限。父母的年齡超過六十歲，可以訂到牛奶。我產假沒有滿就被單位一個電話召回，隨代表團出國，孩子完全丟給家裏靠牛奶餵養。她之能夠健康成長，以及我沒有因產後營養不良而落下後遺

症，都是仰賴父母加上老保姆省吃儉用的支持和精心護理。

產婦最需要的雞蛋，靠全家的配額也是不夠的。母親托一位親戚從農村弄來一籃雞蛋。那時報上正在大力批判農村自由市場，說是「挖社會主義牆角」云云。我就認定那雞蛋一定是從自由市場來的，拿出「恥食周粟」的精神，堅決拒吃，真乃餓死事小，「失節」事大！當時思想之左得出奇可見一斑。想當年，朱自清拒絕食美國救濟糧時我沒有那個「覺悟」，此時竟「覺悟」提高到拒食自由市場的雞蛋！

認為從自由市場購物是嚴重錯誤並非沒有根據。不久以後，陳樂民回來工作，陪一批外賓到洛陽軍校訪問，他告訴我，在那裏遇到大喇叭廣播：一名軍官在自由市場買了一隻雞給他剛生產的妻子補身體，被認為是破壞社會主義經濟，被開除黨籍、開除軍籍，處分之重，令人恐懼。不過我當時還不知道此事，也不是出於害怕，而是非常自覺的。

還有一件事也說明我當時的迷信。在我懷孕待產期間找過一個保姆，她是江蘇人，燒得一手好菜，當然是英雄無用武之地的。她常常對她們村裏的幹部有微詞，說他們多吃多佔，不顧社員死活之類。我竟認為她思想有問題，這樣攻擊黨的幹部，而且基本上不相信她說的話(後來知道實際情況比她講的要嚴重得多)。從此對她沒有好感，女兒出生後，本來最需要她的時候，因一些小事，把她辭退了。

我個人固然已經完全失去獨立思考能力，同時也說明當時信息封閉到什麼程度。就在1961年，英國左翼作家菲力克斯·格林(Felix Green)訪問中國，回去寫 *Awakened China: The Country Americans Don't Know* (Garden City, New York, 1961.) 一書，駁斥帝國主義對中國經濟情況造謠，因為他看到的是一片繁榮景象。我記得在辦公室聽到一位領導很得意地說這次接待很成功，格林在各地參觀，一點也沒有發現真相！

關於孩子的名字也與當時的背景有關。人們以為像我們這樣的家庭總會起一個有點書香氣的名字。實際上就和饑荒有關。當時陳樂民在農村與貧下中農同勞動、同挨餓（口糧每天只有不到半斤的沒有去皮的「毛糧」），熱情的老鄉聽說他添了孩子，紛紛給起名出主意，最多提到的是「滿倉」或「滿屯」，這代表了農民最樸素的嚮往。樂民就真的寫信回來建議以「滿倉」為參考取名。父母和我商量的結果就用了一個「豐」字，取盼豐收之意。所以後來我們常常和女兒開玩笑說她差點叫「陳滿倉」。後來她的朋友以為我們起這名字一定有什麼典故，常問「豐」字的出處，其實就是餓出來的，與老鄉一道盼豐收。

在極端困難時期，城市居民處境比農村好得多，機關幹部又比一般平民好，更無論按級別分配的特權了。餓死的絕大多數都在農村。所以與「反右」以知識分子為重點不同，「反右傾」時批判的對象多為家在農村的幹部，因瞭解家鄉情況在機關中發牢騷而獲罪。而且多為中層以上幹部，因為他們可以看到部分反映真相的機密文件，而且在彭德懷事件之前，參加過一定級別的討論會，有機會發表不同意見。我就曾親歷一次上級機關召開的批鬥「右傾機會主義」重點對象的大會，那是一位中層幹部（其級別足以看到內部文件），罪狀就是回鄉一趟後，在辦公室散佈家鄉饑荒的情況，表示對「大躍進」不滿，而且還洩露他看到的內部通報中的情況。會上還有人揭發他拿來一塊黑不溜秋發霉的紅薯，說你們看，農民就吃這個。在「文革」之前，這樣群眾性的批判大會雖然沒有「坐噴氣式」之類的肉體折磨，對於參加者還是有一定震懾力，至少告訴大家，什麼話不能說。

現在不少白領在工作壓力下健康也受損，甚至還有過勞猝死的。但不是像我那樣長期極端虛弱，因為我除了積勞成疾外，是由於長期嚴重缺乏營養，直白而言就是「餓」的，而現在人的疾病常常是營養過剩，或不平衡導致的。不過平心而論，相對說來

我的處境還是比較優越的，可以説間接地享受了某種特權而倖存下來。我想那時在城市，包括北京，由慢性饑餓導致無名雜症得不到治療而「拖死」的，當不在少數，這種情況大約不計算在「非正常死亡」數內，而直接餓死的幾乎沒有。

多年後，我家先後請過兩名安徽保姆。她們都講述過家裏餓死人的情況，一個家裏八口人餓死了四口，一個九口人餓死八口，只剩她一人，因為在外面當保姆。過去可以逃荒要飯，那時連要飯都沒處去，因為千村萬戶都一樣，沒有一戶是有存糧的。有些地方根本封鎖不許出村。餓死多少人的消息也傳不出去。由於虛報浮誇，上面催交的數量極大，誰家藏一點糧食，村幹部挖地三尺也要取走上交。在我家工作的蔡阿姨説家中曾藏起一罐糧食埋在床底下的地裏，還是被村幹部挖走了。她那幾年在南京一家軍隊幹部家當保姆，那家給了她一些糧票，她買了一袋餅回家，緊趕慢趕跑到家裏，還是晚了，他的公公已經餓死在床上，肚子鼓得老高。婆婆屍體已僵。那是大冬天，屍體不易腐爛，許多人家都不敢公開掩埋，到夜裏偷偷拉出去埋。因為隱瞞不報，還可以領到一份聊勝於無的微薄口糧。她幾個女兒都已嫁人，有一個小兒子，當時大約七、八歲，她決心把他送人以免餓死，但是那孩子堅決不走，無論送到哪裏，都跑回來，終於沒有送掉，帶在身邊，居然活了下來。

令人心寒的是，她們講述時非常平靜，沒有眼淚，沒有歎息，好像是在講別人的事，也從不問原因。她們都説，這事在當時太普遍了，家家戶戶都餓死人，整個村剩不下幾個。她們自己活了下來是因為有幸在城裏工作。

在健康透支中工作

在最困難的時期出現了兩點極不尋常的政策精神：一是默許，甚至鼓勵有海外關係的人接受海外親友寄贈物品；二是不再

強調全力以赴地工作，而號召「勞逸結合」，減輕工作負擔，必要時縮短工時以保存體力。前者與我無關，因為我沒有海外親友；後者也沒有惠及我，因為那段時期是中蘇關係最複雜多變之時，多反映在國際鬥爭中，弦繃得很緊。所以我所負擔的工作不但不能減，反而更重，照樣出差、照樣開夜車。按規定，晚上工作過11點就有夜宵，大師傅端上熱湯麵或烙餅，是一大享受。我們甚至為此故意把工作拖到那個時候。我大着肚子一直到進醫院的前夕還工作到晚上10點鐘。

供應再差，對外總還要撐面子。所以外賓的伙食標準，特別是招待會，還是頗為豐盛的。於是就發生有趣的現象：過去我們為外賓舉行招待會，邀請中方高級人士作陪，往往按名單到不了幾成，因為他們都是大忙人。而在「困難」期間，只要有酒會、宴會，那些忙人、要人有請必到，十分踴躍。在冷餐會上，服務員端着盤子走過來，大家一擁而上，頃刻間杯盤一掃而光。有一次周恩來在場，見他不動聲色地走過來，輕聲對一些高級幹部說：「注意點吃相」！根據來訪者的要求，經常需要請一些單位的負責人或專家來同外賓座談，講解有關國情和政策。有一位某經濟單位的負責人，專業水平高，情況熟悉，口才又好，還懂英文，每次談話效果都令客人十分滿意，所以在我們單位組織座談的名單中他總是首選。可以想見，他此類活動應接不暇，平時特別難請。但就在那段時期，卻一點架子沒有了。因為他煙癮很大，那時沒有禁煙之說，接待外賓除茶水外必擺香煙，而且一定是好煙，大概是中華牌，規格高一點的有時還有點心、水果。大家都知道他就是衝着那中華煙而來的。不但在談話中不斷地抽，等送走外賓後，桌上剩下的都放進口袋。不僅他一人如此，外賓離去後香煙被捲入某些私人的口袋已是公開的慣例，總務部門都有此準備。

前面說到，我產假還沒有滿，就被一個電話召去上班，準備

赴日本參加「八‧六」反原子彈大會的工作(詳情見第十章)。那次日本的大會勞動強度不小,而且日本比我們先進,我國當時還很少有空調,他們會場與賓館已經空調溫度很低,我的服裝只有應付盛暑的,經不住室內涼風襲來,落下一點毛病。也許因是之故,我後來一直對盛夏的空調視為畏途。

訪問越南

從日本回來不久,又奉命隨黨政代表團訪問越南。

1960年9月,我隨黨政代表團訪問越南,參加越南勞動黨的黨代會和國慶。那一次團長是李富春副總理。這是我唯一一次與他近距離接觸。代表團工作人員中有兩位女性,另一位是新華社攝影記者牛畏予。每次出行都有長長的車隊,李富春常要我們兩位女同志坐到他的車上,用他濃重口音的湖南話與我們交談,問長問短。凡在這種場合,他們大多放下架子,隨便聊家常,大約對他們也是一種休息。記得他問起我的工作,到過哪些地方,我回答後,他說:「你倒好,陪外國人遊中國各地,陪中國人遊世界各國,這工作不錯」。我一想,果真如此,覺得自己的確是比較幸運。

我們有一項日程是逛「友誼商店」(多數社會主義國家物資匱乏,都有「友誼商店」,主要為外國人而設,一般老百姓進不去,在那裏可以買到市面上買不到的東西,主要是為吸引外匯,同時也是撐門面。我們作為「貴賓」,由主人發給一定數量的越幣,專門安排到那裏購物,也是一種「禮遇」。)。李富春很認真地挑選給蔡暢的禮物,首先是一瓶巴黎香水,是蔡大姐囑咐的,這使我大感意外。他還要為蔡大姐買些衣料,要我為他選,我看大都花色鮮豔,很少素淨的,我說都太花哨,不適合老年人,他說越是老年人越喜歡花哨的。我說至少中國女同志現在都不穿花衣裳,不過外國老太太倒是比年輕人衣着更鮮豔。他說,你看,至少我說對了四分之一吧。最後他有沒有買衣料,我已經

不記得了。我卻非常實際地為新生女兒買當時國內稀缺的白糖，結果因此惹得主人專門送我一盒白糖，陷我於不義，回去做檢討。幸好那時關於不得在國外買食物的禁令尚未正式頒發，我此舉只是「沒有考慮影響」，尚非違紀，如果在禁令發佈以後，恐怕就更嚴重了。

那次訪問的詳情我寫過《在胡志明家做客》一文，收入其他文集，此處不再重複。

莫斯科婦女大會

我有幾次被借調到婦聯，隨婦女代表團出國開會，內容與和平運動大同小異。其中有一次是1963年到莫斯科參加國際婦女大會。此時中蘇爭論已經公開化，此類國際會議早已成為中蘇代表吵架的場所，無論是工（會）、青、婦、和平會議，爭吵的內容和議題在同一個時間也基本相同，其激烈的程度視當時中蘇兩黨談判的情況而定。那一次婦女會議召開的時間恰是在毛澤東批判「三和一少」路線之後，強調以「鬥」為主。在出國前照例召開全體代表和工作人員的會，由團領導交代方針、精神。團長講完「寸步不讓，堅決鬥爭」等精神後，還做了一項特別交代：要大家注意儀表，臉上化化妝，免得在各國花枝招展的婦女群中顯得面有菜色，人家更要說我們吃不飽！那是「不愛紅妝愛武裝」的年代，但為外交鬥爭需要，為了國家體面，需要一次「紅妝」！

臨時出國的人員按規定在國外期間發少量的零用錢，好像是一天一瑞士法郎（那時不用美元），如果出去十天半月，可以湊足十幾瑞郎。過去，人們大多買一些有當地特色的小工藝品，或精緻的日用品。而到了饑餓年代，出國人員無論級別高低，都不約而同用那點零用錢購買食品或維生素之類的藥品帶回國，還有人鬧笑話，買了黃油放在箱子裏，結果化了，衣物都是油。如上所述，我也不能免俗，曾為女兒買白糖。後來（可能是1961年下半年），出國人員在外購買食品日益成風。與此同時，儘管對外

封鎖甚嚴，還是沒有不透風的牆，國際上對我國經濟情況議論紛紛。於是傳達了一道命令：臨時出國人員不得在國外購買食物回國，以免損害國家形象，「授人以柄」。在那之後，就成為紀律，還有人犯規就是客觀上為敵人「反華宣傳」服務了。此之謂餓死事小，面子事大。

毛澤東支持美國黑人鬥爭的聲明

1963年毛澤東應美國黑人鬥士羅伯特‧威廉的來信要求，發表了支持美國黑人鬥爭的聲明。發表的形式是，把所有正在北京的非洲人和美國人請到中南海，由毛澤東向他們宣讀聲明，並發表講話。當時與美國連民間也沒有往來，威廉本人尚在古巴（他於1966年來華長住）。參加會見的美國人是長住中國的左派人士，都是白人，黑人則是臨時來訪的非洲人代表。那天早晨我上班後，忽然接到命令，立即到中南海，有翻譯任務，卻沒有交代什麼任務，甚至不知道用什麼語言。我對這一背景和毛要發表聲明之事毫無所知。按規定，我們都要早到一兩個小時。我趕到時，只見大廳裏已經有不少人，亂哄哄的。一部分是陪見的中方人士，這次人數比平常多，有廖承志、劉寧一、張奚若等，他們自己在交談；一部分是工作人員。有人在佈置會場，裝同聲傳譯的耳機。我一頭霧水，找不到可以問事的負責人。忽見外交部翻譯室的過家鼎，手裏拿着一份英文稿，上前一問，才知道毛主席今天要發表聲明，英文稿已經事先由外交部翻譯室譯出，他照念就是。我的任務是翻法文，但是我什麼稿子都沒見過，對聲明的背景與內容一片茫然。翻譯的難易一般與對象無關，我都一視同仁，對誰都不太緊張，但這次是在領導會見中從未遇到的，也是同聲傳譯中最壞的一種情況 —— 講話人讀現成的稿子，全是嚴謹的書面語言，而翻譯事先不知道內容，毫無準備。急得不知如何是好，只有懇請過家鼎借給我英文稿一閱。稿子比較長，內容還不簡單，並非幾句套話，開頭敘述羅伯特‧威廉來信及他被迫流

亡的遭遇，這是我完全不知道的，更增加我的緊張。後來終於見到一位認識的人，就是周總理辦公室的馬列，趕忙抓住他求救。他也不是負責安排此事的，不過總算給我找來一份中文稿。我只剩下十幾分鐘的時間匆匆瀏覽一遍，間或參考一下英文稿，毛主席就到了。他走過來與大家一一握手，氣氛十分隨便，有說有笑，但我一心想着那聲明稿，心不在焉，無暇注意他，甚至不記得他與我握手沒有。

不久，外國人陸續入場，毛在門口迎接，由於來訪者中地位最高的、排在最前面的是一位說法文的非洲組織領袖（好像來自科摩羅），我被安排站在毛身後，毛與他握手時交談了幾句。落座以後，翻譯的位置本來安排在對面另一張桌邊。毛臨時要我們過去坐在他身邊，因為外賓用耳機，他卻不用耳機，近距離可以聽得清楚些。所以後來的照片和錄影上我就坐在毛身旁。國慶五十週年時放映一部大型紀錄片，其中就有這一場景，引起許多熟人的注意。

毛一上來講了幾句簡短的開場白，就直接讀聲明。我只能硬着頭皮看着中文講法文。所幸毛的語速很慢，我是對着講機輕輕講，不是大聲宣讀，別人聽不見。聽法文的只有少數非洲人，他們法文也不甚高明，不一定那麼認真。我究竟講成什麼樣，聽者懂了多少，只有天曉得。實際上也不重要，反正新華社第二天就以各種文字發稿，當以書面為準。讀完稿子之後，毛與來賓有一段對話，重點就是強調民族鬥爭是階級問題的觀點。他指着在場的美國人對非洲人說：你們看，他們都是白皮膚，而且是美國人，但是他們支持你們的鬥爭，所以，人不是因膚色分的，而是由階級分的。我對這幾句話印象很深，因為幾年以後，羅伯特·威廉來中國，這一論斷始終是他與中方人士爭論的焦點。

事後我想為什麼有關部門這麼不負責任，這麼重要的稿子事先只譯出英文，我這個法文翻譯是當天臨時通知，而且什麼情況

也不交代。只有一種解釋，大約是他們原以為所有外國人都講英文，臨時才發現非洲科摩羅代表只懂法文，而這位代表還是當時非洲外賓中地位最高的，我才被臨時抓差，遭此困境。這也反映出某種不懂外文的行政官僚，在他們心目中翻譯就如同機器一般，似乎不論什麼內容，隨時隨地都可魔術般變成另一種語言，這是我經常為之私心忿忿然的。現在有了電腦軟體，不知何時能完全代替人的工作。也許有一天，外交談判或國際會議，講話人只需對着話筒說本國語言，聽者自己在耳機上選擇語言即可。這樣，這一行業就可徹底取消。

所謂「國家領導人翻譯」

這裏順便講一下，所謂「國家領導人翻譯」之事。近年來，不知怎地，在公眾場所被介紹時，常把「國家領導人的翻譯」突出出來，有的媒體甚至乾脆把「毛澤東和周恩來的翻譯」作為一種身份加之於我。我一再更正、辯白，並專為此寫了文章，但仍不能消除此影響。在這裏再把客觀情況作一說明。

那時國家領導人並無專門的翻譯，我也不是專門為他們服務，因此不存在「國家領導人翻譯」這樣一個身份。據我瞭解，那時派翻譯是由國務院外辦某單位掌握一張名單，每種語種有幾個人，平時在原單位工作，有任務時隨時調用。看來我從1959年回國後就上了那張名單，第一次就是上面講到的，國慶十週年，在天安門城樓上毛澤東見「世和」代表團。常有人問我第一次見毛主席有何感覺，是否興奮，為他翻譯是否緊張，等等。我很難回答，因為我沒有什麼特殊的感覺，既不興奮，也不緊張。那時我對他當然心懷敬意，能近距離見到，滿足了好奇心，也就如此而已。那時毛澤東還沒有被神化，我沒有覺得說這麼幾句簡單的話有什麼好緊張的。不過後來回想，也許從那時起，我從「小翻譯」升到了「大翻譯」。因為1955年，我也曾陪我接待的布倫姆夫人到天安門觀煙火，同時還有張雪玲陪她接待的英國外賓去，

但我們只能把洋人送到城門口，裏面有人出來帶進去，我們不能上去，卻也不能回家，只能在門外等他們出來。記得那天微雨，比較涼，幸虧兩人有個伴，一邊聊天，一邊跺腳取暖，等外賓出來再陪他們回旅館。這一回算是登堂入室了。

從此直到我1964年生病之前，多次應召接受此類任務，「文革」以後偶一為之。我常出差、出國，不在北京時還有他人應命。另外，當時用人也不那麼嚴格。如果某單位接待的一批外國人臨時受到領導人接見，而隨團的主要翻譯又是夠水平的，就不再換人，由他(她)擔任了。所以不少人都可以自稱曾為領導人翻譯過，哪怕是只有一次。沒有後人想得那麼神秘、特殊。

至今有人問我，你這種出身，連黨員都不是，如何進得了這紅牆之內。這又是不知當時的情況。首先，這是臨時性工作，地點多數在人大會堂，有時在外地，有時在中南海，算不得「進入紅牆之內」。另外，如果一律要「根正苗紅」的，恐怕除了俄文翻譯，業務上找不出來夠格的。俄文翻譯有老革命如師哲，也有紅色後代，如閻明復等；但是通西方語文的人很少，英文水平高的革命幹部當然有，如冀朝鼎、唐明照，等等，但他們已居高位，不可能做口譯 —— 他們與錢鍾書等真正的高手倒是進入《毛選》翻譯委員會，大教授也不做口譯。法文人才就更少。在業務上、技術上，對此類翻譯卻要求較高，做口譯需要反應快，年齡不能太大。以當時標準，像我這種人「政治條件」還不算太差，因為歷史簡單。還有被認為歷史更「複雜」的海歸，也在被選用之列。還有一個原因是那個時期在外事口的一批老革命領導，知識分子出身、懂外文的居多，他們比較重視業務水平，也有判斷力，只要不在政治運動中，他們出於對工作負責，自然用人標準比較重實效。

與開放以後的形勢大不相同，那時來訪的外國人寥寥可數，領導人絕不像現在那樣天天見外賓。西方國家來的人更少，領導

會見最多的是亞、非獨立運動負責人，我參加此類翻譯，在「亞非團結」章中已有敘述。除此之外，劉少奇因為是國家主席，常要接受各國新任大使遞交國書，我被召去過幾次。一般做法是，在一段時間內把幾個國家的新任大使湊在一起，按先來後到，陸續完成呈遞國書的儀式，有時在儀式完畢後一道會見，講一段話，或者在接受國書時交談幾句。除特殊情況外，英、法兩種文字翻譯就夠了，所以我被召去的次數較多。這種會見基本上是禮節性的，同一個程式，具體內容我早已淡忘。

還有一種任務是在國慶、新年，或其他特殊日子，舉行大型國宴，一般是周恩來總理主持(有一次是陳毅副總理)。我們各種文字的翻譯到場待命，坐在離主桌較近的一張桌子邊。周總理宣讀祝酒詞時，一般英、法文有現成的譯稿，翻譯在他講完之後在一旁宣讀，其他語種則由每桌陪同外賓的翻譯在桌上翻譯。但是如果賓客中有特殊貴賓，例如有拉美國家要人，則西班牙語也作為主要語言在台上宣讀。周恩來很周到，席間總要起身到每一桌敬酒，我們幾個就趕忙緊跟其後，見他與哪國人交談，有關語種的翻譯就上前一步。一般說來這種交談說不了幾句話，卻也不能疏忽大意。這種場合我常遇到的同行有齊宗華(法文)、閻明復(俄文)、蔡同郭(西班牙文)、林麗蘊和王效賢(日文)，有一陣因西哈努克及柬埔寨代表常駐北京之故，還有一位柬文翻譯經常在場。

事實上，對多數中央領導而言，包括毛澤東在內，我是不在視野之內的。認識我的，第二次還叫得出名字的，是少數。其中之一是劉少奇，因為他任國家主席，相對而言，見他次數多些，而且他1949年到天津與工商界代表談話中有我父親，他認識我父親，而我的姓又很特別，所以引起他注意。

周恩來是例外，他總是同在場的每一個人打招呼，如果是第一次見，就詢問姓名、工作單位等；凡見過的，大多數叫得出姓

名，如老熟人一樣，甚至端茶倒水的服務員都能記住，而且見面叫得出小李、小張，我認為這種記憶力是特殊材料構成的，而且他刻意堅持的這種待人接物的作風也是獨特的。我注意到，他對低級幹部和小人物態度和藹，比較寬容，而對領導幹部則比較嚴厲。在見外賓前，照例有關單位的負責人要彙報情況。他們都很緊張，因為周與其他人不一樣，問得很細，答不上來就要挨批。

另外，由於他本人懂外文，一方面對翻譯比較認真，有時要糾正，令人更加兢兢業業；另一方面他也瞭解此中甘苦，能分辨優劣，並體諒其艱難，對這一職業有一分尊重。1972年，我參與接待美國兩黨參議員領袖代表團，周總理接見，當時我已不做主翻，只是陪外賓參加。誰知周一見我居然還叫得出名字，並且説，你的原籍是湖南吧？此時離我上一次見到他已有八年，中間經過「文革」的風雲，我從幹校回來後是第一次見他，他居然還記得我這小人物。在當時的情況下，足以讓任何人感動。這並不説明我個人有什麼令他印象特別深刻之處。因為他對許多人都是這樣。所以在他逝世之後，各行各業有那麼多人寫出那麼多言之有物的悼念文章，每個人都能説出周總理對自己哪一項工作有過特殊的關注，提過什麼內行而中肯的具體意見。連北京飯店曾為他理髮的理髮員都哭得淚人兒一般。

這裏順便提一件與我無關的事，説明他的細緻周到非常人所及：曾有一度，我住處的樓上住着一位外交學院的方教授，他是黃花崗烈士遺孤，周恩來勤工儉學時把他帶到法國，他那時年紀還小，沒有參加革命，就留在法國讀書，後來回國教授法文。母親王穎，亦即方烈士的遺孀，已經九十歲，每次紀念孫中山的活動都請她參加，報上發表的名單最後一名就是她。她還能出來走動，逢人就説她當年如何辛苦，丈夫犧牲時兒子才這麼點(作抱嬰兒狀)……然後埋怨她的兒媳不顧家(她兒媳是著名歌唱家劉淑芳)等等。我們私下稱她為祥林嫂，鄰居都不大敢與她搭話，少

有人耐心聽她重複同樣的訴苦。但是每年她的生日，周恩來一定派車來接她到中南海去。那天她特別興奮，穿戴整齊，等車來接。會見約一個小時。回來後人們開玩笑問她你跟總理說什麼，她就說：我把苦水都倒給他了。我們都感到不可思議。年復一年，連「文革」亂局中也不中斷，身為總理，日理萬機，連睡覺都沒有時間，居然能堅持聽這樣一位「祥林嫂」式的人物絮叨一小時！周去世後，鄧穎超繼續如期接她過去。

所以，作為政治人物，不論歷史如何評價；作為個人，其記憶力、知識面、對人與事的關注之廣和細，所表現出的似乎是無窮盡的精力，只能用「非凡」和「驚人」來形容。

總之，從1959年回國，到1964年病倒，我就是作為得心應手的馴服工具，馬不停蹄地在國內外奔走。主要當然還是用外文這「一技之長」。套用孔聖人的「有教無類」，我做翻譯也是「有譯無類」，從國家領導人到各地各級涉外接待人員到基層工農兵學商，不論哪裏需要我都曾認認真真、一絲不苟地充當「舌人」。直到身體徹底垮台。正因為如此，所謂「領導人翻譯」的頭銜是把我的工作(哪怕只是翻譯一項)大大減輕了、縮小了。

大病一場

相當一段時期，我得了當時常見的浮腫。每天早晨醒來感到睜不開眼睛，總覺得沒有恢復疲勞，勉強起床。後來就越來越明顯，臉上、腿上一按一個坑。那段時期我自己發現一個奇特的體驗：每到國外，兩三天後浮腫自然消減，有一種忽然神清氣爽的感覺。很明顯，就是吃了三天飽飯，而且有足夠的蛋白質補充。不過那是臨時的，回來不久，浮腫依舊，而且越來越嚴重。

陳樂民下放一年後回來更加嚴重，他本來很瘦，回來變成了大肚子。據說他在下面有一次看水堤時因腿軟站不住滾到了水溝裏，雖然水很淺，淹不死，但是已經沒有力氣爬起來，時值隆

冬，幸虧被老鄉看見及時救起，否則一定凍死，真的是「填溝壑」了。他下放回來後曾被借調到中聯部工作，在那裏暈倒過一回，到醫院搶救，當然也是與饑餓有關。不久就被派往開羅，隨楊朔在亞非團結委員會書記處工作，至少不挨餓，至1965年回國，健康得到了恢復。

當時廖公（承志）是外辦負責人，又主管我們單位的工作，我們參加國際和平會議的代表團經常是他主要負責，所以對我本人也熟悉。我得了浮腫以後，我們單位領導就以此為例，連同陳樂民暈倒事，乘機向廖公呼籲，申請補助。於是在廖公同意下，我們單位以我們夫婦（被稱為本單位業務尖子）健康惡化為例，打報告為本單位職工申請營養補助，由廖公特批若干數量的牛奶。從那以後，每天上午10時，工間操時間，大家到一個地方去喝牛奶，有人掌勺，從一大鍋熱氣騰騰的牛奶中每人發一碗。那些一定級別以上有特殊供應的不得享受，這比較公平。但雖然供應量不少，也不可能夠資格的人人有份，名單如何定的，不得而知。可以想見必然有人感到不平。當時喝到的同事開玩笑說沾了我們兩人的光。但是到「文革」開始，此事反過來成為本單位領導和我們本人的一條罪狀，特別是廖公靠邊站後，此事更成為大字報批判內容。

這一照顧對我來得太晚了。我的健康已經嚴重透支，積勞成疾，卒至全面垮台。1964年四月，一次隨鄭森禹去匈牙利開會，此時與蘇聯已經反目，只能走南路，先到巴基斯坦，從卡拉奇轉機，需在40度酷熱中過一夜，到了布達佩斯卻是中歐那種陰冷天氣，我立即得了重感冒，勉強支撐工作，回國後就病倒了，竟一睡不起，只覺忽然所有體力都似隨風而去。伴隨而來的是低燒不退、頭疼、失眠。我身高1.62，體重減到40公斤，從常年的饑餓感到另一個極端，毫無食欲，虛弱到一頓飯都無力一次吃完，要分幾次吃。休息了一段時期未見起色，到醫院也查不出病因。後

在「組織照顧」下，住進了當時與協和並列最先進的中蘇友誼醫院，大約前後出出進進住了三個月，盡當時所有先進條件做了各種檢查，還切除了扁桃腺。但是低燒仍然不退，身體不見好轉。查不出具體的器質性疾病，也很難對症下藥治療。醫生不得已而試用一種新法，給我打胰島素，製造人為的低血糖，以便促使我有饑餓感，可以進食。此法略有成效，但不顯著。最後醫院給出的結論是：「嚴重神經官能症」和「植物神經功能紊亂」，不是醫院能解決的，而是應長期療養。

中蘇友誼醫院是蘇聯援建的，醫生大多留蘇，與協和並列為北京最高水平的兩家醫院，而屬於不同學派。「文革」開始後，一個改名叫「反修」、一個叫「反帝」。改革開放後，協和恢復名字，但是當時中蘇還不友好，蘇聯與此醫院的關係也早已斷絕，所以去掉了「中蘇」二字，稱「友誼醫院」。(後來又成立了「中日友好醫院」，存續至今)在我住院期間，感到這家醫院管理很嚴格，醫護人員都很敬業，護士的衣帽都與蘇聯電影裏的一樣，操作程序嚴謹，技術熟練。很注意衛生防護措施。例如探視病人嚴格按規定時間和人數，絕不通融，而且探視者必須穿醫院提供的白罩衣。有一次我小妹帶四歲的女兒來看我，非探視時間進不來，我到院子裏隔着鐵柵欄圍牆同她們見面，後來女兒一直認為「媽媽住在動物園」。我對這家醫院頗有好感，認為蘇聯老大哥的確比我們先進、講科學，值得學習。這是事實，在「文革」前，一切規章制度還沒有打破，協和醫院也是如此。到「文革」天下大亂，不論哪行哪業都亂了套，再「撥亂反正」，終難完全恢復。就一個細節：過去不論那一派的醫院，都不允許家屬陪住，以免交叉感染，從「文革」以後，家屬陪床成為慣例，護士的大部分工作都交給了家屬。

那次出院的判決是：長期療養，以觀後效，不適宜從事繁重的腦力勞動。最後一點對我打擊較大，但也只能「既來之，則安

之」（那個時候所有醫院都掛這條語錄，所有病人都以此相勉）。

我生孩子陳樂民不在北京。我重病住院，陳樂民又奉調出國，只匆匆到醫院看我一下就走了。我們既是同行，又在一個單位工作，原以為在經常外派中可以多一點結伴同行的機會，誰知在維也納長住是唯一的一次，從此之後，各自飛來飛去，卻再也沒有同行過。女兒在幼稚園全托，還由母親家接送，有時我的兩個妹妹也去接。我始終沒有安家，出院以後，還是住在辦公樓上集體宿舍中分給我們的一個單間。吃飯還是在大食堂，自己根本不開伙。以我當時的健康狀況當然很難適應。有一位好心的科長悄悄勸我還是回父母家去養病。此時困難時期的寬鬆政策已近尾聲，「……天天講，月月講，年年講」已經開始。我顧慮猶豫，他說這是特殊情況，沒關係，何況你家裏還是統戰對象。於是我就回家休養了。我對待家裏這種時疏時近的態度他們已經習慣，母親以她博大的胸懷從不計較我的態度，對我始終如一，永遠關懷備至。這次更是憂心忡忡，一見我骨瘦如柴的樣子，忍不住掉眼淚，說「好好一個人怎麼變成這樣了」。

在家休養了一陣後，單位的組織給我聯繫了小湯山溫泉療養院，送我去療養。據說那個療養院有級別限制，必須是十七級以上幹部才能入住，我級別不夠。「和大」領導出面，作為特殊情況，爭取到了名額。但是我住進去以後發現其實許多病友並非都是「十七級」以上，也有普通教員、職工，難道他們都是特殊照顧？不論什麼規定總是有彈性的，這也是中國特色。這次單位領導對我的生病確實比較關心，因為一則我的病來勢洶洶，有點嚇人；二則起因完全是工作過勞所致，這是全單位公認的，連一般同事都沒有異議。所以他們感到有責任。還有，直到改革開放之前，在中國的制度中每個人都屬於單位，生老病死由單位負責，也是視為當然的。所以，我那次特殊的病，得到了特殊的照顧。

在小湯山療養院先後療養了兩期，每期三個月。腦子完全休

息，連小說也不能看，因為思想一集中頭痛就加劇。生活十分規律，被各種治療填滿，計有：氣功站樁(清晨在柏樹林邊站立半小時)、按摩捏脊、太極拳、太極劍、溫泉水療、梅花針(五根細針綁在一起在頭上各種穴位敲打)，等等，都是中醫傳統療法，一切服從醫院的安排。伙食也不錯，每天早餐有兩個雞蛋，這是三年困難以來我最奢侈的早餐。

除了治療時間總還有空暇，既不能看書報，做什麼呢？如果是現在，可能聽音樂，但那時沒有這一項。療養院病友中盛行一種活動，就是用彩色玻璃絲編織各種藝術品，有人已經達到很高水平，織出各種形象，美不勝收。我逐漸也學會，而且迷上了這種工藝。醫院小賣部就有賣這種玻璃絲的，這幾乎成為我唯一花錢的用項。大家各自發揮創造力，織得花鳥魚蟲、動物、盆景、甚至複雜的風景，互相欣賞、比較、啟發。編織時兩隻手不夠，還要用牙，所以如果有外人來療養院轉一圈，常可看見牙齒叼着彩色線，兩手靈巧地上下穿梭的男男女女，也是一道風景線。我雖然手笨，倒也編成了一些小動物和盆景，還留下一些給女兒玩。

在療養院有一次組織大家聽報告，是第一個打破世界紀錄，也是獲得國際比賽第一塊金牌的中國舉重運動員陳鏡開。他因腰傷在這裏療養。見到他身材矮而粗壯，走路直不起腰。講話有濃重的廣東口音。五十年代中國基本上只參加社會主義國家間的比賽，很少獲獎。我記得看過一場中國與阿爾巴尼亞的籃球賽，中國隊輸得根本無還手之力。所以陳鏡開得的第一塊金牌意義重大。他是在1957年8月，在莫斯科舉行的世界青年聯歡節舉重比賽中獲金牌的。他講由於身體已經有傷，在前兩個回合中，成績不理想。在挺舉130公斤的時候，他的兩腿猛烈抽筋，人家根本看不起我們，蘇聯人已經把他們國家的國旗掛到了第一名的旗桿上。陳鏡開說他當時的心被深深地刺痛了，有一股神奇的力量從心底湧起，結果成功舉起了140公斤的槓鈴，所以比賽結果出現

戲劇性的更換升旗的景象。他說是用六億人民的力量舉上去的。他講得十分生動，自己也很激動。全場為之動容。最後他還唱了一支歌，原來他還有一副好嗓子。不過據醫院的人說，他傷殘很重，是這裏的常客，基本上無望恢復正常了。那個時代的中國運動員真的是以命相搏的。

在療養院還結識了一位「國際友人」，是越南人，北大留學生。那正是與越南「同志加兄弟」的時期，我參加過許多抗美援越的會議，所以一拍即合，十分投緣。他也是織玻璃絲的高手，最後出院時送給我他織的一艘白色帆船，還裝在一個自製的玻璃匣子裏，十分精緻，取一帆風順之意。我保留了很久，不知哪一次搬家丟失了。

被批准入黨

在療養院還發生了一件當時認為對我的「大事」，我的入黨終於被批准了。由我的入黨介紹人之一，鄭森禹的夫人田惠貞到小湯山來向我宣佈的。我當然十分激動，修煉十年，終於修成正果。第一件事是把臨時關係轉到療養院的支部來。這裏雖然似乎與世隔絕，但是黨組織無處不在，支部建在病區中。凡原來是黨員的病人都把臨時關係轉過來，一個「病區」一個支部，在這裏也定期過組織生活。病友中有一位似乎資格較老，比較成熟的，擔任支部書記，如何產生的，不得而知。我來之後，知道病友中的黨員常開會過組織生活，我連養病也免不了有向隅之感。無形中似乎他們之間的關係就比與別人密切。現在，我也可以向那位支部書記遞交組織關係了。所以我的第一次黨組織生活竟是在療養院過的。由那位素昧平生的支部書記做例行與「新黨員」的談話。我們這個病區是屬於神經科的(其他病區有骨科、風濕等其他疾病)，所以病友多神經衰弱，而且婦女居多，像我這種純粹積勞成疾的很少，她們病因常與處境、人際關係有關，難免有神

經過敏、疑心重、小心眼等表現。也有愛哭的。所以那位支部書記有許多「思想工作」可做。只有我與世無爭，與她們完全不一樣，沒有任何情緒上的問題。所以第一次談話，他說他看我那麼「有修養」而不是黨員，很奇怪。他對我的婉轉的意見是：應更合群一些，避免讓人覺得「清高」，這是我一貫被告誠的缺點，沒想到病到那個程度，還是這個老問題！

　　那個年代的青年要求入黨是尋常事，本不足奇。我從入團開始，理所當然地已確定了將來一定入黨這條道路。如果沒有「三反、五反」的家庭與個人的變故，也許在「文委」時就已經被吸收了。我從1953年正式提出申請，走上了漫長的兢兢業業接受考驗的道路，到1963年終於被本單位的支部通過，但是剛被支部通過，政策又收緊，上級黨委，以我的出身關係，又審查了一年才批准，所以到1964年我才在病中接到通知。二十年中如履薄冰，不知何時可以修成正果，稍有不慎，前功盡棄。可以想見，在這種精神狀態下，百煉鋼成繞指柔，絕無獨立的人格，清醒思考的餘地。

　　今天可以客觀、冷靜地剖析一下當時的心態，如此苦苦追求，究竟所為何來？從抽象的、大的方面講，「信仰」是真誠的。我真誠相信，我處於人類進步的大潮流之中，此身能貢獻於這樣無比「壯麗的事業」是無上榮光。而我的本性是不甘平庸的，既然認定了方向，就要走在最前面，不能後人。這些話今天聽來簡直可笑，但當時的確是發自內心的。如果沒有這份信仰，那漫長的「修煉」是難以堅持的。現在，我聽到美國人在國際事務中常喜歡說站在「歷史正確的一邊」，就會想起我當時的確就是認為自己選擇了歷史正確的一邊。毛澤東文章中最打動我的一句話就是不要「做向隅而泣的可憐蟲」，這是令人恐懼的命運。我們自幼讀書就被灌輸「流芳百世」還是「遺臭萬年」的觀念，我覺得這種心情可能與精英教育有關，把自己放在歷史大潮中評

價。一般老百姓誰整天想着自己站在歷史哪一邊？

　　具體到我的個案，階級出身的包袱是另一個重要因素。所謂「階級烙印」如罪犯臉上的金印般時隱時現，似乎永遠刮不掉。我覺得只有被接納入黨了，才真正被承認加入了「無產階級」隊伍。一個勞動人民出身的人，不入「先鋒隊」，也沒有關係，總是「自己人」，而我無論怎樣努力，只要不是黨員，終歸是「外人」。我剛調到「和大」不久，秘書長劉貫一（「和大」的實際領導）召集我們一批大學生訓過一次話。大意謂：現在國家需要人才，外文人才尤其缺。那些留用的老知識分子業務水平高，但歷史比較複雜，你們本人歷史簡單清楚，所以現在用你們。但是等「我們自己的」工農子弟成長起來，你們如果還不進步，就要被淘汰。所以要加緊改造，「趕快進步」！這些話至今印象深刻，帶着一個可能被淘汰的緊箍咒，而又比上不足，比下有餘，總還有希望。

　　更加現實的是，到一定年齡就得退團，於是就沒有「組織」了，每當需要填表，「政治面貌」一項就要填「群眾」，總有失落感。特別是我的工作是外事，對政治審查較嚴，有時被借調到外單位工作，人家想當然認為我是黨員，等黨員開會時，我一人向隅，人們驚訝的表情使我難堪。但是由於我的業務專長，又常常被「重用」，這一身份的矛盾就更突出。事實上，本單位的業務領導，早已打算發展我入黨，周圍的同事也沒有太大阻力。但是我的致命弱點在於「群眾關係」。當時「和大」只有一個支部，包括司機、廚師、勤務員中的黨員，我當然絕對不敢在他們面前擺架子，但工作沒有聯繫，也無法「打成一片」。在他們眼裏只見我隨着首長與外賓進進出出，似乎「高高在上」，但到了討論我入黨是否夠條件時，他們就地位優越，有否決權，只要說一句「我們不瞭解她」，那就是我的問題了。這是一種微妙的心態，我也無可奈何。1960年夏，我隨黨政代表團訪問越南那次，

同樣的情況出現：除我一人外，所有隨行工作人員包括為葉劍英提包的警衛員都是黨員。他們開會，我一人向隅。此事被廖公發現，大為驚訝，問我「怎麼回事？」我如實告以家庭出身和群眾關係。他連呼荒唐，說這算什麼問題？大約他事後對此事進行了干預，在那以後「和大」黨組織忽然積極起來，啟動一連串的手續，要我重新寫申請書，寫各種材料，開一系列的小組會等等，終於通過。在一部分人心目中我的入黨是「業務需要」加「上面干預」。所以在「文革」開始後，廖公被「揪出」，我就成為「修正主義建黨路線」的產物，被「走資派拉入黨內」的典型，見諸各種大字報，這是很自然的。

我那幾年似乎把追求入黨當成人生唯一的目標。實際上我對共產黨從歷史到理論都知之甚少，對整個近代史也是人云亦云，幾乎沒有動腦子想過。只是覺得自己、國家以及世界的前途都與之相聯繫。越是難以企及，越要努力攀登。但是對我說來，真是「道阻且長」。我之終於被支部通過，與1962年陳毅的為知識分子「脫帽」講話之後的氣氛有關，有點像1956年「知識分子問題」報告之後一批高級知識分子被吸收入黨的情況。但是不久，「階級鬥爭天天講……」的最高指示發表，形勢又變，到支部通過後援例向上級黨委報批時，剛好遇到貫徹加強階級觀念的精神，於是壓了一年才批，但因為我的出身，把預備期延長到兩年。好容易等到1966年，可以辦理轉正手續時，「文革」風暴驟起，於是一切停頓，到「運動後期」再說。由於這一運動不同於以前歷次運動，有把十七年都顛覆之勢，我的入黨，有被作廢之危險，那豈不是前功盡棄？真如希臘神話中的西西弗斯推石頭上山，永無盡頭，其困惑和苦惱難以言狀。

捫心自問，我那時要求入黨的動機與現在的純功利目的還是有所不同。我確實不考慮入黨後升官之類。如果說功利目的，是社會身份的承認。有點像在印度的「種姓」制度中爭取擺脫賤民

的身份，進入高一級的種姓。後來讀福山的《歷史的終結與最後之人》一書，其中提到人的追求中除了物質生活之外有一項是「被承認」，我想這應該可以部分解釋我的動機。不過他指的是這種訴求通向對自由平等的追求，而在我卻是相反，是放棄自由獨立。而這，又是與崇高的理想、國家的命運、人類的前途等等聯繫起來，於是現實中種種悖謬都被掩蓋了。另外，有一點很重要，就是在我的周圍的熟人中比我先入黨的，例如過去比我進步的同學，在為人上確有讓我心服之處，特別是關心他人的服務精神、有事吃苦在前的精神，當時一般黨員都能做到。那些離我很遠的大人物，我只聽說他們的傳奇故事、英雄業績，其他背後的複雜情況是不得而知的。所以，修煉成黨員在我心目中是與成為一個更完美的人的追求是一致的。這是我根據現在的認識，客觀剖析自己的心路歷程。與我同輩的過來人可能理解，有所認同，而現在的年輕人恐怕無法理解了。

逐漸恢復工作

經過半年的療養，身體緩慢地恢復，但還是很弱。出院時已是1965年12月，那一天正好大風降溫，我一出來立即又患重感冒、發燒，本來準備回機關宿舍，因病，又回到了父母家。養了一陣才回單位。此時外面「階級鬥爭」的形勢已經日益緊張。對我的影響之一，就是不便再長期躲到父母家去，以前我「以資產階級的家作為後盾」已經引起某些人的議論，那位勸我回家的科長，此時也建議我回宿舍住。所以我很快就搬回大院內的辦公樓，每天在院內堅持療養院的醫囑，進行鍛煉。

在那種形勢下，女兒也不能再由父母家接。每週我接來與我同住集體宿舍，一同在大食堂吃飯，什麼零食也沒有。機關食堂星期日只開兩頓飯，上午九點、下午四點。其餘時間她就餓着。幼稚園起得很早，七點半就吃早飯。她實在餓得難受，就問星期

日為什麼九點來得那麼晚？後來有的同事告訴我，小孩子不能那麼餓着。好在那時供應略好，我就買一些麵包和速食麵。她每星期日就啃乾麵包或吃速食麵。那時的速食麵是新事物，遠不是現在這樣精緻，有一股油腥味，實在不好吃。所以相當長時間孩子拒斥速食麵。她確實長得十分可愛，機關的同事都十分喜歡她，沒有家的單身漢都願意逗她玩，她也很隨和，哪個叔叔阿姨都可以帶她走，所以星期日並不寂寞。有時她想爸爸，問爸爸去哪裏了，有人告訴她，爸爸去打帝國主義了。她想了想，說爸爸出國總是穿皮鞋，大概是用皮鞋踢壞人。有一次，她大概很想爸爸，忽然對一個帶她玩的叔叔說，要不你到我家當我爸爸吧。那時風氣比較嚴肅，大家一笑了之。不像今天，可能會傳成八卦新聞。那時我妹妹華筠還沒有孩子，演出很忙，在她週末有空時也接她去他們團裏住。那就更熱鬧了，而且華筠家裏生活比我正常多了，有不少好吃的。所以她一聽說二姨接她，就特別高興。

到那時為止，我已休養了一年半。從外表看，儘管瘦弱，已無病容。每天在忙忙碌碌的同事眼皮底下，一個人無所事事，在食堂一起用餐，並無異樣。起初同情我的同事也開始有微詞，認為我太「嬌氣」了。但是我實際上並未完全恢復。驅之不去的頭痛依然24小時困擾着我，類似孫悟空的緊箍咒。試着看一點書報，立刻加劇。醫生警告我不能過早用腦，以免前功盡棄。但是這很難得到旁觀者的諒解的，我感到處境尷尬，於是要求「半休」，每天到辦公室半天，做些打雜的工作。

到1966年4月，剛好「和大」的常住外國友人路易·艾黎(紐西蘭)要到外地旅行，收集材料寫東西。他懂中文不需要翻譯，只需要有一人陪同做些安排，與當地的接待單位聯繫就可以了。這個輕鬆的任務就派了給我。其實也是一種照顧。

路易·艾黎，紐西蘭人，是來華時間最長的。二十年代來中國，做了許多事情，其中最重要的是在甘肅創辦收留孤兒的職業

學校和抗戰時期在大後方辦「工合」組織。這些情況有很多文章和資料，在此不再詳述。我到和大時，他已經在那裏，很多場合常有接觸。最長的是這一次陪他遊江南。那一次到了杭州、揚州、鎮江、南京、宜興，真個是「煙花三月下揚州」。艾黎本來與我很熟，非常親切友善。工作既輕鬆，又因「國際友人」而沾光，到處享受貴賓待遇。此行對我恢復健康大有幫助。江南好景更令我心曠神怡。一次在宜興參觀一片茶林，聞到從未聞過的一片茶葉清香，困擾我多年、揮之不去的頭痛忽然被那茶香驅散，當時有「霍去病」之感。從此那緊箍咒解除了！

艾黎此行最後一站應是山東淄博，但我未陪他終程即奉命單獨提前回京，參加一次群眾大會的翻譯工作。那時經常舉行此類支援世界革命，反對帝國主義的集會。這回是因剛果盧蒙巴被害，北京開大會抗議帝國主義罪行，支援非洲人民反帝鬥爭。援例邀請在京外國人參加，而且要發外文稿，所以有各種文字的同聲傳譯。我從此正式結束了病休。不久，「文革」風暴開始。工作完全停頓，我短期內不必再從事腦力工作。再後來，下放勞動，對我等於神經和腦子長期休息，就此徹底恢復健康，這也是因禍得福，在正常情況下，我想我大約等不到那樣徹底的恢復就必須回到工作崗位了。

我陪艾黎遊江南時，還感受到了經濟恢復的景象，不但繁花似錦，而且商店貨架充盈（是真的，不是像後來為外賓參觀而作假），有一番魚米之鄉的氣象。那是「調整、充實、鞏固、提高」方針的成績。宗璞還為此寫過一篇極美的散文，形容江南一個「綠」字。可惜好景不常。不久，風暴驟起，又開始折騰，這一折騰非同小可，翻江倒海，持續十年，把全民投入災難。我的命運也進入另一個階段。

III
轉折

1970年在河南幹校

1970年在河南幹校

1972年幹校回來後

1973年，前排中為寄娘陳惠蓮

1973年鄧穎超、康克清見美國學者維特克，右一為作者

1973年周恩來見洛伊斯‧斯諾母女，左二為作者

1960年安娜·路易斯·斯特朗的生日上　　1973年洛伊斯·斯諾夫人

1973年夏仁德夫婦訪華

1973年，全家三代（獨缺陳樂民）

1976年杜波依斯夫人，右一為作者

1978年在布達拉宮

1979年友協團訪美夏威夷，後右二為作者

1979年訪美在伯克利謝偉思書房，左一為作者

1979年訪美在美國清華校友會旗下，自左至右：張雪玲、陸璀、
張光斗、作者

1979年友好代表團會見舊金山市長佩洛西

1979年代美國友好訪問團在南京長江大橋，左一為作者

周恩來會見美國參議員曼斯菲爾德等，後排右一為作者

與海倫·斯諾

周恩來會見美國參議員曼斯菲爾德等，後排右一為作者

與海倫·斯諾

十三

風暴中的一葉小舟

山雨欲來前的跡象

1966年春，我陪紐西蘭艾黎作江南之行時，他的訪談節目中多了一個以前沒有的新項目，就是「毛著學習積極分子」介紹自己「學用」經驗。杭州出來的典型是一名小姑娘，先進售貨員，講如何根據《為人民服務》的教導為顧客服務，有許多生動的細節，講得頭頭是道。艾黎對此「新事物」十分感興趣，聽得津津有味。事實上那已經是「文革」的序幕，開啟了「大樹特樹」和「講用」之風，當時並沒有意識到這點。不過「文革」開始後，這種以敬業為特點的勞動模範又被批為「奴隸主義」，代之以造反精神，加以物資日益匱乏，從此售貨員、服務員不再以顧客作為服務的「人民」，而似乎是恩賜的對象了。

回到北京，就感到氣氛不同尋常，有一種山雨欲來的感覺。業務工作很少，各種傳達和學習不斷。最初是學習批判「海瑞罷官」、批判「三家村」。先前曾傳達學習的《二月提綱》，到五月又予以批判，等等。這些還與我沒有直接關係，只是跟着學習、「體會」。一事還沒有「體會」清楚，下一事接踵而至，「精神」又變了。聽到大家私下議論，彭真好久沒有見報了，可能出了問題，緊接着又是某人、某人，都是要人、名人，我本能地總是希望不是事實。那時的心態確實希望穩定，害怕折騰——哪怕是於己無關的高層鬥爭。

「和大」的辦公地點是原意大利大使館。院內有一座石碑，平時誰也不注意。在「破四舊」風潮中有人提出那石碑是紀念侵華八國聯軍的，必須推倒。於是在幾位壯漢的帶領下，用粗繩縛住碑身，全體出動，一批一批輪流，拼命拉繩子，我也參加了。但是無論怎樣用力，那碑巍然不動。後來有人說，這樣不行，還是得調機器來。於是不了了之。以後何時、如何處理這個碑的，就不得而知了。這是我參與的一次「破四舊」行動。

由於是涉外機構，所以有一部分業務暫時不能停止。我直到67年底下鄉勞動之前還擔負一部分工作，主要是接待來華長住的美國黑人鬥士羅伯特‧威廉。關於此人情況，後面將詳述。另外還有日常少數的通信來往。因是之故，在惶惶不安中還見證了一段插曲：1966年11月12日是孫中山百年誕辰，那已是「我的一張大字報」之後，「劉少奇反動路線」已受到批判。即使在那種形勢下，還是在人民大會堂舉行了隆重的萬人紀念大會。我因工作關係，進入了主席台後面的貴賓休息室。只見周恩來在那裏指揮，廖承志是主要接待人，來賓中有許多不常見的，其中有個老頭是孫中山當年的保鏢馬坤，模樣有些怪。還有一些海外華人。主賓中有幾位碩果僅存的民國老人，宋慶齡大約是最後一次公開露面。周問廖，怎麼不見何老太？廖說在另一休息室休息。周說趕快把她請來。廖立即跑出去，推了何香凝的輪椅進來，並俯身向她一一介紹在場客人。當時劉少奇的國家主席尚未被撤，但是人們注意到，在報上出現時排名已經靠後。這次紀念活動由周恩來主持。會議開始，主席台的人員開始從幕後走上台前時，我看到了一幕不尋常的景象：周恩來與劉少奇在幕口互相謙讓了好幾分鐘，周要劉先上，劉堅決不幹，而且使勁往後稍。因為原來劉排名是在周之前的，現在已經改變。這一幕表現出周恩來之周到，劉當然有自知之明，堅決讓周走在前頭。最後大概還是周先一步走出去，他的座位在中間，劉在邊上，這是排定了的。次日

關於這次活動的報導中見報的名字有幾十人，那時人們對報上出現的名字和次序十分敏感，前十四名的名次是：周恩來、宋慶齡、董必武、陶鑄、陳伯達、鄧小平、劉少奇、朱德、李富春、陳毅、賀龍、譚震林、葉劍英、李雪峰(彭真被「打倒」後的新任北京市領導)。鄧在劉前，兩人都排到了陳伯達之後。而接下來報導會前與外國朋友及華僑代表見面的名字，只有：周、宋、董、陶、陳毅和何香凝。鄧、劉、朱德都不在內。大名單中還有一些國民黨老人如程潛、張治中、高崇民、邵力子、李宗仁等。這是最後一次此類盛會，還帶有點「統戰」性質。不久以後，名單上大部分人都紛紛倒下。陶鑄是剛從廣東調到中央，突然躍居第四，不久以後又突然被打倒，與「劉、鄧」並列為「最大的走資派」。杜甫《秋興八首》中慨歎：「聞道長安似弈棋」，與此相比，實在是小巫見大巫。

「緊跟」中的惶惑

此時我已經「改造」得差不多了，盲目緊跟的思維定式已經養成，不知何謂懷疑。差不多的規律是每有「新精神」，凡向着寬鬆方向的，也就是向「右」的，我本能的私心竊喜；凡是向「左」的，我開始總是愕然、茫然，然後習慣地否定自己，努力「體會」，努力設法找到一種邏輯去「想通」，然後拼命緊跟，按政治正確去思想、表態。因此也說不上違心，因為當時是自以為想通了的。

「文革」初起時也是這種心情，由愕然、茫然而準備積極投入，接受考驗。不過這次又增加了「惶然」，常有恐懼感。似乎原來已經接受的教條、是非標準又不算數了。一切又要重新來過。不知何時、何人、為何，就忽然變成「牛鬼蛇神」了，一旦被列入，立刻就真的受到非人的對待。再後來，出現了「老子英雄兒好漢」的對聯，大街上開始有「革命群眾」隨便截住路人問

階級出身，挨打的、剃頭的不一而足，這一切令我更加恐懼，有同事好心悄悄提醒我，如上街被人抓住問出身，千萬別説是「資產階級」，我心想，我填表就是「資產階級」，怎麼好説謊呢？於是有一段時間連上街都不敢。

在那種混亂的狀態中，我保持一段時期的沉默和觀望本來也是可以的，但是我還是預備黨員，有一個轉正問題，如達摩克萊斯之劍懸在頭上。眼看就要修成正果，如有不慎，又可能前功盡棄。所以不敢不緊跟，不敢不按照當時的需要「表現」。加之我雖非「揪出來」的批鬥對象，卻也是大字報中經常被點名，被叫板的。以我當時的精神狀態是頂不住那種壓力的，不可能我行我素置之不理。與此前的歷次運動相比，「文革」有一個特點：是非標準瞬息萬變，「天意高難問」，「緊跟」十分吃力，經常要「站隊」，經常發現「又錯了」。以我自己今天的眼光直視當年惶惶不可終日的心態，自己都難以置信，感到汗顏。

我們單位作為造反骨幹的「小將」就是1966年剛畢業分配來的大學生。他們大多數家庭出身沒有任何包袱，自然責無旁貸地擔負起「革命造反」的任務，還有一部分1965年畢業的年輕人也在此列。外面已經熱火朝天，本單位的「革命群眾」當然不能坐視。於是就出現了第一批大字報，矛頭主要針對本單位領導。根據「最高指示」，這次運動的對象是「黨內走資本主義道路當權派」，因而非「當權派」不在內。我們單位的造反派就自動把批判對象劃在處長以上。我當時什麼「長」都不是，應不屬於運動對象。令我意外的是，第一批大字報中就點了我的名，而且不是出自「革命小將」，而是出自一位與我同齡的「中將」之手。此人現在比較知名，經常以旅德華人學者身份訪華、發表文章。如果不是頻頻在報上見到他的名字，我對前事已經淡忘了。大字報的內容是批判領導的「修正主義幹部路線」，主要證據就是重用資某人這樣的「大資產階級出身」，沒有改造好的知識分子。為

説明我的出身，對我的父親作了一番描述，多為誇大不實之詞，基本情況沒有弄清楚，主要強調如何家資萬貫，生活如何奢侈。當時我感到不解和委屈的是對我家庭的描述的虛誇。我家並非「大」資產階級，父親並無恆產；從來生活絕不是那樣奢侈。不理解他這些材料從何而來，很像電影中想像出來的上海灘闊人的生活。這張大字報很有煽動性，隨後不瞭解情況的「小將」們紛紛跟上，一時間有一批大字報，以批判「走資派」的幹部路線為主題，就以我為主要例證，把我列為「走資派」的「紅人」。出現了一些很有意思的提法：「XX領導與新來的同志談話，不讓我們學雷鋒、學王杰，卻讓我們學習資中筠刻苦鑽研業務，這是什麼階級路線？要把我們引向何方？」「天安門陣地我們不去佔領，誰去佔領？」（指的是我有時陪外賓上天安門城樓觀禮）。還有我生病受到特殊照顧、廖承志關心我入黨等事，更是「招降納叛」的鐵證。所以運動一開始，我就被打入另冊。過去挨批評是有組織有領導的，這次是群眾性的，我成為領導的陪綁，而且是疾風驟雨而不是和風細雨，那時我就住在機關大院的集體宿舍，天天在食堂吃飯，原來熟悉的而且對我比較尊重的年輕人忽然形同陌路，甚至對立。這次的衝擊比我在「三反」、「五反」運動中受到的壓力大得多，對此毫無準備，我感到沮喪、惶惑，不知所措。

　　大約是劉少奇在北京主持工作，向各學校派工作組期間，我們單位開大會展開了一場辯論。我們那裏並沒有工作組，還是本單位領導主持，也沒有像學校那樣整人，只是正面學習。實際上誰也弄不清「天意」，只知道這場運動的主題是「反修防修」，其理論根據是《九評》的最後一評。辯論的焦點是應該和風細雨，與人為善，還是採取「大字報」、「大批判」的方式。這個問題，「反右」運動已有前車之鑒，凡是在「鳴放」中對本單位領導批評尖銳者，後來都「犯錯誤」，何況矛頭直指黨組織？我僥倖躲過反右，但這些他人的經驗教訓卻是刻骨銘心的。就是根

據這一「經驗」，再加以本人已經首當其衝，本能地就站在主張「和風細雨」這一邊，而且自以為維護黨的領導是不會錯的。我生性不善於「韜光養晦」，總是忍不住要發表意見，所以那一次辯論發言又成了出頭鳥。

誰知不久之後，《我的第一張大字報》發表，形勢陡變，「造反有理」，「革命不是請客吃飯」，「彬彬」改「要武」，「八億人民不鬥行嗎？」，此時再談「和風細雨」豈不反動？我又錯了！「保皇派」的帽子是免不了的了。最令我困惑的是開始批劉少奇的「黑修養」。我十幾年來孜孜以求，爭取入黨的準則就是那部《修養》，現在變成「黑」的了，全盤否定，我豈不是又前功盡棄？1949年以後，我否定了過去所受的教養，重新開始，全心全意擁抱新社會、新思想，努力按「組織」要求的標準改造自己。現在又要把十七年的努力否定了。我過去被要求與父母劃清界線，現在又被要求與工作關係比較密切的直接領導劃清界線。此時單位領導基本上靠邊站了，其中有幾位被勒令反省、交代，開始開他們的批判會。只有一位剛從外省調來的領導，從未接觸過洋務，來「和大」本來就有諸多不適應，因不懂業務而自認為遭到冷遇，這次乘機一馬當先與造反派站在一起參與批判原領導，大出怨氣，成為第一個造反的「當權派」。外面鑼鼓喧天，「四海翻騰雲水怒」，「和大」當然不能例外。在這洶湧澎湃的潮流中，我個人的小舟何去何從，要被時代潮流所淘汰，做「向隅而泣的可憐蟲」的惶恐又盤踞心頭。

平心而論，相對說來，相對於全國的形勢，「和大」的造反派還算溫和。一切都按當時社會上的潮流而動：破四舊、貼大字報、揪「走資派」、成立戰鬥組，等等。外面每一個階段流行的做法，在我們單位都有反映，但激烈和殘酷的程度都略低一籌。沒有「關牛棚」、打人、武鬥。只是「批鬥會」上喊口號，大字報上無限上綱。我感到他們更有興趣在大字報上寫批判稿，尋章

摘句，上綱上線，而不是鬥人。造反派頭頭（稱「勤務員」）是外語學院畢業的一名業務拔尖的高材生，他比較「講政策」，多次制止動武，並且反對「擴大打擊面」。另外一些人（例如勤雜工、打字員等）就不大滿意，覺得不過癮，有人貼大字報「革命不是請客吃飯……」。實際上那時單位裏還沒有統一的權威領導，逍遙派還不少。我很幸運不在學校工作，如果當年留校做教師，那是一定在劫難逃。而在和大，我只是一名小科員，如果不是因業務受到重用，比較突出，為一部分人所注意，本來是可以逍遙於「群眾」之中的。但是第一階段既然已經成了出頭鳥，就難做「逍遙派」了。主觀上還是我那揮之不去的怕被「淘汰」的恐懼，使我發生了自己都難以置信的轉變。

隨着1967年「一月風暴」之後，各單位掀起了「奪權」風，「和大」也不例外。原來的領導完全靠邊站，造反派組織了領導班子稱「勤務組」，掌管大權。此時外事活動已經停止，基本上沒有業務。運動重點集中在幾位主要領導身上。他們也有不同的成份，有工農出身或部隊轉業的，也有知識分子出身的。第一批被批判的矛頭主要針對的是業務領導，即經常出國開會的，如鄭森禹、朱子奇等。稍後楊朔從國外回來，也被「揪出來」。「文革」前不久從部隊和地方調來「摻沙子」的幹部則受衝擊少些。有一位從地方調來的主管黨務的領導好意找我談話，做工作，要我在這種群眾運動面前一定不要有抵觸情緒，要努力與群眾站在一起。

造反派對我，則是喊話、「敦促」，不當「保皇派」，站到革命路線一邊來，與「走資派」劃清界限，揭發批判。也就是「給出路」的政策。於是我又面臨抉擇，不表態是過不去的。開始，我還心存抵觸，覺得是一幫年輕人胡鬧。但是接二連三傳達或傳聞「最高指示」，不容我質疑。最重要的是連中央最高層的人物都一個個「犯錯誤」乃至被「打倒」，我何去何從呢？當然「緊跟毛主席」！凡是我原來的想法與「最高指示」不符的，自

然是我錯。但是在「緊跟」中也有問題，因為對「最高指示」也可以有不同解釋，所以就有派性鬥爭，「打語錄仗」。我和陳樂民乾脆就揀最「左」的跟，「迎頭趕上」。現在能記得的是當時對本單位黨支部是否應該「砸爛」，有不同意見，而我附和了「砸爛」派的意見，其邏輯是，所有黨的教育都是根據《修養》而來，劉少奇既然已被完全否定，《修養》是「黑」的，說明黨已完全變質。

對我說來，最大的考驗是要在批鬥會上面對面地揭發批判原來經常一起出國的領導，這是絕對不會被放過的。因為我是「知情人」。對於在國外的生活，列舉一些事實，上綱到「資產階級腐朽生活方式」是比較容易的，同時還連同自己一起批判，心裏還算過得去。但是還要揭發執行「三和一少」修正主義外事路線，以及反對毛澤東思想，這就十分困難，因為我們那幾年在外面高舉「反帝」、「反修」旗幟，所有的會議上中國代表都高調譴責美帝，力爭文件中加強反美的內容，這幾乎是我們全部工作，只有過之無不及。自從1960年之後，批判「三和一少」路線，對我們這種外事單位來說已經明確，絕對不會執行那條路線。如何揭發？使我非常為難。這種窘境與當年要我揭發父親差不多，而且壓力更大。挖空心思想來想去，只有一點：「文革」前，還沒有言必稱毛主席，發言稿也沒有處處引語錄的風氣。於是就在這個問題上做文章，從「輕視」毛澤東思想上綱到「反毛澤東思想」。那時雞蛋裏挑骨頭，把什麼都扣一個「反毛澤東思想」的帽子是很方便的。我在一些批判會上的發言以及大字報就是沿着這一思路進行「揭批」。這一時期的「表演」現在自己想來都覺得難堪。重要的還不是那些牽強附會的內容，而是我的態度。對我原來自己曾經很尊重的，對我也很不錯的領導，忽然翻臉，不但見面不相識，而且一夜之間在會上以敵對姿態出現，隨眾對他們喊口號，而且面對面歷數其「罪狀」。他們當然根本沒

有權利為自己辯護。但是我可以想像，以平日的關係，我的這種突變一定使他們感到驚訝而受傷害。後來我工作調動，時過境遷之後也沒有機會再有所溝通，無從知道他們的想法，我也沒有專程登門表達歉意。現在他們都已去世。所幸者，這段時間較短，只開過少數幾次會。後來「王、關、戚」被點名，又開始批「極左」。我從一開始就被打入另冊，只能努力混入「革命群眾」，沒有資格成為「革命骨幹」，也就沒有機會在錯誤的道路上走得更遠。再者，我本性誠實，特別重事實，對他人的「揭發」有細節不符事實我都感到不舒服，只是不敢糾正。所以我的「批判」可以吹毛求疵，無限上綱，但不會無中生有捏造事實。我的「表演」是為了自己避害，不是有意整人，所以只有公開的嘩眾取寵，沒有「告密」之行。不論如何，這是我自我迷失達於極致、也是最不光彩的一段表現。

那時的思想邏輯已經脫離常規，什麼是「資本主義道路」，根本搞不清楚，也無暇細想。蘇聯以及全世界那麼多共產黨都已經「變修」，也就是實質上走向「資本主義」，連原來中共的最高領導人大部都已成「走資派」或「錯誤路線」代表，又何在意於本單位的幾位人物呢？從「三反、五反」運動起我已接受「人的好壞以階級劃線」之說，對待自己的父母都是如此，現在進一步接受以「路線」劃分敵我，並不困難。有一位軍代表說過的一句話，我至今記憶猶新，他說：黨內路線鬥爭是無情的，今天是同志，明天就可能是敵人，所以選定站在「毛主席正確路線」一邊特別重要。後來對於種種違反常識與常情的極左的做法，我忽然從「理論上」「想通」了，那就是現在這場運動是「消滅三大差別」，只要有利於這個方向的做法就是正確的。這樣一想，似乎許多倒行逆施之事都合理。但那是對馬克思理想中的消滅三大差別反其道而行，是滅城市興農村，滅腦力興體力，把工人以及大部分城市居民退還為農民。我竟然沒有意識到這一層！後來下

放「五七幹校」就真的沿着這一方向，埋頭努力把自己變成合格的、不讀書的農民。

軍代表接管，鬥爭升級

1968年初，「和大」進駐了「軍代表」。他們共五人，從造反派手中接管領導權後，延續中共一貫的群眾工作方法，先「訪貧問苦」做「調查研究」，一方面查閱人事檔案，一方面找人個別交談，瞭解情況。找什麼人，當然階級路線鮮明，反正沒有找過我。他們經過調查得出結論：「和大」的運動「右傾」，造反派不像造反派，沒有戰鬥力，對走資派太寬容，階級界限也不清，這些人整天出國與帝修反打交道，怎麼可能沒有更嚴重的問題？令他們「驚訝」的是，被揪出的走資派和其他審查對象竟然還自由回家。所以第一批措施之一就是對這些人進行隔離審查。大約有六、七人，多為原和大的領導幹部，楊朔也在其中，還有兩位比較年輕的姚某和劉某，雖非「當權派」，但據說有「反動」社會關係，或什麼歷史問題。他們被集中到一間大會議室，食宿都在其中，不能回家，白天寫檢查交代。同時在軍代表領導下給每人成立了「專案組」，進行「內查外調」審查。另外有三位女同事，關在另外一間辦公室，都是平時與我接觸較多的，而且兩個是我的入黨介紹人，一是鄭森禹夫人、一是可以稱為「閨蜜」的好友張雪玲，「和大」的「牛棚」從這裏開始。但那時已進入「清理階級隊伍」階段，主要着力於立專案組審查，而不是大會批鬥。我與張平時關係密切，又面臨尷尬局面。不過好在她被追究的都是我認識她之前的海外關係問題，沒有人要我「揭發」她，我得以保持沉默。

階級鬥爭進一步繃緊，結果之一就是逼死楊朔。「文革」開始後，駐外人員陸續調回北京「接受運動的考驗」。作為領導幹部——所謂「當權派」——少不得要挨批鬥。楊朔本來屬於作

協，並不在「和大」上班，何時正式調到「和大」，為何在「和大」「參加運動」，我就不清楚了。現在記憶模糊，對「批鬥」楊朔的會印象不深，好像開他的會比較少，而是有幾個造反派專門「研究」他的作品，雞蛋裏挑骨頭，找出「反動」思想，寫出大字報。我有一點印象的是説他的《三千里江山》中美化資產階級知識分子。我最早看《三千里江山》時恰好感到他把那個知識分子寫得很不堪，完全站在批判的角度，而且作者對此人的厭惡之情溢於言表，如果這還算是「美化」，是否知識分子就不該有任何出路了？楊朔的散文文筆優美，但內容是與時俱進地配合政治形勢的，所以對他作品從政治上挑剔，作各種反面的解釋，實在是牽強附會。我記得一次會上楊朔真誠檢討他用稿費買了幾間房子，説無產階級作家怎麼能有房產呢？説明自己是被資產階級思想腐蝕了。好像他在「和大」並不是主要批判對象，因為他並不負責和大的日常工作，許多人也不認識他。

在軍代表講話之後，有一個經常把「光屁股長大」掛在嘴邊，自詡「根正苗紅」的勤雜工得風氣之先，在院子裏的地上用粉筆寫了「打倒反革命修正主義分子楊朔」幾個大字。楊朔被送到隔離室之前經過那裏看到了這幾個字。在這以前，他還沒有被扣上「反革命」的帽子，這些字樣是軍代表來了之後才出現的，所以大約他以為這是軍代表給他定的性。他關進去之後，就遞條子出來，要求與軍代表談話。我聽説軍代表説先冷他一下，給他點壓力，讓他好好交代問題。誰知楊朔就絕望自殺了。

我碰巧成為了這一不幸事件的見證人之一。當時的情況是：幾位男性隔離對象集中睡在一間大會議室，會議室是兩扇玻璃門，從外面能清楚地看到裏面。門並不上鎖，日夜有人輪流在外面「值班」。凡沒有任務的(例如參加專案組之類)閒散人員都要輪到，日夜各兩人。所謂「值班」，就是在會議室門外有一把椅子，一張小桌子，坐在那裏守着。裏面的人除了盥洗、如廁，一

般不出來，其實他們也絕不會逃走。那天晚上正好輪到我與一位男同事值班。那是盛暑，裏面的人都是赤膊，只穿一條短褲。我覺得很彆扭，就盡量「非禮勿視」，目光不向玻璃門看。大約九、十點鐘，他們陸續拿着臉盆出來到走廊盡頭的盥洗室洗漱，然後回房睡覺。我見到楊朔也在其中，並無異樣。到了半夜，我已經趴在桌上睡着了，忽聽裏面那位姚某喊人，我仍然不願進去，就在門外問怎麼回事，姚出來說楊朔好像出了問題，不省人事了。姚的床與楊朔挨着，他起來上廁所，發現楊朔的樣子不對勁，推他不醒，才感到有問題。我和另一位值班的同事趕緊打電話叫辦公室負責人，不久來了好幾個管事的，軍代表也在其中。他們把楊朔抬了出來，那姚某是懂一些醫學的，他還掰開楊朔的眼睛看瞳孔。楊朔被送往醫院，以後的情況我就不得而知了。大約到第三天，軍代表宣佈楊朔搶救無效，已經去世。據說發現他床頭有安眠藥瓶，醫院診斷是服了過量的安眠藥。大家都知道楊朔一直有嚴重的失眠症，離不開安眠藥，也許正因為如此，他有機會儲備了足夠致命的量。

剛開始隔離審查，就有人自殺了，這在當時也應算是運動領導的失誤，但是軍代表當然不會認錯，反而開大會，宣佈楊朔「自絕於人民」，而且還羅列他的「反動資產階級思想」，其中又提到自購私宅，生活奢侈，「冬有冬宮，夏有夏宮」云云。並分批組織大家去「參觀」他的住宅。我發現他所謂的「豪華住宅」就是一進小四合院的半邊，沿着遊廊拐過來，不記得有幾間屋，好像也不多，並未超過當時與他同級別的領導幹部的規格，只不過別人是「公家」分配，他是私宅，不佔公家的，反而成了罪狀。所謂「冬宮」、「夏宮」云者，就是他在不同季節選擇睡在不同朝向的房間而已，那時沒有空調，冬天還可以節約點煤。印象中還見到他有一個養女，當時大約只有十來歲，我還曾閃過一個念頭，她不知會有什麼反應，以後將如何

生活。但是以我當時的處境，這些都不屬於我可以過問的事。

後來我和一些熟悉他的同事分析，楊朔當時在和大並不是受衝擊最大的，也沒有說不清的「歷史問題」，為什麼在軍代表剛剛進駐之後要匆匆走上這條絕路呢？我們都認為還是由於他太老實，太相信黨，也太認可軍代表的權威。在運動初期，造反派對他的批判，他還可以認為是「小將」胡來，運動後期總是會有正確結論，會「落實政策」的。但是軍代表被認為是毛主席派來的，有至高的權威。楊朔大約真誠相信他們的話就代表最高領袖，那麼，在他們進駐後，他的帽子反而升級，變成敵我矛盾性質。(看來他也真的認為那地上的幾個大字就是秉承軍代表的意思，而軍代表就是奉旨給他定性)。他於是要求談話，急於表白自己，而又被拒絕。這樣，他就絕望了。這是我們的分析。君子可欺以其方！楊朔本人最後究竟怎樣想的，已無法知道。記得他過去在閒談中曾提到過楊剛(共產黨內著名才女、名記者，五十年代自殺)和楊棄(楊剛之兄，名記者，抗戰勝利後被國民黨逮捕秘密殺害於獄中)，說他們兄妹都是極有才華的，結局那麼慘，真可惜。嗚呼！豈料楊朔不暇自哀而後人哀之！

軍代表還表揚了一樁「大義滅親」的事蹟：一位「文革」前不久從部隊調到我們單位任處長的校級軍官，是貧農出身，據說曾在解放戰爭中立過功，當然是軍代表的依靠對象。但是他的妻子雖然也是部隊幹部、黨員，家庭成份卻是地主。一天忽然家鄉跑來一個妻子的親戚，是因為在村裏被揪鬥，受不了嚴刑拷打，伺機逃出來，到北京求姐夫庇護。誰知我們這位同事立場堅定，維護文化大革命、站在革命群眾一邊，毫不動搖，他對這位親戚進行了一番「相信群眾相信黨」，「擁護毛主席革命路線」的訓誡之後，給他買張火車票送回去了。軍代表在全體大會上點名表揚這一「模範事蹟」，說是沒有辜負黨和部隊的教育，表現了高度的「路線覺悟」云。那位親戚被送回村裏後的命運可想而知，

是否能活下來都是問題。在一切不但以「階級」而且以「路線」分敵我的情況下，是非善惡、人倫、情義，都被扭曲、顛倒了。我當時對此事沒有多想，至少並沒有覺得有什麼不對。現在回想起來，心有餘悸。如果進行一番心靈的拷問：在那種形勢下，假設我遇到同樣的情況會怎樣做？能把投奔來的人藏匿不報嗎？恐怕辦不到，大約只能如實向最高權威軍代表彙報，接下來呢？當然這取決於我對當事人處境的判斷，而以那時的思想狀態，有這個判斷能力嗎？現在只能慶幸沒有遇到這樣的考驗。我不知道那位轉業軍人在時過境遷後有沒有反思和內疚。

造反派開始挨整

1967年一年中「奪權」、武鬥，全國蔓延。到「王、關、戚」失勢後，似乎局勢有所扭轉。上面的鬥爭，我輩小民不得而知，只是從身邊感覺到原來造反派中的兩派有一派失寵，被冠以「極左」。隨後批「極左」、抓「五‧一六」，部分被「打倒」的老幹部落實政策，結合進領導班子。初期活躍的造反派又成為挨整對象。毛澤東說，「現在該是小將犯錯誤了」。也就是說他們該成為犧牲品了。我得以混跡「革命群眾」，既非重點審查對象，也非依靠對象，暫時壓力略減輕。與我有關的是，奉命自查「反動」書籍文物，一律上交，否則被查出自己負責。實際上此時我們已經沒有什麼藏書，只要作者已經被點了名，就都交出去。我上交的書有巴金親自題簽送給我的《家》，以及郭沫若題簽的《百花齊放》。家中還有全套原文的邱吉爾《戰爭回憶錄》和戴高樂回憶錄，是陳樂民在國外買的，他感到十分可惜，還請人去問這算不算「反動書」，軍代表斷然說，這兩個人還不算反動？於是只好上交。當時他還書生氣十足地對主管此事的同事說，這是極有參考價值的書，希望不要當廢紙賣，放在圖書館書庫好了。後來「落實政策」，《邱吉爾回憶錄》居然回來

了，現在還在我家書架上，但戴高樂回憶錄卻不知去向。

「和大」發生了一件令人震驚的事件。就是一直是造反派骨幹，在運動中十分活躍的一名工作人員忽然逃出了國境！他也是最初給我寫大字報的那位。其手法也出人意外。當時日本友人西園寺公一全家長住在「和大」，他在行政辦公室工作，經辦外國人的一些生活事務。剛好西園寺的長子西園寺一晃需要回國，他就利用辦理出入境簽證之便，用這位日本人的護照和機票，包括替他領出的外幣，蒙混出境了。具體細節我無法知道，也許兩人面貌很像，也許換了照片？（這有點像懸疑小説了）。此事在當時當然是一件震動天廷的大事。「文革」時逃出境外的不在少數，多為不堪忍受種種批鬥、折磨，歷盡艱險從邊界偷渡，例如眾所周知的馬思聰。但是冒用外國人護照，公然乘飛機出境的卻是絕無僅有。何況此人並未挨整，還是運動積極分子。事發後，主持工作的「和大」領導連夜請示彙報，當時中國因與大部分國家交惡，出國的通道第一站必須經過巴基斯坦。中方趕忙知會巴政府，要求把此人扣下遣送回國，但是晚了一步，據説他已轉機到他國了（好像是埃及）。他走後，牽連甚廣。其妻兒的遭遇可以想見（那時他的兒子還是小學生），機場多名海關人員受審查和嚴厲處分，在那階級鬥爭的弦繃得如此之緊的情況下，決不可能作為一般的瀆職問題，而是上升到政治問題，他們的命運也可以想見。「和大」原來與他關係比較密切的，或在一個「戰鬥組」的同事也受到牽連，成為重點審查對象。我印象最深的是當時被「三結合」主持工作的領導楊驥嚎啕大哭，説自己的失職為國家造成如此惡劣的影響，對不起黨，對不起人民。在我印象中，楊是一個樸實正統的老黨員，是「文革」前從部隊調來的，因此得到軍代表的信任。他這種傷心和自責應該是發自肺腑的。「和大」的領導集體上書請求處分，我不知道此事上達到了哪裏，由誰決策，最終如何了結。

我不瞭解內情，不理解他為什麼要冒如此大的風險出境，因為以我的表面觀察，當時他似乎處境不錯，還是「革命動力」。還能正常工作，能接觸到外國人的護照和代領外匯，比很多人處境都好。當然「文革」形勢瞬息萬變，天意難測，今天革命動力，明天就成革命對象，如走馬燈一般，令人眼花繚亂。1967年以後「批極左」，整造反派，「王、關、戚」第一批被拋出來。大約最高領導感到形勢有失控的危險，需要找人頂責。特別是開始大抓「五·一六」這個實際上並不存在的組織，一時間逼供信，牽連甚廣，對象多為原來的造反派，而運動初期受衝擊的老幹部有一部分被「解放」，結合進領導班子，主持這項工作，如果說他們乘機報復，可能是誅心之論，但是他們本能地對整造反派有積極性是可以理解的。外交部把此前火燒英國代辦處等行為都歸咎於「五·一六」，連毛、周見外國人時都提到「五·一六」干擾外交之罪狀。但是我清楚記得，在「火燒」的第二天，《人民日報》是作為革命行動正面報導的，當時又是遵循什麼精神、誰的指示呢？後來我才明白，一個時期內亂外溢，造成「國際影響」，需要挽回，有一批造反派就成為替罪羊。抓「五·一六」既然是最高指示發動的，必然蔓延到全國，其中還摻雜派性，又不知多少人因此受難。「和大」那位同事如果不走，在緊接下來的一輪運動中由「革命動力」變為「革命對象」是非常可能的。可能他掌握某種內情，或許憑特有的政治敏感有所預料，所以不惜冒這樣大的風險。這我就不得而知了。

以上這些分析是我以後慢慢回味過來的。當時處於完全懵懂狀態，火沒有燒到自己身上，已屬萬幸。

扭曲的親情

整個思想改造過程中我最大的犧牲是親情，最虧欠的是父母和女兒。

「文革」「破四舊」階段我曾回過父母家，只知道母親與老保姆已經把所有根據她們自己判斷可能罹禍的紙質什物都付之一炬。其中包括所有相冊與信件，甚至父母自己的結婚照片和母親珍藏了幾十年的當年父親留學日本十年來給她寫的一箱「情書」。以至於現在留下的照片都是老年的。我在維也納買的許多樂譜也在焚毀之列，這是最無足輕重的了。最可惜的是那些相冊，我少時在家經常翻閱，除了我們姐妹的成長過程、家人親友外，還有父親當年遊學日本、歐、美的照片，如果留到今天，每一張都可推出一段歷史，其中有不少合影的人就是歷史人物。正是這些人物，不知哪些算「反動派」（以當時的標準大約大部分都算），令我母親恐懼，還有照片中的服裝當然是「四舊」。結果現在我找「家史」，幾乎片紙無存。本書僅有的幾張上個世紀三、四十年代的合影還是最近從我表妹家的照相簿上找到複印的。我後來在閒談中提到燒照片事，一位八〇後的女士睜大了眼睛，驚愕不已，不斷問「為什麼呀？照片怎麼了？」我忽然覺得我們恍如隔世人，很難用簡單幾句話向她解釋清楚，在她看來就是天方夜譚。不出兩代人，對歷史如此隔膜，幸耶，不幸耶？

由於母親平素鄰里關係特別好，儘管家裏地位比較突出，文革開始後居委會以及胡同周圍的鄰居並沒有為難她。但是地處西城區，運動初期是「西糾」紅衛兵的領地，在血統論的口號下，抄家、打人特別厲害，大家談虎色變。母親那時六十六歲，當年那樣崇尚理性，那種「千萬人吾往矣」的自信和勇氣，如今完全不起作用，只剩下一切以避禍，免皮肉之苦為目的了。他們運氣還算好，後來有一隊中學紅衛兵來抄家，比較「文明」，在他們「主動配合」下把箱籠、鋼琴以及母親的少量手飾搬走後，還打了一個收條，並應父母要求寫了一個條子貼在大門上，大意是此家已抄過，態度還好云。以後不再有紅衛兵來騷擾。

「文革」開始後，我就很少回家了。起初還通電話，後來父

親工資被凍結，每人只發20元生活費，雖然電話沒有被拆掉，但15元的電話費已交不起，自動把電話上交，從此失去聯繫。我不敢在經濟上接濟他們，因為那就是「與群眾對抗」。幸好老保姆劉奶奶已經以我家為家，不要工資也自願留下。劉奶奶是真正的勞動人民。她二十幾歲就守寡，無兒無女，出來當保姆。我家搬到北京後，她就經人介紹來我家幫忙。她認定我父母是好人，對她們有深厚感情。此時無論人家怎樣動員她劃清界限，揭發批判他們對她如何剝削之類，她就是堅持不能昧着良心說話。她在患難中以保護我們這個家為己任，完全憑樸素的感情和常識，在當時當然是被認為中毒太深，愚昧不化。事實上，她這種樸素的感情和本能的是非觀比我的扭曲的思想不知高多少，真正落入愚昧的是我。

父母先於我們下放幹校，劉奶奶來通知我，當然是希望我回去一趟，送一送。當時我們單位也在準備全部下放，以後就不作回京之想，所以很可能從此不能再相見。我請示軍代表能否回去見一面，送送行。那位軍代表冷冷地說，此事由你自己決定，你應當知道該怎麼做，後果由你自己負責。隨後，一位剛剛被結合進領導班子的原單位的老領導特地找我，悄悄對我說，我勸你還是不要去，現在正是「清理階級隊伍」和審幹的時候，見過一次就說不清了，對你不好。在那種形勢下，他主動對我說這些話也要冒一定風險的，我理解他是完全出於好意。當年「三反、五反」中我回家一次以後沒完沒了交代不清的記憶猶在，現在形勢比那時嚴峻得多，於是我終於沒有去送行。這點，我真不如劉奶奶。再見面是在1971年從幹校回京之後。母親在「幹校」不久，得了重病，他們二老已先行回京。此時我一家三口離開了機關大院的集體宿舍，分配到外面與同事合住一套公寓，行動不再在眾目睽睽之下，少了一些壓力。儘管沒有任何阻止我與家裏來往的明令，但直到文革結束之前，我回家探望次數仍很稀疏，並且有意無意不在機關同事中提起。

十四

努力學習做農民

「幹校」初級班 —— 京郊農場

我雖非重點審查對象，卻是重點改造對象，所以在全單位下幹校之前，於1968年秋第一批先行下放勞動。地點在京郊通縣雙橋公社，是「中古友好公社」所在地。當時尚未普遍建立「五七幹校」。軍代表可能是想找一個地方分批下放勞動鍛煉，在機關的大多數人員繼續搞運動。這樣，我早一年離開機關，不再擔負任何業務工作，而且許多「批判會」沒有參加，減少了傷害別人，或被傷害的機會，是莫大的幸運。

那是我平生第一次真正從事農業體力勞動，確實需要從頭學起。帶領和指導我們的是我們單位燒鍋爐的臨時工，他原是那個村的農民，很可能選點就與他有關。他年齡不詳，看起來可以稱「老」，姓吳，大家稱他「老吳頭」。坦率地説，在「文革」之前，我平時幾乎見不到他，沒有印象。現在他是我們的頭，種什麼，如何種，一切聽他的指揮。

我們春天下去，主要是種菜。我真是一竅不通，所以真心誠意地虛心學習，服從指揮。但是體弱、力小，又沒有訓練，幹什麼都不像樣，連二十斤的擔子都挑不起來。在知識分子中間，我的勞動力也是最弱的，所以挨斥責也是最多的。那位老吳頭，平日似乎挺和氣的，到了村裏，陡然神氣起來，對我們這些改造對象頤指氣使，毫不留情。運動到了這個階段，他對各種人的身份

大約也心中有數，所以對我特別嚴格，態度最兇。以我對農業勞動的無知和無能，當然一無是處。「高貴者最愚蠢，卑賤者最聰明」，信然！

一段時間以後我發現對於種莊稼從無知到有知(當然只是基本知識)並不太困難；不怕髒和累，克服肉體的痛苦，逐步習慣勞動，也不太難；掌握勞動技能則需要較長時間，同樣的鋤地、澆菜，我就是笨手笨腳。不過假以時日，也可以逐漸嫻熟。到後來我已經能挑四十多斤擔子「悠起來」走不少路，到地裏送糞。最難過的還是精神上的受歧視和屈辱。那位老吳頭對我呼來喝去，隨時加以訓斥，而且有極大的偏見。我因為虛心學習心切，每事問，卻攖其怒。有一次我問種白菜之道，問了一個帶規律性的問題，本意是想舉一反三，他卻認為我故意刁難他，為之大怒，幾天不給我好臉色看。後來我理解他實際上說不上來，他們只是憑經驗，而我卻想知道所以然。除了他之外，與我同一小組的一名剛分來的中學畢業生打字員，也對我一副鄙夷和不屑的態度。應該承認，她幹活也確實比我像樣，沒有那麼笨拙。我一般是有淚不輕彈的，那段時期也偷偷掉過幾次眼淚。

我下去不久，就在勞動中挫傷了右手腕，疼痛難忍。本來就沒有力氣，這一來雪上加霜。雖是小事，卻有大礙，如果因此休息，更加顯得我「嬌氣」。如果忍痛勉強繼續幹活，手腕有致殘的可能。正在苦惱中，有一個當地人說，附近有一位善於正骨的「神醫」，據稱是祖傳秘法，一切傷筋動骨她都手到病除，人稱「雙橋老太婆」，與「雙槍老太婆」諧音，可以請她試試。於是一天晚飯之後就由他帶我走到那位老農家裏。那是一間很普通的農舍，裏面有一位與普通農婦無異的半老婦人，還有一屋子人。燈光昏暗，看不清臉，也不知道旁邊哪些是鄰里，哪些是她家人。帶我去的人跟她寒暄幾句，就說明來意。大約來求她的人已經不少，她基本上沒有表情，二話不說，叫我伸出手來，問明痛

點，叫我忍着點，掰了幾下，用力一拉，一陣劇痛，她說好了。也不用藥，讓我用布捆緊患處，歇一天就好了。我這點傷對她是小菜一碟，據說她治好過很多嚴重的骨折。當時這種服務完全是無償的，根本不可能給她什麼報酬。唯一的「表示」就是送她一枚比較精緻的毛主席像章，這是當時唯一可以互贈的禮物。事前介紹人已經向我交代，所以我臨走時不斷道謝，鄭重送上像章。她仍然毫無表情地接過去，顯然並不歡迎。我看到她一面牆上掛了一塊布，上面別滿了各種當時爭奇鬥豔的各種材料和設計的領袖像章，決不稀罕我這枚。看來求她看病的應接不暇，在當時的情況下，她只能來者不拒，而且不能接受任何物質報酬，否則性質就會變，說不定會獲罪，所以不管是否情願，只能應付。我想她對像章大概已經審美疲勞。

改革開放以後，我又聽到關於她的傳聞，她憑這手絕活果然名聲大噪，達官貴人、富商巨賈都來找她，或接她去看病。不久她就發家致富了。這當然是公平的。不過普通人很難再找到她，她有限的精力和時間只能為特殊人群服務了。

那次下放，陳樂民還留在機關，我們每兩星期週末可以回家一天休整。記得有一次氣溫驟降，卻未到休整的日子。陳樂民還不忘托人給我帶寒衣，打開一看，卻是女兒的小棉襖，而女兒當時才七歲！此事在同事中傳為笑柄。

舉家下放河南「五七幹校」

1970年開年，頒佈《一號通令》，據說是為了備戰，所有在京單位基本上一鍋端，除少數留守人員外，全體都舉家下放。國家機關大量裁員，即使因工作需要留京的幹部，其家屬不論原來是否有工作，也要下鄉勞動。報刊大力宣傳某些軍人家屬的豪言壯語：「我們都有兩隻手，不在城裏吃閒飯」。我們單位當然不例外。

對於這樣的「通令」，似乎沒有人敢違背。但是我們單位有一位轉業軍人，一向是軍代表的依靠對象。在要求舉家下放農村時，他居然堅決把母親和孩子留在北京，拒絕送下去，而且理直氣壯(以什麼理由我不記得了)。我感到很驚訝，軍代表在一次會上對他進行了批評，他似乎也不太在乎，以後也沒怎麼樣。這樣公然抗拒下放，知識分子幹部是絕對不敢的。

起初，「和大」軍代表找到的「幹校」沒有容納老幼的條件，要求凡是家在農村或有親戚的，都將老人孩子送去投親靠友。但我和陳樂民是在農村完全沒有根的。那時我父母已經下放到我父親單位的幹校。九歲的女兒如何安置？無奈中想起了留守在家的老保姆劉奶奶。我們就去找她。女兒是她帶大的，疼愛有加，交給她絕對放心。但是她已進城幾十年，老家也已沒有親人。只有一個侄子在門頭溝，也算農村。她答應試試能否帶着陳豐投奔她侄子。但那時大家生活艱苦、住房逼仄，她與侄子平時來往也不多，這不現實。我們又想起北大的妹妹民筠和妹夫，他們已經下放到江西鯉魚洲幹校，就寫信問他們能否接受小豐。他們回信表示歡迎，說他們那裏也有孩子隨家長來的。於是我們又做把女兒送到江西的打算。我當時居然還認為「兩校」是中國最先進的地方，女兒在那裏長大對她前途有好處(！)。

不久，軍代表宣佈，在河南鄲城縣找到了適合我們建「幹校」的地點，所有人員都可以帶家屬一起下去。這樣，我們的難題解決了，一家三口一起下放。全體人員立刻為遷徙做準備，每家發兩隻裝貨的粗木條箱(沒有經過刨光的那種，一不小心手上就扎刺)，裝滿算數。我們本來家無長物，連鍋碗瓢盆都沒有，全部衣物家當兩木箱足夠了。傢俱都是公家借的，一律交還。自己買的只有一衣櫃、一書櫃，交由機關倉庫保管。書本來不多，上交後所剩無幾。帶走的除少數馬列及毛著外，「閒書」只帶了中華書局陸續出版的《活頁文選》，雖也是「四舊」，但並未列

入「反動」，其中還有不少文章詩詞是領袖著作中常引的，所以還算合法(這是我自己主觀判斷)。下去就準備在那裏安家，不作回京之想。

一行人浩浩蕩蕩從北京坐火車出發，走走停停，火車終點站是河南漯河，大約行駛十幾個小時，當然只有硬座，我們等於包了幾節車廂。孩子們最興奮，大多沒有坐過火車，一切都很新鮮。到漯河後換乘幾輛敞篷大卡車直奔鄲城縣目的地。所謂「直奔」，並不確切。在半路上遇到從未見過的奇景：一長排大板車緩緩走在我們前面，是牛車，車上堆滿農作物，每輛車扯着帆，像行船一樣，據說這叫「旱船」，在順風的時候扯滿帆可以像行船一樣走得快一點。這是一條平整過的土路，大樹夾道，寬度只夠一輛車，無法超車。就這樣，我們的卡車只好耐着性子跟在這排「旱船」後面吭哧吭哧行了一路。若干年後，到改革開放初，我回想此景，感到頗有象徵意義：現代的與落後的生產力並存於中國，但是只要落後的制度佔據要津，一夫當關，新事物左突右矢也衝不過去，只能遷就它的速度。

體驗農村的現實

我們下去時是三月初，當地剛下過一場春雪，到處掛着冰柱，滿樹晶瑩，這是我從未見過的美景。

我原先在北京郊區農村只在小範圍內埋頭勞動，並未深入周圍生活，而且京郊究竟還是與這裏不一樣。這回下到真正的農村，接觸到當地的農民，第一個意外是解放二十年，農村竟然還這樣落後！現實與我從宣傳中得到的印象相差甚遠。我們所在地並非偏遠山溝，離鐵路很近，一馬平川，是當年抗日戰爭時「花園決口」水淹之後退出的地，土質優良。但是其貧窮、落後、保守和閉塞實在出人意料。此地本來適於種小麥和棉花，但產量很低。大秋作物連玉米都不種，只種紅薯。老百姓長年的主食就是

曬乾的紅薯磨成粉，做成窩頭狀，顏色黢黑，口味和營養價值遠不如玉米麵窩頭。由於不種高桿作物，幾乎沒有燃料，全年的燃料只靠秋天收棉花後分得的棉花桿，還有就是樹上的落葉，掃得乾乾淨淨。每家一天最多舉一次火，很難吃到熱飯，加以紅薯麵是酸性的，所以大多數人都有胃病。還由於家家的灶都沒有煙囱，一生火滿屋煙，所以婦女都有眼病，一個個眼睛紅紅的。更令人驚訝的是人無廁，豬無圈。每家屋子後面都有一窄條小道，就在那裏方便，豬是滿處跑的，隨時把糞便舔光，倒也不需要打掃。這樣就無法積肥。老鄉養豬除了餵一部分飼料外經常放它們到處跑，自己覓食，難免毀壞莊稼。如果是在自己隊的地裏還好說，跑到別的隊的地裏就遭到追打，有時打死了，就引起兩個隊的摩擦，這是常有的事。只不過我們還沒有見到打群架。

在大田裏鋤地的大多是婦女，據說男勞力都被調去修水庫或從事其他工程。而那些婦女似乎沒有什麼積極性，懶懶散散，說說笑笑，腰都不大彎，進度很慢。這也與我對勤勞的農民的觀念大異其趣。在逐漸熟起來之後，她們還嘲笑我們下放幹部幹活像「老母豬拱地不抬頭」。原來各家門前種菜的小片自留地已經在「學大寨」中被收走，歸生產隊集體種菜，再分給每家，實際上產量極少，老鄉基本上吃不到新鮮蔬菜，平時只用一點醃辣椒、泡菜佐餐。每年只有麥收以後，每家分到一些白麵，這時家家戶戶蒸大饃走親戚。那幾天中就見村裏的婦女挎着籃子，裏面放着發得白白胖胖的「大饃」，每個有幾斤重，上面還點着紅點，或插上一朵花，十分誘人。收棉花後分到一點棉籽油，那幾天就炸油條，小孩子們像過節一樣，整天啃着油條。過些日子後，那些油條又涼、又皮軟，髒兮兮的，他們還在啃。我們都不理解，為什麼他們要把一年所有的細糧和油都一次糟蹋光，而不能留着細水長流？

食以外，還有衣。此地產棉花。每年秋收後，每家多少都能

分得一些棉花，正好做冬衣。當地的孩子每年大多可以穿上新棉襖。我們城裏人的習慣，一件新棉襖可以穿好幾個冬天，外面總要加一件罩衫保護，以便換洗。但是我發現這裏沒有穿罩衫的習慣，小孩子穿上簇新的棉襖毫不愛惜，照樣摸爬滾打，不久就髒兮兮，冬天還未結束，那棉襖就已破爛。所以孩子們年年都有新棉襖，而大多衣衫不整。農民本應是最善於精打細算，勤儉持家的，何況這裏地處中原，並非窮鄉僻壤。但在這裏看到的情況卻相反，好像都不為明天打算。後來我逐漸理解，是在多年的強迫命令，喪失安排生產生活的自主權，一切在公社的大鍋飯之下，已經養成得過且過的心態，失去努力改善生活的動力了。我見過一次拉大車的景象，頗有象徵意義。那是當地一種平板大車，有好幾對輪子，可以堆放上千斤收割好的莊稼，名叫「太平車」，據說當年曹操攻許昌時就用這種車運糧。有兩排人用繩子拉，每排大約十來個人（可能更多）。我注意到，有的人的繩子拉得緊，有的繩子鬆鬆的，實際上就是偷懶，可謂濫竽充數。可是到時候一樣算工分。這樣，自然出力的人越來越少，那車就越走越慢。需要隊長時不時地吆喝或罵幾句，然後繩子再拉緊一下。

至於文化，村裏有一家小學，據說大部分成人都經過「掃盲」，年輕人都上過小學，女孩子一般上到四年級，男孩上完「完小」（六年級）。但事實上我發現二十歲上下的青壯年多為文盲，學校學過的沒有用，也就都忘了。「大隊部」辦公室有一份《人民日報》，大約是上面發下來的，從來不見人讀，最後都作了糊牆紙。村民只知道毛主席，其餘領導人包括周恩來都少有人知道。但是所有村幹部，包括主要男勞力，都到大寨去「取過經」，有人還不止一次，所以他們都知道陳永貴。

另一方面，「學毛著」、「講用」、傳達「最高指示」卻與全國各地不遑多讓。似乎從幹部到群眾口才都不錯。我們初到，由縣裏領導來介紹情況，滔滔不絕，一套一套，一切流行的政治

術語出口成章，講成績時各種數字如數家珍。我們剛安頓下來，首批活動之一就是請一位當地的「毛著學習模範」給我們「講用」，作為向貧下中農學習的第一課。沒想到是一名十歲的小學女生，已經訓練有素，講得十分流利，而且常穿插押韻的順口溜——我發現河南老鄉很善於編順口溜。軍代表第一把手親自主持，最後他做總結，我至今只記得他的一句話，就是：我感到十分慚愧，學習毛澤東思想不如一個十歲的孩子。

在我們進住的前夕，有一名老農為了救大隊的驢子，不慎掉到井裏淹死了。隊裏把他樹為為保護公共財產而犧牲的模範。我們到了之後，就被要求出兩個人去村裏採訪，為這名老農寫上報的模範事蹟。既然是有文化的幹部，這是義不容辭的任務。軍代表就派了兩名「筆桿子」去完成此任務。此類模範事蹟當然必須與學習毛澤東思想聯繫起來。於是那兩位同事必須從周圍老鄉的口裏弄到他平時如何學習毛選，受到哪些影響等情況。可是這位老農是文盲，不可能學毛著，他平時寡言少語，更不可能言必引語錄。他們挖空心思啟發老鄉，要問出他平時言談中有哪些話說明是受毛澤東教導的影響，實在太困難。這是我聽他們回來說的。採訪進行了幾天，最後結果寫出什麼樣的稿子，我沒有打聽。

我們剛到不久，就發生一起醫療事故：一位小學教師，是身體本來比較健壯的青年男子，因感冒發燒去找村裏唯一的一名赤腳醫生，是個小姑娘，到外面經過短期培訓。她給他打了一針青霉素，此人就此不治死亡了。事後才知，那位赤腳醫生從來不知道青霉素是要先做過敏試驗的，碰巧那男子過敏，就發生了這一悲劇。死者是家裏主要壯勞力，算是村裏文化最高的，留下當教員，沒有像多數壯勞力那樣被徵調去修渠築路。家屬痛不欲生。那赤腳醫生少不得接受隊裏審查，不過審查結果她出身是幾代貧農，根正苗紅，沒有「階級報復」之嫌，也就不了了之。只是以後沒有看到她繼續行醫。

倒是我們單位有兩位同事自學了針灸，開始給附近老鄉治療，效果不錯，後來竟遠近聞名，連其他生產隊的人都來求醫，他們兩個獲得了「活神仙」之雅號，作為為貧下中農服務的典型，受到幹校領導表揚。

有幾位來自農村的同事還想幫助當地改掉一些陋習，在軍代表同意下自告奮勇教老鄉造煙囪，這是比較簡便的事。但是要他們接受也頗費唇舌，因為燃料很寶貴，老鄉認為火燒旺了費柴火，殊不知實際上快速加溫更加省燃料。要他們明白這個道理很困難。最後好像沒有多少家接受安煙囪。至於要說服他們蓋豬圈積肥，就更不現實。因為這樣就得餵豬飼料，增加開支。結果都沒有成功。到我們離開時依然人無廁、豬無圈，見不到「依依墟里煙」。

我們女學員還做了一件事，就是向村裏的婦女宣傳計劃生育，發放避孕藥。那時還沒有普遍實行強制性的計劃生育政策。我感覺其實那些婦女都是歡迎的，她們都為多子女苦，實在不想多生了。我到過一家，只見一位婦女抱着一個嬰孩，她自稱三十九歲，但完全是老婦模樣，頭髮稀疏，齒牙脫落，滿臉皺紋。她已生過十個孩子，現存四個，手裏抱一個還在繈褓中的嬰兒，但是已經連續瀉肚多日，完全脫水，如小猴子一樣皺皮包骨，慘不忍睹，看來是救不活了。她表示實在不願生孩子，但是沒辦法。可是那時我們推廣的避孕藥服法太複雜，她們一般記不住，最後把藥束之高閣，堆滿灰塵了事。

有時半夜起床集合，主要是忽來「最高指示」，必須傳達不過夜。不但幹校自己傳達，還要在全村敲鑼打鼓，把村民都叫醒，向他們講解。1971年自製人造衛星上天，當然是舉國歡慶的大事。我們少不得傾校出動，敲鑼打鼓繞全村遊行。並且有任務向老鄉宣傳此事的重大意義，是「毛主席革命路線的偉大勝利」。生產隊領導把全村人都集合到廣場。剛好我們有一名同事小陶（也是外語學院畢業生）是鄆城縣人，會說當地方言。宣傳

任務他自然義不容辭。這可苦了他了。說方言當然很容易，但是如何用老鄉聽得懂的詞彙說清楚那「人造衛星」是什麼東西，為什麼要造那玩意兒，造起來有多困難，這成就多偉大，有什麼國內、國際的重大意義，還要聯繫蘇修、美帝，外加國內兩條路線鬥爭⋯⋯沒有擴音器，小陶只有扯着嗓子一句一句地嚷嚷，盡量找通俗的詞語解釋那政治意義和科學道理，真夠難為他的。彼時彼刻，鄄城縣的農民是否在聽，最終對那人造衛星有什麼印象，如何理解這一事件，後來是否還在記憶中留下絲毫痕跡，誰也無從知曉了。

這是我第一次腳踏實地體驗國情，與我原來想像的大相徑庭，以前只能算是空中樓閣，當時雖然沒有對「何以至此」有所反思，但是這一經歷是日後覺醒回歸常識的基礎。從這一意義上講，下「幹校」對我是有積極作用的。

各種農活的實踐

上一年我在京郊農場主要是種菜，算是經過了一些鍛煉。到了鄄城幹校更加全心全意學做農民，隨季節投入各類農活之中。

第一年我們婦女班主要任務是種棉花。從開春到深秋，我經歷了種棉花的全過程：鬆土、播種、間苗、施肥、整枝、治蟲、收穫，學到了很多知識。其中最艱苦的是整枝。這項工作要在盛暑中進行，蹲在密密的棉株中剪掉多餘的椏杈，為每棵棉株留出通風的間距。外面高溫40度，低矮的棉株中溫度更高，悶熱難耐。既然「一不怕苦，二不怕死」，大家也沒有怨言。但是出了一件事：一名同事中暑暈倒了，狀態好像很危急。大家七手八腳趕忙把她抬到外面稍稍有點陰涼的地上。有人掐人中，有人跑步回校部報告，來人把她抬了回去。其他人雖然沒有暈倒的，但多已達到體能的極限。衣服都是汗水浸透，乾了又濕，濕了又乾，結滿了白色鹽鹼，已經習以為常。我居然挺了過來，沒有生病。

最惬意的工種是收棉花。時令深秋，早晚已感到涼颼颼的。身上套一件前面有大口袋的背心，在田徑上一路走過去，把兩邊從棉鈴中綻放出來白花花的棉花摘到口袋裏，既輕鬆，又有收穫的喜悅。回去的路上兩人抬一大筐，到院部過秤，然後倒入倉庫。老天不負我們的辛勤勞動，我們的皮棉獲得當地幾年來最好的產量。後來得知，比生產隊的棉花畝產量多一倍。

幹校的大田作物主要是小麥，秋種夏收。這裏的土壤和氣候條件都適宜，那兩年又風調雨順。但是有一大患就是蟲災，特別是當地有一種「行軍蟲」（亦稱「履帶蟲」），在麥苗長得綠油油時，排山倒海而來，令人恐懼，幾天之內，麥苗就枯萎一半。還有其他的蟲子如膩蟲等等。所以治蟲成為種麥的關鍵。也許是因為我體力弱，像趕牛犁地之類的活較難勝任，就被指派和一位男同胞一起為專職治蟲員。由於此地蟲災嚴重，縣裏很重視此事，定期向各大隊發「蟲情預報」，並附以各種治蟲方法的建議，土洋結合。幹校也收到一份。我們很重視，認認真真照辦。那時沒有環保意識，但是有些土法可以節省農藥，並很有效。根據慣例，在下種前先在地裏撒六六粉。到一定時候捕捉蛾子。其法用許多大盆，裏面放一種有氣味的糖漿，足以吸引飛蛾，裏面再放一盞類似礦工用的燈，天黑後分散放在大田的各個地方，飛蛾就會撲燈而來，紛紛落入盆中，黏牢不得脫身。燈的數量不夠，只放糖盆，氣味也能吸引飛蛾。為防止燈被人偷走，那幾夜我和那位男同事就整夜守在大田裏，搬一個馬扎坐在那裏，太累了就躺在地上，有時輪流走到各個盆前巡邏一番。一望無際的黑夜，除蟲鳴外沒有任何聲音。我居然不感到害怕。此法果然有效，到天亮，動員大家來收盆，裏面都黏滿了蛾子。每消滅一個蛾子，可以少產無數卵。下一步就是捉蟲卵。根據預報的日期，清早在露水未乾前，大隊人馬到麥田裏翻開每一株葉子背面，見到蟲卵就捏掉。這種人海戰術的笨法子收「扼殺在搖籃裏」之效。最後，

在蠕蟲初現時，再打藥。這是我分工的事，我已經鍛煉到能背起那五十斤的藥箱，拿着噴頭到處噴藥，如宣傳畫裏那樣。不過，我還不能獨力把它拎到肩上，必須有人幫忙。對農藥品種我不瞭解，是上面發的，有一種據說是劇毒，囑咐我們事後一定要洗乾淨手，一小瓶蓋配五十斤水，剛好一藥箱，現在才知道此藥早已禁用。就這樣，當老鄉的地裏爬滿蟲子時，我們的小麥沒有發生蟲災。我們還做了一件自私的事，就是在我們大田周圍撒一圈六六粉，把別的地裏的蟲隔離在外。結果，我們的小麥產量也比生產隊高出將近一倍。

大田勞動還有夏收割麥子、打場、稻田插秧、秋收割稻、冬天積肥等等，我都經歷了，的確學到了許多知識和技能，還包括如何對付螞蟥的叮咬，真切體會到了「汗滴禾下土」的滋味。

冬閒時節，男同胞被分配去起豬圈、燒磚之類。由於勞動強度大，衣服很費，人人都是補丁擺補丁。幹校有幾台縫紉機，女同胞就幫男同胞縫補衣服，或者自己縫衣服。一部分女勞力分配到食堂幫廚，我起初也被分去幫廚。那其實是美差，大廚房是冬天最暖和的地方，而且比較乾淨。其奈我最基本的烹飪一竅不通，既無技術又無體力(例如兩人端一大籠屜饅頭就需要體力)，連打下手都「眼裏沒活」，不但笨手笨腳，還礙手礙腳。讓我剝蔥，我問，應該剝幾層？傳為笑柄。炊事班長看我不行，於是就把我發放到食堂外面去燒鍋爐。這是苦而髒的活。食堂工作要比大家早起一小時，以便準備早飯，而我燒鍋爐需要早起兩小時。那時煤很寶貴，程序是第一步用篩子把前一天燒剩的爐灰搖篩一遍，揀出尚未燒透的煤核混入新煤備用，第二步用麥秸點着火填到爐膛。待旺盛時填入煤，在填煤的同時拉風箱，保證不滅。不知怎麼我食堂內的細活學不會，這個艱苦得多的粗活居然較快地掌握了，能在規定時間內把火生旺，自己都覺得不簡單。隆冬季節，五點鐘就得起床，每天都弄得灰頭土臉。等開飯時就與大師

傅一起在窗口賣飯。這也有問題，菜給的少了，買飯的有意見，給多了，大師傅有意見。有一位同事戲稱我是「風箱裏的耗子」兩頭受氣。這樣，我做了一冬天的灶下婢。

除此之外，我還曾在豬圈旁為母豬守夜。因為我們養的母豬生了一窩小豬。最初幾天需要有人晚上看守，怕母豬翻身壓死小豬(老鄉家就發生過這樣的事)。我被派去，睡在豬圈旁的一間小屋裏，夜裏起身幾次，看望那熟睡的母豬，如果有小豬要滾到她身底下，就用一根長棍子捅一捅。還好，我圓滿完成任務，沒有發生事故。那一次，我意外得到一種新的體驗——夜裏常聽到鄰屋有男人的鼾聲，清晰而均勻，感到有點害怕，因為那裏遠離幹校宿舍，應該沒有人住。有一次壯着膽子循聲而去，才發現就是那熟睡的老母豬的鼾聲！我才知道原來豬的鼾聲真的同人一模一樣！「睡得像豬一樣」，此話確實有生活依據。

生活鍛煉

「幹校」所在地原是勞改農場，不知何時遷空的，所以有現成的集體住房。是一排排簡陋的平房，裏面木板搭起通鋪，約一人寬，並排而睡，長度視房間大小，平均大約可以睡七、八個至十來個人。這不是河北農村那種炕，冬天是不生火的，所以很冷。男女分住。女孩隨母親，男孩隨父親。我們剛到時還沒有通電，用棉籽油浸燈草或棉條點燈，我四十年代上大學時熄燈後用的那種帶玻璃罩的煤油燈這裏還沒有，只能日出而作，日入而息。

第二年電網才通到本村，幹校得風氣之先，預先安裝了電線、燈泡。第一晚來電，各宿舍忽然亮了，大家着實興奮了一陣子，一片歡呼聲。但是老鄉家裏裝電燈還要過一段時間。我們初到時用水需要從井裏打，倒到大水缸裏。用吊桶打水是一門技術，我始終沒有學會。不過不久，幹校的井邊就安裝了手壓的水泵，用水方便多了。所以短短一年中，我們的生活就往前走了

一大步。幹校根據「備戰、備荒」的口號，實行軍事化管理。訓練疊被子是一項功課，要做到如軍營般整齊、棱角突出，並練習快速打背包，以應付緊急行軍。冬天農閒時半夜有幾次拉練，搞突然襲擊，緊急集合、背包跑步急行軍。記得我有一次實在跑不動，急速心跳幾乎暈倒，只得掉隊。好在那一次掉隊不止我一人，沒有被點名批評。

人適應環境的能力是很強的。下去後不久，壯勞力就被分配製土坯、燒磚。當地的黏土很適合造磚。到當年冬天，幹校就建起了一排自己的房子，凡是有家小的都分得一間，我們一家三口住進了簡陋的土坯房，門窗具備，撿來木條釘在牆上，就有了放日常用品的架子。木箱權當桌子。內行的同事幫我們用磚砌了一個爐子，每家發少量的蜂窩煤，節省着可燒一個月，陳樂民學會了生火，嚴冬夜裏有了一絲暖意。夏天每家還發了蚊帳。儼然一個「家」！第一年伙食比較差，我飯量奇大，不過比起三年困難時期，還是可以吃飽的。後來，幹校自己養豬，殺過幾次豬，改善伙食，胃裏稍稍有些油水。生活很快就超過周邊的農民。我體會到「自己動手，豐衣足食」。

在下放前整理行裝時原以為帶足了女兒的四季衣服，卻沒有考慮到孩子是要長個的，等到秋風起，發現女兒半年多來長了不少，去年的寒衣全部都穿不進了。那裏是沒有現成衣服可買的。幹校有縫紉機，休息日很多女同胞都在機器上縫製衣服。我下決心學會了踩機器，在別人幫助指點下，勉強能將裁好的幾片縫在一起。剛好幹校後勤部門不知從哪裏弄來了一批不要布票的人造纖維布，儘管一律灰色、質地粗糙，卻大受歡迎，我們也買了不少。我就只能用這些布給女兒做衣服，我還學會了絮棉花，自以為只要有人幫我裁，我就能給女兒做成一身棉襖棉褲。但是這是慢工，遠水救不了近火。節氣不等人，一陣秋雨一陣涼，只見她「(全家)剪瑟秋風裏，九月衣裳未剪裁」。我越着急，越出錯，

竟然把棉褲的兩條褲腿對接在一起，把棉褲做成了棉裙子！又成為我一個笑柄。還是靠熱心的阿姨們幫忙，給做成了棉衣褲，她才免於凍出病來。

我能學會做大田農活，能當燒火丫頭，不知為什麼對解決基本衣食的家務活卻如此笨拙。

進一步自找苦吃，與老鄉同住

過了幾天安家的日子，決心徹底改造為農民的樂民和我又感到不滿足，因為這樣的幹校生活實際上與老鄉接觸還是很少，談不到打成一片，遇到當地農民，還是沒有共同語言，他們對我們很友善，但總是隔着一層。於是我和陳樂民又向領導提出，要住到老鄉家裏，以便進一步「打成一片」。更重要是為女兒着想，希望她將來的朋友是農家的孩子，而不僅是在單位同事的孩子圈裏。軍代表表示支持我們的要求，經過與生產隊協商，我們就住進了生產隊長的家裏。他們家成份是貧農，但人口不太多，只有三個孩子，條件在當地算是比較好的，剛好有閒置的空房，就借給我們了。那時不能說「租」，當然我們不會白住，不知道幹校方面是用什麼辦法補償他們的。

那間屋子空空蕩蕩，有一張大木板床、一桌、一椅，屋頂相當高，門關不嚴，晚上需要用椅子擋住，以免風吹開。沒有窗戶，只有牆上一個方洞，照進一線光亮。我們搬進去時是春寒料峭時，夜裏仍然寒風襲人，只好用雙層報紙糊上那個窗洞，白天光線更暗。好在我們白天都出工，孩子放學後就在野地裏玩耍，等我們一起在食堂吃了晚飯再回家。幹校蓋的房子雖然簡陋，比這裏還是好多了，門窗俱全。更重要是幹校有帶頂棚的正式廁所，水泥地，洞挖得很深，大家輪流打掃，保持基本衛生。只要有可能，我們早晚都在幹校解決生理問題。在這點上還是不能完全與老鄉同甘苦。

現在回頭想，對於不到十歲的女兒是多麼難為她。她已經被教育得非常自覺，老鄉對她的熱情招待（無非花生、紅薯之類），她堅決不吃。有一天她對我說，以後她不要吃白糖了（我們從北京帶來的一些糖果和白糖早已告罄，幹校每月有兩個休假日，可以到縣城去買些雜物，有時可以買到白糖，這是對孩子唯一的優待品了），因為她發現老鄉家的孩子根本吃不到糖，偶然有人生病，見他們用許多雞蛋到縣裏去換白糖。我和樂民都很高興，覺得女兒真的知道民間疾苦，有了自覺性了。那家還有一個女孩，與她年紀相仿，一同上學，而且這個孩子學習很好，遠超過村裏其他孩子，她與女兒成為好朋友，我們也特別高興，予以鼓勵。直到後來回城以後，女兒還同她通過一段時間信。後來處境各異，這段友誼就沒有維持下去。

　　我們在老鄉家住了大約有大半年，儘管仍早出晚歸，確實與周圍的人縮短了距離，並對他們的生活也多了一分瞭解。總的說來，其落後和艱苦遠超過我們在城裏的想像。例如我們房東的弟弟一家，由於孩子多、勞力少，接近赤貧。前面講到生了十個孩子，存活四個，最小一個也保不住的，就是他們家。

　　期間發生過一件事：我們的房東家養了一頭老母豬，生了一窩小豬，大約有八隻，眼看長勢良好。一天，老母豬出去覓食，走到了臨近生產隊的地裏，毀壞了莊稼，就被那裏的村民打死了。我們放工回去，只見他們全家哭作一團，以為出了人命，一問之下，才知道是老母豬死了。此事關係重大，因為小豬還在哺乳期，頓時斷食。而他們全家除了有限的口糧之外，唯一的經濟來源就是等小豬長大後可以賣掉換一點零用錢或日用品。如小豬不能成活，其損失可想而知。傷心過後，他們想盡辦法餵養小豬，剛好親戚家母豬也剛生育，他們就把小豬抱過去，想混進去一道吃奶。誰知那頭母豬親疏分明，堅決拒哺別家的孩子，把它們拱走。可憐的孤兒只好又被抱回。主人開始餵「糊糊」。就是

白麵和水打成的漿糊樣半流質，河南人稱糊糊，是專給病人和嬰兒的細糧。結果還是沒有養活，那幾頭小豬全死了。他們一家哭了好幾天，我們也無以安慰。我切身體會到農民的生計是如何脆弱。死一頭母豬要好幾年才能緩過來。據說這種互相打死豬的事時有發生，已成默認的慣例，由於破壞莊稼自己理虧，損失者也只好自認倒霉，還沒有報復、鬥毆的事。隊領導也不管，我們這家房東本人就是隊長。但是年復一年，就沒有人想到要改個辦法，把豬圈起來，既可積肥，還不惹禍。不過這樣就要用飼料餵養，他們沒有餘糧，大約這是因循守舊的主要原因。

在此期間，剛好小女得了感冒，在家臥床休息。房東大娘心疼她，把餵小豬的糊糊也分給她一碗。她得到了與豬仔同樣的「優待」！

在幹校期間僅有的一次看戲，幾乎釀成踩踏事件。不記得是哪裏的劇團來本村演出樣板戲。全體幹校學員與社員同樂。在一片大空場搭台，台上以及會場四周都拉了電線，燈光明亮。那時人人有馬扎，各自帶去坐着。幹校學員受到優待，被安排坐在前面。社員在後面，不少人是站着看。那是很難得的機會，所以大概傾村而出。劇目當然是樣板戲，不過我已不記得具體的了。事故發生在演出中間，忽然斷電了，台上台下一片漆黑，此時人群開始騷動，後面的人就往前面衝。我們坐在前面來不及起來跑，有人就摔倒在地，眼看後面止不住地壓上來，我看見兩邊維持秩序的民兵手上甩着長桿子驅趕人，大聲叫喊不要往前拱，但是人群就是停不下來。此時女兒小豐已經被壓在下面不斷哭喊，我感到從未有過的恐懼，完全無力把上面的人拉開。在這種時候，幹校的男同胞都奮不顧身，竭力保護孩子，但是也有男同胞自己也被壓在下面。忽見本在外圍的張雪玲衝進來，拼命把小豐拉出來，她自己也處於被壓倒的危險之中。就在這危急時刻，燈忽然亮了，人潮戛然停止，避免了一場出人命的大禍。戲是否還繼續

演，我也不記得了。有一個叔叔抱起小豐就奔向醫務室，我們和張雪玲都跟了過去，初步檢查沒有內傷，只擦破了皮，消毒上藥。如果明天發現問題，就要送到縣城醫院去檢查了。好在後來沒有出現問題。這次事件事後每想到都心有餘悸。如果電晚一點恢復，黑暗再持續十分鐘，後果不堪設想。

這裏提到張雪玲，她同我們一起下幹校，雖然解除了隔離，不再開會批判，還是在被審查中，無形中列入另冊，還未做結論。多年後，小豐告訴我，有一次她在一片空蕩蕩的地裏遇見張阿姨，只有她們兩人。張問她，小豐，你看我像壞人嗎？這樣去問一個九歲的小孩子，足見她當時有多麼苦悶，多麼無告。我和她是莫逆之交，但是她在那種時候不能和我談心，只能去問孩子。多年後，我們在閒談中她告訴我，在幹校時有一次陳樂民偷偷塞給她一塊從北京帶去的糖，她十分感動，但是不敢吃，怕人看見，捏在手裏，直到捏化了。談起那時的境遇，相與唏噓。

如果與父母「劃清界限」是迫於壓力而自保，對唯一的女兒則是愛之深而慮之遠。由於我當時的極端思想，這種「愛」，使她深受其害，失去了本該有的溫馨的童年。從她出生起，我就希望她不要受我出身的影響，也不再經受「思想改造」之苦，而且荒唐地想從「一張白紙」開始，摒棄私有觀念，鑄造「共產主義新人」。在生活上我先是工作忙，後兩年是生病住院，很少照顧過她。她從兩歲就全托(週末才接回)，大部分不是我們接。所以她沒有享受過媽媽睡前講故事。所幸我母親和劉奶奶對她照顧無微不至，這是她童年美好的記憶。但是我把她放在母親那裏也受到批評，說是「資產階級爭奪下一代」的問題。凡「階級鬥爭」加緊時，我就週末自己接她。好在此時我還在半休，不再出差。但是我還是住集體宿舍，自己不開伙，完全吃食堂。所以她週末回家實在沒有什麼好吃的。在供應開始好一些時，最多有一些麵包、糖果。由於我體弱，有時單位的同事替我接

她，帶她出去玩玩。她實在很乖、很可愛，大家都喜歡她。

她幼稚園畢業，該上小學，就不能全托了。此時陳樂民已回國。但是我們仍然住集體宿舍，家裏不開火，感到無力照顧她。於是把她托給我妹夫王壽印家的老人照顧，在他們家附近上小學。他們家有三位老太太，是老北京的本份而厚道的人家，對她很好。就這樣，她小學頭兩年就在妹夫家度過。我們把她托在王家還有一層考慮，就是他們家的「成份」比較好，雖非工農，但是普通市民，與「資產階級」或「高知」無關，算「基本群眾」。覺得將來填表時對她有好處。她就這樣被我們送來送去，「吃百家飯長大」。可以說，我被那個階級包袱壓得喘不過氣，對於女兒，悠悠萬事，惟改變「成份」為大。

1970年全家下放「幹校」時女兒九歲，上三年級。我那時的思想不但是「讀書無用論」，而且根據自己的切身體驗發展為「讀書有害論」。我認為自己之所以永遠「改造不好」，出身固然是一個原因，更是受讀書之累。因為同事中還有比我出身更「壞」的(如地主家庭)，也是大學畢業，但業務不精，做了行政工作，政治處境就比我好。平時言談舉止也沒有我那個揮之不去的、經常受批評的什麼「氣」。於是有「匹夫無罪，懷璧其罪」之感。到了「幹校」，我一心一意學習做農民，以為以後的中國將是農民的天下，以體力勞動為主。就希望女兒盡量、及早與當地農村的孩子沒有區別，不要等成年以後再進行艱苦的鍛煉、改造。當地小學的程度可想而知，我對她的學習完全不管，只抓她的勞動。每到農忙季節，學校也放假，要孩子們都出去勞動，其中一項是割草。不到十歲的孩子在烈日下流汗，而且常常為草的鋒利邊緣所劃破，割得手臂傷痕纍纍。她有一次表示太苦了，不願去，竟被我痛斥，逼她非去不可。理由是既然農民的孩子都不怕，為什麼你不能去？她只好哭着走了。此情此景，在她童年的記憶中留下深刻的印象，至今不能釋懷。當時也有一些同事偷偷

在家給自己的孩子補習文化，甚至念英文，我心中頗不以為然。我在自己心態扭曲的情況下，上對父母，下對女兒，深有所負，這是永遠不可挽回的。

這種自找苦吃，今天看來有悖人之常情。但我們確實是很虔誠。也不止我們如此。例如有一位女同事，是1965年大學畢業生，十分善良、誠懇，綽號叫「傻大姐」。在「一號通令」要求把孩子送到農村去時，她把孩子送回浙江老家。她有兩個哥哥，一個讀過書，有職業(是教師或醫生)，家裏條件較好；一個在家種地，條件很差。她就決心把孩子送到務農的哥哥家。在一次「交心」會上，她做了重點發言，大意也是為的讓孩子從小就過艱苦的生活，這才是真正的愛孩子，她說這話絕對是真心誠意的。諸如此類的例子還不少。那就是當時的價值觀，特別是知識分子，即使家庭出身勞動人民，上了大學也有「變修」的危險，面臨是否忘本的問題，所以以自苦為極，並以此教育下一代，是出自內心，並非嘩眾取寵。

至於中國的前途，是否果真要退化成一個半文盲的農民國家？我真的沒有深想過。今天，以及後代人一定感到不可思議，現在認識我的人也很難想像同一個人當時怎麼會荒唐到這個程度，我自己也難以想像。不過，有一位晚輩朋友對我說，她能理解，她的母親也有同樣表現。她母親出身境遇與我大同小異，比我略長幾歲，所以在「舊社會」已經有了社會職業，在上海，生活方式也更時髦些，家裏有一箱子漂亮旗袍。在「文革」中比我受到更大衝擊。她的兒子(我朋友的弟弟)到農村插隊，十分艱苦。留在上海的姐姐每次去探望，哭着求媽媽帶點好吃的給他，母親都不許，說這是害了他，「以後有的是苦日子過哩」！這句話正是我的想法。那時不少人對社會發展、國家前途實際上沒有什麼考慮，似乎只有當了工農才能擺脫「賤民」身份，而城裏的工人是少數，大多數人都要變成農民，人的生活要回歸到原始狀

態。我自己都不知道當時究竟是怎麼想的，也許是一種無意識的強烈的逆反心理：再也不要做「知識分子」，再也不要從事腦力勞動！自己在精神上就先「焚書坑儒」了。不幸的是殃及家人，特別是我女兒。

反而是「根正苗紅」的工農幹部少有這種情結。在幹校他們有機會就設法改善生活，而且很有辦法，捉青蛙、掏鳥窩、甚至捕殺野狗……興趣盎然。有一位外校分來的大學生，其姐姐姐夫是中高級幹部，而且在職，未被「打倒」。幹校領導就對他另眼相看。他體弱多病，勞動常常不出力，而且似乎滿不在乎，公然讀帶去的英文小說。不過他本人很厚道而率真，絕無驕橫之氣，只是我行我素。有一次他看着我衣冠不整的狼狽相，搖頭歎氣說：「資中筠變成這副樣子，作孽！」

心中神像開始坍塌

1971年夏，幹校的群眾性「運動」已告一段落，除被審查對象需要寫「交代材料」外，其他人進入「逍遙」狀態。時值盛暑，我們每天收工之後，把浸透如雨淋般汗水的衣服，換成乾衣服，涼水洗洗，晾乾衣服第二天再穿。晚餐既罷，搬個馬扎，坐在打麥場乘涼，頗有點像豆棚瓜架話桑麻的日子，什麼天下、國家、民族、個人前途，都已從腦子消失，一片空白。我進入了「不讀書、不看報」的境界。幹校有《人民日報》，偶然翻一翻，根本不看國際版。那段時間世界上發生什麼大事，一概不知，也不想知道。可能也是一種逆反心理。至於國內情況，也不需要看報，幹校領導隔三叉五地會傳達一些中央文件以及通報一些情況，足矣！不但如此，我已經養成日出而作、日入而息的生活規律。白天筋疲力盡，晚上早早上床，倒頭便睡着。有一陣上面忽然佈置學「六本書」（《共產黨宣言》、《反杜林論》……等等），下午提早收工，安排學習。我發現我一拿起書本五分鐘後就

打瞌睡，已失去了閱讀的興趣和能力。這回改造得可謂徹底！若干年後，我給這過程起名曰「deculturalization (去文化化)」。

說來也怪，我開始心理發生微妙的變化的契機是陳伯達倒台。那時「聞道長安似弈棋」，「座上客」變「階下囚」已司空見慣。但是1970年底傳達「文革」中如日中天的陳伯達變成了「大騙子」，還是令人意外。更重要是與此同時傳達了一份領袖在姚文元的讀書報告上的批示。姚報告稱，最近讀了幾本書，有：《史記》、赫胥黎的《人類在自然界的位置》和《天演論》、《孫中山集》以及《五燈會元》，並對赫胥黎的著作做了評論。大意是說，所有這些資產階級人物都有一個共同點就是「人性論」。毛的批示予以鼓勵，並說「堅持數年，必有好處」，還要中央委員與高中文化程度以上的幹部都讀書，以抵制王明、劉少奇、陳伯達這些騙子，不上他們的當云云。我當時聽了傳達之後，第一次發生狐疑。除陳伯達事之外，主要是覺得姚文元讀那幾本書實在沒有什麼了不起，除《五燈會元》（那不過是佛經故事）外，我都早就看過。忽然感覺到八億人由一個人代表大家讀這麼幾本書，還這麼鄭重其事地向最高領袖報告，居然還得到表揚，豈不荒唐？這是我第一次「腹誹」。當然沒敢說出來，也沒有再往下想。但是一旦開了這個頭，猶如在封閉的外殼上撕開了一道裂縫，以後就越撐越大，隨着以後接連不斷的荒唐事出現，我心中的神像逐漸坍塌。是緩慢地「逐漸」坍塌，不是轟然倒下。以後的覺醒和「自我啟蒙」還經過了漫長曲折的過程。

1971年春，意外地向全體學員傳達了毛澤東見埃德加·斯諾的談話全文，並學習討論。按慣例，領導見外賓的談話都是保密的，除了新華社發新聞的內容外，詳情都非普通人所得與聞。要傳達，也分級別層次，黨內、黨外。而這一次，卻全文一傳到底，一直到生產隊、幹校，與其他「最高指示」一樣，全民皆知。後來我才知道，這一次反常的傳達是為打開中美關係做輿論

準備，其中最重要的話是：歡迎尼克松來談，談得攏也行，談不攏也行，還說寄希望於美國人民。在當時「反帝」高潮中忽然拐這樣一個大彎，除了毛不能有第二人做此決定。這個談話向全民傳達，就是要說明讓尼克松訪華是毛主席做的決定，不必懷疑，「理解要執行，不理解也要執行」。事實上，當時絕大多數人是不理解的，而且與斯諾的談話內容很多，除了有政治經驗的，大約一般人也不大注意到提到尼克松那幾句話。我本人就沒有注意到。我們注意到的是「四個偉大討嫌」，以及有人上面握手，下面踢腿，等等，都是內部鬥爭的隱喻。最多想到高層不知又有什麼人要獲罪。足見當時我的自我「去文化化」已相當成功，其中包括絕對不再關注世界局勢，對外關係，使自己成為「國際關係盲」。

與此同時，一反不久前對「念念不忘老本行」的批判，幹校領導傳達上面指示，忽然要求原來的外文幹部不要荒廢外文，決定給外文幹部每天規定一小時外文學習時間，而且要我負責組織學習。那時我已經對過去的一切徹底厭煩，絕無重操舊業之想。對於領導遇到外文就想起我，也十分反感——難道我就沒有別的長處？但是又說不出什麼堅決拒絕的理由來。事實上，大多數同事並沒有抱我這種決絕的態度，有些人一直在悄悄看外文書，或聽外文廣播(北京國際台的，當然不是「敵台」)。我的這種心情自己難以言喻，更難讓人理解。結果當然只得服從。於是有一段時間，每天早晨出工前有一小時外文學習，我主持英語組，大約七八個人，當時唯一的學習資料是英文版的《北京週報》，裏面基本上是翻譯「兩報一刊」以及新華社的文章稿件。我們的學習方式就是先拿一段中文來，大家自己試譯，然後對照《北京週報》看有何異同，並討論最佳選擇。內容相當枯燥，很難引起興趣，我本來也是應付差事。好在不久形勢又有變化，這一學習班沒有延續多久。

乒乓外交這樣的大事，我們在下面毫不知情。5月間，領導

決定一部分人員調回京郊的雙橋幹校。我卻自願要求仍留在鄆城幹校。7月，中央電台忽然廣播基辛格秘密訪華，以及尼克松將訪華的消息。這對我輩洞穴中人確實是石破天驚的天外新聞。幹校領導少不得又要組織學習「毛主席英明決策」的偉大意義，當然也是按上面的文件照本宣科。我估計軍代表自己也沒有弄清楚是怎麼回事。我基本上處於麻木狀態，儘管感到意外，也沒有深究其意義。根據我慣性的理解，大約就是毛澤東一貫思想，集中精力打擊主要敵人，而當時「蘇修」是主要敵人，所以「美帝」退居次要，也可暫時借力。不論其「意義」如何，離我已經很遙遠，絕對沒有想到此事會影響我的出處。

到8月下旬的一天，忽然(又是忽然)傳達領導決定，河南幹校撤銷，全體回京，另作安排。陳樂民因有一批非洲「革命者」學習團需要接待，已於3月間臨時調回北京。那時女兒健康出了問題，也說不清原因，我很着急，正好準備帶隊回京郊幹校的一位領導主動提出帶她回京到醫院檢查，可以先住在他家。這樣，送走了女兒，我一人在河南過了幾個月。此時陳樂民的接待工作已經結束，又專程回到河南幹校，參加搬家工作。在這裏一年多，與老鄉確實已經有了感情。聽說我們要走，他們依依不捨，是真誠的，因為我們並未擾民，而是在某些方面對他們有些幫助。我們的房東大娘在小豐回京看病時已經送給她一件親手做的土布短衫。現在執意要送給我們兩幅她們自己織的土布，盛情難卻，只好接受了。記得我送給他們的女孩子，即小豐的好朋友，一頂我自己織的紅毛線帽子。這樣，我努力學做農民的歷程就此結束，生活打開另外一頁。

十五

中美解凍中的命運轉折

尼克松訪華使我提前結束幹校生活。如今回頭看，實際上這是相對於原來的閉關鎖國一次有限度的開放，儘管與1978年以後的開放不可同日而語，卻是有關聯的 —— 沒有1972年對美關係的解凍，1978年以後的開放阻力就要大得多。我後半生的命運轉折卻由此開始。

初次安家和女兒的學業

1971年8月，全家回到北京。我當時已經麻木，並沒有人們想像那樣感到欣喜。對世界大勢、國家前途之類，仍然沒有什麼想法，已經習慣於自己的命運和生活聽人擺佈，又回到老本行也引不起我的興奮。

我們被分配住在安定門外新華西里的一套單元房內，與楊成緒、潘琪一家同住。這是我們第一次在集體宿舍以外安家。那套房子有三居室，楊家有兩個孩子，一男一女，住兩間，我們一家三口住一間16平方米的房間，兩家共用廚房、廁所。他們先從幹校調回，已經安頓一段時間。我們過去一直吃食堂，從來沒有自己開過火，連鍋碗瓢盆基本設備都沒有。他們成了東道主，給我們許多幫助。我們都是早出晚歸，實際上還是不開火，三頓飯都到機關食堂去吃，週末才在家裏吃飯。空間很逼仄，楊家就建議我們不要再購置廚房設備，週末乾脆兩家合伙，過起了「共產主義」生活。兩家三個孩子同上附近的小學，楊家大男孩13歲，女

兒與我的女兒同歲，11歲。我們平時不在家，三個孩子就在「大哥哥」帶領下自己分工，輪流買菜做飯，湊合着生活，到週末再改善一點伙食。那男孩雖只有13歲，卻頗能負起長兄的責任，發生矛盾時也能讓着兩個妹妹，所以相安無事。當然，他們的伙食內容只有天曉得了。那時住房緊張，兩家合住一套是常事。日久天長，為生活瑣事而產生矛盾、齟齬，也時有所聞。但是我們兩家相處從來沒有發生任何矛盾，正好意氣相投，都不大在意生活小節，他們夫婦為人寬厚，特別對我之完全不諳家務給予很多諒解和照顧。我們就這樣成為通家之好。後來住房相繼改善，搬了兩次家，最後又碰巧搬到了同一社區，仍能經常來往，互相照顧，也是緣份。

我和陳樂民的工作經常出差，楊成緒後來也有一段時期派到駐外使館工作。我們感到實在難以照顧孩子，於是與在北大的小妹民筠商量，把陳豐寄養在她那裏，她結婚五年後才分得一間十一平米的筒子樓房間，條件比我們更差，但是他們常年在家，校園裏有食堂，生活方便、安全。還有一層考慮：我們兩人都感到學文科逃避不了沒完沒了的意識形態問題，特別希望女兒以後學理科，而民筠是學物理的，可以對她有所薰陶。這樣，陳豐從六年級住到北大，如果我們在京就週末回家。從此她一路上北大附小、附中，最後北大畢業。儘管「文革」尚未結束，一旦「復校鬧革命」，北大附中的師資、學習條件還是最好的。她幸運地遇到當時最優秀而敬業的老師。後來高中分班時，她也分到理科尖子班。但是她生性好文，而且頗有天賦，作文經常受到表揚。她的語文老師專門找我妹妹談，認為陳豐不學文科太可惜了。不過我們根據自己「文章多為書生累」的情結，還是堅持要她向理科方向發展。結果她第一年理科高考失利，第二年考上北大，還是文科，而且還是外文。

比起很多同時代的知識分子的遭遇，我和樂民還是幸運的，

但長期無止境的「思想改造」和人格的鉗制造成的傷痛，以及辛辛苦苦一事無成的遺憾使我們對「文」視為畏途。以前是籠統的「讀書有害論」，希望女兒變成農民，後來形勢變化，開始重視知識了，我們仍然心有餘悸，又希望女兒學理科以擺脫我們所遭遇的困境。現在想來，還是不能免俗，像很多家長一樣，總想自己的遺憾在兒女身上彌補。其實兒女自有自己的選擇，後來她去歐洲留學，也是自作主張，我們除了一張單程機票外，沒有給過她任何經濟資助，學業、事業，都是她自力更生，走自己的道路。

轉入對外友協

回北京工作，第一站仍然回到原來位於台基廠的大院。風物依舊，只是門外的牌子已換成「中國人民對外友好協會」（簡稱「對外友協」，或「友協」）。我有一種「王侯第宅皆新主」的感覺。自1949年建立的「中國人民保衛世界委員會」已正式撤銷，改組成為「對外友協」。上級隸屬關係也由中聯部改為外交部。所以大部分工作人員是老和大的，而主要領導骨幹多半是外交部派來的。此後歷任會長多為前駐外大使，機構的設置與外交部對應，例如外交部有「美大司」、「西歐司」……，「友協」就有「美大處」、「西歐處」……等等。儘管原「和大」工作人員仍佔多數，但屬於被「兼併」過去的，與外交部派下來的幹部有一種微妙的親疏之別。

我被分配到「美大處」的「美國組」（所謂「美大」，是「美洲與大洋洲的簡稱，工作範圍包括南北美洲、澳、新，以及太平洋一些島國），另外兩個組是「拉美組」和「加（拿大）澳組」。處長胡洪範是外交部來的外交官，曾在瑞典等駐外使館工作過，聖約翰大學畢業，因而英文不成問題，這對我是一大便利。以後在合作中發現他為人直爽熱情，也許由於出身經歷相

似，較易溝通，合作順利。後來又調來一位副處長，是清華校友張文樸，他是歷史系的，比我高一班，是張奚若之子，在學校時沒有交往，但他和鐘璞等都是聯大教授之後，附中同學，比較熟悉，所以我也間接認識。他畢業後分在高教部，「文革」中以無妄之災被關了一段牛棚，現在調到了外交部系統，碰巧與我在一起。我第一印象是他英文非常好，多年工作與外文無關，但是仍然十分流暢，只是發現他書寫的英文信大約與我剛出校門時一樣，雖然不是「維多利亞」式，文體和用詞也是老式、典雅的尺牘。他是後來者，我已分工主管美國，他就主管加拿大和澳、新。就業務量和重要性來說，當然美國為重，他完全不以為意。我發現他不但英文典雅，而且骨子裏很紳士，很自然地就對我諸多照顧。有一個例子足以說明：到機場接送外賓是一件比較辛苦的工作，常常要清晨五點起床。美國來訪者比加澳要多得多，我自然就多一份辛苦。他卻認為這種苦差事他作為男士義不容辭，所以多次清晨到機場接送外賓之事，就主動承擔起來了，儘管美國人不歸他接待。此事我和陳樂民都很感動。總之在這個小環境內，我遇到這樣的合作夥伴是一大幸事。在以後的政治風雲中，我們三人基本看法和態度一致，也免去了額外的糾結。

從此，命運決定我就一直與美國打交道，直到進入學術領域還是以美國研究為專業。後來經常被問到的一個問題是，你為什麼選擇研究美國？實際不是我的選擇，而是我被選擇。

尼克松訪華

回京不久，就被借調到外交部，參加籌備尼克松訪華事宜。

經雙方商定，尼克松訪華團一行有將近四百人，除正式談判代表外，有大批各類工作人員，包括保安，還有近二百名媒體人（包括技術人員）。尼克松訪華是次年2月，但是準備工作早已開始，各單位大批人員臨時到外交部，集中學習大約有三個月之久。

「文革」以來，我們實際上一直在「學習」，「緊跟」各種各樣的「指示精神」。不過這次的學習有所不同，是針對即將接手的業務工作，都與國際形勢與外交政策有關。學習重點一是毛澤東與斯諾談話。這篇談話在幹校已經學過，但那時只注意「四個偉大討嫌」的內容，與後來林彪失勢相聯繫，而這次重點在關於美國、尼克松的那幾句話。還有周恩來見美國名記者賴斯頓的談話記錄全文，以及一些有關美國的資料，其中有尼克松著名的關島講話，重點是美國要在亞洲收縮戰線，要求盟國自己保衛自己……等等。對我說來，似乎從另一個世界回到塵世。多年後，每當談到這段經歷，最常遇到的問題是，你調回北京時有什麼反應？有沒有驚喜感？坦率地說，真的沒有。我本來一心「改造」，學做農民，已經努力忘記外文，現在糊裏糊塗又要撿起「老本行」，只覺得一切既熟悉又陌生，需要重新適應。例如在我刻意「忘卻」的努力下，許多簡單的英文詞都想不起來了。經過一段時間才像打開了一扇閘門，那些知識又反流回來。幾經折騰，我也許已經麻木，習慣於自己的命運聽人擺佈，隨波逐流，對環境和工作的巨大反差不論是物質上的還是精神上的，似乎沒有多大的感覺，至少在記憶中沒有留下特殊的印象。

可以想見，在中美關係隔絕這麼多年後，美國媒體對這次歷史性訪問強烈關注。美國與我國不同，有那麼多獨立的、相互競爭的新聞單位，還不為爭取隨訪的機會打破頭？而美國執政者又不敢得罪記者。所以在兩國制定尼克松訪華細節的過程中，允許多少記者隨訪是最艱難的討價還價內容。中方一向對記者疑慮甚大，常把努力獲取信息與與間諜活動混為一談。而且以當時的物質條件，接待這麼多人，還要滿足發消息的技術要求，的確困難重重。美方一再解釋，他們不能像中國那樣，由幾家大報和通訊社發消息，大家採用，並說記者的報導對尼克松訪華的成敗起關鍵作用。這種觀念離當時的中國實在太遠，還有電視台要用自裝

衛星天線，更是聞所未聞，其作用可疑。所以關於記者人數和技術設備的談判一度陷於僵局。最後周總理拍板，按美方要求的最低人數和名單全部接納。他說，美國記者已經罵了我們這麼多年，他們隨尼克松來華，只要有一半如實客觀報導，就等於為我們做了正面宣傳，何樂而不為？就這樣，隨團訪華的有一百幾十名記者(具體人數記不清了)，其中包括《紐約時報》等大報、「美聯社」等幾家通訊社、三大電視台(ABC、NBC、CBS)，一大批最著名的記者、專欄作者、電視主持人、攝影記者等等。事後果然如周總理所料，那次記者報導是美國新聞界對華報導的一大轉折，多為正面的，口氣也變冷嘲熱諷為平和客觀。若干年後，我研究這段歷史，方知實際上輿論的轉變並非在朝夕之間，而已有相當時期的醞釀，尼克松訪華是一個契機，既順應、又引領了這一轉變方向。

至於我個人，在此期間被分配陪同一名小電視台的女記者。那是一家不太知名的地方電視台，台名和那位女士的名字我早已忘記。美國電視台很多，據說這名記者是尼克松夫人的閨中密友，才得到了如此寶貴的名額。所以有關領導把她作為重點照顧對象，專人陪同，以冀多一個溝通渠道。「閨密」之說確否，我不知道，但是整個訪華期間我未見她與尼克松夫人有任何特殊交談，通過她「溝通」云云更是我國特有的思維方式，是一廂情願。事實上排程極緊，記者每天跟着主賓跑，搶鏡頭、搶消息。當然正式會談他們是不能在場的，一般就隨尼克松夫人及其他不參加會談的人員進行參觀，幼稚園是必去的，其他還有什麼節目我已記憶模糊。長城是包括尼克松在內的全體參觀項目，「不到長城非好漢」已成為美國人的口頭禪。雙方會談本身是不公開的，每晚美方新聞發言人向美國記者作情況通報，這是他們內部的事，與我們無關。而我們每晚都要在新聞司的領導主持下開會「湊情況」，談那些記者的表現，並反映他們的意見和要求。我

只記得NBC電視台的記者芭芭拉‧沃特斯是被公認為「最難纏」的，要求最多，總是不滿意。後來才知，她是美國幾大名主持人之一，而且長盛不衰。

我陪同的那位女士年齡已經超過五十歲，比較胖，但遇到需要搶鏡頭時還是同其他人一樣連滾帶爬。我發現，到那種情況下，早已談不到什麼「紳士風度」、「女士先行」等等，完全是殘酷的職業競爭，那位半老太太也只有舉着笨重的器材拼體力。她只對報導主要活動感興趣，並無作專訪的要求，所以我陪她的工作相對說來比較輕鬆，隨大流跟着跑就是。她也比較「老實」，不像有些老練的記者總想自己鑽一些不是中方安排的地方，懂中文的還想找群眾交談，令陪同很緊張。事實上當時防範很嚴，他們不大可能「得逞」。

這樣，我就與記者一同隨團全程從北京到杭州到上海，與記者一樣，見到的都是外圍，印象中只有花絮。例如杭州筧橋機場專為尼克松而新修，紅地毯從停機處鋪上候機室的台階；尼克松在西湖景區種兩棵美國紅杉樹；在長城，美方警衛人員與記者互相推搡等等。在杭州沒有過夜，當晚到上海，下榻錦江飯店南樓。歷史性的《上海公報》就在錦江飯店簽字，全體記者連同我們陪同人員都集中在那間會議室，見證了這歷史性的一刻。現在那棟樓已經被拆。我覺得很可惜，這也算是有紀念意義的歷史遺跡，何況那建築本身十分堅固、講究。不過多少更寶貴的歷史遺跡都已蕩然無存，又何在乎這一點。

有一次在國宴上正巧與名記者白修德(Theodore White)同桌。他在二戰時曾是《時代》週刊駐重慶記者，他寫的有關史迪威與蔣的矛盾、國共和談情況，以及其他一些對蔣政府不利的報導，發回總部後常被改得面目全非，甚至與原意完全相反，因為雜誌的老闆亨利‧盧斯是堅決擁蔣的。戰後他回到美國，根據他在中國的見聞寫了《驚雷起自中國(*Thunder Out of China*)》

一書，為盧斯所不容，從此離開了《時代》週刊。他是在國共內戰期間反對美國援蔣反共的名人之一，對美國國務院某些官員也有影響。除此之外，他也對美國的政治運作有深入觀察，並有著作。在那批訪華的記者中他應屬於實至名歸的「名記者」、「名作家」。可惜我當時孤陋寡聞，對此一無所知，上述情況都是後來研究中美關係史時才瞭解到的。當時在餐桌上，他問我一個問題：過去你們與蘇聯老大哥友誼牢不可破，如今忽然反目，變成敵人，那麼今天你們與美國改善關係，共同反蘇，以後是否又會反過來呢？我的回答大意是，關係好壞不取決於單方，而是雙方，所以現在剛建立的中美關係的維護需要雙方努力。他忽然話鋒一轉，說你的英語說得這麼好，是怎麼學的，「文革」期間像你這樣的人遭遇如何？這下子轉到我個人身上，而同外國記者談個人是大忌，何況是「文革」遭遇。他真不愧是大記者，能抓住這個空子。根據當時的紀律我是絕對無權回答這種問題的。情急之下，想起曾有人向我傳授過一個應付記者的經驗：他們之中不少是學過中文，號稱「中國通」的，只是他們講中文不甚流暢，如果建議用中文交談，他們不好拒絕，就只得把注意力都用在努力講中文上了。於是我不回答他的問題，卻說聽說你是學過中文的，我們現在用中文交談好不好，這使他很為難，磕磕巴巴說，他好久沒有講，中文已經忘記了，我說沒關係，我們慢慢講。這樣就轉了話題，給搪塞過去了。事後我頗為此而得意。

直到八十年代，我到美國做訪問學者，研究中美關係史，忽然想起白修德，覺得應該訪問他，那時形勢和語境已經大不相同，可以坦率交談了。他在重慶的經歷一定有許多豐富的故事。他就定居在紐約，很容易打聽到他的住處。誰知等我決定去拜訪他時，得知他不久前剛去世！

與「大部」的新貴打交道

　　這裏需要交代一下當時的國內形勢。「文革」開始後，各單位的業務工作實際上都被打亂，處於半癱瘓狀態。「一號通令」後，「一鍋端」下鄉，外交部也不例外。但因工作性質特殊，有些工作不能停頓，在北京的留守人員略多些。後來得知，外交部的「派仗」有特殊性，是全國抓「五·一六反革命集團」冤案的發源地，打擊面特別寬，而且殃及許多領導幹部。得以留守北京，從事業務工作的當然是「站隊站對了」，得到信任的。外交部還有一個特點，就是明確以周恩來劃線，「正確派」都自認為是周總理嫡系，或至少保衛周總理有功。另外一派被認為曾反周或反陳毅(不一定都真「反」過)則屬於另類，或長期在幹校，或後期處理，或貶入「二線」崗位，等等。我們原「和大」的工作人員本來與外交部的運動毫無關聯。但是不知不覺就被歸入另類。多年以後，有關黨史的材料逐漸透露出來，我才知道其實中共黨內派系鬥爭從一開始就不曾斷過，有時十分殘酷。但是我在「文革」前毫不知曉。那次在工作中接觸到那個「大部」的強烈的派性，以及那些自以為「嫡系」的人的強烈的優越感，印象深刻。

　　現在有關乒乓外交以及尼克松訪華的中外資料汗牛充棟，基本上已經不存在什麼「秘聞」。而在那個時候卻是頂級機密，只在極小的圈子中運行，旁人不得與聞。即使尼克松訪華已是公開的消息，對於此事的來龍去脈，決策過程，以及預期訪問的結果，等等，仍然是層層「保密」的。我和一些其他單位借調人員被分在新聞群組，準備接待記者，那是外圍。由「部內」專人向我們酌情談一些有關情況及方針政策。只是有選擇的「透露」，連接待方案、日程等我們都看不到，更不用說政治談判的內容了。這與「文革」前我經歷的工作程序很不一樣，那時凡接受任務，都先瞭解方針政策，即使「級別」最低的小人物，也被傳達到，因為要掌握精神，以便工作中不出錯。而這一次，知情權分

等級、分派系、分(部)內外，十分鮮明。不過我們可以看到有關美國新聞界的公開資料，確是從未接觸到的，對我說來比較新鮮有趣。

這裏說的「我們」是指從外交部以外各單位借調的人員，我們被告知，周總理下了一道指示，有十年以上工作經歷的英文幹部，不論「問題」是否解決，一律先調上來再說。近期是準備尼克松訪華，遠期是迎接中美解凍以後，預計對外關係相對鬆動，外事活動必將增加的形勢。這些人在「文革」前我大都熟悉，在國際會議場合經常互相借調合作，多為工(總工會)、青(團中央、學聯)、婦(全國婦聯)等團體的國際部的工作人員，此次都分在新聞群組。第一次開會，見到那麼多老熟人，倍感親切，有劫後餘生之感。我第一印象是許多人頭髮稀少了。他們有的是從「幹校」，有的是從勞改農場，有的還是直接從真正的監獄中放回的。相比之下，我是受衝擊最小的。有一位熟人跟我開玩笑說，你出了這麼多次國，去了那麼多地方，沒有把你打成「裏通外國」，真便宜你！確實，有一個單位，凡通曉哪一國文字的就被打成該國「間諜」。我有一位清華同學，因刻苦努力學會了英、法、德、日四國文字，就被打成「國際間諜」，那次調來的人中沒有他，我向人打聽，方知他在監獄中受盡殘酷迫害，身心都受到嚴重摧殘，終於未能恢復正常。我們這批人由於過去經歷相同，現在處境又相同，自然很快就有共同的語言和感受。對那種歧視性的「保密」和「嫡系」人員的「大部主義」十分不滿。有人還發起向有關領導呼籲，要求情況通報一視同仁(那時還不知道「知情權」這個詞)，當然是沒有結果的。

我還有一項發現，就是直接向我們發號施令的，大多是比我們年輕得多的後生小輩。那時大批老人都已靠邊站，少數被「結合」的老領導不直接與我們打交道。在「年輕化」和「根正苗紅」的政策下，出現了一批新貴，「文武衣冠異昔時」。我那

年四十出頭，參加工作剛好二十年。在「文革」以前，一直屬於「小字輩」——被認為資歷太淺，缺乏「革命」鬥爭經驗，需要長期鍛煉改造，不能獨當一面，所以一直處於最底層，是得心應手的高效螺絲釘。現在轉眼變成了前朝留用人員，年齡已經太大，還是用其「一技之長」，「輔佐」那些業務不熟悉的嫡系新貴，為其填漏補闕，當然成績都歸於他們名下。我腦子裏常常冒出那個漢武帝時期「三世為郎」的典故：「文帝好文而臣習武，景帝好老而臣尚少，陛下(漢武帝)好少而臣已老，是以三世不遇」。這是當時真實的思想，如實錄下，說明那時的心態不能免俗。不論我私下有什麼想法，有一點必須天天面對的，就是那些少年得志的新貴們的頤指氣使，令我時時有屈辱感。過去那些老革命出身的領導一般說來待人接物還有分寸，有基本的修養，我對他們也心存敬意。經過「文革」，暴發戶加痞子化變本加厲，我越來越難以忍受。

這就是我「全程陪同」尼克松訪華團的過程，一直都在外圍。有關實質性的內容還是多年後做中美關係史研究才逐步瞭解的。現在有時在網絡或某種場合被介紹時，「曾參加尼克松訪華接待工作」也作為一條履歷，似乎這有助於抬高我的身份，這純屬誤解。當時我就是一個跑龍套的。

接待美國參眾兩院黨團領袖

作為尼克松訪華的餘波，美國參眾兩院兩黨議會黨團領袖相繼訪華。兩院的兩黨領袖連袂訪華，是空前絕後的。用意是表示美國總統的對華政策得到兩黨共同的支持，這在美國很少有。足見中美關係的突破在當時美國政治中已是水到渠成，得到左右各派的絕大多數人擁護。

那屆美國政府總統雖為共和黨，參眾兩院卻都是民主黨佔多數。眾議院多數黨(民主黨)領袖是柏格斯(Hale Boggs)，少數黨

（共和黨）領袖就是在水門事件後繼任總統的福特。團長由多數黨領袖擔任，所以福特那次來華不是團長。參議院代表團團長則是德高望重的民主黨黨團領袖曼斯費爾德（Mike Mansfield），少數黨領袖是休·斯考特（Hugh Scott）。他們來訪的目的就是支持與中國關係正常化的政策，所以基本上是栽花不栽刺。曼斯費爾德自四十年代起就一貫反對美國介入中國內戰，後來又主張與新政權交往；斯考特則原來是反共的右翼，並曾參加以阻止承認新中國政權為目的的「百萬人委員會」。他在訪華後發表聲明退出該組織，說是以前不瞭解情況。

這兩個團都由外交學會出面接待，學會秘書長周秋野領隊，工作人員大部來自友協，我兩個團都全程參加，為團長翻譯。除北京外，訪問的地方有：上海、南京、西安、長沙、韶山等地。韶山是那個時期外賓必去朝聖之地，因此長沙也就必須經過。西安可能是對方提出要體驗大唐遺風的古城。不過那時兵馬俑還沒有挖掘出來。印象較深的是參觀了「昭陵六駿」浮雕，其中四幅被洋人劫走，殘留的遺跡赫然在焉，剛巧此物現存費城博物館，而斯科特就是費城選出的參議員，他當即表示回去後要設法活動，讓費城博物館歸還此文物，但直到他去世，也未兌現。他許諾的另一件事得以實現，就是促成了費城交響樂團訪華。是「文革」以來第一個訪華演出的西方交響樂團。

後來成為總統的福特因為不是團長，與我直接接觸不多。印象中他比較低調，為人隨和。他的夫人曾是舞蹈演員，雖然年過半百，可以說得上風韻猶存，比其他夫人也更注重服飾。

時隔將近二十年，我於九十年代初在華盛頓做訪問學者，已經退休的曼斯費爾德正好來華盛頓小住，從美國朋友處得知我在後，專門邀請我午餐晤談，說明他對那次訪華留下了較好的印象。他請客也別開生面。在約定時間的前一天，我意外地又接到他的秘書來電話，說是為了訂明天參議員（按慣例，退休的參議

員也常常仍用此稱呼)的午餐,希望知道我選擇哪種三明治(他報了幾種名字:無非是火腿、火雞、乳酪、牛肉……),語氣十分鄭重而客氣。次日,參議員的司機如約來接我。那司機也是老派紳士風度,滿頭白髮,態度和藹,禮貌周到,令人想起英國管家。到達後,秘書已在門口迎接,我是唯一的客人,陪客就是他的幾位助手和一位秘書。曼斯費爾德當時已經八十多歲,仍然腰桿筆挺,思路清晰,對二十年前訪華之行還記得不少花絮。那正是美國國會每年都要就「最惠國待遇」對中國施壓的時期,席間曼斯費爾德站起來講話,除對我表示歡迎外,還發表了一通他對美國對華政策的一貫主張,認為美國應該改變態度,改善對華關係。這多少使我有些意外,因為我只是一名學者,沒有任何官方身份。總之這頓午餐莊嚴而隆重,我確實榮幸地受到了貴賓待遇。不過吃的內容真的就是一盤三明治和少數幾樣供選擇的軟飲料。那位秘書按名單指揮服務員準確無誤地分發各人預點的三明治。事後我知道,生活簡單樸素、飲食節制,也是這位參議員一貫堅持的原則,回想起他的訪華之行,我真不知道他是怎樣應付那各地無窮無盡的豐盛筵席的。

訪問拉美三國

自尼克松訪華之後,建交之前,中國第一個派出的訪美團是乒乓球隊,由莊則棟任團長。1975年,又決定派出歌舞團訪美,順道訪問當時與中國已建交的幾個拉美國家。由於是友協主辦,又是訪美,我得以參加。這是一個綜藝性質的歌舞團,由各種歌舞節目組成,在當時應是精選出來的一流水平。團長是浩亮(原名錢浩梁,是著名京劇武老生,奉江青命改名,時任文化部副部長),副團長是友協會長丁雪松。演員當然都從「樣板團」——中央樂團、中央芭蕾舞團、中央音樂學院等單位——選拔。著名的演員有鋼琴家殷承宗、獨唱演員吳雁澤、朱逢博、二胡閔惠

芬、琵琶劉德海。還有《白毛女》芭蕾舞的片段、漢族的《紅綢舞》、少數民族舞蹈，等等。從名單上可以看出，都是在文藝界浩劫後倖存的一流演員。由於是第一次訪美，這個團很受重視，在藝術上江青親自過問，浩亮主持具體的排練。團裏有一名服裝設計師，所有演員的演出服都要送江青審批，我見這位設計師一稿又一稿地畫，很有耐心。彼時江青正在提倡「國服」，由她自己設計，要求女同胞在正式外事場合必須穿（「文革」前是穿旗袍）。所以丁雪松和我都做了一套那種衣服。實際就是深色長連衣裙，只是領子如古裝中的白色斜襟領。

這個團半年多以前就集中，學習、排練。客觀地說，演員在藝術上是精益求精的，從這點看，江青在藝術上還應算內行，她所欣賞的演員在當時經過政治清洗倖存下來的人中都是業務一流水平的。他們排練都很認真，不敢有絲毫怠慢，舞蹈演員尤其辛苦，在技巧上是過硬的。樂團和歌唱家每到一個國家，都要臨時學當地的樂器和歌曲，學什麼像什麼，很快就掌握。特別是樂隊能在一兩天內學會當地民族樂器和樂曲，演出可以亂真。歌唱亦然，即使語言不通，也能按照聽來的發音唱下來。每次總能引來熱烈的掌聲，達到交流情感的效果。有一點令我驚訝的是朱逢博作為名歌唱家不懂五線譜。到了國外，拿到當地的歌譜是五線譜，她就為難了。她很聰明，多聽幾遍唱片很快就能學會，而且在出彩的地方能模仿得惟妙惟肖，當地民族味道很濃，足以引起熱烈掌聲。但是畢竟在一兩天之內很難完全背下來。不知何故，樂隊與她不和，不願幫她。結果我的音樂知識派上用場，曾幫她由五線譜翻譯成簡譜。她原是同濟大學建築系的學生，在那些演員中算是文化程度比較高的，由於喜愛唱歌，也確實有天賦，就轉行唱歌了。據說為芭蕾舞《白毛女》的一次伴唱，得到江青青睞，於是紅起來。只是我不理解，她作為職業歌唱演員，她的丈

夫也是著名歌唱家，而且是正宗美聲唱法，為什麼這麼方便的條件，這麼簡單的五線譜不願學一學。

這個團原來是為訪美而組建的，作為一項比較重要的對美外交活動，但是最終未能訪美，只到了委內瑞拉、千里達和多巴哥、和圭亞那三個拉美國家。問題出在一首歌上。中美關係剛解凍而未建交，正處於敏感時期，訪問演出的節目單都經過雙方反復磋商，避免過於政治化。本來節目單雙方都已談妥，但是又加了幾首準備返場的備用歌曲，其中男高音的曲目中有「我們一定要解放台灣」。美方提出異議，因為台灣問題正是中美建交談判中的癥結，這首歌會在美國輿論中引起不利反響，牽涉到美國政治矛盾，使中美建交進程節外生枝。外交部系統的人都認為美方的考慮是可以理解的，並無惡意。據我瞭解，中方上層絕大多數有關領導都不認為必須放進這樣一首歌，何況還是備用。但是據說江青堅持，提高到立場問題，不能讓步。最後僵持不下，訪美之事遂告吹，只訪問了拉美三國。從政策上講，此舉顯然是因小失大，極不明智。事實上，原有的節目單已經夠「革命」的了，可以想像，在當時的中國，完全沒有政治意義的歌曲是很少的。例如一首李鐵梅的《仇恨入心要發芽》翻譯成英文實在可怕。最「軟性」的歌就是朱逢博唱《好一朵茉莉花》。後來又聽說，這是江青是故意搗亂，因為此案整個是周總理抓的。她只能在節目上做文章。是耶？否耶？我不得而知。

有一個專門從大連調來的花棍舞蹈團，介乎雜技和舞蹈之間，把一種特殊的花棍耍出各種高難度的花樣，令人眼花繚亂，煞是好看。這是一個很受外國人歡迎的節目。演員是一幫不到二十歲的姑娘，長得都像水蔥管兒一般，十分水靈、耐看。只是一開口，那大連方言比一般東北話還要「侉」，與長相不相稱。另外，與她們交談，其無知的程度也令人吃驚，一般小學生知道的常識，她們都不知道，幾近文盲。在表演方面，除了這一項之外，

也無其他技藝。我心中暗想，等她們青春不再，還能做什麼呢？

在排練過程中還有一個插曲：原來有一位男中音歌唱家，也是江青欣賞的，以唱「石油工人之歌」著名。中途忽然缺席不再出現，據說涉嫌殺人被公安局逮捕了，大家為之震驚，議論紛紛。傳說是他作為有婦之夫，與某女士有婚外戀，曾許諾與原配離婚後與她結婚，但是自己地位蒸蒸日上，還有訪美的美差，怕影響自己前程，就有打退堂鼓之意，女方不依不饒，威脅要公開他們的戀情，女方突然中毒死亡，他有重大嫌疑。此事今天說起來是典型的小報八卦，庸俗電視劇的素材。很快，領導下令不許議論，也不得外傳，以免影響藝術團的聲譽。後來又派來另一位男中音歌唱家，節目依舊。那位嫌疑犯坐了幾年牢，後來聽說以證據不足釋放了，又在舞台上頻頻露面，我在電視上聽到過他表演，仍然神采飛揚，但聲音已不如前了。

1975年是批林批孔之後，鄧小平復出的一年，而且傳說毛批評了江青和「四人幫」。那時，我和一些觀點相同的同事對「文革」，特別是對江青的不滿已經不止於「腹誹」了，對鄧小平上台後的務實政策和合乎常識的講話都衷心擁護。在這個藝術團中無形中形成兩派，演員們來自樣板團，都自認是「天子門生」，江青是他們的「首長」，而外交部（派去美大處處長）、友協的人員，還有一名新華社記者都是擁鄧派。當然，這些都是在感情上，沒有表面化。我本人已經對江青以及當時當紅的文藝界十分反感，而且對口譯這個行當感到厭倦，特別是為某些令我反感的對象翻譯常感到自尊心受損。幸好，還有另一位友協的男翻譯同行，丁雪松是女的，我就順理成章地的提出，那位男同事任浩亮團長的翻譯，我跟着丁副團長。這樣就躲過了為浩亮做翻譯的難關。丁雪松是我比較尊敬的老幹部，作風正派，在「文革」的亂局中，她因為來自延安，被「解放」較早，恢復工作後還是秉承她認定的原則辦事，講團結，能服眾。儘管她是副團長，但在藝

術團中是實際領導。那些樣板團的驕子們也對她都能心服。另外，坦率地說，她對我格外尊重，很願意聽我的意見，使我在一個我不喜歡的群體和我不喜歡的任務中心情還比較舒暢。

這是我第一次到拉美國家，多了一分見識。除委內瑞拉外，另兩個都是小國。我第一次聽到「千里達和多巴哥」這個國名。這幾個國家都是亞熱帶，陽光明媚，風光旖旎。三個國家當然以委內瑞拉為主。從我們訪問的幾個城市來看，市容優美，相當發達。不過貧富懸殊也很突出。在卡拉卡斯，我們下榻的旅館對面剛好是軍官俱樂部。晚上從窗戶望出去，常常可見一對對軍裝筆挺、英俊高大的軍人挽着長裙及地的漂亮女士進入，夜夜笙歌直到凌晨。我們那時對軍隊的觀念還是「一不怕苦，二不怕死」的典範，而且「文革」後，解放軍官兵一律都穿布軍裝，對於軍人能這樣享樂很不以為然，私下議論，這樣的軍隊能打仗嗎？。

還有一點「新鮮」的印象，是約會的不準時。任何約會遲到兩小時是常事，而且不帶道歉的。這可苦了演員。他們每次演出前都要「走台」，時間掐得很準。例如晚上八點演出，下午四點走台，留下簡單進食和休息時間，散場之後正式吃飯。第一次定好下午三時大巴士來旅館接全團到劇場。全體演員列隊在門口等了足足兩小時。那時沒有手機，乾着急，不知出了什麼事。演出也一樣，特別是開幕式，主要貴賓姍姍來遲，只能耐心等待。演員在演出前不能吃的太飽。結果餓着肚子等到散場，已是第二天凌晨，疲勞不堪。後來逐漸摸出規律，使館也向我們傳授經驗，安排日程都把遲到計算在內，做出相應的調整。我過去也到過第三世界國家，如印度、埃及等，還沒有遇到這樣沒有時間觀念的。與此同時，他們待人十分熱情，瀟灑、奔放，彷彿都是一見如故，也是他國少有。

在與藝術團一起「學習」期間，沾光看了兩部「參考片」，據說是江青最喜歡而百看不厭的。一部是《音樂之聲》，另一部

是《瑞典女王》。在那個年月能看到這樣美妙的外國電影是特殊的幸運，也的確是無尚享受。在看《音樂之聲》時，我坐在離浩亮不遠處，影片結尾，那一家人終於擺脫納粹追捕逃越邊境獲得自由時，觀眾自然都鬆了一口氣，只聽得浩亮嘀咕了一句：「逃跑主義！」當時的「政治正確」可見一斑。在這種氛圍下，看完電影誰也不敢議論，好在沒有組織批判「消毒」，就算是一次犒勞。

初訪北美

1979年，我因病動手術，病癒後第一項工作，也是在對外友協最後一項工作就是當年8月至9月參加以王炳南會長為團長的訪美國和加拿大友好代表團。那是繼鄧小平訪美之後第一個訪美的民間友好代表團，也是我第一次訪問北美，並且是第一次在出國代表團中沒有翻譯任務，成為代表團的正式成員。不過實際工作是包辦一切聯絡雜務。就記憶所及，代表團的成員有：王炳南（團長）、孔原（副團長）、王芳（浙江省長）、張光斗、陸璀、浦山等，還有幾位友協的同事。

我接待了這麼多美國人，第一次來到美國，而且時間近一個月，照理應該有鮮明的印象。但是那一次完全是走馬觀花，四個星期跑了八個城市：夏威夷（檀香山和另一島嶼）、舊金山、明尼蘇達、底特律、華盛頓、紐約、波士頓。因為是美中人民友協接待，每到一地由當地分會安排，主要是見各種人，大多屬於左派。還有旅美華人也像見到了隔絕多年的「娘家人」，爭相接待，氣氛十分熱情友好，結果我留下最多的印象是手裏拿着一杯飲料，在各種招待會上走來走去，見了許多人，卻沒有談十句話以上的。現在從模糊的記憶中找出幾點可說的花絮：

我過去訪問過不少歐洲國家，所以對西方風物並不陌生，初見美國，少不得心中暗暗與歐洲比較。最突出的是幅員遼闊，空

間大，室內外均如此，普通人家住房也十分寬敞，行人速度比歐洲人快。我們訪問了幾家大學、參觀了博物館、圖書館，美國人這樣重視歷史，有那麼多各類博物館，頗出我意料之外。當時華人分親大陸和親台灣的兩派，來陪我們參觀的當然是親大陸派，而且民族情緒特別強烈。有一次在一家博物館門前，一位華人朋友以不屑的口氣說：他們就這麼短的歷史，也值得拿出來沒完沒了的展示！這表明了一種心態。另一方面，他們又不斷向我們介紹美國生活中的新事物、新技術，以及美國人的習俗、生活方式，生怕「娘家人」土包子露怯。我也的確有點「土」，例如微波爐就聞所未聞，大至港灣的集裝箱，小至麵包自動跳出的烤爐，都感到很新鮮。

關於新鮮事物，還看過一個全景電影，坐在影院中感到四面都被電影包圍，火車開來就像要衝到自己身上，與現在的3D電影差不多。我們看的是一部紀錄片，名為《創世紀》，從開天闢地講起，講解詞的英文十分漂亮，氣魄大而有詩意，朗誦的畫外音是帶有磁性的男中音。這個電影及其解說詞，連同博物館、圖書館，徹底扭轉了我過去總認為美國文化淺薄的成見。「新大陸」確實新而大，但不是沒有文化底蘊，這底蘊當然首先來自歐洲，但也有自己的發展創新。能製作出《創世紀》這樣的紀錄片也顯示了一種宏偉氣魄。後來回國後，人家問我美國什麼最值得羨慕，我說一是生存空間，二是圖書館。這兩點的確是我第一次來美國留下的最深的印象。圖書館這次還只是參觀，以後做訪問學者有機會使用，體會就更深了。

當然，美國文化也有其粗俗的一面，包括六十年代嬉皮士留下的風氣。可惜後來我國所引進而深受影響的多為這一面。

在明尼蘇達參觀了明尼蘇達大學農學院的實驗農場，於我也是前見所未見。首先農場一望無際，主人說了一個英畝數令我咋舌(具體數字忘了)，一家大學就能擁有這麼大片土地！我們見識

了全機械化的收割和無土的人工養殖蘑菇。只見機械手採摘番茄，把符合標準的都投入一個大框，其餘太小的都漏掉，主人說這些就爛在地裏了。我覺得這樣的浪費簡直不可思議。美國人對土地和勞動力的概念與我們完全不一樣。記得七十年代美國友人韓丁在山西農村蹲點，幫助農業機械化。我問過他現在中國的農業相當於美國什麼年代，他說美國從來沒有那麼落後過(指鐮刀鋤頭之類的工具)，使我感到問題問得很傻。韓丁在美國的農場有一千英畝地(1英畝=6市畝)，還算「小農」。晚上，大學主人招待我們在農場吃燒烤，都是他們自產的食材。那美味的甜玉米和玉米餅給我留下了美好的印象。

　　我們代表團中碰巧有好幾個清華校友：陸璀、張雪玲和我。還有張光斗雖然不是清華畢業生，但是清華教授，所以美國的清華同學會特意為我們幾個舉行了一次招待會。我才發現美國的清華校友如此之多，有好幾代，最老的是三十年代來美的，從五十年代畢業生開始，就是台灣清華的校友了。當時的校友會會長是一位梁先生，七十年代初畢業於台灣新竹的清華，然後來美，是學物理的。他一表人才，年輕而幹練，對我們很親切友好。我印象較深的是，他雖為理科生而談吐儒雅，出口成章，特別是對禮節性的稱謂都中規中矩(不像現在電視劇的辮子戲中稱謂混亂)。比同代的大陸年輕人中國文化的薰陶顯然要多些。三年以後，我到美國做訪問學者，當時的駐美大使章文晉和參贊冀朝鑄都是清華校友，我又參加了一次美國清華校友會的聚會，那次氣氛熱烈，還唱了清華校歌，章文晉全記得，可惜我不會唱。會上元老是顧毓琇，他與章大使都講了話。我又見到了那位會長先生。因是再次見面，算是熟人了，談話少了拘束。他坦率地對我說，最初見到我時感到意外，與他想像中的大陸人形象迥異(我想那時他們心目中的「共黨女幹部」都面目猙獰)，從穿着到舉止都有「taste」(他的原詞)。他建議像我這樣的人在美國

應該與台灣來的人多接觸，有利於消除偏見，促進瞭解。

訪問麻省理工學院有一花絮：校方招待我們午餐，我坐在一位工程專業的教授旁。談話間他說你英文這麼好，是否以前留過學。我說我沒有機會出國留學，不過我在清華主修英國文學，英語是第一外語。他頗為驚訝地看着我，脫口而出：「英國文學，你拿它做什麼用？」我隨口回答：「莎士比亞也是人類文明的一部分吧？」這顯然沒有答覆他「做什麼用」的問題。原來重理工、輕人文不獨中國為然。這也是美國實用主義的一部分。好在美國教育是多元化的，許多名牌大學都很重視通識教育。還有一些大學不但以英國文學見長，而且還有以「古典學」，即古希臘文、史、哲著稱的。它們也自有經費來源和生源。不過總的說來，文、史、哲的教師平均薪資是最低的。

代表團中幾位女同胞應邀參加了婦女團體的集會。從六十年代起，美國女權運動高漲，出現了名目繁多的婦女組織，左、中、右都有，其中最活躍的是名為「自由選擇」的組織。起初我們不懂何意，原來是指婦女可以自由選擇是否生育，也就是主張墮胎合法化。至今這個問題還是美國政界一大爭議的題目。另一類使我們驚訝的組織是「反對家庭暴力」。「家暴」一詞方今在我國盡人皆知，當時對我們卻很新鮮，她們解釋說，就是反對打老婆。加拿大也有此組織。這樣先進的國家打老婆現象還如此嚴重，以至於需要有組織的反抗，令我們驚訝。據說這一現象的確存在，而且在高級知識分子中間也不少——教授夫人也挨打！在這些運動的推動之下，美國陸續通過一系列保護婦女的法律，包括針對職場的「性騷擾」，二十年後的今天，婦女地位和處境已大大改善。我由此體會到，在任何國家，各種群體的權利需要自己團結鬥爭來爭取和維護，即使法律規定了，也不一定自然實現。如今回頭看當時我們感到驚訝，正說明幼稚、閉塞到何種程度，想當然地認為發達的社會就不應該存在這種現象；甚至由於自己

幸運的處境，竟也沒有意識到自己國家這方面嚴重存在的事實。

　　在加拿大兩週訪問了四個城市：蒙特利爾、多倫多（主要朝拜白求恩故居）、加爾格雷和溫哥華。最深的印象就是風光獨特，美不勝收。加拿大比美國當然更加幅員遼闊，而且地廣人稀。我們到那裏正是9月初，天氣宜人。我以前參觀過一次加拿大的畫展，其中很多風景油畫，色彩獨特，似乎都蒙了一層白紗，有一種柔和的朦朧感。到了加拿大才發現，那種色彩就是寫實的，那裏的藍天白雲確實與眾不同，似乎比其他地方都柔和，不那麼耀眼、張揚，草原尤其如此。在草原城市加爾格雷過夜，天淨如洗，寂靜無比，似乎完全與世隔絕，但又不像新疆戈壁灘那樣荒涼。還有溫哥華海邊看落日，也是美的享受。至於觀尼亞瓜拉瀑布的震撼，去過的人都有同感，不必贅言。總之，出訪加拿大給我留下的印象就是無比美麗的自然風景和建築錯落有致的城市，而且風格獨特，美國沒有，其他地方我也沒見過。關於交談的內容倒淡忘了。唯一的印象是加拿大人特別要強調自己與美國不同，知識界尤其如此，就怕我們把他們與美國人混為一談。

按口徑說話之痛苦

　　接待外賓必須遵守「外事紀律」，最重要就是要按「口徑」說話。無非就是宣傳中國的成績、優點，一個時期有一個時期的具體內容。到了「文革」時期，不論哪一領域，什麼具體問題，都貫穿「毛主席的革命路線」和「文革」的偉大成績「大好形勢」。我從參加工作就接受嚴格的外事紀律訓練，遵守外事紀律、「內外有別」，幾乎成為本能。「文革」前，在工作中遵守這一原則，對我並不困難，因為我對國家抱有信心，對一切指令、政策都深信不疑，不大有口是心非的必要。但是到「文革」以後，我自己內心不以為然的東西越來越多，對「大好形勢」越來越懷疑，要按「口徑」說話就日益糾結。我生性誠實，說假

話、做兩面派特別困難。一旦心中有了是非，還要在公開場合裝模作樣重複那些明明荒謬絕頂的話，太難了。又不能向外人流露出我對這一切的反感，苦惱日增。

1972–1973這一年，日子比較好過，因為在林彪出逃之後，有一段時期批「極左」，「解放」了一批幹部和知識分子，氣氛比較寬鬆。在與外國人談話中，人們可以批評「文革」以來的謬誤，在一定程度上訴說自己的遭遇，把這一切都算在「林彪及其一夥」頭上。但是不久，形勢又變，從「批林批孔」到「批鄧」，我都有抵觸，官方口徑都令我反感。當時我升了一個小頭目(副處長)，陪團以「領隊」身份，可以把翻譯任務交給別人，避免從我口中直接說出那些話。大概算是「君子遠庖廚」。還有一種掩耳盜鈴的策略，就是凡由我負責組織和陪同的外賓，一到北京，先安排他們訪問「兩校」，或至少其中之一，告訴外國人，現在清華、北大是運動的先鋒，當前一切問題都可以由他們解答，如果兩校抽不出負責人接待，至少可以請一個人帶他們看大字報。這樣，就算是向他們「宣傳文化大革命的偉大成果」了。如果再有問題，就表示連「兩校」都不能解答的，我也回答不了。北大經常出面接待的人之一是周一良。他英語很好，直接交談，對洋人應付裕如，語言也比較靈活，每次都能使客人滿意。一次有人問，為什麼清華武鬥比北大嚴重，周一良笑答曰：「他們裝備更好(they are better equipped)」(指清華工科學生能自造武器)。

一般外賓參觀訪問有幾條固定路線，在每一個地方又有幾個固定的參觀點。例如上海的第一機床廠、第一百貨公司、復旦大學；杭州除了遊西湖之外，都錦生織錦廠是保留節目，東北則長春汽車廠、瀋陽重型機械廠，當然大慶、大寨和韶山朝拜是少不了的。那些單位的接待人員都訓練有素，熟練的套話加本單位的業務，包括各種數字，如數家珍，還有典型人物與事蹟。所以到

了外地，更可以一切交給當地，由他們解答問題。主人一開口必然「穿靴戴帽」，以「在毛主席革命路線指引下……」始，「文化大革命的偉大勝利」終。我常利用小小的權力悄悄告訴友協同去的翻譯此類話可以酌情從略，以免外賓厭煩。就是這樣一點「靈活性」，也有一定風險，幸好我尚未因此被同事檢舉揭發，因為他們自己也厭煩於那些套話。

「安東尼奧尼事件」對我們的工作也有影響。此一公案現在盡人皆知，不必贅言。他拍攝的關於中國的紀錄片被認為反映了「落後面」，在外事和宣傳單位掀起了批判高潮。凡經辦此事的工作人員都因而獲罪。此事雖然與友協無關，但對工作有不小影響。一個時期內我們在陪同外賓參觀中處處特別小心，生怕被洋人拍攝到「落後鏡頭」。其實那時除了幾個佈置好的參觀點外，到處都是「落後」的——這是從有關當局的虛榮心出發，外國人也未必認為那就是「落後」。例如安東尼奧尼拍攝的老人在一起喝茶的場景，在他認為有情趣、有特色，而那個茶館和老人衣着都比較簡陋，按照對外的標準就算是「落後鏡頭」了。特別是到農村家訪，只要離開佈置好的幾家，轉一個彎多走幾步就原形畢露，包括大寨的窰洞，大多都是不許看的。而一般人之常情，到了農村「廣闊天地」都想多走走，多看看，這使得接待者特別緊張。曾經發生外國人拍攝了被認為不該對外的鏡頭(絕非國家機密)，被公安部門將膠卷強行曝光之事。幸好我還沒有遇到這種情況。

如果不可避免與洋人直接相處，有較長的交談機會時，我採取「以攻為守」的策略，就是虛心學習，盡量多問他們問題。為此，我需要做一些準備，這一做法的副產品是真的幫助我增加了不少對美國國情的瞭解，可以說是從無到有。這些美國人熱情、開朗，少城府，特別樂於回答問題，爭相表達自己的觀點。往往一個問題引來多個答案，有時他們自己之間爭論起來，這是典型

的美國人作風。這樣，他們即使有問題，也顧不上問我了。這一策略屢試不爽，我避免了做宣傳，卻做了調研。

到最後一年「批鄧」階段，上面那股勢力實際上已是強弩之末，「中央」精神很難貫徹下去了。我到各地與地方幹部打交道，大家在枱面上仍然按「口徑」説話，而私下多數都表現出不同程度的疑慮和消極抵制。還曾有人晚上到旅館來找我，訴説自己的不滿和疑慮，説他實在憋不住，要同「北京來的同志」談一談，並且表示他相信我不會給他「彙報」。我想我雖然什麼也沒有説，大約我的沉默表現也讓他感覺出我的態度，所以敢來和我談心。還有人則話裏話外常穿插一些種冷嘲熱諷。總之在高壓下的人心向背已經可以感覺出來。

只有上海例外。上海有其特殊性，任何一條訪問路線都不能漏掉上海。從「一月風暴」到「批鄧」，上海最能體現「文革精神」。上海對「工人階級領導一切」貫徹得比較徹底。不但中央有王洪文，市領導有王秀珍。我們具體打交道的市外辦負責接待的一位副主任是原電車售票員。她態度倒還平和，對安排起居飲食等事務還是按常識辦事，但是要向她説清楚外賓的情況和要求，理解他們提的問題，實在很困難。復旦大學是參觀點之一。在所有文科大學都停課之後，復旦是唯一還有教學業務，可以供外賓參觀的。因為這裏外文系是培養工人大使的基地，歷史系也有相當於北京「梁效」的寫作特殊任務。我陪外賓參觀時，復旦外文系出來幾個人介紹情況，主講是一位女學生，口才很好，間或也能用英語交談。不過主要還是講中文。據説八個月就可以教會工人師傅英語，運用自如。我私下問，聽力如何訓練，外國人説話聽得懂嗎？得到的回答是，學外文主要是為宣傳毛澤東思想，以自己講為主。後來有人告訴我，所謂「學會」英語就是背下英語版的小紅書，不需要聽別人講話。另一個參觀點是上海機床廠，有一位工人出身的廠長，口若懸河，滔滔不絕。接待人員

中還有一名清華畢業生，作為「革命知識分子」的典型，不過他基本上不説話。上海的氣氛和其他地方都不一樣，看不出對當時的政治有什麼疑慮，都是信心十足。我和一道去的友協同事都互相告誡，在上海要處處小心，步步留意，因為他們是真正的「通天」，一個不小心被參上一本，可不是鬧着玩的(此類事在別人身上是發生過的)。

那時上海還有一特別現象，就是群眾對洋人的好奇和圍觀。改革開放前，洋人，特別是白人，在中國還是稀有人群，所到之處都有群眾圍觀，有時圍得水泄不通。所有來訪者對此都很有意見，説把我們當成動物園裏的動物了。我們對此也很頭疼，每次向各地發接待計劃時，都有一條，希望地方政府做好群眾工作，減少圍觀，但是沒有用。內地比較閉塞的地方，或農村，這種好奇可以理解。但是上海，即使在改革開放前，也不少外國人來往，那時已有國際船隻靠岸，外灘還有海員俱樂部。像和平、錦江等飯店經常住外國人。上海市民應該見怪不怪。但是上海是圍觀最嚴重的城市之一。特別是和平飯店門口的對面馬路，經常有成群的人守候，觀看出入的外國人，樂此不疲。走在馬路上，還會有人緊隨不捨，毫無顧忌地就近打量。圍觀者絕大多數是青年男女。這種對「資產階級」的濃厚興趣，似乎不在上海的革命領導施教範圍。我感到惱火，而且百思不得其解，對那些碧眼黃髮兒為什麼那麼百看不厭？後來有一位上海朋友告訴我，他們主要是看外國人的衣服樣子。許多上海姑娘，也包括部分小伙子，都會踩縫紉機、做衣服。那時許多工廠單位都不用上班，在家自己做衣服一時成風，從洋人服飾中得到一些靈感，即使不能放手「奇裝異服」，總可以在有限的範圍內做出一些花樣來。我這才恍然大悟。我還發現，上海在政治上儘管緊跟，但是江青設計的「國服」卻始終未能為上海人認可，只在有些櫥窗中掛幾件應付差事，卻沒有人趕這個時髦。唯獨在審美上，上海人崇洋而不唯上。

進一步祛魅

　　回京後除業務工作外，經歷了「九‧一三」事件、「批林批孔」、鄧小平復出又被打倒、「批鄧反擊右傾翻案風」、周恩來逝世和天安門「四‧五」運動，每一次都是砸在神像上的大錘。直到神像的肉身也消失時，那光環已經從我心目中熄滅，只有為民族有了轉機衷心慶幸，無論如何悲不起來。那時的人心向背基本上已趨一致，對於「上面」佈置的一輪又一輪的「學習」、「表態」、寫「批判」稿，大多採取敷衍態度。聚在一起開會，認認真真地、言不由衷地表態。在私下，從「腹誹」開始發展到「竊竊私語」──當然是在可以信任的小圈子內。從此，政治生活中心安理得地說假話、做兩面派，成為慣例，匯成主流。直至幾十年後的今天，國情、社情經歷了如此大的變化，中國經濟從瀕於崩潰到總量躍居世界第二，而此風卻日益強勁，不僅是政治生活，竟瀰漫到社會生活各個領域，乃至各個年齡段，包括小學生，大家說假話不臉紅，令人驚駭！

　　神像徹底在我心目中坍塌，由衷地抗拒「最高指示」，是從「批鄧」開始。但是今天來看，當時的認知仍在半明半暗中。1975年鄧小平復出後的「整頓」三斧頭，讓大家又升起希望，他講了許多人們久違的大實話，例如：不能只憑思想精神，造飛機時一個螺絲釘沒有擰緊，飛機就要掉下來；鞍鋼的工人勞動強度大，吃不飽，熱量不夠，要設法養豬，讓他們每月吃上幾斤肉（都是大意，原話記不清），等等。在對外關係中，鄧也不再打腫臉充胖子。不再要求全國人民勒緊褲腰帶，對外進行「無私的援助」。後來他再次被「打倒」，我們被組織到外交部看大字報，其中有一條「罪狀」就是「歧視第三世界人民」，說他喜歡接見歐美外賓，有一次有一位第三世界領導人來訪，他不得不接見，在外賓到來前歎了口氣說：又是來要錢的！我對此至今記得，因為我當時就與鄧特別有同感。

在多年「毛澤東思想」解決一切之後，聽到這種大實話，真是如沐春風，心中特別舒服，特別擁護。自古以來民以食為天，天皇老子也不敢否認。而剛剛經歷了以「共產主義」理想名義被剝奪吃飯權之後，忽逢一位當政者說出了人需要吃肉補充熱量、螺絲不合格飛機要掉下來的普通常識，就足以為之感激涕零，奔相走告，甚至把民族的新生寄託在他身上！可憐的中國人！

誰知一年以後，鄧又被打倒了。記得那一刻，我與同事張文樸剛好走在王府井街口，聽到大喇叭廣播撤銷鄧小平職務的決定。兩人都相對無言良久，張文樸歎了一口氣，說「咱們好自為之吧」，就騎上自行車走了。我獨立街頭，黯然久之。和大多數人一樣，還是把命運繫於一個人的沉浮。而那一個人的沉浮又繫於一個心智已經不健全的老人的好惡。不久前人們還有一線希望是「周公」。對「批林批孔」之反感和抵制，固然由於立論實在太荒唐，更現實的是因為「項莊舞劍，意在周公」是公開的秘密，所以此事與對「孔老二」的評價無關，而是對當時政局的判斷和自己的傾向。在知道周得絕症後，國人為之憂心忡忡，出現了把寶押壓在誰先死上的輿情。此情頗似晚清的維新派希望慈禧死於光緒之前，而結果竟同樣地事與願違。

幾天之後，周恩來逝世，舉國哭總理。我和大家心情完全相同，不知流了多少淚。我想周的逝世之所以激起全民如此自發的、大規模的哀悼，有一個很重要的因素是民怨太深，積壓太久，借此機會都爆發出來。人們把一切美德、智慧和傳統中的對「忠良」的嚮往都集中到周身上，把他作為悲劇中的英雄寄予無限同情，同時發洩自己的悲憤。所謂「借靈堂，哭悽惶」。另一方面也是對現實、對那「迫害忠良」的勢力的抗議。人們心目中對善惡是非、「兩條路線」、「忠奸」之辨，涇渭分明。長年泛政治化訓練出來的中國人，其政治意識在此時達到高峰。

從1976年初直到10月打倒「四人幫」這段時間，中國似乎籠

罩在黑暗之中，從物質到精神都跌到低谷，所有人都感到前途茫然。唐山地震真的使人感到「天人感應」之效。那個時期的覺悟程度，還是擺脫不了企盼「明君」的情結。對毛的認識只限於「晚年糊塗」的判斷，所謂斯大林也有個「晚年」問題。人們常常議論，如果他死於「文革」之前是多少「開」（功過百分比），死於1956年之前是多少「開」，等等，似乎死於1949年之前就完全是功了。這是那個階段許多人的認識，我當時也並未超越。

對於這樣的工作，我日益厭倦，萌生去意，只是還沒有找到機會和出路。沒想到中國又一次出現的大變局提供了這個機會。一個奇特的現象是，中國老百姓從來沒有參政權，但是高層政治與他們的生死禍福較之任何一個民主國家更加緊密相聯。真的是你不問政治，政治要來問你。從1976年到1979年，中國政治又發生重大變化，億萬人為之同悲、同喜，至少兩代人的命運因此有了轉機——包括包產到戶、進城打工、恢復高考、真理標準討論……。對我說來，就是有可能脫離我已厭煩的工作，另謀出路。

十六
外國友人剪影(一)

～～●ω●～～

和大的長住外賓

和大院內有一棟小樓，裏面長年住着幾位由和大負責接待的外國友人。他們到來有先後，住的時間有長短，有的中途回國，有的終老於斯。我在工作中與他們有過或多或少的接觸。

安娜‧路易‧斯特朗(Anna Louis Strong)

斯特朗在我國出名是因毛澤東關於「紙老虎」的提法出自她對毛澤東的採訪，被收入《毛選》。她1948年被斯大林以國際間諜罪驅逐出境，赫魯曉夫上台後為她平反。但是她仍然不否定斯大林的功績，並且不贊同赫魯曉夫，在中蘇論戰中站在中國一邊。1958年根據她的要求來中國長住，聽說她到達中國，迎接她的中國領導人第一句話是：「你受委屈了」，她說，「沒什麼，為了革命麼！」因此，得到中方很高的評價。

她來華後由和大負責接待，與艾黎同住一棟樓，從此終老於斯。中國方面對她特別尊重，給予高於其他外賓的特殊待遇，派一名專職秘書負責協助她的工作並照顧她的生活；當她有問題要採訪中方領導時，通常能得到滿足；每年生日，周恩來必親自到場祝壽。她的秘書是我清華外文系同學趙風風，比我低一年級，其工作之敬業，對老太太照顧之無微不至，在「和大」有口皆碑。斯特朗的工作是編一份《中國通訊》，是她獨家撰稿，寫在中國的見聞，由中方印刷成若干份，根據一份名單，寄到美國(這是趙風風日常工作之一)。

她對毛澤東和中共領導當然推崇備至，對中共的政策和中國發生的一切都從積極方面看。她的文字是很講究的，據趙風風說，她一篇稿子不斷修改，有時要改幾十次。斯特朗的作品我翻譯過一篇《我為什麼七十二歲來中國》，刊登在《世界知識》上。這篇文章從英文的角度看，確實是上乘，我翻譯也下了很大功夫，頗得好評，但發表時是不提譯者的名字的。她這篇文章的內容是對訪問延安的回憶和對中共的讚歌，說在延安的窰洞中看到了人類的未來。據說她在蘇聯之獲罪，深層次的原因就因為她對中共的讚揚觸犯了斯大林（居然說人類的未來從延安的窰洞中看到，而不是克里姆林宮）。

我極少讀過斯特朗的《中國通訊》。現在回頭來看，她那些精心寫作的文字，在當時究竟有多少讀者，產生過什麼影響，現在又有多少能站得住腳，都是大可懷疑的。她也是在中國自身的風雲變幻中浪費了才華和熱情的外國友人的一個例子。

斯特朗的生日在12月，每年為她過生日是一件大事，周恩來總是親自出席。地點就在「和大」。形式是小型的家庭宴會，出席人數不超過二十人，有在京美國人和少數斯特朗的中國老友，每次必到的有廖承志夫婦、馬海德夫婦，這種聚會比較隨便、親切，有時孩子也帶來。我平時不管斯特朗的事，只是她與領導人談話時擔任翻譯，所以生日聚會必然參加。有一次她生日時周恩來剛好不在北京，由陳毅主持。但是周回來後又給她補過了一次，足見周對此事的重視。後來我想，為什麼周日理萬機之下，還要這樣認真地為老太太過生日？對她重視，是一種解釋，還有可能他本人正好借此放鬆一下，那種歡談的氣氛是與官方宴會大不相同的。他在這種場合也比平時顯得輕鬆得多。

到了「文革」，不知怎麼她老人家成為第一個參加造反組織的外國人，《人民日報》還登了一張她戴着紅袖箍見毛主席，請他在自己的小紅書上簽字的照片，這張照片一時間到處流傳。其

實她思想並不屬於那時的極左派，也從未像那些造反的外國人那樣要求過取消對她的特殊待遇。她還有許多問題想不通。在陳毅副總理被打倒之前，有一次，應斯特朗的要求來和大會見她，解答她一些問題，照例由我擔任翻譯。談話結束後，陳老總轉身對我說，我今天的談話你們是不是要揭發批判呀？你們這些「小將」看我們這些老傢伙不順眼是嗎？我趕忙說我已經不年輕，不屬於「革命小將」，絕不想造老幹部的反。我那年已經三十六歲，不過看起來比我實際年齡小，所以他以為我屬於「小將」。

她所崇敬的老革命一個個被「打倒」、批鬥，她實在想不通。此時找領導人解釋也找不到了。在華美國人中與她關係最好的是李敦白，李四十年代在延安，就是受她牽連而蒙難的，也因她的平反而解脫。當時在華外國人也分派，李敦白是左派，擁護「文革」，在他供職的廣播電台站在造反派一邊。於是和大領導就請李敦白來說服斯特朗，為她講解「文化大革命」的「偉大意義」。斯特朗對陳毅始終非常尊重，而李敦白在本單位(廣播電台)參加了打倒陳毅那一派，斯特朗對他如何反應，在她的《中國通訊》中如何寫《文革》，我就不得而知了。

西園寺公一一家

西園寺公一原是世和書記處書記。我們在維也納時就與他熟悉。他的父輩是日本大貴族，以反對日本軍國主義著稱。他本人留英，畢業於牛津大學。回國參加日本左翼運動。他英語很標準，一口牛津音，完全沒有通常日本人的口音。在維也納時是李一氓的牌友(橋牌)之一。中蘇交惡後，日共隨之分裂，主流追隨蘇共。西園寺則親中共，有幾年就舉家來中國長住。他的夫人是有名的日本美人，氣質高貴、嫻雅而衣着樸素。有兩個兒子，大的名西園寺一晃，已成年，小兒還是中學生。他在和大院裏長住時，由日本處負責聯繫，我與他接觸不多。後來發生和大工作人員偷用外國人護照出逃，就是西園寺一晃的護照。

八十年代我隨張香山率領的代表團出訪日本，西園寺一晃經常陪團到處訪問，依然十分熱情、周到，為我們照了許多像。那時他父親已經老弱，不大方便出門了。我向他表示要去家裏探望，已經約好日期，那天全團的日程是去上野看櫻花。我與西園寺公一通了電話，他竭力勸我去上野看櫻花，說是機會難得，那年櫻花特別盛開，我們在電話裏談談就行了。我就沒有堅持。後來他又來過一次中國，據說是坐輪椅來的。我與友協聯繫要去賓館探望他，但聯繫總是不順利，終於沒有探望成。他回國後不久就去世了。我十分後悔，那次在日本沒有堅持去看他，這會面要比看櫻花珍貴得多，錯過機會是一大遺憾。

此外，原世和書記蘇丹人凱爾夫婦也曾在和大院內長住過，不過時間比較短，我接觸不多。

路易·艾黎 (Loui Airy)

艾黎的情況第十二章已經講述。在「文革」中他「保守」的態度最鮮明。「文革」一開始，就殃及他的熟人。他過去曾在甘肅山丹地方辦孤兒院和石油學校，養大了一批孤兒，並送他們上學，成為石油方面的技術人才，其中有人認他為義父。「文革」風暴一起，不分青紅皂白，艾黎所做的一切，包括「工合」，都作為帝國主義陰謀被「砸爛」，而山丹學校培養出來的人也成為批鬥對象。其中有人逃到北京來找艾黎，求他為他們作證。艾黎為此很生氣，給周總理寫過多次信，在那種情況下，大約總理也顧不上。我因為不直接管艾黎的事，結果如何，不得而知。總之艾黎對「文革」無好感，認為是胡鬧，他絕不會參加造反派。

羅伯特·威廉 (Robert F. Williams)

羅伯特·威廉是美國黑人民權鬥士，因一樁冤案被北卡羅萊納州通緝，他先逃到其他州，但是有被引渡的危險，後來逃亡到古巴。威廉寫過《帶槍的黑人》(*Negroes with Guns*)一書，屬於激

進派，主張武裝鬥爭，反對馬丁·路德·金的非暴力。這當然符合中共當時的主張。因此，他於1963年寫信給毛主席，要求支持他們的鬥爭，毛即借此發表支持美國黑人鬥爭的聲明（見本書第十三章）。

威廉流亡古巴幾年之後，又感到不滿，可能是某些要求未能得到滿足，於是通過中國駐古巴使館，要求來華。經批准，於1966年春偕夫人和兩個兒子舉家來華。當時已是「文革」前夕。我當時處於半休半工作狀態，就被派負責照管他的工作，不過與趙風風之於斯特朗不同，只是有事時作為他的聯絡人，並非他的秘書，有關編輯、秘書類的事務統由威廉夫人自己擔當。

他在中國自編一份刊物，名《十字軍(Crusader)》，由中方協助他印刷、付郵，按他的名單發到美國及其他地方。和其他外賓一樣，他們的費用當然全由中國承擔。兩個孩子在中國學校上學。同時，在華的一些外國人聯合資助他每月相當於一百美元的費用。

威廉對毛澤東和中共很崇拜，唯獨不能接受「民族鬥爭說到底是階級問題」的論斷。而根據當時強調宣傳毛澤東思想的氛圍，他每到之處，從上到下，無論什麼人，首先必然向他宣傳這句話，說美國勞動人民是黑人可靠的朋友。他對此十分反感，必然要反駁，因為他的切身體會是美國白人工人對黑人最壞。在中方則是最高指示，絕不會妥協，於是往往因此不歡而散。他更不能接受毛澤東聲明中把黑人解放與帝國主義制度告終聯繫起來，這意味着黑人不能單獨解放，只有等到推翻整個資本主義才徹底解放，那要等到什麼時候？有意思的是，他來華以後，劉少奇、鄧小平尚未被「打倒」之時，曾分別會見過他。照例要談毛的階級觀點。他剛來不久，出於禮貌沒有直接反駁。等「文革」起來，劉、鄧相繼被公開點名為「走資派」之後，威廉說，我早就感覺到他們不是好人，因為他們都強調黑人要與白人工人階級聯合，那就是修正主義。他明知這是毛的觀點，只好算在劉

鄧頭上。但是「文革」進一步發展，天下大亂，他開始想不通。他表示擔心「這也打倒，那也打倒，帝國主義會乘虛而入」；他稱打砸搶的造反群眾為「暴徒」；在印尼排華事件之後，中國群眾衝擊並火燒印尼使館，他很不以為然，認為這會假帝國主義以口實。他還批評中國的對外宣傳不是外國人需要的，外國人聽不懂。從這些反應看來，威廉還是有自己的見解，不盲從，也並非一味主張暴力。

另一方面，他表現非常多疑，對當時美國各種黑人維權組織和領袖幾乎都沒有好感。到中國以後也經常懷疑某人是美國中央情報局的特務，特別是在華的白人，他一概都不相信，甚至與他同住一棟樓的艾黎，不知那一個行動，也引起他的懷疑。他看人確實以種族分。有一名美國黑人要求訪華，中國有關方面掌握了不知什麼材料，認為此人「政治面貌不清」，不予批准。威廉大為不滿，認為中國政府對美國白人訪華寬，對黑人嚴。威廉的夫人是一個很和善的婦女，平時不大參與政治性的談話，生活上要求也不多。但是有一度她忽然精神不正常，也是處處懷疑有人害她。我想，由於他們在美國的不正常處境，可能確實精神得了抑鬱症，或其他毛病。

在京的美國白人中，似乎唯一得到威廉信任的是李敦白。於是和大領導委託李敦白做他的工作。李同他接觸後向和大方面彙報的意見大致謂：威廉有兩面性，容易感情用事，他將來可能起變化，在宣傳中不要把他抬得太高。對他的種族主義情緒應該給予一定的容忍，生硬地強調階級鬥爭效果不好。至於威廉對李的反應，我沒有印象，但是至少他還保持對李的信任，沒有把他也當成美國特務。後來，在美國民權運動高漲下，美國黑人處境有所改善，他在美的案件撤銷，他們夫婦得以回國。不過兩個孩子暫時還留在中國完成學業，李敦白做他們的監護人。

威廉回美以後，由於在中國的經歷，曾受聘於密執安大學的

中國研究中心為研究員，以後在南方一小鎮卜宅定居。我在他離開中國前就下放勞動，由別的同事接替我的工作，以後的情況只是間接聽説，詳情不得而知。

周恩來見過威廉不止一次，都是我翻譯。由於很少見到從美國來的人，周就詳細詢問他美國情況。有一次問到美國的選舉制度。威廉對美國制度自然是持批判態度，他重點講美國總統大選中的「選舉人團」制度(即一個州的選票參選政黨「贏者通吃」)，認為很不民主。威廉説的是美國黑人的英語，絕不是現在我們聽到的奧巴馬、賴斯那種已經標準化的上層人士的語言。他本不善表達，只想譴責美國，邊介紹邊批判，條理不清晰，我聽不明白，只好照貓畫虎一句一句直譯。周總理卻很認真，非要弄明白不可，他皺皺眉頭對我説，我沒聽懂，你再説清楚點。我本來自己也沒弄清楚，再要威廉重複，也無濟於事。幸好有熟悉美國情況的唐明照陪見，他出來救場，把美國的選舉制度解釋清楚，周才算甘休，也給我解了圍。那時我為應付國際會議，必須及時瞭解各國和各地區的局勢，以及熱點問題的爭論焦點，一般都還能應付。但是惟獨與美國沒有接觸，只注意它的對外政策，從不注意它的內部制度，總的説來十分陌生和遙遠。沒有想到後來我竟以研究美國為專業。

兩位斯諾夫人

從幹校調回後，1971年到1979年，我在對外友協「美大處」(美洲及大洋洲)工作八年，先任美國組組長，後為該處的副處長，主管美國。主要工作就是接待美國來訪的非官方人士，那時「友好人士」的標準基本上都是左翼。有些身份較高的，或政治上不屬於左派的就由外交學會接待，我也常參與。因此在這段時期我因工作關係有機會接觸的美國各界人士相當廣泛，上中下、左中右都有，也是難得的機遇。

海倫・斯諾夫人

埃德加・斯諾1970年訪華以及後來去世時我還在幹校，沒有接觸到。後來他的前後兩位夫人訪華，我都接待過，有較多交往，並建立了友誼。

海倫・福斯特・斯諾(Helen Foster Snow)，筆名尼姆・威爾斯(Nym Wales)，小名佩姬(Peggy)，是埃德加・斯諾的第一個妻子，大約於四十年代末離異。她本人於三十年代初來中國，先任職於美國領事館，不久辭去，成了自由撰稿人。她與斯諾結婚以前在當時上海已是嶄露頭角的頗有才華的女記者，以筆名尼姆・威爾斯發表文章、詩作。與斯諾結婚後移居北京。無論是在上海還是在北京，她都與進步知識界有密切聯繫。在北京時與燕京、清華的學生運動骨幹如黃華、陸璀、龔普生、俞啟威(即黃敬)等都有密切交往，而且是「一二・九運動」的積極鼓動者。埃德加・斯諾的名著《西行漫記》是在她力促之下完成的(聽熟人說，斯諾比較懶散，常在海倫催逼下工作)。同時出於她好強、追求新事物的性格，不甘落後，非要自己也親自去採訪不可。於是不顧艱險輾轉來到延安，其過程浪漫而驚險，很符合她的性格。在延安她真的採訪了除毛澤東以外的許多中共領導人，不久出版了《紅色中國內幕》(Inside Red China)一書，中譯本書名是《續西行漫記》。她的手稿很多，出版的只是其中一部分。

我與她結識是1972年底。那是在中美《上海公報》發表之後，兩國關係開始解凍的初潮中，民間來往亦隨之開展。戰後幾乎過着隱居生活的海倫這時與她的老朋友，當時駐聯合國大使黃華接上了關係，當然受到熱情的邀請，終於實現了重返中國之夢。我成了她幾十年後舊地重遊結識的第一個新朋友。海倫那次在中國訪問大約有兩個月。我印象最深的是她的誠實率真、個性鮮明。她年輕時的美貌是出名的，我見過照片，真像三十年代的電影明星。等我見她本人時當然已今非昔比，但是仍很有風度，

身材高大，腰桿筆挺，給人以「碩人頎頎」之感。她很重儀表穿着。一到就向我宣佈：她是要塗口紅的，好像是下馬威，因為那時中國婦女都是素面布衣，打扮被認為是「資產階級」作風，她是知道的。她還告訴我，她在延安時也照樣不撤口紅。好像這對她很重要。她還專為這次訪問買了一套考究的駝毛套裝和大衣，穿着很得意，並向我展示其質料。這顯然超過她的經濟條件，由此亦可見其性格於一斑。來華前遇到的第一件事，就是旅費問題。像她這樣一位交情特殊的老朋友，我國方面理所當然地表示她作為貴賓，由我們負擔一切費用，包括來回機票。誰知她堅持機票自理。她後來向我說的理由很有意思：現在中美關係是在好起來，但是誰知道什麼時候就變了呢。假如再遇類似麥卡錫主義之類的政治氣候，國會如果要我去作證，問我有沒有接受過中共的資助，我必須說實話，那可能就會惹來麻煩。她一再向我強調：在那種情況下她必須說真話，因為是宣過誓的，而她是基督徒，而且繼承了清教徒的傳統。至於在中國期間接受招待，那是另一回事，基辛格訪華期間不也是中方招待嗎？她還認為，自付旅費可以對中國保持獨立，說話也硬一些。她坦率地說，外面對新中國傳說很多，她要自己親自看，獨立思考。中方只能恭敬不如從命。聽說她是賣了過去從中國帶回去的幾件舊紅木傢俱而籌得旅費的。

事實上，她幾十年來的境遇相當慘。她二十三歲去國，作為記者和作家，戰時主要在中國和亞洲採訪，在美國沒有什麼社會基礎；又由於同中國共產黨那一段歷史淵源，在冷戰高潮中回國無法在美國找到職業；作為自由撰稿人，文章很難有地方發表；她收集的那麼寶貴的關於中國革命者和解放區的第一手資料，在當時卻是不能出版的；又由於她從未在美國正式就業，也就沒有資格領失業救濟金。她同斯諾離婚時，斯諾正受麥卡錫主義之害，自身難保，只得移居瑞士，所以也得不到多少離婚贍養

費。幾十年來她究竟何以為生，我沒有深問過，只知道她在康涅狄格州故鄉有一所祖傳小木屋可供棲身，還出租一間，有些微薄收入。有一段時期她對家譜學發生興趣，在當地市政府幫人查家譜，大概也有些報酬。到她來華訪問時剛好滿六十五歲，她不無欣喜地告訴我，可以享受各種老年公民的待遇了，最重要是全部醫療保險。我感到她身受麥卡錫主義之害，心有餘悸；而印象更深的是她對迫害她的人(儘管是假設)還堅持必須說真話。後來處久了，進一步體會到她雖然處境不佳，卻是非常愛美國，並且對於做一個守法公民有一種近乎信仰的自覺性。這在我當時的思想狀態覺得很新鮮，因為我們習慣的是「敵友」分明，是中國共產黨的好朋友就一定反對美國政府。當然，現在看來非常可笑，而且離事實太遠。當時黃華等一些她的老朋友同情她的境遇，確實很想有所幫助，卻不知通過什麼方式。後來得知她還保留一些過去在延安攝的歷史性照片，想買一套下來。誰知她把版權讓給了紐約博物館，如出售，她自己只能得收入的一半。我們那時說她太傻，這麼寶貴的資料還不奇貨可居！但是她有她的道理，因為她的住房是木結構，怕萬一着火，化為灰燼，因此還有一些手稿存放在斯坦福大學胡佛研究所。足見她把這批資料看得重於財產。不過據我瞭解，我國有關部門還是決定收購了一套她的照片，此事在她回國以後才辦成。

　　最能體現她的個性和無功利之心的一件軼事卻與江青有關：海倫對她當年在延安和在白區結識的「老戰士」(她稱之為「老衛兵old guards」，與「紅衛兵red guards」相對)有深厚的感情，一到北京，就開了一張要見的人的名單，自毛主席以下一連串的老一代領導人都在名單上，只是很體諒地說，知道毛主席和周總理太忙，不一定非見，她很關心他們的健康狀況，請他們一定多保重。她也提到過江青，只是出於好奇，第一次提到時就說：外面對江青的傳說很多，都不是好話，她到底是怎樣的人？當時在

場的人對這樣沒遮攔的議論都嚇得不敢答腔。她帶了一些小紀念品來分送給老友，那是名副其實的紀念品，大多是她當年從中國帶去的小玩意兒，一枚錢幣、一塊石頭之類，還有幾張很珍貴的照片。出於禮貌，她也送了一份給江青，記得好象是一副用某種石頭穿起來的手鐲。下一輪就是收禮人紛紛傳來對她的感謝。只有江青那裏特別，除表示感謝外，還有「問她好」，並要求立即彙報「外賓」對「首長」問候的反應。問題是她毫無反應，我們也編不出來，只得不報。此事卻還有下文：

　　過了幾天，按計劃到湖南，訪問韶山，剛好在那裏過新年。臨行前「上面」傳來指示說，到那裏後隨時待命，一旦接通知立即坐專機回來，可能「首長」要接見。我們一到長沙，當地的領導也已接到這一指示。看樣子江青想見她，希望能啟發她主動求見，即可順水推舟。誰知她仍不理會。在湖南省領導的一次宴會席上，不知怎地提到江青，海倫竟擺起老資格說，我到延安時還沒她呢。接着就問賀子珍現在哪裏，這個名字在當時是屬於「不可說」的忌禁，主人的尷尬可以想見，趕忙顧左右而言他。更有意思的是，除夕夜在韶山，大約近十二點時我忽然接到北京緊急電話，內容是江青向海倫·斯諾祝賀新年，要我立即轉達，並立即彙報她的「反應」。那幾天海倫患感冒，早已服藥睡下，哪有半夜把人敲醒只為轉達新年祝賀之理？我預料她只會大怒，說不出什麼好聽的話來，於是請求明晨再轉達，居然獲准。次日一早七點鐘，北京又來電話催問反應。我挨到九點才去敲門，她已醒來但仍未起床，聽了祝賀之後，並無興奮狀，只說了一句：「謝謝她的好意」。過了一忽兒又說：「聽說她脾氣挺壞，很難處，是嗎？」大約她念念不望所聽到的那些傳聞，如果對江青有一點興趣的話，只想核實一下此人究竟是怎樣的人。當然在那時的中國是得不到答案的。但是江青所希望的那種「反應」卻怎麼也啟發不出來。我當時十分犯躊躇，但終於還是把兩句話都如實彙報

了。好在並非「江辦」與我直接聯繫，還隔着一層外交部，他們有關人員再向上轉時有沒有經過加工和「過濾」，就不得而知了。總之從那以後這一特殊的「關懷」就嘎然而止。當時我並未覺察這一系列舉動的用意。以為還是那位「首長」的習慣表演之一：「XX同志問你(們)好！」，只是這一回沒有出現受寵若驚的預期效果。直到不久以後江青做出驚人之舉，用專機把正在北京訪問的美國女學者維特克(也是對外友協接待的)接到南方休養地，向她連續幾天大談「身世」之後，我才恍然大悟，原來江青原意是要想讓海倫·斯諾給她樹碑立傳。這位斯諾的元配夫人果真成了「江青傳」的作者，豈不是可與當年斯諾為毛澤東寫傳並提，成為傳世「佳話」？只是海倫眼裏沒有這位女皇，渾然不覺，使她如意算盤落空。後來訪華的維特克適逢其時，扮演了這樣一個角色純屬偶然。江青抓住這樣一個名不見經傳，初出茅廬的年輕學者給予這樣的「殊榮」，恐怕也是實在想要立傳心切。這一位倒是真的受寵若驚，一再問，為什麼偏偏找上自己。(羅克珊·維特克情況附後)

這就是海倫，本色而率真，毫無趨炎附勢之心，用俗話說就是一點兒也不會「來事兒」。她對當時炙手可熱的新貴一概不感興趣，要求見許多老革命純粹是懷舊和關心老友的處境，因為「文革」期間許多人被「打倒」，外面傳說很多。例如她一見廖公(承志)第一句話就是「呀，你還活着！太好了！」她和許多人見面都是以類似這樣的「寒暄」開始的。她對我說，一聽說又可以來中國了，我跟自己說，得趕快，怕遲了好多人見不着了。她想到哪兒就說到哪兒，很少用委婉語，以自己獨特的方式表達對老朋友的真摯的感情和關懷。例如有一次在南京，她因腰痛，當地主人給她找來了推拿大夫，效果很好，她像新發現一樣，鄭重對我說，你一定要轉達我的建議，讓那些「老戰士」多做推拿。我當時想起「野叟獻曝」的典故，同時為其真情所感動。又如，

她最反對用化學藥品處理農作物，提倡「自然食品」，也就是現在的「綠色食品」。她自己吃菜是在院子裏種的。在中國各地參觀時她到處宣傳這一主張。當時我國還沒有這一觀念，化肥、農藥還是許多生產隊短缺而急需的「先進科技」。所以凡到農村參觀，對她的這種激烈的宣傳，當地人往往茫然不知所對。後來她發現「吾道不行」，很難使人理解，於是對我說，他們現在不懂，沒辦法，不過你告訴他們，反正給毛主席、周恩來、朱德（除毛主席外，她對所有人一律直呼其名）他們的食物一律不要用化學藥物。

　　她的確見到了朱德、鄧穎超、康克清以及許多老友。記得朱老總見她還設便宴招待，鄧、康二位也在座。後來兩位大姐又一起約見她，談了很長時間。鄧穎超對她特別關心，不時派人送一些小食物、小禮品，還曾專門把我召到家裏當面詳細詢問她的情況。可惜的是周恩來終於沒能見着，由鄧轉達問候，並且告訴她：這次想呆多久就呆多久，以後什麼時候想來都可以來，願意長住中國也可以。不過海倫坦率表示，她是非常「美國式的」，在中國怕過不慣，不願像斯特朗那樣終老於異國他鄉。周恩來有一封信給她，記得其中說到：假如你下次來時我還在的話，一定見你。我們當時都不知道此時他已經自知患了絕症。1978年海倫再度訪華，周真的已經不在，遂成終天之恨。她帶來一本以前寫的書（我手頭沒有只能憑記憶），是關於在中國近代史上有影響的十位婦女，希望在中國翻譯出版。記得有慈禧太后、秋瑾、宋氏三姐妹、蔡暢、鄧穎超等，把「革命」的與「反動」的都放在一起了，用當時的標準看是泥沙俱下，魚龍混雜。鄧穎超找我去談的問題之一，就是有關這本書的內容，希望盡可能地對她有所幫助。但是這本書在當時的中國實在無法出版。後來向她作了解釋，她好像沒有被說服，不過也沒有不愉快。

　　她與那些已居高位的老革命歡聚，對他們的地位、職務基本

不問，他們對她也不是以「領導接見」的姿態出現，完全以老友相待，對她那種心直口快的提問和發表意見(有時常涉及「敏感」問題或觸動忌諱)給予充分諒解，或做一些耐心的解釋。有時當場發生爭論，不過氣氛總是很友好。就當時我國對待外國人的常態而言，這是很不一般的。所以我每到一地，都要向地方的有關領導大力強調她與我「中央領導同志」的歷史關係以及他們是怎樣對待她的，以免海倫海闊天空發表驚人之論時他們認為必須「站穩立場，據理駁斥」，引起不愉快的場面。還好，這樣的事一次也沒有發生。這與埃德加·斯諾在我國家喻戶曉是有關係的。同時那個時機正是林彪事件之後，「批林批孔」之前，好像是一段短暫的反「極左」的喘息期，氣氛略鬆動一些。有一批老幹部陸續被「解放」，所以海倫還能見到一些她想見的人。由於她的特殊身份，有些不明不白「掛起來」的人竟因為她要見而不明不白地復出了(許不許見外賓是一條重要的政治槓槓)。但是這些人出來見她，還得為「文革」辯護。事實上她整個訪華期間，中方的「工作」就是要她「消除疑慮」，認識當時的「大好形勢」。我自己就忠實地貫徹這一精神，而且還相當的「成功」，海倫的確疑慮越來越少，最後帶着美好的印象回國。應該說，其中一部分是真實的。因為她多少年來印象中保留的是一個千瘡百孔、民不聊生的舊中國，還有畸形的上海租界生活。這回首先看到北京大街小巷都十分乾淨，長安街的雄偉寬闊今非昔比，人民大會堂等「十大建築」是「文革」所破壞不了的；特別是在上海，當時有一些接待外賓的保留節目：介紹人民政府如何改造舊上海，其中就有前面提到的消滅吸毒和取締妓院、改造妓女的保留節目。這最打動人心，全世界沒有一個國家能做到這樣徹底。海倫身為清教徒，又對舊上海有那樣深刻的記憶，當然為之激動不已。還有在嚴冬季節再看不到存在於她的記憶中的路邊凍屍骨。這些情況到當時為止也基本上是真實的。

另一個重要因素是她在各地得到非同尋常的特殊待遇，除了在北京根據她懷舊的要求住北京飯店老樓外，在外地的住處差不多是國賓待遇，服務絕對周到，而又順應她的脾氣擺脫繁文縟節、大小筵席(要說服地方上做到不擺宴席洵非易事！)。她由於孤身獨居，特別怕生病，對「細菌」有一種恐懼感，而她的印象中中國很不衛生，處處是「細菌」，所以帶了許多消毒紙來。開始時食具都要自己擦一擦，不久就發現這完全是多餘的，她的一切用具都是一塵不染，包括一路乘火車旅行，都無比舒適、潔淨。她親身體驗了「無蠅之國」的傳說(她忘了那是冬天)，以後逢人就講，成了中國衛生的義務宣傳員。那時外國人極少，只要是「政治任務」，集中力量什麼都可以做到的。

　　在韶山，她住進了專為1959年毛澤東重返故園而蓋的住房。那是一個幽靜的中式庭院中的一排正房，一頭是毛的臥室，另一端是為江青準備的臥室，中間兩間是兩人各自的書房。據當地工作人員說，那一次江青到了長沙，毛堅決不許她來韶山，湖南省委書記說情也沒用，所以為她準備的那間房子沒住過。房間的佈置陳設即使以當時的標準來看也算不得特別高級，更談不到豪華，只是與各自的臥室相連的兩間浴室都很大，設備比較講究。毛的床照例是硬木板上掛一襲蚊帳；為江青準備的是軟床。主人徵求海倫意見，她當然選擇毛主席的臥室，儘管她對硬板床極不習慣。她為此興奮不已，事後經常向人說：「我在毛睡過的床上睡了」。在湖南，還根據她的要求訪問了當時從未對外開放的瀏陽，參觀了當年秋收起義的集結出發地點 —— 里仁小學的操場，和當地樸實、憨厚而熱情的幹部群眾交談，當然引起了幾乎傾城出動的圍觀。在那裏，她聽到了「瀏陽河，九十九道灣……」這首歌，特別喜歡，請人一遍一遍地唱，並要求把歌詞翻譯記錄下來，後來一路上不斷哼唱，差不多唱會了。每當這種時候她就像小孩子一樣開心。

凡此種種，使海倫第一次重訪中國之旅無比愉快，留下了供她餘生不斷回味的美好的記憶。但是毋庸諱言，她並沒有看到另一面嚴酷的現實，留下的印象並不真實。她本是目光犀利的記者，特別富於獨立思考精神，經過幾十年閉塞的生活，雖然無復當年，但仍然思路清晰，不時閃爍出一些鋒芒。但是，一則由於她浸沉在懷舊的思緒中，主觀意志一心希望看到中國好；更重要是那種接待和安排使她無法不留下好印象，從而打消種種疑慮。回想起來，平心而論，從她的高層「老朋友」到我這個朝夕相處的新交，都沒有存心想欺騙她，也沒有人向她宣傳「文化大革命就是好」之類。那時各地和各參觀單位見外賓不管談什麼問題都得先照當時的宣傳口徑「穿靴戴帽」，講千篇一律的套話，把一切成績都歸功於「毛主席的革命路線」和「偉大的文化大革命」，令人十分生厭。我到處都以「中央領導談話」為榜樣，要求他們省去這些套話，並與一起陪她的翻譯相約，遇到這類話就略去不翻譯。也許正因為如此，反而減少了一個足以引起對「文革」反感的因素。她要見的老友有的剛從「牛棚」放出來，但是見她時精神面貌都很好，略無愁苦狀，當然不會提挨鬥、受審訊等事。他們不必對「文革」作任何評論，只要坐在一起談笑風生，對海倫說來，外間的傳說就「不攻自破」了。她逢人就問紅衛兵運動，但是被問者都以一種大人對小孩子寬容的姿態對待，好像不過是年輕人自發的幼稚過激行為，我們誰年輕時沒幹過蠢事呢？就這樣，殘酷的、家破人亡、鮮血淋淋的現實，一場民族浩劫被輕描淡寫，甚至幽默地帶過了。我個人陪她一路，主要是聽她談。她當然也問我的情況，知道我曾上過燕京，畢業於清華，而且對她說什麼都能理會（不僅是指英文），就本能地對我產生信任，無話不談。我感到，這些年來她太寂寞，太需要傾訴了，現在終於有了對象。我那時從幹校回來不久，談起幹校的經歷，我講的是自己學習種莊稼以及與農民相處的體會，這些都是

真誠的，許多小故事都是事實；我當時的確對自己這種人需要到農村去鍛煉是完全接受的，同她談並不勉強。至於在下面搞運動以及種種違反人道、違反常情的情況則理所當然地略去了。這倒使她想起當年在延安的經歷，居然產生了共鳴。

她回國後相當一段時期經常給我寫信，還是那種沒頭沒尾，想到哪兒說到哪兒的風格，每頁紙都不留天地頭和左右邊界，密密麻麻不留任何空隙，加上她的古舊的打字機有的字母已殘缺，讀起來很費勁。內容有點像日記，從水管子漏了到生活隨感到時事述評無所不包。但是最多還是談她的作品難以出版。根據當時的紀律，所有信件都作為公文存檔，如今「侯門一入深似海」，無從查考了。

「四人幫」打倒後，1978年春她又來過一次，經我國有關部門批准帶了一個攝製組來拍紀錄片，創意是沿着她過去在中國走過的道路拍，以她的敘述為主，兼採訪當年的老人和現在的新人，體現歷史的發展和新舊對比。那次是友協別的同事負責接待，我有其他工作，只短暫地見了她一兩次，感到她比前一次老了許多，只是精神依舊，談話仍滔滔不絕。聽接待她的同志說，那一次，她已露出拮据潦倒的光景了。後來聽說那電影片終於因缺乏資金而沒有完成。

現在回想，我們上上下下全力以赴，周到、熱情地給予這位「中國人民的老朋友」以當時所能做到的最好的接待，使她帶回去一個在本質上不符合當時中國現實的形象。但是我們大多數人當時在主觀上也是真誠的。我到各地盡我所能反對掉一些「極左」的，荒唐的作法，客觀上卻起了粉飾太平的作用。無以名之，名之曰真誠的謊言。這種狀況不是過來人很難體會，而對於過來人這並不足為奇，當時不這樣又能怎樣？但是我想起她的率真和對我無保留的信任，總有一絲歉疚。斯人已矣，隨之而去的是一片不可能再現的歷史插頁。想當年海倫以其浪漫主義

的理想、熱情和才華創造過自己的輝煌，只是短暫如流星。中年以後孑然一身，消失在被遺忘的角落。她身後蕭然，無後。畢竟，她享有過最高層的、跨越國界、跨越時代——更難得的是——不帶任何功利色彩的友誼，也不負她與中國革命一段傳奇般的因緣了。

附：羅克珊·維特克(Roxane Witke)

前面提到江青想要海倫·斯諾為她寫傳未果，曾企圖讓另一位美國人維特克完成此事。這裏補充一下我接觸過的此事的部分情節。羅克珊·維特克是一位研究中國的美國學者，當時還屬於年輕一輩。她訪華由友協接待。她研究的題目是革命運動中的中國婦女，因此提出一個要採訪的人士名單，其中包括鄧穎超、康克清、江青。在北京期間，我接待過她。康克清和鄧穎超會見她是我擔任翻譯。只記得鄧穎超主要講了當年學生運動以及五四運動等情況。康克清講了一些長征的經歷，這些都是公開發表過的，個人身世談得很簡單。不久，聽說江青要見她，當時江在廣東(從化溫泉)休養，專門把她接到那裏，長談了幾個星期，從頭詳談自己的身世。整個工作由張穎(章文晉夫人)負責。「文革」開始以後，「中央領導」見外賓都由外交部極少數的幾位專人負責翻譯，旁人不得參與，所以我沒有陪去，情況是後來聽說的。羅克珊還是初出茅廬的學者，得此殊榮，受寵若驚，當然對江青所談的內容更是如獲至寶，獨家資料，足以使她一舉成名。她拼命記錄，江青還說用不着記，以後會給她一份錄音。不過她還是留了一份手稿。執政以後的中共政要向外國人這樣談個人身世，絕對是聞所未聞，而且顯然江青是沒有事先得到批准的。此事傳到北京，據說毛很不高興，責成周恩來處理。除了維特克本人的記錄，在場的工作人員和翻譯還是整理出記錄稿的。周調了這份記錄予以封存。據說中方曾向維特克要求高價買回她的記錄，她堅決不同意，帶了稿子回國。後來聽說，她回國後，各方都來

找她要這份資料，包括中央情報局，她都沒有同意，堅持自己寫出書來。與此同時，香港等地已經有各種版本的《紅都女王》之類，其實都與她無關。她是一位嚴謹的學者，看來又不是才思敏捷一類的，過了好幾年才成書。那時「四人幫」已經垮台，江青已是階下囚。當年的「獨家資料」已成街頭巷議，很少人再對維特克的著作感興趣。而她本人卻因是之故相當長的時間不獲准再來中國，而且她的名字在一段時間內在中國被與江青聯繫在一起，污名化了，真夠冤枉的。現在大概沒有幾個中國人知道這個名字了。

洛伊斯‧斯諾（loise Snow）

洛伊斯是斯諾第二任妻子。她原來是話劇演員。斯諾由於與中共的關係，五十年代初受麥卡錫主義的迫害，在美國呆不下去，就移居瑞士。所以洛伊斯來中國時已經常住瑞士，有一子一女，女兒為紀念斯諾中國之行取名「西安」。七十年代洛伊斯是常客，隨時想來就來，多數是與她的單身妹妹同來，有時和女兒同來，斯諾著作的責任編輯也曾同來。我從這位編輯那裏才知道，原來大作家對文字語法往往不拘小節，責任編輯修改文字、核對事實的工作是很繁重的，所以她的貢獻不可磨滅。洛伊斯是特殊外賓，得到高層關注，享受特殊待遇，她提出各種要求都盡量得到滿足，可以訪問一般不對外開放的地方。例如我曾陪她訪問過西雙版納和海南島。有幾次是龔普生全程陪同。龔是外交部副部長章漢夫的夫人，與龔澎姐妹同為燕京學生，與斯諾和其前妻海倫熟悉，原來與洛伊斯並不認識。洛伊斯繼承了所有斯諾的老友，包括艾黎、馬海德等在中國的國際友人圈子。龔普生說洛伊斯特別會做人，與海倫的天真直率、容易得罪人不同，以至於斯諾的老友基本上都被洛伊斯拉過去了。她在華期間也常得到鄧穎超的關注，不時送些小禮物之類。四人幫打倒後華國鋒在天安門城樓會見過她。

1973年斯諾的骨灰在北大校園內安葬，我參與其事。司徒雷登校長希望葬在燕園的遺願經幾代校友的努力，上報幾代領導，始終得不到批准。而斯諾的遺願，一半骨灰安葬在北大校園，卻得到中方最高領導的高度重視，很快得到批准。為此，洛伊斯幾次到北大校園選址，提出各種要求，她想努力做到不落俗套，別出心裁，有的不切實際。例如她要求在墓地經常散放各種盆栽，以做到四季都鮮花盛開。校方總務科的人苦笑說，不幾天就會被人都搬光了！我在一旁感到她們在中國特殊慣了，來了這麼多次，卻不瞭解中國國情，提出的要求往往給我「何不食肉糜」之感。為埋骨灰地選址也費了很大周折。我內心是有些反感的。因為我是徹底無神論者，力主殯葬從簡，況且那時的中國還處於物資奇缺的境地。她一忽兒要墓前四季鮮花，一忽兒要墓穴對着什麼風景，一忽兒說斯諾生前最喜歡校園哪一處景色之類，其實死者已矣，已經是一堆灰，沒有任何知覺，這些只是做給活人看，滿足自己的虛榮心。不過我也只能耐心在一旁向校方反映她的意見，起溝通作用。

　　安葬方案確定之後，安葬儀式、規格，是一件大事。周恩來總理是一定會親自參加的。這樣，規格絕對低不了。這期間，江青還插一手。她忽然發話說她也要參加。凡是她到場的地方，氣溫必須保持22–23度。安葬日期經各方協商定於十月中旬，那時北京尚未生暖氣，而氣溫一般低於22度。於是北大校方緊張了一陣，把鍋爐房的負責工人找來，責成他們到時候一定保證舉行儀式的禮堂和休息室氣溫達標。我親見那幾個老工人面有難色。那時沒有現在那麼先進，就靠用煤燒鍋爐。要保證恒溫是十分困難的。最後，忽然宮中傳出話來，江青不來了，只送花圈。大家鬆了一口氣。

　　以下錄一段新華社的報導，以見盛況：

新華社一九七三年十月十九日訊

　　中國人民的朋友、美國著名作家埃德加・斯諾先生的骨灰安葬儀式，今天在北京舉行。埃德加・斯諾先生的骨灰被安葬在北京大學景色秀麗的未名湖畔。墓的周圍，松柏青翠。漢白玉墓碑上用中文和英文寫著：「中國人民的美國朋友埃德加・斯諾之墓」。墓前陳放著中國人民偉大導師毛主席獻的花圈，上面寫著：「獻給埃德加・斯諾先生」。墓前還陳放著中華人民共和國副主席宋慶齡、人大常委會委員長朱德、國務院總理周恩來、中共中央政治局委員江青，以及有關單位和斯諾先生生前友好獻的花圈。斯諾的夫人和孩子及其親屬獻的花圈也陳放在墓前。

　　我國領導人和有關方面負責人周恩來、李富春、郭沫若、鄧穎超、廖承志、康克清、劉湘屏、丁國鈺，以及北京大學師生代表，參加了安葬儀式。

　　斯諾的夫人洛伊斯・斯諾和女兒西安・斯諾，以及斯諾夫人的妹妹卡欣・惠勒，斯諾的生前好友瑪麗・希思科特、畫家道格拉斯・戈斯蘭和夫人瑪麗・戈斯蘭，參加了安葬儀式。宋慶齡副主席派秘書張玨參加了安葬儀式，並轉達她對斯諾夫人和女兒的親切問候。……（斯諾生平略）。斯諾先生在病重期間，懷念中國人民，並留下遺囑，說他熱愛新中國，願把他的一部分骨灰留在中國。期諾夫人秉承斯諾先生的願望，這次把他的一部分骨灰送來中國安葬。

　　安葬儀式由鄧穎超同志主持。廖承志同志和斯諾夫人在儀式上講了話。……

　　（講話內容略）

　　斯諾安葬儀式開幕前，在休息室我還見到很不尋常的一幕。周恩來已經比他人先行到達，同時還有唐聞生在場（那段期間凡

中央領導的活動都由她做翻譯）。周與唐當然是經常見面，很熟悉的。這次周見到她，打過招呼後，忽然說：「小唐，我要向你學習啊！」唐趕快說：「我可不敢當，總理您要折煞我了」！這一對話令我驚訝，所以留在了記憶中。當時高層的鬥爭、毛的喜怒變化、周的處境，再後來，什麼「小姐派」、「老爺派」之類，分分合合，我這個旁觀者一無所知，只覺得以總理之尊，對一個隔着好幾代的晚輩如此謙卑，很不尋常。

因接待洛伊斯而到過當時不對外開放，我也不大可能去的地方，西雙版納傣族自治州即其中之一。現在那裏已是旅遊勝地，而在上世紀七十年代在內地人看來還是窮荒偏遠之地，交通很不方便。我們的路線是昆明→思茅→景洪（版納首府），中間換了幾次交通工具。

應洛伊斯的要求，在西雙版納不住招待所而住老百姓家，以體驗傣族的生活。我深知這種貌似平常的要求，對當地造成多大困難，增加多少麻煩。但是「斯諾」這個名字是和毛主席連在一起的。無論她提出什麼要求，都必須滿足。我們果然住進了一家傣族人家，我也第一次有機會領略傣族風情。那是一座吊腳竹樓，西南很多地方都有這種建築，1960年我在越南造訪胡志明住宅，也是這種四面迴廊懸空的竹樓。據說我們入住的是典型的傣族建築。其獨特之處在於屋頂的結構。屋頂作斜坡狀，就像我國南方以及東南亞等地農民常戴的那種竹編遮陽帽，中間是尖頂，很高。四周邊緣處一人高都不到。一棟樓就是一間大房間，沒有圍牆隔出的小房間，而是四周撐起幾頂比較寬敞的長方形花布帳子，前面的簾子猶如房門，掀簾進去，地上鋪着厚厚的墊子，上有被褥，猶如日本的榻榻米，床頭有放雜物的小櫃子，這就是一小家的住房了。

這種建築最獨特處在於屋頂尖。只見房屋正中，屋頂尖下，

放着煮飯的爐子和簡單的灶具，也就是廚房就在屋頂下。這尖頂起到拔煙的效果，烹調的油煙不會散到屋內，而是直接從屋頂出去。但是另一方面，這個尖頂還能擋雨，下雨時雨水順着斜坡流到外面，而不會流進屋內。大家圍着這個屋頂研究半天，煙能出去而雨不能進來，這一結構的最初設計者實在太聰明了！而當地百姓蓋房子都是這麼蓋的，民間傳統智慧到處可見。

我不知道當地風俗是否和漢族的大宅門一樣，兄弟成家之後還住在一座竹樓裏，一個帳篷就是「一房」？總之我們一行就在那竹樓中過夜，每人住進一頂帳子，被褥當然既乾淨又柔軟。帳子是當地特產蠟染的藍花布，每一頂花色都不一樣，很別致。有兩對傣族夫婦與我們同住，他們的帳篷在對面。白天他們就在屋頂下的爐子上為我們做傣族飯：竹筒米飯、烤魚，着實噴香可口。他們也是洛伊斯採訪的對象。他們會說漢話，偶然表達有困難，就由當地陪同的幹部翻譯。

還有一個節目是到勐臘趕集。猛臘已接近中緬邊境，常有集市，我們到的那幾天正好趕上一次。這是瞭解民俗的好機會，也算一個別致的節目。誰知到了那裏，人山人海，擁擠不堪，簡直無法穿過人群，更談不上擠到商販的攤位前購物了。特別是兩個洋人一出現，引來圍觀，人越來越多，裏三層外三層，退出都有困難。這種局面陪同人員始料不及，擔心安全問題，費了好大勁，總算擠開一條路，乘車回去了。我們捏了一把汗，兩位客人卻很開心，認為這才見到了真正的群眾，不斷地照相。

在西雙版納還發生一件事，就是我們坐的吉普車在狹窄的馬路上行駛時壓死了一隻雞，而司機沒有停車，直接開到了目的地。坐在車中的洛伊斯和她的妹妹認為此事很嚴重，為之吃不下飯，原來的日程也不能按計劃進行，她們一定要求到雞的主人家道歉，並給予賠償。這使當地接待人員十分為難，努力解釋說已經批評了司機，並一定會找到雞的主人道歉、賠償。但是她們仍

然不能釋懷，特別是洛伊斯的妹妹，「雞道主義」大大發作，一再說那雞也是有生命的，多可憐……這種反應完全超出那位可憐的外事處長的理解，他非常緊張，不知所措。

　　說實在的，我當時的同情不在她們這邊，我覺得她們有點矯情，她們來中國受到如此特殊的待遇，隨便提一個要求，就夠許多中國大大小小的幹部忙乎好幾天，她們也不知道當時物資匱乏的情況，自以為不要「特殊化」，要與中國人民同甘苦，結果相反，需要專門為此調動多少人力、物力，做多少特殊安排來滿足她們的「不特殊化」。如果真的與中國老百姓「同甘苦」，她們一天也受不了！現在又為一隻雞興師動眾，我理解當時那位司機是不敢停車的，因為在這樣狹窄的街道上如果停下來，引起群眾圍觀，局面失控，安全沒有保障，他是負不起這個責任的。我相信他被派來為我們一行開車，一定是當地最好的司機之一，我還擔心，經洛伊斯姐妹這麼一鬧，他是否會受處分。我對這種「雞道主義」產生反感，她們在中國的宴席上吃了多少隻雞啊！也許我自己的感情已經磨粗礪了，我常覺得這些朋友，即使是左派，大多飽漢不知餓漢饑，對真正的中國國情，中國人的生存狀態相當隔膜。我們精心、周到的接待適足以加深他們的隔膜和誤解。高層的領導也只知道這是我們的「老朋友」，隨便說一句「要重視」的話，不知為具體操作的人員增加多少負擔。

　　海南島是我們訪問的另一個不開放地區，應在「四人幫」打倒之後，大約是1977年。那次帶隊是龔普生，還有一位總工會的沈佩蓉，她也是老資格的上海地下黨出身，原來是基督教青年會系統的，後在「全總」國際部。我們在「文革」前經常合作，關係很融洽。海南島在改革開放之前是全國最落後的地區之一。由於地處前線，隨時準備打仗，所以與福建一樣，有意不進行建設。全島不通鐵路，只能坐吉普車旅行。第一站到達首府海口，實際上只有一條一公里長的街，有一些小商鋪。由於天氣炎熱，

光屁股小孩子滿街跑。想起「文革」中我們單位最激進的造反派常以「光屁股長大」自豪，這些孩子將來長大會是什麼樣呢？沒想到不久海南就成為開放的前沿，發生巨變，這群孩子的命運隨之也發生變化。

當時海南唯一可參觀的是「興隆農場」，是在六十年代印尼大規模排華時，大批華僑回國，為安置他們而辦的農場。那些華僑有的帶來資金，有的帶來知識和技術，這個農場因地制宜，種橡膠、咖啡等熱帶作物，辦得相當繁榮，成為海南最先進的農場，當然「文革」中遭到破壞也是免不了的。據介紹說，當年有的華僑偷偷帶出來印尼有名的優質咖啡種子，在這裏種植成功，因而有了優質的國產咖啡。而且與內地人喝茶一樣，當地人，包括廣州部分地區，都有喝咖啡的習慣，咖啡銷路很好。誰知在「文革」中「喝咖啡」被認為是資產階級生活方式，農場的咖啡樹竟被粗暴地砍掉了。一棵咖啡樹從種植到結咖啡豆要七年的時間，何況種子來源不容易。現在農場的咖啡樹所剩無幾，要恢復原來的規模不知還要多少年。不過我們還是被安排參觀了炒咖啡豆的工藝，老遠就聞到香氣，對我說來也是大開眼界。

在興隆還順便參觀了葉劍英的住宅，因為他是廣東人，常來廣東，興隆是他最喜歡來的地方，所以只有他有專門的住宅。那住宅也就臥室、書房和會客室相連，無甚獨特之處。只是浴室非常大，設備比較講究，裏面還有臥榻。

另一參觀點是熱帶植物園，一到裏面，與外面境界迥異，似乎不在一個地域，奇花異木見所未見。這可苦了翻譯，我們幾個人湊在一起，挖空心思也翻不出來那些奇異的植物和果子。有時講笑話，例如「菠蘿蜜」我說名叫「pineapple」，但不是「pineapple」，「honey」也沒有蜜。諸如此類。後來乾脆讓她們自己看那拉丁名字，她們也不懂，只好彼此都不求甚解。多年以後，我遇到美國研究所的同事何迪的父親何康（農業部長），他告

訴我，他曾多年在海南任熱帶作物研究院院長，那個植物園就是他辛苦的心血的產物。

到了海南，當然要到海邊，而且要到「天涯海角」。那時三亞的海岸是海軍基地，閒人免進。我們能到那裏實在特殊。在三亞，下榻的地方是唯一可以接待來賓的海南區政府招待所稱「椰莊」。建築很特別，是一片有點野趣的田園，有一些很分散的平房，我們就住在其中相鄰的幾間中。據說是劉少奇與王光美曾經住過的地方。雖然有自來水管的設備，但基本上沒有水。用水靠人力挑，像在很多農家一樣倒在儲水缸裏，不過那缸是比較漂亮的木質或塑料桶。挑水的實際上是部隊的小戰士。那個招待所大概也是屬於軍管的。起初，洛伊斯又表現人道主義，認為不該由他人給自己挑水。但是水源很遠，她是去不了的，她又不能忍受大熱天三天不洗澡，結果也就默認了。

與現在的三亞之繁榮、熱鬧截然相反，我們到了海邊，一個人影都沒有，沙灘一片金黃，海水、海灘都一塵不染。接待方讓我們在一棟更衣室休息，那是近處少見的房舍之一，據說是江青當年游泳的更衣處，也就兩間房，外面是迴廊，裏面有一間浴室，以今天的標準來看，說不上豪華。有一點是我第一次見到的，就是馬桶座圈套着絨套，據說江青皮膚過敏，故有此講究。我們終於到了鹿回頭，聽講解員講那命名由來的故事，而且真正的看到了「天涯」「海角」字樣。除了我們一行外，完全沒有其他人，無比寂靜，視野開闊，確有到了天盡頭的感覺。最近再去三亞，執意再去一次天涯海角，卻變成旅遊勝地，人頭攢動，到處是賣東西的小攤和小商販。遊客爭搶鏡頭拍照。那幾個字還在，但是完全沒有「天涯」之感，倒像是在鬧市。

不知不覺發現我到了幾個地方都注意到浴室。那是因為在那個時候，我們的住房都沒有浴室，連廁所都是公廁，每星期在單位買澡票在集體澡房洗澡，在家裏有洗澡間還是難以期望的奢

侈，所以下意識地總是注意高級人士的浴室。就像大躍進挨餓時期注意力總在「吃」上一樣。

洛伊斯是演員出身，除一般參觀外，特別關注中國的文藝政策和文藝事業。她收集材料寫了一本書，可惜那是只有八個樣板戲的時候，我見到她出版過一本書，以芭蕾舞白毛女為封皮，可以想見，時過境遷之後，很難再有讀者。去海南島那次，已是「文革」結束之後，她採訪了紅線女和關肅霜，這應是難得的機會，但最終未見她就這些訪談寫出什麼來。

海倫·斯諾沒有生育，洛伊斯生有一兒一女。女兒名「西安」，曾與母親一起來華訪問，而且還在協和住院做過一個小手術。她對中國方面把她當作斯諾的後代熱情接待欣然接受，並無特殊反應。但是她的哥哥，斯諾的兒子就不一樣。他後來來華訪問過，所到之處中國主人照例都要提他的父親，而且總要說子承父業，希望他把對華友好事業延續下去。他對此十分反感，作為六十年代的叛逆美國青年，對「子承父業」與中國人的看法正好相反，認為是對他的獨立性的否定。後來未見他的活動與中國有何關係。可能訪華之行所受到的過分熱情的接待對他產生適得其反的效果。

我離開友協後，不知洛伊斯再來訪過幾次。最後一次見面是在八十年代中期，她帶來一齣話劇《我們的小鎮(Our Town)》，與中國話劇界合作排演，邀請我去觀看。這是一齣頗有意義的戲，在美國也有一定名氣，應是她促成的一次有意義的文化交流。不過與她合作的單位卻對她頗有微詞。因為那個時候中國與外界的來往已大大擴展，「斯諾夫人」這個名字的特殊性已經減退，無復當年一切願望都必須滿足的貴賓，不再有「上面」特殊關照。而且，各單位也有財政制度，經費有限，為了「國際友人」不惜一切代價的時代已經過去。而洛伊斯本人尚未察覺這種改變，她還是一如既往，提出各種要求，例如對演員的服裝，她

憑己意挑選面料，提出裁剪方案，隨時改變主意，加以更換，沒有意識到有關單位是有一定預算的，浪費不起。因此，發生一些不愉快。不過最終，話劇得以上演，而且比較成功，總算結果圓滿。這些都是我從友協的老同事那裏聽說的。他們說，那些「老朋友」被我們「寵壞了」。不過，從另一方面講，那些老朋友也被我們「坑壞了」。他們對中國各個時期的宣傳都深信不疑，據此發表文章著作，而中國自己變了，又加以否定，使他們在西方讀者中處境尷尬，絕非洛伊斯一人為然。1989年事件後洛伊斯對中國的理想幻滅，聽說多年後她還來過一次，最後不歡而散。

美中友協及左翼人士

美國有一個「美中人民友好協會」，是左派團體，主要人員為老美共中分離出來的親毛派(正宗的美國共產黨是親蘇的)以及六十年代湧現出來的新左派。這個團體與我們「友協」是對口單位。他們每年都組織多批訪華團，大多數都認同毛澤東思想，擁護「文化大革命」（按照他們自己的理解），對美國制度和政策持批判態度。一般訪華團在中國的費用都由中方負責，路費則視情況或他們自理，或中方負擔。「美中友協」由於經費困難，訪華團旅費常由中方負擔。當時正是美歐六十年代後期學生運動高漲之時，美國不僅是學生，社會各界廣泛參加的反越戰、反核武器、爭民權的運動方興未艾，這些也與推動美國改變對華政策有聯繫。所以我們接待的來訪者中大多屬於這一潮流中的人，特別是「美中人民友協」組的團大多是「反體制」人士，有失業工人、民權鬥士(黑人)、學運積極分子，還有一些極左的小團體的成員，甚至有暴力集團的。他們對美國社會不滿，對中國的「文革」有一種天真加浪漫的錯覺，認為是人類全新的實驗，抱着熱情、好奇和學習的態度而來。實際上我們給他們看到的都是特定的路線和節目，經過佈置，遠非真相。就是有些真相，他們也是

帶着玫瑰色眼鏡看。例如長春汽車廠是經常參觀項目之一。一般先看居民住宅，那是五十年代蘇聯援建時蓋的，有幾套專門為參觀用的人家，宣傳社會主義國家的工人福利。然後參觀車間，實際上很多車間都已停工，有一兩間終端的裝配車間專為參觀而開動機器，只見工人工作慢悠悠，敲敲打打很輕鬆。這些美國人不問工作效率和產量，卻表示羨慕中國工人「真幸福」，有國家給免費蓋房子，工作卻這麼輕鬆，不像美國工廠流水線每一分鐘出一輛車，工人都十分緊張云云。

當然也有提出「刁難」的問題的：例如在上海的保留節目之一是參觀「第一百貨商店」，在物質極端匱乏時，那裏的商品還算琳琅滿目，有一位特別能言善道的經理負責接待，講起來頭頭是道，主要宣傳商品都是國產，職工待遇好，等等。有人問交稅的情況，他說我們稅很少，一共只有幾種(我忘了具體數)，然後少不得批判國民黨時期如何苛捐雜稅。那位外賓問：你們稅那麼少，政府收入從哪裏來，這麼高的福利錢從哪裏來？這在今天是常識問題，高福利與高稅收是相輔相成的。但那時的宣傳口徑就是政府從搖籃到墳墓全包，而稅收又極低。自然會發生錢從哪裏來的問題。多數外國人為「友好」所蒙蔽，竟想不起問這個問題，這一次，那位經理為之語塞，只好顧左右而言他。

當時與我們關係比較密切的朋友還有常住中國的韓丁、寒春一家。我對他們的理想的真誠和身體力行的精神始終十分尊敬。寒春原為原子物理學家，由於反對美國製造核武器，公開發表聲明退出所供職的單位，五十年代初就到中國來長住。那時來華長住的外國人多數從事兩種工作，或在大學教外文，或在新華社、外文局等單位負責潤色對外宣傳的外文翻譯稿，享受外國專家待遇。寒春和他的丈夫楊早堅決拒絕此類工作和待遇，而要定居農村，過與農民同樣的生活，為中國的農業做出貢獻。

關於寒春的事蹟，在她逝世時我國媒體有不少報導，這裏不

再詳述。只提一點我接觸到的花絮：我在友協時他們常介紹一些美國人訪華。有一次（大約1977年左右，已經是「文革」結束之後），我和他們商談接待美國人的計劃，寒春推薦了幾個團，我表示我們接待能力有限，今年任務已滿，是否可以推到明年。寒春急切地說：「為了世界革命，你們就克服克服麼！」我當時的感覺在她面前我顯得十分「事務主義」，缺乏革命激情。說明直到那時，他們的觀念還是要美國人到中國來學習革命經驗。他們對邀請尼克松訪華實際上是想不通的，不過那是毛主席的決策，寒春說「理解也執行，不理解也執行」。對於鄧小平的改革開放，特別是讓一部分人先富起來，他們更是無法接受，一直到後來，中國社會發展到如此拜金主義，更有悖於他們當初來華追求的目標。所以我想他們最後對中國是很失望的。還有一件事說明寒春是如何徹底的唯物主義，徹底地講科學：楊早生前安了一個心臟起搏器，在他去世後，她要醫生先把它取出來，以便可以捐給其他需要的人用。不論她對中國的認識是否準確，不論我對她的觀點是否同意，無論如何，這種真誠，這種言行一致的精神是值得欽佩的。

我們這個單位應該是最早與美國人有廣泛接觸的，但是雙方都有誤讀。由於來華的大多是這些左派人士，我們把實際上在美國社會處於邊緣的極少數人當作一種新興的潮流，得出美國已面臨「革命形勢」的錯覺。記得在辦公室議論美國的學生運動時，有人說，就相當於我們的五四運動，美國比我們晚了五十年！當時就是這樣認識。而且不止是一般幹部。我曾看到一份周恩來會見韓丁等美國人的記錄，周詳細詢問美國的一些左派組織的情況、影響力以及鬥爭手段。似乎也認為美國革命形勢即將到來。當時美國有各種名目以革命命名的組織如「進步共產黨」、「十月革命黨」、「革命社會黨」，等等，實際上人數極少，沒有什麼影響。但是他們都來中國訪問。其中有的組織獲中聯部正式承

認為馬列主義政黨，其領導人來訪就不是友協而是中聯部接待，享受國賓待遇，坐大紅旗轎車出入釣魚台，很是威風。由於美國結社自由，又在當時的風氣下，隨便幾個人組織起來，自稱是什麼都可以。而我們當時有些人把他們與我國初期的共產主義小組相比擬，當作是可以燎原的火種！

外國人捲入「文革」

順便介紹一下在京外國人捲入「文革」的情況。起初，外國人是不被允許參加中國的政治運動的。但是1967年春，以寒春、陽早等一批擁護毛澤東思想的在京長住外國人貼出了大字報，堅決表示要求與中國革命群眾一視同仁，一同參加這場史無前例的革命運動，同時自己以及子女在生活上不要特殊待遇。認為原來對他們生活上的特殊待遇以及政治上與中國革命運動隔絕的做法是「赫魯曉夫修正主義路線」。毛澤東對這份文件做了肯定的批示，從此一些單位的外國人也組織戰鬥隊，加入造反行列。其中最有名的是「白求恩–延安造反團」。他們不把自己當外人，還參加了本單位「奪權」，等等。李敦白就屬於這一派。後來上面突然變化，反「極左」、反「五、一六」，造反派開始挨整。那些跟着造反的外國革命者淪為階下囚。由於是外國人少不得又多一個「帝國主義特務」的罪名。近年來在中國熱銷的李敦白的自述中對他自己的這一經歷有所講述。《中國人民的老朋友》一書也有所披露。

不過和大接待的外賓都未參加造反。還有一位馬海德醫生，他從延安時期就來華，雖不是和大的外賓，但與艾黎、斯特朗很熟，經常來訪。他也是「保守派」，對洋人造反，特別是打着白求恩旗號，大不以為然，說白求恩要活着，才不會贊成他們這樣做。

十七
外國友人剪影(二)

老朋友和中國通

謝偉思(John Service)

　　謝偉思是四十年代後期美國駐華使館的外交官，也是當年國務院竭力反對美國在中國內戰中支蔣反共的那批外交官之一。他還曾參加美軍延安觀察團到過延安。他的獨特之處是以低級外交官(當時是二秘)的身份，以個人名義寫了一系列的報告發回華盛頓，表明自己的意見，而且預言未來的中國是屬於中共的。當時的美國駐華大使高斯基本上是支持這派意見的，所以才允許他發回去。當然他的意見未被採納，他們這批人在麥卡錫時代都或多或少受到排擠或迫害，謝偉思因此終止了頗有前途的外交官生涯。在尼克松訪華之前，有美國學者將已經解密的國務院檔案中謝偉思的這部分報告整理成書出版，題為《在中國失去的機會》，顯示了這位年輕外交官的遠見。因是之故，謝偉思一直被中共視為「中國人民的老朋友」。尼克松即將訪華的消息公佈後，中國政府決定在他來之前先邀請一些當年曾對中共友好的士訪華，以示「不忘老朋友」，謝偉思就是其中之一。

　　謝偉思夫婦第一次來華是1971年，我還在河南幹校。後來知道，那次全程陪同是吳世良，她和她的丈夫英若誠都是我清華外文系的同學，比我高一班。我接待和陪同謝偉思夫婦是他們第二和第三次來華，由友協接待，以後我每次到美國都與他

們相聚，成為我因工作而建立私交的少數美國朋友之一。

1975年我陪同謝偉思夫婦第二次來華，到過的一個特殊的地方是西藏，也是未開放地區，需特殊批准。當時謝偉思已超過七十歲，剛剛小中風一次，動了心臟手術。一般說來，從健康考慮，此行有一定風險。但是他堅持自己沒問題，認為錯過這次機會以後就更難了。經過協和的醫生檢查，也確實沒發現什麼異常。於是我們三個人就到西藏訪問了一星期，只在拉薩。出乎意外的是，他的夫人和我都出現高原反應，身體不適，夫人一到那裏就感冒，整個一星期有五天是臥病在床，只有謝偉思像沒事人一樣，照常活動，沒有任何不適應，還常常取笑他的老伴。

我們先乘機到成都，再轉機到拉薩。接機的車輛一直開到飛機旁，沒有經過候機廳。接機的車裏都備有氧氣枕。如感到不適，隨時可以吸氧。我們是選最好的季節去的，拉薩的天空湛藍湛藍，給人的印象空氣十分新鮮。所以我起初覺得氧氣枕是多餘的。誰知從機場還沒有到達招待所，已經開始感到不適，主要是頭痛噁心。沒有撐到下榻處，就忍不住要吸氧了。那時的西藏沒有賓館，最好的住地就是政府招待所。設備還差強人意。餐廳的伙食與內地的差不多，當然比較簡單，據說蔬菜、豬肉等食品都是從成都空運來的，每天一班飛機。

「文革」期間這裏也未倖免，寺廟都被關閉。我們訪問了大昭寺和另外一些地方，見到了喇嘛誦經，主人應謝偉思的要求，找來幾個喇嘛與他座談。還到八角街參觀市容，訪問了藏民家，喝了青稞酒、奶茶。我不知道那時的寺廟恢復了幾座，還是和內地「文革」期間停工的工廠專為接待外賓而開幾個車間一樣，喇嘛廟也專為參觀而開？很難說我們當時看到的幾分是真相。不過布達拉宮完整保留，未遭破壞是真的。山坡雖然不高，但在缺氧的情況下爬上去相當費勁，氣喘吁吁。宮殿的金碧輝煌確實不同凡響，與內地的寺廟格局大不相同，沒有一尊主要的大佛，而是

有無數大大小小的佛龕，裏面都有佛像；另一特色是到處都是金子，佛像都是金的(至少是鍍金或包金箔)。還有一座座金塔，都是歷屆達賴埋葬處。還有一座類似故宮皇帝的寶座，座椅和通向寶座的台階都是包金的。講解員說，那就是五十年代中央為方今的達賴喇嘛建的，可惜建好沒多久，他就出走了。

我們還參觀了達賴喇嘛的住處。現在已經記憶模糊，比較突出的印象是生活方式比較「洋」，裝飾的風格是藏族的，但主要設備，包括床、沙發、電燈等等都是舶來品，而且相當先進。特別是浴室(我又注意到浴室)，設備都是「洋」的，其講究和先進的程度與我在歐洲的大酒店中見到的差不多。在當時的中國很少見。所以我當時突出的感覺是達賴喇嘛很不簡單，已經相當西化。據說西藏的上層貴族子弟一等的留學英國，二等的留學印度，所以英文都很不錯。

謝偉思是一個正直善良的人，他對中國友好，讚揚新中國的一些成績，是發自他自己內心的認可，其衡量的標準還是他的自由、平等、公正、廉潔。他對在西藏所見所聞有何感想，沒有和我多談，但我感到他將信將疑，心中有許多疑問。有一件事，他坦率地表示了自己的意見。就是在開始參觀之前，照例放一部電影《農奴》，主要用意是先對西藏的歷史做一些鋪墊，以便作新舊對比，重點強調過去農奴受壓迫的悲慘生活。但是對謝偉思說來，效果適得其反。他對我說，這部電影太誇張和煽情，反而給人以不真實的感覺。他還說，連他這樣沒有成見的都有此感，這部電影對一般西方人肯定不會有創作者想達到的積極效果。這些話，他只和我講，沒有與當地主人講，否則可能會引起尷尬的局面。

這次我因接待謝偉思還與一位著名老話劇演員有過接觸，也算一段花絮。謝偉思在重慶那幾年，夫人留在美國沒有同去。他與這位演員有過一段戀情，而且已經達到難分難解的地步，乃至謝曾一度決心與髮妻離婚與她結婚。但是與許多小說戲劇一樣，

他一回到美國，見到妻子孩子，這離婚的決心就很難下了。那時的美國對婚姻家庭的觀念還是比較傳統的，總之，終於婚沒有離，與中國戀人也就緣份告盡。以後當然不可能再有來往。幾十年後，謝偉思再次來華，那位演員聞訊後一定要來見一面。我正是因此而與她有了接觸。據接待謝第一次來訪的吳世良告訴我，那一次她已經來見過，謝偉思夫人十分大度地請她一起吃了一頓飯。這次她又要來，謝不太願意，但是她堅持，終於在他們回國赴機場之前趕到北京飯店來送別。我只聽見謝偉思對他說，你真不該來，她只是苦笑。看來謝偉思早已回歸家庭，而女方卻舊情未斷。這是我對這一花絮的解讀。

1978年，謝偉思再訪華，這回是隨一個教育代表團，團長是前加州大學校長科爾（Clark Kerr）。這個訪華團是謝促成的，但他非常低調，對團長十分尊重，處處把團長推在前面。科爾是親民主黨的，在雷根任加州州長時因意見不合，而為雷根解職，在教育界很有威望。他在美國應屬略偏左的開明派，謝偉思說動他組團來華訪問顯然是想通過他促進美國教育界對中國的瞭解。這次訪華與上次雖然只隔三年，中國卻形勢大變，是在四人幫打倒之後。1978年正是中國恢復高考的第二年，而且也是取消知青上山下鄉政策正式宣佈的一年，作為教育考察團，他們到處聽到的都是批判「文革」破壞教育的內容。這與幾年前謝偉思訪華的情況大不相同，以前訪華的節目中還包括知青代表談「廣闊天地，大有作為」以及「接受貧下中農在教育」的體會。現在，下鄉的政策已被否決。各地接待者都引用鄧小平的說法批判知識青年向貧下中農學習的口號：有知識的和沒有知識的，究竟應該誰向誰學習？（大意如此，原話措辭不一）。中國情況的風雲突變，宣傳口徑也隨之翻來覆去，確實令「老朋友」們無所適從。

謝偉思還為費正清說情。費正清的大名在美國和在中國都比謝偉思響亮得多，他也是因為反對美國片面支蔣，在新中國成立

後主張美國承認中共而受到華盛頓的排擠，在麥卡錫時期受壓。但是索爾仁尼琴的《古拉格群島》出版後，他寫過評論文章，其中把中國的勞改營與之相提並論，因而開罪於中國當局。以至於中美關係解凍後，許多老中國通應邀訪華，他的要求遲遲得不到批准。為此，謝偉思在某個場合曾向中國官員表示，費正清總的還是對中國很友好的，應該讓他來華。關於那篇評《古拉格群島》的文章是在中國「文革」時期寫的，就算是針對四人幫的好了。這是謝偉思厚道之處。據我所知，費正清在美國的中國研究界享受至尊的地位，從來沒有關注過謝偉思。實際上不久之後，費正清就得以訪華。與謝偉思的說項是否有關，不得而知。

　　1979年王炳南率友好代表團訪美，到達加州時，謝偉思在他伯克利的家中接待了全體代表團。他對中國有難以割捨的感情。隔絕多年後，現在又恢復來往了，其心情可以想像。對我們首次訪美的民間代表團也分外熱情。他家是一所隨半山腰建起的多層房屋，依山傍海，房間錯落有致，門外花草葳蕤。他在書房中接待我們，這間房很寬敞，三壁圖書，一面是落地長窗，君臨大海。大家都對他的優美的住處讚賞有加。美國像謝偉思這樣的人，雖然在某個特殊時期在政治鬥爭中曾受難，但最多是在政界受排擠。謝的外交官的仕途受阻，沒有升得更高（他最後的職務是駐英國利物浦總領事），但還是能夠另闢蹊徑發展。他離開國務院之後到一家企業任職，做工程技術工作，居然還有一項發明獲得專利。麥卡錫主義臭名昭著，舉世皆知，美國人引以為恥。但是與我們所熟悉的那種歷次政治運動中家破人亡的殘酷迫害不可同日而語。他訪華中，遇到略知一二那段歷史的中國人，都喜歡強調他過去如何正確，因而受迫害，這使他有點尷尬，他自己並不願意以訴苦的調子談那段歷史。

　　不過他作為「中國通」，在預言得到證實，中美恢復關係的新形勢下，卻沒有在學術界、「思想庫」的圈子內受到應有的重

視。佔據中國研究界的又是另外一批人。老一代的有先見之明的，似乎已被遺忘了。謝偉思不止一次和我說：他第一次重訪中國，就同基辛格住在一個院子裏，早上起來散步常見面，互相有禮貌地打招呼，基辛格當然知道他的情況，但是從來沒有一次同他談談中國，或向他諮詢一些問題。

八十年代我到美國，訪問伯克利加州大學的東亞研究中心，中心主任是斯卡拉皮諾，他作為中國研究專家當時在中美雙方都正當紅，手頭有許多經費，在兩國之間頻繁往來，主持各種學術活動。謝偉思曾任「中心」的圖書館主任。「中心」的一些活動，他只是作為旁聽者參加。秘書們對他都很客氣，但是顯然他是受到冷落的。在伯克利，他也曾向我發牢騷說，有些人當年發表了那麼多後來為事實證明是錯誤的意見，現在變過來了，又以一貫正確自居，好像大家，包括他本人，都忘記了他以前怎麼說的。我覺得他指的就是斯卡拉皮諾，斯與謝是非常不同的人，在美國的學界、政界都如魚得水，在他心目中，謝偉思應屬於「左傾」，可以想見，他不會彰顯謝偉思在中美關係中的歷史功績。

幾年以後，我到加州再訪謝偉思，他們已經賣掉那所美麗的住宅，住到了位於奧克蘭的一所養老院中。我第一次領略到美國高級養老院，的確環境優雅，生活方便，硬件軟件都很理想。儘管如此，我覺得他們過早離開那麼優美的住宅，住進這裏，還是很可惜。在這裏上下電梯到處遇到的都是顫顫巍巍、老態龍鍾、說話都不太清楚的老人，謝偉思是顯得最輕健的。我向他說了我的想法，他立刻對太太說，你看中筠也說我們賣掉那房子太可惜吧！他向我解釋說主要是太太力主這樣做，因為她理家太累了。她確實比較體弱，後來先於他去世。

謝偉思當年有一個觀點後來在美國的中國研究界廣受批評：他說中共不同於蘇共，他們的目標只是土地改革，讓耕者有其田。換言之，中共更接近中國傳統的農民革命，而不是共產主義

者。四十年代末，在美國對中共確實有兩種看法——是「共」的成份更多，還是「中」的成份更多。謝偉思就屬於「中」的成份更多這一派，從這一觀點出發，中共只是反對國民黨的腐敗專制，並不打算建立與蘇聯完全一樣的制度，執政後也不會成為蘇聯的衛星國，因此美國不必害怕中共得勢，如果政策得當，是可以爭取它和蘇聯拉開距離的。但是中共執政以後，從宣佈「一邊倒」到朝鮮戰爭，以及以後所發生的「以階級鬥爭為綱」的種種運動，都否定了這一派的說法，最後，中共確實與蘇聯拉開距離了，卻比蘇共更左。因此謝偉思這一派的主張受到了攻擊。謝解釋說，他是根據訪問延安時所看到與聽到的，以及中共領導人向他們表明的政策思想得出的看法，至於後來他們變了，是他無法預料的。

更使他無法預料的是八九‧六四事件，這對他打擊很大。之後，他沉默了很久。1990年新年我照例收到他們兩人簽名的賀卡，上面寫道：「你，中筠，仍然常在我們心中」。我理解那潛台詞是說他們對中國完全失望，只是還把我個人當作朋友。兩年後，我赴美做訪問學者，在回國的路上經加州，又去訪問他，這次，他已明顯衰老，不方便開車來接我了。我這次見他還有一個類似口述歷史的任務，為了寫中美關係史中的「中國通」的作用，請他談他的親身經歷。他談了很多，但比較龐雜，難以記錄，他答應以後給我一份書面的自述。但始終沒有給我。沒想到這是我們最後一次見面，1997年我再有機會到加州，他已作古。

拉鐵摩爾（Owen Lattimore）

拉鐵摩爾在美國的老「中國通」中經歷比較複雜，也非常豐富多彩。他生於美國，在繈褓中就隨父母來中國，其父母在天津北洋大學教書。十來歲時被送到瑞士上中學，後因經濟困難，沒有上大學，又回到中國。二十年代在中國從事過多種職業，與各階層、各派的中外人士有廣泛聯繫。還不止一次隨駱駝商隊橫穿

蒙古沙漠到新疆。他沒有大學文憑、正式學位，卻通多種語言，包括法文、俄文、中文、蒙古文。他不同於學院派的東亞事務專家，也不是美國「思想庫」中人，而以善於深入基層，獲得實際知識自詡。他興趣廣泛，見解獨到，邊疆學是他的獨特愛好和研究領域。儘管沒有學位，卻得到不少研究所和研究項目的聘用。三十年代曾擔任「太平洋關係學會」的刊物《太平洋事務》的主編，堅持「客觀」立場，中、日、蘇、美各方觀點的文章都登，特別是刊載過正面肯定斯大林大清洗的文章，因此受到很多批評。但是蘇聯也不信任他。1936年他因會中文，以翻譯的名義隨美國《美亞雜誌》的編輯訪問過延安，與毛澤東、周恩來會見，聽他們長篇介紹中共的主張，並採訪過群眾。他與斯諾等到延安的外國人一樣，對延安的新氣象，以及中共當時所宣傳的主張都有好感。但是有一次他見到一名蒙古族人，開始用蒙語同他對話，立即被陪同人員打斷，使他意識到在延安實際上是不能自由交談的，因此經驗，以及其他一些因素，他對中共保留多一些。

二戰時他為羅斯福派往重慶，任蔣介石的顧問。這一派遣並不是因為他與白宮有關係，恰巧相反，是因為羅斯福不願被認為與蔣的關係太密切，想派一個既瞭解中國而又與美國政府沒有關係的局外人。另一方面，當時美國政界和國務院親日派居多，對日本的野心估計不足，而羅斯福主張遏制日本勢力，支持中國抗日，特別主張中國應該避免內訌而組成抗日統一戰線。拉鐵摩爾正好也持此觀點，並發表過幾篇比較有說服力的文章。因此被推薦給羅斯福，派往中國。他在1941–1942年之間在重慶，身份是蔣介石特聘的美國顧問。當時中、美、蘇以及中國國內的國、共之間關係錯綜複雜，非常微妙。他與各方面都有接觸，與蔣的關係也很微妙，自稱是「顧而不問」。他力主支持中國抗日，並主張中國各種力量結成統一戰線團結抗日，這點與當時重慶的主流觀點一致；但是另一方面，他經常為少數民族說話，要求蔣放寬

政策，給邊疆地區多一點自治，則與中國政府大多數官僚的意見相左。

　　他雖然不親共，但對共產黨給予積極的評價；對蔣本人很崇敬，但對國民黨的腐敗、官僚作風多所批評，引起美國右派人士不滿，特別是親蔣的「院外援華集團」人士的敵視。麥卡錫時期他被指控為蘇聯間諜，受到國會多次傳喚，審查，延續幾年，成為一樁有名的公案。最終法院以證據不足，未予定罪。恢復清白後，他移居歐洲，先在英國里茲大學主持中國和蒙古學研究，在那裏退休後定居法國若干年，最後回到美國，在羅德島去世。由於他的經歷複雜，在錯綜複雜的國家民族關係中與敵對雙方都有聯繫，常被雙方都懷疑為間諜。

　　他的專業是邊疆學，對中國的興趣在於邊疆的少數民族地區，同情也在少數民族這一邊。因此國共雙方都對他不看好。關於邊疆問題，他有自己一套理論。他很早就支持外蒙古獨立，以後與蒙古人民共和國領導人的關係最好，訪問蒙古最頻繁。中蘇交惡之後，他保留自己的看法，並未倒向中共。因此與中共有隔閡。「文革」期間，我在機關中曾見到「上面」發下來一份供學習的小冊子，其中把馮友蘭列為反動學者，拉鐵摩爾列為「國際間諜」。不過這個小冊子很快被收回，影響不太大。

　　中美關係解凍後，1972年他就提出要求訪華。此時他定居法國，與中國駐歐洲國家的使館已恢復來往，再次被承認是「老朋友」，應是友協工作的範圍，因此我得以負責辦理他的訪華事宜，並全程陪同。關於他的訪華，還有一段有趣的故事，在今天可稱之為「八卦」：他原來的夫人伊利諾埃也是中國通，他們兩人感情甚篤，總是出雙入對，兩人長期合作著述。但是伊利諾埃不幸去世了。他又結識一位丹麥的女漢學家，在他要求訪華的信中稱她為「未婚妻」，要求與她一起訪華。我方當然不知就裏，就準備同意他們一道來華。誰知那位丹麥女士單獨來信要求訪

華，隻字不提拉鐵摩爾。後來我們才弄明白，原來「未婚妻」云云，是老頭一廂情願，人家根本不認，還為此十分憤怒。這件事成為我們辦公室的一椿笑料。

1972年秋拉提摩爾終於成行。與他同來的是他的孫子大衛・拉鐵摩爾和一位日本女士磯野富士子。大衛也學中文，後來研究中國古典文學，來華時可能二十歲還不到，留長髮，還紮成馬尾辮，那是那個時期美國青年的時尚。祖父告訴他到中國來就必須剪辮子，他不服，自己跑到中國大使館去問是否有此規定，得到的回答是無此規定。於是他理直氣壯地留着辮子來了。不過確實帶來一定麻煩，由於他面目清秀，常被誤認為是女孩，上廁所經常被領錯地方，或者被認為是誤闖。至於那位日本女士，來華身份是拉的助手。她自稱是日本社會黨左派，丈夫在日本。在中國時拉對她言聽計從。最後，我見到她整理拉晚年的口述回憶錄，出版時拉已去世。大約也算拉鐵摩爾的一位晚年知己。

在北京的重要節目之一是外交部一位主管蘇東的副部長同他談中共對蘇聯的看法。這是「必修課」，與過去揭露和譴責「美帝」一樣，在這段時期對外宣傳的主要內容就是揭批蘇聯。對於拉鐵摩爾這樣既對華友好，又對蘇聯「認識不清」的人士，更要竭力「做工作」，說明中共為什麼反對蘇共，以說服他認同中方的觀點。那個時期中共批判蘇聯的主要內容，一方面談它對外的霸權主義，證實「社會帝國主義」、「新沙皇」的帽子；另一方面，列舉其國內的政治腐敗和與社會主義原則相違背的經濟現象，以證明它已經走上「修正主義」道路。其中具體的例子有權貴們的高收入和奢侈的生活方式，高級知識分子的高薪和特殊待遇，赫魯曉夫的女婿阿朱別伊平步青雲任《真理報》總編，作為任人唯親的典型例子，還有到處有地下工廠，實際上是私營經濟正在興起，等等。

拉鐵摩爾並未被說服。他坦率地表示了不同的意見。他認為

有些例子只能説明是腐敗現象，哪個國家都有，不足以説明蘇聯作為社會主義國家的根本性質已經改變。至於像愛倫堡這樣的大作家享受比較高的待遇，更不能説明是修正主義的表現。談到蒙古，中方當然把它作為蘇聯的傀儡，不屑一顧。拉鐵摩爾對此特別強烈反對，舉出許多例子説明蒙古是有獨立性的，並且國內建設有成績。看得出來，他對蒙古有特殊感情。那場談話明顯的話不投機，不過雙方還是保持友好。周恩來會見他們一次，他和周在重慶就曾見過幾次，此番也算話舊，談話內容我完全忘了。

　　內蒙、新疆是必訪之地。他二十年代曾隨駱駝商隊穿行沙漠，歷時三個月，這次滿足他重遊舊地的願望，當然交通工具完全不一樣。在新疆除烏魯木齊外，南至吐魯番，北至伊犁。還住過哈薩克人的帳篷。這對我也是新的體驗，大開眼界。拉很注意新疆的坎兒井保存的情況，在缺水的地方坎兒井是當地人的一大發明，這也是我從他那裏得到的知識。從烏魯木齊坐汽車駛向吐魯番，忽見前面的山一片紅，加上參差不齊的山尖，真如火焰一般，穿過這一片紅色的山隘，氣溫陡升，忽然像是進入了蒸籠。烏魯木齊的氣溫不到20度，吐魯番是39–40度。據此，我可以肯定《西遊記》的作者一定親身到過這裏，不然無論如何想像不出「火焰山」這樣的地貌景色。吐魯番低於海拔，天氣酷熱而風景優美，到處是各種造型的葡萄架，風物接近中亞。這裏的葡萄特別甜，我恍惚覺得到了《聖經》中提到的流着蜜和奶的地方。我們住的賓館是一排平房，外面就是葡萄架。服務員都是不到二十歲的小姑娘，都夠得上小美人，賞心悦目。我切實體會到那首人人會唱的歌詞「那裏的姑娘辮子長呀，兩個眼睛真漂亮」，完全是寫實的。我發現，新疆的姑娘二十歲之前，或者説結婚之前，都是名副其實的美人，是中亞婦女的特點，但是結婚之後，特別是生了孩子，很快就變了，二十五歲以上的婦女完全是另一個樣。據説是因為生活艱苦，婦女尤其裏外勞動都要做，而且在

家常常挨打，那時新疆人打老婆是家常便飯，不知現在是否有改變。這裏的婦女青春短暫，很可惜。我只見到過一位女士，四十多歲還風姿綽約，面目姣好，那是賽福鼎夫人，當時以自治區文化局長的身份出面接待外賓。據說她原來是舞蹈演員。駐顏有術與生活條件還是有關係的。

應拉鐵摩爾的要求，我們特意在內蒙的一個小鎮逗留了半天。那裏三十年代曾有過人相食的大饑荒，埃德加‧斯諾的書中對那慘不忍睹的景象有生動的描寫。拉鐵摩爾當年騎駱駝之旅也曾到過那裏。沒想到我們一到那裏，惹來了傾城出動的圍觀，真的是萬人空巷。那個地方大概從來沒有見過外國人，看洋人比看戲新鮮多了。不但街上人山人海，我們的車子幾乎走不動，而且兩邊的樓房(二層樓居多)窗戶擠滿了人頭。我雖然已經習慣於外賓到處被圍觀，但是這樣的場面還從來沒有見過。比洛伊斯在西雙版納集市那次還要厲害得多。不過拉鐵摩爾卻十分滿意。他注意到所有的人都很健康，沒見到面有饑色的，與他當年來看到的面黃肌瘦的人群大不相同，說明生活大有改善。

在內蒙，又出現一點與中方的分歧，就是對德王的看法。日本侵華時，德王曾與日本合作，企圖借日本之力向中央鬧獨立，因此在中國人眼中，他是漢奸無疑。而另一方面，德王是改革派，他在內蒙有許多善政，特別是發展教育，引進現代思想和科技，改善底層百姓的處境，而這些又是在與日本合作中實現的。拉鐵摩爾肯定的是後一方面，認為德王對內蒙人民還是做了好事的，不能一概予以否定。至於對當時的中央政府鬧獨立，從拉的觀點看，並不算大過，外蒙現在已經獨立，中共不是予以支持嗎？這些話大多是他私下同我說的，在與內蒙主人談話中並沒有全部搬出來，只是簡單提了一下德王在內蒙的改革，否則一場爭論是免不了的，可能不歡而散。在這點上，他比一般美國人世故圓滑些。

總的說來，拉鐵摩爾對這次訪問很滿意，一路上對中國的進

步肯定較多。儘管那是在三年饑荒、十年浩劫之後，百廢待興，但是中國在接待外賓，給他們以好印象方面是特別有辦法的。另外，拉這回走的路線是他二十年代末走過的最貧瘠、荒涼的地方，與那時的印象對比，無論如何是大有進步的。回到北京，在送別宴會上他講了一番話，我記得的有以下內容：一般人都是年輕時激進，年老時保守，而我在某個方面正好相反。我過去對中國邊疆的看法，同情都在少數民族一邊，對中國需要統一體會不深。這次我看到了統一的中國為邊疆人民帶來的好處，改變了我的看法。

我的理解，他最後總結性地表明態度，支持中共統一中國，也肯定中共的少數民族政策，希望中國當局不要因他過去的著作而把他當作支持分裂勢力的西方人。這是我的理解，至於中共領導如何看，我不知道。以後他沒有再來中國，但是與蒙古國一直關係密切。1979年獲蒙古人民共和國最高榮譽獎：「北極星獎」。烏蘭巴托國家博物館還以拉鐵摩爾的名字命名一條新發現的恐龍。

夏仁德、夏亨利父子

夏仁德(Randolf Sailer)自上世紀二十年代來華，執教於燕京大學直到1950年回國，凡二十餘年。他之於燕大與溫德之於清華有點類似 —— 執教的時間很長，有幾代學生，深受學生愛戴。他原來專業是心理學，曾任心理學系主任，我到燕大時他是教育系主任。他和溫德一樣，從1935年的一‧二九運動到1946年的「反饑餓、反內戰」學生運動，都積極支持。他也曾多次保護、藏匿過受國民黨追捕的中共地下黨學生，並送他們逃走，包括黃華、龔澎等人。他家曾是燕大學生地下組織開會的地方，還幫助藏匿秘密文件。太平洋戰爭爆發後，他與司徒雷登校長等一道被日寇關進集中營。與溫德一樣，他本人並不信奉共產主義，是真誠的民主自由主義者，反對國民黨的專制，支持言論、結社自由，當

然包括讀書自由。那個時期中共領導的學生運動都是反專制、反一黨專政，要民主，要自由，得到他的支持是順理成章的。我聽龔普生說過，她最初接觸到馬克思的著作就是在夏仁德的課堂上。他的正義感十分強烈，1946年「沈崇事件」引起的大規模學生抗議遊行，他親身參加，走在燕大的隊伍前列。

與溫德不同的是，夏仁德出身於基督教家庭，本人是虔誠的教徒，在為人處世中恪守基督教道德的最高標準。例如他不肯坐黃包車，認為有反人道主義。又如四十年代末經濟已經非常困難，學校食堂的伙食質量很差，除了特殊日子外，幾乎見不到肉。而教授的工資比較高，家中有廚師，還有一定的補助。他堅持要他還是小學生的兒子夏亨利到學校食堂與同學一起吃飯，而不享受家中比較優越的條件。夏亨利童年都是在中國孩子中混。許多當時燕大的學生還記得他在校園中的淘氣，還經常找人要糖吃。我想上帝如果選模範子民，夏仁德是當之無愧的。

我在燕京沒有上過他的課，只在校園中見過他匆匆走過。不過他德高望重，提起Dr. Sailer（這是所有人對他的稱呼）無人不曉。與我住同宿舍的表姐童曉禮是教育系的，我從她口中常聽到Dr. Sailer的名字，得到的印象是一個十分值得尊敬而善良的老師。但是，到1949–1950年間「肅清美帝國主義思想影響」的運動中，這位教授仍然在劫難逃，竟和許多美國教授一樣蒙上「特嫌」的污名，最後不得不黯然回國。

他再次來華是1973年，在「老朋友」訪華潮中，偕夫人和兒子夏亨利（Henry Sailer）一道來，由友協接待，我才與他本人有了直接的接觸。當時他已經七十多歲，作風十分謙和，不大像西方人。我的第一印象就是有中國的古君子之風。克己、謙讓，特別怕麻煩別人。他當然關心過去老同事和學生的處境，但絕不主動提出要求見他們，總說他們很忙，不要耽誤他們寶貴的時間。他也絕口不提過去幫助、掩護學生之事，人家向他提起，他的表情

好像很覷睞，表示不值一提。他的學生黃華當時任駐聯合國代表，他們在美國能見到；龔澎已經去世，她的姐姐龔普生參加夏仁德的接待和陪同，能經常見面。龔對夏仁德感念很深，在當時可能的條件下，竭力安排他多見老友。他見到了謝冰心、吳文藻、費孝通、孫幼雲、雷潔瓊等燕京舊人。他從未與美國政界有聯繫，那時也不是什麼大名人，如果他自己不提，中方自然不會安排什麼「首長會見」。龔普生為此不平，認為周恩來應該見見這位老朋友，夏卻一再推辭說自己不重要，不敢耽誤總理的時間。後來經過龔普生的努力，在「五一」勞動節中山公園群眾遊園活動時，趁周恩來參加之機，在音樂堂與他們父子做了短暫的會見。周秉其一貫的作風，對夏仁德過去的情況表現非常熟悉，態度十分親切熱情，對他在燕大支持進步學生的功績稱讚有加。夏仁德只是一個勁兒地說「不敢當」。「不敢當」是他在華期間說得最多的一句中國話。這是他離開燕京，離開中國後第一次，也是最後一次來訪，在講究等級、「規格」的中國，顯得不夠重視，龔普生一直於心戚戚，為他抱不平。不過總算與周總理見了一面，也足以彌補。

我再次見到夏仁德是1979年隨王炳南率領的友好代表團訪美。我們是先到西海岸，飛機因誤點，到達紐約機場時已過半夜。在機場迎接我們的人群中竟然有夏仁德。那時他已經八十歲了，還和大批人群一起耐心地等了幾個鐘頭。而結果也只是和大批接機者一樣排隊和代表團成員握了一次手。有些參加接機的「重點」人物在中國駐美使館安排下，單獨介紹給團長，還交談幾句，夏仁德卻不在其中。估計這一代外交官不見得瞭解有關的歷史，況且此一時彼一時，使館要爭取的是當前「有用」的人物，沒有閒情去懷舊。最後，夏仁德在無人注意的情況下默默離去。我們代表團中瞭解他的情況的都對這種無情的安排憤憤不平。兩年後他即去世。

夏亨利與他的父親性格迥然不同。他七十年代隨父來華時已經是成功的律師，是華盛頓最著名的一家律師事務所的合夥人。他活潑、外向，凡是他記得的中國話都是標準北京腔，地道而流利，還會背「小耗子，上登台……」；但是他能説的有限，多是兒童語言，一般交談還得用英語。他對父母照顧有加，不過顯然觀念不同。兒子認為老頭比較迂。他曾私下對我説，父親虔誠地相信上帝，他則只相信自己，自己過不好誰也幫不了你。另一方面，老夏仁德有一次跟我説他兒子當律師，十分賺錢，不知他在做什麼，律師這一行「難得誠實（原話是：can hardly be honest）」。夏亨利如何做律師我不得而知，但是做朋友十分坦誠、熱情、豪爽，至少對中國人如此。他在華盛頓的房子比較大，一時間成為許多訪美的中國人落腳之地。我也在他家住過，而且還介紹過兩位朋友一起去住。他有五個孩子，除了小女兒還在上大學外，都已各自成家，不在身邊。他曾帶小女兒來過一次中國，是個很可愛的姑娘。但是不久後，他跟我説他很發愁，那個小女兒害了厭食症，這是可能致命的。我第一次聽到這個詞，感到不可思議，他解釋説這種病在美國很流行，就是女孩子要減肥，拼命節食，久之就真的厭食，最後可能絕食而死。我當時聞所未聞，如天方夜譚。在此之前，我們在批判資本主義腐朽生活中有一項是「減肥」，説那些資本家吃得腦滿腸肥，在全世界有多少人吃不飽飯時他們竟得肥胖症。我還因此學到一個英文字「obesity」。現在進一步還有厭食症，更是資本主義腐朽的表現了。多少年後所有這一切現象在中國大地又全套重複一遍。正如當年我們對外國人説，污染現象都是資本主義唯利是圖的產物，我們社會主義是不會有污染的一樣。撫今思昔，歷史真是諷刺。（夏亨利的女兒後來痊癒，正常了。大概多數人還是會恢復正常的）。

夏亨利雖然對中國也感情很深，但與他的父親不同，並不對

中國的一切都信服。他的政見基本上屬於民主黨的自由派。首先對尼克松深惡痛絕，對於第一個打開中美關係的竟然是尼克松，頗不甘心，始終耿耿於懷。他堅持認為甘迺迪如果不遇害，應該能夠連任，在他任期內是可以做到與中國解凍的，而且他和他的同僚們已經在做準備。對於甘迺迪之死有各種說法，他卻是對華倫的報告完全相信（至少他對我這樣說），這令我感到意外，因為平時他對美國政治表示疏離，常採取冷嘲熱諷的態度。

夏父子訪華時，是林彪事件之後，「批林批孔」之前，人們似乎稍微鬆一口氣，可以把一些倒行逆施的做法都歸咎於林彪及其死黨。不過對毛的崇拜和一些基本的教條是不能變的。我當時還處於迷信教條時期，而且職責所在，必須為一切現行政策辯護。因此與夏亨利有過幾次辯論。例如他每舉出我無法否認的負面現象時，我就搬出「主流、支流」之說，表示不能以偏概全。印象較深的一次是關於人的階級性。他否認人性以階級分，並舉出任何階級的人都有母愛、親情為例。我卻舉出唐太宗殺弟、武則天殺女，以及中外都有的宮廷奪位的殺戮來說明親情到剝削階級就不適用。他說其實這種違反人性的事在平民中為爭奪很少的財產也時有發生，只是不會寫入史冊。還有他對芭蕾舞禁演《天鵝湖》，只許演樣板戲也不以為然。這點其實我私心是同意的，只好不作聲。

若干年後，中國的形勢和我自己觀點有很大變化，在與夏亨利交往中，談起他第一次訪華與我辯論的情況，他常以此取笑我。1982年我在美國當訪問學者時，帕瓦羅蒂來華盛頓演出，票價昂貴，需要半年前就訂，夏亨利特意早早訂了票請我去聽，而且是很好的座位。這是一場難忘的藝術享受。觀眾與歌唱家的熱情互動也令人感動。不但座無虛席，而且台上也坐了幾排觀眾。帕瓦羅蒂謝幕時還不忘轉身向背後台上的聽眾鞠躬，他對觀眾的確熱情而周到。

在我要求之下，夏亨利幫我安排過一次旁聽法院審案，使我對美國司法有一點感性認識。那當然不是大案要案，而是一個地區法院的審理。進入法院大樓，有許多間法庭，我被領進一間法庭，並不像我想像那麼莊嚴肅穆，旁聽席有不少人，在開庭前來來往往自由出入。那是一起街頭盜竊(或搶劫)的普通案件。被告是一名黑人青年。只見他對法官的詢問都一一「供認不諱」。法官卻一再追問：你是真的做了嗎？並一再提醒他，他所供認的都將作為定罪依據。給我的印象與通常審案的觀念相反，好像法官不希望他認罪。那名青年也無懼色，好像是課堂對老師的答問，很平常。這次旁聽改變了我對法院審案的想像，感到很新鮮。事後我對夏亨利說我的觀感。他說此類小案件每天都有多起，審都審不過來。但是警察抓住作案人只能送法院，法官也不願意把他們都關進監獄，所以傾向於從輕發落。

以後我每次訪美，或他訪華，我們都會相聚，後來他與陳樂民也相識、相熟。他來中國有時是隨美中關係委員會組團來(他一度曾是該組織的理事)，有時是自己來，為的見見老朋友，而這些老朋友日益凋零，我本是「新朋友」，後來就變成老朋友了。他當然願意為促進中美關係而做出些貢獻，但是與有些美國的「中國通」不同，很少功利色彩，對接觸高層也不感興趣，一直保持本色。他的夫人我也見過，是他大學同學，相當漂亮，大約是當年的校花，被他追到手後沒有畢業就和他結婚了，育有五個兒女。但是她對中國毫無興趣，從來沒有與他一起訪問過中國，似乎對他的中國朋友也沒有興趣，我到他們家，她最多打一個招呼，從不參加談話。幾年後，他們離婚了。夫人娘家是富豪，在費城有房產，離婚後就回到費城住，不過與夏亨利還是維持友誼，相約每兩星期共進一次晚餐，維持了相當一段時間。我因與夏亨利已經很熟，直截了當問他，這把年紀(他們都已年逾花甲)為什麼還要離婚。他第一句話就說：「所以我主張婦女

有職業」。據他說，他們並無不可克服的矛盾，夏太太一直是家庭婦女，從來沒有工作過，在撫養孩子時忙忙碌碌有所寄託，孩子大了，陸續離開家，她就無事可做，也已經不習慣社會工作，由於寂寞，對丈夫的關懷要求越來越高，總是抱怨不關心她，但丈夫是有工作的，律師尤其忙，他說，老夫老妻了，還能天天說「達令我愛你」嗎，每天回家都聽抱怨，為小事而吵架，最後大家都受不了，就協議離婚。這當然是夏亨利一面之詞，看來是他主動，是否還有其他原因，不得而知。不過他說的女方應該有職業，有自己獨立的生活圈子和家庭以外的寄託，這倒是有普遍意義的，否則，即使經濟沒有問題，也沒有一方出軌問題，精神上、感情上也是不平等的。

夏亨利晚年一人獨處，養了兩條大狗，是他全部感情寄託，寵愛有加。他家地下室住着一對拉美裔的夫婦，不但白住，夏還付女的工資，算是他家的保姆，但是有一次，夏出差不在家，我和幾個朋友在他家借住過幾天，據我們觀察，那保姆做的事很少，家裏十分凌亂，冰箱裏塞滿了食物，有的已經長毛，她也不管。她的主要工作就是遛狗。她自己說，只要把狗照顧好，夏先生就滿意了，其他都沒有要求。後來那兩條狗日見衰老，看來不久於世。夏很傷心，我說你可以再買兩條狗，他說在老狗還活着時，他不能進新狗，否則分散注意力，對不起老的。

後來再到他家，已經是兩條新狗，夏本人也疾病纏身。他最後一次來華，見到龔普生和我，龔因病住院，夏也已垂垂老矣。前兩年聽說他去世了。

新相識

杜波伊斯夫人(Shirley DuBois)

威廉·杜波伊斯是美國二十世紀最早，也是最重要的黑人領袖之一，他是美國歷史悠久、影響較大的民權組織「有色人種協

進會」的骨幹成員。他本人還是傑出的學者，是社會學家、教育家、黑人史家，有多種著作。他並不主張暴力，但是後來政治上左傾，與共產黨關係較好，晚年定居迦納，逝世前一年還加入了美共。所以在美國，馬丁·路德·金得到主流的承認，從而在國際上也名聲很響，而杜波伊斯則淹然無聞。我常感到不平。

他的夫人雪麗也是社會活動家，早年就參加各種民權運動，並曾留學法國，學音樂、藝術，作過曲，寫過幾本書，在迦納時曾出任迦納電視廣播部長。她與杜波伊斯都是再婚，他們沒有生育，雪麗與前夫生過兩個兒子，一個已早逝，還有一個名大衛，隨杜波伊斯的姓，住在非洲。老先生去世後，迦納政變，恩克魯瑪下台，她移居埃及，七十年代回美國，在幾家大學任教。由於她和左派激進組織的關係，仍常受到聯邦調查局的騷擾。1976年她診斷出患乳腺癌，不願在美國動手術，懷疑美國醫生會害她，要求到中國來治療，於1976年春來中國，由友協接待，具體由我負責。

她一到就住進了協和醫院。儘管1949年以後協和受到不少批判，被冠以「帝國主義文化侵略基地」，「文革」中被改名為「反帝醫院」，卻仍然被公認為當時最好的醫院，承擔着外賓、首長和特殊人物的治療。杜波伊斯夫人作為「著名國際進步友人」，而且不信美國醫生而到中國來治療，理所當然得到當時中國能夠提供的最優醫療服務。但是不幸，醫院診斷的結論是癌症晚期，已經擴散，動手術沒有意義，只能做保守治療，預期成活時間大約三個月。這件事驚動天庭，醫院接到的指示是盡一切力量挽救她，延長她的生命，人家不信任美國醫生而信任我們，這是「政治任務」。那是毛澤東思想萬能的歲月，醫生們的壓力可想而知。他們只能在努力延長生命上做文章。有過多次名醫會診，我每次都在座，副產品是增加了不少關於癌症的知識。我對醫護人員不得不「知其不可而為之」的處境十分同情，時間長

了，我們之間有了默契。所以每當雪麗發脾氣，產生矛盾時，我多站在醫院一邊，努力說服病人。還好，在諸多與她接觸的人員中，她對我還算信服，一般能接受我的意見。

雪麗住院期間，少不得有高層領導來探望。我現在記得起的有鄧穎超、吳桂賢(副總理)和劉湘屏(衛生部長)。鄧穎超主要慰問醫護人員，對他們十分親切，說：你們辛苦了！而吳桂賢則對醫護人員說：這可是國際政治任務，你們一定要盡最大力量！我對這點有印象是因為當時對吳的說話很反感，那些新貴們似乎科學常識都不顧，只會說那種教條的官話，覺得鄧穎超比較近人情。

專家們最後得出的治療方案，我記得的有兩點：一是注射雄性激素以平衡致癌的雌性激素。另一點是輸血，而且輸新鮮的血漿，越到後期間隔越短。前一種治療的結果是病人長出了鬍子，所以每次理髮師來給她理髮時增加了剃鬍一項。與此同時，她的脾氣越來越壞，十分任性，凡有要求必須立即滿足。這一點不知是注射激素的結果，還是她的本性，因病而更煩躁。至於輸血漿，那是極為昂貴而罕見的治療。特別是在那動亂的年月，各大醫院血源都十分缺乏，很多急需的病人都得不到。她這種純粹為延長生命的輸血持續了幾個月。負責她的病房的護士長是一位資深的模範護士，照顧過鄧穎超等高層領導。其業務水平、操作技術和敬業精神為我所僅見。有一次她悄悄和我說，假如病人是我的母親，我絕對不主張這樣輸血。現在血漿多缺呀，這些血可以挽救多少有希望的生命！這個道理大家心知肚明，但是她敢對我說出來，也是對我的信任，若公開提出，是要犯政治錯誤的。就這樣，杜波伊斯夫人在醫院不是三個月，而是延長了一年，於1977年3月去世。

這期間，有過兩次折騰。一次是1976年唐山地震，北京也有波及。醫院的病人大多疏散，實在不能出院的都轉到地下室。院

方與友協會商，考慮再三，為確保萬無一失，決定把她轉移到上海。因為是「政治任務」，上海市領導也極度重視，由華東醫院受理，繼續按北京的方案治療。我只負責陪同她到上海，安頓後即回京，另一位友協的年輕同事一直陪着她。大概住了一個多月，等北京地震的險情過去後，又把她接回協和醫院。

還有一次折騰是她自知不久人世，執意要完成一個心願，就是到倫敦某個最著名的餐館吃一次牛排。這種荒唐的要求，醫院當然礙難同意。但是她不達目的誓不甘休，聽不進任何道理，天天鬧，拒絕配合治療。好在此時她的兒子大衛已經來京，一切可以與他商量，由他做主。大衛最後決定同意她去，並由自己陪同。走之前，應醫院的要求，由病人親筆簽名留下一份聲明，説明此行完全是自己決定，一切後果本人負責，與醫院無關。這樣，她抱病飛了一趟倫敦，滿足了吃牛排的願望，居然沒出問題，又飛回來了。

她來中國治病伊始，我們就要通知大衛，但她堅決不讓，給出什麼理由，或者沒有理由，我已經忘了。後來，我們感到無論她同意與否，也必須把病情通知她兒子，不能等她去世後才通知，於情理不合。大衛聞訊即刻趕到北京。還好，他十分通情達理，而且知道他母親早已診斷出乳腺癌，只是不顧醫生意見，執意先要到埃及完成一項預先約好的演講活動，延誤了治療時間。兒子的到來，還不能以突然襲擊的方式和她見面。由我們先和她「下毛毛雨」，做各種鋪墊，過了幾天，她有點回心轉意，兒子才到醫院去見她。他們母子其實感情很好，政治理念也相同。對他的到來，她其實還是高興的。我們也鬆了一口氣。

大衛最後還做了一件十分開明的事：雪麗最後身體和精神都越來越惡化，大家都痛苦，但是醫院不敢不竭盡全力讓她苟延殘喘。大衛幾次提出來建議結束特殊治療，中方誰也不敢做主。最後大衛正式寫了一封信給友協領導，大意謂她母親在中國得到了

最好的治療，他十分感激，但是現在誰也無力回天。優秀的醫護人員已經盡到了他們的責任，他作為她的兒子，鄭重提出，要求醫院停止現在的特殊治療，他對此負完全責任。（我手頭沒有這份信件，這是我現在能記起的大意，肯定有不準確之處，也許混入了大衛平時就這個問題口頭和我們說的話，不過基本意思就是這樣）。

大衛這封信十分得人心，也使醫院得到解脫。最後，雪麗·杜波伊斯夫人平靜地去世。她咽氣時是半夜，大衛在身邊。本來我應該是第一個被通知的中方人員，但是我家裏沒有電話，醫院留的是胡洪範處長的電話，所以胡趕到醫院見證了她最後的時刻，我躲過了這苦差事。我做的最後一件事，是到停屍房認領她的屍體，簽字移交給殯葬人員。

亞瑟·米勒（Arthur Miller）

亞瑟·米勒在我國開始有知名度是由於八十年代《推銷員之死》在中國的演出。他後來幾度訪華。而他第一次偕夫人來華是1978年春，作為對外友協的客人，我負責他的接待工作，並且陪同在北京期間的大部分活動，有機會近距離交流。那是「文革」結束不久，人們剛剛從極度閉塞之中開始如夢初醒，許多觀念還來不及轉變；而米勒是第一次來中國，一方面充滿好奇，一方面也是對中國全然無知。雙方的距離是顯而易見的。因為他是知名劇作家，我們特意請一位作家全程陪同，人選可能是作協決定的，派來的是喬羽。他是著名歌詞作者，卻主要不是劇作家，選擇他的原因可能是因為他剛剛寫了一個關於楊開慧的劇本，同時，那時已「解放」出來可以被批准陪外賓的作家還不多。喬羽完全不懂外文，交流全靠翻譯。當時劫後餘生的中國知識分子的精神狀態與現在肯定是大不相同的。我的印象，喬羽十分謙虛，經常承認自己對外部世界知之不多；而米勒則十分自信，儘管他對中國也知之不多，卻並不以為意，有點居高臨下的樣子。正因

為對中國完全不瞭解，談話常常限於問答式，由他提問，我們作答。而回答他的問題又常常是一言難盡，他卻只希望要簡單的答案，不習慣中國人的表達方式。因此初始階段溝通不太順暢。

應該說，當時包括我在內，對米勒在文學上的地位和價值並沒有充分的認識。對外友協邀請他還是政治標準第一。他被定位為「美國進步作家」，因為他在麥卡錫時期曾受傳訊並堅決抵制，六十年代他積極參與反越戰運動，簽名反對核武器等等，一直活躍在美國左翼自由派作家圈子中。他的作品如《推銷員之死》也被闡釋為是深刻揭露資本主義制度的殘酷性，與後來在中國上演時評論的角度和理解截然不同。那次米勒訪華，報刊幾乎沒有報導。一次，他對我說，中國作家知識太貧乏，他向喬羽先生提起陀斯妥耶夫斯基，喬羽卻似乎茫然沒有反應。首先，我不相信喬羽不知道陀斯妥耶夫斯基，一定是在翻譯溝通上有所誤解。另外，以我那時的思想狀態，對他居高臨下的態度心中常有所不平，總想有機會婉轉地點他一下。

於是，我下決心找機會約他共進午餐，作較長的交談。在前期考慮邀請他的過程中，我的確把能夠找到的他的作品都讀了一遍。有了這個資本，就足以使他在談話中也傾聽我的意見，而不是完全由他主導話題。我先談了對他的作品的印象——作家對於別人評論他的作品總是很關注的。他對我熟悉他的作品感到意外。然後我問他對中國戲劇有什麼瞭解，喜歡哪個作家。他回答不上來。我問他有沒有聽說過湯顯祖，他當然沒聽說過。我說湯與莎士比亞差不多同時代，其成就也不亞於莎士比亞(這是我當時的說法，至於能否成立，我沒有研究)。接着我就給他講昆曲是怎麼回事。他開始有興趣。然後我又問他，有沒有聽說過關漢卿(那時關於關漢卿的電影正受熱議)，當然他更沒有聽說過。我告訴他那更早了，是在十三世紀，早於但丁。於是他承認他確實對中國文學很陌生，因為他不懂中文。我又問他知不知道曹禺

和他的作品，他是當代人，還活着。我說知道曹禺的中國人大約絕不少於知道亞瑟・米勒的美國人。他還是不知道。我說曹禺的《日出》、《原野》等都已翻譯成英文。這樣，他就不能以不懂中文為由了。不過我也坦率地說，由於受到「文革」的破壞和多年的閉關鎖國，中國知識分子對外部世界的新發展瞭解很少。

午餐結束告別時他態度很熱情，誠懇地說，看來我們雙方都需要加強交流和瞭解。米勒到外地參觀我沒有陪去。據陪同他的同事說，後來他的態度比剛來時謙和多了。米勒回國後寫的訪華觀感中記述了不少對中國人思想禁錮和閉塞的批評，但最後加了一段，提到了與我的談話(沒有點名，大約他記不住我的名字)，大意說，我們反躬自問對那個世界又瞭解多少呢？我當時私心頗得意了一番。

現在回頭來看，自己的心態也反映了那個時代的狹隘性。對洋人的態度十分敏感，處處要「殺殺他的氣焰」。平心而論，米勒並不是盛氣凌人。作為他那樣享盛名的作家，有點傲氣也不足怪。後來英若誠學長翻譯並上演了《推銷員之死》，米勒也多次訪華，並見到了曹禺。他在中國開始出名。他第一次來華時，中國極少人聽說過他，每走訪一處，需要向接待單位的主人從頭介紹，強調他如何有名，特別是如何「進步」。近二十多年來西方人對中國和亞洲逐步增進了瞭解，交流日益頻繁，昆曲也為聯合國列入了世界文化遺產，但是在上個世紀七十年代時，在美國瞭解中國還是少數專家的事，而且專家也各有所專，未必都知道湯顯祖和曹禺。實際上我們自己的處境是很可憐的，剛剛從一場不堪回首的浩劫中走出來，離思想解放還遠得很。所以我那時為這場談話而得意也是比較幼稚的。

當時在華常住或經常訪華的外國朋友如路易・艾黎、洛伊斯・斯諾夫人，以及已經入中國籍的馬海德醫生等對米勒情況比較瞭解，特別是斯諾生前與米勒是有交往的，因此洛伊斯對他比

較熟悉。我也有機會聽到他們的議論。以他們的觀點看，米勒在美國原來是反體制的，後來因地位的改變，已經融入體制了(此說可能有待商榷。根據我現在的瞭解，其實許多歐美人「反體制」和「融入體制」之間並沒有明確的界線)。與米勒一同訪華的夫人是一位攝影家，原籍瑞典，完全是新型的職業婦女，一路只專注攝影。提起米勒夫人，人們免不了會談到米勒曾經與著名影星瑪麗蓮·夢露的短暫的婚姻。據洛伊斯說，她見過生活中便裝的夢露，比在銀幕上還要美麗，讓人在人群中第一眼就看見她，簡直令人目眩(她用的字是「glamorous」)，大約是中文所謂「驚艷」吧。夢露出身很苦，是街頭流浪兒，所以沒有受過正規教育，文化水平不高，但是非常聰明，有非凡的戲劇天賦。她本是極優秀的演員，由於好萊塢的商業需要被定位為「性感明星」，對她是不公平的，也把她毀了。米勒與她結合就是欣賞她的才華，還在根據自己的小說改編的電影劇本中專門安排了她的角色。但是他們的婚姻肯定是個錯誤，因為他們決不是一路人。他們婚後，夢露與米勒的圈子完全格格不入，無論她如何努力也進不去。米勒和他的知識分子朋友們的高談闊論她聽不懂，更插不上嘴，很痛苦。最後大家互相都受不了。夢露終於擺脫不了她的圈子和命運。洛伊斯本人是話劇演員出身，並且學過戲劇專業，所以她對夢露的讚賞不是泛泛的，敘述中充滿了對夢露身世的同情，我至今印象猶深。這應該算是米勒和夢露的一位知友的第一手材料，我有機會親自聽到，值得書以志之。

本傑明·斯波克醫生(Benjamin Spock)

斯波克醫生是世界聞名的兒科專家和教育家，他的育兒法(包括「育」與「教」、方法與理論)風靡全世界，其專著譯成幾十種文字，包括中文，幾乎成為各國初為人母者必讀之書。

大約是1972年或1973年，斯波克醫生偕夫人應對外友協之請來華訪問。我負責安排他們的日程並全程陪同。斯波克醫生名氣

很大，而在我國更加知名的是他的反越戰和反核武器「和平戰士」的身份。我的印象，他當時自己最自豪的也是這一點，勝過他的名醫身份，特別是他還有過「坐牢」的「光榮經歷」(其實就是在拘留所呆了幾天)，在中國到處講。

斯波克醫生的學術思想本來就是反傳統的，他的育兒法的核心精神就是順應天性，讓孩子自然發展，盡量少加以各種約束。六十年代末的青年學生正是戰後「嬰兒潮」出生的一代，也正是斯波克育兒法大行其道的時期。所以當時的保守勢力就怪罪於他，說是現在這些無法無天的青年都是他主張放縱的育兒法的產物，他要為慣壞整整一代美國人從而造成社會混亂負責。斯波克醫生對此當然不屑一顧，索性自己也參加到運動的行列中，不滿足於發表聲明、簽名請願，而與青年一起靜坐、示威、遊行。在一次與警察的衝突中，他被拖入警車，關了幾天。他對我說：我本來是屬於「體面社會」的，被警察抓捕是過去無法想像的事，這次的經歷使我徹底放下架子，把自己看作普通群眾中的一分子，有一種解脫感。他在中國的表現也的確十分平易近人，毫無名醫的架子。對於各地接待單位來說，如果不是出於斯波克醫生有參加反戰運動的經歷，被列入知名的「進步友好人士」，像他這樣總想突破主人的安排、直接接近群眾的人，輕則會被認為「不友好」，重則會被懷疑有其他目的，別有用心！足見觀念相去之遠。不過，斯波克醫生還是到處受到熱情接待，最多說他有些「老天真」。

還有一次學術活動，也頗反映出這種距離。由於斯波克是兒科醫生，我們在北京安排他作一次學術報告，聽眾都是各醫院、醫科大學和研究單位的兒科專家，他們都很認真，準備了不少專業性的問題，誠心誠意要向他討教。他們想問的問題都屬於有關兒科常見病的防治，以及兒童營養學之類。由於我們的粗心大意，事先沒有瞭解他要講的主題，想當然地以為兒科大夫之間總

能對上話，誰知他一開講，題目是「嬰兒斷奶和自己坐盆的年齡對其心理成長和一生個性的影響」。他基本上是佛洛伊德學派，重視嬰兒早期的經歷對他(她)的心理影響。他詳細講了他做的各種實驗和調查，例如母親是否親自餵奶和餵多長時間造成的不同影響，從幾歲開始訓練孩子自覺地在指定的馬桶中大小便最為合適。按照他的「聽其自然」的理念，這一訓練如果開始早了，就對孩子過早造成心理壓力，不利其個性成長。還有不同年齡的孩子一天得到母親多少次親吻，等等，都很重要。所以他參觀幼稚園總要問保育員是否在孩子睡覺前代他們的媽媽親親他們，保育員們大多瞠目不知所對。我相信現在我國已有對於類似問題的研究，至少不以為怪。在當時，台下聽眾對此可是毫無準備，這些問題絕對不在他們關注的範圍，而且在我國似乎根本不成其為問題。結果他報告結束，台下鼓掌如儀之後就鴉雀無聲，所有精心準備的問題都文不對題，提不出來了。他一再要求大家提問，卻無回應，後來主持人說了幾句客套話就收場了。事後他對我說，看來我研究的問題在中國完全沒有用。我無法解釋，因為國情距離太大，又使我想起「何不食肉糜」。

斯波克醫生畢竟開明，只有好奇而無不快之意。有一天在公園裏忽見一位母親帶着一個三四歲的孩子，穿開襠褲，蹲下就地方便。他恍然大悟說，原來我研究了多年的問題在中國是這樣解決的，多簡單！這一新發現使他那天情緒特別高，要求買一條開襠褲回去做紀念。但這一願望也未實現，因為那時開襠褲都是家裏自己縫製的，店裏買不着。曾幾何時，我國城市中不但開襠褲已絕跡，而且「尿不濕」普及率已相當高，只此一端，二十年來和「國際接軌」跨越的距離也夠大的。

與斯波克醫生相處近一個月，過得很愉快。他當時已是古稀之年，卻很有童心，有時顯得善良而天真。儘管他的自由平等理念與我國國情相去甚遠，有些想法常常碰壁，但是他主觀上是抱

着對中國的好感而來的，遇事總是往好裏解釋，又處於自己努力向「平民化」轉變之中，絕不表現出西方人的優越感。當時與他同來的是結婚四十年的結髮老妻，看起來情好甚篤。老太太常向我講他們當年新婚時家無長物、因陋就簡的情景，似乎有無限溫馨的回憶。有一次在上海，夫人因感冒沒有與先生一道去無錫訪問，其實只分開了一天，我們回來的汽車剛開進旅館的大院，她就迫不及待地在窗口又是喊，又是飛吻，那情景真如一別三秋。誰知他們回去不久，兩個人都分別給我寫來長信，訴説他們之間的矛盾。我受此信任，不知如何反應。再不久，他們真的離婚了。看來主動在斯波克醫生，在中國時夫人所表現的感情外露，正是已經感覺到了危機，我後來才想起，這種熱情只是單方面的。很快，斯波克醫生就與一位小他三十歲的女護士結婚，此事也在傳媒中熱鬧了一陣。在他去世前幾年，我在一本美國雜誌上看到有關他的報導，説他得到妻子無微不至的照顧，同時也得對她言聽計從，還登載了像是父女的夫婦二人在私人遊艇上度假的照片，親昵而歡樂，想必晚年過得很幸福。六十年代的群眾運動不知在他生活中是否還留下了一絲痕跡？激進的年代過去後，平民和名醫大約還是各歸其位。但不知那第一位糟糠之妻最後的歲月是如何度過的。

IV

回　歸

1981年普林斯頓大學國際問題中心樓前

1982年美國比茲堡作曲家福斯特像

82年與宋允瑞

1982年普林斯頓校園

82年SAIS校門口

1982年聯合國大樓前

1982年夏亨利家

1985年西安與楊憲益夫婦

1986年社科院訪日團，前右二為作者

1986年陶然亭研討會

1987年耀華學校六十週年返校在趙校長雕
像前

1988年中美建交十週年，自右至左：章文晉、黃華、作者、美國大使夫人
及大使洛德、黃鎮、柴澤民

1990年父母鑽石婚

1991年清華八十週年老樂友音樂會後，中立為張肖虎

1991年清華校慶，重返靜齋

1992年巴黎全家合影

1992年威爾遜中心

1992年在威爾遜中心講話

1992年與劉金定在加州萬佛城

1997年凱特琳基金會研討會，自左至右：麥克納馬拉、作者、李侃如

1997年在馬丁·路德·金墓前

1998年老布什接受南大名譽博士招待會上

1998年在上海，左起：馮紹雷、作者、汪道涵、陳樂民

1999年與陸文夫在蘇州西山

2000年《冷眼向洋》發佈會

2001年與女兒全家

2002年與陳樂民在南通沈壽刺繡藝術博物館劉海粟題字前

2004年南京－霍大中美研究學術委員會成員合影，右五為作者

2004年與陳樂民在萬聖書園

2004年最後一次童詩白新家合莫札特奏鳴曲

2006年與外孫女丫丫

2007年與陳樂民最後
一次下江南,在顧炎
武故居讀書樓前

2010年八十歲生日

2011年在華盛頓，背後為佔領華爾街運動分場地

2011年基辛格訪華四十週年聚會

2011年再訪父親母校日本京都大學

2011年陳樂民書畫展開幕式

2012年中美建交二十五週年在三亞，與卡特和何迪合影

2012年天津非職業鋼琴演奏國際比賽與評委合影，中坐者為周廣仁

2013年在中央音樂學院彈鋼琴

2013年在上海東方藝術中心

2014年在台北，與齊邦媛

2014年臺灣新竹清華大學

2014年臺灣清華梅校長紀念亭月涵亭

2014年向梅校長墓鞠躬

2018年天津音樂會及講座，主持者靳凱華

2018年米壽，左為茅于軾，右為吳敬璉

2018年張肖虎作品捐贈清華圖書館儀式，左一為張肖虎兒媳朱曉梅，左三為茅沅

2011年女兒和外孫女在陳樂民書畫展

陳樂民為丫丫畫的賀卡

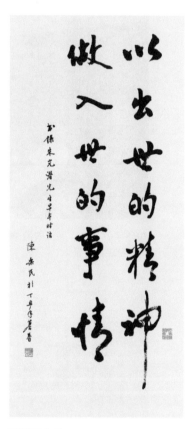

陳樂民作品

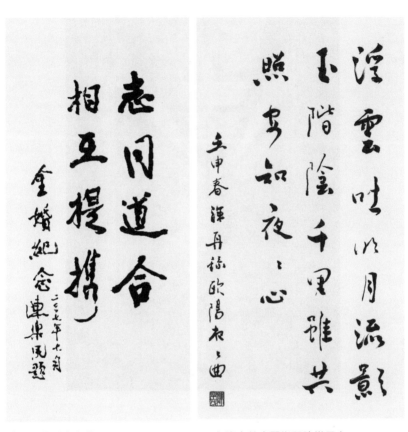

陳樂民寫給資中筠   1992年資中筠出國期間陳樂民寫

2018年重訪清華老圖書館書庫

十八
五十而志於學

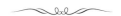

因病得福

1979年我四十九歲，得了癌症。由於此前我陪過一個美國癌症醫學代表團到各地參觀，重點考察癌症，對這方面增加了不少知識，自己發現得很早，及時就醫確診，及時動了手術，恢復很正常。剛一確診時陳樂民正出差在外，關心我的同事和同住的潘琪都十分緊張，為我擔憂，我卻相信我那點醫學知識，處之泰然。不過在被推進手術室的途中，神馳遐想，援慣例要想一想，萬一我就此不起，有什麼未了之事。結果發現我半生忙忙碌碌，卻一事無成，連為之遺憾的未竟的事業都沒有，如果生命就此結束，連「齎志以歿」都說不上，這實在是太遺憾了。於是暗中下決心，病好之後一定要換一個能自己做主而有長遠價值的工作。

改革開放以後，個人對工作提出自己的要求已經不算大逆不道。我決心病癒後就要求調離友協。恢復上班後第一項工作是訪美、加。回國後，我就以身體不好為由，要求調換工作。當時我心目中想的是社科院外文所，回到老本行（這是一廂情願，我脫離文學多年，人家是否要我還不知道）。王炳南會長雖然不樂意，但我新病初愈，自稱不再適合送往迎來、生活不規律的工作，理由充分，他不好堅決反對。只是我們人事關係在外交部，要調離這個系統不容易。於是第一步先調到外交部下屬的國際問題研究所（現稱「中國國際問題研究所」以下簡稱「國研所」）。

當時部屬單位等級分明，在本部工作的是「一等公民」，附屬單位次之。如果説「對外友協」的幹部是「二等公民」的話，「國研所」就是「三等公民」。因為在歷次政治運動，包括「文革」的派性鬥爭中，被認為「犯錯誤」的人很多都調離部外，但是有一部分業務骨幹，領導認為放走太可惜，而又不適合一線工作，就暫時放在研究所，隨時接受一些筆桿子任務。等時過境遷，落實政策，又陸續調回部裏。所以國研所被認為是受貶黜的幹部儲存所，或是「右派」，或是「極左」，視當時形勢而定。結果這個地方人才濟濟，藏龍臥虎。可以想見，在那裏坐冷板凳懷才不遇，多數人都心中不服，情緒不高，不會有長遠打算。如今我主動要求調到那裏，從「二等公民」降為「三等公民」，而且放棄升「一等公民」的機會(曾有過要調我和陳樂民去駐外使館工作之議，我們都表示不願意)。這在國研所是破天荒第一遭，所以我一到那裏報到，就引起注意。

重溫坐圖書館之樂

那一年我剛好五十歲，説「衰年變法」是誇張了，但以半百之年重開一個領域，實在前途未卜。我過去長年做螺絲釘，習慣於被當作小字輩，常常忘年，自己並沒有意識到年齡。那時「職稱」問題還沒有提上日程。我原來在友協主管美國，到國研所順理成章地被分配到「一室」，即美國研究室，由於原來級別是副處長，領導就要讓我擔任一室的副主任。我力辭，決不願再套上一個行政枷鎖，説明只想坐下來好好看些東西。所以在這裏我沒有任何行政職務，近水樓台盡情享受了那間特殊的圖書館的便利。

我説過我首次訪美最羨慕的事物就是圖書館。而這個研究所正好有一間特別好的圖書館，是民國時期留下來，為新的外交部完整地接管的，連老館長也一起留下了。他是一位年近八旬的老專家，熱愛圖書館事業，發明了一套適合此類國際問題圖書館的

特殊編目方式，管理人員經過他的訓練，不但專業熟練而且也對圖書館產生感情，十分敬業。順便說明：圖書館管理人員不是臨時「貶」來的，因為他們本來不做一線外交工作。新來的研究人員首先要上一堂課，就是聽老館長介紹圖書館及其特殊的編目制度、查閱方法。由於外交部的特殊地位，該圖書館有較多經費和特許的渠道購進外文圖書資料，即使在封閉的年代也是如此。因此有多種珍貴的全套國際文獻資料，例如聯合國檔案、美國的《國會紀錄》和《美國對外關係》（國務院解密檔案）、以及各國各類年鑑，甚至還有1948年以前幾十年的全套《紐約時報》（是真正的報紙，那時還沒有數字化，國外剛剛有縮微膠卷，我國還無此設備）等等。當然，論館藏豐富，國內有的是比這規模大的圖書館。例如北京圖書館（後改稱「國家圖書館」），但是借閱手續之複雜，令人望而生畏。這家圖書館之與眾不同之處還在於從館長到館員都以為讀者服務為樂，業務熟悉，態度親切友好。平時借書的人不多，對我特別歡迎。我過去因偶然的需要曾去查過資料，對此印象深刻。這次欣然主動去研究所，動力之一就是可以隨心所欲地利用如此優越的圖書館。另一點就是可以有大把自己支配的時間。有此兩點，可遂平生之願，其他「幾等公民」等世俗之見，非我所計。

作為外交部所屬的研究所，其研究內容還是服務於當前的國際關係和外交政策。除了有一本刊物《國際問題研究》可以公開發表文章外，主要是寫內部報告，只是相對說來，着眼於中長期，比部內或使館的報告可以寫得深一點、篇幅長一些，並且在一定限度內可以提出作者自己的意見。根據這一特點，很多研究人員主要看外國報刊雜誌（這個圖書館的外刊比其他地方也豐富而及時），追蹤時事的發展。許多好書和文獻資料很少有人過問。我常發現有的借書單上我是第一個借書人。

我從「和大」到幹校，到友協，幾十年來除了政治學習佈置

的之外，基本上是不讀書的。有時因業務工作需要，零零碎碎看一些片段和資料。在「文革」後期，因毛澤東在姚文元讀書報告上的批示，《史記》、《天演論》等書忽然重新出版了，「批林批孔」中又出版了韓非子的著作和李贄的《藏書》、《焚書》等。這些，陳樂民和我都趁機買回。大概那幾年統共完整讀過的就是這些書，外加1973年版的《魯迅全集》，在書荒的年代我大概以一年的業餘時間通讀過一遍。所以有機會坐圖書館，而且如此方便地借書，真是感到無比幸福。我下決心「惡補」，但也不能完全隨心所欲地看書。根據工作需要，我的研究課題只能圍繞着中美關係，其重點是台灣問題。不過，不論從哪個切入點，深入下去，擴展開來，還是有讀不完的書和文獻資料，不斷開闊眼界，不斷發現新大陸，心情比較舒暢。

在這裏，我第一次接觸到《美國對外關係(FRUS)》(解密外交檔案)。現在這套文獻在我國治中外關係史的學界已是最常用的資料之一，在當時卻是鮮為人知的。根據三十年解密制度，到1980年出版1950年的檔案。圖書館引進非常及時，當年就上架了。1945年到1950年正是美國逐步介入中國內戰的時期。美國學者根據這部分檔案出版了《未定之秋》一書。正當中美關係解凍之際，此書在國際上引起廣泛注意，研究所也買了這本書。我從這本書上的資料目錄發現了那套FRUS，如獲至寶，如同發現了金礦一樣，研究所竟然沒有人借閱過。於是我每天都坐在那裏，把1945到1950年有關遠東或中國的分冊幾乎是一頁一頁地翻看，並做筆記、做卡片。(前幾年搬家時，有一位幫我們整理東西的年輕人看到這幾摞厚厚的蠅頭小字寫成的筆記和卡片，驚訝不已。其實這是那個時代所有研究者的基本功，在數字化以後的今天當然不需要這樣的「笨功夫」了)。

這樣的冷板凳坐了幾個月後，我就寫出了《歷史的考驗：新中國成立前後美國對華政策的考慮》一文。那是我的第一篇中規

中矩的學術論文，公開發表在《國際問題研究》上。當時中美正在進行關於美國售台武器的談判——其結果就是第三個公報，稱《八·一七公報》——一度僵持不下，兩國關係何去何從引起全世界的矚目。這篇文章恰好詳細披露了美國當年對台灣的幾種政策預案，證實了把台灣分離出去是其選擇之一。外交部長黃華讀後讓《人民日報》全文整版轉載。然後新華社又將該文摘要譯成各種文字發稿。此時此刻發表這樣一篇文章，外界誤以為是中國政府授意而作，給予了不尋常的重視。其實我只是看了些當時國內無人關注的檔案，根據自己的心得寫出的，我開始對那些檔案發生興趣時，中美談判尚未開始，完全是無心插柳。不過這篇文章意外地一炮打響，就算我在研究工作中站住了腳。此後不久，我作為訪問學者到美國，居然在一位國會議員助理的辦公桌上發現了這篇文章。

國際學術交流之始

我到國研所之後不久，在改革開放的大形勢下，國際學術交流開始有所鬆動，研究人員獲准可以接受外國使館的邀請，與外國人座談、交流。我感到對此最積極主動的是美國使館。我和第一研究室的同事多次被邀請午餐，就有關問題進行交流。經常與我們聯繫的是一位參贊，此人是中國問題專家，會中文，不過說不流暢，還是用英文交談。一回生、兩回熟，何況彼此都是研究對方的，情況熟悉，省去許多解釋。我長期在和大、友協工作，與外國人打交道是駕輕就熟的，所以更容易溝通，因此接受邀請的次數也比較多(當然不會是單獨赴宴)。這樣，就引起一些議論，為什麼美國人就喜歡請你們幾個？這是一個最常出現而又無法回答的問題。對有些人說來，始終有一個「敵情」觀念，而且對自己人沒有信任，似乎與外國人交往多了，必然要被「俘虜」，不知是何邏輯。從晚清以來就是如此。如《走向世界叢

書》中張德彝的日記就有這樣的情節，他因會外文，在赴歐的船上與外國人交談，「歡談甚洽」，並且瞭解到很多情況，卻引起同行的國人疑忌，多有微詞。一個多世紀中，幾經改朝換代，這種心態依然存在。在以階級鬥爭為綱的年月，自不待言。到改革開放之後的今天，全民大面積國際交往早已今非昔比，但是在某個圈子中，這一心態的陰影始終不散，時隱時現。在我寫這些文字時，警惕「思想滲透」、「和平演變」之說又進入官方語境。近二百年來，中國經過多少次「天翻地覆」的變化，國門已經大開，進入全球化時代，而仍擺脫不了閉關鎖國時的思維定式。難矣哉！實際上在有些同事那裏只是嫉妒：為什麼請你不請我？與國家利益無關。在這種氛圍下，我們在接受邀請時自我限制，不是每請必到，每次談話回來，趕緊彙報，這是必然的。

第一次正式的學術交流，是美國一批中國問題專家合著了一本中國外交史，就初稿來華徵求意見。當時國研所尚未被批准接待外國人，這個團在生活上由友協接待，學術討論由國研所負責。中方主持討論的是當時的副所長浦山，有幾位研究人員參加，我也在其中，還請了社科院近代史所的副所長余繩武。這是我第一次結識美國新一代的「中國通」（那時是新一代，現在已成老一代了）：何漢理（Harry Harding）、李侃如（Ken Lieberthal），韓德（Miachael Hunt）、史文思（Steve Levine），等等，後來我與他們交往頻繁，成為非常熟悉的朋友。當時有一點印象很深，就是美方都是年輕人，帶隊的何漢理只有三十幾歲，年紀最大的也不過四十出頭，而中方出場的都是五十歲以上。這是當時的國情，人才斷檔。美國有些學術單位接受「博士後」學者有一定年齡限制，但是考慮到中國「文革」後的特殊國情，取消了學位的要求，並放寬年齡限制。不到十年之後，中國新一代學者興起，這一情況就大為改觀了，這不能不說是社會的進步。其實我們這些人的知識也有各種斷層。例如對方文稿中提到晚清改革家徐繼

畜，國研所好幾個人包括副所長在內竟不知道此人是誰，事先請教了余繩武，才不至露怯。說明外交界知識之狹隘，對中國歷史如此生疏。實際上，這場學術交流多半是作為外事工作來完成的，主持人事先交代的多與「立場」、「口徑」有關。至於討論書稿的具體內容，我已淡忘，只記得大家討論到對外的兩種思路：民族主義和世界主義。

美國新聞署有一個項目稱「國際訪問者項目(IVP)」，已實行多年，每年邀請一些外國各界人士訪美，不一定是名人，而是美方認為是這一界的精英，或有希望成為骨幹的人。中美建交後，把中國也列入此項目。於是我和國研所的一位副所長王世琨接到了邀請，經過批准，於1980年春成行，為期一個月。這次訪問與上次友好代表團不同，沒有事先安排的日程，主隨客便，由我們自己提出想到哪些地方，參觀什麼單位，見那些人，總的目的是瞭解美國。美國人有此自信，不需要「安排」或宣傳，相信我們只要隨便到處看，一定會取得積極效果。根據我們的要求，訪問了華盛頓、紐約、費城、奧斯丁(德克薩斯州)和費尼克斯(亞利桑那州)。我吸取上次走馬觀花的教訓，建議在有限的時間內不要訪問太多地方，而且特意提出兩個不常有機會去的南方城市。美方委託一家民間公關公司負責具體安排，有些城市住旅館，有些地方則住在私人家中。那家公關公司在許多城市都有志願者關係戶，有不少美國家庭(大多是退休老人)根據自己的興趣志願接待某一國家的客人。他們住房都很寬敞，有專門的客房，食宿都由他們負責，而且還自己開車帶我們在當地觀光。

由於王世琨不懂英文，美方還配備了一名翻譯。一般在美國做中文翻譯的常是華裔。這位翻譯卻是地道的美國人，標準的白人小伙子，中文名與一位澳大利亞著名中國通相同 —— 白傑明。這位年輕人的中文出奇地好，令我驚訝。原來他父親曾是駐台灣的武官，他在台灣讀的中學。他翻譯也極為熟練，而且十分敬

業。我們在參觀訪問中，他總是在王世琨旁邊耳語，包括我與他人用英文交談，他都一字不漏地譯出，使我想起當年我做翻譯的情景，頗有親切感。我們有什麼臨時的要求，他一定盡力聯繫，盡量滿足，從未流露出不耐煩。只是很少同我們隨便聊天，我們提出有關美國的問題，他總是讓有關的接待方回答。不知是他們的紀律，還是他本人個性比較嚴肅。一路上他與我們朝夕相處，王世琨本着老革命關心群眾的作風，逐漸問及他個人生活情況，他似乎不願多說，只問出來他已經有了女朋友。有一個週末，我們無處可去，也比較疲勞，想休息一天，王世琨像在國內一樣覺得應該體貼工作人員，對那位年輕人說，你和女朋友已經好久沒見了，今天就放你假，你也休息休息，去會會女朋友吧。誰知他表現很不高興 —— 這是他唯一的一次對我們面有慍色 —— 說，這是我的工作，我就是來陪你們的，我的私人關係我自己會處理。老王好心碰了一個軟釘子。我想一則是兩國文化不同，美國人不見得接受旁人關心自己的私生活；更重要是他的確是應聘來做這項工作，老闆是美國新聞署，不是王世琨，王無權放他的假，他豈能擅離職守去會女友！無論如何，他的工作態度、工作水平都無懈可擊。多年以後，他曾隨某位總統訪華，作為美方主要翻譯，後來又多次隨高級國事代表團來華，我也不止一次在招待會上見到過他，已經頭髮斑白，仍做翻譯，不是外交官。他見到我當然親切友好，不過仍然話不多，也許是個性使然。直到2015年習奧會談，我在電視中見到瀛台散步的鏡頭，驚訝地發現，美方翻譯還是他，已是白髮蒼蒼，顯然比兩位領導人都年老，而中方翻譯不知換過多少代了。

作為「國際訪問者」訪美，比第一次深入，收穫大。一是風土人情，二是學術單位和思想庫，三是更進一步體會到美國的富強和現代化，遠遠超過原來的想像。第一次訪美接觸的多半是左派和先入為主對中國有好感的人士，這次接觸的是一般的美國中

產、中間人士，也體驗了他們的日常生活。很多人是不關心政治的，對中國瞭解很少而好奇，自中美建交以來興趣更大。我自己也擺脫國際政治、政策研究的框框，努力去瞭解普通美國人和多層面的國情。僅就接待我們的志願者家庭而言，他們只憑對某個國家或地域的興趣，就願意出錢、出力、出時間，讓陌生的外國人住到家裏，對我就是新鮮事物，在中國難以想像。如果有某一家接待某個外國人的話，那一定是「組織」交給的「政治任務」，完全是兩碼事。

前次訪美參觀了明尼蘇達大學農學院的實驗農場，已令我大開眼界，這次在德克薩斯訪問了一家牧場，收穫更大。主人是一位約六十歲的婦女，皮膚粗礪，身材健壯，一望而知是常年室外生活的勞動婦女。她對我們這些不速之客十分熱情，言語爽快，有問必答。她主要是養牛，卻基本不在牛欄中餵養，像養雞一樣，在一望無際的草原上散養，任它們到處遊走吃草。只有在天氣十分惡劣時，才把它們趕進牛欄，認路的牛會自動回來。過去放牛是騎馬，現在她開着一輛吉普車，在草原上巡邏。她也讓我們坐上她的吉普，轉了一圈，但是草原太大，只在離住宅較近的周圍轉了半個多小時，還沒有到另一邊界。她說她將要買一架直升飛機，以後巡邏就更方便了。她的住宅是一棟相當大的別墅，現代設備一應俱全，比紐約等大城市的房子面積要大得多，自不待言，而電氣化的程度也更高，當時美國最新的設備她都用上了，而許多大城市的家庭還不見得有。從外面看，那所房子孤零零矗立於草原中間，極目望去，看不到第二所房子，也沒有商店，但是電網、煤氣管道、上下水管等等都完全通暢。有很大的儲物間，有不止一個大冰箱。每週開車進城採購必需品。她丈夫已去世，有兩個兒子不住在一起，只有在屠宰時來幫忙。她與一家肉品公司有合同，定期向他們供應牛肉。我們到她家裏時恰逢她的一個兒子來幫忙，那個年輕人大約三十來歲，也是粗壯型，

正繫着圍裙擼起袖子幹活，完全是農夫的樣子。他話很少，顯然不善言辭，而且有濃重的當地口音，我聽起來很費勁。他與陪同我們的瘦高、白皙、文質彬彬的翻譯成鮮明對比。

這次有機會見識真正的美國牧場和牧民，是很寶貴的經歷。以後幾十年我訪美無數次，但是基本上只在大城市與中上層精英打交道，很少有機會見到這樣樸實的、本色的農牧民。這種人物和情景，在美國早期的小說中可以見到。我覺得他們可以代表美國最初始的、堅實茁壯的創業精神。

在德州還訪問了約翰遜總統圖書館。其負責人是著名發展經濟學家羅斯托教授。我最早聞其名，是聽浦山提起過，浦山當時在國研所研究發展經濟學，他提到羅斯托是作為對立面，認為羅基本上代表殖民主義者對待第三世界的立場，並且說他與羅斯托當面辯論過。不過我們這次見到羅斯托夫婦，他們知道我們來自國研所，主動提到浦山夫婦，卻多有讚譽，完全沒有提到分歧意見，相反，表示結識中國研究發展經濟學的同行特別高興，通過這種交往，促進兩種文化的相互瞭解和溝通是再好不過。

初到費城忽然覺得似曾相識，原來那是最早的英國殖民地，建築都是典型的英國式紅磚、白窗框。我少時在天津英租界見過很多這樣的建築，以我的母校耀華學校最典型，所以有這種感覺。後來在美國不少東部的城市都見到這種殖民時代遺留下來有幾百年歷史的英式建築。美國雖是「新大陸」，卻沒有「拆」舊的愛好。在費城少不得參觀獨立宮，盡人皆知，不必贅言。訪問了賓州大學的國際戰略研究所，因為那裏有一位教授是最早來訪問國研所的。我忽然想起我父親曾就讀於這裏著名的沃頓商學院，曾動念想看一看，但是思想還不夠解放，沒敢提出。以後雖多次訪美，卻再沒有機會去那個大學。我們還訪問了並不太有名的坦普大學，主要是鄧小平訪美時是這家大學授予的名譽博士學位，那是那裏的一位華裔教授竭力促成的。

在自然景觀方面，這次在我建議下，觀光了著名的大峽谷，確實名不虛傳。我們從中午到傍晚，見到了日中到日落的變幻，色彩奇妙，美不勝收。到大峽谷可以從卡羅拉德州走，也可從亞利桑那走，我們選了後者，一路上又看到另一奇景：沿公路兩旁的大片沙漠上佈滿了像樹一樣高的巨型仙人掌，奇形怪狀，蔚為壯觀。

再續琴緣

七十年代末，隨着神州大地上一個新時期的到來，有一種萬物更始的感覺，似乎人性、良知、真善美的追求都在復蘇。我心中的音樂之魂也在不知不覺間蘇醒過來。真個是「野火燒不盡，春風吹又生」。我又萌發彈琴的欲望。我的琴緣隨政治運動而斷，又隨政治形勢的轉變而續，鋼琴與政治兩個風馬牛不相及的事物就這樣聯繫起來了。

1979年我因病動手術，在家休養了大約兩個月，因病得閒，彈琴的欲望分外強烈。那時鋼琴非常難買，我妹妹華筠在文藝界，近水樓台買了一台，我就到她家去彈。她給我一把鑰匙，家裏沒人時我隨時可以去。正值暮春時節，天氣宜人，待我身體可以出門走動，就以她家為目的地，逐漸恢復琴藝可算是一種特殊療法，對身心都有益。正巧，著名小提琴家伊薩克·斯特恩（Issac Stern）來華訪問，由友協接待。我得到了票，聽了一場精彩表演，很久沒有這樣的享受了。而且曲目中還有過去我曾與C君合奏的莫札特鋼琴與小提琴奏鳴曲。那次音樂會如一石激起千重浪，引發我對一切與音樂有關的往事的深深的懷舊，浮想聯翩，不能自已。那種心潮澎湃的感覺，豈止是復蘇，簡直是亢奮。所有這一切，使我遏制不住回到鋼琴邊的渴望，決心在有條件時一定要買琴，這也是此次休病假的副產品。

1981年終於有了獨門獨戶的兩居室，勉強可以擠下一架直立的琴，於是輾轉託人買到了一架在當時條件下算是不錯的星海牌

鋼琴。在已經擁擠不堪的臥室中貼牆放下一架鋼琴和凳子，在床的另一邊和書桌之間就放不下椅子，陳樂民慷慨地把凳子的空間讓給我。他畫畫、寫字都坐在床沿上。

如果從清華畢業算起，隔了三十年，如果從維也納短暫的租琴結束算起，也至少有二十二年與鋼琴絕緣了。當時我的感覺猶如「睡美人」童話中的場景，沉睡了三十年的人隨着仙棒的點播紛紛起舞，生活又延續下去。不過童話中的人青春長在，世界跟着他們停頓，好像什麼都沒有發生，而我等凡人卻歷盡滄桑，似水流年永不復返。我的琴藝要恢復「歷史最高水平」，難矣哉！

剛買來新琴，既興奮又沮喪，開始時好像什麼都記不起來，手指都不聽使喚了。彼時唯一的一本琴譜是小妹民筠借給我的《蕭邦鋼琴選》第一集。我就用這本譜子開始恢復。第一個階段比預料的容易，好像打開閘門以後，活水自然流淌出來，以前熟悉的曲子比較快地恢復了感覺。有的過去背熟的曲子，試着從記憶中搜尋它，居然一點點背着彈下來了，使我欣喜不已。大約這就像兒時背的詩詞一樣，憑本能不知不覺就背出來了。不過與背詩不一樣，手指技巧是不可能輕易恢復的，只能靠重新練習，但也只能達到一定程度。至今我彈任何「大」曲，總有幾處是「混過去」的，技止於此，無可救藥了。沒想到的是，從此以後幾十年間，我的鋼琴生活竟越來越豐富有趣，鋼琴成為我生活中不可或缺的一部分。

第一次赴美做訪問學者

由於有了國際交流，國研所的地位也逐漸變化。外交官受種種限制，而學者的身份則相對自由，可以多一些交往，也就便於得到官方渠道以外的資訊。研究人員的意見固然不受重視，但是新鮮的情況總還受歡迎。人員的往來，也從研究所開始。當時國內對外進行學術交流的機構很少，我所在的研究所附屬於外交

部，格外受到美方重視，所以成為外國學術機構來訪者首先叩響的大門之一。

美國最早熱心推動學術交流的多半是華裔人士。普林斯頓大學東亞系教授劉子健就是一位。他是燕京大學歷史系畢業生，四十年代留美後留在美國，在普林斯頓大學教中國歷史，專攻宋史。在他努力推動之下，國研所於1980年派出首批訪問學者，是我所在的一室主任胡XX和一位資深的蘇聯問題專家榮X。1981年我得到了機會，到普林斯頓國際研究中心做客座研究員，在那裏度過了愉快而豐收的一學年。

普林斯頓校園非常美。到處綠草如茵。建築都是古老的，有的樓裏地磚已凹凸不平。我的住處在校園邊上一排小樓中的一套。那是供年輕助教或訪問學者住的兩層樓的簡易房，樓下是一間客廳兼開放式的廚房，樓上一大一小兩居室，顯然是為一對年輕夫婦帶一個孩子。儘管房租相對便宜，我們中國學者還是單獨租不起，而且也沒有必要這麼大。我和那一屆差不多同時到達的另外三位中國人共同租住這棟小樓。一位男生是北大的研究生，住在樓下客廳。他原名李援朝，後改名李若谷，成為金融界高官。另外兩位女士住在大房間，一位丁老師與我差不多年齡，是復旦大學外文系教師，一位小鄒很年輕，是鄒韜奮的孫女，葉劍英的外孫女，她們二人住大房間，我一人住小房間。研究中心給我一間單獨的辦公室，學生白天上課或到圖書館，大家早出晚歸，午餐都在外面解決，晚餐我們幾個人合伙，由李同學主廚、統管，他很善於烹飪。我負責洗碗，打掃廚房，各得其所。晚飯後又各自去圖書館，我印象中李同學很用功，每晚都在圖書館呆到半夜。週末也各有各的活動，很少交集，相安無事。

那棟小樓背靠卡耐基湖，據說是當年慈善家卡耐基捐給普林斯頓大學作練習划船運動用的。有水的地方總是風景宜人。我每天從住處穿過校園到國際研究中心，一路上空氣無比清新，草香

撲鼻，常見松鼠跳來跳去，毫不避人。每天這半小時心曠神怡。

此時我練琴剛感到漸入佳境，不願再中斷。我打聽到普大有藝術中心，其中有音樂系，有一間間琴房傳出琴聲。我就貿然找上門去問，我是否也可以排上練琴表，每天一小時，什麼時間都可以，竟然獲准，拿到琴房鑰匙，只要交五美元押金，我提出的時間是下午5–6時，剛好是學生下課的時間，對大家都合適。琴都很舊，卻是斯坦威三角琴。這是我所能企盼到的最好條件，使我喜出望外。就這樣，在普林斯頓的一年中，我除了在辦公室和圖書館作研究外，每天下午5點到6點練琴，除非有特殊活動，幾乎風雨無阻，真似回到清華園的教室→圖書館→音樂室的生活了。這一年過得很愉快，各方面都很有收穫，回來寫成了一部專著，琴藝也大有長進。這兩件事卻是完全不相關的。

在普林斯頓的一學年我主要就是鑽圖書館、檔案館，為我的第一本專著收集資料。在發表了第一篇關於台灣問題的論文後，那些檔案材料越看越有意思，我就想就這一個時期的中美關係寫成一本書。剛好有這個機會，可以盡情查閱國內見不到也想像不到的資料。普大的圖書館共六層樓，地上三層，地下三層。那時的目錄還是卡片，沒有電腦化，一般都是自己查了卡片，依照說明，自己到書庫去找書，在需要時可以請圖書館管理員幫忙。我當時真有「上窮碧落下黃泉」之感，後來才知道傅斯年對查閱學術資料也說過這樣的話。除了大圖書館，還有特種圖書館，裏面藏有口述歷史等資料。我得知這裏有杜勒斯口述歷史，如獲至寶，有一段時期就天天到這裏來查閱。那時還不讓複印，只能用他們提供的鉛筆手抄，材料多得看不完，每天狼吞虎嚥，但是又需要文字記錄，抄寫則耽誤閱讀，經常處在這矛盾中。最終我抄錄了一厚本筆記本，對隨後的著作很有用。若干年後再翻閱，發現字跡潦草，還有許多當時自撰的縮略語自己都認不得了。

國家檔案館在華盛頓。我去過兩次，每次只有兩星期。在華

盛頓住在朋友介紹的華人朋友家，包括夏亨利家。好在地鐵四通八達非常方便。那時美國國家檔案館尚未搬到新址，舊館非常逼仄，就在一排排檔案架旁邊擺一些長桌供閱覽。也是只能用他們提供的鉛筆記錄，但是可以申請複印，標出頁數由他們的工作人員代為複印，只是比較貴，以我的財力不大可能大量複印。借閱手續十分方便，工作人員熟悉業務，敬業而熱情。接待我的是一位白髮蒼蒼的老先生，我只告訴他我的研究範圍，他立刻對有關資料如數家珍，查找效率極高。他們的業績是以查閱資料的人次和數量計算的。這也是一種激勵機制。所以我要登記姓名及所屬單位，每次都劃到，以便計算人次。那裏的檔案按規定到一定年限必需公開，卷宗裏面有原件，也有影本。在一份文件中如果有幾句話或某個段落涉及特殊機密，尚不能公開，則用虛線代替，也就是必須明白告訴讀者，還有內容沒有公開，不能糊弄過去。也有整個文件尚不能解密，但目錄上必須有。我就曾遇到這種情況，目錄上有，但是標明此件暫不公開。那位老先生竟慫恿我根據《知情權法》去向有關部門申訴，要求開放，如不允，還可到法院告他們。我大為驚訝，說外國人也能告嗎？他說能，已經有先例，有一位蘇聯學者告過，而且勝訴。此前我知道有美國學者運用此《法》勝訴，並根據爭取到的檔案寫出一本書，但是不知道此權利還包括外國人。這和我國的檔案觀念完全相反。我國的檔案管理者與「機要員」混為一談，以保密為己任，養成一種心態，越少讓人知道越好。而美國檔案館管理員的立場是越多公開越好，因為檔案是他們的財富，借閱是他們的業績。這一遭遇使我大開眼界。當然我不至於為了看一件檔案而打異國官司。

還有一事令我意外，我在華盛頓期間，由於國家檔案館正進行內部整理，有一部分我要的卷宗尚未上架，我沒有看到。誰知我回普林斯頓後不久，接到檔案館那位接待我的老先生來信，告以現在這部分檔案已經上架，你可以過來看了。這種服務態度真

使我受寵若驚。這位老先生看來至少年逾古稀，現在當早已不在，不知道年輕一代的管理員是否還那樣敬業。

在美期間也結識了一些學者。在普大與我接觸最多的，除了劉子健教授外，還有兩位美國教授，碰巧一姓「黑(Black)」，一姓「白(White)」。前者是國際研究中心的主任，後者是政治學系教授，中國研究專家，寫過關於上海的專著。另外還有幾位中國研究專家，如鮑大可、孔華潤等都是這次認識的。與他們後來經常來往，成為很好的朋友。我走訪的人大多圍繞我的課題。其中特別有意思的一個人是柯勒博(Edmund Clubb)。他是美國最後一任駐北平總領事，當時屬於美國國務院力主與中共建立關係的一派，所以盡量留守不走，在毛澤東發表「一邊倒」之後，依然癡心不改。直到1950年1月，新政府以美領館所在地原為軍營為名，予以接收，他和領事館人員才不得不匆匆離開。此事對他傷害很深，三十年後與我談話時還不能釋然。我同他談到一件公案：FRUS中有他在任期內報回去的幾份電報，大意謂一名在華澳大利亞記者向他(柯)傳話說，有一位自稱周恩來秘書的人向他透露：現在中共領導層對美政策舉棋不定，分兩派，溫和派主張等待時機與美建立關係，劉少奇和周都屬於這一派；有一派親蘇，主張對美強硬，毛本人尚未表態云云。而且那位「周恩來秘書」還不止一次與這位記者聯繫。當時出版不久的美國學者撰寫的《未定之秋》一書中也提到了這份檔案，並以此為依據做出分析。我認為一望而知就是假的，根據我對中共的和周恩來本人的瞭解，到了1949年那個時候，絕不可能有向外人透露內部分歧之事，不是那位記者製造假情報以邀功，就是那自稱「周恩來秘書」之人是騙子。大多數中國學者都持此看法，但是柯勒博對此深信不疑，直到與我談話時還力主其合理性，少不得與我有一番爭論。我後來很後悔，見他一面不容易，不該把時間浪費在爭論這個問題上，應該事先做好準備，從他這位歷史見證人身上多挖

掘一些不見書面的資料。可惜我再次訪美時，他已去世。

到那時為止，其實我對美國是相當無知的，這一學年中增加了許多知識，也無形中學到了做此類實證性學術研究的方法和規範，對以後寫書有很大幫助。臨回國前還援例在一次午餐會上做有關研究成果的報告。據劉子健教授稱，普大方面對我比較滿意，因為我的確是來做研究的，不像我的前任(即上一年國研所來的室主任)，來美後到處跑，校內難見他的身影，不知他在做什麼。後來知道他有不少時間是在為他的孩子聯繫來美留學事宜。話雖如此，我覺得我也有失策之處。我過分單一地鑽圖書館，而沒有借此機會多旁聽一些課程，那是很方便的，不用註冊，想進哪個教室都可以。普大威爾遜研究生院就在我的辦公樓旁邊，名師雲集。我的注意力太狹隘，如果能選聽一兩門基礎課，當收穫更大。另外，也應適當到外地轉一轉，增加感性知識，只要向「中心」申請，他們可以提供方便。這些我都沒有想到，一則個性不喜交際，喜靜不喜動有關，二則還是思想在長年禁錮下沒有放開之故。

我一向遵守外事紀律，已成本能。因此在有些事上還是比較拘束。例如當時中國還沒有與南韓建交，規定在國際場合避免與南韓人接觸。普大有幾位南韓的訪問學者，顯然對從中國來的我很感興趣，總想找機會與我交談，我卻不敢交往，只是敷衍迴避。有一次金大中來訪，他那時是反對派，在南韓處於非法地位。普大的白教授邀請他午餐，很熱情地請我作陪。我竟不敢擅自決定，專門打電話請示我駐美使館冀朝鑄參贊，他叫我還是不要參加，我就找藉口婉拒了。現在想來實在遺憾，而且愚蠢。我不是官員，不代表政府，金大中也不代表韓國政府，為什麼不可以見呢？後來冀朝鑄對我說，我如不請示，參加了也沒事，但是既然問到他，他無權批准，還是否決保險。

陳樂民當時也已調到國研所，正巧應加拿大一家大學之請，

到加拿大講學一個月，也在東部城市。離我所在的新澤西不遠。我有了美國簽證，辦理加拿大簽證很容易，交通也方便，我是不需要坐班的，行動自由，有人勸我過去與他相會，也好順便看看加拿大。而且邀請他的梅爾比教授在抗戰時曾為駐重慶的外交官，並曾參加《白皮書》的編撰，與我所研究的那一段中美關係史有密切關係，他寫的一本書正是我重要的參考書，這是一個採訪的絕好機會。但我就是不敢擅自過去，如果請示，多半是批不准的。結果只和陳樂民通了幾次電話。這已經不錯了，因為與中國打長途費用太高，他在國內時我們很少通話。

這些例子足以說明當時我的思想狀態，「外事紀律」的觀念如何根深蒂固。

那時中國經濟尚不發達，知識分子尤其收入低。有機會出國一趟，大多省吃儉用，從微薄的津貼中摳出錢來買「幾大件」，最時髦的是買一套「高保真」音響──「HiFi」。還要滿足家裏七大姑八大姨的人情債。我是對方邀請，比國內公派的訪問學者收入略高（但也不是美國標準，因為美方知道我國的「行情」，壓低了不少），幸運的是沒有這種人情債，加之我對採購一向沒有興趣，只買了一台當時也算先進的夏普雙卡錄放音機，以及一些零碎的小東西送人。最後卻剩下了不少美元，不知道怎麼辦。當時的政策是個人不允許存外匯，要麼在國外花完，要麼交公。我想不出該買什麼，就決心托人買了一台影印機送給國研所圖書館。採購、運輸我一概不管。那時影印機在國內還算稀罕物，這是圖書館第一台影印機，他們當然非常高興，對我特別好。後來我離開國研所幾年後，到那裏借書還有特殊方便。但是再後來，時過境遷，物是人非，這一人情就結束了。後來有年輕人聽說我剩下美元竟然為公家買了東西，覺得不可思議。其實並非我有多無私、學雷鋒之類，此一時，彼一時而已。

第一部專著

回國後，根據收集的資料，花了兩年時間寫出了《美國對華政策的緣起和發展(1945-1950)》。這本書大多數時間是在國研所寫成的。到那時為止，該所的研究人員很少個人寫書，當時的領導給我特殊的照顧，沒有讓我忙於寫內部報告，而且允許我不坐班，在家寫書。等到這本書出版的時候，我已調到社科院。當時正好近代史所的丁名楠老先生主持《中美關係史叢書》，他很歡迎這本書，就作為這套叢書的第一部國人原創的專著由重慶出版社出版(這套叢書中多數是翻譯著作)。

這本書的確是嚴肅的學術著作，言必有據，每一章都有幾十個注釋。但是絕大部分是根據美國檔案資料，照理應該有中方的資料互相印證，但是中國的檔案是不開放的。我回國後為找中方檔案，有一段艱難痛苦的經歷，終於收效甚微。「走後門」找了在專門部門研究黨史的人，希望得到通融，但都無結果。有時有關領導批准了，卻被機要員否決。一路打報告，列出少量要查的文件，層層審批，終於拿到了特許的「批件」，找到中央檔案館(即存放中共黨史資料的檔案館)，通過層層管卡，進入神聖殿堂，遞上清單。檔案館的規定是，只能看明確列出的那幾個文件，不能根據某一個範圍查目錄。即便如此，我列出的單子上最重要的幾個文件，卻被拒絕。管理員說，他們領導認為與我的研究範圍無關，「就不必看了吧！」我報的題目是中美關係，一個很重要的角度是美蘇冷戰的背景，實際上是美蘇國共的四角關係。被否決的是與蘇聯有關的文件。檔案館的領導認為你研究中美關係，不該涉及蘇聯，就這樣給否了。我據理力爭也無效，對方言詞溫和而態度堅決。由檔案管理人員來決定學術研究的範圍和內容，也是一大奇聞。就此一椿，我自認為這本書是有缺陷的。後來的學者比我幸運多了。

另一經歷是，八十年代初，外交部決定撰寫1949年以後的中

國外交史，組建了一個寫作組，我從國研所被調入。剛參加時，發現該小組成員獲特許閱讀許多一般人看不到的檔案，裏面也確實有許多很有價值的資料。我十分高興，失之桑榆，收之東隅，以為可以有補於我正在寫的專著。誰知此小組有嚴格的紀律，每人發一筆記本，檔案資料，包括自己的初步草稿都只能寫在筆記本上，下班時鎖進櫃子，不許帶出。另外，每人只能看與他分工撰寫的範圍有關的檔案，每寫一段都要經過反復討論，最後審查，按當時的欽定口徑定稿，寫進書中的大部還是報章公開發表過的，「內部」資料不准引用，更不能注明出處。在那裏呆了幾星期後，儘管檔案資料很誘人，我還是決定找理由逃離，寧可根據已經獲得的美方材料繼續寫我的書。我的專著於1985年殺青（出版社因故拖到1987年出版），以後就調到社科院做了很多其他的研究和活動，而外交部那個寫作組一直存在到那部《當代中國外交史》出版（也是1987年）之後。坦率地說，集中這麼多寫作高手，獲得如此寶貴的獨家資料，經過如此長的時間，讀者引頸以待的第一部關於新中國外交的官史，作為資料彙編也許有一定參考價值，而如果作為學術著作，是不能令人滿意的。絕大部分都是已經發表過的公開資料，如果有個別沒有發表過的情節，也沒有注明來源，在學術上難以引用。這決非寫作者之過，而是對待「官史」的觀念，其客觀性甚至不如古之官史。如果時間和人力比作金錢的話，從性價比來說，絕對不上算。我慶幸自己及早逃離，沒有把那幾年寶貴時光搭進去。

在國內要訪問一些與那段歷史有關的當事人也十分困難。大多健在的是領導幹部，難以接談。我見到兩位民主人士，錢昌照和葉篤義，他們說話都很小心，事先都說好，他們所談我只作為背景情況，以增加我的判斷，而不引用。多年後，我有機會聽到黃華談他見司徒雷登的情況，並沒有不允許我引用，所以在書的再版中我把他所談情況和我的分析放在了註腳中。

現在回頭來看，我感覺這本書的論述還是站得住腳的。當時，我一點也沒有趕着出書的壓力。既不是誰佈置給我的任務，也不是事先納入某個課題，完全是我個人的興趣。寫作的時候完全投入，也很輕鬆。這本書應當算是理清了那個時期美國對華政策的脈絡，在國內是比較早的。有一些觀點現在已不足為奇，但那時還比較新鮮，我還提出有跟許多國內外學界不太一樣的看法。這本書出版以後，引起美國學界一些注意。關於這段歷史美方已有多種著作，而中國人寫的還是頭一本。一些懂中文的美國學者主張出英譯本。當時的社科院領導很支持，批了一筆翻譯費，由當時在《中國日報》任職的高水平的英文編輯譯成英文，並由我自己審定。原來計劃在1991年出版，但後來由於簽約的那位華裔出版人實際已經破產，卻不肯放棄，一拖再拖，幾經交涉英文版一直拖到2003年才由另一家美國出版社出版。儘管我加了一篇聯繫當前形勢的長序，但已經時過境遷，人們對中美關係的注意力早已轉移，只是作為歷史著作，還沒有失去意義。誰要瞭解這段歷史，看這本書還是有用的。

　　儘管我寫作時並沒有感到意識形態上的禁錮，能按自己希望的方式來寫作，但我自己當時的思想是有局限的，並沒有擺脫某些教條的束縛，文字也比較死板。對人物的描述如胡適、顧維鈞、司徒雷登、陳納德等，都只取那一小段，自不可能全面客觀。特別是司徒雷登，只有他當大使一段的尷尬處境，儘管都是事實，但絕非司徒雷登的全貌，據此來評論他是很不公平的。自從那以後，我的知識、眼界和思想都發生了極大的變化。如果今天就同一題目寫一本書，我會採用一種不同的角度，對所有相關對象的態度做更深的研究，語彙也會有所不同。

　　實事求是地說，過去那些實際工作也沒有白做，對我後來的研究有很大的幫助。我常常感到，一些完全沒有接觸實際工作的國際關係學者的議論有些隔靴搔癢，從理論到理論，說很多貌似

深刻的話，實際上把一些很簡單的事情複雜化，或者複雜的事情簡單化。我從事民間外交時是一個特殊年代，與中國建交的國家很少，以民間的名義的對外活動的地位很重要，我有機會去了很多國家，接觸了很多事情，而且有特殊的機會領會相當高層的決策考慮。那個時候，出國開會，代表團常會聽周總理交代政策，分析國際形勢。親身經歷的事情，當時或許不理解其深意，但後來與大的歷史背景聯繫起來，就逐步明白了。等到我研究國際問題的時候，這些實踐的經驗和政策考慮自然而然跳出來。我覺得有沒有這個實踐經驗，判斷力很不一樣。

有了獨門獨戶的家

在與楊家合住近八年後，我們第一次分配到一套獨門獨戶的居室。在前門東大街，是改革開放後蓋的第一批高層居民樓，據說吸取唐山地震教訓，可以抗八級地震。電視中還播放過鄧小平視察這棟樓，鄧評論說，缺洗澡設備。我當時對此有點驚訝，因為當時一般居民自己家裏有單獨洗澡間還是一種奢侈，我們都是在機關公共澡堂買澡票洗澡的。我們分得一套兩居室，連廚房廁所加在一起不到30平米。果然沒有洗澡間，連洗臉設備也沒有。全套房子只有廚房一個水龍頭，洗漱、洗菜、洗拖把都用那一個龍頭。廁所只是一個蹲坑，便後洗手要到廚房。所以我們還保留老式的臉盆架。兩間居室和廚房並排同一個朝向，中間隔一道一人寬的短過道，沒有通風，夏天悶熱無比。那時更沒有抽油煙機的觀念，做飯時即使把所有房門都關起，也是油煙瀰漫。好在女兒已上大學，週末才回家，與保姆擠在小房間睡。小房間能放下兩張小床，一張方桌，既是飯桌，又可寫字。我的第一部專著就在那張桌上完成。

那時搬家都是單位的同事幫忙，盡義務，單位出車。我們家無長物，連鍋、勺等廚房用具都沒有。幫我們開車的司機大為驚

訝，說沒想到兩位大知識分子就這麼過日子。儘管如此，我們已經感到生活大大改善，頗為興奮。這也是改革開放所賜，否則我們不知何年何月才能分到自己的獨居。我開始設法通過我在歌舞團的妹夫找關係走後門買鋼琴，終於如願以償。在已經擁擠不堪的臥室中貼牆放下一架鋼琴，如果再塞進一把椅子，床的另一邊就只能放下一張三屜桌而放不下椅子，寫字只能都坐在床沿上。此時陳樂民開始恢復書法、畫畫。他慷慨地把放椅子的空間讓給我的鋼琴邊，自己坐床沿寫作。有意思的是，臥室的壁櫥緊貼走廊的垃圾室，縫隙不嚴，經常泛臭。我建議他寫「斯是臭室，唯我德馨」幾個字貼在櫃門上。這是他恢復寫字後第一幅大字，體現了阿Q精神。

在這套房中我們又住了七年，直到搬到社科院在東總布胡同的宿舍樓，有了較大的改善。陳樂民首先發現有好幾個水龍頭，洗菜盆和洗拖把分開。連呼：很科學！

十九
進入社會科學界

～～◦◦◦～～

　　1985年我調入社科院美國研究所，人生進入一個新階段，主要是在思想上經歷了自1949年以來的大解放，也可以說是一次向本性的回歸。我原來大學專業是文學，工作屬於廣義的外交與國際關係。如今儘管還是沒有脫離「國際」領域，卻算作社會科學的學者。我自知思維習慣和知識結構都有很大距離，需要補課。好在我從來不怕學習，而且不恥下問，所以以後幾十年的工作一直在學習中，每有著述就等於是讀了一個學位，樂在其中。

處於思想前沿的社科院

　　大約是1983年在從美國回國的飛機上第一次巧遇李慎之，而且恰好座位相鄰。當時都是素昧平生，我孤陋寡聞，竟也不曾聞其大名，社科院剛組建美國研究所也是那次才知道的。他卻曾注意到我的名字，說來有意思，他最初對我有印象與美國研究無關，而是看到我在《讀書》上發表的一篇關於巴爾扎克小說《公務員》的譯者序，我的中文入了他的法眼。後來我才知道，他很重視中文，而在他的眼裏，當時很多學術文章能達到「文通字順」的就不多。他知道我在國際問題研究所研究美國，就單刀直入滔滔不絕地談對外交政策、中美關係、台灣問題的看法，許多看法在當時十分新穎，而且涉及種種時弊。一個有點級別的「老幹部」對一個萍水相逢的晚輩如此沒有戒備，不講官話，直舒胸臆，使我吃驚，便也大着膽子說出我原來「私心竊以為」而未敢

說出，或不敢肯定的看法。當時他對改革開放滿懷信心，基調是樂觀的。那一席談似乎在我長久受到禁錮的腦子裏吹過一陣清風。在那次談話之後，他有過幾次邀我參加社科院的對外交流活動，同時下決心把我「挖」到美國所，那時兩個系統人員流動還不那麼容易，他做了不少努力，直到1985年才辦成。

　　一九八〇年代的中國社會科學院是名副其實的「思想庫」（取其廣義，不是專為上面獻策的），處於改革開放的最前沿。它原是中科院的一個「學部」，中科院的前身是中央研究院，鼎革以後一部分遷往台灣，至今仍在；一部分留在大陸。儘管和全國一樣，經歷了各次政治運動，包括「文革」浩劫，而且還是極左思潮的陣地之一，但是作為學術單位，與黨政機關仍有所不同。無論如何，集中了一大批飽學之士，有一定的學術傳承。七十年代末，據說是中央重視社會科學，「學部」從中科院獨立出來，成立「中國社會科學院」。有一些與政治的關係不那麼密切的學科，如考古、歷史、古典文學，等等，積累了較深厚的底蘊，「文革」前已發表不少成果。改革開放以後，特別是「真理標準」的大討論之後，長期受禁錮的思想一旦迸發出來，勢不可擋。當時許多新觀點、新提法，包括對馬克思主義的新詮釋，都是來自社科院。公開的園地除各所自辦的研究刊物外，有《光明日報》理論版、《讀書》雜誌等。社科院還有一份《未定稿》我最愛看，那裏經常刊登一些由國外翻譯過來的文章以及一些國內學者寫的而尚不能公開發表的作品，有些觀點振聾發聵，使我受益匪淺，對我說來是一次新「啟蒙」的開始。

　　中科院的學部原來沒有關於國際問題的研究所，「國際片」是改革開放的產物。我聽說，最初的主意來自宦鄉，他原是外交部副部長，後調到社科院任副院長。比起一般外交官來，他的思想要相對開放一些，也有一些創新。當時對國際形勢的主流提法還是列寧的《帝國主義論》，其中最普及的是資本主義處於「腐

朽垂死」階段。這顯然與客觀現實不符。宦鄉就提出了一個「腐而不朽，垂而不死」之說。一時之間被廣泛引用，算是將現實與列寧主義妥協的一種策略。後來，「和平與發展的時代」成為官方的定論，取代了列寧提出的「帝國主義走向全面崩潰，社會主義走向全面勝利的時代」。宦鄉提出在社科院創建一批能夠覆蓋整個世界主要區域的國際問題研究所，共有八個，其中一部分是原中聯部下屬的研究所搬過來的，美國所和日本所則是新創立的。

據我瞭解，創辦「國際片」總的目的是在開放的新形勢下，提供關於外部世界的客觀知識，袪除無知與偏見，創辦者的最終目標還是為對外關係的決策提供新思路。那時「智庫」這個詞剛剛從美國引入中國，蘭德公司和布魯金斯學會等機構被當成樣板。許多學者想到能夠為決策者出謀劃策都十分興奮，因為這是自古以來中國士大夫文化傳統之一。實際上，李慎之開始也有這種取向，只是他有自己獨立的意見，想努力影響決策層，對僵化的慣性思維有所衝擊。

但是在這個問題上，一開始我就屬於少數派。我認為即便是處在改革開放的時代，在中國的環境中學者也未見得能夠對政策制定產生多大的影響。事實上，我認為美國智庫在影響政府決策中扮演的角色，儘管比中國學者重要些，也是被中國評論家們大大地誇大了。況且這不是學者的本份，如果總圍繞着上層決策考慮問題，總是會束縛學術研究和學者的成長的。特別在中國，閉塞這麼長時間，主要的職責是弄清楚客觀情況，幫助公眾知情，由精英及於公眾，我把這種影響稱為「漣漪效應」(ripple effects)。假如最終某項研究成果對決策產生了影響，那也是結果，不是目的。1987年《美國研究》雜誌正式創辦，我在創刊號上的第一篇文章《中國的美國研究》中，就表達了我對中國人為什麼要研究美國的看法。對於盛行的「智囊」之說，我說如果做「智囊」，就要做全民族的「智囊」。這是得到馮友蘭先生的啟

發，他曾說過哲學家是全民族的智囊。李慎之後來也同意我的意見，並常常引用，這是他不同於其他高幹的開明之處。

以後幾十年，我一直堅持這一對學者的角色定位，而且一直處於少數。中國知識分子的痼疾是念念不忘做帝王師，「雖九死其猶不悔」，「左派」、「右派」都是如此。有一次，有一位社科院其他所的同事跟我說，他妻子看不起他的工作，認為沒意義。她任職於中央電視台，常有機會隨領導出訪，她說發現領導很少提到社科院，他們的讀物中也少有社科院的產品。這就是一般人對於「有用」的標準，正好是我一貫反對的。

美國研究所

美國研究所成立於1981年，我沒有參與創建。李慎之把我調去是要我擔任副所長，而且正是以這個名義才使國研所放人。根據中國人事慣例，人家有「遷升」的機會，就不好阻擋了。當時國研所的鄭所長在決定放我之前，還找我談話，說本來也有意提我為副所長，這樣，我是否可以留下不走，我當然不會接受。我想這也是那一代老幹部禮賢下士的一種姿態，表示他已盡力挽留，並不一定當真。我進入學術研究領域的初衷是不擔任任何行政職務，後來終於被說服接受了美國所副所長的職位，是因為我也受到那個時代的精神的激勵。社科院當時是推動各種新思想的先鋒。對於我來說，李慎之本身就是那種「時代精神」的化身，代表了一種新式的領導風格。他反復強調，我們所做的是一種新的「開放」中國的努力，我們將攜手建設一個新型研究所和一個「美國研究」的學術新領域，他還說，如果在中國創立了「美國學」這樣一個學科的話，你就算祖師爺。這只是一句玩笑話，我不會當真。但當時真以為可以對中國的改革大有作為，就同意了，只是提出條件：一不管人事，二不管財務，只負責學術。李慎之一口應承。他本來就「大權獨攬」，美國所完全是從無到

有，所有人員都是他親自招來的，我到來時已經差不多滿額。另外還有一位副所長專管行政。後來我才意識到，我提出的條件是不現實的，特別是學術是與人才分不開的，只問文章不問人，是自欺欺人，接下來就有評職稱問題、工種的分配問題、出國機會問題，等等。在李慎之的卵翼下，一切由他決定，短期內尚可。不久，他升任社科院副院長，主管所有國際片的八個研究所，雖然一段時間還兼美國所所長，勢必不可能多管具體事，我的擔子漸漸重起來，煩惱也多起來，此是後話。

在我調到社科院之前，李慎之因準備到美國開會，找我寫過一篇有關台灣問題的論文。他有一些想法，與我的想法合拍，我們討論了幾次，擬出大綱，就由我執筆，這方面的原始資料我掌握最多，這也是他找我的原因。當時我還在國研所，是利用業餘和週末時間完成的。又應他的要求，寫成英文稿，題為《今後十年的台灣》。後來中方因故決定不參加此會，老李把書面論文寄了去，引起較大反響。我之所以要求進入學術領域，是不想再給領導當「筆桿子」，或做翻譯，而想做一些自己獨立的工作。這回又似落入了原來的套路。那次會議固然邀請他一個人，但是這篇文章是我執筆的，觀點是我們共同的，有我許多心血，和大部分的勞動。於是我提出應算我們兩人合作的文章，儘管我不參會，但我要署名。他似乎有點意外，不過還是同意了，他的名字當然放在前面。這是我平生第一次為自己「爭名」，那時還沒有著作權的概念。我已經發表過一篇影響很大的論文，關於美國對華政策的專著即將付印，不一定在乎多一篇文章在我名下。但是我實在不願再為他人做嫁衣裳，爭的不是名，而是獨立。特別是我已決定調到他手下工作，先要確定工作關係，不論名義上職務是什麼，不能又成為一名得心應手的「外事助手」（我感到他有點那個意圖，他在調我的報告上強調我的「外事經驗」，而不是研究水平），而要做一個獨立的研究人員，這是我當時真實的心理活動。

另一件事是關於翻譯問題。我發現他調我去有一點「私心」，就是仍然希望時不時地倚仗我為他做一些翻譯。他本來英文很好，完全可以交流自如，但是要談複雜的問題當然還是講中文更達意，於是很自然地把我作為語言的「拐杖」。我當然不願意再落入此陷阱。於是下決心找機會直言相告：我之所以堅持到研究機構就是厭倦口譯這一職業，尋找獨立的表達空間。他說：「那你的意思就是說，以後我如果想請你幫忙翻譯就免開尊口」。我直截了當說：「是的」。他顯然有不悅之色，這是可以理解的。無論從級別還是資歷，我都差一大截，這樣生硬地直接拒絕領導也不多見，何況我還是他下功夫「挖」來的。不過老李到底不同於一般官僚，自此之後，他尊重我的意見，再沒有叫我做過翻譯，而且我們之間也沒有因此有任何芥蒂。這次談話的直來直往也奠定了以後我和他之間坦率討論問題的風格。

我不是美國所的元老，我到來時機構已經初具規模，並且已經從臨時借居之地遷入建國門外的社科院新樓。人員來自各單位，大多是原來其所在本單位的外文幹部。我發現一個特點是名門之後雲集：李公樸之侄(李國有)、梁漱溟之子(梁培恕)、梅蘭芳之子(梅紹武)、茅以升之侄(茅于軾)、嚴濟慈之子(嚴四光)，等等，大戶後裔還不止這些，只是有些名氣沒有那麼家喻戶曉，此處從略。還有幾位老革命之後，亦即「高幹子弟」，不過那些「高幹」也是像李慎之一樣的知識分子幹部。另一特點是年齡偏大。於是有人說李慎之好名門，好老。我想他並非刻意找名門之後，更不是專屬意年齡大的。美國所是新建的所，不像社科院那些老所有基礎，還有本專業的大學生作後備。經過「文革」破壞之後，新一代學人尚未成長起來，中國的大學原來也沒有國際政治專業。美國所這些從四面八方來的人員，原來都在不同的領域工作，有的還是學理工的。他們大體上有幾個共同點：英文都夠一定水平(這對美國研究是很重要的條件)，知識和見解不俗，

而且談吐儒雅(這一點李慎之很看重)，有了這些特點，出身名門大戶就是巧合了。還有一個共同點，除個別外，多數被打成過右派，或者在某次政治運動中有過坎坷的經歷，因此不願再回原單位，老李本人的作風和氣場當然對他們有吸引力，所以雙方一拍即合。

在我之前有兩位副所長：一位是吳展，革命資歷與李慎之差不多，畢業於燕京大學物理系，曾在國防科工委工作。一位是李壽祺，聖約翰大學畢業，曾是上海地下黨。我來後他調任社科院外事局，不久病故。李慎之任副院長之後還兼任所長至1988年，在此期間我只在他領導下做一些輔助工作。從此我與他共事，包括兩人都退休以後繼續交往近二十年，在二十年中既有耳提面命，又有平等的交流和思想的碰撞，甚至爭論(以我的身份可以算頂撞)。我本性是喜歡說理的，在長年被迫和自我鉗制之後，終於可以沒有顧慮地表達，心情無比舒暢。無論是何種形式交流，都使我深受教益和啟發，也處處感受到他思想、眼光之異於常人之處。我對他的看法並非一成不變，我們也並非在所有的問題上意見完全一致，但是我最初對他的印象始終如一：襟懷坦蕩，議論橫生，總是單刀直入，很少拐彎抹角。時常一語驚人，發人之所未發。對我個人而言，可以毫不誇張地說，他在關鍵時刻對我的點撥起了「再啟蒙」的作用。他是第一個從不跟我說「要好好改造思想」的領導。相反，他在對我有些瞭解之後，曾對我說，你應該相信自己決不會不愛國，決不會「立場不穩」，你只要把你所想的寫出來，就是好文章。那是開革開放初期，對於習慣於戴着鐐銬跳舞的我真有豁然開朗之感。這是一種返朴歸真的根本取向。我不但洗盡了那種不自覺間沾染上的八股文風，而且終於擺脫從大學畢業前夕就開始的永遠改造不好的原罪感，得以回歸常識，回歸自我，進入今天的境界，是受惠於他的。

創辦《美國研究》

社科院各所都有自己的刊物。美國研究所成立於1981年，而《美國研究》到1987年才創刊，在此之前只有一份內部刊物《美國研究參考資料》。這與老李的主導思想有關。首先他對學術文章、學術刊物有自己的標準，在他心目中相當多的號稱「學術」的作品其實都名不副實。國際問題，特別是美國，可以公開討論和研究，其本身就是改革開放的產物，以前是不能想像的。社科院「國際片」有幾個研究所是從其他機關搬過來的，有一定基礎；而美國所是完全新創，要拿出相當水平的學術研究成果來尚需一定的時日；第二，美國與其他國家不同，無論是政治上、意識形態上都是相當「敏感」的(其實直到現在也何嘗不是，只是程度不同而已)，但既然作為學術問題來研究，就要盡量客觀、科學，與宣傳有所區別，這也是老李一貫堅持而不願遷就的。基於這一考慮，美國所先辦了《美國研究參考資料》，作為內部刊物。用他的話來說，「讓大家練練筆」。開始時較多翻譯外刊的文章，自創的也多屬於單純介紹情況。後來，中國作者自己的分析性文章漸漸多起來。既然是「內部」，說話就自由一些，不必處處顧慮「口徑」。現在回頭再翻閱當年的《參考資料》可以發現無論是翻譯介紹還是創作的文章，內容都相當豐富，既有基礎知識，也有前沿動態，還有頗有見地的分析文章。名為「內部」，發行量並不低於正式刊物，對改革開放初期，知識界渴望瞭解外國的旺盛的求知欲是一大滿足，同時也對客觀地傳播美國的實情起了一定的啟蒙作用。

但是畢竟一份公開的學術雜誌是一個研究所存在的標誌。特別是隨着對外交流日益頻繁，經常遇到的一個不可避免的問題是：你們的研究成果如何表現出來？我們不能總是回答：「我們有一份刊物，但是內部的，還不能給你們看」。所裏一些元老們已經多次建議要有一份公開刊物。我記得其中吳展(時任副所

長）、董樂山和施咸榮主張最力，後來在創辦中也出力最大（可惜吳、董、施三位現都已作古）。我是1985年才到美國所，不久就加入了主張辦公開刊物的行列。老李原則上並不反對，但根據他的標準，總是覺得水平還不夠。我們認為醜媳婦總要見公婆面（何況與當時國際研究界的一般水平相比，決不是「醜媳婦」），可以邊辦、邊徵求意見、邊改進。另外，有了公開刊物，還可以較廣泛地在全國吸收稿件。記得我還開玩笑引了袁枚的兩句詩：「阿婆還似初笄女，頭未梳成不許看」，那是袁枚對自己苦吟的自嘲。這只是老李要求高的許多例子之一。其實他一直在考慮此事。他在對外口徑上其實是很慎重的，以他長期在新聞報刊界的經驗，深知其中艱難，又不願降格以求，才一再猶豫。

　　一旦決定上馬，他就雷厲風行，親自掛帥，全力以赴，從方針到格式、封面設計都親自過問。不辦則已，辦則即使不是一鳴驚人，也要在高起點上啟動。當時沒有專職編輯，老李創造性地決定第一年讓本所的四位老學者：陳寶森、董樂山、施咸榮、嚴四光每人輪流編一期。關於其他創辦中的繁雜事務，他仍本着一貫的不拘一格用人才的方針，經董樂山介紹，從三聯書店調來一名女編輯邵宏志承擔起來。邵因「文革」失學，學歷只有初中，老李談一次話就把她留下，當時連集體宿舍的一張床都不能提供，就暫時在辦公室過夜。邵宏志果然不負所望，立即以驚人的能量、主動性、敬業精神和榮譽感全力以赴，在她力所能及的範圍內實現老李的與眾不同的要求。她的作風之潑辣也是打破常規的，而且沒有等級、資歷觀念，常常風風火火衝進辦公室，直奔老李提出一個問題，或讓他看紙樣、格式等等。關於封面設計，她找了好幾個美編，拿出幾個圖案，經過討論，由老李拍板定下來，基本上就奠定了《美國研究》別具特色的風格。二十年來，雖在顏色和細節上有所變化，但基本格調不變。

　　老李在思想上站在開放改革前沿，主張突破教條、打破禁

區，獨立思考，以客觀、科學的精神介紹和分析研究美國；另一方面，他還是非常謹慎的，這與許多人對他放言無忌的印象不符。照道理，《美國研究》應該由他寫發刊詞，但是他猶豫再三，還是決定不寫。他不寫，別人也不宜寫。所以《美國研究》還有一個與眾不同之處，就是沒有正式的發刊詞。只有我寫了一篇《中國的美國研究》，也可算代發刊詞。他強調「客觀」的含義是全面的，有一句話我印象很深：如果把《美國研究》辦成一份專為美國說好話的雜誌，我們就跌分了(大意)。這句話在那個時候有一定的針對性，因為那是改革開放初期，人們剛剛接觸到一些外界的真相，對以前的片面宣傳開始幻滅，在反教條主義的同時容易走向另一個極端。足見他是清醒的，是真正的維持獨立精神。他一般不審稿，但對涉及外交問題，把關很嚴。另外一項他十分強調的標準，也有他的特色：「做到文通字順」。這看起來要求實在不高，不是學生作文的起碼標準嗎？殊不知，在他眼裏能稱得起「通順」的文章並不多。一篇旁人看來還過得去的文章，經他過目，用詞不當、成語錯位、語法不順、乃至邏輯不通比比皆是。他自己古文修養較深，對典故、成語的原義特別講究，對今人以訛傳訛的錯用，特別敏感，難以容忍；他對白話文的規範要求也很嚴格，「的」、「了」、「嗎」、「呢」都各有其所。他常說，「文革」以前的報紙決不會像現在這樣錯誤百出，還說曾見過呂叔湘戴着老花鏡，面前攤着一張《人民日報》，拿着一支紅筆，把錯別字和詞語錯用之處一一劃出來，狀甚痛苦，他對此充滿了同感。另外，我們都對當時流行的那種食洋不化、充滿各種生造的詞語，脫離中文的基本規範，以晦澀為高深，不中不洋的文風深惡痛絕。所以所謂「文通字順」並不是容易達到的。不過法乎其上，至少可得其中。應該說，《美國研究》還是有比較注意文字的傳統，總的說來文風比較清爽。這當

然與幾任編輯的文字水平和取向有關，而在創辦時的大力強調和所奠定的基礎是十分重要的。

李慎之軼事

關於李慎之的生平、思想，已經有無數紀念文章和評論，不必贅言。這裏只寫我在美國所接觸和觀察到的為人和處事風格。

首先，他不謹於言卻慎於行。前面所述他對創辦《美國研究》的態度已説明這一點。他的文人氣使他不同於一般的「老黨員」，表達方式是「語不驚人死不休」，因此常常以言獲罪；由於他對人很少戒備，許多私下隨口説的話。運動一來處處都是話柄。我覺得，以他這樣的性情中人，滿腔熱血，又忍不住口無遮攔，即使沒有運動中的劫難，在高層政治環境中終究難以長久。但是他在行動上決不是魯莽漢(他在自述中説自己是「膽小鬼」，當然又是誇張語法，指行動謹慎則是符合事實的)。他在工作中有關政策問題的掌握從來中規中矩，在對外交流，特別是對美、對台工作，他從來沒有出過格，犯過什麼「外事紀律」。有的只是比較靈活、藝術，重常識而反教條，能以識見服人，從不使人感到與言無味。

他心目中的研究所可能有點像古代的書院，他本人基本上述而不作。慣常的做法是，想到一個問題，走到有關的研究室，即興發揮，或長或短，有時興起，演變為長篇大論，旁邊房間的人也循聲而來。他有教無類，對各種水平各種年齡的人，不管理解力如何，都同樣開講。這種即興的高談闊論對於他本人和聽者都是一種精神的享受。可惜當時沒有錄音也沒有記錄，其中有許多思想的火花和他親身經歷的有獨特意義的故事，還有許多警句，如水銀瀉地，已無法收集起來。聽眾大概都各取所需，每人在記憶中留住一點，或無形中化為自己的思想營養。好在他退休以後

最後的十年潛心寫作，留下了可以傳世的文字。可惜天不假以年，我知道他是言猶未盡的。

在政治思想上他主張平等自由，而在個人修養、待人接物方面，卻有許多舊道德的規範，重視長幼有序。他曾告訴我，在剛被打成「右派」時，內心極為痛苦，幾乎不敢聽他最喜歡的貝多芬的《命運》交響曲，因為那主旋律分明是在說「不要檢討，不要檢討」！最後他卻是用孟子的「動心忍性」，達到一種自我克制。他不止一次提到「動心忍性」，大概他意志不得伸張，委曲求全的時候居多，這是在高壓之下可以動用的一種傳統倫理的資源。後來他看穿了各種在「革命正統」的名義下實際禍國殃民的荒謬政治，忽然悟出：以他們的這種標準，我就是「右派」，從此涇渭分明，也就心安理得，不再痛苦了。他不是詩人，也不常以詩示人，但我偶然見過他寫的舊詩，驚異於其格律之嚴謹，風格之典雅，方知他這方面也有相當的造詣，也就難怪他提起有些號稱會寫詩的高官常常搖頭了。

他對於研究人員堅持以文取士。除了開創時的幾位老人外，招新的研究人員先看文章，在美國所形成一種不成文的制度。他曾對讀了一些書，有些見解，頗為自負但不大動筆的年輕人說：「你也許前途無量，大器晚成，我尊重你暫時多積累，不寫東西的選擇，那麼你也應該耐得住寂寞，不在乎暫時不要職稱」。當時剛剛恢復評職稱。文革之前的觀念，副研究員就代表較高的水平和較高的榮譽，「研究員」則常與前輩大師的名字相聯繫。以助研退休的也大有人在，有「白頭貢生」之說。經過「文革」的斷層，自然不能完全依照原來的標準。一些老學科、老研究所的一批老的權威學者還在，有標準可循；而國際和國別研究走入社會科學領域還是新事物，前無來者。老李主持美國所和隨後作為副院長主持國際片工作，對標準的掌握起決定性作用。他在言詞上儘管陳義較高，但實際上充分考慮到歷史條件，還是比較寬

的。不過為了維護學術的尊嚴(用他的話說是「惜名器」),他以身作則,提出了一項創議,就是與同他資歷差不多的一批原來不是專門從事學術著述的院級和所級領導相約:大家都不要學術職稱。其實其中有些人也是學識淵博,有較高水平的。他們也不利用職權掛名主編叢書之類以取得「有著作」的資格,一時之間,樹立了良好的風氣。可惜維持不了多久,曾幾何時,「博導」「研究員」滿天飛,特別是與權力相聯繫,那幾年的風氣恍如隔世。

其他研究所創建伊始,一般做法是先搭起架子,成立各研究室,然後再填充人員、開展業務。而李慎之堅持要「先實至,後名歸」,草創之初先不設研究室,成立幾個小組,逐漸有了人,等做出一點成績,再正式成立研究室。過了幾年,一切開始正規化,必須成立研究室、任命室主任了。美國所有一位年齡最大的研究員李道揆,他是當時本所唯一的留美「海歸」,而且是唯一的正宗政治學碩士,和當時的許多留美學生一樣,1950年中斷了正在攻讀的博士學業,回國參加建設新中國,然後在1957年的「陽謀」中落馬。他原在總工會國際部任職,「文革」後平反,被李慎之招到美國所來時已經年過花甲,是最初的元老之一,負責研究美國政治的小組,並帶了兩三名研究生。到組織研究室時李道揆已經六十八歲,雖然那時還沒有實行一刀切的退休制度,但是這個年齡新任命室主任顯然是通不過的。李慎之覺得讓他做了這麼多事,正式任命卻沒有他,對不住人家。在人事局的一位副局長來我們所一起討論人事任命時,他忽然提出一個建議,很代表他的個性:他說,要不我們以美國所的名義提上去的名單還是寫上李道揆任政治室主任,由你們人事局提出異議如何?那位副局長笑了,說:您是副院長,是我們領導,我們提出否決方案還得您簽字批准。原來老李一時間忘了他自己是副院長,是高於人事局的!

他可能確實不常意識到他是「副部級」高官。作為副院長,

他沒有專職秘書，辦公室門經常開着，誰都可以隨時進去。有時，來人提出的問題或話題他感興趣，就滔滔不絕講起來，忘了時間。桌上堆滿了文件，需要時自己從裏面亂翻。我有時真希望他有個秘書，因為我們需要他審批的文件，他可能會忘，還得我們自己到他那裏從他桌上翻出來。但不知怎地，他就不想要秘書。他的宿舍還是原來新華社分配的，在西城區皇亭子，每天都騎自行車到建國門社科院上班。平時除外事活動外，基本上不用公車。另一位騎自行車上班的是常務副院長趙復三。

老李曾私下對我說，他落馬前是新華社國際部領導，但是當了幾十年右派，現在當領導有點不習慣，現在的官場人際關係與五十年代初也大不相同。他又是很重情義，做不到鐵面無私，因此常在原則和情面之間糾結。上述李道揆是一個例子。我還遇到一件事，與他產生了分歧。八十年代中期，開始評職稱。此類事之複雜、矛盾重重，可以想像。老李和我制定原則，就是「文章取士」，不論何人，不論資歷(那時還可以不論學歷)，必須拿出作品來。考慮到多年的荒廢，標準可以略寬，但一定要以作品論高下。在這點上我們意見完全一致。誰知在評最低一級助理研究員時就遇到問題：有一位工農兵學員，是他的老戰友之女，她英文不錯，但疏於筆頭，只翻譯過幾篇材料，沒有任何文章。當時社科院職稱有研究系列和翻譯系列，相當的級別待遇相同，只不過在社科院的語境中，人們一般更高看研究類職稱。根據這位女生的成果，她只能走翻譯系列。但是她堅持申請助理研究員。我們勸她或者今年不評，等一年，努力寫出一篇論文來，明年再評，或者先評翻譯，以後有了成果再轉研究系列。她本人不善言辭，沒有多說。誰知第二天，李慎之到辦公室來，氣鼓鼓地說，昨天晚上那位女生的丈夫給他打了一個長電話，把他罵了一頓，非要讓他妻子評助研不可。那位丈夫是李慎之非常欣賞的青年才俊，經常深談，十分投機，是忘年交。在此人看來，老李對他

妻子「不夠仗義」。我認為家屬來干涉我們評職稱當然不能接受，而且老李正可以以父執的資格好好訓誡他一番。誰知出乎我意料，老李竟決定妥協了。我不知道他們的電話內容，總之看來他為此非常痛苦，但是不得不妥協。我很生氣，說你一受壓力就讓步，這不是欺軟怕硬嗎，以後對別人怎麼辦？他氣得臉都憋紅了。忽然大聲吼道：「我就是欺軟怕硬！」

好在這件事沒有產生多大影響，因為是低級職稱，未擠佔別人的名額。其實那位女生也志不在研究，不久就離開社科院另有他就，現在夫婦二人早已定居美國。這是小事一樁。但是當時剛開始評職稱，就自己違反自己定下的原則，我心裏總不能完全釋然。特別是老李自己很重視這一「文章取士」的原則，為了維護學術尊嚴，他自己始終堅持沒有研究員的職稱，終其任，沒有掛名學術著作的主編。所以在這一並非不可抗拒的壓力下做出這樣的讓步，我難以理解。後來相處久了，我逐漸感受到李慎之的複雜個性。這一妥協完全與他個人利益無關。他那位老戰友也當時也不是權勢人物。他就是一個重情面的人，有時抹不開面子，有軟弱的一面，在壓力下妥協不止這一回。我感覺到他是很有抱負的人，幾十年壯志未酬，好容易有了機會，加倍珍惜。美國所是他復出後創立的第一樁事業，自稱「情有獨鍾」。我的處境與他不同，本來就是一介布衣，隨時準備辭去一切行政職務，回歸書齋，沒有那麼多複雜的情結，也沒有那麼多糾結的老關係、老戰友。後來我自己的親身體驗使我意識到，經過「文革」以後的青年才俊，不論其理念多先進，學識多傑出，涉及個人切身利益時，在義、利之間的取捨，內心的律令與我們這一代人是不一樣的，我們經常是「君子可欺以其方」，在他們眼裏，就是迂闊。

還有一件有趣的事。社科院開始建立研究生院，招收碩士研究生。與大學不同，每個系附屬於各研究所，系主任、課程、教師，都由所裏出。我們所第一屆招了四名研究生。其中一名學生

發生一件事：該生原來在外省上中學時同一名女同學談戀愛，女生的父親就是他的老師，十分欣賞他，心目中已把他當未來女婿。他到上海上大學，仍與那位女生保持關係。但是他到社科院研究生院後，遇到另一位女同學，就移情別戀，寫信與原女友分手。那位女生對他一往情深，堅決不同意，千里迢迢追到了北京來。這本是個人的私事，與我們無關。偏偏那女生的父親與社科院一位領導是老戰友，一封信告到他那裏，要求他努力挽回這段姻緣，否則對該生嚴懲不貸。而男方意已決，不可能回心轉意。於是那位院領導責成我們所處理這件事，下令他如不回到前女友身邊，就要給予處分，畢業後不能留所。現在的年輕人一定覺得非常可笑，這叫什麼事兒？我們現在知道，那些高官們多有緋事(不算「緋聞」，因為不聞於外)，紅牆之內更是「牆有茨，不可掃也」，但是對小人物的所謂「生活問題」還是非常嚴格。為這件事，李慎之和我還有擔任系主任的董樂山研究了多次，我們當然認為院領導這一命令非常荒唐，而且為了老戰友的女兒這樣大動干戈，有點假公濟私。但是不得不應付，這算什麼性質的問題，竟要處分？後來李慎之忽然若有所悟，一拍桌子說，這不就是「癡心女子負心漢」麼？我們為之捧腹。這句話就為此事定性。一直負責與那對怨偶聯繫的是我所的人事處長，一位特別善於與人打交道的老大姐。於是我們請她對那「癡情女子」好言相勸，把她勸了回去，平息了一樁公案(實際是私案)，那位院領導也不再追究。我們那位「負心漢」研究生如期畢業，他成績比較優秀，還是留在了所裏。他後來就同第二位女友結婚生子，「從此幸福地生活在一起」。

這類事我們還遇到過一次，說明當時遺留的「民風」。有一天，我正和李慎之一起在辦公室議事，忽然進來一位中年婦女，說是有關我所的人事要向領導彙報。她說她與我們所裏某位年長的研究人員同住一四合院。發現那位先生的妻子出差那幾天，住

同院的一位單身女子經常晚上在他家裏呆得很晚。她擔心出事，本着「對黨負責的精神」，特來向領導彙報，希望領導管管云。我們為之啼笑皆非，原來她還在繼續着「小腳偵緝隊」的角色，樂此不疲。她走後。李慎之苦笑說：你看看，真有這樣「對黨負責」的人！我說這正是黨教育出來的依靠對象，基本群眾。

那時的社科院以「窮」著稱，經費十分拮据，更不用說國際活動所需的外匯了，凡出國的學術交流活動率皆由對方包一切費用。1986年我們應美國凱特林基金會之邀，到美國參加一次相當重要的研討會（與該基金會交流情況下面還要談到）。照例由對方包辦機票，航班都由他們定。北京尚未開通直達紐約的航線，需先到上海，然後轉機。誰知京滬的航班因故誤點，我們到達上海機場時赴美國的飛機早已起飛，只能改簽次日的航班。時已近午夜，不再有航班起落，機場空無一人，好容易找到一位值班小姐，一問三不知。我們一行八人面臨無處過夜的窘境。那時如無特殊關係，是很難找到旅店的，有幾家接待外賓與貴客的旅店如錦江、和平飯店等，沒有單位介紹是進不去的，而且我們也沒有那筆經費。更有甚者，整個機場大廳空空如也，連一把椅子都沒有，大家已經疲憊不堪，只好靠牆席地而坐，李慎之和一位外文局的負責人都已年過花甲，那位老同志沒有想到與社科院出國竟受此待遇。再說，那時也沒有計程車，連機場也出不去。正在一籌莫展間，李慎之忽然靈機一動，想起汪道涵是上海市長（剛退下來），而他過去與汪是有交情的，居然還留有汪家的電話號碼。於是顧不得半夜打擾，給汪家打電話求救（求值班小姐允許用那唯一的公用電話機還頗費一番唇舌），聯繫上之後，一切有了轉機。汪市長立即派他兒子開車來接我們到他家，進得門來感到無比溫暖明亮，而且有椅子可坐。主人先以美味熱湯麵安撫我們的轆轆饑腸，同時設法找旅館。有意思的是，這位前市長找旅店還要靠他剛從知青回城不久、正在當司機的兒子，憑他的關係

為我們找到了臨時住處。於是一切都落位，第二天還由他兒子送我們去機場。在每年上百萬人出國旅遊的今天，那時機場的狀況和我們的狼狽處境，特別是像李慎之這樣的「副部級」幹部與我們同此患難，今人大概難以想像。這正是從「前三十年」轉入「後三十年」的初期，記錄這件小事以見當年「發達」程度之一斑。也可見那時領導幹部的特權與現在的差別。

要說李慎之在社科院、美國所短短的十年中最獨到的貢獻，那就是開一種風氣，就是我最初見面時所感覺到的一股清風。他沒有正式收過研究生，但老中青幾代學子中都有人自認為是門下弟子，把他稱作自己的「導師」。他沒有當過「課題組長」，但許多研究課題，甚至一些人終身研究的方向都是他幾句話啟發出來的。他在生命的最後十年，以病餘之軀，爆發出驚人的創作力，把寵辱置諸腦後，與時間賽跑把思想形諸文字，留下了寶貴的財富，是後人之幸；但是他真正的影響遠不止於有形的文字。「但開風氣不為師」，其庶幾歟？

涉及對台工作

台灣問題一直是中美關係的癥結。研究中美關係繞不開台灣。我感到當時中央決策者有個想法，就是設法直接與台灣交往，而不是只作為對美關係的一部分，但政府不便出面，就找到學術單位，於是社科院當時承擔一部分對台工作。1981年9月以葉劍英名義發表的對台工作九條原則(簡稱《葉九條》)，是到那時為止最溫和，最有建設性的對台方針。我到社科院時，中央直接負責對台工作的是楊尚昆，他通過他的副手與社科院聯繫，社科院主要負責此事的是常務副院長趙復三和李慎之。他們想找幾個人參加這個工作，我是被物色的人之一。可能一則我已經發表過有關台灣問題的文章，更重要是與台灣同胞打交道還得有點中國文化修養，不至於露怯。實際上，當時兩岸並無直接交往，還

得通過美國。改革開放後，大批旅美台胞非常積極與大陸接觸，主要是左傾的學生和知識分子，其中許多都是「保釣運動」健將。有一些與國民黨當局有聯繫的，也有接觸的願望。

　　1985年與1986年我隨趙復三和李慎之率領的代表團，赴美參加過兩次旅美台胞發起組織的會議。會議並沒有實質性結果，重要的是互相接觸，增進瞭解。當時像社科院這樣的單位經費有限，我們代表團只能住在使領館聯繫的華人開的設備簡陋的小酒店。伙食也十分簡單。我還記得那位老闆娘是上海人，大約是新去的，把根深蒂固的等級觀念也帶了去，例如早餐時，她專為團長一人端上咖啡。別人想要，她說伙食標準不包括這個，這是專為首長準備的。在有些城市則分散住在台胞家裏，往往聊到半夜。那還是在蔣經國結束「戒嚴」，開放黨禁之前。有些「統派」或「左派」還不能回台。他們反對蔣家王朝，都特別熱心促進兩岸的溝通和交往，急切建言、獻策。我為他們的熱情所感動，但是私心認為他們確實不大瞭解國情，過於理想主義，很多想法不切實際。這些人中有一些後來回大陸定居。

　　位於美國俄亥俄州的凱特琳基金會是改革開放後最早與中國建立長期關係的基金會之一。它有一個項目稱「補充外交」，最早是六十年代開始的與蘇聯的「達特茅茨對話」，中美建交後，這個項目就延伸到中國。其出發點是認為那些與美國國情相去甚遠、摩擦不斷的國家，只靠政府間外交是不夠的，需要民間參與，進行客觀、耐心、多層面的、持續的探討，理解對方的思路和困難。1985年，由當時駐美大使章文晉介紹，其會長馬修斯帶團訪華，由中國社會科學院出面接待，經過會談，社科院方面表示了積極的意向，成為對口單位。次年，凱特林基金會即發出邀請，由社科院組團到美國威斯康辛州的一個會議勝地拉辛舉行第一次「對話」。主題是「中美關係的長期癥結——台灣問題」。中方由李慎之帶隊（就是上述在上海落難的那次），美方馬修斯會

長主談。對方頗有遠見，要求除正式代表外，還要幾名「青年觀察員」，有培養接班人的意思。我們的青年觀察員中有王緝思和袁明，這兩位後來果然成為國際關係領域在國內外都頗知名的佼佼者。

那次會議我得以領教了李慎之與一般中國外交官不同的談話藝術和靈活性。他用了「借箸代籌」的成語，意思是雙方為對方設身處地考慮，互相體諒國情和立場的底線。美方也有備而來，引了不少孔子的話，馬修斯經常說，假如孔夫子遇到這種情況，他會怎樣說。整個會議一掃僵化的陳詞濫調，妙語橫生，但又把雙方的立場、政策都表達清楚了。另外，也不是兩位團長唱獨角戲，我們與會者都有發言機會，這也與我過去參加的國際會議不一樣。還有一件事對我也有所觸動：美方邀請來的參會者中除美國學者外，當然還有旅美台灣人，其中有一位著名教授，其觀點傾向台獨是眾所周知的。按照我原來的習慣想法，我們當會表示異議，不接受此人；但是老李不以為然，予以容忍了。而在會外與這位教授進行了個別交談(我未參與)，當然不可能說服他改變立場，但贏得對方的尊敬，整個會議期間他態度對我們很和善，在會上基本保持沉默。我感到自己還是受傳統的訓練影響較深，比較狹隘，實際上老李的處理效果要好得多。當然，那時他得到充分的授權，無後顧之憂。外交官就不敢這麼做。我們一些外交官，不見得沒有自己的見解，只會說僵化的套話，也未必不知道靈活應對爭取朋友之道，但是他們似乎更注意的不是外國人的反應，而是如何向國內上級交代，但求無過。久之養成習慣，連對本國同胞講話也按外交口徑說話了。

除了兩天的會議討論外，主人還安排到紐約和華盛頓與新聞界、企業界和國會議員的會見，進行了廣泛的交談。從那次以後，根據這一模式，幾乎每年或隔一年都舉行一次，地點輪流在美國和中國。

1989年兩國關係處於最困難的時候，美國科學院作出暫停與中國學術交流的決定，凱特林基金會卻仍堅持保持聯繫。當年11月，馬修斯等人即來華訪問，見了社科院有關領導。他說了一句話令我難忘：「如果一個人總是換朋友，最後他就將沒有朋友」。用中國話說，就是患難見真交之意。

1990年春，他們又發出邀請到美國開會。可惜此時李慎之尚處於檢討未過關，不能出國。我被批准帶隊參加，但是上面批示只限三人，我們只得再加入當時正好在美國的兩位學者王緝思和何迪，湊成五人與會。

那次訪問是中美關係處於微妙時刻。我們這幾個人對天安門事件當然有自己的看法，但是又不希望因制裁而迫使中國又關上大門，回到過去。我內心真的非常擔心剛剛開始的改革開放從此夭折，很重要的一環就是國門不能再關上，中國和西方又回到敵對關係。還有我們被批准出來，不能從此斷了回去的後路。所以那次在會上的發言分寸很費心思。不過守住兩條線：絕不為當局辯護，同時力主維持中美正常關係。

在美方安排下，我們拜訪了民主黨佩洛西議員。當時她還是新當選的眾議員，現在已是民主黨的國會資深領袖。她一貫重視人權，當時積極主張制裁中國。她在辦公室接待我們，牆上掛着一幅那位孤膽英雄支手擋坦克的照片，據說是在見我們之前特意掛上去的。談話內容我已記憶模糊，只記得我們談中美關係。她說我不關心中美關係，我只關心我那些孩子們(my boys)的命運。那是指當時有一批或是剛流亡到美國，或是已經在美而回不去的留學生，在這件事上，絕大多數留學生的觀點當然是一邊倒的。

佩洛西後來又有一椿驚人之舉。我擔心的重新關門之事沒有出現，當時主政的鄧小平決定堅持開放，打破國際的抵制，並且通過李鵬總理之口發表國家關係不與社會制度和意識形態為轉移(大意)的說法。於是1991年佩洛西與幾名美國國會議員以私人名

義訪華，中國當局儘管知道她的立場，還是接納，照例由外交學會接待。可以想見，在那種形勢下，中方比較緊張，生怕出事，排程很緊，使他們沒有單獨活動的機會。誰知有一次，佩洛西稱疲勞，要在旅店休息，不參加當天的活動。等其他人出發後，她獨自到天安門附近，忽然打出事先準備好的大標語來，內容大約是追悼天安門事件死難者(我是間接聽説，具體不清楚)。此事當然成為一件重大政治事故，據説李鵬為之震怒，怪罪外交學會負責人失職，最後有關副會長寫檢討。他當然很冤枉，既不能強迫人家必須參加活動，也不能將其軟禁在酒店，如何能為此事負責？我想當時安全措施與現在不同，以現在那個地區的森嚴壁壘，她大概根本無法不受注意地接近那裏。

此後，凱特林基金會除中國社科院外，又發展了中國戰略學會為聯繫單位。這種關係維持至今。我還於2001年到其總部做了一個半月訪問學者。馬修斯得知我寫了關於美國基金會的著作《財富的歸宿》，主動立項為此書出版了英文版。

社科院領導二三事

除李慎之外，我很少與社科院領導有直接聯繫。這裏只就接觸到的略敘一二：

胡繩

與胡繩院長我基本沒有直接接觸。只知他為老學者、老革命。他的代表作《從鴉片戰爭到五四運動》是被認為近代史的權威之作，代表了當時的正統觀點。我原來只知其名而不曾謀面。第一次見到他是在一次社科院集體出行的大巴上，一位本所的同事坐在我後面，一路上與他旁邊的一位老者斷斷續續地談話。下車後我問他那位老人是誰，他驚訝説，你不認識呀，他是胡繩院長。他沒有坐專車而與我們一起坐大巴(好像是到哪裏去聽報告之類)，我有些意外，第一次印象就感到他為人謙和，樸實，有

學者風範而無領導架子。唯一一次聽他講話是在他援例向新任所長講話，完全沒有通常的官話，而説學術領導不同於行政領導，研究所的所長應是學術帶頭人，希望所長們以自己的研究成果和著作來領導所裏的工作(大意)。這句話我印象深刻，聽了感到很新鮮，特別符合我的想法。説明他是真以學術為重。後來事實證明他基本上無為而治，的確做到尊重學術，特別在他的專業領域，史學界正是借思想開始開放的東風，各種不同的觀點湧現出來，他都能容忍，我更感覺不到他對具體研究工作的干預。

後來，曾任他的助手的鄭惠創辦《百年潮》，與陳樂民和我有交往，從他那裏對胡繩有進一步瞭解。使我對他產生敬意的是他在八十歲高齡時有深刻的反思。寫了那幾句著名的「八十自壽銘」：「吾十有五，而志於學，三十而立，四十而惑，惑而不解，垂三十載，七十八十，粗知天命，廿一世紀，試窺門庭。」這幾句話印在了鄭惠撰寫的《程門立雪憶胡繩》一書的封面上。這幾句話言簡意賅，含義豐富。同時他寫了不少在理論上反思的文章。以他的經歷，晚年這樣誠懇的反思，不失讀書人本色，亦屬難能可貴。鄭惠在書中提出：「這類有責任感的智者為什麼只有到退下來後的垂暮之年才能將自己的心聲剖白出來？」這是一個值得研究的現象。

趙復三

趙復三是我在天津的鄰居，而且是耀華中學的校友，不過比我高幾班。沒有想到，轉了一圈，成為我的領導。

趙復三的父親名趙師復，是銀行界人士。在天津時任職於當時的「北四行」，我們住的房子就是「四行」的產業，所以正好與我家比鄰。我少時對他的母親印象較深，是因為我母親常稱讚她。她是廣東人，應算出身名門，是著名外交家王寵惠之妹。但是她十分勤儉樸實，家裏連保姆都不僱(這在當時這種家庭是很少有的)，我們常見他自己天天挎個籃子上街買菜。他家有四個

男孩，從大學到小學都有。我和她最小的兒子趙繼復年齡相仿，曾在一起玩過，所以到過他家。聽說趙老先生較早就與中共有關係，因此他的幾個兒子都思想左傾。趙復三從耀華中學畢業後上了上海聖約翰大學。大約1946或1947年，他假期回津，忽然提出要與正在東亞藥廠做工的我家保姆的女兒談談，把她弄得很緊張，問我母親「趙家三少爺」怎麼會要找我談話？他們談話的內容我不知道，後來想，大概趙復三已參加一些進步活動，就近做一些工人情況的調查。

前面已經講到，我在宗教事務處工作時見到他，發現他是基督教三自革新運動的領導。到社科院之後，發現他是副院長。與他就近接觸是1985年赴美參加在美國的台灣同胞舉辦的研討會，該團是他帶隊。記得在一次私下談話中，他對我說，「現在這種局面是最好的，由胡、趙實際負責，under the blessing of 鄧（此話中文用一句江湖話，就是『有鄧大人罩着』），最理想不過。」

再過幾年就人事全非了。89年以後他在國外從此沒有回來。九十年代我有一次訪美，他正好在同一城市，還趕來見過一面，對國內情況十分關切。我們除了相與感慨唏噓外，還能說什麼呢？後多年後有一位與他熟悉的美國朋友對我說，趙曾跟她說：我太中國化了，所以在這裏不快樂；我又太西化了，在中國也難得快樂。他這種心情我十分理解。這是那一代知識分子的困境。其實這還是政治因素而不是文化問題。在正常情況下，一個浸淫了中西文化的知識分子沒有理由在本國找不到快樂。

2016年他以九十高齡駕鶴仙去，保持了他「捨身外，守身內」的原則。

胡喬木

寫趙復三，想起他出走後，胡喬木曾托人帶給他一幅自己親筆寫的字，內容是宋朝無名氏的《水調歌頭》：

平生太湖上，短棹幾經過。如今重到，何事愁與水雲多。擬把匣中長劍，換取扁舟一葉，歸去老漁蓑。銀艾非吾事，丘壑已蹉跎。

繪新鱸，斟美酒，起悲歌。太平生長，豈謂今日識兵戈。欲瀉三江雪浪，淨洗胡塵千里，不用挽天河。回首望霄漢，雙淚墮清波。

　　我之所以見到這幅字，是因為胡托李慎之找赴美的便人帶給他，李帶到了美國所辦公室來，被我見到了。送這首詞用意何在，費人猜測。胡在前幾次意識形態逆流中扮演了不光彩的角色，特別是批判「人道主義」那一次，頗為人詬病。但是在趙復三已經流亡他鄉後，有此表示，未始不是一種姿態。那首詞的內容和背景都頗耐人尋味。後來陳樂民以此詞為題作畫，並對其背景有題跋，已收入《一脈文心》一書。

　　胡喬木曾任社科院副院長，我到社科院時，他已離去。我本人唯一一次直接與他接觸是1989年他訪美前夕。那時他因批判「人道主義」，「反資產階級自由化」，名聲不佳。不過他訪美之議是在此之前就決定的。因為有了這一公案，美國許多學術機構都不願請他，把他視為「反改革派」。只有密西根州大學的中國研究中心願意請他，中心的兩位負責人奧克森柏格和李侃如很精明，認為借此可以得到中國高層政治的獨家第一手材料，決定出面邀請他。作為準備工作的一部分，胡找一些人去介紹美國情況，我是美國所副所長，自然應召而去。會場不大，約十幾個人圍一張長形會議桌而坐。與一般「首長」總是最後到不同，我到達時胡已經早早坐在那裏，我到後，他主動站起來握手，開始後，他讓我先講，並且說，如果忙，或者身體不好(我略有一點感冒，他看出來了)，講完可以先走。我講時，他非常認真在本子上記，偶然插一個問題。看得出來，他非常重視這次訪美的機

會，實際上也是他唯一的一次。既然以學者身份訪美，要交的履歷中應列出著作。據說旁人給他起草的單子，他把《中國共產黨三十年》劃掉，說那只是小冊子，現在時過境遷，站不住腳。他還寫過一篇闡釋毛澤東「三個世界」理論的長文，《人民日報》整版刊登。這篇文章他自己也不滿意，認為「三個世界」理論本身邏輯上就有問題。（這都是我聽李慎之說的，非第一手材料，不過我覺得可信）。他被認為是黨內第一大秀才、筆桿子，大概寫過無數文字，最後能列出的、作為自己的作品，還真不知有什麼，至少我沒有見到。這對他個人也算是悲劇。

我聽作為翻譯陪他出訪美國的張毅說，胡有一次對美國人說，現在中國的年輕人歷史知識太差。張毅翻譯了這句話，當場自己插話說，那能怪我們嗎？是你們那時不讓我們學歷史的，我們應該學歷史的時候只背毛主席語錄。我一面羨慕現在年輕人的思想解放 —— 在我當翻譯那個年代絕對不能想像能自己插話，而且在外國人面前反駁談話人，同時也感到胡足夠開明，並不以為忤，似乎還認同他的意見。不過那是那個特定環境下的特例。不但我年輕的時代不行，現在可有翻譯敢於這樣做，或者竟被容忍？如今回想，八十年代那幾年確實是絕無僅有的一段寬鬆歲月。

人是複雜的，胡喬木有時表現出讀書人特色，對知識和知識分子有一定尊重，而且有一定的鑒賞力。例如錢鍾書任社科院副院長，就是他不知幾顧茅廬請來的。錢提出條件：不上班、不管事，不開會、不要辦公室，他都答應了。聽李慎之說，胡告訴他，在錢鍾書面前不敢多說話，錢一忽兒法文，一忽兒拉丁文，自己答不上話，怕露怯，說明他至少還有這點自知之明。他比較開明的那一面對社科院有些積極影響。李慎之當副院長也是他力主，並親自說服李擔任的。在八十年代初的改革大潮中，嚴家其（後來改為嚴家祺）脫穎而出，也與他有關。嚴本是學數學

的，有一次發表了一篇《二十一世紀暢想記》，《光明日報》整版刊登，據說胡喬木十分欣賞，後來嚴組建社科院政治學所，並任第一任所長至少間接與他有關。在那短暫的改革年月，嚴家其和他的政治學所是社科院的明星，嚴本人曾當選為東城區人大代表——是真的一人一票選出來的，社科院作為一個選區，有兩名候選人，另一位是外文所的朱虹，最後嚴以多數票當選。那是我最後一次履行選民權利，以後就再也沒有投過票。

有一次，聽宗璞說，胡喬木給她寫了一封親筆信，說看了她的《三生石》，很感動，希望能約見面談。宗璞對我說，她想不出來同他能談什麼，就一直沒有回信。過了一陣，王蒙提醒她，應該給胡回封信(顯然胡久等沒有回音，與王蒙提到此事)。宗璞就回了一封短信，附去一篇最新的作品，表示最近正好要去外地，某月某日回京後，可以約時間一見。後來，胡喬木果然到燕南園去探望馮友蘭，實際上主要是與宗璞聊天。我問宗璞談什麼內容，她說談哈代(Thomas Hardy)，宗璞最喜歡哈代，畢業論文就是做的哈代。據說胡也喜歡哈代。那次探訪，根據宗璞要求，解決了馮友蘭就醫難的問題和寫書的助手問題。這兩項「德政」成就了馮友蘭以後十幾年完成了七卷本《中國哲學史》，他也算有一功。

半途而廢的所長

1988年，李慎之不再兼美國所長，我被提名擔任美國所所長。在此之前，根據當時社科院規定，有一次全所的匿名摸底(不是選舉)，據說我得票最多，也算是對我任副所長的工作的肯定。我原來一直沒有放棄辭去一切行政職務，埋頭學術的打算，但是一則似乎老李有一種特殊的施壓方式，使人難以拂逆，二則當時是改革開放最有希望之時，那一屆社科院領導我所接觸到的如趙復三、丁偉志等都有相同的旨趣，院長胡繩也比較開明，對

學術和學者都很尊重。我終於接受這一任命的確希望建設一種新型的研究所，在中國建立一個綜合性的美國研究學科。還有，那是極少有的一個時期，根據整體改革的精神，社科院改革建制，過去每個所有黨組書記，與所長並列，或者兼有副所長頭銜，卻並不是在所長之下。在我上任時，所長就兼任黨組書記，實現一元化領導。這樣，避免了經常發生的黨、學分工不明確，互相溝通的麻煩，以及誰說了算的問題。這是一項很大膽的改革，卻是除去多年積弊，大大減少不必要的矛盾，提高專業工作效率的一項措施。不過幾年後，又改回去，向着這一方向的改革成為被廢黜的最高領導人的罪名之一。

接任之後，第一件事是「搭班子」。根據建制，一個所可以有兩位副所長，一位管行政，一位管業務。老李任內另一位副所長是吳展，他是燕大物理系畢業，革命資歷也不淺，但比老李更加沒有老革命特點，而像一個忠厚老實淳樸的老知識分子，思想自由而不善言辭。他也因過了退休年齡，不能繼任副所長。他英文水平高，一直為《美國研究》做英文摘要，《美國研究》曾出過三年的英文版，他任副主編，實際上擔任最後閱稿工作，這是吃力不討好的工作，因為當時找中譯英的人才不容易，譯稿水平參差不齊，審閱很費勁。後來英文版終於停刊。退休後他仍自願繼續做英文摘要，從很遠的航天部宿舍到東城的美國所來上班，直到有一次中風，不再能行動自如。他資格很老，據說在航天部時宋健曾是他的部下。他與李慎之同學、同輩，當然是我的前輩，但是他對老李和對我都一樣的尊重，從不計較別人對他的態度和自己的地位。幾年前他已作古，我每想起他都覺得是難得的好人。

我上任後，院裏派來一位主管行政的副所長，原在外事局工作，我很幸運，他雖然來自黨政機關，英文既好，又為人正派，

任勞任怨，特別是在那場風波後的艱難歲月中與我共患難，配合默契。另外還有一個副所長名額應該是主管業務的，尚待確定。我自己不懂經濟，希望找一位經濟專業的。此前在幾次學術會議中認識了北大經濟學教授洪君彥(他後來因妻子、女兒而成新聞人物，不必多介紹)，他當時想離開北大，並曾向李慎之表示過願來美國所的意向。我任所長後，想起他是不錯的副所長人選，約談了幾次，對辦所的理念及一些問題的看法基本相同，他欣然表示願意接受此職位，與我合作。我依例打了報告，並獲批准，一切就緒，只等他來上任。誰知北大不想放人，提供了一個更有吸引力的職務，派他常駐美國，於是他臨時變卦，一再向我道歉。這樣，一位副所長就落空了。一時找不到合適的人選，但有許多事需要有人張羅，特別是許多業務交流的事。於是我靈機一動，找了兩個年輕人何迪和張毅做助理。後來社科院各所設了正式的「所長助理」的職務，而且多半是通向副所長之橋樑。那時卻還沒有此說，是我的創造。所以我向他們說明，這純粹是義務幫我做事，既沒有額外津貼，又無職位，也與以後的提升與否無關。他們欣然同意，而且十分積極。張毅在當時美國所年輕人中無論英文還是研究能力都是最強的，而且是少數出國進修後如約回來的。他還曾到美國國會實習一年，是第一名大陸去的中國人擔任美國一位國會議員的助手。當然對美國國會不僅有書本知識，還有感性認識，在政治研究室分工專門研究美國國會及憲法，最合適不過。何迪在外交室，則是活動能力極強，在所裏兩次國際會議都有突出表現。更重要是他們兩人當時都與我理念一致，對大力建設一個新型的美國所有很大熱情，相形之下，我還比較保守，所以很多工作不是我推動他們，而是他們推動我去做的。

我於1988年上任，1991年主動辭去職務，實際上只擔任了三年所長。在此期間，做成了幾件可以一提的事：

學科建設與人才培養

增設研究室

在現有的美國「政治」、「經濟」和「對外關係」幾個研究室的基礎上新增加了兩個研究室，分別覆蓋美國社會和美國文化。這是根據我對研究美國就應全面研究的原則。文化室有幾位已經卓有成就的老學者：董樂山、施咸榮、梅紹武等，可以撐起來。社會室是全新的，需要重新組建。

另外，正式成立編輯部，出兩份刊物：《美國研究》和原來的內部刊物《美國研究參考資料》。後來在同事的建議下，《美國研究》出英文版，但是由於中譯英的翻譯太難找，特別是學術論文更難，還有經費問題，堅持了三年，終於未能繼續。但是那三年的十幾期還是在美國有關學術界有一點影響，停刊後大家都覺得可惜。

招聘和培養青年研究人員：前面提到，美國所人員偏老，急需補充年輕人。由於特殊國情，人才青黃不接，幾乎少有中年骨幹。在當時的氣氛下，美國研究對年輕人有較大的吸引力，所以在新畢業的大學生和研究生中不缺應聘者供挑選。還有剛創辦不久的社科院研究生院，在我上任次年剛好有一批研究生畢業，可以選留。我們仍然堅持「文章取士」，先看其畢業論文，或自撰文章，另外測試英文，研究對象的語言當然必須達到起碼的程度。在面談時一般由我與有關學科的研究室主任一起談，研究室主任的意見很重要。這樣，在我任期內，進了一批恢復高考後的大學生（以碩士生為主）。其中留在美國所的後來都成為骨幹力量。

在此期間，剛好福特基金會正式在中國建立辦公室，開戰業務。社科院出面簽署協定，成為其主管單位，當然也是其重點工作對象之一。福特的一個項目就是與「美中學術交流委員會」合

作，每年資助若干名訪問學者赴美一至二年。美國所分得每年兩個名額。為此，我有一項工作就是與福特駐京辦公室的第一任主任蓋思南談判，選拔人員赴美。在派送訪問學者方面，我也有一定的計劃，例如政治室，在行政、國會、司法和媒體幾個方面我都有人選(當然也是根據其個人興趣和原來的專業)，在確定赴美的課題都與其分工有關，這點也與美方接受單位溝通，在他們的安排中考慮我們的需要。如果按照我理想的計劃進行，兩三年後，美國研究所就有一批各個方面的專業人才，真可以把美國研究建成一門學科，為當時國內絕無僅有。事實證明，我實在太理想化了，後來的發展完全事與願違。

開展學術交流

八十年代中期，在長期封閉之後，學術交流是新鮮事物，一經開始就不可收拾，各方面都很積極。只是受制於經費有限，國內交流需要精打細算，國際交流則主要都是對方出經費。當時美國是熱門，研究單位寥寥無幾，與後來遍地開花不可同日而語，所以美國所當仁不讓，成為交流的中心之一。我本人對此比較保守。感到首先要有可以拿得出手的成績。我曾在所內一次講話中說，研究與交流好比是工與商的關係，首先要有產品才能流通。但是在當時的大潮下，不可能完全按部就班。另一方面，如果都抱對學術負責的嚴肅態度，交流的需要也能倒逼研究的開展。

不論我如何強調要全面研究美國，當時國內、國外交流最熱門的課題還是與中美關係有關。

國內交流

第一屆中美關係史研討會

1985年，復旦大學和社科院近代史所合作，在上海復旦大學舉行了第一屆中美關係史研討會。這是我到社科院後參加的第一

場重要的學術會議。當時我還屬於新手，老一代是李慎之和近代史所的丁銘楠老先生，他們受到特殊待遇，住處不和我們在一起。復旦校長謝希德是老一代留美的海歸，是改革開放的積極推動者，在當時開放的大局下，利用她在美國的威望和關係，爭取到特殊的資助，在復旦建立了新的文科圖書館，還成立了美國研究中心，新建了有特色的建築。

那次研討會應該算是中國中外關係史界的一項帶有開創性的活動，擺脫純粹以「帝國主義侵華史」來概括近代中外關係史的套路，以新的、客觀的、全方位的視角探討中美關係史的一次盛會。當時中美建交才五年，兩國之間已經問題層出不窮，中美關係及其歷史的研究成為熱點，到會有來自全國各地七十餘名學者，從年近古稀的資深學者到尚未畢業的碩士生，濟濟一堂。氣氛空前活躍。會上竟然有年輕學生與老教授為一個觀點爭得面紅耳赤，這是極少有的現象，足見當時的自由氣氛。

在短短幾天會議中，有一個問題不斷凸顯出來，就是檔案資料問題。毋庸贅言，凡治史者，都離不開檔案。而我國近代史的檔案查閱困難重重。自改革開放以來，學者接觸到國外的圖書檔案，愈加痛感其便捷與我國成鮮明對比。本人在短短的幾年中對此就有親身體驗，前面已有詳述，那次與會學者每人都有類似的遭遇。大家不約而同地圍繞檔案問題大倒苦水。特別是，外國學者看中國檔案反而比中國學者得到更多機會，令人着實意難平。有人舉例：西安事變是近代史研究不可繞開的一個課題，中國學者多少年來看不到有關的檔案。但是有一位常來常往的美國學者，邀請某檔案館的管理人員赴美訪問一次，就取得了閱讀西安事變檔案的許可，從而根據第一手材料寫出論文，提出新的看法。中國學者對此即使質疑，也無強有力的依據。這一例子使在座者痛心疾首，有人甚至拍案而起，認為再這樣下去，連研究中國歷史我們都與外國學者處在不平等的地位，是可忍，

孰不可忍！

這場討論的結果是，大家一致認為必須向有關領導上書，力陳利害，爭取檔案依國際慣例開放。經議定內容，本人被公推為執筆人。現在還留有底稿。主要段落如下：

XXX：

……（介紹本次會議的情況略）

就中美關係史的研究而言。近二十年來美國出版的這方面著作卷帙浩繁。近年來，我國學者也開始從事研究和著述。但是所能得到的依據主要也仍是美國的檔案或引自美國著作中的第二手材料。這樣，我國學者總是處於劣勢，跟在別人後面。在掌握美國材料方面，我們當然無法與美國學者抗衡，而美國人卻往往引用我們既不能肯定又無法否定的據稱是我國的（包括清、國民黨時期以及我黨成立之後的）原始文件檔案對我國的歷史、情況、政策肆意解釋。致使一些片面反應美國人偏見的論點在國際上流傳甚廣。……國民黨方面已有意識地向其有關學者開放部分檔案，並已成書多種。最近台灣報刊有文章建議加速對這一段中美關係史的研究，要求當局開放史料，以免在「美國或中共方面出版許多歪曲歷史的解釋後才圖對策」云云。說明國民黨方面已在有意識地與我爭奪對近代史的解釋權，並企圖造成先入之見。

此外，有個別外國人或外籍華人通過某種特殊關係即可查閱中國學者所無法接觸的材料，結果珍貴史料首次發表的權利落入外人之手，往往由他們做出我們所不能同意的解釋，在國際學術界搶佔權威性的地位。這種現象不但使克服種種困難從事艱苦的學術工作的我國學者為之寒心，更重要的是對我國政治上影響極為不利。

以上情況也適用於一般中外關係史的研究。有一名美國負責外交檔案解密工作的人員曾對我國學者（按：此學者即本人）

說：「我們根據法律必須公佈檔案，而你們什麼都保密，表面上似乎你們佔便宜，但是從長遠看，歷史將對你們不公平，因為以後的世界史都是我們一面之詞」。這句話是值得深思的。何況就在目前，對我們不利的影響已經顯示出來。

……

根據目前現實情況，我們建議辦法如下：

1. 主導思想進一步明確為歷史研究服務是檔案工作的主要任務之一。檔案工作人員的考績、獎懲應把服務查閱的人次列為標準之一。

2. 據瞭解，現在有的檔案館工作人員正在編印各種檔案（《資料彙編》），陸續出版，這是十分有意義的工作。……但是檔案資料浩如煙海，工作人員人手有限，……編印出版《資料彙編》不能代替原始材料的開放。

3. 目前主要有關史料分別存放於第一、第二和中央檔案館，其機密程度不同，可區別對待……

（以下4–8點提出一些具體辦法，略）。

這件事看來與國計民生無直接影響，卻關係到當前我國精神文明的建設、文化學術領域的現代化，以及教育子孫後代的問題。我們作為歷史工作者，深感一個多世紀以來我中華民族備受外侮之痛，如今在中國人民已經站起來的情況下，面臨開放政策所帶來的在文化方面的挑戰，懷着歷史的使命感，願在中外關係史的研究方面做出與我們今天國際地位相稱的貢獻。特此懇切陳辭，希望中央好各級有關領導同志體察，並給予切實的關注。

中美關係史學術討論會全體人員
1985年11月19日

這是一份中規中矩、政治正確的「奏表」，最終目的是爭取

檔案開放，「對我政治上有利」，是能夠打動「上面」最正當的理由。今天大多數嚴肅的歷史學者恐怕不會把與外人爭奪對歷史的解釋權作為研究的宗旨。不過直到今天，不論是上呈的奏摺，還是下達的敕令，恐怕還是以「對我政治上有利」為準繩，例如發展文化是為了在國際上顯示軟實力，等等。至於我自己，自那時以後，基本上擺脫了寫此類「奏摺」的任務，是一大幸事。

此件上達後，據說胡喬木有批示，我沒有見到，但被告知，批示仍重申了他過去的指示：舊民主主義革命時期的檔案可以開放，新民主主義革命時期的暫緩。換言之，自從有了中國共產黨之後，與之有關的檔案就屬保密之列。不論怎樣，這份報告連同批示正式傳達到有關部門，包括檔案館，的確產生了效果。以後情況有所改善。據說有的檔案館還組織了對這份文件的學習討論。最明顯的是南京的第二檔案館改進管理方式，加速整理積案，加強了服務於查閱的觀念。這裏所謂「整理」，不是一件簡單的事。二檔館是民國時期建立的，建築設計十分講究、科學，在尚未有空調的情況下，做到防潮、四季保持恒溫。其中的檔案一部分被國民黨運到台灣，即「大溪檔案」。留在南京那部分原來也是排列有序，有完整的目錄。但是後來，主要是在「文革」期間，為體現政治立場，把卷宗題目都改了，例如原來編目有「總統府」，就改成「蔣匪」，原來「XX部」，則加「偽」字，等等，而且裏面的細目也打亂了，所以同類文件可以放在不同卷宗內。總之，體系亂了套，查找十分困難。要重新還原，按照專業的檔案編目、整理，確實需要費不少功夫。後來我很少去那裏，據稱現在查閱已經很方便了。

事隔近三十年，今天我國檔案開放的程度已經大有進步。而且已經正式有了三十年解密的規定。有的地方的檔案開放程度還要寬。史學界根據新的檔案資料寫出的佳作迭出，成績斐然。不過大多數根據還是境外的檔案，特別是蘇聯解體後大量公開的資

料。在我國，在實踐中還有種種阻力。我個人就碰過兩個釘子：

一是我寫《財富的歸宿》一書時，涉及福特基金會在中國設立辦事處之事。福特是改革開放後第一個被批准在中國正式設立辦事處的，主管單位為我供職的中國社科院，1986年雙方領導簽有正式協定，當時我就知道此事。上世紀末，我遠涉重洋，在紐約福特基金會總部的檔案室中查到這份協議的英文本原件，回來後希望從社科院找到中文本。我原以為很簡單，就在本單位。卻不料與有關辦公室聯繫，得到的回答是：這份文件確實存在他們那裏，但是經請示領導，不能查閱，沒有給出任何理由。於是我在書中只好據英文本轉譯成中文。按理說，這一協議當時就是公開的，根本不是機密文件，只是一旦「歸檔」，就「侯門一入深似海」了。不許查閱，也不知根據什麼規定，是什麼心理作祟。

另一次是我寫這本回憶錄，涉及自己親身經歷的上世紀五、六十年代的和平運動，有些記憶不準確，想查閱當時的檔案，如今存在對外友協。開始接洽時，管理人員友好熱情地接待，並提供了卷宗目錄，我列出了要查的卷宗清單，其中不少就是我自己原來寫的報告文件，請他準備好，約好下次再去。誰知幾天後接到通知說，經請示領導，此類檔案不得查閱。按理說，早已超過三十年期限，也不知根據何種理由，何種規定。我國沒有《知情權法》，無法抗訴。不過這不能妨礙我憑記憶寫作，只是某些細節的準確性無法保證。至於中共黨史的檔案當然更加是禁區。這種把歷史檔案視作禁臠的主導思想就是不承認公眾有知情權，一切以掌權者制定的官史為準，不讓普通人知曉內情，得出自己的看法。但是現在官史實在已難取信於人。各色人等的回憶錄紛紛出台，人們對此興趣極濃，儘管許多事說法不一，真偽難辨，有此野史交叉證明，任憑讀者根據自己的判斷取捨，相對說來比官史可信的成份還高些。有朝一日，能出台一部《知情權法》，並且真正能落實，恐怕不只是歷史學界的企盼。

復旦大學還有一項中美關係史的研究是汪熙教授主持的。他也是留美「老海歸」，跨經濟與歷史兩界，著述甚豐，其中一個項目就是中美關係研究。他在這個領域有一項開創性的貢獻，就是提出對美國的「門戶開放」政策重新估價，當時是需要一定的勇氣的，自然引起一向以「帝國主義侵華史」代替一切中國近代史的正統史學界的批判，而得到不少學者，特別是青年學者的認同。無形中，起了在這一界進一步解放思想的帶頭作用。在後來的歲月中，他憑借指導博士生之便，完成了一套叢書，有二十五種之多。圍繞這個主題，我和美國所與他交流密切，互相參加各自主持舉辦的學術會議。後來陳樂民和我都與他建立了私交，惺惺相惜，陳樂民去世時他十分悲痛，打來電話，數度哽咽。他於2016年以九十六歲高齡歸道山。

南京中美研究中心

與美國所以及我本人關係密切的另一兄弟單位是南京大學——約翰·霍布金斯中美研究中心。這個中心也是改革開放以後開創性的產物，其建立也有賴於一位開明的南京大學校長匡亞明，當然與當時總的開放的趨勢分不開。這一中心主要不是研究，而是在中美兩國招收本科畢業以後的學生，互相學習雙方的文化知識。由中國教授教美國學生，美國教師教中國學生。一反通常大學的外國留學生單獨食宿的慣例，這裏宿舍規定一個中國學生與一個美國學生同住，食堂中外師生完全在一起。這個中心一開始就與美國所建立了良好的關係。每年新生入學伊始，都有一項到各地走訪有關學術單位的項目，美國所是他們必來的。都由我來向他們介紹情況，解答問題。這個中心的優勢之一是得到著名的約翰·霍普金斯大學的國際關係研究生院(SAIS)配送圖書資料，就是SAIS圖書館每年購進的圖書也給南京中心選配一部分，而且都已編目，可以直接上架。圖書館還最先實現電腦檢索，在那裏的電腦是國際暢通的。所以對我說來，繼以前國研所的圖書館之

後，又是一家特殊有吸引力的圖書館。無獨有偶，我接觸到的兩位館長也是熱愛圖書館專業，敬業而熱情。我每次訪問南京，圖書館是必去之地，他們也給我提供許多方便。我退休後，在那裏執教一學期，此是後話。

北京大學

北京大學當時尚未設立「國際政治系」，但是已經招收國際政治專業的研究生，由法律系的教授指導。主要是王鐵崖教授，後來有歷史系的羅榮渠和政治學系的趙寶煦教授。他們以及他們的學生與美國所均有交流，互相參加各自主持的學術活動多次。其中有一次值得一提的是1987年的中美關係史討論會。

中美關係史上沉重的一頁：這是事後出版的論文集的題目。會議發起人是北大剛畢業不久的研究生袁明，當時剛從伯克利加州大學進修回國。以後成為北大教授，是國際研究界知名人物，從這次會議起，就展現了她非同一般的學術組織能力。她的特長是善於借力，那一次會議，她找了章文晉、李慎之和我做「顧問」，請來了當時美國一流的中國問題專家，老中青都有，如艾倫·懷挺(Allen Whiting)、孔華潤(Warren Cohen)、何漢理(Harry Harding)等。何漢理是當時美國最年輕的，袁明請他作為美方合辦者。所以這次是青年人主辦，老年人助力的會議。中方與會者也是老中青都有。這次會議討論範圍正好與我剛完成的著作相吻合 —— 1945–1955中美關係，特別是馬歇爾調停那一段。我受袁明之托負責審讀論文。其中引起我注意的是王緝思，他也是北大碩士生，一人提交了兩篇論文，中英文各一份，內容和英文水平都夠水平。他也屬於「老三屆」知青，恢復高考後第一批大學生，據說跳過本科直接上了研究生，能有此水平，實屬難得。說明學習能力很強。當時李慎之就有意把他招到美國所來，未果。幾年後，在我決心辭去所長職務時終於把他「挖」來繼任美國所長，此是後話。

當時的物質條件還是比較差。記得住宿和開會地點是在陶然亭賓館，北京已經秋風蕭殺，但尚未供暖，大家冷得發抖，白天盡量在室外找陽光下聊天，而且多間房間廁所馬桶經常堵塞，使主人十分尷尬，服務顯然跟不上。這就是改革開放初期的景象。

由於涉及中美國共關係中一段關鍵歷史，與會雙方的看法有相當的分歧，展開了坦率的爭論，記得李慎之對美國的政策提出了頗為尖銳的批評，美國學者不同意，提出反駁。這是少有的真正的討論，而不是像很多會議那樣，各自讀論文，互不相干。現在中外與會者或已作古，或進入暮年，當時的青年已屆古稀，不過還活躍在學術界，還是國際交流的骨幹力量。

作為美國所所長主持的大型活動

在1988年接任所長後，各種交流活動更加繁忙。不再一一敘述。值得一提的是主持舉辦了兩次大型學術會議，一次是1988年12月底「中美建交十週年學術討論會」，另一次是1991年5月「二十世紀美國與亞太地區國際學術討論會」。

「中美建交十週年」研討會

這個會應該說是何迪大力促成的，並得到美國駐華使館積極配合。按那時的慣例，一個非官方的社科院研究所根本沒有資格舉辦紀念中美建交這樣的活動，也無權直接與使館聯繫。何迪卻設法說服了外交部的有關負責人，竟網開一面，默許我們舉辦這一活動，不過不算他們正式批准，這可能與當時相對寬鬆的氣氛有關。實際上那一年並無官方主辦的紀念活動，我們這個會成為媒體矚目的高規格會議。中方除李慎之副院長外，歷屆駐美大使（包括未建交時期的聯絡處主任），美方洛德大使夫婦都出席了開幕式。由洛德和我作主題發言。同時這又是正規的學術會議，按學科分組討論，也可以算是到那時為止國內美國研究的一次成績展示，提交的學術論文以當時的標準看，水平都不低。最後出版

了論文集。那次會議期間還宣佈成立了中華美國學會。李慎之任會長，根據他的意見，不設副會長，而設一個常務理事會，有若干名常務理事，我是其中之一。會員則採取團體理事制，也就是各有關研究機構或教學單位作為集體理事加入，由它們自己推出代表參加活動。這與很多學會的設制很不一樣，老李提出此方案的目的是免去斟酌名單的麻煩。與積極主張辦雜誌不同，我對學會興趣不大，未參與意見。

「二十世紀美國與亞太地區」會議

這是以美國學會和美國所名義舉辦的第一次大型國際會議。原來發起籌備時是在開放的氣氛中，得到社科院領導及有關方面正式批准，並申請到福特和亞洲基金會的資助。我的意圖是想把美國對外關係的研究從單純與中國的關係擴展開來，第一步先及於亞太地區，而且不限於政治關係，而是包括各個領域。此一意圖得到所裏同仁的贊同，有幾位年輕人特別積極，根據當時的氣氛，這本來不成問題。但是籌備需要時間較長，中間經過了一場意外的風波，形勢陡變，開這樣的會已經不合時宜，幾乎夭折。不過事先已獲批准，後來也沒有接到不准開的指令，我們就繼續埋頭努力籌備，在各方面人士熱心支持下，終於在1991年5月開成了，有15個國家150人參加，並且第一次有台灣方面的學者與會，中方全國各地本學科的老中青研究人員都濟濟一堂。議題不限於國際關係領域，還有文化、文學的領域，例如著名藝術家黃宗江也參加了一個小組。這是我第一次認識他，其風趣幽默為會議添彩不少。另外還有好幾位旅美留學生回來參加。他們的與會還遇到一些阻力。因為對於那場變故，外國留學生不可能沒有表示，特別是一些比較活躍的學生組織骨幹。在這個問題上，我受到院方不少壓力，不過我還是據理力爭，結果他們得以正常地參會。

此會是談美國與亞太地區關係，故意不以「中美關係」為主

題，亞洲很多國家與會，談各自國家的問題。但是中美關係不可避免的是主題之一。在一個小組會上，幾位剛出道的「土博士」與洋博士展開交流和交鋒，土博士毫不遜色，令我欣慰。這次會議不啻是到那時為止的這一領域學術成就的展示，與會的中國學者都很出色，令台灣同胞也感到意外。在那種形勢下開成了這樣一個會，背後各種艱辛不足為外人道，會後出了論文集。我私心有一種自豪感和成就感。

後來，聽說一位中央領導得知了這個會，做了口頭批評，但重點是會議的日期離六月的那個日子太近，其他並未深究。

另外，在所長任內，主持了一項社科基金的課題，《戰後美國外交史》，將在下一章交代。

理想與現實的矛盾

如前所述，在上任之初，我有一套建立美國學的想法，體現在研究室的設制和人才培養上。原來預期幾年之後可見成效，既出人才，又出成果。但是事與願違，基本上不成功。

我的原則是：在思想上盡量開放，打開禁區，自由爭鳴；在學術標準、行為規範、敬業精神上則從嚴。結果在現實中兩頭不討好：前一點不見容於上；後一點只為少數所員接受而開罪於多數。我自己則在兼顧學術研究與行政工作中心力交瘁。更加不幸的是剛好趕上1989年的六四，佔據了我一半任期，也促使我在任期未滿時堅決辭職。

另外一個客觀因素是那個時期的出國潮。當時「美國研究」這一學科對青年學子是有一定的吸引力的，每年有不少重點大學的畢業生以及其他單位的年輕人來報名求職，有挑選的餘地。那兩年確實充實了一批相當有培養前途的年輕人。美國福特基金會資助國際關係研究是當時的重點項目之一。在我任期內美國所每年可以有兩個名額，到美國進修一年。另外還有福布萊特項目，

等等，我們所裏不少學者都是受益者。最主要的是大部分人一去不復返。我發現，不少年輕人實際上是把這裏提供的出國機會當作跳板，出去不久就開始尋找繼續留下的途徑。有的找到讀學位的資助，或半工半讀，有的就完全脫離學術界，自尋出路了。其規律是出去後短期內還寫信回來，報告情況，以後開始音訊日疏，最後就如斷線風箏「失聯」了。改革開放之初，中國留美學生和訪問學者不多，美國各學術單位對接受中國人條件比較寬鬆。還有不少研究中國的教授，中文並不全通，很願意招中國學生讀學位兼做助手，所以我們送出去本意是研究美國國情的某一領域，結果留下來的率多進入中美關係領域，或者就是以研究中國為主業了。我並不反對自費留學，但是研究所派出的儘管資金是美方提供，應該算公派，因為名額有限，贊助方不以私人為對象，只同單位打交道，是為中國培養人才，他們的條件也是要求接受者學成回中國。但是這是軟性的，並沒有硬性的約束。每人出國前照例同我有一番交談，談研究方向等等，大多信誓旦旦，允諾一定按期回國，有人還表示「以人格擔保」，但是事實證明這些都不作數。只有一位年輕人，在輪到派他出去時，主動向我表示，他志在出國讀學位，要設法自己聯繫，就不佔所裏的名額了。他是所裏優秀人才之一，我當然不願失去他，但是尊重他的選擇，而且對他的誠實十分讚賞。所以，我們研究所是「人才流失」大潮的第一批受害者之一。有一次有一位美國朋友問我，美國研究所遇到的最大困難和挑戰是什麼，我戲言：美國的存在和吸引力就是最大的挑戰。

後來冷靜思考，那個時期兩國反差實在太大。有些人並非一開始的承諾就是假的，但是一到美國無論在物質上還是精神上都與過去被灌輸的完全兩樣，加以機會很多，周圍氣氛完全不同，相比之下，一句承諾就輕如鴻毛了。而我還信守「重然諾」的古訓，一次又一次願意給予信任，弄得自己十分痛苦。當時政策上

有種種規定，還要出國人員填保證書，我曾在一次全所大會上說，其實這些保證是防君子不防小人的。後來有一位平時對我不錯的年輕人特意來跟我說，我這句話得罪了一大片，就是把許多人都罵成了「小人」。我當時心裏還不能接受，難道「以人格保證」都不算數，還算君子嗎？到了八十年代末，我自己心態變了，誰要走，一律給予方便，絕不挽留。

從主觀方面來説，我過於理想主義，水至清則無魚。把八十年代的形勢估計太高，還是擺脱不了那種企圖創造一片新天地的思想。我的兩條原則兩頭不討好。後來，社科院領導大換班，氣氛也非昔比，我自己的思維方式有很大轉變。大勢如此，世道人心不是靠個人能夠挽回的。我及時急流勇退，但是遵從所裏同仁的要求，用兩年的時間完成各種善後工作。然後以行政與研究不能兼顧，以及不願再推掉出國做訪問學者的機會為由，寫報告主動請辭，並且物色到了合適的接班人。在這兩年中，在各種問題上我的態度已經相當明白了。儘管任期還有兩年，我的辭職順利得到批准，看來新領導也是順水推舟。借用今天流行的話語，這一離職算是「軟着陸」。於是，我1991年底前往美國威爾遜國際學者中心做十個月訪問學者。他們三年前就有人來建議我申請「國際學者」之位(按制度，該中心的「國際學者」必須自己正式申請，不是由中心聘任，只是他們希望某人去，可以提出建議，鼓勵其申請)。威爾遜中心不同於其他研究所，部分由美國國會撥款，是在美國各研究單位中地位獨特的，所以門檻也較高。我以前職務在身，不便離開較長時間，現在正好利用這一機會辭職出國，遠離是非之地。

二十
學術訪問與學術著述

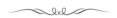

學術訪問

在美國所期間與美國學術交流比較多，請進來，走出去都很頻繁，有時一年不止一次訪美。這些行程我都沒有記錄，大部分在記憶中都已模糊。前一章已述及美國所主辦的幾次活動。這裏舉幾次個人比較印象深的並與著述有關的學術訪問，

威爾遜中心

我1991年底至1992年10月在美國華盛頓威爾遜國際學者中心任研究員一年。離上一次在普林斯頓剛好十年。美國本身變化不大，但是我這次的訪問比第一次大不相同，除了鑽圖書館、檔案館之外，接觸面比較廣，內容要豐富得多。這與我自己的思想解放當然有關，因而收穫也比較大。

這個機構以美國總統威爾遜命名，全名叫「伍德魯·威爾遜國際學者中心」（以下簡稱「中心」），其地位在美國人文學科的研究機構中算得上首屈一指。與美國大多數研究機構相比，它有幾個特點：一是非私人性質或附屬於大學，而是「史密森學會」下屬單位之一，基本上由國會撥款，經費充足，待遇較高；二是各種學科兼容並包，不像多數研究機構專屬某一領域；三是只接受個人申請，不與國家或單位進行交流。我接到的通知書稱：「你是在七十餘國700多名申請者中入選的37名研究員之一」。每年錄取的比例大體上就是這個數。說是沒有邀請，只接受個人

申請，但是也有「動員」申請之舉。我就是被「動員」的。三年前，當時在「中心」亞洲部任職的一位中國問題專家來美國所訪問，就建議我申請。他說中國申請人非常多，但合格者不多，連友誼商店的職員都有，你們美國研究所卻沒有人來。我當時還在所長任內，無法脫身，就推薦了本所的一位研究員李淼，經過正式程序，去了一年。這次我已卸任，想起此事，就提出了申請，雖然手續繁瑣，要填許多表，結果順利通過，我遂於12月底成行。一到那裏報到，接待我的秘書小姐第一句話說：「你可來了，你的材料在我們的卷宗裏已經躺了三年了！」

「中心」就設在「史密森學會」總部的大樓裏。那是一座古堡式紅磚尖頂建築，在眾多現代化建築中顯得很突出，成為華埠一景，當地人親切地稱它為「那城堡」。這座大樓有一百年歷史，對美國說來就算文物了。這「城堡」的古舊的電梯門上有一個大圓銅印，圓心赫然刻着「1846」，沿周邊刻着一句話：「為了在人類中增進和傳播知識」，這是史密森學會的宗旨。我每望見這塊印，撫今思昔，總不免感慨系之。

不過顯然空間擁擠，適應不了日益發展的規模，我剛去時還與另一位研究員分一套裏外間的辦公室，後來才分得單獨的辦公室。現在該「中心」早已遷到寬敞的新樓。美國研究機構的研究條件在我們看來都十分優越，不過這裏還有更獨特的優越性，一是享受可從國會圖書館借書出來的特權，而且不限數目（一般國會圖書館只能在那裏借閱，沒有特批不能借出去），這是令一般學者羨慕不已的，還有是配備研究助手，多為大學的研究生，基本上是志願，好像沒有或極少報酬。我問過一位助手，她為什麼要來，她說一是這裏都是國際知名學者，平時接觸不到，特別是如果工作對象專業接近的話，可以學到許多東西；二是在履歷上有一項曾在威爾遜中心當過研究助理，對將來求職有幫助。我想主要是後者。根據我有過的兩位助手來看，專業並不對口，作為

「研究」助理實難勝任，主要是打字、借書還書，做些秘書性的工作。

我在這裏最享受的是午餐時的隨意交流。餐廳也因陋就簡，是閱覽室改造的，就在辦公區。在兩壁書架中間擠擠叉叉擺着幾張大小不一的桌子。各國鴻儒濟濟一堂，平時各自埋頭於自己的工作，難得交談，而到這裏來，取完菜，一盤在手，隨處坐下，與鄰座互通姓名、國籍、專業，就可單刀直入就任何感興趣的問題展開討論。後來者有興趣就加入，沒興趣就另找談話對象，或者只管埋頭吃，隨時想走就走，中間忽然轉換話題或主角，又有後來者插入，十分自由。這是真正的「精神會餐」，省去一切寒暄和開場白，因此談話效益很高。儘管飯菜單調，多少年如一日，可以食而不知其味。我過去也常處「國際」場合，但是學術性的話題多半圍繞着一個領域，泛泛聊天時又沒有那麼高的專業水平。像這樣多學科的學者天天見面，極為難得。人物和話題別有一番風味。隨便提幾個：

我印象較深的是一位埃及裔，英國籍，長期在美國任教的老教授，專攻阿拉伯文學，學識淵博，妙語如珠，十分風趣，也不知通曉幾國文字。他自稱寫書多半用英文，給家人寫信用阿拉伯文，而算賬、想數字用法文。有一位波蘭猶太人已定居以色列的教授，專攻思想史，目前在這裏研究的課題是「右翼思潮的來龍去脈」。還遇到一位俄、波混血的美籍女教授，氣度不凡，有點我心目中喬治・桑的派頭。她的課題很專：「從十九世紀俄羅斯文學作品看俄國人的隱私觀」。另一位男教授研究的題目是：「通訊手段日益現代化對隱私權的威脅」。近年來，無所不能的網絡對隱私的威脅是熱門話題，而在九十年代初這還是非常前沿的課題。還有一個很有趣的瑞士老頭，其研究領域是「馬列主義毛澤東思想」，（是純學術研究），他說一口帶濃厚德國口音的英語，處處倚老賣老，自稱見過我國各代領導人。

這裏的共同語言當然是英語，但是口音五花八門，真是八國英文，煞是有趣。這些研究員中有些人本身就是「國際人」，生、長、學、就職都不在一個國家。當然美國人還是佔多數(與外國人之比為6：4)。這一期研究員中研究中國的學者就有三位，都是美國人，而且都是女士。她們專攻的領域分別是：清代經濟社會、滿清皇族、當代中國知識分子。對清史的研究似乎一直是熱門課題。當然也有緊密結合現實的課題，例如有一個「冷戰史」的大課題，主要由麥克亞瑟基金會資助，就掛在「中心」；與我分享一套辦公室的是一位過去曾在政府軍事部門任職的先生，在這裏研究前蘇聯核武器的今昔，看來是和政府的需要配合的。

有一位在印度住過多年的印度專家，外貌、舉止、口音都是典型的美國人，可能由於受過東方文化的洗禮，眼界就不一樣，一掃美國人對東方常有的閉塞和優越感。聽他談印度，從英國人的統治術到各種風俗花絮，都是聞所未聞，饒有興味。他對美國弊病看得很深，批評很尖銳；從未到過中國，既不瞭解，也無偏見，但也許是出於一般的對東方的感情，對我特別友好，常主動攀談，問長問短，我們成了很好的桌友。還有幾位黑人。有一位研究美國文學的，我聽到他同人談話中提到讀《尤利西斯》中的長句子，對那韻律一詠三歎，説是莫大的享受。

另外，我還發現，這裏來自各國的猶太人比例相當高。這純屬偶然，説明猶太人的確智商較高，國際上各行各業的金字塔頂部都有他們的人。在這裏，阿拉伯人和猶太人，印度人和巴基斯坦人……都和睦相處，看不出民族宿怨的痕跡，也較少意識形態的偏見。不過討論的都是抽象的學術問題，如果涉及現實的，關係民族利益的敏感問題是否還能如此，就難説了。

這裏學術活動多如牛毛，各種報告會、午餐討論會等等，發下通知來看看題目都很吸引人，但是各人都有自己的工作，我眼大肚小，什麼都想聽，事實上沒聽幾回。

當時我有一種感慨：一個特定的時代相對人文會萃的中心不是自封的，是自然形成的。需要幾個條件：(1)物質條件：得有錢，而且是「閒錢」，才能養士三千，不計功利；(2)機制：有一種把錢花在支持學術文化上的意願和機制，有鼓勵這樣做的政府政策。錢的來源可以不必計較，但是出錢人不得干預學術單位的工作，乃至學者的課題和觀點，則是絕對必要的，以「有錢的老闆點曲子」的做法來對待學術是絕對不行的；(3)學術思想自由：在一個禁錮的，動輒得咎的環境裏不可能有學術繁榮，自不待言，還需要更進一步鼓勵新的前沿學說和觀點，形成一種風氣；(4)氛圍：要有一個「談笑有鴻儒」的氛圍。學問之道需要互相切磋，啟發，補充，乃至挑戰。中國人兩千年前就有「如切如磋，如琢如磨」之說，現在叫做「思想的撞擊」。如果在一種環境中總是鶴立雞群，充當廖化，也許能滿足一時的虛榮心，卻只能導致停滯不前，思想枯竭，更不用說精神寂寞了。當然，全社會的風氣更重要。像茨威格描寫的一戰前的維也納，大作家、大藝術家、大學問家在一般老百姓心目中是何等崇高，光榮，王公貴族，富商巨賈都黯然失色。這種社會風氣與人才輩出、學術繁榮的關係也可以比之「魚水關係」。相對說來，方今之世在美國前三個條件具備，相對說來，第四點比起當年的歐洲來已差得很遠。缺的就是那全社會高度尊重學術文化的風氣，還有那深厚的歷史文化淵源。也許畢竟時代不同了，後工業化社會的急風驟雨、風雲變幻，容不得那樣從容，灑脫，好整以暇的精雕細刻。不過此時此刻在這「城堡」之中，我隱約感受到這樣一種氛圍，在實用主義比較強的美國，這裏算是人文氣息比較濃的了。

　　照例，每位學者來後不久需要做一次學術報告，同時也算是一次亮相，與同事見面。我是在亞洲部，當時中美關係是大家所關注的，以我的身份，「中心」方面理所當然地要求我的報告圍繞中美關係的題目。這使我很為難。因為我已經決定不再做違心

之論，但又不能放言無忌斷了回國的後路。這些考慮還無法讓美國人理解，作為我逃避發言的理由。不過有一條思路是既不違背我的本意，也可以公開表達的，就是我堅信中國只有繼續開放才有希望，因此不贊成國際社會長期制裁和孤立中國。這一講話我沒有留底稿，具體內容現在早已忘記，只記得是從歷史講起，落腳點是美國以及國際社會的壓力應該是向着中國進一步開放，而不是逼迫其退到閉關鎖國，因為這樣受傷害的只有普通百姓。這是我的真實主張，不僅是對中國，一般說來我認為在國際關係中經濟制裁從來效果不好，對古巴、伊拉克都是如此。阻礙一國的經濟正常發展並不能削弱專制政權，反足以加強其高壓統治，受苦的只能是廣大民眾。散會時，我發現有一名中國駐美使館的人員，他向我點點頭，表示沒問題。我與他素昧平生，看來他是來監聽的，有回去彙報的任務，我算是過了這一關。

我在威爾遜中心的課題是美國的中國研究。在此期間訪問了許多我熟悉的和不熟悉的學者。在「中心」的訪期結束後，我又多留了一個月，從美國東部往西走，有計劃地訪問幾家著名的大學東亞或中國研究中心，收集資料、瞭解其工作、與有關學者訪談，如時間允許，就到圖書館看書、複印資料。到過的大學有：哈佛、耶魯、哥倫比亞、蒙塔納（州立）、芝加哥、密執安、加州大學——伯克利、洛杉磯、聖地亞哥——斯坦福、舊金山、華盛頓（州立）。採取的辦法是，事先與那些研究中心的負責人聯繫，表示我想去考察訪問，他們大多數都是相熟的朋友，他們得知我研究的課題，都歡迎我去講一堂，這樣我就解決了在那裏的食宿問題，而且每一站的旅費都基本上由下一站負擔。平時我們美國研究所接觸到的美國學者都是研究現實中美關係和兩國相互政策的。此番在這裏廣泛接觸到各個領域的：歷史、文學、經濟、社會、美術，等等。

回國後，由於種種原因，主要是我自己的興趣轉移，沒有按

計劃就這個課題撰寫專著，只就研究中美關係的學者和著述寫了一篇論文，發表在《美國研究》上，題為《美國學術界對中美關係的研究》。這次收集的大量書籍和資料分別贈給了美國所的圖書館和其他做這方面研究的學者。

威爾遜中心九個月是我第二次較長時間在美做訪問學者。以後訪美大多為短期參加學術會議，大約平均每年一兩次。我當時不大注意保存記錄，所以現在已記不大清。這裏特別提一下頓巴敦橡樹園的會議：

1944年頓巴敦橡樹園聯合國憲章會議五十週年紀念

聯合國正式成立於1945年的舊金山會議，但是聯合國憲章的起草和初步定稿是在1944年敦巴頓橡樹園會議上，1994年逢五十週年，由哈佛大學發起舉行紀念會議。我意外地被推舉為這次會議的「國際倡議委員會」的中國成員，應邀到華盛頓的敦巴頓橡樹園參加研討會，並發表論文。為參加此次會議，我對聯合國的成立經過以及二戰後期的大國關係做了一番研究，竟有不少意外的收穫，並對當時中國國民政府的處境有進一步的瞭解，寫成了《大國保證和平的原則與大小國家平等的信念》一文。這又是一個學習的過程。因為我以前沒有意識到中國作為聯合國發起國和常任理事國之一是經過這樣曲折的過程，也沒有想到開始受到這樣的排擠。另外進一步理解到「大國小國一律平等」的原則與「大國保證」的實際存在這樣的矛盾。這篇論文是我切實的心得。

那是一次相當隆重的會議，晚宴由哈佛大學校長主持，也很正式，可惜會上只是與會者宣讀論文，沒有安排展開討論，參會者都是這個領域的一流專家，卻沒有機會深談，浪費了一次學術資源。對我說來，收穫之一是第一次參觀這有名的歷史名勝，見到當年決定世界命運的各國代表開會的場地，不禁想起四十年前到柏林參觀波茨坦會議遺址的景象。另外，橡樹園的確很美麗別

致，過了幾天，在美國所原來的同事溫洋的陪同下，又特意重到那裏留影紀念。

初訪洛克菲勒基金會檔案館

因偶然機會得以見識了洛克菲勒基金會檔案館，並在裏面工作了兩星期，引發了我以後二十年對美國公益事業的研究，而且進而捲入了中國的公益圈，這是始料不及的。

我最初研究中美關係史，一直想對文化教育方面的關係作一番探究。「中心」亞洲部負責人布洛克女士告訴我洛克菲勒基金會的檔案館離這裏不遠，他們每年有一項學者研究基金，可以申請到那裏做短期查閱。但是這需要前一年申請，現在為時已晚，不過可以試試作為特殊處理。於是我寫了一封申請函，她附了一封推薦信。居然順利得到館長的特殊批准，由館長特殊基金中撥出一小筆經費，夠我到那裏兩星期的費用。我得此機會喜出望外，但是更大的驚喜還在後面。

洛氏基金會檔案館坐落在上紐約州的一個小鎮，名泰麗鎮（Tarry Town）。我先從華府乘火車到紐約，再從喧囂的紐約中央火車站乘短途慢車沿赫德遜河而上，約五十分鐘即到該鎮，如果住在紐約每天可以早出晚歸。火車開出後不久漸入佳境，一路望出去兩岸綠樹成蔭，幾十分鐘之內判若兩個世界。事先聯繫好檔案館派車到車站來接——這是我首先遇到的「特色」，專為一個讀者派一輛車，任何別的檔案館無此周到的服務。乘車蜿蜒上山（並非真山，山坡而已），沿途樹木青蔥，其間有一湖，無風時水面如鏡，風起時波光粼粼，使人想起「風乍起，吹皺一池春水」。有一次還看到幾隻天鵝在湖面遊弋，確實可以入畫。越走越有曲徑通幽之感。每隔不遠，在綠樹青草間就可見一所別致的住宅，風格各異，可以想見這裏定是富人區。房屋漸稀，樹漸密，到目的地汽車駛入一扇大門，裏面陡然開闊，是一座望不到邊的大花園，依山傍水，既有綠草如茵又有參天古木，再向上轉

一個彎就到了檔案館。從外表看是一所石砌的三層樓房，似乎無甚奇特之處，進去後即感到氣派非凡。現在當然已按檔案館的要求改裝，但是從遺留下來的格局、陳設仍依稀可見當年的豪華。一部分舊傢俱古色古香，十分精緻，類似歐洲王公宅第，相形之下那些「五星大酒店」的佈置就平庸多了。大約當年女主人對維多利亞女王有特殊好感，盥洗室外間的梳妝室內不但擺的是維多利亞時代的傢俱，而且一面牆上還掛着一幅維多利亞女王的油畫像。休息時我偶然轉到一間看來已閒置不用的大廳，估計是當年舉行舞會的地方，角落裏放着一架正式音樂會用的那種超長三角鋼琴，問及工作人員，沒有人記得何時放在那裏，有誰彈過它，多大的浪費！這所宅第本是洛氏家族第二代老納爾遜‧洛克菲勒夫人的別墅之一，據說她實際住在紐約，這裏從未作過正式的住宅，只不過偶然來消夏，開晚會而已，現在闢作檔案館該是最好的用途了。這地方其實離鎮中心或火車站都只有十幾分鐘的汽車路，方便得很，主人真會選地方。對於這個家族來說，這座園林宅第不過是九牛一毛。多少財富集於一家之手，真是不可思議！

　　檔案館的閱覽室在二層樓，寬敞而明亮，看起來使用率不高，一人可以獨佔一張大桌子，和華盛頓的美國國家檔案館的狹窄擁擠成鮮明對比。顯然主導思想是歡迎和鼓勵人們去查閱。除了接送火車站之外，如果要在當地住下，檔案館還有幾家「關係戶」旅館，可以較大的優惠價格代訂住處，旅館還免費出車每天早晚接送。館藏豐富出乎我意料之外，而且整理得井然有序，查閱方便，調檔手續簡便、迅捷。工作人員不論男女都已習慣於說話輕聲細語，連在休息室聊天也像是在說悄悄話，而對讀者極為熱情，問一答十。他們守着這豐富的資料庫，肚子裏知道的東西不少，間或自己也研究一些問題，但是與外界交流的機會不多，所以特別歡迎有人交談。給我的感覺好像是桃花源中人遇到

武陵客。負責與我聯繫的那位先生對業務非常熟悉，如數家珍。他沒有去過中國，對什麼都感興趣，問長問短。現在畢竟是信息社會了，他問的問題還常在點兒上，倒不會落「曾不知有漢，無論魏晉」之譏。他對我的工作幫助不小，使我找材料免走許多彎路。

我的重點是基金會有關中國的工作。我只知道協和醫院以及對一些教會大學資助的模糊印象，卻沒想到，光是與中國有關的檔案就有幾十箱，短期內是無論如何翻不完的。只有如在其他檔案館慣常的做法，先看目錄，再選一些卷宗生吞活剝，大量複印，回來再反芻。有時大量時間是花在複印上。好在承蒙這裏的工作人員幫忙，只要我寫出目錄，他們為我複印後郵寄給我，這一切都經特批，免費了。這樣，節省了我許多時間和經費。在翻閱一篇篇項目論證和撥款計劃時我常驚奇地發現那麼多熟悉的人名、書名，原來都曾得力於基金會的資助！在中國人中還有不少我的師長輩。四十年代在中國抗戰最艱苦的時期，竟還有「搶救中國知識分子」的項目，一如他們在三十年代搶救歐洲知識分子。我還發現好幾個卷宗，涉及一椿公案，是美國麥卡錫主義時期，國會對洛氏、福特等一批公益基金會的聽證會記錄，罪名之一是資助中國教育，結果培養出來的人才大多為中共所用，所以是間接幫助了共產主義運動。而那幾年正好是中國進行知識分子思想改造運動，肅清帝國主義文化影響，洛氏基金會資助的協和醫院首當其衝，許多名醫都以「帝國主義代理人」遭批判。這真是極大的諷刺！

真正引起我深思的是這聚財和散財之間的倫理價值關係。想當初在財富的聚斂過程中呈現出的決不會是一幅美麗的風景畫，恐怕更接近於辛克萊的《屠場》一書中所描述的那種血淚斑斑，殘酷無情的弱肉強食景象。但是又出現了「基金會」這樣一種機制，其散財的方式又是如此之充滿理想主義、人文精神，而且從客觀效果看也對「造福人類」做出了貢獻。總之，由私人創辦的

「基金會」是資本主義國家一大創造，在美國尤為發達。這是一種微妙而複雜的現象，引起我深入探究的極大興趣。關於中國的檔案只佔其一小部分。其他有關美國以及全世界的檔案單是目錄就滿滿幾書架。我忽發奇想，如果在這個小鎮呆上一年，天天到這裏翻閱那浩如煙海的檔案，會發現什麼樣的歷史寶庫？從此，我對美國公益基金會及其深遠的影響發生濃厚興趣，竟成為我以後幾十年的研究重點之一。以後我凡有機會短期來美，都借機收集有關這方面的資料。其中有幾次比較集中的，略述如下。

1997年走訪多家基金會

從洛克菲勒檔案館發現金礦，收集了幾箱資料，據此寫了一篇《洛克菲勒基金會與中國》，發表在1996年的《美國研究》上。以此為開端，我決心把整個美國公益基金會納入我對二十世紀美國的研究範圍。第一步是作為正在準備的《冷眼向洋》中的一章。1997年因一次學術會議有機會訪美，我決心借機多留一段時間收集這方面的資料。在出國前見到當時福特基金會駐華主任托尼·賽奇先生，我向他談了我的計劃，他十分感興趣，就從主任機動基金中撥一小筆款，資助我在美留一個月，並通知福特基金會紐約總部辦公室給予工作上的協助。那一個月中我三分之二時間在東岸，三分之一在西岸。再次到洛克菲勒檔案館查了一星期，這回是「走讀」，住在紐約，每天坐火車到泰麗鎮來回；在福特基金會檔案館以及基金會中心的圖書館也複印了大量資料；走訪了東西岸十幾家各類基金會。那一趟確實很辛苦，體力、腦力都達到極限。每天早出晚歸，主要坐公交車，兩頭都走不少路；那時網絡在美國還未完全普及，在圖書館主要靠買卡複印，每人每天有一定限額，那些沉重的大部頭年鑑、各種「彙編」，搬來搬去需要相當體力。我在國外收集資料總是在有限的時間內極盡貪婪，狼吞虎嚥，抱回去再進行「反芻」，慢慢消化。所幸我這幾年通過學術交流在美國學界建立了一定的信譽，有不少熱

心幫助的朋友，得到一些方便。例如在紐約和加州都有義務「秘書」幫我聯繫約會，加州的亞洲基金會一專家對我的研究熱心支持，派了一名年輕女生天天開車帶我在加州各地訪問一些重要的基金會，包括硅谷、惠普、斯特勞斯等等。

此行雖然辛苦，收穫也值，我還訂購了大批圖書，陸續寄回。這些資料夠我回來細嚼慢嚥，消化好久的。而且在不斷深入鑽研中，我的視野也逐步開闊，使我對美國整個發展過程，乃至資本主義社會的特質都有新的體會。在撰寫《冷眼向洋》的美國部分中，專有一章論述公益基金會。但是我佔有的資料遠遠超過一章的容量，於是決心寫一本專著，這就是《散財之道》，於2003年初版。

「9‧11」之後到凱特琳基金會做訪問學者

2001年我應凱特琳基金會之邀，到其位於俄亥俄州代頓市的總部做訪問學者，為時六星期。前面提到，凱特琳基金會與社科院有長期的合作關係，自1983年起，每年都有互訪。他們也接受美國所的訪問學者。另外，他們還有一個以前會長隆巴德命名的席位，專邀請各國資深學者，作為一種榮譽，也同時提供研究的條件。中國方面第一個是李慎之。我也在他們邀請的名單上，但一直沒有合適的時間。原因之一是陳樂民此時已經開始血透，我長期離開不放心。後來終於女兒有空可以回國陪伴一段時期，我得以走開。本來約定2001年9月下旬動身，一切手續都辦妥後，突然發生舉世震驚的「9‧11」事件。我以為此行又將無限期推遲，誰知對方來信說他們遠離紐約，不受影響，要我照常赴約。我比原定日期推遲了半個月，於9月底到達，原定時間是兩個月，我在那裏呆了一個半月就回國了。因為那時新生的外孫女不到一歲，不能離開母親太久，女兒必須回去，我也不放心家裏。

除凱特琳基金會本身外，我還訪問了有典型意義的社區基金會——代頓社區基金會，還有著名的印第安那大學的公益中心，

那是正式培養公益事業專業人員的學術單位，有幾位著名的專家，我參考的書中就有他們的著作，所以必然要約談的。那裏的圖書館是與紐約「基金會中心」圖書館並列的、在這一領域中的圖書資料最全的機構。

除了基金會的資料外，我此行最大的收穫是對美國中部地區歷史作用的感性認識。我多次訪美都是集中在東、西兩岸，這是第一次到中部。從歷史上說，早期美國人由西向東發展，到二十世紀初，這一地區正好趕上充當當時新興工業的中心。那個時期圍繞俄亥俄、印第安那、芝加哥等地方圓幾百里，發明家輩出。我們所熟悉的愛迪生和他的實驗室、飛機發明者萊特兄弟、福特、通用等汽車工業都在這塊地方興起。凱特琳基金會的創始人查理斯·凱特琳本人就是一位了不起的發明家。我走訪了有關他的遺址和紀念館，瞭解他的事蹟，寫了一篇介紹他的長文，算是此行的副產品。我還參觀了從自行車得靈感發明飛機的萊特兄弟故居，以及航空博物館。還瞭解到在電腦出現之前，幾乎世界各國，包括中國的商店都用的自動找錢的收銀機的發明者和製造商就在這裏。隨着科技創新的突飛猛進，美國的產業中心也向西、向南推進，每個地區各領風騷十幾年，或幾十年。如今這裏已無復當年的風光，不過也還沒有像東部一些夕陽工業城市那樣衰敗。

代頓市還作為結束波黑戰爭的和平協定簽署地出了一次名。我在代頓期間，凱特琳基金會的一位負責人請我到一家法國餐館就餐，那餐館規模很小，陳設比較精緻，菜餚的確上乘。他說這是米洛舍維奇非常欣賞的餐館，代頓協議簽署時期，美方代表（可能是霍爾布魯克，記不清了）曾與他在這裏共餐。但是代頓和平協定並未能使該地區維持和平，不久戰事又起，我們在那裏用餐時米洛舍維奇已經成階下囚了。

從代頓回國後，又用了將近一年的時間終於完成《散財之道》一書。下面還將詳述。

三訪日本

六十年代我曾兩次訪日，參加反對原子彈大會。過了二十年，到八十年代在社科院期間，又有機會訪問了三次日本。

社科院交流項目

第一次是1986年，日本國際文化交流局與社科院的交流項目，由副院長李慎之帶隊，成員有「國際片」各所的所長或副所長，還有院辦公廳副主任。在此之前我最後一次訪日是1962年。經過二十多年，第一個感覺是日本完全變了，面貌煥然一新，儼然一個發達國家，而較之西方發達國家，主人更加熱情周到，服務人員行為規範，一絲不苟。那是中日關係比較好的時期，接待方主要是公明黨所支持的組織，對華特別友好，接待規格極高。李慎之借用《三國演義》中曹操對關公的款待：「三日一小宴，五日一大宴，上馬金，下馬銀」。這當然是誇大的形容，日本人的確愛請客送禮，不過大多是參觀單位送的小禮品，包裝極為精緻，最後每人送一台雙卡收錄機，我們回國後根據當時的規定都交公了。據說那個時期出國代表團回來交回的禮品太多，國務院的倉庫都堆不下了。

我習慣於與美國學者進行座談，感到在日本的交流效率比較低，在規定的一兩個鐘頭內說不了太多的內容。一則因為必須通過日語翻譯(我們隨團翻譯是一位留日歸國的年輕人，日語非常流利)。有一次，對方說了半天，他翻譯過來短了許多。李慎之懷疑他沒翻全，他解釋說日語的敬語比較長。越是在這種場合，「敬語」就越多。反之，短短幾句中國話譯成日文要說半天。另外，日本人的表達沒有美國人那麼直截了當，如有不同意見也拐彎抹角婉轉陳述。只有一次訪問「野村證券」，那位負責人開門見山講對國際形勢的看法，言簡意賅，觀點鮮明而且很到位，回答問題也很乾脆，給我以深刻印象，沒有想到關於國際問題的高人不在學術機構而在金融機構。

眾所周知，日本是翻譯大國，而且高等教育也比較普及，日語中還充滿外來語，但是使我意外的是在交往中能流利講英語的很少，我們處處離不開日文翻譯。有一次訪問同志社大學，那是歐洲天主教創辦的，至今教職員中有許多外國人。出面與我們座談的多為深目隆準的西方人（主要是西班牙人），有的還是神職人員。他們居然都說一口流利的日語，我們還是得通過日文翻譯。這與中國非常不一樣，中國過去許多教會學校的外籍教師，即使在中國多年，號稱中國通，卻很少能用中文做學術交流，而中國教師則多通外語。我們私下說，日本人也真有本事，逼得西班牙人都要說日文。

　　我印象最深的，可以說為之震撼的一場活動是池田大作領導的創價學會歡迎我們一行的群眾大會。大會在日比谷公園舉行。那一天附近街區似乎都受這一活動的影響，在通向公園的路上，整整一條長街每隔幾米就有一名披着「創價學會」綬帶的青年站崗，形夾道歡迎之勢。進入會場，在通向主席台的路上，又是每一段有一個鞠躬如也的領路人帶路。一切細節都安排得十分周到，而且都以極為尊敬的口吻告知是「會長」的指示。公園如同節日一樣掛着歡迎我們團和日中友好的紅布標語。池田大作在公園盡頭的主席台等候。場面隆重而熱烈。李慎之向他贈送了精裝的漢譯《法華經》。我們全體團員陪坐在台上。主客雙方的演講內容我已經完全忘了。特別的是，這次日方竟用英文翻譯，有一位年輕女士把池田的話都譯成英文，但是李慎之講話仍譯成日文，這是很奇特的交流。那位女青年說一口在日本人中少有的不帶日本口音的美語，可以達到廣播員的水平。我在下面見到她，沒話找話，就說了一句你的英文真好。誰知到散場時，送我們出門的池田的秘書忽然特地過來問我，聽說你認為我們的翻譯英語很好，是真的嗎？我大為驚訝，沒想到「下情上達」這麼快，而且他們這麼看重客人的評價。我大概無意中為那位年輕女士做了

一件好事。據說創價學會經費充足，來源全靠會員會費或捐獻，自辦一份報紙，銷量超過任何日本最大的報紙。池田是世界級的大師，有他自己的哲學理念。眼光遠大，有全人類關懷，創價學會以促進和平為己任。我心中暗想，一個民間組織有如此強大的動員力量，如此嚴密的組織，如此一呼百應的領袖，如此暢通的情報，幸虧是促進和平，對華友好，如果是以尚武為號召，以我為敵，真是不堪設想！回想起1960年反對原子彈氫彈的群眾運動，也是這樣的聲勢、這樣的組織能力，幸好也是為了和平！

那一次全團只有兩名女團員，除了我之外另一人是西亞非洲所所長葛潔。我們兩人自然而然經常在一起同出同進。我們都最怕日式宴會，需要席地而坐，男士們盤腿而坐，女士應該跪坐，不過現在通融可以有坐墊，兩腿伸到桌子底下，但即便如此，一動不動坐久了腰也受不了，我們兩人稱之為「受東洋罪」。好在平時用餐大多是普通座椅，只有兩次最高規格的接待是日式宴會，我也為之開了眼界，目睹了大師傅當場在活魚身上片生魚片，以及每人一個小爐子上活烹鮑魚的殘酷景象。這些過去寫過，不再詳述。有一次，主人忽然說，兩位女士大概喜歡西餐，今天專門請人陪兩位到東京最好的一家法式餐廳去吃法餐。於是我和葛潔二人單獨被請到一家很豪華的西式餐館，吃了一頓正宗美味的法式大餐。我們兩人納悶，日本人為什麼要對我們二人特別優待，是為顯示尊重女性？似乎也沒必要。百思不得其解。後來日文翻譯悄悄告訴我們，原來那一天男士們都被帶去參觀紅燈區了——當然只是參觀，不便帶我們兩人去，所以主人想出了這麼一個優雅的安排。這大概是東方人的智慧。如果是在美國，接待者大概會直言，他們去那個地方，你們不方便去，可以選擇幾個方案，去別處逛逛。或者美國人根本就不會認為女士一起去參觀那種地方有什麼不方便。

第二次訪日是1988年，隨二十一世紀中日友好協會會長張香

山(時為中聯部副部長)率領的代表團訪日。因為有一次關於國際問題的研討會,組團方點名要我參加,並提交關於中美日關係的發言。這個團從張香山開始大多是「知日派」,除我之外大多會日文,所以我完成研討會的任務後只是跟着走,比較輕鬆。令我驚喜的是西園寺公一之子西園寺一晃一直陪同我們,一如既往十分熱情。我與他父親在和平運動中熟悉,他們一家長住「和大」時,也見過一晃,不過他當時還是學生,不太熟悉,這次見面分外親切。他一路上熱心當導遊,給我們照了許多像。當時西園寺公一身體已經很弱,不大能出門。我說好回東京後去家裏拜訪他。但是到了那一天,主人安排到上野看櫻花,正好趕上那個季節,是難得的機會。我還是打算犧牲櫻花而去探望他,與老先生通了電話,他還是那一口牛津英文,只是說話比較慢。但是他力主我去上野,而不要去看他。他兒子說也許他身體不好,不大想見客。我不好勉強,就作罷。後來他還來過一次中國,我聞訊後設法與友協聯繫要去看他,但未能聯繫上,不久後他即仙逝,真後悔那次在日本沒有堅持去看望他。

這次訪問我印象最深的是四國(島)之行。從本州乘國內航班到四國。旅客上去都坐定後,發現前面有幾個空位,最後上來了幾位特殊客人,原來是太子(就是後來的明仁天皇)和太子妃及其隨從。那是小飛機,艙位不分等級。就在前面留了兩三排座位,好像隨從也不多。太子所享受的特權就是汽車到飛機前接送、留前排座,最後上,最先下飛機。並未見其他什麼特殊的保安措施,也未對旅客帶來任何不便。太子妃以美貌出名,這次我得以一睹芳容,果然名不虛傳。

在四國參觀造紙廠和附屬的造紙歷史展覽室,給我印象深刻。名為展覽室,實際相當於小小的博物館。圖文、實物並茂,從中國蔡倫發明造紙術開始,詳細展示造紙術在中國的進步過程和達到的精緻程度,其中有極為精美的宣紙。再說明每一種工藝

何時、如何傳入日本，然後日本如何在這基礎上逐步改進，出現一代一代的新品種，後期主要轉向從歐洲引進的技術。以後各陳列室是日本自製的各種新品種，按順序一間間走過去，直到最後眼前一亮，到了一間高大的廳堂，從天花版到地板如幔帳般瀉下無數耀眼的白條，像布又像綢，蔚為壯觀，令人驚歎。主人介紹說這是一種最新的特種紙，比任何金屬都輕薄，而堅韌過之，可用於航天工業，日本出口這種紙。現在又已過去三十年，不知他們又研製出了什麼新品種。

日本人從不諱言早期中國的影響，同樣也不諱言中期向西方學習。重要的是自己現在創造的成績。提起日本人的特點，好像不以心胸寬闊見長，但是至少這種不恥向任何人學習的心態，難道對我「泱泱大國」沒有啟發？另一點印象是那間造紙廠已經基本上解決污染問題，到那裏沒有聞到任何刺鼻的氣味。可惜時間不夠，沒有能詳細瞭解其治理污染之法。

八十年代中期中國比日本經濟水平和發達程度差一大截，但是兩次訪問我都感到日本人面對中國還是有危機感，友好人士也不例外。我忍不住問日本朋友，中國比日本落後這麼多，你們為什麼還感到不安。他們總是說，我們那麼小，你們那麼大……，所以日本人對自己之「小」，以及其他弱點有強烈的意識，這是促使他們努力不懈的動力，同時也是對中國的複雜情結。關係友好時尚且如此，在感到中國強大而有敵意時，其反應可想而知。

第三次是在1989年風波之後。在對外交流陡然減少的情況下，我忽然接到邀請，參加日本美國學會全國年會，並介紹中國的美國研究。主要接待我的是時任日本「國際文化會館(Japan International House)」的總幹事加藤幹雄Kato Mikio。他對我很熱情，並且告訴我，他和一些朋友特意在這個時候請我來，就是為的堅持保持溝通，不要讓好容易建立的聯繫又中斷。有一場是我發言介紹中國的美國研究現狀，他讓我放開講，不要有保留，日

　　　蜉蝣天地話滄桑｜九十自述

本朋友都很關心。這個題目並不使我為難，因為中國的美國研究本身確實沒有中斷，我只要客觀介紹我們在做着哪些工作就可以了。不因這一變故而中斷學術交流本來也符合我的想法，我也特別想瞭解日本研究美國的情況，參觀了他們的研究所和資料中心，如我預料的那樣，日本對外國的研究很下功夫，關於美國的資料十分豐富而全面，而且管理得井井有條。這樣的資料庫，我們是望塵莫及的。

如大多數組織的「年會」一樣，此類大會我們稱之為「騾馬大會」，參加的人數很多，分許多小組，可以隨意進入任何一個會場聽會，或參加討論。可惜絕大多數小組還是用日文，我見到題目有興趣的也聽不懂，只能參加唯一講英文的關於國際問題的小組，那個組有其他外國人參加。這次加藤先生還應我的要求，安排我參觀了奈良，因為我聽人說過，只有到了奈良才體會到古長安風貌。我去了以後感到真是名不虛傳，古風盎然。中國西安早已沒有那個整體形象。我還注意到，日本其他城市的古建築都是不對稱的，是日本特色，而在奈良，所有建築兩邊屋簷是對稱的，是中國特色。

那次訪問很愉快，也交了幾個很不錯的日本朋友。加藤吸收我為「文化會館」的終身會員，據說可以有選擇地參加他們的學術活動，訪日時以優惠價格住在他們的賓館，並收到他們的刊物。我以後再沒有機會與「會館」發生過聯繫，只是至今還如期收到他們的英文學術公報。

訪歐之行

1989年5、6兩個月我對英、法兩國做學術訪問。訪法正好是6月，與那場風波有關的下一章詳述。這裏再補充一點訪英的點滴情況。我的訪問的課題是歐美關係，照例主要是查檔案和約談有關人員。在出國前，社科院安排了與英國駐華使館的文化參贊

晤談，是一位女士，看得出來是很有開展工作積極性的外交官，對中國情況也比較熟悉。在見面之前，她已根據社科院提供的我的訪問課題，給我開了一個可以約談的名單，多為這方面的學術單位、學者，還有個別國會議員，並向我一一介紹他們的特長。我到達前，接待我的英國文化協會的秘書已經收到那份名單，並已排好日程，按部就班幫我聯繫約會。那也是一位很幹練的中年女士，敬業而友好。在英國期間兩個星期查檔案，兩個星期訪問。倫敦以外到了劍橋、蘇格蘭的格拉斯哥和威爾士。

劍橋之行是訪問國王學院的一位教授，原來約好下午四點，到了以後，他說剛好有一個歐、美、蘇三位學者關於冷戰的演講會，邀請我參加聽聽，與他可推遲到會後再談。我當然對此十分感興趣。除蘇、美外，歐洲那位來自比利時，名字我都不熟悉，內容無甚特別之處。給我留下印象的是那位蘇聯學者發言貫穿了歉疚感，顯得十分心虛，為自己國家的行為感到不光彩，對其他兩位對蘇聯的批評完全接受。我從開始從事對外工作就與蘇聯人打交道，習慣於「老大哥」的頤指氣使，後來變成一見面就吵架，對方也是毫不相讓。從「文革」之後就未再有交往，時隔二十多年，第一次見到蘇聯人這樣的低姿態，感到很新鮮。當時還沒有料到一年後，一個大帝國就訇然解體，這位學者的表現代表了當時俄國學者對蘇聯的政策已不能認同，為之愧疚的心態，是可以理解的。

會議結束後，那位接待我的教師又說，會後他還得陪那幾位客人晚餐，但是預算中沒有我，無法請我參加，只得晚餐後再與我談。這也是我第一次遇到這樣的「禮遇」，我知道英國人比較刻板，不太好客，但也不至於那麼不近人情，我並不認為與這位教授交流重要到值得這樣等待，我的日程是當天來回，就告辭回倫敦了。事後我向其他英國人談起此遭遇，他們都力辯這不能算典型的英國人作風。我到威爾士拜訪一位教授，他反其道而行，

招待我住在他家，與夫人孩子見面，熱情有加。他承認英國人是比較冷淡，他在美國呆過幾年，美國人要熱情得多，所以他要改變英國人的這種作風。他的專業是英國外交，根據我的問題很熱心的詳細敘談，對我的研究幫助較大。他介紹我與其他幾位教授見面，我發現威爾士口音很特別，他們自己之間交談我聽起來很困難，他們跟我說話時就換成普通英語，儘管仍然有一定口音。

訪蘇格蘭格拉斯哥，最大的收穫是親身體驗了這個小島在啟蒙運動與工業革命中的歷史地位。亞當·斯密、瓦特、凱恩斯都就學或執教於格拉斯哥大學。那裏還有他們的像。與我接談的是一位資深教授，學識淵博，眼界開闊，少有英國人的矜持，他與中國交流較多，社科院歐洲所是當然的對象之一，所以他與陳樂民熟悉，他對國際事務有些獨到之見，對我啟發較大。他還派一名中國留學生陪我參觀交通博物館，見到英國船舶、車輛的進化過程(從馬車到汽車、火車)，以及最原始的蒸汽機火車頭，饒有興味，也見證了英國，特別是蘇格蘭對工業革命的貢獻。

離開英國到法國是6月5日。正是國內發生震驚中外的慘案。法國的活動自不可能若無其事地進行。下一章將詳述。

在著述中學習

我以近半百之年進入學術研究，需要惡補之處甚多。再「脫產」學習當然不可能，只有邊做邊學。自己感到撰寫每一部著作的過程就像是讀一個學位。

《美國對華政策的緣起與發展：1945–1950》

此書絕大部分成於國際問題研究所，並且是第一次到普林斯頓做訪問學者的成果，出版時我已在社科院，並以此評了研究員，情況已如前述。客觀來說，這本書的意義在於在國內的外國研究學者中首先大量運用美國解密檔案資料。在視角上不限於中美兩國，而放在冷戰初期美蘇國共四方錯綜複雜的背景下論述。

這些在今天早已沒有什麼新鮮，學者運用的檔案資料也豐富得多。這只是在剛剛開放的特殊年代，有一些開創意義。從今天的眼光來看，當然不足之處甚多。客觀來說，美國檔案雖然基本反映真實情況，但終是一面之詞，缺乏另外方面的印證。這在當時就已經痛切感到，但個人無能為力。至今，我方這方面檔案是不開放的。但是俄羅斯檔案已經大量開放，台灣方面的檔案也能夠查閱，治冷戰史、近代史的學者條件比我那時好不知多少。在主觀方面，應該承認，我自己思想還是沒有完全從禁錮中完全解放出來，雖然力求客觀，還是沒有擺脫某些成見。如果今天寫同樣的題材，肯定有所不同。

《戰後美國外交史》

我第一次在美國做訪問學者時，盡時間條件之可能，大量收集與中美關係史有關的陸續解密檔案材料，筆記和影本裝滿箱籠。本可以沿着這一方向，繼續寫中美關係史，往前、往後，旁及文化、社會，各個方面，有豐富的題目可做。但是我開始不滿足於僅僅守在中美關係這一領域。另一個選擇，就是橫向發展，研究整個美國外交。就個人的興趣而言，希望眼界放寬一些；作為美國所所長，也有此需要。正好世界知識出版社來約稿，又趕上申請社科基金「七‧五」重點項目的時機，於是決定提出一個課題，寫二戰後的美國全面外交。後來任美國所副所長的陶文釗一直堅守中美關係史的領域，我就把收集到的有關這方面的檔案資料送給了他，可以物盡其用。他在這一領域卓有成就，先後出版了厚厚兩大冊中美關係史，涵蓋一個多世紀，而且一版再版。

全面的美國戰後外交史不是一個人短期內能獨力完成的。於是經美國所外交室的同仁們同意，把這作為我們所的重點項目之一，也吸收所外作者，共八人，合作完成此書，我寫的最多，除了自己完成總緒論和四章之外，統稿也花了不少精力。從1988年立項，到1994年才出版。完成過程艱辛曲折，合作者的水平參差

不齊，負擔亦畸輕畸重，還有一位外所的合作者原來一口應承，卻遲遲不交稿，最後竟打退堂鼓，表示無力完成了，我對他沒有任何約束力，只得臨時找一位本所原不在此課題內的，實力較強的年輕人救場，幸好他沒有推辭，作為突擊任務，匆匆完成了最後一章。不過，在寫這本書的時候，我的眼界和思想，以及寫作的能力，比寫第一本書時有所進步，此書可讀性略強一點，當然各章有所不同，取決於作者的文風。另外，我堅持要做索引。出版社不肯花這個力氣，我就找了一位年輕人做助手，親自做。那時還沒有電子版，完全手工操作，很辛苦。國際上學術著作有索引是慣例，而中國至今不普遍，這是很大缺陷。後來我的第一本書再版(即《追根溯源》)，以及後來的《散財之道》一版、再版都在我堅持下做了索引。聊以自慰的是，這厚厚兩冊的《戰後美國外交史》儘管我不滿意，總算是美國所的一項站得住腳的成果，至今對有關專業的師生還有參考價值。

在這一過程中，我體會到，深入的學術研究與繁重的行政工作有很大矛盾，實際上我差不多都是在週末和假日完成寫作的。另一點是合作著述之艱難，催稿和審閱他人的稿子之辛苦使我對「主編」著作視若畏途。這也是我唯一一次做的「課題」。到九十年代「課題制」盛行，而且「含金量」越來越高，我堅持再不申請或參加課題，盡可能獨力寫作而避免與人合著。以後僅有的一次合著，是我和陳樂民自己發起的，共同主編《冷眼向洋》系列，一共只有四個人，當然要簡單些，但是仍然存在催稿問題。方今，一切以「課題」為主，我看到很多資深學者任許多著作的主編，常常尋思他們是否有過我所遇到的困難，是如何克服的。

我為《外交史》寫的總緒論單獨發表的題目是「二十世紀後半葉世界舞台上的美國」。這篇文章表述了我當時比較完整的想法。由於保羅·甘迺迪《大國興衰》一書暢銷，「美國衰落論」

在國內外都很盛行，我明確反對，從軟實力、人才流動等方面闡述了美國為何不會衰落。這點為以後的事實所證明。當然，文章最後的結論有一點站不住腳，那就是認為「雅爾塔格局」在可預見的將來不會改變。等這本書出來的時候，蘇聯訇然解體，「雅爾塔格局」也隨之終結。這引起我的反思，結果發現自己的思想還是傳統的國際關係思維方式，就是認為一個世界格局的確立或打破，需要經歷一場比較大的戰爭。實踐證明並非完全如此。我開始意識到搞國際關係的人有一個通病，就是只考慮各國的對外關係，而不重視對象國內部的狀況。由此，我開始把眼光擴大到美國歷史文化和社會發展。

《冷眼向洋》書系

這是我與陳樂民唯一合作的學術著作，（以後再版時分為四卷：《二十世紀的美國》、《二十世紀的歐洲》、《二十世紀的俄羅斯》、《二十世紀的國際關係》，統稱《冷眼向洋書系》）。這部著作可以稱為我們的代表作之一。

時值二十世紀接近尾聲，各行各業紛紛「回顧」，出了一批有關二十世紀的著作。我們一次訪問上海時，華東師大的馮紹雷教授說汪老（道涵）看過陳樂民的《西方外交思想史》，想見見我們兩人。我知道汪老周圍有一批上海的知識界，特別是國際研究界的學者，他們都以能接近汪老為榮。我也聽說汪老特別愛買書、看書，但是他竟然注意到陳樂民的《西方外交思想史》，而且竟然讀了，還是令我驚訝。偏偏這本書是陳樂民自己不滿意的。那是歐洲所的集體創作，過程很曲折，水平參差不齊，陳樂民自己的思想只體現在那篇長序中。我自從八十年代因飛機誤點，與李慎之一起去過汪老家後，偶然在有關台灣問題的討論會上見過他，有過短暫的交談。幾次來滬，有朋友提出可代為聯繫見見汪老，我知道他平易近人，而且願意與學者多談，但是我和樂民一般對忙人、要人不主動打擾，就都婉拒了。這次他提出

要見我們，遂由馮紹雷、汪巧一夫婦安排在衡山飯店與汪老共進午餐。席間，主要話題是世界大勢。汪老提出，二十世紀發生了這麼多大事、天翻地覆的變化——二次世界大戰、俄國十月革命和蘇聯解體、美國崛起為超級大國，等等，真該好好總結一下。當然他並沒有具體建議我們幾個人來做這件事。但是陳樂民從中得到啟發。我們回北京之後，他和我說，二十世紀是真該回顧一下，與其別人來寫，我們何不自己寫一部這樣的著作呢？而且要寫出新意，不落俗套。這是非常宏大的敘事，我也考慮過，但是很難找到切入點。加之已經退休，找圖書資料都不方便，更不可能有助手。既然樂民以衰病之軀還有此雄心，我也不能知難而退。於是開始策劃，馮紹雷一開始就參與其事，他是國內數一數二的俄羅斯專家，負責俄羅斯部分再合適不過。另外與我們同住一棟樓的年輕人，當時在歐洲所工作的劉靖華聞訊自願參加。就組成了四人小組。碰巧，有一次三聯書店當時的總編董秀玉來訪，徵求書稿，我們談到有這樣一個設想，不過還沒有動筆。誰知她一聽就大感興趣，過幾天就帶了倪樂來簽合同，倪樂也是自告奮勇願當責編的。我們訝然，說八字還沒一撇，連框架還沒有呢，董說沒關係，可以先簽。更出乎我們意外的是，過幾天送來一筆錢，算是資料費，實際上等於是定金。總之在三聯，志在必得；在我們，已無退路，只有勇往直前，這也算一種外力的鞭策。

凡事開頭難，在理清思路後就漸入佳境。我負責統閱全書，並撰寫美國部分。就我而言，在寫作過程中不但知識有所豐富，還想明白了許多問題，有豁然開朗之感。《冷眼向洋》標誌着我在國際問題研究思想上經歷了一次蛻變。九十年代我為《戰後美國外交史》寫的總緒論表述了我當時對世界局勢比較完整的想法。前面提到，我對雅爾塔格局將會持續的預言為東歐劇變、蘇聯解體所打破，引起我深刻的反思。由此，《冷眼向洋》就是從國內發展的角度來寫的，着重考察二十世紀幾股大的力量的沉

浮。其出發點是認為國家的興衰，決定性的因素並不是與他國的關係，而是其本身的發展。蘇聯的解體恰恰是內部出了問題，而並非被他國搞垮。《冷眼向洋》的總緒論代表了我對整個二十世紀各種力量興衰的看法。我選取的切入點是從人類的兩大基本訴求——發展和平等——出發，看一個國家、一個制度如何在二者之間找到平穩發展的途徑。美國在不斷產生尖銳社會矛盾的同時，又能找到漸進改良緩和矛盾的途徑，其制度具有很強的自我糾錯能力。而以蘇聯為代表的制度正好在發展與平等兩方面都失敗。

大約從1998年開始落筆，2000年付梓，剛好趕上了千禧年出版。這部書有四名作者。在成書過程中我發現催稿之難遠甚於自己寫作中的困難。我和樂民可以心無旁騖地工作，1998年樂民開始透析，住了兩次院，儘管如此，他還是孜孜不倦地寫作，他負責歐洲部分，注入了許多心血，確實也寫出了一些新意。另外兩位作者就不同了。馮紹雷在華東師大負有多種行政職務，而且作為業內知名學者，交流的任務極為頻繁，似乎總在(火)車(飛)機勞頓之中。著書成為業餘的業餘，為寫作而少開一次行政會議，辦公室的同事還嗔怪其「不務正業」。當然他最後還是完成了書稿，但是如果不是在各種工作的夾縫中寫作，而能多花一些時間的話，以他的學識和平時談話中每每出現的獨到之見，本來可以寫得更加精彩。至於那位年輕人，原是我們看好的、頗有研究和寫作能力的新人，開始表現積極，主動請纓，在討論中也發表了不少頗有見地的想法，但是到中途或者遇到困難，或者興趣轉移，一度想轉行，除了一個不成形的初稿外，完整的定稿千呼萬喚不出來，甚至避而不見。最後他那一部分由樂民和我補充加工勉強完成。在課題制盛行的今天，這本著作不是單位的課題，沒有課題費，沒有硬性約束，我們那種私人自願的結合大約是絕無僅有的。我本來就對在學術上「集體攻關」抱保留態度，從此更加相信只能「單幹」。

不論如何，《冷眼向洋》出版後，讀者反響還是超過我們以前的著作，主要是擴展到了專業圈以外，收到不少回饋，而且我們還因此結識了一些新朋友，各種年齡段都有。其中最有意義的是湖南與我們同齡的朱尚同兄，以後十幾年成為莫逆之交。他是「老革命」，中學就接觸地下黨，離休前官至湖南省教育廳長和長沙市委副書記。他專業學的生物，但是家學淵源，有較深的中國文化修養和人文情懷。他讀到《冷眼向洋》後，認為大有啟發，從此成為樂民和我的最忠實的讀者(沒有「之一」)，大概沒有人像他那樣每篇文章、每本書都看，而且不止一遍，有時我們在哪裏曾發表過什麼言論，他比我還記得清楚。樂民還在世時，他曾有事來北京，一見如故，歡談甚洽。樂民去世後他寫的悼念文章基本上概括了逝者的思想特徵，可謂知音。通過他牽線，我先後應湖南大學和湖南師範大學之請，去過幾次湖南，見到好幾位不忘初衷，至今忠於民主理想的老革命、離休高幹。我也體會到湖南人特有的血性和執著。他們都垂垂老矣，但還在不斷反思，認真地與我討論當前時政，對種種悖謬之事抑制不住憤懣之情。我遇到的幾位都是黨內知識分子，其中的黃老參加革命時就是大學哲學系的學生，所以對馬克思主義的本意特別認真，認為中國自稱馬克思主義者絕不是那個德國人馬克思的思想。不過我覺得，真正擺脫了過去的思想桎梏，把問題想透了的，還是朱尚同。

　　朱兄的父親是國民政府的高官，同時也是知名書法家，詩文俱佳，年逾九十後從台灣返大陸，終老於家鄉。我2009年訪湖南時，主人安排我到衡山，參觀了南嶽忠烈祠，還有長沙會戰時最高國防會議的舊址，當時是國共合作時期，會議由蔣介石主持，共方周恩來、葉劍英與會。有意思的是當時負責安排此事的衡陽市長就是朱尚同之父，父為國民黨政府的市長，半個世紀後，子為共產黨政府的長沙市領導，不知該怎樣形容這一巧合。而且，

更加諷刺的是，父親回歸大陸成為統戰對象，得到有關部門重視，因是之故，朱兄還因此沾光，來京往往受到有關部門的高規格接待。

美國公益事業的研究

如前所述，在「威爾遜中心」期間我得以見識洛克菲勒基金會檔案館，由此美國的公益事業進入我的研究領域。我的原始目的是瞭解中美交流史的一個方面，後來發現公益基金會這樣一種事物對美國社會的發展有重大意義，於是想提出一種新鮮的、瞭解美國的視角，介紹一個為中國的美國研究學者很少關注的領域。從1992年初訪洛克菲勒檔案館之後，經過近十年的陸續收集材料，思想醞釀成熟，於2003年出版《散財之道》。題目的意思是，天下熙熙，都追求斂財之道，但是如何散財也是一門大學問。有效地花錢並不比賺錢容易。而這門學問在美國二十世紀的發達對美國社會的繁榮、穩定起了很大的作用。

我沒有想到的是，《散財之道》初版之後，讀者群遠遠超出了學術界。而且企業界和新生的NGO人士對它的關注遠遠超過美國研究和國際研究界。因為此書出版的時候，碰巧遇上慈善捐贈的社會意識剛剛在中國興起，與慈善相關的各種非政府組織蓬勃興起如雨後春筍。我不知不覺間捲進了原來十分陌生的人群。這是第一本介紹美國公益事業的書，及時滿足了國內正在興起的對這方面的參考的需求。有一些有志於做公益的新型企業家，還有一些剛起步的公益人士和組織來找我，我開始接觸較多的是《公益時報》，從中瞭解到不少國內的情況。從此以後，經常應邀到一些論壇做這方面的講座。這又是一次無心插柳。接着進一步收集材料，於2005年出第二版，加進了關於中國慈善事業的一章，並將題目改成《財富的歸宿》，寓意是取之於社會，最終回饋社會。美國凱特琳基金會對此書發生興趣，主持翻譯出版了英文版。

隨着中國公益意識的普及，公益性的民間組織迅速發展，對這本書的需求也猛增，2010年出第三版，增補了許多新內容都是關於中國的情況和我對有關政策和觀念的評論。

　　我本來設想，自己精力日衰，條件也有限制，無意再進行實證性較強的著述，對公益事業的研究也到此為止。不意進入二十一世紀，在數字經濟和全球化的背景下，公益事業又進入一個新階段，有許多創新，並也傳入中國。2014年隨樂平基金會赴美考察，看到許多新發展、新事物，大開眼界。又被一些新書、新資料吸引過去。回來後又用一年的時間增補《財富的歸宿》一書，主要增加「新公益」部分，於2015年出版。題目改為《資本主義的演變》，這是引用新公益人士自己提出的口號，意在促使現在的資本主義制度實現帶有根本性的改變。這應該算是我最新的學術著作。是否是最後的，還要看自己餘年的精力和時間。

　　我作為社會科學的研究學者是半路出家，每一著作都不是輕鬆完成，都是艱苦學習和思考的過程。幸運的是，進入老年精力和腦力還未迅速衰退；遺憾的是，這一切開始得太晚，每一部著作完成後總留下許多未盡之思，希望進一步探討的問題，以有涯逐無涯，當然是力不從心的。

二十一
昨夜西風凋碧樹

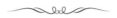

在歐洲遙望祖國起風暴

　　1957年那場陽謀，我因奉派在外，躲過了一劫。1989年春夏之際我又碰巧在國外，沒有躬逢其盛，也沒有親歷其難。但是這一次的長遠後果，對我個人產生了深刻的影響。中華民族再次失去百年不遇的復興良機，拐入荊棘叢生的歧途，而我個人的思想卻從此脫出牢籠，得到昇華，在步入晚年時出現了新的拐點。

　　1989年春，我因撰寫《戰後美國外交史》，需要從歐洲角度瞭解歐美關係，就通過社科院的對外交流項目到英國和法國各做一個月研究。5月在英國，6月在法國。我於4月20日離京，先到香港與港大談合作交流事宜。出發前適逢胡耀邦逝世，學生已經開始上街。我那個時期的心情，與八十年代廣大知識分子以及學生一樣，衷心擁護改革開放，對鄧小平和他的同僚抱有很大希望。儘管經歷了「清理精神污染」、「反對資產階級自由化」等逆流，但是這些逆流都似乎長不了，過後自由思潮的反彈更為強烈。所以仍未影響我的樂觀。然而好景不長，到1988年胡下台，我心中罩上一層陰影，但因為他是「半廢黜」，仍在領導層，而且取代他的是趙紫陽，所以仍然癡心不改，盲目地堅持自己的希望。說明直到那時，我還是十分幼稚，對上層政治瞭解太少。

　　我與胡耀邦個人無一面之緣，但是從文革後期對他的各種講話和舉措衷心擁護、敬佩，感到他除了思想開明外，是高層領導

中難得有赤子之心的性情中人。所以他的去世使我心頭十分沉重，那陰影又厚了一層，有一種不祥之感。我一般不大看好街頭政治，只是對學生本能地同情，而且也不覺得有什麼大不了的。當時學生的口號主要是支持改革，反對腐敗、反對倒退。並沒有過激言行。

從焦慮、迷茫到震驚

五月初我從香港赴英，整個五月是在英國，按照計劃，到英國國家檔案館查資料，採訪一些事先約好的有關學者和政界人士。英國檔案館館藏甚豐，手續比美國國家檔案館複雜些，但是一旦登記成功，查閱還是很方便，閱覽室環境更好。我一入檔案館、圖書館，就如魚得水，暫時忘卻塵世的喧囂。可惜因為時間有限，容我專心查閱檔案的時間只有兩星期，中間還有週末休息。除倫敦外，還訪問了劍橋大學、蘇格蘭格拉斯哥大學，以及威爾士的一家大學。所以直到五月前半月，我對天安門發生的事還是以平常心處之。偶然遇到外國人談起，感到他們似乎並不「選邊站」，也就是並不一定特別支持學生，因為他們對這類事是司空見慣的，只是他們對中國政府為什麼還沒有出面對話，甚至警察也不管，究竟準備如何解決，感到不解。我遠在國外，每天回到旅舍看電視，關注天安門的情況。天真地希望政府積極應對，學生見好就收，及早結束。拖得越長，我的焦慮開始上升。有幾天似乎整個天安門地區被放棄了，處於無政府狀態，上面聽之任之，不準備管了，我大惑不解，這是從未有的現象。憑直覺感到這是很危險的。學生自己管理，這麼長時間仍保持秩序井然，已屬十分難得，但是在這樣長期的群眾行動中，隨便一個人，不論出於什麼動機，如有過激或暴力行動，就會一觸即發，一旦失控很危險。我心中感到迷茫，北京市、中央領導哪裏去了？怎麼竟然這樣撒手不管了呢？這是我那幾天的心情。

忽然傳來消息，學生開始絕食，北京宣佈戒嚴，軍警開始出

動，事態越來越嚴重，我的心情也越來越沉重。不知道領導們葫蘆裏賣的什麼藥，為什麼不能好好對話，聽聽遊行者的訴求？這樣的局面將伊于胡底？5月最後一個星期，我白天工作之餘，晚上在焦慮中度過。至於最後竟然以這種冒天下之大不韙的屠殺收場，我是絕對沒有預料到的。

　　按計劃，我應該於6月4日結束訪英赴法。4日晨大約9、10點鐘到中國駐英使館辦手續，相當於北京時間下午五時許，血腥事件已經發生。只見使館對面馬路坐着一排排中國留學生，頭上纏着白布，手中舉着標語。不斷喊口號，不少人是哭着喊的。他們只能在對面馬路，因為使館門前周圍已經有英國警察的警戒線，他們不能近前。我出示證件，因有預約，得以進入使館，只見辦公室內氣氛也異乎尋常。大家都圍着電視，不斷切換出各種北京的畫面。使館的二秘是我原來友協的同事，他負責到外面去接受學生的抗議書。他向我表示，他們只能代表政府立場，但心情是與學生一樣的。而且，到那時為止，還沒有接到北京對此事如何說法的指示，他們對外也無法發言，只能接受學生的抗議件，表示一定向國內轉達你們的意見。我的印象，使館人員普遍的情緒低沉，難以接受已發生的事。後來聽說駐英使館有一對年輕夫婦因此而出走。外交官的天職是要為政府辯護，不論政策如何變化，不論心中的是非曲直。那一次的大變故中，中國的外交官面臨一次良心的糾結，每個人情況有所不同，不過大多數都應付過來了。後來就不再糾結，也許自己也被說服了。現在，從我聽到的外交官的講話口氣中，已經心安理得地把從那時以來流亡在外的民運人士當做需要對付的「境外敵對分子」了。但是在那一天、那個時刻，我所感受到的使館的氣氛，大多數人還是良知未泯，心情是共同的。

　　應該說，到風雲突變為止，整個事件中，《人民日報》、中央電視台等主流媒體表現出色，忠實地盡到了新聞工作者的責

任。只有在那一個多月內，中國發生的真實情況不需要出口轉內銷，全世界都以中國的報導為依據。至今重翻那個時期的報刊報導，我還為之感動，感謝那些敬業而有正義感的記者為後人留下了一份客觀的記錄。報紙自己發表的評論不多，只積極地客觀報導每天的情況和各界的反映，越到後來報導越密集。5月19日《人民日報》有一整版登載各界緊急呼籲書，希望中央主要領導速與學生對話，懇切請求學生愛惜身體停止絕食，其中包括社科院發起的「首都社會科學界緊急呼籲書」。這一版忠實地記錄了當時的民意，從史料來說，彌足珍貴。第二天就開始戒嚴，軍隊開進北京城。細心讀者會發現，報刊以各種曲筆表示軍隊決不會向人民開槍，甚至借匈牙利總理之口說：「匈牙利面臨動盪潛在危險，不准用軍隊解決內政問題」。當然，最後良好的願望落空。中國媒體這一現象幾乎是空前絕後的。在此前，以及以後（至少迄今為止），再有多大的群體事件，都視而不見，好像什麼也沒有發生，要末事後根據上面口徑做一些報喜不報憂的遮蔽真相的報導。不過現在幸賴互聯網發達，資訊又進入了另一個時代。

在法國與女兒相依一個月

6月5日我如期到達巴黎。正在法國留學的女兒隨接待方到機場來接我。一起到了我下榻的旅館，放下行李後，她忽然抱住我大哭。她本來是非常堅強的，在國外的艱難生活從來難不倒她。這一次，她感到前途無望，「祖國不要我們了」，這是當時許多在外面的留學生的普遍反應。我也不知該怎麼安慰她，因為我實在沒有底。當時國內每天傳來的都是壞消息，繼開槍之後，就是政治整肅。《人民日報》、《新華社》的調子180度大轉彎，一天比一天嚴厲。大有一覺回到改革前之勢。女兒北京大學法文專業畢業後，考入社科院研究生院外文研究所碩士研究生。讀了兩年，得到原來北大一位法國教授的推薦，有了到法國留學的機會。我和陳樂民原來並不希望她這麼早出去，認為至少應該先念

完碩士學位再說。但是那時正是出國留學熱潮高漲，有外教的推薦又有先已出去的好友慫恿，是攔不住的。那時根本沒有自費留學之想，我們自己除了「因公」之外，還從來沒有自費出過國。既然不可阻擋，我們所能做的就是提供一張單程機票，相當於我們兩人加起來大半年的工資，其他的就靠她自己去奮鬥了。她於1986年來法國，好在法國的國立大學不要學費，但是食宿完全靠自己勤工儉學，她以後完全靠打工和自己奮鬥，咬牙堅持下來，一年後憑成績得到全額獎學金，解決了生活問題，最後終於拿到博士學位。當然不可能每年回國休假。那時家裏沒有電話，連本市都要打公用電話，國際長途是奢侈品，只能偶一為之，更沒有e-mail。一切只有靠書信。在她留學期間，陳樂民同她在法國見過幾面，都是乘公幹出國之便。這一次我有難得的在法國一個月時間，本來認為正好可以歡聚一下，公私兼顧，一起逛一逛，在法國學術文化界交一些朋友，卻不料是在這樣一種形勢下見面。她個性好強，堅持獨立奮鬥，是在留學生中認真學習那一類，而且原來並沒有滯留不歸的想法。原預計博士論文一年後可完成，如果答辯順利，大約兩年後就可回國。當時「海歸」還是物以稀為貴，回國工作職務是不成問題的。她從來對政治沒有興趣，但是身為那一代大學生，個人的命運與國家的改革前途息息相關，這是存在於每個人的下意識的。如今受此打擊，一時看不到前途，甚至不知道還回得去回不去，其心情是可以想像的。不過至少在這一時刻，我正好來到，雖然無從寬慰，但是可以互相訴說，以後我在法國的一個月裏，她一直陪伴着我，在黯淡的心情中是莫大的慰藉。

按照日程，第一場是法國國際研究所中國研究中心主任多姆納克會見，並邀請午餐，算是接風。誰知一見面，他拿出事先寫好的稿子照本宣讀，大意謂：鑒於中國發生的事件，法國政府已經宣佈斷絕與中國的文化交流，因此我不便出面宴請您，只得由

我的兩位同事XX、XX女士陪您共進午餐。我當時真沒想到他會來這麼一手，置我於尷尬的境地。這裏需要説明一下：社會科學院與西方國家的學術交流，在名義上都是民間性質，對方也是非政府機構。我習慣於同美國交流的機構都是研究所、大學的學術中心等等，它們都有自己的立場，不一定與政府一致；我在英國訪問的接待單位是英國文化協會(British Council)，由一名效率極高的專職秘書安排日程，也與政府無關。而法國卻與中國有點像，政府管得比較多，與社會主義國家學術交流是由外交部的文化交流司負責，所以變成了政府行為。但是實際上像我這樣的學者，還是以民間身份，交流的對象都是學者和文化人，沒有政府官員；特別是我這次來的項目主要是為寫戰後美國外交史，收集四十年代以後美歐關係的資料，與中法兩國關係完全不沾邊。

我突然遇到這一相當無禮的姿態，當時有幾種選擇：(1)嚴肅地反駁，表示不能接受他的態度，起身告辭，不接受那兩位女士的陪餐。如果我是代表政府的外交官，大概就得採取這一態度。但是這樣等於把自己放在與中國政府一起了，而此時此刻實非我所願；(2)表示理解，因為我本來對天安門的鎮壓就持反對態度，然後與兩位女士一起去吃飯。但是這樣有點太窩囊。明明他此舉既無禮，又無理，而且帶有某種歐洲人的傲慢。所以我感到必須有所表示。我講話的大意是：我是來進行學術交流的，與政府行為無關，我沒有參與政府的任何決策。我今天應邀來拜訪您，也是把您當作一位學者，而不是政府代表。如果法方認為我這一交流項目也在取消之列，則應該早就通知我，現在按計劃接待我，派人陪同，説明並無意取消。所以我不理解您是什麼意思。我將在法國逗留一個月，以後的活動日程還將按計劃進行，我想不會受今天發生的事的影響。至於誰陪我吃飯，我不介意，我也很高興與這兩位女士共進午餐。

這裏插一下語言問題。對方因為我是研究美國的，想當然給

我配了一位從法文翻英語的翻譯。我法文多年不用，已經生疏，正想乘此機會恢復一下，所以盡量自己用法文交談，至少聽不用翻譯。在與多姆納克會見時，開始雙方都用法文，他讀那篇講話也是法文。但這是我到法國後第一場活動，感到自己法文不流暢，有時還找不到合適的詞，在回應時就要求用英文講。現在的法國學者與五十年代不同，多少都必須懂英文。以後我在交流中基本用法文，一個月下來，恢復了不少。

從一開始，那兩位女士就對我異常熱情，不斷以豐富的表情向我示好，大約她們並不贊成主任此舉，我也不忍拂她們的好意。而且，主任不參加了，我就不同她們共餐，豈不是看不起她們？外交官講究身份對等之類，我偏不能講這個。這樣，第一場交鋒圓滿結束。那位多姆納克先生大約也是為表態而表態，以後分手時彬彬有禮，一直送到大門口。那兩位女士是研究美國的，席間始終熱情有加，兩個人輪流說話，而且英文、法文交替說。法國菜又可口，所以那一頓午餐還是很愉快的。

法國與英國不一樣，學術界，特別是研究國際問題的機構都集中在巴黎，所以我除了週末遊覽之外，基本就在巴黎。由於在那樣一種特殊情況下，我儘管還是按計劃到國家檔案館找資料，但是與人接觸的心情大不一樣。而且每個初見的人都免不了對中國發生的事有所表示。與第一天的多姆納克先生相反，他們大多對我分外熱情，儘管不正面說什麼，卻有一種同情的態度，有點像對家裏剛出了喪事表示弔唁的味道。

我長期從事涉外工作，有一種職業的本能，就是對外國人對中國的態度比較敏感。應該說，直到發生那場災難之前，中國的國際環境從來沒有那麼好過。對於中國的改革，所有國家都樂觀其成。愛挑剔的國際媒體對中國的正面報導也大幅增加。與美國等國儘管有許多歷史遺留下來的問題，也有個案的摩擦，但是總能向積極的方向化解，總的走向是日益改善的。特別是與法國的

關係，1989年本來可以達到高潮。那一年是法國革命兩百週年，中華人民共和國成立三十週年，兩國本來相約聯合舉行慶祝，有一系列的項目正在籌備中，其中還包括大型綜合代表團的互訪，以及互派藝術團演出，等等。法國人有革命傳統，左傾思潮也有基礎，所以對中國革命比較同情，對共產主義不像美國人那麼反感。中法之間又沒有什麼具體的摩擦問題。所以到那時為止，關係是一直上升的。這種關係，一夜之間完全逆轉。當然不只是與法國。用坦克和全副武裝的正規軍真槍實彈地射向手無寸鐵的學生，不能不震動全世界。在此之前，人們對事件如何收場有各種猜測、分析，也提出各種建議和希望，多數人都覺得政府應該出面給個台階下，讓學生見好就收。結果政府以這樣不顧一切的殘酷手段來解決，是出乎所有人意料之外的。對中國最「敵對」的人想不到；對中國最「友好」的人，無法為之辯護。在我整個訪法期間，每天都有關於中國政局的各種正式的或小道消息滿天飛；每天也有來自各方的譴責。法國總統密特朗的聲明說：「屠殺自己的青年的政權是沒有前途的」。

在諸多的譴責之中，我發現一份法國大批文化知識界人士聯名的聲明，不論左中右，基本上知名的或不太知名的都在其中。這份聲明的基調是譴責中國共產黨背叛了它的理想和宗旨，走向了革命的反面，與人民為敵。「六·四」事件就和當年國民黨「四·一二」屠殺共產黨人一樣。我很遺憾沒有留下這份文件，現在只記得大意。但是其中與國民黨的「四·一二」屠殺相提並論給我印象很深。因為這與我熟悉的美國一般輿論的出發點是很不一樣的。對於多數美國人來說，這事件正說明了中國共產黨畢竟還是共產黨，難以真正轉變。因為美國人是把共產黨與法西斯相提並論的，這種屠殺對他們來說是現了原形。而法國知識分子則承認共產黨原來是有革命理想的，現在是背叛了理想，背叛了人民。同為譴責，角度卻大異其趣。

不論從哪個角度，都是一片譴責之聲。我就是在這樣的氣氛中度過在巴黎訪問的日子。我自己本人心中也譴責這一行動，但是身居國外，又添一份為我的祖國的恥辱感。對於國內局勢，我完全處於迷茫之中。每天中外報紙倒是都可以看得到。《人民日報》的調子越來越高，似乎已經回到「文革」中，退回到改革開放以前，特別是有一篇陳希同的講話，點了一系列知識分子的名，令我震驚，心想這下子知識分子又要遭殃了！那前一時期整個思想解放之中的繁榮景象難道又是「引蛇出洞」？果真如此，這一次「中計」的人數之多、規模之大，將遠超過1957年。這裏的留學生感到祖國拋棄他們了，我訪問結束後又將回到一個怎樣的祖國？

我有意不去我國駐法使館探聽消息。因為我知道現在國內態度已經明朗，他們應該已經接到指示和對外說法的口徑。以我對外交部幹部的瞭解，在這種問題上，他們對外和對自己同胞的口徑是一致的，即使私下聊天，也只能打官腔，或者三緘其口。同時，我自己的態度也很明確，沒有必要去進這個衙門。我在法國接觸最多的是「人文之家」，這是法國有名的進行國際交流的民間機構，接待過許多國家的學者。我這次雖然歸外交部接待，不是人文之家的客人，但是與他們那裏的負責人交流還是題中之義。另外，由於陳樂民在法國學者圈中的知名度，我也沾一點光。人們介紹我時，都要加一句是「Mme 陳樂民」，似能給對方加深一點印象，拉近一點關係。「人文之家」那位老主任埃勒先生對陳樂民是很熟悉的。此人是一位很有意思的老頭，那時已年逾古稀，現在早已作古。他的國籍、經歷都很複雜，德國、瑞士、法國，哪個是他出生地，哪個是他國籍所在，誰也說不清，他還曾長期在美國居住，美國人脈也很廣。他任「人文之家」的主任多年，威望很高，作風獨裁，辦公室四個秘書被他支使得團團轉。同事們對他又愛又恨。他除了國際交往極為廣泛之外，

有獨特的在全世界募款的本事，所以有他在，「人文之家」不缺經費。他自己不言退，誰也無法使他退休，而且似乎誰也接不了他的班。他特別佩服鄧小平，於是人們就稱他為「人文之家」的鄧小平。據那裏的朋友對我說，「六‧四」那天早晨，他一到辦公室，臉色特別難看。忽然說，「看來我得退休了」，不知是觸動了他哪根筋。他們猜他的意思是，人老不退休就要幹出蠢事來。埃勒請我到辦公室向我展示他們過去的工作、與各國人的交往的圖片，我發現，他們的工作重點就在東歐與俄羅斯，而且資助和接待了不少流亡者，其中有些畫家、作家，頗有成就，他們以此為榮。這大概就是所謂的「和平演變」吧？

整個六月份，國內事態不斷惡化，有一度傳說軍隊要衝擊外國使館，並有圖片顯示外國使館外牆的彈痕。幸好此事未發生。由於國內宣傳的調子歸罪於西方國家的陰謀挑動，大約引起了西方人關於義和團的記憶，所以有此謠傳。我設法同國內通了兩次電話，一是同陳樂民，知道家中平安無事，就放心了；一是同美國所，那裏的幾個年輕人還處於亢奮之中，說話也無顧忌，我覺得電話不安全，就轉移話題，只問平安。在兩個電話中，李慎之都讓人轉告我，一定要如期回來。他怕我和有些人那樣留在外面，不回去了。事實上，法國朋友已經不止一次關切地問我，回去有沒有困難，如果有困難，他們可以很容易地聘請我作為合作項目的人員留下來。另外，法國已經做出決定，給所有將到期的中國留學生延長一年，一切待遇都保留。我儘管對國內局面估計比較嚴重，甚至認為可能回到過去的閉關鎖國狀態，以後出不來了，但從來未作長期流亡國外之想。我連續在國外最長的時間是在美國普林斯頓大學做一年訪問學者。那段經歷從研究條件，到生活環境，到朋友交往都很愉快，但是一年到期時，我還是很高興回國，而不作延長之想。人們以為我語言、文化、包括生活習慣，吃西餐等等都能適應，而且從改革開放以來，我在所接觸的

洋人圈子中都得到尊重，沒有什麼不愉快的遭遇，長期居住不成問題。但是我不知怎地，時間長了，就有一種格格不入之感。這與一人在外想家關係不大。也許我骨子裏還是深深地植根於中國，在感情上無法「全盤西化」。這是我們這一代中國讀書人的矛盾。如王粲的《登樓賦》所云：「雖信美而非吾土兮，何足以少留」。

我此時倒想起一個人，就是社科院常務副院長趙復三，他當時正在巴黎出席聯合國教科文組織會議，而且已經定為下屆秘書長候選人，如無意外，當選是肯定的。這既是基於他本人的學識和國際威望，也與當時中國在國際上地位上升有關。我在法國報上見到他就「六‧四」事件答記者問，大字標題是「一種不同的聲音」，這是記者故意聳人聽聞，實際上，他講話的內容並沒有那麼鮮明，大意是說歷史將會做出評判，措辭雖然委婉，傾向性是明顯的，這很符合老趙的風格。我覺得以他的身份和一貫作風，也只能說到這個份上了。不過媒體當然就此大做文章。可以想像，經過這種媒體的渲染，國內當局會有怎樣的反應。我此時特別想找他談談，不僅因為他是社科院的領導，而是覺得他是值得信賴，可以誠懇地交換看法的。我很容易打聽到了中國代表團的住處和趙本人的房間電話，但是無論如何聯繫不上，清早、半夜，都無人接聽。我感到非常奇怪，因為會議尚未結束，除非他緊急奉命回國。我見到「人文之家」的埃勒先生時向他打聽，問他是否見過趙復三先生。他神秘地向我笑笑說，「il est hors de circulation」。這句話很隱晦，直譯是說他已在交往圈之外，用現在的通用語就是「失聯」了。顯然埃勒是知道他的去處的。很明顯，老趙已經決心留在國外，不隨團回國了。

後來瞭解到，趙復三先是到他在比利時的女兒家小住，後來作為法國「人文之家」的研究員在巴黎呆了一年，以後難以繼續，就到美國，在奧克拉荷馬大學謀得教中國歷史的職位，從那裏退休，以後遇到一位從台灣來的退休女教授，結為伉儷，總算

有個家，在紐黑文定居養老。我回國後見到他托人帶給李慎之的信中說他決定不回來的理由是：以他當時的地位，如果回國，不是整肅別人，就是受整肅。他已經受夠了這種扭曲良心的處境。這是實話，我非常理解。當時國內有關領導努力爭取他回來，未果。以他的閱歷，已經走出這一步，再回頭將是什麼遭遇，心中是有數的。他放棄在國內已有的一切名利地位，選擇了留下，也是情非得已。

如期回國

我與趙的地位不同，國內什麼樣的命運在等待着我，也完全沒有底，但一定如期回國的決心是不變的。那位埃勒先生聽說我決定回國，在我臨行前又專門請我吃一次飯，這已是他第三次請我吃飯，據他的秘書說，這是極為罕見的，因為他不輕易請人吃飯，一次已屬難得。最後一次是他單獨請我一個人，對我決心回去表示鼓勵，說我十分「勇敢」，是值得尊敬的中國知識分子。他要告訴別人，有這樣一位「勇敢的女士」，在此時此刻，決定回到中國。他又告訴我，他對中國的改革還是有信心的，鄧小平儘管犯了這麼大錯誤，他還是佩服他，云云。

我對他的態度起初感到意外，因為我原以為他要挽留我，至少做一個姿態。隨即完全理解。我感到此人不簡單，是一個閱歷很深，有豐富政治經驗的人，與那些單純的民主自由派西方知識分子不一樣。即使他們，提供我留下的機會，在當時的情況下是道義責任，但是內心還是希望我回去，不僅是我，對其他人也一樣。如果大家都留下，他們如何安排，如何負擔得了？現在正是熱頭上，長此以往如何呢？法國和美國不同，空間要小得多。即使是美國，當時留下的，或後來過去的人士，境遇也不同，都經歷過曲折和坎坷，首先謀生就是問題。過去的蘇聯和中國，對所支持的外國流亡革命者都一律養起來，而且給予優渥的待遇。西

方國家不可能。再說，由外國政府養起來的流亡者有什麼價值呢？而且世事多變，國家關係也多變，各國政府都是以自己的利益為重。所以我認為長期流亡在外，非不得已而為之。當然，年輕一代情況又不一樣，融入他國比較容易，可以成為新移民，也沒有那麼多心理的糾結。

總之，到7月初，我訪問期限已滿。就我的研究課題而言，收穫不小，照例複印了一大堆檔案資料。女兒對我的回國憂心忡忡，她說要不是爸爸在國內，她就不讓我們回去了。實際上，我知道，即使陳樂民正巧也在國外，他也不會選擇滯留的。他比我還「中國」，而且有很強的民族自尊心。女兒的心情也是有道理的，因為改革開放才十年就遭此變故，昨日的夢魘記憶猶新，此一回去，以後信息是否還能通暢，我們是否還能出來，都沒有把握。我想即使在「文革」時代，還是有外國人可以來中國的，所以做了最壞的打算，如果我和女兒不能直接通信的話，交代她可以托一兩個外國朋友設法帶信。好像有點「托孤」似的。當然，後來事態沒有發展到這一步，已經打開的大門，再難關上。就這樣，與女兒依依告別，打道回國了。

去國才兩個月，歸來另是一番景象。第一個向我介紹情況的當然是陳樂民。他經歷了驚心動魄的全過程，包括自己與所裏的同事一道上街遊行一次；在「社科界知識分子呼籲書」上簽名；還有出外購物，在夾道士兵的槍口下穿過。他後來幾次提到穿過槍口的經歷，還心有餘悸。那幾天家家閉門，無事不上街，但是生活總是要過的，日常用品不能不上街買。我們當時住在建國門內社科院附近的宿舍，社科院樓上已經駐軍，那個地區是軍隊集結處之一。陳樂民一天早晨上街買麵包，回來穿過一條小巷，忽然發現窄窄的道路兩邊是兩行軍隊，槍不是背在身上，而是平端着槍口對外，隨時準備射擊的架勢。他此時要退回去可能更會引起懷疑——那是草木皆兵的日子，那些稚氣未脫的小戰士都被告

知京城有壞人造反，他們正處於高度警戒狀態——所以下決心硬着頭皮往前走，從刺刀下穿過去。好在這條巷子不太長，前面拐彎就離家不遠了。他在那種情況下，還想着我住在西城的父母。在公交車通了之後，就採購了一些食物給他們送去。我父母的住處離開槍的地方較遠，所以安然無恙，生活也少受影響。以後遇到同事、親友，直接、間接多少能說出一些故事，既有五月間天安門的盛況、北京市民感人的熱情和義氣、醫務界自覺地救死扶傷表現，等等，也有六月以後蕭殺之氣和膽戰心驚的日子。陳樂民說他那幾天在家反復放巴赫的盒帶，發現巴赫的音樂對安撫情緒、使身心平靜有奇效。

我回京時，表面上一切已恢復正常，不知情者可以認為什麼也沒有發生過，這也正是當局想竭力表現的，此後二十多年來，抹去這段歷史和拒絕遺忘的鬥爭從來沒有停止過。不過「武器的批判」告一段落，而在各單位內部的「批判的武器」剛剛開始。由於前一陣舉國的同情都在學生一邊，又由於剛過去的屠殺使國人意難平，對當局而言，實現思想統治的任務就特別艱巨。於是類似過去歷次政治運動那種全民的思想批判運動又開始了。不過既然從改革開放以來已經聲明，以後不再搞「運動」了，這次也不叫運動，而叫「反思」、「清查」、「轉彎子」，最後達到「與中央保持一致」的目的。

社科院自改革開放以來，一直站在思想的前沿，意氣風發，人才濟濟。在四、五月的學潮中，不可能置身事外，也出了一些有名的人物。社科院的年輕人當然很活躍，而各級領導都有所表現。大部分所、局級領導都上過街。更重要的是，在學生絕食，各界人士憂心如焚時，社科院也發表了一份「社科界知識分子緊急呼籲書」，從院長胡繩開始，凡是在京的各級領導和資深學者都簽了名，抄成大字報後貼在門外，不斷有人在上面簽名。這份呼籲書連同其他各界的呼籲書都刊載在《人民日報》、《光明日

報》上。這是戒嚴前夕。宣佈戒嚴，軍隊開始入城以後，社科院又發出抵觸之聲。流傳很廣的一句話是副院長李慎之説「不在刺刀下做官」。由於社科院的地理位置和高樓（那時十三層樓已足以鳥瞰大片地區），被戒嚴部隊看中，要徵用最高層駐軍。院領導當然不會舉雙手歡迎，態度不積極，但是軍令是無法違抗的。處於十三層樓的世界經濟政治研究所只得騰出一半，供軍隊駐紮。此時與之交涉的秘書長還書生氣十足地懇請他們說，這是研究機關，有很多高級知識分子，請他們千萬不要從這上面開槍。凡此種種，都成為罪狀。社科院被認為是「重災區」，是「資產階級自由化」以及帝國主義「和平演變」的陣地。因此是重點整頓對象。特別是院領導，德高望重、思想正統的胡繩也在「呼籲書」上簽了名；常務副院長趙復三在國外滯留不歸，是出走中級別最高的，當然是大事；李慎之被認為是一貫自由主義，還有「尖端」言論；另一位副院長丁偉志是「呼籲書」的起草人。其餘院領導當時出國不在場，未有表現。平時謹言慎行，相當正統的秘書長劉啟林也不小心得罪了戒嚴部隊。大部分當時在國內的所長都上過街，至少簽過名，「乾淨」的不多。

　　我回來時，原來的院領導已經靠邊站，上面派來了工作組，領導全院的整頓，而且各所也派來了工作組的代表。這架勢有點像「文革」初期。院工作組的負責人是郁文，曾任中科院秘書長。他在中科院任內正逢改革開放之初，任務是「撥亂反正」，落實政策，扭轉「左」的路線，解放大批知識分子和幹部。所以中科院的人對他印象不錯，認為他比較「開明」。但是這次他到社科院來的任務的方向是相反的，是整頓、批判知識分子，把已經「反正」的撥回去，已經解放的思想又管制起來。我不知道他內心深處如何想。只聽說他對有關人員說過，他經歷了多次運動，都有擴大化，若干年後還得給人家平反。所以這次在處理上要特別謹慎，嚴格執行政策，不要到後來又要平反。當然這「政

策」本身就有問題，不過總的說來，似乎他在社科院還是照章行事，不為已甚。

我的「反思」和應對

整個運動過程是「反思」、「清查」和組織處理、落實政策。所謂「反思」就是院、所領導做思想檢查，接受群眾批判。這種做法我們太熟悉了，本以為已經一去不復返，誰知真是「七八年再來一遍」。只是這回群眾的心態不一樣，不再是那麼緊跟，高調上綱上線，讓人一次次「過不了關」。相反，大家都希望趕快過去。派到我們所的工作組的代表是一位資歷不淺的黨務工作者，她態度嚴肅，說話點水不漏，但是也還比較近人情，似無刻意整人之意，只要對上面交代得過去就行。我回到所裏第一件「正事」就是自己在全所大會上做「反思」。我一貫的主張、觀點，大家都是知道的。對此次事件的傾向性，大部分同事也瞭解，少數人不太清楚，心存疑慮。我這次已經下定決心，不再緊跟，不再說違心的話。我採取的做法就是坦白地「暴露思想」（這也是長年思想改造中慣常的步驟），如實地敘述我在國外關注事件發展時的心情和想法，最後不加批判，只說還要繼續學習。這種態度在過去歷次運動是絕對過不了關的，定會惹來更嚴厲的批判，甚至會被認為是繼續「放毒」。但是這回不一樣，沒有人要求我進一步批判自己。大家對我平時一般工作上的問題提些意見，輕描淡寫。工作組代表也未表態。唯一有點份量的意見出自一位老黨員，他原是外交官，退休後來美國所，比我先來，我平時與他幾乎沒有交往。我在「反思」中提到，在國外見報上點了一批知名學者的名，感到知識分子又要遭殃了，心中鬱悶。針對此話，那位同志說，自己應該首先是共產黨員，然後才是知識分子，現在本末倒置，站在知識分子立場對黨的政策懷疑，這是與黨「離心離德」。這在過去，應該算是很重的罪名。會後有些人對他此說很反感，認為又是扣帽子、打棍子了。但是

我當時全不以為意，而且從另一個角度看，他說得沒錯，我確實很難保持「一心一德」了，而且「離」得越來越遠。

我回來後心灰意冷，第一個衝動是想辭職不幹，跳出界外，所以「反思」的最後台詞原來的腹稿是：「以上思想證明我離中央的要求很遠，不適宜繼續在美國所的領導崗位，因此決心辭去所長職務，請領導再委派合適的人選。」但是副所長和所裏同事知道我有此想法後，都來力勸我千萬不能在此時言去，這樣等於公開對抗，對自己的後果姑且不說，肯定會招來上面對美國所的特殊注意，進一步重點整頓，乘機派一個不知什麼樣的領導來，所裏一些人，特別是曾經比較活躍的年輕人就要倒霉了。所以我要甩手不幹，等於把他們拋棄了。另一方面，李慎之雖然自身難保，實際不再視事，但是他還念念不忘美國所的前途，因為這是他在右派改正復出後創辦的第一樁事業，等於自己生的孩子，所以強烈反對我辭職的念頭，曉以大義，命令我無論如何要保全美國所。就這樣，我「以大局為重」，暫時委曲求全了。

接下來是「清查」。這是一件我最反感，而作為「一把手」，不得不主持的事。說穿了，任務就是根據上面的指示整人。也就是趙復三所說，不整肅別人就被整肅。上面發下統一表格，首先要所有的人普遍登記在那一個多月中自己做了哪些事：遊行幾次(注明日期)、參加什麼組織和會議、參與了哪些簽名，甚至在學生絕食後進行捐贈也算一個問題。又給出一些「政策界限」，例如戒嚴以前與戒嚴以後遊行、一般組織和已經被公開宣佈為非法的組織、一般會員與發起人和骨幹分子，等等，區別對待。這一套對於當政者簡直是駕輕就熟，歷次政治運動都是如此。我也對此十分熟悉，因而把這件事看得比長安街的屠殺還嚴重，因為這是要整個扭轉改革開放的歷史進程，把全國人民又一次推入不可知的深淵。又一批知識精英，包括過去十年成長起來、初露頭角的優秀青年又要像割韭菜一樣被剷除。大局我無能

為力，只能在所裏的小局中盡量挽回。首先不能助紂為虐，這是絕對的。好在副所長與我同心，我們有高度默契，而且互相都有擔當，這是最可貴的。

在此期間，原來的副所長王世榮忽然中途調離，我一時慌了手腳，在此時上面派一個不知底細的陌生人來，可能局面更加複雜。於是我打報告提出當時美國所文化室主任施咸榮任副所長。他也是清華外文系畢業，比我低兩班，以前長年在人民文學出版社工作，主持出版過莎士比亞全集，自己也是頗有名氣的翻譯家。我原來與他並無交往，他也是李慎之召聘來的「老人」之一。我與他共事之後感到他是那種埋頭苦幹，不生是非的人，業務能服人，也善於團結人，最重要是心地善良，絕不會整人。儘管他年齡比我還大，已超過六十，我還是打報告申請特批他擔任副所長，渡過難關。施也是本來不願擔任行政工作的，特別是在此時此刻。但在我懇求下，他願意幫我。他對「清查」的看法與我完全一致，以保護同仁為主。不過他自己經歷過坎坷，心有餘悸，比我對局勢看得更嚴重，表示不能再讓自己所承受過的苦難讓這一代年輕人再承受。所以不論冒多大風險，即使自己坐牢也要保護他們。我倒沒有覺得有坐牢之虞，他的心理壓力比我大，而有此決心，更加可貴。

實際上，在學運高潮中，所裏絕大多數同事所作所為都經不起深究，也不乏「過線的」，甚至特別活躍的。有個別人參加的情節比較「嚴重」，我們想了各種辦法為其開脫，避重就輕，抹平記錄，使他免於被處理。此時有意識地「欺上」，毫無愧疚，因為這是對惡政的抵制，自問是在正義的一邊，於國於民有利，心安理得。我們這樣做當然要冒一定風險，只要有群眾舉報某人，而我們不處理，然後又有人可以舉報我們包庇，就足以給自己惹來麻煩。但是當時形勢已今非昔比，就大多數人而言，並不像過去的政治運動那樣，風向一變立刻互相揭發以求自保，而是

消極抵制的居多。所以我們的工作也容易一些。就這樣，按部就班、認認真真地應付過去，最後除一個特例外，沒有一個人受組織處分，大家鬆了一口氣。

那個特例是一名研究人員，是本所研究骨幹，寫過一些頗有份量的文章，她出身於老革命家庭，自己較早入黨。她家的住處正好親眼目睹血腥事件的發生，感到無法忍受，無法原諒，第二天就貼出大字報，聲明退黨。那時我尚未回國，李慎之見到後，立刻要她趕快扯下來。對她加以訓導，指出這種做法之不當，她被老李說服，就自己拿下大字報，不再提了。但是話已出去，覆水難收，院裏有關部門已經記錄在案。到「清查」時，算我們所一個特殊案例。此時中央已有明令，凡在這個期間曾表示退黨者（各處都有，不止一個），不論其事後是否反悔，一律開除。其理由是在黨困難的時候動搖，經不起考驗，難保再困難時不「叛變」，正好趁此機會清除一批「動搖分子」。所以到「清查」進入處理的後期，上面就來人要求我們所的支部開會，開除她黨籍。根據我對共產黨的瞭解，你可以不入黨，但是一旦入了而被開除，那是極為嚴重的處分，將影響她今後的一生，毀了一個很有希望的人才。所以我決心盡一切力量保她的黨籍，哪怕受個處分也可。對她無法曲線暗保，而是直接以我自己的名義打報告，說明她平時表現如何好，那只是一時衝動，很快反悔，沒有產生影響，還引了不少毛主席語錄，例如不看人一時一事，而要看全面，例如允許人犯錯誤等等。我基本上不主動找當時的院領導，為此事還找了當時的機關黨委書記當面陳述。我這個報告居然被工作組最高領導受理，他們也無權做主，而是作為個案向上請示，最後居然上達中組部。但是最後的批示否決了我的申訴，堅持開除，不允許有例外。院機關黨委書記見到我們所的辦公室主任，還讓他轉達：告訴你們所長，她要是老是這樣頂（他指的不僅是這一件事），「那就不好了」！一句「不好了」是標準的

「黨話」，貌似輕描淡寫，實際是相當嚴重的警告，無論發生什麼對我不利的後果，勿謂言之不預也。這樣，對於這位同事，我們所的支部就奉命開會開除她，這是支部書記的事，由他召集會議宣佈，實際上只能舉手贊成。我如果公開舉手反對，那就是對抗中央，又製造一個更為嚴重的事件，那我們單位行將結束的「清查」又要因我而重新開始，這是誰也不願看見的。而且也不能改變她被開除的結果。但我又不願違心地舉手，於是採取了鴕鳥政策，就是請假逃會，避免表態，同事們也都心照不宣，無人對我的缺席提出問題。

今天許多人可能難以理解，我為什麼花這麼大力氣，冒這麼大風險去為她保住那個黨籍？我現在回頭看，也覺得似乎不值得。即便在那時，我已經沒有那種神聖感。對於年輕人，我無意動員或「培養」其入黨，甚至認為在那個時候申請入黨的青年動機往往可疑。但是從經驗出發，我深知黨籍問題的厲害，猶如天主教的革出教門。我與那位同事平時個人關係並不密切。不過既然作為一個學術單位的領導，我自覺地以愛護人才為己任，她在所裏當時表現出比較強的研究能力，而且很努力，尚未成家，心不旁鶩。還有一點難得的是，在很多人一出國就滯留不歸的情況下，她出國當訪問學者一年後如期回國，我覺得不能打擊她拳拳之心。而且以我當時的心情，對她退黨的衝動是抱同情的，不認為是大逆不道。所以下決心「死保」，保她的黨籍實際是保她的事業前途，也是堅持我自己的原則。結果以失敗告終。之後不久，在局勢恢復正常後，她自己聯繫了再次出國，到芝加哥大學讀了博士，在美國就業、成家。早已事實上脫黨。偶然回國，還來看過我。那一頁已經完全翻過去。回首那一場我自以為仗義的悲壯之舉，卻是 —— 借用莎士比亞劇名 —— 《Much Ado About Nothing(瞎折騰)》。

劫後殘局

「運動」過去以後，業務工作還得進行。我既然辭職未果，就擔起責任。鑒於歷次政治運動對學術和人才的摧殘，我給自己提出了「保住學術元氣」的宗旨。當然首要是保人才，這點在上一節關於「清查」中已有說明。在業務上，遇到的一個難題是，美國研究被賦予了「批判和平演變」的任務。如果真的按此方針進行，學術殆矣！我們有一份雜誌《美國研究》當時在業界已經有一定的威望。我向負責的編輯重申開始時提出的原則，守住兩條線：一邊是求生存，以不被封掉為度；另一邊是堅持學術標準，避免出現令自己臉紅的內容。現在重申這兩條線更有特殊意義，而且更加艱難。不登跟風、應景、命題之作的原則一定要堅持。批「和平演變」，如何應付呢？這個問題實際上也可以是學術問題。追根溯源，此說始自上世紀六十年代，流傳很廣的一個說法是美國國務卿杜勒斯把和平演變的希望寄託在第三代、第四代。但是此說的來龍去脈從來未見詳細的文字。我就請一位研究人員就此做一篇文章：把原話、出處考證清楚 —— 杜勒斯在什麼場合，什麼背景下說的，如何演變？具體何所指？客觀地梳理清楚。他參加《戰後美國外交史》的寫作，分工就是寫這一時期，所以資料是現成的。這樣，《美國研究》刊載了一篇關於「和平演變」的文章，可以交賬，同時不失其學術性，實際上澄清了一些誤傳。因為在此以前，儘管批「和平演變」到處可見，都是空洞的扣帽子性質，所以這篇文章出來後頗受歡迎，還受到內部刊物的轉載。

前一章提到，我們於1991年5月舉辦了一場大型國際會議，與會者也包括臨時回來的留美學生。會議前夕，與會者陸續到齊時，忽然得到有關部門通知，說是從美國回來參會的留學生中有某人是在國外支持動亂的積極分子，要求我們派人監視他，一言一行都要向該部門彙報。我感到此事嚴重，當然決不可行。於是

親自去找負責政治工作的新派來的副院長。這位副院長是在社科院領導大換班中新從外省調來的，原來是該省宣傳部長，到這裏算是升了半級。他自稱從來沒有在「中央」工作過，特別是在這樣高級知識分子集中的地方，又逢這種特殊時候，政策如何掌握，心中實在沒底。我那時已年逾花甲，他比我年輕幾歲。我想此事決不能模棱兩可，留下尾巴，決心擺擺老資格，對他曉以大義。我告訴他這一「指示」無法執行。首先我們是學術機構，無「跟蹤」的業務和人員；再者，技術上根本行不通，難道要派一個人公開形影不離地跟着他？（副院長馬上說，千萬不能，此事只能暗中進行），我說我們研究所沒有受過盯梢訓練的特工。我還說，在這場風波中，海外留學生的態度基本上是一邊倒的（我舉了六月四日在駐英使館門外看到的景象），難道要把他們都當做敵人對待？無論對這名留學生採取什麼手段，他不可能不覺察，回到美國後一宣揚，會造成什麼國際影響？不光是美國所，社科院今後如何立足？我說我長期從事外事工作，與國外形形色色人打交道多了，政治上對中國友好的、敵對的都有，那又怎麼樣？然後我提到1952年第一次在中國舉行的國際會議（「亞太和平會議」），有人提出外國代表中某人有「特務」嫌疑，是否准許他入境，毛主席說，他拿幾把槍？不拿槍，有什麼關係？讓他進來，一視同仁！還有周恩來總理如何處理這類事，等等。我還表示，我們會議的討論完全是公開的，有關部門誰願意旁聽，歡迎，到哪個小組都可以。這一招果然有效。這件事就此頂回去了。以後好像也未見陌生人來「旁聽」。有意思的是那位副院長，在談話結束時一再表示他是非常尊重知識分子的，自己也好讀書，並且特意說他原來在青島上過教會中學。我離去時，他非常客氣地一直送我到走廊盡頭。這場交涉我拿出了外交手腕，我承認是一反我平時討厭的做法，有意擺老資格，拉大旗作虎皮，那是為了從此杜絕此類騷擾。因為此事非同小可，關係到我個人

名節，也關係到今後在所裏的工作，決不能留下後患。

這位副院長任職不久，就病倒了，聽說是得了抑鬱症。精神壓力太大。他在地方上可以呼風喚雨，物質待遇也比在北京高。他調來北京後，為了照顧他，還把他的兒子兒媳一家也調來，並安排了工作，為照顧方便，由社科院給他們父子分配兩套相毗鄰的房子。平心而論，都不算太大，在地方上不算回事，但在住房十分緊張的社科院引起輿論大嘩，議論不斷。這對他也更加大了壓力。再後來，聽說他真的精神不正常了，最後鬱鬱以終。可憐見的！我想他大概本質上還是一個善良的老實人，才會有如此的精神壓力。以後的官場油子就沒有這樣老實了，而且社科院的「高知」再無此尊嚴，不會產生這種致人於精神抑鬱的壓力了。

各單位都有保衛處，其職責是防火、防盜。一般如果沒有辦公室失竊之類的事，不會和它發生關係，見面不相識。但是在那場風波之後，保衛處忽然重要起來，多了一項任務——「思想保衛」（！）專政部門管思想，改革以前是有過的，一部著作、一篇文章，如果在宣傳部門那裏漏網，公安部、安全部都可插手干涉，對作者採取專政手段，此類事時有發生。不過我天真地以為，隨着改革開放，應該一去不復返了。當然思想管制還不會取消，但至少是「文鬥」，不歸「武鬥」部門管。如今這一套又輕車熟路地捲土重來了。

社科院當時在國際學術交流方面也是走在前面的。既然反「和平演變」提上日程，那麼「思想保衛」所針對的自然首先是國際交流中的洋人，尤其是美國人。根據這一邏輯，我們舉辦的國際會議就進入了保衛處的視野。於是有一天，保衛處長忽然來訪，指名要與所長談談。我當時正忙得不可開交，辦公室主任問他是否有事可以與副所長談？他說不行，一定要「一把手」。於是我只好請他到辦公室坐下，聽他有何指示。誰知他是來「務虛」的，我們正在籌辦的國際會議只是一個由頭，只一般地詢問

了一下，看來並沒有什麼具體問題要瞭解。接着他就向我大談他對美國的看法，內容都是當時報紙，或文件傳達的有關「和平演變」陰謀之類。此公原來是一介武夫，看來識字不多，報刊文件大約並不全懂，張冠李戴、人名、地名錯誤甚多。他口氣很大，儼然對美國深有研究的樣子。有一句話留在了我記憶中：「我跟你說啊：他們美國可和我們不一樣！我們的學者都不站在政府一邊，他們的學者都是政府派的，是為中央情報局服務的。咱們可得提高警惕啊！」從這句話中，我發現一個天機：「我們的學者都不站在政府一邊」，這絕不是他的發明，而是鸚鵡學舌，反映了當局對知識分子的真實想法，實際上不論官方宣傳表面上說什麼，知識分子又被認為是「異己力量」了。就這樣，我基本上一語不發地陪他坐了一個多鐘頭，聽這位保衛處長眉飛色舞，吐沫橫飛地向我這位美國所所長傳授如何正確看美國之道。最後他過足了癮，告別，握手如儀。事後，我們辦公室主任告訴我，他對這次談話很滿意，說「你們所長挺配合的」。我們的辦公室的人對我也很滿意，因為他們擔心我脾氣上來，得罪了這位仁兄，以後將麻煩不斷。他正在興頭上，因為聽說保衛處將提升為保衛局，以示重視，那他豈不是就要升為局長了！不久，保衛處果然變成了保衛局，而且擴充了編制。但是局長好像不是他，此公官運如何，就不得而知了。

這場荒誕劇，我以極大的耐力忍受下來了。不過它在我早日辭職的決心中增加了一個砝碼。以後要應付和忍受的屈辱可能還不止此，人生苦短，絕不能長此以心為形役！

我當時已經作辭職的計劃，但是不能甩手就走，先把這場會議開好，還要找到接替我的人，再找適當的時機。在此期間，也注意「維穩」，避免發生節外生枝的事，好歹維持到我平穩交班。

一次不尋常的座談會

到1991年初，社科院經過「整頓」、「表態」，向着「與中央保持一致」的方向「轉彎子」也轉得差不多了。領導班子也已經「換血」。「威」已加足，似乎要略表施「恩」了。於是就有了一次中央領導降臨，與社科院人員座談之盛舉。時在2月23日，地點在中南海懷仁堂。參加的範圍包括院領導和全體所長（已落難的除外）和少數資深研究員，大約七十多人。我還在所長任上，得與榮焉，而且被指定發言。社科院當時各個研究所按專業性質歸入幾個「學科片」，如歷史、經濟、哲學、國際等等，國際片當時有八個研究所。到那時為止，似乎有個不成文的慣例，一些需要出頭的場合，包括年節被請吃飯等等，國際片都由世界經濟政治研究所的所長李琮和我出席。李琮是當然的，一則因為他那個所是國際片最大的所，是綜合所，其餘都是地區所，二則他本人在所長中也是比較資深的；我被推出來大概是沾了美國的光，美國在世界上地位重要，美國研究所也似乎重要起來，還有可能是女性有關，也算有點「代表性」。這次院領導佈置發言人基本上也是按慣例，每個學科片都有人。國際片還是李琮和我。那次發言不是表態性質，而且事前也不審查內容，可見當時的社科院雖經此「整頓」，尊重個人獨立的遺風尚存。以後再有這種場合就不會那麼隨便了。正因為如此，給了我造次的機會，引起了一些波瀾，下面再詳述。

記得那次座談出席的有江澤民、李鵬、李瑞環、宋平、溫家寶、丁關根、李鐵映。只有江、李二人講了話。他們入座以後，江看了看名單，說哪一位是何新？何新站起來。江說，哦，你就是何新。何新是何許人也？他是社科院文學所的一員。其特殊處在於是社科院唯一旗幟鮮明主張鎮壓和擁護開槍的，因而名聲大噪，上達天庭。他又以答日本記者問的形式在報上發表長篇關於國際經濟形勢的談話，批判資本主義。以後又陸續寫了一些有關

國際經濟的文章。他當時沒有高級職稱。「上面」下令要社科院給他評高級職稱。新進駐的院領導也十分為難。按程序，需要兩級學術委員會通過。他在文學所，文學所的學術委員會說，他的作品是關於經濟的，與文學無關，無法評。經濟所根本不承認他那些文章算經濟學。院領導曾設想臨時為他組建一個跨學科的學術委員會，但是夠資格當評委的學者沒有人肯參加這樣一個評委會，此計不成。於是此公就沒有能在社科院評上高級職稱。後來調離了社科院，到他處高就，聽說已是「副部級」待遇。足見到那時為止，社科院還保留了一點學術正氣，即使來負責整頓的領導也還尊重程序原則。那次會見還有一個特點是領導先聽後講，當然江開頭講了一大段，有時還插話，但大部分時間都在聽，讓人把話講完，他們最後再做回應。社科院領導除秘書長劉啟林外，都沒有講話，完全讓研究人員講，這又是一特殊情況。社科院有十幾個人發言，調子不完全一樣，根據我不完全的記錄，簡述如下(名字從略)：

第一個發言人一馬當先，高舉馬列旗幟，批判資產階級自由化，甚至列舉社科院刊物曾經發表過的他認為有錯誤的文章和出版的書籍，要求中央加強領導，及時瞭解情況，給予具體指導，並提出重大課題，組織人員攻關云云。

我當時以為，他講話就這麼定調，以後的發言人都會跟着這個調子講下去。誰知他講完後江澤民插了一大段話，並沒有順着這個調子講，而是古今中外，東拉西扯，少不得夾雜詩詞和英文。關於實質問題，我記得的是強調安定、團結。有一點小動亂，一定要制止在萌芽裏。說美國把聯合國當做漢獻帝。但是中國不聽他的，在打伊拉克問題上我們「abstain」，沒有「veto」，是做對了。還有要把經濟搞上去，肯定鄧小平的十年改革，我們是計劃加市場。堅持馬列主義，但也不能重複過去「左」的一套，又說「老祖宗」(指列寧)不能推翻……等等。他

讓大家接着談，說是要有探討的氣氛，可以有不同的意見，在大家發言過程中他經常插話。總的說來，既強調堅持馬列主義、無產階級專政，又不忘貫徹「雙百方針」。

以下一個接着一個發言。內容少不了表示堅持馬列主義，但有人隨後就強調同時要堅持雙百方針，允許一定程度的學術自由，繼續開展學術交流。有人不忘學者本色，提出本學科的具體研究範圍。考古所還提出盜墓問題。有人強調社會科學的重要性，要求中央給予具體的支持。個別人批判社科院過去的「自由化」，說自己因堅持馬列而受排擠，因此解決不了高級職稱問題。在這各種聲音中，比較普遍而發自內心的是「哭窮」，因為在座的大多是負實際責任的所長，加上院秘書長，日常工作中遇到的實際問題，最棘手的就是錢與人，此二者又有密切關係。當時社科院是最「窮」的單位，民間流傳許多段子形容其待遇低，可能是社科院的人自己編出來自嘲的。現在好容易見到中央領導，就乘此機會從各個角度訴說經費困難，因房子、戶口、工資等問題而招不到優秀的人才，科研經費嚴重不足，諸如此類。

我的發言安排在下午。我原來是力辭的，在這種時候說什麼好呢？美國當時是最敏感的國家，美國研究被賦予批判「和平演變」的任務。而這，是我最反感而竭力抵制的，已如前述。但是名單已經報上去了（未經本人同意），不能更換。院秘書長劉啟林跟我說，你就按「中國的美國研究」那篇文章上的要點，講講美國研究的內容就可以了。（那篇文章中我提出作為社會科學的美國研究分幾個層次：（1）瞭解國際大形勢；（2）為外交服務；（3）為中國現代化服務；（4）把美國作為一個文明體系，客觀探討其發展道路。最後一點應是社會科學重點）。那天上午快結束時，江澤民請錢鍾書講幾句，錢說我不講了，下午我的學生資中筠還會講。這樣，我就板上釘釘，不能不講話了。再者，江本人手頭有一份名單，他一個個點名發言。

我原來也想就按那篇文章的內容講幾點塞責。但是輪到我時，不知怎地心血來潮，撇開原來準備的內容，另外即興講了一套。也許是在那種氣氛下聽了大半天會，心中鬱悶，不顧場合，就像我平時參加討論會那樣，想到哪裏說到哪裏。我的發言大致內容是：

我們因為閉關鎖國多年，對外部世界瞭解較少，因此外國研究，或區域研究的基礎研究十分重要。

1. 美國研究以及其他的國別研究作為一門社會科學，應區別於政府部門的研究。國際研究特點是：方面廣——政治、經濟、文化、社會、宗教、歷史等等都應瞭解，例如非洲，還與人類學有關。不適宜命題作文，不能急功近利。有的研究不一定是對策性的，但長遠有作用，應鼓勵長期的、深層次的、細緻的研究。

2. 幾點困惑：

（1）外交與研究的關係：希望不受一時的外交關係的影響，與哪個國家關係好的時候，就不能說它負面的東西，關係壞時，不能說它好話。研究應該根據其本來面目。有時一篇文章引起外國政府抗議，就要作者檢討。其實，外交部不必為所有學者的文章負責，只要說那是他個人的意見，不代表政府觀點，文責自負就行了。例如，過去曾有人寫過羅馬尼亞某一方面的經濟建設的負面效果的文章，引起我們外交部的干預，作者受到批評。事實證明那個作者的分析是正確的。

（2）宣傳口徑與學術研究的關係。學術研究需要根據客觀事實，不能完全跟宣傳口徑一樣。

（3）主觀願望與客觀事實的關係。例如我們不喜歡某個國家，主觀上希望它衰敗，它客觀上不一定就衰敗。

（4）允許不同觀點爭鳴和非主流觀點的存在。同樣根據辯

證唯物主義、歷史唯物主義，卻可以得出不同的結論。例如對美國興衰的看法，現在就有不同意見，都有根據。

3. 國外問題應與國內分開，只要不聯繫國內情況，應允許對國外問題各抒己見。例如美國憲法能不能研究？

4. 學術交流不應收緊而應繼續放開。現在有許多新問題，國際上眾説紛紜，聽不到中國學者的聲音。

5. 人才問題與房子問題有密切關係。特別是人才外流現象嚴重。好容易有留學生回國願意來社科院，首先的難題就是房子問題。

我此時此刻講這樣一通，出乎大家的意料，也出乎我自己的意料。我的發言提綱是下午臨時在筆記本上劃了幾點。現在就是根據這幾點回憶出來的。我講完後，一時鴉雀無聲，空氣有些凝固。在我後面按順序還有五個發言。然後李鵬與江澤民做最後的總結講話。李鵬的態度、語氣都比江嚴厲，臉色陰沉。有些話顯然是針對我的。我記得李講話的內容主要是強調社會科學要為政策服務，為「主戰場」服務，有一部分是直接為建設、為鞏固政權服務的。「如果你不為主戰場服務，還要政府重視，這就難嘍！」，他並提出有限的經費要重點發放，實行課題制，向有用的課題傾斜。這幾句話我印象較深，因為這是針對「哭窮」的。現在盛行的課題制蓋來源與此。

有一段話顯然是針對我的，大意説：發表文章要內外有別。不能聲明觀點只代表個人。學者也是半官方身份，難道社科院的人不拿國家工資？那就要代表國家説話。既不為國家説話，又要我們照顧，那就難嘍！羅馬尼亞是友好國家，和我們關係好得很，反修是站在我們這一邊的。不過可以提供內部資料，內部文件即使與現行政策不一樣也可以，但是不能公開發表。現在遇到尖鋭的鬥爭是和平演變和反和平演變，要給中央出主意，如何

做？社科界要為鞏固社會主義制度作出貢獻，就說我是「急功近利」也可以。

我並不後悔自己的發言，只是有點失策，可舉的例子很多，偏偏舉羅馬尼亞的例子，真是哪壺不開提哪壺。那正是齊奧塞斯庫被處決不久，忘了兔死狐悲了。

散會時大家走出會場都默不作聲，有人拍拍我的肩膀，好像是小學生挨了批評，安慰一下。那番話惹惱了李鵬是肯定的，從他說話的口氣、表情可以看得出來。此事後來傳得很遠，甚至傳到海外，我次年到美國，還有海外朋友問我此事。既是傳聞，就有許多誇大不實之處，有的說我「頂撞」李鵬，有的說我「同李鵬吵了一架」，把我說得很英勇。其實當時情況就如上述。我妹妹資華筠後來告訴我，她在政協會上遇到當時在場的一位社科院知名學者，對她說：「你姐姐真行，誰也沒想到她竟然還那麼說話，就好像什麼事都沒有發生過一樣」。這一描述倒比較符合實際。我那些道理本來平淡無奇，是我一貫對學術研究的看法，直到今天，我還是這一觀點，而且外交部不再為個別學者對國際問題的觀點負責，也已基本上實現。我並不是故意要獨樹一幟，也沒有指望這些意見能得到採納。只不過沒有審時度勢，鑒貌辨色，曲意迎合，想到哪裏就說到哪裏而已，其特殊性就在於在那種形勢下還若無其事地照常說話。對我個人會有什麼後果，根本沒有想過。從那時起，我就抱定我行我素，說我所想。

從那次以後，社科院領導顯然對我很不高興。實際上整個「清查」過程，我的態度已經很明顯，不過可能持我同樣態度的並不止一人，各研究所應付之道，各有千秋，完全積極回應，大力整人的還是極少數。這一次，在中央領導面前，出我這種「狀況」，院領導一定覺得有失面子。但在當時情況下也奈何我不得。只有逐步悄悄地把我「邊緣化」，例如從原來一貫出席的各種場合的名單中消失了，比較明顯的是婦女界的活動也不通知我

了(過去院婦聯對我特別有意見,是對她們的活動不積極,現在態度陡變),特別是在北京召開的第四屆世界婦女大會,社科院參會完全把我排除在外,這是極不尋常的。還有社科基金評委會改組,我原是國際組的評委之一,後為他人所替代,諸如此類,都沒有明確通知過我,自己心中有數就是。這正是我所希望的,這樣可以拉開距離,避免講話、表態。此時我已找到接班人,就是北大的王緝思,他早有來美國所之意,後到美國教學,我竭力推薦他來我所,並破例為他「跑房子」,申請到為「特殊人才」特批的一套房子,他於1991年初來美國所,先任副所長,心照不宣的是他將接替我為所長。這樣,我就可以正式打辭職報告了。

辭去所長職務

我辭職報告中的兩個公開理由:一是行政工作妨礙我集中精力從事研究;二是到美國「威爾遜國際學者中心」做訪問學者。威爾遜中心位於華盛頓,是美國比較特殊的由國會撥款成立的研究機構,與一般大學的研究機構略異,門檻較高,形式上需要申請、著名專家推薦。不過他們已多次主動建議我申請,我因職務纏身,不克前往。按社科院規定,所領導要出國三個月以上,需要先辭職,回來再復職。這回,我申請成功,正好趁此機會辭職。

我向施咸榮透露我辭職的決心時,感到有點對不起他,是我竭力說服他臨危受命,他是看我的份上才接受的,現在我自己要拋下他一走了事。他先感到意外,不過他對我十分理解,而且認為為我着想,早該去威爾遜中心,集中力量做研究。他還表示,王緝思來了以後,不必考慮自己的資格,先「過渡」當一把手,而是讓王直接主持全面工作,他協助,隨時準備退休。他有這種擔當和風格令我欣慰。不幸的是,天不假以年,一年之後,他就病倒,診斷為胃癌晚期,等我從美國回來,只趕上到他家探望一次,以後就參加葬禮了。

在我遞交辭職報告後幾個月，大約是國慶節前的一天，所裏主管人事的小汪來找我，說是收到院裏的文件，接受我辭去所長職務，問我是怎麼回事。我為了避免擾亂人心，辭職事只告訴了施咸榮，所以她感到十分突然，而且表示不能接受，眼淚汪汪。我雖然是主動辭職的，但是以這種方式批准，也感到突然。因為報告上去後，一直沒有任何下文，按照我所經歷的組織慣例，任免一個單位的領導，上級領導要談一次話，交換意見之類，至少作徵求意見狀。如果通知，也要先通知本人，如今本人都不知道，卻從人事處得知，是很不正常的。這更證明我主動辭職是非常明智的，我的任期應該是五年，現在三年未滿，又未有明顯把柄，院領導正不知如何對待我呢。於是，我召開全體大會，自己宣佈此決定（按程序應由院領導來宣佈），說了一番安定人心的話，並介紹王緝思，好在這一界對他都是熟悉的。我定於12月赴美，以後兩個月期間就是交接工作了。

　　經歷了這場風波，我確實有所「反思」，有一種大徹大悟的感覺，殘留的迷信和幻想消除殆盡。寵辱是非都歸昨日。如果說過去常常認為「主義」被歪曲或背叛，現在進而對主義本身也重新認識。似乎從那時起才真正的作為獨立的「人」而存在。這些感悟陸續見於以後三十多年發表的文字中。另外還有一個副產品，就是對周圍的人的重新認識，也認識到以前自己的過於天真和輕信。這一認識的過程所帶來的痛苦和失望不亞於前一種「反思」。從1989年下半年到我離職的兩年半中，社科院的知識分子（也包括全國的）又經歷了一場再改造，被要求「轉彎子」，重新統一思想。剛剛直起的腰桿子，似乎又遭遇一種盆景工程，強行按一種設計加以彎曲。我原以為這次將遇到空前的反抗，曾幾何時，那麼多人是那樣地同心同德，激昂慷慨，這個彎子如何轉？我期待着寧折毋彎的景象，如果多數人都是如此，也就可能不彎也不折，通過某種妥協達到新的境界。事實證明，我的想法過於

樂觀了。既低估了一方的強硬，也低估了另一方的軟弱、怯懦。「轉彎」遇到的阻力如此之小，剛剛信誓旦旦表示這次一定要堅持原則，不能屈服，過幾天文章見報，調子完全變了。這種例子不在少數。從我1989年回國，下車伊始經歷的第一場重要會議就頗說明問題。

我從國外回到單位不久，新派駐的臨時院領導召開全院「院所兩級會議」。這是社科院一年一度重要的工作會議，我參加過多次。一般是全體會議由院領導做報告，談工作規劃，貫徹某種精神，然後按學科片分組討論。過去氣氛比較祥和，是所際以及院所之間交流思想的機會。這次當然情況特殊，社科院既然被認為是「重災區」，在新領導的報告中自然主要講以前的種種不是，也就是過去的院領導的過錯(此時大部分已「靠邊站」，無法為自己辯護)，總的工作規劃是批判過去的工作，反對自由化，等等。在會前我與一些同仁私下談話中，大家都對全盤否定社科院此前的成績不服氣，也不認同社科院的主要任務就是反自由化之說。在分組討論中，我的發言基本上就是這一內容。本以為會得到許多回應。誰知其他人發言都是另外一套，紛紛表示同意院領導的報告。會後，有一位某所的副所長對我說，你的看法我是同意的，但是最好不要在這種場合說。我們的發言記錄都要上報。你這樣說，會使上面感到社科院還有人在頂，就不好了。這是我第一次感到意外。說明大多數所級領導已經決定當「順民」了，我仗義直言，說出他們本來同意的意見，反倒被認為會對他們帶來不便。以後，我不止一次遇到這類事。到那次中央領導「座談會」之後，更加明顯。原來還能私下交換一些真話的，都疏遠了。平心而論，上面對我還是比較寬容的，我並未因此獲罪，職務、待遇照舊，我主持的重點項目也未受任何影響，發表文章也未遭封殺(不過我那一階段自己很少發表文章)。這還是拜改革開放的餘波所賜。而周圍的人情已經明顯變化，特別是過去

非常主動，經常上門示好的人，幾同陌路。若是像以前歷次政治運動那樣，我因此而進一步遭受不測，周圍的人會如何呢？改革開放十年的陽光不足以抵消過去幾十年的「薰陶」和「馴」練。

在本所內，我的心情更複雜。剛一回來時，大家對我信賴與依賴有加。我也自覺有所擔當，義不容辭，儘管不至於像施君估計得那樣嚴重，做坐牢的準備，但是對個人前途必須冒的風險是有所準備，自以為無愧於良心，也對得起全所的同仁，特別是那些激進的年輕人，當時有一種悲壯的心情。那個時期所內空前團結，似乎可以肝膽相照。我認為這種互相信任是建立在理念一致的基礎上。事實證明，我儘管年逾花甲，還是涉世不深，把人情看得太簡單了。忘記了「共患難易，共安樂難」的古訓。「清查」剛一結束，政治安全的威脅過去了。恢復正常業務工作，平時的各種矛盾又都浮現出來。作為領導，有些事我又成為矛盾的焦點，有些年輕人在義利之間的表現令我驚訝，令我傷心。不過不久，我就去職、去國，一切在所不計了。

二十二
他鄉故知與新交

美國交遊花絮

　　我在與美國的學術交流中結交的大多是研究中國的學者，有
的純屬工作關係，其中少數建立了私交，成為長期的朋友，退休
以後還繼續有來往。許多在我國知名的「中國通」正活躍在各自
的領域，觀察和評論中國，與我國各單位有廣泛的接觸，不必由
我介紹。只介紹一下最早與我有交往的已故學者：鮑大可。

鮑大可

　　鮑大可(A. Doak Barnett)的確是位值得紀念的人物。無論是
在學術意義上發展美國的中國研究，還是在一般意義上增進美國
人對中國的瞭解，還是在政治意義上促進中美關係，他半個世紀
以來都做出了極為豐富的貢獻，其地位應該不亞於在我國知名度
甚高的費正清。我國國際研究界對鮑大可的名字是熟悉的，但是
圈外可能知之不多，至今我國還沒有對他的系統介紹。我對他進
行過專訪，收集了不少資料，他慷慨地給了我詳細的履歷，可能
希望我寫寫他的生平，可惜在他生前沒有完成介紹他的文章，直
到他去世後才就我所知寫了一篇紀念長文(收入《不盡之思》)，
這裏只簡單講一下我與他交往的過程。

　　鮑大可1921年生於上海。許多他那一代的中國問題專家身世
都有類似之處：父母是上個世紀末或本世紀初來華的傳教士，在
中國度過童年和少年，然後回美國升學。他的工作經歷很豐富：

記者、教授、研究機構或「思想庫」的研究員、政府或私人機構顧問等等，但都離不開國際關係和東亞地區，特別是中國。中國是他終身的關懷 —— 不僅是事業的中心，而且是個人感情的寄託。他一生都鍥而不捨地致力於改善中美關係。據說，他臨終前對他的學生李侃如說的最後的話是：美國政府必須以長遠的目光來對待美中關係，他始終堅信兩國共同的利益大於矛盾，「我（對中美關係）還是抱審慎的樂觀態度」。這是他最後對這個問題的遺言，也象徵着他畢生的追求。

鮑大可第一個正式職業是《芝加哥日報》（*Chicago Daily News*）駐中國和東南亞記者，因此他從1947年到1950年的大部分時間在中國，目睹了國民黨政權垮台和北平易幟的全過程，寫了大量的報導和評論文章，其中為當時許多其他報紙所共用。這些文章直到1963年才彙集出版，題為《共產黨接管前夕的中國》，可以說是在麥卡錫主義退潮之後的美國出版的第一部比較客觀地反映那個時期中國的書。他長年執教於幾家大學，自己沒有得過博士學位而為名牌大學教授，並為博士生導師，這在美國是很少見的。他共指導過六十名當代中國的博士和碩士生，其中不少後來成為著名的中國問題專家。除了直接的教學育人之外，他的貢獻還在學科建設和研究項目的組織。美國近現代中國學的奠基人是費正清。但是與當代現實更加緊密聯繫的中國研究，並在全國各大學普遍開花，鮑大可有開創之功。

他比費正清晚出生十幾年，因緣際會，成為當代中國研究的帶頭人之一。在學術方面，費正清在大學屬於歷史系，鮑大可屬於政治學和國際關係學；在政策諮詢方面，費氏生不逢時，是麥卡錫主義受害者之一，而鮑大可比較幸運，他活躍的時候正是五十年代末，美國政府開始重視對社會主義國家研究，同時又是六十年代初甘迺迪和約翰遜政府開始考慮對華政策鬆動之時，所以在教學、出版和政策諮詢多方面都有發揮的機會。以後中美關

係正常化，中國改革開放，他有機會經常來中國，與中國學術界交流頻繁，與各界廣泛接觸，並能見到中國領導人，當然用武之地就更多了。這是說客觀條件，更主要是他自己的學識、執著和勤奮，能在教學、著述、行政、政策諮詢和社會活動各個方面都成績卓着，成為二十世紀下半葉中美關係學術和政策領域中一位不能繞過的人物。

在著述方面，他是名副其實的多產作家，稱得起著作等身。可以不誇張地說，從1950年到他去世前不久，除個別年份外，每年都有著作出版或再版（他的書再版率相當高，有些譯成中文、日文、朝文出版）。他的最後一部力作《中國的邊遠西部：四十年的變遷》，1993年在美國出版，這是一部688頁的煌煌巨作，是他1988年親自考察內蒙、寧夏、甘肅、青海、四川甘孜（藏族地區）和雲南的結果。與他四十年前訪問這些地方的情況對比，寫出了四十年的變遷。

在政策諮詢方面，他有一個特點：幾十年來，不論遇到什麼危機，他總是鍥而不捨地向積極方向推動中美關係的發展，在具體政策建議上總是比後來實現的先走一步，而又距離不太遠。這是一種很高超的藝術，運用圓熟，非一般人所能及。他的主張都是從他所判斷的美國最高利益出發。他從不迴避或諱言為美國政府機構工作，為美國政府着想。他本人的傾向是民主黨，不過作為專家學者，他又是超黨派的，兩黨政府都借重於他的學識和見解。從五十年代末到九十年代，他多次擔任國務院有關東亞、亞太或中國的正式或非正式的諮詢小組成員，涵蓋了七屆兩黨政府。他深信從美國的長遠利益出發，必須與中國保持良好關係，這一點他在任何時候都沒有動搖過。他的政策建議之所以接近現實，是由於建立在知己知彼的基礎上，而且知之甚深，所以能比較準確地把握雙方必爭的是什麼，可以讓步的底線是什麼。

對於中國的瞭解，他比一般美國的中國問題專家更加深刻之

處，在於他的深厚的歷史感——不僅是來自書本知識而是來自切身經歷。因此，在兩國關係長期敵對、隔絕的時期，他沒有放棄過對中國的關注和希望；在關係好轉，來往比較頻繁的時候，他也沒有抱太多幻想，期待中國變得「更像美國」。

作為學者和政策分析家，他的結論都基於冷靜的觀察和分析。但是他從不諱言，他對中國有特殊的感情。他熱愛並崇敬中國傳統文化。我見到他家的客廳除去一套舒適的沙發外，傢俱、擺飾、字畫全部都是中國的，而且都是好東西，表現了較高的鑒賞力。這種客廳在如今的中國如果有，也必定是鳳毛麟角。他曾告訴我在那中美隔絕的年代，他經常圍着中國周邊轉，東南西北都到過，就是進不去大陸，特別是在香港隔海引頸而望，那滋味真難受，就像對一個心愛的人，可望而不可即。所以1972年他第一次重返中國，那心情之激動可以想見；但是以當時中國的情況，他的失望和傷心也可以想見。後來，中國又生機勃勃起來，他為之興奮不已。正因為如此，他才會以近古稀之年，不辭辛勞，到中國物質條件最差的邊遠地區長途跋涉，而且用幾年的時間寫出這樣一部大書來。他說多年來收集的有關中國的資料一本書是寫不下的，原計劃寫三本書，分為：最發達的沿海地區、中原內地、邊遠西部。考慮再三，決定先寫人們知之甚少的邊遠西部。可惜後來健康開始惡化，那兩部沒有來得及寫，齎志以沒。我認為他的優先選擇是對的，關於西部，能夠既從相隔四十年的親眼目睹，又以連續四十年對中國的追蹤研究的背景知識來寫成這樣一本書的，在今天的美國恐怕沒有第二人。

以上是我與他相交十幾年中得出的認識。第一次見面是1982年我在普林斯頓做訪問學者期間，他那時任教於約翰斯·霍普金斯大學高等高級關係學院(SAIS)，我正在為1945-1950美國對華政策一書收集資料，問了他幾個問題，他說我很「尖銳」。從此幾乎每次他訪華、我訪美都有機會見面。我1992年在威爾遜中

心時對他進行過專訪。我最後一次見到他是在1997年一個氣候宜人的秋日，他們夫婦請我到家裏午餐，又在那古色古香中國風味的客廳裏度過了一個親切愉快的下午。那時他已檢查出肺癌，好像腰也有毛病，不過他還是很樂觀，精神很好。聽說我來了那麼多次華盛頓竟沒有去過他最喜歡的瀑布公園，夫婦二人一定要陪我去一次，先生堅持自己開車。瀑布公園果然野趣盎然，令人心曠神怡。沒想到，那次同遊竟成永訣。次年我又收到他一本談中美關係的小冊子，說明他在病中仍然寫作不輟，執著之情可感。1999年新年照例收到他一張賀卡，上面照例密密麻麻寫滿了難讀的「鮑體」字(他給朋友寫信始終堅持手寫，從不打字)，最後說還有許多話要說，準備給我寫一封長信。我沒有等來他的長信，卻等來了他逝世的消息。更遺憾的是，我當年五月有美國之行，正喜有機會去探望他，翹首以待，卻遲了一步。

鮑氏全家兩代及其配偶都與中國結下不解之緣：老鮑乃德(Eugene E. Barnett)1910年來華從事基督教青年會工作，三子一女都生在中國，鮑大可最小。其長兄羅勃特‧巴奈特(Robert Barnett)與我也有交往，他在約翰遜政府時曾任助理國務卿，也是中美關係正常化的一貫促進派，直到1997年去世，一直對中國懷着深情。他能拉大提琴，是在上海學的，曾告訴我，從三十年代起他同時愛上了中國和音樂，終生不渝。羅伯特先後兩位夫人工作都與亞洲和中國有關；鮑大可的姐姐和姐夫是二戰前在北平工作時認識而結合的，姐夫後來在美國大學教授中國歷史；三兄嫂是教會人士，被派到亞洲從事和平與民間友好工作，有一度常駐香港，我國開放後也常來內地。鮑大可夫人是唯一原來不屬於「中國圈」的，但是與鮑氏結縭四十五年來早已融入了鮑氏家族的「中國聚焦」，自己為此感到慶幸。鮑大可去世後，我還與她有聯繫，每次我訪美凡有可能都與她見一面。

與鮑氏兄弟交往中又結一段音樂緣，而且產生了一盤錄音帶。

我認識鮑大可的長兄羅伯特・巴奈特是在威爾遜中心做訪問學者期間，當時他已八十歲，不過精神很好，我們一見如故，成忘年交。他的大提琴是三十年代在上海學的，自稱從那時起就「愛上了中國，同時也愛上了音樂」，始終不渝。我覺得他對此二者有一種懷舊感，無意中把我當作了象徵。他夫人所在的公益組織與中國也有聯繫，從中國收養了不少孤兒。夫婦二人對我特別熱情，不止一次請我到他們家去，她夫人開車來接我。我與他的大提琴合過幾次，是Vivadi的作品，因為缺乏練習，不太成功。我們戲稱：「同時開始，同時結束，就是成功」。我平時一個人練琴覺得總該有一個目標，於是就定了一個節目單，覺得練得差不多時自己錄了一盤卡帶。為感謝這位新相識的「老」朋友的款待，就複製一盤「個人獨奏」錄音帶送給他，也算是「秀才人情紙半張」吧。我用的就是平時做研究工作記錄與人談話的老式隨身收錄機和最便宜的盒帶。

誰知這位老先生竟認真起來。說我的錄音帶質量太差，錄音機簡直遭透了，要我買最好的錄音帶，到他家，用他的音響設備重新錄一次，不然太可惜了。我只有恭敬不如從命，於是約好一天下午到他家，他把設備開好，向我交代清楚，告訴我可以不受干擾地愛錄多久就錄多久，然後就同夫人上樓去看電視了我在他家錄了整整一下午，終於錄成一盤效果比原來大有改進的帶子，大約120分鐘。老先生自告奮勇把帶子留下來，按照我的要求為我複製了兩盤，他留下一盤，把原件和另一盤還給我。這一切他都非常認真地做，令我感動。後來我自己又複製了幾盤送人，自己重放，不忍卒聽，不是速度太慢就是錯誤太多，至少有一半是看譜子的，所以還有翻譜聲。自那時以來，有幾首似乎練得有些長進，沒有想到以後我的音樂生活還有後續。現在鮑氏兄弟早已作古。我與鮑大可的遺孀偶然還有聯繫。

芮效衞

　　在芝加哥大學見到一位老教授芮效衞（David Roy），和許多「中國通」一樣，他們兄弟都是傳教士後代。他的弟弟芮效儉（J. Stapleton Roy）曾任駐華大使，退休以後協助基辛格進行對華交流工作，一直活躍在這個領域。我和芮效儉認識在先，後來在1992年訪問芝加哥大學，見到了芮效衞，覺得他十分有趣。他與乃弟大異其趣，對政治完全不感興趣。他研究中國文學，專攻《金瓶梅》，帶了好幾代研究生，邊研究，邊翻譯原著。我見到他時，這項工作已經啟動十五年，尚未完成。我說據我所知，《金瓶梅》早已有不止一種英譯本。他說，那都不是真正的足本，他們現在的翻譯是最完整的，一字不拉，包括所有回目、「有詩為證」的詩都要譯出，而且每一個典故都搜尋出處，加注釋。他說他還考證出《金瓶梅》的作者蘭陵笑笑生是荀子的後代，而且還從書中字裏行間找到蛛絲馬跡云。這樣的研究我聞所未聞，所以印象深刻。我想大概中國沒有大學可以容得下一位教授幾十年如一日只翻譯、研究一本書，而且帶研究生也只圍繞這本書。幾年後，我又訪美，恰逢「全美亞洲協會（AAA）」在加州舉行年會，順便進去轉了一圈。那是我們稱之為「騾馬大會」的那種集會，來自全國各地與「中國學」有關的人士有上千人，佈告牌上公佈各種專題的小組、主持人和會場，芮效衞教授主持的有關《金瓶梅》的小組赫然在焉。出於好奇，我就到那個小組去旁聽了幾分鐘。只見老教授端坐台上，正在做主題發言的是一名年輕人，大概是他的學生，題目是伺候西門慶某一位妾（我忘了是誰）的一名小僮（我也沒聽清名字）是否同性戀。這樣過細的研究，怪不得一本書可以翻譯幾十年。直到2013年9月，見《紐約時報》報導，芮效衞教授終於完成了足本《金瓶梅》英譯本，歷時四十載，英文版五卷共3000頁，章節附註就有4400個。真是煌

煌巨作,可謂文化交流史上的佳話。我得以在這項工作的中途與這位教授面談過,也是幸遇。

其他

在那次年會的佈告上偶然見到大衛‧拉鐵摩爾的名字,他就是我二十多年前在友協曾經接待的拉鐵摩爾的孫子,那位留了長辮子不肯剪掉的年輕人,當年來華時好像剛開始學中文,現在已是一名漢學家,他主持的小組討論的題目是對李白的一首詩的解讀。看來他也遠離政治,專注於古典文學。我原想去會會他,敘敘舊,但是那個小組的會場不在同一大樓裏,遂作罷。

我本來是走馬觀花,並無專門參加哪個研討小組的計劃。碰巧在加州接待我的趙文詞(Richard Madsen)教授要參加傅高義教授正式退休的歡送會,問我是否有興趣列席,傅高義教授是我熟悉的,參會的許多人也是我的熟人,就跟着他進去坐下了。趙文詞教授是社會學家,傅高義儘管關心政治、外交問題,並且曾在國務院任職,專業卻是社會學,趙文詞在哈佛時曾師從於他。會上散於各地、各學府的老、中、青幾代學生輪流上去發表演說,深情回憶老師的點滴教誨,每人都講出一些生動的故事、軼事,並獻上各自的祝福。老教授坐在台上春風滿面,場面頗為感人。我不止一次感受到美國人尊師和感恩母校的傳統,絕不亞於我國。

在斯坦福胡佛研究所見到兩位親台的學者。一位是馬若孟(Raymon Mayors)。我第一次見他是十年前第一次做訪問學者,在普林斯頓結束後,回國途中訪問加州,到斯坦福大學見到他。他當時一見面就自我介紹稱:「我是國民黨反動派走狗馬若孟」。不過他對我這個從中共統治的大陸來的學者態度很友好,能夠坐下來交談,建立了良好的關係。他確實對蔣介石、對國民黨充滿同情。與美國主流知識界不同的是,他並不批評蔣的專制,敦促台灣民主化(那時蔣經國尚未開放黨禁)。他直言不諱地

說，蔣如果一到台灣就實行民主，早就站不住腳，很快就會被共產黨消滅。他還曾寫文，論證1927至1937年是中國發展勢頭最好的十年。如今「黃金十年」的說法在我國史學界已不新鮮，但是在當時，我卻是第一次聽到，對我一向接受的「軍閥混戰的亂世」的觀念起顛覆作用。他對那一段歷史人物和史料如數家珍，我自愧不如，只能藏拙，沒有同他辯論。第二次是在威爾遜中心結束以後，算是老熟人了，對我分外熱情。我找他主要是要看胡佛研究所保存的有關民國史料的檔案，還有東亞圖書館的資料。他熱心幫忙，提供很多方便，我頗有收穫，可惜那時蔣介石日記以及其他重要人物的檔案尚未解密。我還發現，東亞圖書館收有接近完整的「文革」時期的各種小報，裝訂成冊，密密麻麻羅列在架上。據說該館歷年來本着寧濫毋缺的原則收集了大批紅衛兵小報及其他「文革」資料，比較凌亂，因此曾專門立項，聚集全美各地的中國問題專家來審閱，進行一番梳理選擇，分類整理，才成為今天的館藏，為中外研究「文革」史的學者提供寶貴的源泉。他的中國觀一直是肯定一個統一的中華文化，在理論上反共，但不強調中國應該實行民主，對兩岸都一樣。

另一位胡佛研究所的學者張富美女士（又名陳張富美，其丈夫姓陳）是馬若孟為我引見的。她來自台灣，堅決反國民黨，持台獨觀點。馬說他們兩人有分工，接待台灣來訪者，親國民黨的以及統派由他本人出面，親台獨的由張女士出面，大家相安無事。在交談中這位張女士的確強烈主張台獨，她認為「統一」之說只是為了大陸領導人的面子，對兩邊都沒有實際意義。後來台灣開放黨禁，聽說她回台灣從政，作為民進黨參加競選了。

斯坦福大學圖書館每週還有下午茶，是會友的好機會。馬若孟約我去那裏小坐。到了之後，發現他與另兩位亞洲面孔的人已先坐在一桌，原來是南韓來的學者。馬招呼我坐下，寒暄幾句後，就藉故離開了。我才知道這是他有意安排的。那時中韓尚未

建交，韓國人對接觸中國人十分主動，可能馬是應他們的要求給牽線的。較之十年前，形勢已大不相同，我自己思想也已經解放，不會再像當年對見金大中那樣拘泥於「外事紀律」，兩位韓國學者渴望瞭解中國，我們無拘無束，談得很愉快。

Annie 張（戈定瑜）

我來美多次，得到一些華人的幫助，也交了幾個朋友。如果只提一個人的話，首先必須提到Annie。她本名戈定瑜，先生張無難，在美國就以「Annie 張」名，朋友們都叫她Annie。我最初通過伯克利加州大學中國研究中心圖書館館長陳治平認識她，陳退休之後，她就繼任館長。首先我感到她非常敬業，對圖書館的進書、藏書有特殊的規劃。詳情我不太清楚，只知她引以自豪的是這家圖書館收集中國的地方誌最齊全，她幾乎每年都要到中國來找書、購書。不過我接觸到的是她工作之外的另一特點，就是她聞名遐邇的慷慨好客，熱心助人。

她家在伯克利的住宅比較寬敞，自從改革開放以後，幾乎成為國內到加州去的訪客的接待站兼旅舍，可以說是座上客常滿。不但如此，如有需要，她還負責到舊金山機場接送，以及市內遊覽的義務司機兼導遊。我到加州就曾由她接送過幾次，而且1992年訪伯克利加州大學還在她家住了好幾天。那次我結束威爾遜中心的任務之後，由東到西訪問一系列大學的東亞或中國研究中心，其他都是由邀請方接待，住賓館，唯獨到了伯克利，加大中國中心卻委託她接待我，住宿和交通都由她負責，中心把這筆花銷都省了！而Annie一如既往，敞開大門，使人賓至如歸。我只是她接待的眾多中國客人之一，那幾年她送往迎來不知凡幾，有時還有相對長住的留學生。來往的人有各色人等，修養也參差不齊，她偶然也說起一些令她啼笑皆非的事，但是她不知怎地，就以此為己任，永遠熱情周到，從不厭煩。當然這必須得到她夫君張先生的支持，否則是難以為繼的。張先生雖然除了在飯桌上見

面，平時不大出面，但見面總是親切友好。Annie還總結出為不同的國內來人設計的不同的遊覽路線：一條是「雅人路線」，一條是「俗人路線」，前者去自然景點和博物館之類，後者主要是逛街購物。她接待我時選的「雅人路線」，曾經花費一天的功夫專門驅車帶我去著名的紅杉林，確實心曠神怡，令人難忘。平時自己是不大容易去的。這種接待基本分文不取，我不知道他家因此要增加多少開銷。我離開加州後覺得白吃白住好幾天於心不安，給她寄了一張支票，聊表心意，當然不足以彌補她的盛情和時間於萬一，卻被退還了。

陳樂民和我女兒陳豐訪美路過加州時，她也熱心接待，而且一見如故。她告訴我，給陳樂民當然安排「雅人路線」。陳樂民不知如何感謝她們，只能寫一幅字送給她們。不過我在她們家發現懸掛的名人字畫不少，有的還挺珍貴的。陳樂民的字也只能算「秀才人情紙一張」。

我雖然同Annie很熟，但對她的家世卻知道不多。只知她生於四川，長於台灣，在台灣金陵女中畢業，後在美國上大學。在美國，她們有一個金陵女中的校友會。從年齡和經歷來看，她離開大陸時應該還很小，但是她所做的一切，表現出對中國有深厚的感情。我退休以後雖也去過幾次美國，但很少再有機會到伯克利見到她，於是音訊日疏。直到進入二十一世紀之後，偶然在網上發現她的名字，是和「卡拉是條狗」聯繫起來，驚訝之餘，仔細查閱，才知道她有此壯舉：下決心退休，在同學會中募集資金，到北京來開辦公益性的銷售熱狗的店，打算將利潤資助貧困地區失學女童，並且認為可以細水長流地做下去。這樣理想主義、急公好義的行動是符合她的個性和特點的。我心中感佩，總想找時間去她店裏看看，跟她聯繫上，但是她的店在海淀，離我家較遠，一直拖着。其實後來她搬到東城新東方廣場了，我忙忙碌碌，始終沒有同她聯繫。再想起時，聽說她終於未能扭虧為

盈，實現她做公益的目標，最後還是離去了。為之憾然、悵然。理想與現實終歸無法一致。不過我想以她的樂觀和熱心，總還會有一個充實而快樂的晚年。

他鄉遇故知

在美期間比較愉快的是遇到不少多年不見的故人。

劉金定

劉金定1948年與楊富森結婚來美定居，我1982年第一次赴美做訪問學者期間與她聯繫上。楊富森已在匹茲堡大學任教多年，那年在耶誕節放假期間我就到匹茲堡在她們家裏過了一星期。歷盡滄桑後重逢，雙方都很激動。當初他們來美艱苦奮鬥，楊富森繼續深造讀學位，劉金定難以靠音樂謀生，遂學了圖書館專業，從此以圖書館管理為業。我到的那一年，她剛剛從所在市區的公共圖書館退休，館內同仁還為她舉行了送別聚會。她家當然有鋼琴，但已經不常彈。不過我參加他們的耶誕節晚會，大家唱讚美詩、聖誕歌曲時，還由她伴奏。她還讓我也伴奏了一兩曲。我發現他們基本社交圈還是華人，很少當地美國人。有意思的是除了聖誕夜之外，那個假期基本上按中國的春節過，因為春節期間美國不放假。那幾天親朋好友來往很熱鬧，都是全家出動，輪流做東，一方面效美國方式，各自帶來菜餚聚餐，一方面還給小孩壓歲錢，有的小孩子已經不會說中國話，但是拿紅包還是很熟練。他們的娛樂還是打麻將，看來除了過節之外，平時也經常打，並且打得很認真，很投入。第二天，劉金定和朋友通電話，還討論昨晚的牌局，說是有一張牌出錯了，等等。沒想到他們來美這麼多年，生活圈子、生活方式還是中國成份多於「西化」。我多半時間是和劉先生話舊。她知道我還在彈琴很高興，我在她的琴上隨便彈，卻發現已經好久沒有調音了。我還發現她的琴譜中還有過去借給我過的一兩本，已然破舊，有些頁有了裂縫。我用透明

膠給黏起來，她十分高興。她帶我出去逛街，最有意義的是去看了黑人民歌作曲家福斯特的雕像。我們過去唱得最多的是「世界名曲101首」，其中許多耳熟能詳的黑人歌曲是福斯特作曲，沒想到他是匹茲堡人，見到他的像，真是意外的驚喜！

楊富森在大學教中國歷史文化。我看他家裏掛着京戲的臉譜和鬍子，他解釋說他上課講到中國戲劇時會拿出來示範，另外，他本人也愛好京戲，他們有幾個中國朋友有時還聚會玩一玩。他還說，和美國人很難交朋友，見面客客氣氣，打不進他們的圈子。他剛來時請過幾回美國同事，但是他們不回請，說明他們無意與你深交，我又何必上趕着呢。匹茲堡大學有一位研究中國的紐曼教授，寫過有關中美關係的小冊子，在中國轉折的年代基本上屬於力主美國承認中共政權那一派，我的文章中引用過他的話。我提出想見見他，楊先生就約他一起共進午餐。他對我相當熱情，談了許多。事後他提出來要在我回普林斯頓之前再請我吃飯，當然也請楊先生一起。誰知楊老大不高興，以我回去前沒有時間，給推掉了，他說這麼多年他沒有回請過我，現在急着找你，太實用主義了。

1992年在威爾遜中心研究結束後，再次與劉金定相聚。這次是在一個很別致的地方——加州的「萬佛城」。楊富森從匹茲堡大學退休後，為了與子女接近，遷到了西海岸洛杉磯定居。那年剛好楊富森應約到「萬佛城」開辦的講習班作訪問教授，住在那裏面。我到加州訪伯克利大學，楊富森開車接我到他們的住處。我才得知原來在美國還有那麼一個佛教聖地。裏面廟宇、佛像，香煙繚繞，完全與國內無異。院內時不時遇到芒鞋袈裟的僧侶來往，其中還有地道的白膚碧眼兒，一樣剃光頭，着袈裟，這也是我首次見到真正的洋和尚。楊、劉兩位的住處是一個東方式的極為清幽的小院，幾間平房，但現代設備，包括電視、音響一應具有。小院有核桃樹，我去時是秋天，正是核桃成熟時，劉先生說

他們每天清早到院裏撿樹上落下的核桃，十分愜意。我這次給她的見面禮就是在巴奈特家錄的那盤盒帶。她顯然由衷地高興，飯後回到屋裏專心靜靜地聽，中間還示意楊先生不要説話。這盒帶我還送過幾個其他的朋友，但我想只有劉先生這樣耐心、認真地從頭聽完。我在一旁更感到瑕疵明顯，勾起少時回琴時的惴惴不安，等着她指出錯誤，但是沒有。她聽完後頻頻點頭，説你能維持到現在真不容易，她的學生除了少數幾個後來以音樂為專業的之外，大多放棄了，連她自己也很少彈琴了。楊先生插話説，只有你還一直想着這位老師。實際上在我，這六年的受業賜予我的是終身的樂趣，是沒齒難忘的。

到二十一世紀，我再有機會到洛杉磯，還到他們家裏拜訪過。我寫音樂生活的《錦瑟無端》出版後，曾寄給她一本，她特別高興，要她妹妹暢嫻為她再買五十本分送朋友，可惜那時出版社已經庫存無多，湊不滿這麼多了。再後來，他們二位相繼作古，如今已是天人永隔。

宋家姐妹

天津東亞毛紡廠的宋棐卿與我家原有通家之好，四十年代末，全家去國，輾轉來到美國定居。我八十年代訪美聯繫上了大姐宋允瑞。我在普林斯頓做訪問學者到期後，回國途中到西海岸做短期訪問，期間應一位韓裔教授Joseph Ha之約到他任教的俄勒岡州波特蘭市的路易士與克拉克大學進行學術活動。宋允瑞家住在華盛頓州的Salem，離俄勒岡州比較近，我從劉金定處得到她的電話，就此聯繫上。我到俄州後，她驅車來接我到她家住了兩天，幾十年後重逢，談到兩家的經歷，無限感慨。她是宋家女孩中的長女，大我兩歲，一向是他們家最能幹的，少時就善於交際。Salem是個小鎮，她在當地華人中頗有名望，積極從事社會工作。她也善於理家，她有一個女兒，正上高中，準備出席成人禮的舞會，這是少男少女第一次穿正式晚禮服的機會，家裏都很

重視。這種晚禮服從商店買當然價格不菲，允瑞卻是自己踩機器縫製的。我正好見到那件剛做好的及地長裙，像少年時一樣，對她欽佩不已。她的先生也是華人，是學化工的，在一家化妝品工廠工作。我只記得他對我說，不要相信那些化妝品的廣告詞，哪裏有那麼神奇的效應，「We are selling dreams!」（我們賣的是夢）。

十年後，我再次赴美，意外地見到了宋允媛和允萱。過去在天津時，我們兩家有通家之好，孩子們各自與自己年齡相仿的作對成伴。允媛與我年齡相仿，與我關係最親。她與允瑞性格很不同，內向而靦腆。此前幾年得了乳腺癌，動了手術，據說一度相當嚴重，九死一生，但是終於康復。我見到她時已活動如常。宋家本來入基督教，允媛病後更加虔誠，為感恩，成為熱忱的社會服務志願者。每天忙於訪貧問苦，她自幼性格溫厚，到老來借基督之由更加積極行善，助人為樂。她跟我敘舊之餘，談到她的境遇，主要就是講病後的感悟。我是無神論者，對她所講不能完全領會，但是她的虔誠令我感動，也使我體會到宗教能促人行善的力量。

允萱排行最小，過去是我小妹民筠的密友。她是學自然科學的，在一家研究所上班，接待我在她伯克利的家中住了一夜。後來她曾到北京，來我家探望過我年邁的父母。那時我母親已經常年臥床了。

崔莉芳

崔家也是過去天津的舊相識，與宋家關係密切，我家是通過宋家與他們認識的。他們家特殊之處是崔先生是美國人，早年來華，因熱愛中國文化，入了中國籍，取了中國名字：崔仰西，並與中國人結婚。所以子女都是混血，而且外貌很明顯，就這一點使他們在歷次運動，特別是「文革」中吃盡苦頭。崔老先生在南開大學任教，本人以及子女在1949年以前相當「進步」，所以易代之時他們都留在大陸，沒有隨宋家一起離開。碰巧，崔家二女

崔蘭芳與趙復三的二哥趙忠玉結為伉儷，我在天津時還見過他們二人到我們的鄰居趙家來。在我少時的印象中蘭芳是他家最漂亮的。趙忠玉在上海讀書時就因參加中共領導的學運而被捕過，出獄後到天津上南開大學，得識崔老先生及其家人。可以想見，趙、崔夫婦二人都是建設新中國的積極分子。趙忠玉五十年代在東北礦區任工程師，不幸在一次礦難中為救人而犧牲，當時定為烈士，葬在烈士墓園。但是「文革」來臨，崔家在劫難逃，被打成美國特務，崔蘭芳由烈屬變為特務家屬，連同趙忠玉也被掘墓曝屍，據說當時崔蘭芳被拉到現場，目睹趙的遺骨被一根根扔出來，而後還受到逼供，逼其交代特務上線。最後她神經失常，酗酒慘死。

在崔家兄妹中，最小的崔莉芳與我年齡接近，所以來往較多，有一陣我和她以及宋允媛常相約一起玩。崔莉芳還教過我游泳，可惜我始終沒有學會。這回通過劉金定聯繫上她，當然很高興。她在「文革」中歷盡劫難，講的不多，主要卻是訴説在改革開放以後，為辦理出國遭遇本單位的官僚的阻撓和刁難，她為了維權所經歷的各種匪夷所思離奇的情節。越是這樣，她要出來的決心越堅定，最後終於成行，就如逃離一樣。她也是劉金定的學生，後來從事音樂教學，到美國以後是否還能繼續，我忘了打聽。

茅沅之女和張肖虎之子

還有兩次令我驚喜的巧遇：我在華盛頓卜居的公寓樓裏住了半年多之後，偶然發現原來清華的老樂友、樂隊指揮茅沅的女兒茅榕住在同一樓裏！此類公寓樓在華盛頓不知有多少，就在這一條街區內也還有好幾處。偏這麼巧，讓我們碰到了。世界真小！她是學法律的，已經畢業，現在一家法律事務所工作。儘管以前沒有見過面，完全不陌生。後來有機會來往多次，談了不少。我女兒到華盛頓來時，我邀請了夏亨利與她同在我的公寓內共進晚

餐。對她說來，夏亨利是律師界前輩了。我們臨時離開華盛頓時，還互相託付照應花草。茅沅的兒媳是學小提琴的，達到相當水平，正式錄取為美國一家管弦樂隊的小提琴手，這是很不容易的。她曾來華盛頓，就住在茅榕那裏，我見到拉提琴的就手癢，特別希望能合奏幾曲。她也欣然同意，但是她只住幾天，我們的時間沒有湊上，錯過了機會。

通過茅榕，得知了張肖虎先生的兒子和兒媳在紐黑文耶魯大學附近。我正好有耶魯之行，就與他們聯繫上，他們熱情接待我在家共進晚餐。張公子在美國學音樂，鋼琴專業，但是好像未能以音樂為業，只得另找職業餬口，業餘教小孩鋼琴。他原來特別想聽我彈張肖虎的《陽關三疊》，但是他們開車接我時迷了路，到家已經很晚，不便再彈琴擾鄰，遂作罷。張肖虎歸道山不久，聽說他也追隨乃父於地下了。

袁澄與袁家

在威爾遜中心期間，我曾到波士頓訪問哈佛燕京圖書館，通過時任館長吳文津聯繫上了老同學袁澄。袁澄任教於附近的小城伍斯特學院，他聞訊冒雨立即趕到波士頓來看我，真是風雨故人來，頗有一番敘舊。此後我到美國，他來中國，都見一面。有一年在南京中美文化交流史研討會上驚喜地遇到他的弟弟袁清，就是我當年在他家見到的那個小男孩。袁清在美國俄亥俄州賴特大學執教。2001年我到位於俄亥俄州代頓市的凱特琳基金會做訪問學者，與袁清又有一些來往。有一次袁清請一些朋友在家聚會，我也在內。袁澄得知後，特意從波士頓趕來會面，情義可感。

袁澄的學歷可謂響噹噹，時下大概可稱「學霸」：南開中學畢業、十六歲上清華，後在英國牛津大學畢業，美國耶魯大學碩士、布朗大學博士。但是他似乎不甚得志，有點憤世嫉俗，對這些學歷不屑一顧，說把學位證書都掛在廁所了。他專業是歷史，在美國任教，順理成章的是教中國或東亞史。但是他堅決不碰亞

洲，說是提起來就傷心，偏選擇教歐洲史。美國學術界把歐洲看作自家領地，想必以中國人來教歐洲史，未免會遇到一些偏見，可能因是之故，他與主流學術界格格不入。他對美國學生也不看好，說他們對學問興趣不大，光想着賺錢。他婚姻也不甚如意，結婚很晚，妻子多病早逝，無子嗣。以後一直單身。我還無意中問過他是否入了美國籍，拿美國護照。沒想到這個問題又觸動他的痛處，正色對我說，這個問題不好問的。我本來多此一問，在美國定居這麼多年，當然都已成為美國公民，這在大多數人都不算一回事，在他卻是一個心結，於心不甘。他的姐姐袁靜曾與我同時在清華靜齋，不過是化學系，後來也隨全家來美，與一位德裔美國人結婚。我問起她的情況，袁澄歎氣說：「和了番了」，我不禁失笑。看來他也是屬於我見到的四十年代來美的那種有孤臣孽子情懷的文化精英。我後來與袁靜也聯繫上，到過她在普林斯頓的家。袁靜與袁清在美國已經安之若素，沒有他那種情結。

在生活上，袁澄還是保留某種貴族格調，例如他請我吃過幾次飯，無論中餐西餐都有他特別選中的一兩家，認為其餘都不足道。他由於長年教歐洲史，與歐洲學界自有不少聯繫，差不多每年都去歐洲，因此也見過我在法國的女兒。2004年我到巴黎，他正好也在，就請我和女婿到他是會員的一所俱樂部午餐，大約相當於我們所謂的高級會館。一般習慣，午餐無需正裝，誰知到了那裏，女婿被前台攔下，因為他沒有戴領帶，大概服務員已經有經驗，立即拿來一條備用領帶借給他，才得進入餐廳。我不由得在腦海中浮出「末世貴族」字樣。沒想到那次巴黎之會是最後一次，不久後就聽說他在另一次旅歐期間突發心臟病，猝然仙去，為之悵然。

在美期間袁澄送我一本袁同禮先生逝世後各方人士追憶文章的彙編，題名《思憶錄》。這些文章述袁先生一生行藏和功業內容極為豐富，同時也可看出中國公共圖書館現代化的歷史，使我

原來對袁同禮大致的模糊印象具體化了，更覺得其事可感，其人可佩。袁澄表示希望此書能在大陸出版。我私心認為確有出版的價值，但是袁同禮去世時（1965年）中美尚未建交，兩岸也無來往，書中文章的作者多在美國和台灣，遣詞用語難免在這邊有違礙之處。我坦率說明因此之故可能公開出版有些困難，他說這類內容佔比例極小，個別地方可作些處理，何必因噎廢食，中共當有此雅量。一次趁他來北京之機，我輾轉介紹他與新北圖（現稱「國圖」）有關負責人洽談出版事，據他告訴我，感覺似乎有些希望，但是終於未有下文，看來我原來的判斷還是對的。

他托我的另一件事是有關袁同禮收藏的古董，同禮先生是真正的收藏家，有不少極有價值的珍品，離去前曾托友人保管，袁澄希望知道這批文物的下落，並對歸屬有個說法。我也下功夫找到了下落，得知那位友人已經過世，生前把這批文物交給歷史博物館（即今國家博物館），我設法介紹袁澄與有關人員洽談，但是談了幾次，據說就算是他願意正式捐贈，辦手續也很複雜，隔洋操作很困難，遂不了了之。兩件事我雖盡了力，卻都未有結果，為之歉然、憾然，只得覆信勸他以「楚人失弓，楚人得之」的態度豁達處之算了。他以後也未再提起。

這裏不得不提到袁同禮。這個名字是不應該被湮沒的。在二十世紀前半葉中國走向近代的關鍵時期，他對中國圖書館業和搶救文獻、善本書以及其他學術上的貢獻值得大書而特書。近年來，以蔡元培、胡適為代表的一批傑出的文化人物的事蹟經常見諸報刊，得到關注，恢復了應有的歷史地位。而袁同禮卻鮮為人知，今天的中青年讀書人很少人聽說過這個名字。1999年舉行圖書館節，報刊登載了大批名人寫圖書館的文章，似乎也未見有提及他的名字。我因感到不平，曾根據《思憶錄》中的材料撰文述他的平生業績，於2000年發表，並收入文集《不盡之思》。此處難以盡述。只簡單提幾點他的貢獻：圖書館學。他是我國最早接

觸圖書館專業，並接受完整的圖書館學科班出身的人，而且培養了一批圖書館人才。

第二、為我國第一家大規模現代化公立圖書館北平圖書館創辦人之一。創立之始，梁啟超、李四光、蔡元培都曾任館長，袁歷任圖書部主任、館長、副館長。但是梁、李、蔡諸公都是以名望而任此位，實際擔當創業重任的是袁。他從建築設計思想到規劃方案，到管理制度，到圖書收集以及人才培養，都傾注了心血。有今日文津街的館址為證。諸如建立編目系統、出版各類目錄索引、建立館際互借、國際刊物交換等制度，都是看似貌不驚人的基礎工作，卻是開創性的，在當時也屬國際前沿的，非真正的內行和有遠大的眼光者莫辦。並出版大量典籍版本目錄學的著作。他本人自1929年創辦至1948年底全部精力盡瘁於斯。

第三、善本書的收集和保存。北圖成立之始的館藏古籍繼承了當時中國所存的歷代古籍之精華。袁先生又在此基礎上在國內外孜孜以求，一點一滴收集，得不少珍本秘笈，還有敦煌寫經近萬卷以及金石碑帖等，所以北圖所藏善本書為全國之冠。「九一八」事變，日寇佔領東北後，蔣介石政府即作華北可能不保的準備，決定將故宮國寶南遷，其中也包括北圖的一部分藏書，分別寄放在上海的租界和南京。盧溝橋事變後，緊接着上海也淪陷，租界號稱孤島，日本特務密佈，也很不安全。袁即會同當時的駐美大使胡適取得與美國政府和國會圖書館同意，將一批善本書運美保管，並說好待和平恢復後即物歸原主。袁同禮為此於1940年冒險從內地秘密到滬，親自挑選其中最重要的部分，計二千七百餘種，三萬餘冊，精心組織，裝成一百零二箱，都有防水處理。在他的得力助手錢存訓協助下，通過特殊關係分批秘密運走，最後一批是1941年12月5日運走，而兩天後珍珠港事變即爆發，日軍立即進駐租界。這一百零二箱書存放於美國國會圖書館，於1965年由美國運往台灣，如約歸還。那一年正是袁先生在

美國病故，終於未及親見，確是終天之恨。那批書至今保存在台灣「中央圖書館」。以上經過，當事人之一錢存訓先生在紀念袁先生的文章中述之甚詳，其驚險程度超過今之電視劇。令我肅然起敬。

第四、流失海外的文物典籍的調查和集錄。袁澄在紀念文章中敘及，其父目睹我國無數珍品散落在國外，感觸很深。明知國勢如此，暫時難有收回之望，但是如果再不注意，這筆文化的損失就永遠無法算清，遂以為祖國文化保存一點記錄為己任，「終生默默的從事典籍調查工作」。他晚年最後一部未完成的心血結晶是《海外中國藝術珍品目錄》，是他多年苦苦探訪所得，可惜最後一次在歐洲調查未竟，癌症發作返美，終於不治，齎志以沒。在對大局無可奈何之中，以一人之力鞠躬盡瘁，我在肅然起敬之餘未免感到一絲悲劇色彩。

我在洛克菲勒基金會檔案中還發現大量通信，抗戰期間，袁同禮先後與長沙臨時大學和昆明西南聯大合辦後方大學圖書館，用他的「中華圖書館協會理事長」的名義發起向國外徵求圖書運動，引起美、英等國廣泛的同情和熱烈響應。在太平洋戰爭前的三年中收到贈書數萬冊，以及贈款和圖書儀器、縮微膠片等。他還爭取到洛氏基金會資助中國選派人員出國學習圖書館專業和邀請國外專家來講學、購買急需的圖書、編印書目、出版北圖書目的英文版和年度工作報告等。特別是在勝利在望的1944年，他就開始為恢復全國各地的圖書館，補償戰時的損失而作準備，為此積極呼籲國際援助，也卓有成效。

袁同禮1949年赴美後，除曾短期在斯坦福大學任職外，一直在美國國會圖書館工作，直到1965去世。以他在國內的地位和在國際圖書館界的名望，卻僅擔任東亞圖書部的一名普通編目員。知情者都為他受此委屈表示感慨和不平，同時又都盛讚他的淡泊和勤奮。他反能利用這一崗位的有利條件盡其所長，成就了

後半生的業績。除了對美國國會圖書館的中文書目整理作出貢獻外，完成出版了多種有價值的目錄集，其中價值最高，耗費心血最多的是《西文文獻中之中國(1921–1957)(*China in Western Literature*)》。書為16開本，802頁，收集了那個時期內發表的英、法、德文有關漢學和中國問題的著作和論文共18,000種，其分類和索引體現了編者的匠心，查閱極為方便。幾乎對每部書目及原著都一一核對以辨真偽，因而所收作品比任何一家圖書館的目錄都全，都準確。1992年我到美國知道此書後，特別希望能擁有一冊，但當時早已絕版。袁澄竟搜尋到一本相贈，盛情可感。當時完全是手工操作。現在有了電腦、光碟等等檢索工具，但至今我還沒有見到可以作為這本書的續集的綜合性工具書。

袁家可謂名副其實的名門世家。以前提到，袁同禮夫人袁慧熙的祖父袁昶為晚清思想比較開明、勵精圖治、政績昭著的名臣之一，官至太常寺卿，庚子之亂，因反對慈禧支持義和團圍攻外國使館，並上書力諫與十一國列強宣戰，而與許景澄、徐用儀同遭刑戮。三年後即平反，諡忠節公。其子袁榮叟，即袁同禮的岳父，在民國時曾任山東省教育廳長等職，並研究德、日佔領青島和葡萄牙佔澳門的歷史，著有《膠澳志》，是寶貴史料。《思憶錄》有袁慧熙的親筆手書「前言」，文與字俱佳。著名的西南聯大教授夫人上街賣糕點，也有她在內。袁同禮之父袁廷彥也曾在晚清入仕，是書法家和藏書家。袁家三兄弟，除同禮外，袁復禮是著名地質學家和考古學家，歷任清華、北大、西南聯大教授，袁敦禮為教育家，曾任北平師範大學校長，並宣導體育事業，1949年之後曾任全國體協副會長。

在大洋彼岸見到隔絕幾十年的故人，欣喜之餘，又生出感慨。這裏提到的只是過去比較熟悉的、且有故事可講的少數幾個。袁氏家族是一個典型。其他相識和不相識而聞名的還有許

多。經常聽到此人是某某名人之後,例如在伯克利加州大學遇到葉文心教授,人家就告訴我,她是嚴復的外孫女,等等。自晚清、民國以來多少名門世家之後似乎都可以在美國找到蹤跡。與聚集於唐人街的勞動起家的華人不同,這些散見於文化學術機構的華人都是受過高等教育的精英。第一代滯留不歸是不得已的,在中國文化中浸淫越深,在這裏就越難有歸屬感。他們的西學造詣也不低,但總有「洛陽遊子他鄉老」之感。我遇到的一些四十年代來美的華人知識分子給我一個印象是普遍感到不得意,不論本人境遇如何,總不是那麼如魚得水。例如介紹我來的普林斯頓大學的劉子健教授(他也是燕大歷史系畢業的)是如此,楊富森也是如此。他們都已經有終身教職,看來經濟生活也達於小康,但是都有一種不得志之感。我還見到過在國會圖書館研究部門工作的一位華人,過去曾在國民政府中任職,大概屬於中高級官員,在這裏的職位也不低,屬於國會圖書館中華人的最高職位了。但是他在談話中也是滿腹牢騷,還是感覺受到隱形的歧視。在對美國人發了一通不滿之後,話鋒忽然轉向共產黨,說是若不是因為他們,我何至於流落番邦,受洋人的氣!我想這也許就是一種孤臣孽子的心態。

到第二代、第三代就連中文都不說了,基本歸化。在原來教育不普及的中國,這種精英的流失所造成的深遠影響現在已經可以感覺到。如今中國教育大大普及,大學生的比例是歷史空前的。但是出國潮洶湧澎湃。試看國內各重點大學的教授樓,有幾成的子女是在國內?中產以上的家庭,不論政、商、學,哪一家不送孩子出國,至少準備這樣做?而且年齡越來越低,連文化交流的作用也起不到,有的只是實利的考慮或盲目的跟風。「紅二代」繼承了「江山」,但是無法繼承書香。如果說三代培養出一個貴族(精神貴族),而今而後,中國大概不會再有「書香門第」、「詩書繼世」了。

新交

在「中心」期間另一收穫是結交了一位忘年交李伯重。他的專業原是歷史學，後專攻經濟史。我開始驚訝於在這裏遇到如此年輕的學者，因為這個「中心」一般只接受資深學者，且須名家推薦。他當時已是浙江社科院副院長。因研究成果突出，不但得到國內老前輩的賞識，而且得到日本專家的推薦，所以得到來這裏的機會。他是典型的「老三屆」，曾在西雙版納插隊多年，屬於恢復高考後脫穎而出的那群大學生，而且是得到一位老教授的賞識直接上的廈門大學研究生。那一屆的國際學者中只有我們二人是中國人，當然分外親切，我比他年長許多，他對我既尊重，在生活上也多所照顧。經過文革，他還保持那種傳統禮數和談吐為這一代年輕人所少有，後來熟悉之後才知道原來他出身書香之家，父親是雲南大學著名歷史學教授李埏，錢穆的高足，當時錢穆在國人中已很少提起，我經常聽李伯重以尊敬的口吻提起「錢賓四先生」，所以印象深刻。從美國回國不久，他就調到社科院經濟史研究所工作。更巧的是，我們在方莊的宿舍剛好是緊鄰，緊到同時開門都幾乎撞上。那時大家住房逼仄，也很少裝空調。盛夏之時，我常看見他家門大開，在狹窄的門廳中放下一張電腦桌，揮汗如雨地寫作。而他在杭州已經分得三室一廳，令社科院的一般研究員望塵莫及的。但是他認為專業研究條件二者不可同日語，所以毅然選擇來京。他的妻子王愛寧聰明能幹賢慧，做得一手好菜，我在美國和在北京都有幸享受過。她真可謂賢內助，隨李伯重東奔西跑，放棄了上大學的機會，可謂做出不小的犧牲。她很熱心，助人為樂，我們在生活上得到她不少指點和幫助。李伯重那時正在致力於他的一部著作的英文版，是一位旅美華人學者翻譯的，後來在英國出版。功夫不負有心人，他在經濟史的領域成果卓着，享有國際聲譽。陳樂民也很看好他，後來他和我女兒女婿都一見如故，成為好友。以後他到清華大學任教，

當然也搬出了那間「蝸居」。再後來，他經常出國，最後又到香港任教，我們疏於會面，我感到欣慰的是經過人世滄桑，他沒有變，我們交情還是常在，偶然有機會談話，知人論世，理念還是相通的。這是他鄉建新交，變成了故知。

二十三

長長的尾聲

西諺云「人生自四十始」。而我的另一人生始自六十多歲，嚴格說來是六十六歲正式退休之後。如果說，1949年以後的中國有前三十年與後三十年之說，我自己的成年生涯也可以那麼分——個人的命運真是無可救藥地與大時代聯繫在一起。不過於我而言，更重要的分界是在退休以後這二十多年。無論是學術、思想、生活、交遊……都進入了一個新的境界。回歸本真。從精神上講，「久在牢籠裏，復得歸自然」，有豁然開朗之感。回望所來路，這是一段漫長的祛魅啟蒙的過程。有頓悟，也有苦苦探索，「為伊消得人憔悴」的體驗。而以筆耕成果而言，算不上多產，在有限的幾百萬字中，無論量和質，若有可足道者，也產於這二十年中。雖非「大器」，真可算「晚成」。

相伴度餘生

1991年我赴美國威爾遜中心之前，樂民開始生病，起初表現為血壓居高不下，腸胃不適。我有點猶豫是否如期赴美。但到我行期將近時他又恢復到接近正常。他堅持我不要改變日程，因為機會難得，此事我已經推了三年。現在卸任了，出去一年也正好避開社科院目前的局面。這樣，我就按計劃走了。在美國期間，正好女兒為論文查資料也到美國來，與我同住了一段時間，很難得，也很開心。突然接到歐洲所來信說陳樂民生病，而且病得不輕，歐洲所副所長周榮耀責備我們說，你們兩個還真在外面呆得

住！樂民自己卻說現在已經沒事，反正你們也該回來了。於是我們匆匆回國。他面有病容，有諸多不適，經過一番尋醫求診，最後確診為中晚期腎衰竭，已經不可逆轉。根據醫生說法，此病應早已開始，只是初期症狀不明顯。那時還沒有健康年檢的制度，他自幼體弱，對於身體的不適，特別能扛、能忍，不以為意，到那時才意識到，平生從來沒有做過全身體檢。這次是偶然因其他急病才查出來，為時已晚。從此他帶病生活、工作、讀書、寫作，前六年保守療法，包括小心翼翼地控制飲食，到1998年正式帶上尿毒癥的帽子，不得不開始血液透析，凡十年，直到2008年底，終於離我而去。

　　儘管如此，我們在最後的近二十年中還是享受了一段自由、平靜而充實的生活。樂民雖然有病，卻在所長崗位上比我多留了幾年。我感到他擔任所長比我成功，處理各種矛盾舉重若輕，在很多時候無為而治，而大家卻覺得少不了他。在知人論世方面，他其實比我苛刻，但是好惡不形於色，雖然生性耿介，也屬於水至清則無魚一類，但是遇事慣於為他人着想，少露鋒芒，使人感到好相處。他批評我常易得罪人是因為太愛「對牛彈琴」（！），也就是忍不住發表意見太多，不顧對象。更重要是他對年輕人確實有熱情，稍有可造之才就悉心培養，創造許多機會。當然也常常失望。

　　退休之後，圈子不太一樣了，朋友卻多起來。在文化界、出版界的朋友多了，反倒是與原來國際問題的圈子逐漸疏遠。生活毫不感寂寞，過得很充實，只覺得時間不夠用。我和陳樂民通常早上起來工作，下午讀書看報，喝一次下午茶，天氣好的話出去散散步。我們之間也只有吃飯和喝茶的時候有時間聊一聊，互相推薦一些看到的文章，討論一些問題，有時候也免不了爭論，不過很少到面紅耳赤的地步。

　　大約九十年代中，我們剛搬到芳古園社科院分配的住宅，比

原來略寬敞些，當時有幾位歐洲所的同事也住在同一社區，有空就過來聊天。後來感興趣的人多起來，住在他處的也聞訊而來。有幾次為避免泛泛而談，就先定一個題目，並不準備什麼主題發言之類，他們互相通知，感興趣就來，非常自由，題材很廣，談得很熱鬧。至於談什麼，我完全忘了。只記得有一次陳樂民講得比較長，主要內容就是後來寫成《歐洲文明的進程》那本書的序言。這種聚會實際上次數並不多，沒想到給參與者留下那麼深的印象。在他去世後的追思會上，好幾個當時的年輕人都談到我家的聚會，無限留戀，淚流滿面。不久之後，社科研究完全進入「課題制」，大家都忙於做課題，學術越來越功利化，沒有那份閒情和時間來「務虛」了。

　　陳樂民一向主張研究國際問題需要把研究對象作為一個文明體系來研究，歐洲尤其如此。這是他不同於一般國際研究的視角。他的第一本專著《戰後西歐國際關係》，還是傳統的國際關係的角度，在此之後，就寫了《歐洲觀念的歷史哲學》。這雖然是一本篇幅不長的小書，卻是代表他在這方面最早提出的思考。記得當時有一位思想比較正統的前輩對這個題目就很不以為然，認為是「唯心主義」的。歐洲怎麼能成為一個「觀念」？這本書得以出版還要歸功於資深編輯鄧蜀生先生，那時學者出書是比較難的，很少市場效益，這個題材又比較冷僻，一般人難以理解，但是鄧蜀生先生以他特有的眼光，要陳樂民盡快交稿，可以趕在他手頭幾本書的「夾縫」中出版，印數當然比較少，對出版社談不到經濟效益，當時也引不起很大的關注，但是本書還是經受了時間的考驗，多年後越來越多讀者提到此書，也是他日後進一步考慮歐洲文明的基礎。歐洲是產生豐富的哲學思想的地區，要深入研究歐洲，就不能不涉及西方思想史，所以陳樂民對一些思想家的著作多有所涉獵，尤其對啟蒙時代的着力較多。為瞭解德國之所以為德國，他讀了費希特和黑格爾。馬克思、恩格斯的著

作，他從學術思想的角度也有重新的解讀。另外據我瞭解，他特別推崇伏爾泰和康德。尤其是康德，他晚年認為中西文化在高層次上可以通過康德打通。但是這個思索剛開始，沒有完成。他去世之後，在他醫院病床上留下的兩本書，一本是《李義山集》，另一本是康德的《純粹理性批判》，說明他最後的興趣所在。

由於我國學術專業分得很清，哲學研究界並不認陳樂民，他的有關著作進入不了哲學界的視野，因此，他對西方哲學思想的心得在國際政治界固然難有知音，在哲學研究界也難有交流的機會，這是他感到寂寞的地方。

陳樂民還一直希望能在中國建立「歐洲學」，也是把歐洲作為一個整體來研究。這個想法得到許多歐洲學者的認同。可惜在學術日益功利化、碎片化的學術環境中這個願望始終沒有實現。另一方面，我國缺乏通識教育，在中青年中要找到有文史基礎，又有國際政治知識，可以「打通」學科界限的人才太難了。

我個人對美國研究也是主張作為一個文明體系來做的。這個思路早在1987年發表的「中國的美國研究」一文中已經有所表達。不過美國不以哲學思想見長，主要是制度文明。《冷眼向洋》書系就是我們在這方面的嘗試。美國雖然在中國是熱門話題，但是作為綜合研究的學科，與「歐洲學」一樣，始終難以建立。

據我瞭解，陳樂民對年輕人一般很重視其文化基礎、學習意願，以及氣質是否適合做學問，對他們的興趣、專長是不拘一格的，不會以自己的觀點為好惡，更不會「偏愛」某種觀點的人。歐洲所是一個綜合研究的所，必須以政治、經濟和當代國際關係為主，他作為所長，當然要各方面人才兼顧，不過各種專業人才可遇而不可求，我自己對這點也深有體會，並不那麼容易找到。至於把「啟蒙」作為關注的重點也是他退休以後在長期思考的基礎上形成的。不可能在他當所長時招收研究人員以此為標準。

我們各自在位時，不止一次收到國外學術單位的邀請，或做訪問學者，或講一門課，不少邀請都是包括配偶的。我們從維也納回國後，幾十年來總是各自為政，沒有機會一起出國。當時想等退休以後可以選擇一個國家呆一段時間，既能利用優越的研究條件，又能遂了兩人一起旅居的心願。我們首選是先去德國——有一家很好的研究所連續幾年給他發來邀請，做至少一年的訪問學者，待遇優厚，當然與威爾遜中心一樣，是連配偶一起邀請的。我從威爾遜中心回國之後不久，也收到美國一家小大學的邀請，有一個講席，只需開一門研究生的課，組織幾場討論會……所有這些都因陳樂民的病而打消了念頭。

南京中美研究中心

一起出國雖然不現實，在國內「遊學」還是可以的。首先，我一直是南京的中美文化研究中心掛名的客座教授，每年只能去講一兩次講座。多年來他們一直希望我們去正式講一學期課。1994年秋季，雙方商定，此事終於得以實現。我們二人在「中心」各自開一課，在南京住了半年，並借機實現了遊覽揚州的夙願。比較遺憾的是，那幾年正是中美文化交流的低潮，美國學生學中文的興趣減退，與現在更不可同日而語。「中心」的制度是中國教授用中文給美國學生上課，美國教授用英文教中國學生。在全國招來足夠數量英文程度合格的中國學生問題不大，但是要招到中文程度足以聽課、看參考書的美國學生，就有困難，何況還有其他科目也要合格。再者，規定的程度是本科畢業，到這裏相當於上碩士班，但是由於中美兩國未能達成協議，「中心」尚無資格授予碩士學位。這樣就更沒有吸引力了(幾年以後，經過雙方的努力爭取，這個問題已經解決，現在能授予碩士學位了)。原則上，中美學生的數量應該對等，一般中國學生多一些，也不能超過太多，為遷就數量有時不得不降格以求。所以我遇到的那一屆的美國學生普遍程度不太高。

我開的是二戰後中美關係史，事先負責教學的中心副主任告訴我，參考書不能整本地指定，需要摘出章節，而且量不能太大。這大大增加了我的工作量。第一堂課，為了摸底，我做了一個小測試，是用英文寫的問題，說明不算分數。結果發現從有關的知識面來說，程度也非常參差不齊，不少美國學生對美國的歷史知識也很缺乏，例如很多人不知道馬歇爾是誰。只有一位男學生，年紀略大一些，正在讀博士，顯然程度高出一大塊，鶴立雞群。我上課用很慢的中文講，有時看到下面茫然的眼光，不得不用英文解釋一遍。一學期中學生應該交至少兩篇論文，用中文寫。說是論文，實際上就是很短的作文，而且題目自定。好在有電腦，無需用手寫。結果總能勉強通過。

　　陳樂民開的是有關中西文化的課。我不知道反應如何。只知道這位博士生很感興趣，常常課後單獨來找他談。在學期終了時，他有一次跟我說：我到後來才意識到，陳老師的學問很大，沒有被充分利用，他給這些學生上課有點可惜了。

　　我們在「中心」時遇到一件大事，是約翰・霍普金斯大學授予萬里名譽博士。霍大與南大各自給兩國一位適當的人選授予名譽博士是八十年代早已定好的。原來萬里應該在1989年訪美之後，來南京完成此事，由於形勢突變，拖了下來，到如今才實現，我們躬逢其盛。霍大校長親自帶了一個代表團來，舉行了隆重的儀式。我印象最深的是金陵飯店那頓宴會，我們叨陪末座，沒有任何任務，就埋頭品嘗美味佳餚。宴席並不特別豐盛，而搭配得當，每一道菜都精緻無比。江南美食是我的喜愛，但是這樣匠心獨具、精細的烹調，令我驚歎，時時讓我想起《紅樓夢》裏劉姥姥吃的那盤製作程序複雜無比的茄子。看來是特殊的賓客得到特殊的服務。後來我還有機會被邀請到同一飯店就餐，就再遇不到這樣精美的菜餚了。

　　我慶幸座位位離主賓較遠，可以放鬆，盡情享受。但是散席

後聽到幾位美國教授抱怨美方的安排，因為霍大校長帶來的代表團中有為這個項目捐款的企業家，也有學者教授，在座次上離萬里和校長最近的是那些企業家，而教授們被排在後面，這是本末倒置，對教授的不敬。看來美國人也不是完全不在乎排位子，當然這裏還有觀念問題，涉及對教學的尊重。我想校長每年都必須為「中心」籌款，讓這些企業家有機會與萬里接觸，對此行留下較深的印象，顯然有利於以後繼續慷慨解囊，這也可以諒解。

作為對等，南大當然要授予一名美國人名譽博士。由於兩國關係的起伏，此事在中國「走程序」並不順利，又拖了幾年，直到1998年，終於能夠付諸實施。對象是美國前總統(老)喬治‧布什。此事本來與我無關，沒想到根據規定，南大需要一名校外專家寫推薦書，他們就找到了我。這當然只是一種形式上的程序，一切都已經決定。這推薦書顯然不是學術性的，而是政治性的。我只好搜索枯腸，主要寫他對推進中美關係起過積極作用的言論和事蹟。我自己都沒有留底稿，內容現在已經完全忘記。因是之故，我也赴南京參加了授予老布什學位的盛會。那次活動給我留下較深印象的是在「中心」報告廳舉行的布什與學生的對話：

有一名學生問，為什麼美國在海灣戰爭之時沒有乘勝佔領巴格達，一舉推翻暴君薩達姆，現在留下後患，成為美國的麻煩？布什回答的幾條理由，當時我沒有特別在意。直到2002年，他的兒子發動攻打伊拉克戰爭，推翻並處死薩達姆，引起美國內外，全世界爭議，我才想起當初老布什回答那位學生的話，解釋他決定美國及時撤兵，不以推翻薩達姆為目的的幾條理由，每一條都正好說中了小布什四年後攻打伊拉克引起的無窮後患，似乎句句都是對他兒子的警示。我感到是莫大的諷刺，曾專門為文談到此事。(老布什答學生問有關段落附後)。

我與南京「中心」的關係延續很長，與歷任中美雙方的主任都熟悉，退休之後差不多每年都去，或做講座，或參加畢業典

禮，或有專門的其他活動。那裏的圖書資料有特殊的優越性，因為是得到霍大協助，與School of Advanced International Studies (SAIS) 的圖書館同步進書的，新書上架非常及時，工具書完備。與我最早看上的國際問題研究所的圖書館有相同之處，特別是其主任也熱愛圖書館事業，有一套管理制度，管理人員敬業而高效。所以我每次去那裏小住，必要到圖書館，也是一種享受。我曾偶然提到，這樣優越的圖書資料條件，只為「中心」的教學服務，不能充分發揮作用，太可惜了，何不成立一個有特色的研究機構，接受一定數量的訪問學者來這裏研究，時間幾個月到一年均可。「中心」負責人和同事都有同感。2000年，此議果然實現，「中心」成立了國際問題研究所，有一個學術委員會，中美雙方成員各若干人。有一天我忽然在家中接到當時「中心」的陳主任電話，說聘我任學術委員會中方主任，美方主任是霍大SAIS教授，知名中國問題專家蘭普頓。我那時已經七十歲，力辭。但他們說人選必須中美雙方通過，他們提了幾個人美方不認可，不得已要我暫時過渡一下。這一過渡就是五年。任務是每年開一次會，一次在中國，一次在美國，審閱訪問學者的申請項目和人選。送到我們手裏的申請已是經過篩選的，所以工作量不大。每年有機會聚一次，也是一樂。我卸任以後，這個研究所又持續了幾年，後來聽說停辦了。

在南京「中心」任教之後，樂民和我還曾應復旦大學歷史系之邀，到復旦講過三星期的課，大約十幾節。那時樂民還未開始血透，處於保守療法階段，在一位老中醫那裏吃中藥。到復旦的幾星期還帶了一小箱草藥，主人特殊照顧，借給一個小電爐，供我們熬藥。我們兩人的習慣都是講課事先沒有寫好的稿子，事後再整理成文。常常在準備提綱思考的過程中許多新的想法湧現出來，思路逐漸清晰。這次在復旦的講課對我們自己的收穫是從各自的角度對二十世紀的國際形勢的發展有了一個比較清楚的認

識。實際上形成了後來我們合編《冷眼向洋》的構思的雛形。

樂民堅持保守療法的期間行動還比較自由，只是飲食需要注意，體力日漸削弱。到1998年，病情進一步惡化，只能開始血液透析了。經過短期適應之後，血透後的一段時期身體反而有好轉，因為毒素清除，而且飲食可以適當放開。不過一星期三個半天要拴在機器上，黎明即起，過午才回，十分幸苦。開始一段時候，他居然還能獨自坐公交車來回，沒有人陪同。他自嘲說減去了一半有效生命。另外的四天，他還是照常寫作，很多作品是在血透以後完成的。事實上，他在適應了治療的規律之後，一支胳臂拴在機器上，另一隻手照樣能拿書看，而且閉目養神時還能打腹稿，所以時間並未完全浪費。

我們習慣於簡單儉樸的生活，卻並非不食人間煙火。例如對美食頗有所好。只是自己都不善烹調，所以家中伙食從簡。八十年代結識三聯書店的沈公，他獨特的工作方式是在飯桌上廣結善緣，「貪污」思想靈感，並獲取稿源。於是他每招飲，我們輒欣然前往，倒不是全為口腹，而是那種文人雅集，品味不低的天南地北的閒扯，也是一樂。對美景、名勝都興趣盎然。近十多年來，我們每年有江南之遊。即使在樂民開始透析後，我們還是每年都還能離京旅行一次。不過必須先聯繫好能照常血透的醫院，經過朋友幫忙，只有上海、杭州和南京三家大醫院合乎條件，包括登記以後，隨時進去都有位子。這樣，我們每年在這三個城市之間輪流，有時應邀做一兩個講座，有時純粹是自己安排，當然這幾個城市都有不少朋友，在生活、旅遊安排上都熱心提供幫助，舊雨新知，少不了文人雅聚，其樂融融。這樣，對樂民的精神也有好處。起初，我們是陽春三月下江南，後來發現秋天更好。特別是北京供暖以前的兩個星期最難挨，就選擇每年到南方避寒。滬、杭、寧那個時候還是一片鬱鬱蔥蔥，總是令我想起「秋盡江南草未凋」，小杜是真才子，一語點出江南特

色，千古之下能引起共鳴。樂民每年對此都很期待，不憚旅途勞頓。良辰、美景、良朋、美食，是老病中之一樂。

我一直夢想有一架三角琴，他的夢想是一張如兒時家中那樣的中式大書桌，而且可以不必貼牆放，以便作書畫時大幅的紙張可以兩邊垂下。但是我們住房始終沒有足夠的空間。最後賴女兒的努力，終於換得現在比較寬敞的住房，可以放下大書桌了。他十分高興，不憚煩地應付那些繁雜的購房手續，還勉力扶杖與我一同去傢俱店，親自看中幾張書桌，自己量好尺寸，準備搬家後就去選購。執意搬進新居後不久，他就體力衰竭，只能坐輪椅了。他自知從此不可能再坐到書桌旁，就囑我不要再買書桌，而是設法定制一張像醫院病床用的那種活動折疊小案板，以便他在輪椅上讀書寫字——直到那時他還在做寫作的「長遠打算」！不過輪椅也只坐了幾天，就緊急住院，從此不起。大書桌、小案板，都成空！在新居中也只住滿了三個星期。而我的三角琴卻如願以償，至今伴我自娛自樂。

二十一世紀元年，我們有了一個外孫女，小名丫丫，從半歲開始，每年都回來與我們至少同住一兩個月，成為我們晚年生活的亮點，更是樂民的「提神劑」，每當丫丫來時，精神為之一振，似乎病也減輕些。「丫丫一點一點長大」（這是她在四歲時自己發現的），興趣越來越廣，其中一項就是畫畫，隨心所欲地塗抹，不講比例，卻講故事，豐富多彩。於是祖孫二人可以共同作畫為遊戲。最後一次相聚是2008年春，丫丫七歲。一共只有七個年頭的斷續相聚，小小的心靈中卻已充滿愛和眷戀。聽女兒說他們不得不把噩耗告訴她時，她始而表現得很理智，甚至說些有哲理的話，但到晚上傷心痛哭，無法接受再也見不到爺爺的事實。次年夏天再來，只見到遺像和骨灰盒。她以各種形式表現對爺爺的思念，包括畫他的頭像，捏許多小動物放在他的遺像前。

2007年秋是我們兩人最後一次下江南，到2008年，樂民體力

急劇下降，到病危時女兒趕回來，在他被送入重症監護室前見到最後一面。事後我們整理他的遺物，才發現他留下了那麼多尚未發表的文字，不知何時作了那麼多字和畫。經過整理，出版了《給沒有收信人的信》和《一脈文心：陳樂民的書畫世界》。後來知名畫家王明明從《一脈文心》中見到他的書畫，認為有特點，現在很少有這樣純粹的文人畫，於是主動到我家來看他的作品，承蒙他的眼力，從北京畫院緊張的展出檔期中擠出一星期舉辦了陳樂民書畫展。特別巧的是，1955年齊白石得世界文化名人獎的獎狀的中文字是陳樂民寫的，而這個獎狀的原件就在北京畫院，能在那次畫展上展出。可惜樂民本人都無從知曉，看不到了。還有幾十本筆記本，大小、規格不一，每本分類卻很清楚，如「康德」、「萊布尼茨」、「黑格爾」、「伏爾泰」、「老子」……等等。裏面密密麻麻一段一段地抄錄原文，有中文、有外文，段後有「樂民識」就是自己的評論和心得。其中少部分已納入文章著作，而大部分只是素材，是準備日後寫作的基礎。可惜天不假以年，誰也不能替他繼續思考。他遺留的書畫有四百多幅，最後我和女兒決心再從中選出一部分為他出一本正式的書畫集，了卻心願，題為《文事餘墨》，分送朋友。樂民最後自知不久於世，寫了幾個字，其中有「春蠶到死絲方盡」句，而事實上人已去而遺作源源不斷，所以我的悼文題為《春蠶到死絲未盡》。

湖南朱尚同兄許樂民為「中國歐洲學的奠基人」，是否當得起，而且中國有沒有那種打通了的「歐洲學」，應由同行去評說。不過「中國的歐洲學家」（法語為eurologue）卻是歐洲人首先稱呼他的。那是一九九二年他最後一次訪問歐洲，先是作為任務，率社科院學者團到法國作學術交流，以後應邀到日內瓦大學作演講，題目是對歐洲統一的看法。那時歐洲一體化在歐洲人中間正是眾說紛紜的話題，以中國人談這個話題，還能說到點上，引起歐洲人很大的興趣。會後許多歐洲人紛紛前來握手，說想不

到中國有這樣的「歐洲學家」，並有人建議以後繼續聯繫，討論建立歐洲學的問題。可惜那一次他是帶病勉力而去，回國後就被宣判病情，從此再也沒有跨出國門，無法做這方面的交流了。不過那次回來他還是對日內瓦之行很滿意，向我講述被稱為「歐洲學家」的情景，雖無誇耀之意，也是極少有的自得的表露。

後來他主要關注啟蒙，寫了一系列文章，集結為《啟蒙札記》，可惜尚有多篇未及完成。另外，他與我們的德國女婿很談得來，每次見面都要討論歐洲歷史哲學方面的問題。有朋友提出，這樣內容豐富的談話任其飄失太可惜了，建議錄音整理出來，以供發表。他們欣然接受，於是粗略圍繞幾個題目，談話時放個錄音機，大約談了十幾次。女婿不懂中文，每當他來時，我家的共同語言是法文。所以他們的交談也是法文。錄音只能由我女兒陳豐整理翻譯。最後成書，由三聯出版，題為《對話歐洲——公民社會與啟蒙精神》，可惜樂民沒有見到書就先走了。

假設他不得這樣的病，後來的十年趕上中歐交流長足的發展，他在這方面應大有可為。當然，這只是「假設」。他最後在中西之間又有新的感悟，有所昇華。如他最後的日記中所說，他致力於在更高的哲學層面上找到打通的渠道，而視康德為橋樑。這層思考剛剛開頭，只能有待來者了。

樂民慣於為別人着想，對家人，對照顧他的保姆、醫護人員都是如此。幾十年來，對我最大的理解和支持就是對我的「平等觀」的尊重。是由衷的，不是遷就和被動，是出自他自己男女平等的理念，也貫穿在他對他人和其他事物的態度中。他從來不要求我做傳統意義上的「賢妻」。我對他的評價是：「一個高尚的人，一個脫離了大男子主義低級趣味的人」。直到他被宣判為病人，我才開始關注起家裏的起居飲食。儘管如此，他仍然盡量一切自理，不願給別人添麻煩。如他最後寫的那樣，理性地、科學地對待自己的病。一切遵照醫囑，自律、自愛，堪稱模範病人，

實際上也減少了自己的痛苦。他日常用的藥物品種繁多而服法複雜。這些藥他都自己擺放得井然有序，按時、按量服用，從不需要別人提醒。我一向不贊成有些妻子把丈夫當孩子，無微不至地嚴加監管，不是限制飲食，就是整天追在後面給吃各種藥。而我在長達二十年的與病人為伴中，沒有陷入那種妻子的境地，是樂民對我最大的體諒和幫助。當然，我也與他一道「久病知醫」，時或共同對他病情作科學的探討，對最佳的生活安排達成共識。而同時，我的生活、事業基本不受影響，甚至還能短期出國。我們的日常生活並無壓抑感，而是有許多正常的享受。

2007年七月碰巧有電視台到家中採訪，記者得知那一年那一月適逢我們金婚紀念，要他當場給我寫幾個字。他寫下了「志同道合，相互提攜」幾個字，並題為「金婚紀念」，落款陳樂民。這是他送我的最後的禮物。這八個字包含了我們相伴一生的豐富內容，現在連同那幅歐陽的「夜夜曲」永遠掛在我的臥室。夫復何求？

樂民走後我一直心緒難平，很難適應。直到一年後，接近他的週年忌日，心有所動，寫下了幾首詩，以寄託思念，也算是我們相伴一生的總結。

寒鴉又見繞枯枝，長隔幽明兩不知。
宿草庭園人踽踽，空房永晝日遲遲。
蘇子還鄉腸斷處，微之閒坐自悲時。
千古人情同一恨，鼓盆莊子萬難齊。

誤落塵網同破網，歸來書巢天地廣。
中西徜徉求會通，古今遊弋任俯仰。
奇文疑義每相爭，趣事逸聞同撫掌。
斯人斯疾奈天何，君去我留獨悵惘。

風雨同行五十年，死生參透似非難。
誠知此事終須有，賸得琴書不自憐。
再遇妙文誰共賞？更臨勝景忍流連。
幾番夢破疑君在，孤影昏燈一泫然。

思接千載視萬里，丘壑在胸筆底流。
潑墨惟求抒懷抱，著書不為稻粱謀，
身雖多病猶尋樂，心繫斯民難解憂。
老死春蠶絲未盡，文心一脈思悠悠。

充實的空巢

樂民走後，我預計將度過一段孤寂的歲月，如詩中所寫：
「宿草庭園人踽踽，空房永晝日遲遲」，只能以琴書為伴。當然
我還有許多寫作計劃，總是有事可做。沒有想到，最後這幾年外
界對我的需求日增，竟越來越忙，而且新老朋友聚會不斷，還結
識了許多忘年交。

這可能與我的寫作有關。上世紀九十年代初我開始寫隨筆雜
文。一則自己思想開放以後，學而思、思而學，不斷冒出各種想
法，有一種前所未有的表達欲；另一方面，有客觀需要 —— 那段
時期各種思想文化類刊物以及報紙副刊十分活躍，此起彼伏，有
聲有色，很快就不讓原來領頭的《讀書》雜誌一枝獨秀。收到的
稿約逐漸多起來。我最早在1980年寫過《太史公筆法小議》，寄
託了當時如夢初醒時的感慨。以後專注於在學術上補課，除了寫
過一兩篇書評外，沒有繼續這方面寫作。從威爾遜中心回國後，
開始發表此類文章。第一本散文集是與陳樂民合出的《學海岸
邊》。當時剛從《讀書》雜誌退下的沈公（昌文）為遼寧教育出版
社策劃一套「書趣叢書」，向我們約稿。我那時已發表的此類文

章還不足以湊成一本書，遂與樂民合出，起名「學海岸邊」是強調其業餘性質。而樂民早已寫了不少隨筆，第一本《書巢漫筆》出版於1987年。

我們這一本合集出版後，一發不可收拾，稿約不斷，自己也似乎有很多話要説。九十年代中，應上海《文匯報》「筆會」之約，兩人合包了一個專欄。不過各寫各的，內容並無關聯。此一專欄大約持續了半年。我的文章多數輯入《讀書人的出世與入世》。過兩年我又出版《斗室中的天下》。

無意中進入公眾視野

2010年我滿八十歲。許多年輕朋友張羅着為我祝壽，盛情難卻。其中原來美國所曾任我助理的何迪借此機會以博源基金會的名義舉辦了一個研討會，同時還以我和章百家彈鋼琴為餘興，熱鬧了一番。研討會題為「啟蒙與中國轉型」，會上部分發言加上我過去的有關文章集結成書，就以此為題。

我做主題發言，題為「知識分子對道統的承載與失落」，事後整理成文。這篇文章要回答的問題是，為什麼在幾千年伴君如伴虎的皇權專制下，士大夫冒死直諫、面折廷爭代代不絕，而當代知識分子反而集體噤聲，難見一士之諤諤，而且對於「直」「佞」的好惡士林已無共識？這是我多年來思考的問題，自以為初步想通了，從兩千年來「士」的幾方面傳承講起，到近代的變異。此文幾年來成為我的文章中影響最大，網上流傳最廣的文章之一，當然也不免遭忌。與此同時，我接受了一些有關這個問題的採訪，自己的思路也越來越清楚了。至今成為我對中國歷史文化的演變的看法的一條主線。

2011年出版了《資中筠自選集》，是我從過去三十年來發表過的專著以外的隨筆、散文選出，按題材分為五卷。上述這一篇就在《士人風骨》卷。這套《自選集》在我的出書生涯中得到的讀者最廣。我一向自認為作品是小眾讀物，曲不一定高，而

和者蓋寡。沒想到此集一出，引起了連鎖反響，不但在老年人中，在青年人中也能引起共鳴，一時間門庭若市，媒體採訪、讀者來信，還得了各種圖書類的獎、被評為「XX人物」……等等，女兒笑我捧回了一堆有機玻璃(獎狀)。此時也正值互聯網急劇興盛，起了推波助瀾的作用。本人以耄耋之年竟被列入「公眾人物」。這些都非始料所及，也非我的本意。我原來希望在退休以後，比較平靜地讀書、寫作。九十年代寫《讀書人的出世與入世》一文，本意是傾向於出世的，至少已經衣食無憂，雖不能優遊林下，但有琴書作伴，可以自娛自樂。但是由於資訊的發達，「秀才不出門，能知天下事」已經不是問題。無案牘之勞神，卻有種種不平、悖謬之事亂我耳目，進而亂我心。在一次共識網評我為「共識人物」的講話中，我講到：有一個英文詞：callous，原意是手腳長的老繭，轉義為硬心腸，冷漠無情。我心上還沒有長老繭，就對許多事不能無動於衷。經常為某些與我本人無任何利害關係之事所觸動，心緒難平，甚至有拍案而起的衝動，就忍不住形之於文字，欲罷不能。結果還是難免入世。謂我何求？還是與生俱來的、刻骨銘心的，對我們這個民族前途揮之不去的、深切的憂思，還有就是本能的正義感。我常常不能理解，這麼多明顯的不公，甚至殘酷現象，這麼荒唐悖謬的作為，怎麼這麼多理應知書達理之人竟無動於衷？

由於職業的習慣，我對世界大局也本能地關切。以《冷眼向洋》為標誌，我對國際問題的視角大大開闊了，簡而言之，可以說是從以「國家」為本，轉到以「人」和「社會」為本，或者是以人類文明為本。這一視角也適用於對我中華民族歷史和現狀的觀察。在耄耋之年得幸結識百歲智慧老人周有光，他提出要從世界看中國，而不是從中國看世界，深得我心。無論是看中國還是看世界，我開始超越狹隘的國際政治、國家利益的慣常視野，而是俯瞰全球，縱觀歷史，這樣，很多問題的大小比例、在人類發

展中所佔的位置似乎有了與傳統看法不一樣的意義。由此，我日益強烈地認為以排外為特點的狹隘的國家主義是逆世界發展潮流的，如果進入國策，則足以禍國殃民。

捲入公益慈善圈

我起初捲入公益圈是虛的，只是做些講座和諮詢。自問沒有行動能力和意願，並無意做實事，對一切組織作為實際成員的邀請都敬謝不敏。誰知最後幾年公益組織的活動竟成了我頻繁而常規的工作。最初是從茅于軾引起的。茅于軾的事蹟不用我贅言，我們是美國所的同事，但是他的可貴的人格和巨大的貢獻，我在退休以後才逐漸認識到，對他越來越敬佩。他與我基本上是同齡人，教育背景、理念相似，但是我只能坐而論道，他能起而行，在各種不理解和打壓、責難之中我行我素，真心誠意為弱勢群體，為推動社會進步一點一滴地做事，而且思想和做法都很前沿，不斷有創新。我本來與他並無私交，但精神相通，因此凡是他相邀參加某個活動，我都不推辭。另外還有我一向敬重的經濟學家吳敬璉也在這個組織，就這樣，我日益頻繁地參加到他們發起的「富平」的活動，後來正式登記為「樂平基金會」，我先被納入「理事會」，後來竟成為「常務理事」，此時我已超過八十歲。應該說，這樣深入地捲入某個組織非我本意，但是這項活動給予我的卻是樂趣和希望。因為我發現，在這裏聚集的各種年齡段的人，特別是中青年骨幹，大多對理念有認同，有事業心，看到一些有理想、有新觀念的中青年，不計功利不怕艱苦地為改進這個社會而努力做事，使我很感動，並且使我對社會進步有一絲希望，在舉世混濁之中，這裏可以看到亮光。

另外，在這裏，我還能吸收到新知識、新觀念。2012年隨團到日本見證了有機農業的典型；2014年又隨團到美國考察近幾十年來興起的新公益，頗開眼界，並且意識到這不僅涉及公益慈善問題，而是預示着資本主義世界可能正在醞釀一次新的、深刻的

革新。我本來感到已無力再寫實證性較強的學術著作，但受此行的啟發，下決心再做一番努力，進一步收集材料，把自己對這個問題的最新心得寫下來。適逢《財富的歸宿》需要出第四版，就對這本書做了較大的增補，題為《財富的責任與資本主義演變》。如果再下一番功夫，本來是可以再寫一本新書的，但自覺精力不逮，只有待來者了。完成了這件事後，自己也有一些成就感，「廉頗老矣，尚能飯否」，似乎還能。

自我啟蒙與推動啟蒙無盡期

我人生第三階段的特徵是祛魅（disenchantment）和自我啟蒙（self-enlightenment）。一個我難以回答的經常遇到的問題是：認為自己有什麼特點。如果說到治學，我想可能是活到老，學到老。子曰：人之患在好為人師，而我卻更好為學生。特別是我這一代人，雖有一些幼學根底，而精力旺盛、風華正茂的時期卻完全失學。不但不讀書，而且失去思考能力。老年惡補，自問還算勤奮，還沒有固步自封，對新鮮事物有一份好奇心。自己經歷了不斷擺脫蒙昧、接受啟蒙、回歸常識的歷程。在廣泛閱讀中，古人、今人、前輩、後輩都對我有所教益。論學歷，我只有大學本科。而且專業是文學，知識結構與思維訓練與社會科學是有區別的，所以進入社會科學，我有很多需要補課的缺陷，這點有自知之明。回顧花甲以後的二十多年，似乎又讀了幾屆研究生。幾部學術著作權當是博士論文。至少有一點是符合要求的，就是在資料的發現、視角和觀點都有自己的獨創。這種獨創有時也來自否定自己，覺今是而昨非。

近三十年來，儘管形勢陰晴不定，言論空間時緊時鬆，還是湧現出一批有志的優秀媒體人、出版人，開闢、耕耘了一片園地。不知從何時起，我有幸成為許多報刊雜誌的贈閱對象，為我提供豐富的精神營養，助我瞭解窮鄉僻壤的民間疾苦，使我的斗

室不致成為象牙之塔；也從許多文章中得到新知識，受到新觀點的啟發，自己的感覺是「苟日新、日日新、又日新」。這些編者、作者論年齡大多是我的晚輩，而且大多素昧平生，對我幫助卻很大，從這個意義上說，我是有「不恥下問」的精神的。

只要一息尚存，大概大腦停止不了活動，總要學習和思考。想到什麼，就寫什麼，還有很多讀者喜歡。經常收到一些素昧平生的讀者來信或電話，有些甚至是來自很邊遠的地區，有人真的受到啟發，也使我有一種滿足感。由此還交了一些不同年齡段的新朋友。多年斷了音訊的舊遊也因此而重新聯繫上。儘管在茫茫人海中這只是小小的漣漪，但足以讓我覺得吾道不孤，受到鼓舞，感到工作還是有意義的。這也是我不斷思考和寫作的動力。另外一個園地是近二三十年來出現的講座，成為思想交流的平台，我也經常應邀在各地、各種場合發表我的看法，同時與聽眾互動。這種需求也推動我對一些問題不斷思考，不斷學習，也可以說是一種鞭策，使我不能偷懶。

一般人在在閱歷太多、入世太深之後，可能審美神經就會麻木。然而我在知命之年開始逐漸蘇醒之後，這條神經卻日益敏銳。對虛偽、惡俗、權勢的暴虐、草民的無告，以及種種非正義的流毒惡習難以容忍。許多當代國人見怪不怪，不以為意，一歎了之，甚至一笑了之之事，我常覺得無法忍受，有時真想拍案而起，儘管許多事與我個人風馬牛不相及，若不是現代資訊發達，我完全可能渾然不知。

我從1980年第一篇發表的隨筆《太史公筆法小議》就提到司馬遷的可貴在於沒有「臣罪當誅兮，天王聖明」的心態，那是為在「文革」中各種受迫害的人被「落實政策」後一片「感恩」之聲所觸發，當時還處於朦朧狀態。沒有想到三十年後想明白了許多問題，寫《知識分子與道統》一文，又引用了這句話，與三十年前遙相呼應。那篇文章中所述中國「士」的精神軌跡，多少也

有夫子自道的成份。後來回歸，主要是回歸本性，或者説回歸那「底色」，在有限的幼學基礎上努力學而思、思而學。遙望兩千年前，猶有太史公這樣的風骨，再看兩千年後的今天「頌聖」和「迎俗」的態勢，能不令人唏噓！

由於近年來的發表的一些文字，獲得敢説真話之名，隨之而來各種不虞之譽，乃至過高的期待。我本性對政治不感興趣，有人把今日有良知、有擔當，憂國憂民，努力説真話的老革命稱為「兩頭真」，是説他們年輕時參加革命是追求民主自由的理想，現在初心不改，仍忠於原來的理想。我不屬於此列，因為我的「兩頭」一直是在逃離政治。現在我也沒有改天換地的雄心壯志，沒有向上建言的衝動。只是從記事以來對我們這個苦難深重的民族有深厚的感情，特別是在精神層面，曾有過「真、善、美」的追求，接觸過可成為民族精華的先賢，曾經的士林風尚，身在其中不覺其可貴，較諸今日，算得上「曾經滄海難為水」了！因而對「假、惡、醜」之氾濫，對民族精神之沉淪，眼看着文明讓位於野蠻，無法釋懷。如鯁在喉，不得不吐。事實上並不能盡吐。

當然不僅是一吐為快而已，我真正憂慮的是民族傳承的後代。因此説過一句話：「教育如不改革，我們的民族會退化」，沒有想到，此語廣為傳播，竟得到教育界不少人的認同，特別是在校的優秀老師，他們深有體會，卻感到無奈。而廣大家長，或者明知其弊不得不努力適應，變本加厲，凡有條件者就考慮為子女教育而移民。一百多年來，無數仁人志士為振興民族而奮鬥，但是現在的新現象是可以用腳投票，在全球化的今天，人人有移民他國的權利，無可厚非，但是結果卻有使我們這個民族精華進一步空心化之虞。近見網上有一篇文章説，「假如沒有(移民)這一條路，中國或許不會這麼腐敗，中國也許不會這麼無望。因為沒有了退路，腐敗分子就會有所顧忌，就不敢把壞事做到盡做到

絕；因為沒有了逃生之路，正義之士為了子孫後代，也許會破釜沉舟奮力一搏，也許還有點希望把這民族拖出專制的泥潭。無論是腐敗的精英，還是不腐敗的精英，都選擇了逃避，留下的多是聽天由命的平民，斷然難以改變這樣的現實了。」這正是我的憂慮。我在本書談到「他鄉遇故知」的章節中發出：而今而後我們不再有書香門第的感慨，也是這個意思。

針對我的悲觀情緒，周有光老先生說他堅信人類發展的正道，如果哪個民族一時離開了正道，走了彎路，遲早要回到正道上來，只是有先後。我問：如果彎路走得太遠，還來不及回到正道，就掉到一個大坑裏了怎麼辦？他說，歷史上有許多民族曾經輝煌一時，後來沉淪了，衰敗了，這是免不了的，但人類歷史還是向前進。如果能豁達如此，就可安心了。可惜我雖然強烈反對狹隘國家主義，卻還念念不忘我中華民族的興旺發達，無法接受其退向野蠻，走向沉淪。還有人類呢？舉目望去，前途一定是一片光明嗎？余惑之焉。

後 記

　　終於脫稿、殺青，交給出版社，長吁一口氣。能親自完成近九十年生平自述，親眼見其與讀者見面，可以無憾矣。幸運的是，在中國大地上還存在這樣一塊平臺，使我不必欲言又止，直抒胸臆的文字得以不加刪節、完整地見天日。特別是牛津大學出版社和林道群先生主動熱心擔當，遠距離操作，不計功利地精心編輯、製作，在短期內完成一本裝幀精美的厚書，在此致以深切的謝意。

　　「人生白髮故人稀」，就在本書討論出版的過程中，不斷傳來故交、同窗、親疏不同的熟人的訃告。自己的至親骨肉——父母、妹妹——以及終身伴侶都已離我而去。我何幸，又何不幸，竟獨自苟活至今。因此更有緊迫感。如今《自述》完成，得見天日，最後的一大心願已了，卸下一個包袱。儘管說可以無憾，而實際上，回顧往事，深切的遺憾和內心的愧疚，不斷出現。這是平生最動情、最痛苦的寫作過程。自問別無他長，至少可算得勤勉自律，然而碌碌平生，大好年華虛擲，在自我迷失的幾十年中，自以為「無私奉獻」，而所作所為，於世於民何益？號稱「讀書人」「知識分子」，在精力最旺盛的青壯年卻基本不讀書。我又是幸運的，由於偶然的機遇，逃脫了同代人遭遇的厄運；又因為始終處於低端邊緣，作惡的條件有限。大半生隨波逐流，到了晚年，開始回歸自我，已是風燭殘年，來日無多，難有作為矣。敝帚自珍，謹以此袒露心跡的自白奉獻於讀者，也是時代的見證，唯有希望後來者少一點迷失，活得越來越明白。

在感謝香港的出版社之餘，不得不提到熱心鼓勵、支持作者，並曾努力嘗試出版的內地出版人。從開始寫回憶性質的文字，斷斷續續已有二十年，內容片斷也曾在不同刊物發表過。完整的初稿完成大約在2014年。在這過程中不少出版社來催問、爭取。但是只怪自己拖沓，待終於完成後，卻發現此稿生不逢時，已是「吟罷低眉無寫處」。時格勢禁，出版社也大多有心無力了。儘管如此，還是有熱心、有膽識、有擔當的出版社負責人願意努力促成此書問世，本人也本着「有甚於無」的考慮，同意做些妥協。但是最終功敗垂成。對於那些知其不可而為之的出版人，以及熱情、敬業付出辛勤勞動的高水平的編輯，我至今銘感於懷，借此深表敬意並致謝。

另外，寫作過程中也得到多位朋友的推動、鞭策和寶貴的建議。還有朋友熱心奔走，牽線搭橋，給予了切實的幫助，在此一併致謝，恕不一一。

2019年春